御製

佛光恩照　三千大千　隨緣徧滿
恒沙法界　普度衆生　悉證菩提
身心安泰　年時豐稔　風雨調順
日月升恒　乾坤清寧　百昌蕃熾
上下樂利　中外協和　庶物咸亨
萬善圓成　情與無情　同登正覺
大清雍正十三年四月初八日

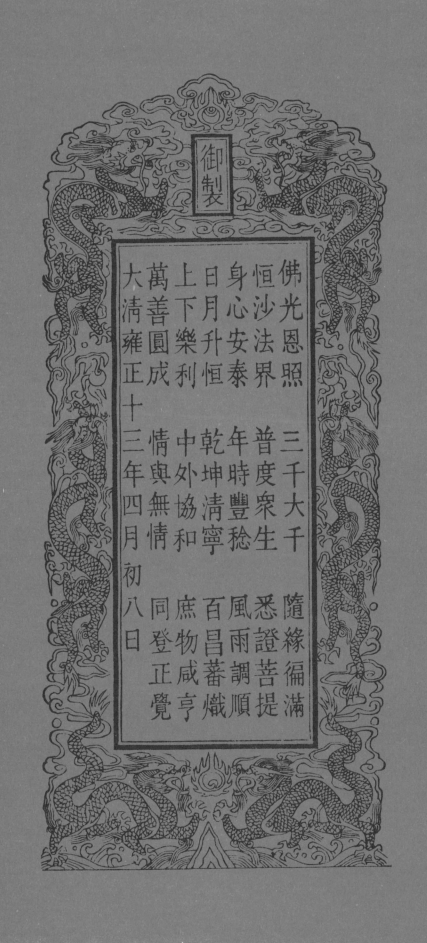

第八四册　大乘論（七）

顯揚聖教論

唐三藏法師玄奘奉詔譯

清刻龍藏佛說法變相圖

顯揚聖教論卷第十七

無著菩薩造

唐三藏法師玄奘奉　詔譯

成現觀品第八之餘

如是已得煖等善根當知從此入於現觀頌曰

從此無加行　解脫智三心　一百一十二
煩惱斷十攝

論曰從此無間無有加行解脫見道所斷隨眠三心智生一內遣有情假緣智二內遣諸法假緣智三遍遣一切有情諸法假緣智此中前二是法智第三是種類智如是三智能斷一百一十二煩惱如是煩惱十種所攝一百一十二煩惱者謂欲界見苦諦等所斷各有十種色無色界見苦諦等所斷各有九種

謂各除瞋如是名爲一百一十二煩惱何等十煩惱所攝謂五見自性五非見自性如前已說復次頌曰

此證菩提分　六種淨智相　行無分別故
隨所作建立

論曰當知此智眞證覺分非方便位亦是六種清淨智相所謂法智種類智苦智集智滅智道智相此智無分別故但隨所作建立六智相不由行差別故建立六種應知復次頌曰

菩薩在此位　先修勝因力　於自他身苦
起平等心性

論曰在此現觀位中諸菩薩由先修習勝資糧力故於自他相續苦中起五種平等心謂麤重平等心無我平等心斷精進平等心無愛味精進平等心一切菩薩現觀平等心復次頌曰

是大我意樂　於自性無得　廣意樂當知
二性無分別

論曰當知此平等心性即是大我阿世耶及廣大阿世耶於遍計所執自性無所得故於有漏無漏二性過失功德亦無所得由無分別故復次頌曰

次上十六行　清淨世間智　對治界地故
究竟事成就

論曰從此諦現觀已上於修道中有十六行世出世清淨智生謂於欲繫苦諦生二智一現觀審察智二現觀決定智於色無色繫苦諦亦有如是二智如於苦諦有四智如是於集滅道諦亦各有四智如是總有十六種智

復次如是現觀智若聲聞等所得爲對治欲色無色三界雜染若諸菩薩所得爲對治十種地障如是當知諸所作事成就究竟所謂轉依究竟亦是現觀智究竟亦名究竟現觀

復次頌曰

此現觀差別　或六或十八　相勝利衆多
隨經論所說

論曰當知現觀差別復有六種一思現觀二信現觀三戒現觀四現觀智諦現觀五現觀邊智諦現觀六究竟現觀問思現觀以何爲體答以上品思所生慧爲體或此俱行菩提分法爲體問信現觀以何爲體答以上品世出世緣三寶淨信爲體或此俱行菩提分法爲體問戒現觀以何爲體答以聖所愛身語等業爲體或此俱行菩提分法爲體問現觀智諦現觀以何爲體答以緣非安立諦聖慧爲體或此俱行菩提分法爲體問現觀邊智諦現觀以何爲體答以緣安立諦聖慧爲體或此俱行菩提分法爲體問究竟現觀以何爲體答以盡智無生智等爲體或此俱行菩提分法爲體又此現觀差別有十八種謂聞所生智現觀思所生智現觀修所生智現觀順決擇分智現觀見道現觀修道現觀究竟道現觀不善清淨世俗智現觀善清淨世俗智現觀勝義智現觀不善清淨行有分別智現觀善清淨行有分別智現觀善清淨行無分別智現觀成所作前行智現觀成所作智現觀成所作後智現觀聲聞等智現觀菩薩等智現觀復次如是現觀相貌勝義隨諸經論多種應知問思現觀有何相答若有成就

思現觀者能正了知諸行無常諸行皆苦諸法無我涅槃寂靜雖住異生位已能如是決定解了一切沙門婆羅門諸天魔梵及餘世間決定無能如法引奪問信現觀有何相答若有成就信現觀者或住異生位或住非異生位若於現法若現後法終不宣說於異衆中別有大師別有善說法別有正行僧問戒現觀有何相答若有成就戒現觀者乃至傍生終不故害其命及不與取行邪佚行知而妄語飲窣羅迷隸耶末陀放逸處酒問現觀智諦現觀有何相答若有成就現觀智諦現觀者終不依止異見起所作業及於自所證起疑起惑及染著一切生處計行吉相而得清淨誹謗三乘造惡趣業況復能起害父母等諸無間業乃至終不生第八有問現觀邊智諦現觀有何相答若有成就現觀邊智諦現觀者於自所證若他問難終不怯怖問究竟現觀有何相答若有成就究竟現觀者終不墮於五種犯處終不故害衆生之命及不與取習近婬佚非梵行法故說妄語貯積財物受用諸欲又終不怖畏不可記論事終不計執自作苦樂他作苦樂自他作苦樂非自非他作無因生苦樂諸如是等名現觀相當知此即現觀勝利若隨經論如前廣說

成瑜伽品第九

復次前說菩薩於此位中先修因力等云何名爲先因力耶頌曰

般若度瑜伽　等至無分別　一切一切種
無有分別故

論曰依止三摩鉢底發起般若波羅蜜多瑜

伽勝行即此正慧能到彼岸是大菩提最勝方便故名瑜伽此所依止等至無有分別於一切法及一切種無分別故云何一切及一切種頌曰

一切一切種　三相與三輪　謂名相染淨
及俱非二種

論曰一切者謂三輪一所知境二能知智三能知者一切種者謂三相一名相二染淨三俱非名者謂假立等十二種名相者謂自相及共相染者謂染汙法淨者謂諸善法俱非者謂無覆無記法復次如是所說無分別者於何等法說無分別耶頌曰

於法及法空　無二種戲論　無分別無窮
此上非應理

論曰法與法空俱無二分別二種戲論故名無分別云何爲二謂有及無何以故色非是有遍計所執相無故亦非是無彼假所依事有故色空亦非有遍計所執相無所顯故亦非是無諸法無我有所顯故如於色色空如是於餘一切法及一切法空當知亦爾非離諸法及法空外更有餘境是可得者是故但說二無分別非無分別更無分別有無窮過此上更無所知境故復次頌曰

若都無所取　無慧亦無度　俱成取離言
爲順非無用

論曰此若無有二種分別即無有取都無取故慧體尚無況到彼岸是故必有離言相取由此取故慧到彼岸二俱成就所以者何由此聖慧雖不取如所言相性而取離言相性故問若此聖慧不取如言相性者宣說正法

應無所用答不然爲隨順故所以者何爲欲隨順離言相取是故如來宣說正法

成不思議品第十

復次要先思議方入現觀是故應離不可思議處方便思議云何名爲不可思議處頌曰

九事不思議　由依止五處　有五種因故
德失俱三種

論曰有九種事不可思議一我二有情三世界四業報五靜慮者境界六諸佛境界七十四不可記事八非正法九一切煩惱之所引攝若有思議如是九事必於五處方起思議一見二忍三推尋四利養五散亂依止於見思議我及有情依止於忍思議世界依止推尋思議業報靜慮者境界諸佛境界及十四種不可記事依止利養思議非正法依止散亂思議一切煩惱之所引攝問何因緣故如是九事不應思議答五因緣故一我及有情無自相故不應思議二世界現成相故不應思議三業報及二境界甚深相故不應思議四不可記事非一定相故不應思議五非正法及諸煩惱之所引攝能引無義相故不應思議若有思議如是等事當知能引三種過失一起心亂過失二生非福過失三不得善過失若不思議能引三種功德翻此應知復次頌曰

不應思不記　當知由四因　非定一甚深
引無義相住

論曰又若略說由四種因於不可思議事自不應思議亦不應爲他記別一我及有情若有若無非一定故不可思議不可記別二業

報及二境界皆甚深故不可思議不可記別三世界不可記事非正法一切煩惱之所引攝引無義故不可思議不可記別四眞如於行等法不即不離其相法爾安住故不可思議不可記別復次頌曰

不思我有無　成二過失故　於他亦二失
不應思一異

論曰不應思我若有若無何以故成二過失故若思爲有即於非實有義起增益執過若思爲無即於假有義起損減執過於他有情若執一異亦成二過若執爲一有情多過若執爲異非六處過復次頌曰

二雖不依見　或故不應思　不思如是生
三過所隨故

論曰有情世界器世界此之二種雖不依見亦不應思何以故世共了知現成相故問何故不思此事如是生非不如是耶答若如是思者或謂即如是或謂異如是或謂無如是此三種過所隨逐故復次頌曰

善趣與惡趣　二作者非定　過去善惡業
處事等難思

論曰於業報中不應思議修福行者定往善趣爲惡行者定往惡趣不決定故又過去世淨不淨業若處若事若因若報等不可思議復次頌曰

眞如無漏性　成所作義利　靜慮者如來
無譬自在故

論曰靜慮者及佛二種境界中眞如及無漏性皆不可思議又諸佛等成所作義謂所作利益衆生事亦不可思議何以故無譬喻故

一切世間無有少事能譬甚深二種境界又自在故諸如來等由內證得心自在故起所作事世間所有一切作用若離因緣和合所不見故復次頌曰

外道所宣說　能引無義利　非理遠四處
無記不應思

論曰一切不應記事不應思議諸邪外道之所說故能引諸無義利故不如正理故遠離四種正思議處故謂因思議處果思議處雜染思議處清淨思議處復次如前所說若思議彼有三種過云何而有頌曰

非處勤功用　毀謗於大義　不修清淨善
故成三過失

論曰由於非處勤功用故起心亂過失由於得靜慮者及佛世尊毀謗最勝功德故生非福過失由不發起淨善法故有不得善過失復次頌曰

遠離不思議　思可思議處　具八種功德
故如理應思

論曰由於不可思議處強思議者有如是過失故應遠離於可思議處如理思議若如是思具八功德何等爲八所謂能善了知聞說大說依義思議不依文字少以淨信信解少以慧觀觀察堅固思議審諦思議常勤思議於所思議善能究竟中無懈退復次頌曰

諸佛之所說　遍知等無違　五因二因故
於此不應思

論曰由五因故於不可思議處不應欣樂思議謂諸佛所說故及於四諦中遍知斷證修不相違故又略由二因故謂教及證教謂諸

佛所説證謂遍知苦等

攝勝決擇品第十一之一

復次如是遠離不思議處方便思議已於九種事應以十相發起種種最勝決擇何等爲十頌曰

數相別有處　邊際與生起　想善巧攝等

勝決擇諸事

論曰十種相者一數二相三差別四有性五處所六邊際七生起八想九善巧十攝等此中數者謂色數有十五如是等相者謂假立相自相共相此中事亦名相是所相故名亦名相相應亦名相俱是能相具故如與火色相應表知有煙如是等補特伽羅亦名爲相是相者故取亦名相是能相體故差別者謂有色無色有見無見等差別有性者謂假有性實有性勝義有性處所者如四大展轉及與造色同一處住又色心等同一處所又依欲界身色界等心展轉安住邊際者如色至色界及與極微是其邊際樂受乃至第三靜慮是其邊際如是等生起者謂由如是因緣如是法生如引勢生等想者謂句迷惑等善巧者謂蘊善巧等攝等者謂若攝若相應若依若緣若問論如是問論復有多種謂一行順前句順後句四句無事句若能如是善了知者名善問記復次於一切事應起種種最勝決擇心事決擇今當先説頌曰

心性有二種　異熟及與轉　初阿賴耶識

種子二應知

論曰略説心性有二種　名異熟心二名轉心異熟心者即是阿賴耶識亦名一切種子

識此復二種應知一證成二建立云何證成

頌曰

執受初明了　種子業身受　無心定命終

無皆不應理

論曰由八種相證阿賴耶識決定是有謂若無阿賴耶識依止執受應不可得最初生起應不可得明了生起應不可得諸法種子應不可得四種業用應不可得種種身受應不可得二無心定應不可得命終時識應不可得問何故若無阿賴耶識依止執受不可得耶答由五因故何等為五謂阿賴耶識先行因生眼等轉識現緣因起如經言根境作意力故諸轉識生乃至廣說是名初因又六識身善不善可得是名第二因又六識身一類異熟無記所攝必不可得是名第三因又六識身各別依轉若依彼彼所依彼彼識轉彼彼所依應有執受餘無執受不應道理雖許能執亦不應理識遠離故是名第四因又所依止應成數數執受過失所以者何眼識一時轉一時不轉餘識亦爾是名第五因如是先業因現緣因所生故善不善故一類不可得故各別所依故數數執受過故不應道理問何故最初生起不可得耶答設有難言若有阿賴耶識應有二識同時生起應告彼言汝於無過妄生過想容有二識同時轉故所以者何謂如有一俱時欲見乃至欲識隨別一識最初生起不應道理何以故爾所作意無有差別根及境界不壞現前何因緣故識不俱轉問何故明了生起不可得耶答若有定執識不俱生與眼等識同行一境明了意

識應不可得所以者何若時緣過去境生起憶念爾時不明了意識現在前行非於現境意識現行得有如是不明了相是故應許諸識俱轉或應許彼第六意識無明了性是即有過問何故種子不可得耶答六轉識身各別異故所以者何是六轉識從善無間不善性生不善無間善性復生從二無間無記性生劣界無間中界生中界無性妙界生如是妙界無間乃至劣界生有漏無間無漏生無漏無間有漏生世間無間出世生出世無間世間生非如是相爲種子體應正道理又彼諸識長時間斷相續經久流轉不息是故轉識能持種子不應道理問何故諸業不可得耶答若無諸識同時生起諸業俱轉不應道理所以者何若略說業有四種一器了別業二依了別業三我了別業四境了別業如是四種了別業用剎那剎那俱現可得非於一識一剎那中有如是等差別業用是故必有諸識俱起問何故若無阿賴耶識身受不可得耶答謂如有一或如理思惟或不如理思惟或思不思若心在定若不在定身受生起非一衆多若無此識應不可得如是身受既現可得是故定有阿賴耶識問何故若無阿賴耶識諸無心定不可得耶答如薄伽梵說入無想定及滅盡定當知爾時識不離身若無此識爾時識應離身識若離身便應捨命非謂在定問何故若無阿賴耶識命終時識不可得耶答謂如有一臨命終時或從身上分識漸捨離冷觸漸發或從身下分非彼意識有時不轉故知唯有阿賴耶識能執持身

此識若捨於彼身分冷觸可得身無覺受意識不爾是故若無此識不應道理如是已說阿賴耶識證成道理云何建立頌曰

所緣境相應　更互二因性　識等俱流轉
雜染汙還滅

論曰略說此識建立由五種相一所緣境相二相應相三互爲因相四俱轉相五雜染還滅相當知前四種相建立流轉後一種相建立還滅問所緣境相建立云何答若略說此識由了別二種所緣境故轉一由了別內執受故二由了別外無分別相器故了別內執受者謂了別遍計所執自性妄執習氣及諸色根根所依處謂在有色界若無色界唯有妄執習氣執受了別外無分別相器者謂了別依止緣內執受阿賴耶識故於一切時無有間斷器世界相譬如燈焰生時內執炷膩外發光明如是阿賴耶識內緣執受境外緣器世界境生起道理應知亦爾又即此識緣境微細世聰慧者難了知故又即此識緣境無廢時無變易從初執受剎那乃至命終一味了別而流轉故又即此識於所緣境念念生滅當知剎那相續流轉非常非一又即此識於欲界中緣陿小執受境於色界中緣廣大執受境於無色界中空無邊處識無邊處緣無量執受境無所有處緣微細執受境非想非非想處緣極微細執受境如是了別二種所緣境故微細了別所緣境故相似了別故剎那了別故了別陿小執受所緣境故了別廣大執受所緣境故了別無量執受所緣境故了別微細執受所緣境故了別極微細

執受所緣境故是名建立阿賴耶識所緣境相問相應轉相建立云何答此阿賴耶識恒與遍行五種心法相應所謂作意觸受想思如是五法亦異熟攝最極微細世聰慧者亦難了故如是心法亦常一類緣境而轉又即此識相應受一向不苦不樂無記性攝當知餘心法行相亦爾如是遍行心法相應故一類異熟相應故最極微細相應故恒常一類緣境而起相應故不苦不樂相應故一向無記相應故是名建立阿賴耶識相應轉相問互爲因相建立云何答阿賴耶識與彼轉識爲二種因一爲種子生因二爲所依止因種子生因者謂諸所有善不善無記轉識生時一切皆因阿賴耶識種子而生所依止因者謂由阿賴耶識所執色根爲依止故五識身轉非無所受又由有此識故得有意根由此意根爲依止故意識得生譬如依止眼等五種色根五識身轉非無五根意識亦爾非無意根復次轉識與阿賴耶識爲二種因一於現法中長養彼種子故二於後法中爲彼得生攝植彼種子故於現法中長養彼種子者謂隨依止阿賴耶識如是如是善不善無記轉識生時於一依止同生同滅如是如是熏習此識由是爲因緣故後彼轉識善不善無記性轉復增上轉復熾然轉復明了而得生起於後法中攝植彼種子者謂彼熏習種類能引攝未來即此異熟阿賴耶識如是種子因故依止因故長養種子故攝植種子故是名建立阿賴耶識轉識互爲因相問諸識俱轉相建立云何答阿賴耶識或於一時唯與

一轉識俱起謂與意根所以者何由此意根恒與我見我慢等相應高舉行相若有心位若無心位恒與此識俱時生起又此意根恒緣阿賴耶識爲其境界執我及慢高舉行相而起又即此識於一時間或與二轉識俱起謂意及意識於一時間或與三轉識俱起謂五識身隨一起時前二及此一於一時間或與四轉識俱起謂五識身隨二起時前二及此二如是於一時間或乃至與七轉識俱起謂五識身和合起時前二及此五復次前說意識依染汙意生意未滅時於相了別縛不得解脫若意滅已相縛解脫又此意識能緣他境及緣自境緣他境者謂或總或別緣五識身境緣自境者謂緣法境復次阿賴耶識或於一時與苦受樂受不苦不樂受俱轉此受與轉識相應依轉識起從此識種子生又於人趣若於欲纏天中及於一分鬼傍生趣中俱生不苦不樂受與彼苦樂不苦不樂轉識身相應雜相續受一時俱轉若於那落迦趣中他所映奪不苦不樂受與彼轉識相應純苦無雜相續受俱轉當知此受被映奪故相難可了如於那落迦趣一向與苦受俱轉如是於下三靜慮地一向與樂受俱轉於第四靜慮地乃至有頂地中一向與不苦不樂受俱轉復次阿賴耶識於一時間或與轉識相應善不善無記諸心法俱轉如是阿賴耶識與諸轉識一時俱轉亦各容受及容善不善無記心法俱轉然不應說與彼相應何以故由不與彼同一緣轉故猶如眼識與眼雖復俱轉然不相應此亦如是由與彼法少分

相似故得爲喻喻之道理應如是知又如諸心法心法體義雖無差別然相異故一身俱轉互不相違如是此識與諸轉識當知俱轉亦不相違又如依止暴流有多波浪種種俱起互不相違又如依止清淨鏡面種種影像同時俱起互不相違如是依止阿賴耶識有多轉識當知俱起亦不相違又如一眼識於一時間於一事境唯取一類無異相色或於一時頓取非一種種相色如眼識於色如是乃至身識於觸於一時一事境或取一相或復頓取多種境相如是分別意識於一時間或取一境或復頓取衆多境界當知亦不相違復次如前所說意根常與此識俱轉於一切時乃至未斷當知恒與任運俱生四種煩惱相應所謂薩迦耶見我慢我愛無明此四煩惱若在定地若不定地當知恒行不與善等相違是有覆無記性如是與轉識俱轉故諸受俱轉故善等俱轉故是名建立阿賴耶識俱轉相問阿賴耶識雜染還滅相建立云何答若略說阿賴耶識當知是一切雜染法根本所以者何此阿賴耶識亦是有情世間生起根本能生諸根根所依處及轉識等故亦是器世間生起根本能生器世間故又即此識亦是一切有情互相生起根本一切有情互爲增上緣故所以者何無有衆生於餘衆生見聞等時不受用彼起苦樂等受由此義故當知衆生界互爲增上緣復次阿賴耶識具一切種子故於現在世是苦諦體是未來世苦諦生因亦是現在世集諦生因如是有情世間生根本故器世間生根本故是現

在世苦諦體故能生未來苦諦故能生現在集諦故當知阿賴耶識是一切雜染根本復次阿賴耶識所有攝持順解脫分及順決擇分等善根種子此非集諦因由順解脫分善根等違流轉故所餘世間所有善根因此生故轉復明淨所以者何由是緣故彼所攝受自類種子轉有功能轉有勢力增長種子而得成立由此種子故彼諸善法轉明淨生又復能感後世增上可愛異熟又依此一切種子阿賴耶識故薄伽梵說眼界色界眼識界乃至意界法界意識界由於阿賴耶識中有種種界故又如經說惡叉聚喻由於阿賴耶識中有非一界故是故當知即此雜染根本阿賴耶識以修習善法故即得轉滅又此善法修習若諸異生以緣轉識爲境作意故方便住心爲欲入初諦現觀故非未見諦者於諸諦中未得法眼而能通達一切種子阿賴耶識此未見諦者修如是行已或入聲聞正性離生或入菩薩正性離生通達一切法界已亦能通達阿賴耶識當於爾時總觀各別自內一切雜染又復了知自身外爲相縛所縛內爲麤重縛所縛又此行者由阿賴耶識是一切戲論所攝諸行界故略彼諸行於阿賴耶識總爲一團一積一聚爲一聚已以緣眞如境智修習多修習故所依止轉轉依無間當知已斷阿賴耶識由此斷故當知已斷一切雜染又此轉依以相違故當知能治阿賴耶識又阿賴耶識體是無常有取受性轉依是常無取受性以緣眞如境聖道能轉故又阿賴耶識麤重所隨轉依究竟遠離一切

麤重又阿賴耶識是煩惱生因聖道不生因轉依是煩惱不生因聖道生因此是建立因體非生因體又阿賴耶識令於善淨無記法中不得自在轉依令於一切善淨無記法中得大自在復次此阿賴耶識斷滅相者謂此阿賴耶識正斷滅故便捨二種取其身雖住猶如變化所以者何未來後有苦因斷故便捨未來後有之取於現法中一切煩惱因斷故便捨現法一切雜染所依之取一切麤重遠離故唯有命緣暫住由有此故佛經中說爾時但受身邊際受命邊際受廣說乃至即於現法一切所受究竟滅盡如是建立雜染根本故趣入通達修習作意故建立轉依故是名建立阿賴耶識雜染還滅相如是由勝義道理建立心意識已隨此所說道理故於三界中一切心意識一切雜染道理及清淨道理應隨顯了若於餘處所顯心意識道理此由所化有情差別故但依具愚夫慧所化有情而說方便令彼易入法故問若成就阿賴耶識亦成就轉識耶設成就轉識亦成就阿賴耶識耶答此應爲四句謂或成就阿賴耶識非轉識謂無心睡眠者無心悶絶者入無想定者入滅盡定者生無想天者或有成就轉識非阿賴耶識謂住有心位阿羅漢獨覺不退轉菩薩及與如來或有俱成就謂所餘住有心位者或有俱不成就謂阿羅漢獨覺不退轉菩薩及與如來入滅盡定若處無餘依涅槃界

顯揚聖教論卷第十七

音釋

煗乃管切溫也貌莫教切容貌也佚夷質切淫放也毀謗毀許委切訾也謗補曠切訕也補特伽羅梵語也此云數取趣謂數數往來諸趣也補博古切陿胡夾切隘也奪徒括切麤倉胡切

顯揚聖教論卷第十八

無著菩薩造

唐三藏法師玄奘奉　詔譯

攝勝決擇品第十一之二

復次心差別相建立應知頌曰

所依境界力　建立心差別　復由七種行
難了相應知

論曰心差別相當知復由所依所緣力而得建立由所依力者謂立眼識乃至意識所緣力者謂立色識乃至法識青識黃識乃至苦識樂識如是等復由七種行相了知諸心難知差別一不可知相續久住器差別相二多種相境差別相三俱有差別相四能治所治速疾迴轉差別相五習氣差別相六續生差別相七解脫心差別相復次頌曰

所緣無自在　住惡所依止　隨緣力所轉
心繫縛應知

論曰由三因故說心被縛一於所緣境不自在故二安住穢惡所依止故三隨衆緣力而轉變故此中於所緣境不自在者謂於制伏相於化於變等不如所欲住境自在復次頌曰

散亂及安住　六種十五種　緣境界六等
所治心非一

論曰當知心散亂有六種心安住有十五種心緣境有六種等衆多差別所對治心亦非一種應知心散亂有六種者一作意心散亂謂諸菩薩棄捨大乘相應作意退習聲聞獨覺相應下劣作意二外心散亂謂於外妙五欲及憒閙相尋思隨煩惱外境界中縱心流

散三內心散亂謂或由惛沉睡眠下劣或由味著諸定或由種種定中隨煩惱故惱亂其心四相心散亂謂依止外相作意思惟內境相貌五麤重心散亂謂內作意爲緣生起諸受由麤重身故計我我所六自性心散亂謂五識身心安住有十五種者一初發安住心謂修三摩地方便二證得安住心謂已得未至三摩地三圓滿安住心謂已得根本靜慮三摩地四自在安住心謂即於此得隨所欲五有動安住心謂於下三靜慮六無動安住心謂於第四靜慮七此上寂靜安住心謂於寂靜無色解脫八最勝寂靜安住心謂於想受滅解脫九信解安住心謂於聞所生智十決定安住心謂於思所生智十一影像安住心謂於世間修所生智十二成實安住心謂出世間修所生智十三有增上慢出離安住心謂於世間靜慮無色十四無增上慢出離安住心謂於出世間靜慮無色十五三行雜染安住心謂識隨色而住緣色而住依色而住如是乃至隨行而住緣行而住依行而住此中隨色而住者謂執受所依故緣色而住者謂邪境界故依色而住者謂由麤重故如是乃至隨行等三當知識非識住緣自心心能盡愛故復次緣境界六等者謂常緣境非常緣境遍滿緣境淨行緣境善巧緣境淨惑緣境如是爲先復有多種餘緣境界謂欲界繫心緣欲色無色及不繫境如是色無色界繫心及不繫心各緣四種境又依欲界繫心起欲色無色界繫心及不繫心依色界繫心起色無色界繫心及不繫心依無色界繫心

起無色界繫心及不繫心又過去心緣過去未來現在如是未來現在心各緣三種又善心緣善不善無記如是不善無記心各緣三種又樂俱行心緣樂俱行等三種境界如是苦俱行心不苦不樂俱行心各緣三種又貪瞋癡相應心各緣貪等相應三種境界復次所治心非一者謂欲界繫有五種心謂見苦所斷心乃至修道所斷心如是色無色界繫心各有五種及無漏心合爲十六種心復有二十種心謂欲界繫心有八種一生得善心二方便善心三不善心四有覆無記心及無覆無記心分爲四種謂異熟生心威儀路心工巧處心變化心色界繫有六心除不善工巧處心無色界繫有四心謂除不善威儀路工巧處變化心不繫心有二種謂學心無學心復次心所有事勝決擇今當說頌曰

依多境了別　各爲自業生　心法不應思
相似境轉故

論曰心所有法依止能緣多境八種識故各各造作自業而起依心而有故名心所有法不應更思彼所緣境由彼與識等緣轉故如經言若於此受即於此思若於此思即於此想若於此想即於此了別復次今當略說作意觸受想思五種遍行心法作業頌曰

引心三分別　領位審了想　德失等營爲
名作意等業

論曰引發於心是作意業三和分別是觸業領納違順俱相違位是受業審了位相是想業爲造功德過失俱非是思業餘心法業如前廣說復次色事決擇今當說頌曰

上界無香味　大造隨可得　極微無自體
非實有七事
論曰上界無香味者欲界已上香味無故大造隨可得者四大及所造色隨於聚中現可得者即自相有不可得者此中即無極微無自體者謂諸極微但假想立自體實無非實有七事者謂七種事無有實體一表色二形色三影像四響音五觸處造色六律儀色七不律儀色復次頌曰
微和合不離　善惡無自然　三相想外無
法處色十二
論曰微和合不離者謂於大極微能依造色處不相離餘異處色若和若合亦不相離善惡無自然者色非自體有善惡性隨能發心假說善惡故三相想外無有三相色外無別有色謂有見有對色無見有對色無見無對色三想所行色外亦無別色謂色想有對想種種別異想法處色十二者謂法處所攝色略說有十二種相一影像相二所作成就相三無見相四無對相五非實大種所生相六屬心相七世間相八不可思議相九世間三摩地果相十出世間三摩地果相十一自地下地境界相十二諸佛菩薩隨心自在轉變不可思議相復次心不相應行勝決擇今當說頌曰
當知不相應　皆假施設有　假有性六種
彼皆二過故
論曰當知心不相應行皆是假有假有之性略有六種云何爲六謂若事能起六種言論何等名爲六種言論一屬主相應言論二遠

離此彼言論三衆共施設言論四衆法聚集言論五不遍一切言論六非常言論屬主相應言論者謂諸言論配屬於主方解其相非不屬主如說生時此誰之生觀所屬主起此言論所謂色之生受想行識之生非說色時此誰之色觀所屬主起此言論如生如是住異無常等心不相應行類如其所應盡當知是名屬主相應言論若事能起如是言論當知此是假相遠離此彼言論者謂諸言論非以此顯此亦非以彼顯彼此說名爲遠離此彼言論若以此顯此言論此言論亦於實相處起亦於假相處起若以彼顯彼言論此言論亦於實相處起亦於假相處起若非以此顯此亦非以彼顯彼言論此言論一向於假相處起云何以此顯此言論於實相處起如言地之堅云何此復於假相處起如言石之圓如地之堅石之圓如是水之濕油之滑火之煗燬之焰風之動飄之鼓云何以彼顯彼言論於實相處起如言眼之識身之觸如是等云何此復於假相處起如言佛救德友之食飲衣服嚴具如是等云何非以此顯此亦非以彼顯彼言論一向於假相處起如舍之門舍之壁甕之口甕之腹軍之車林之樹百之十十之三如是等是名遠離此彼言論衆共施設言論者謂六種相言說自體施設言論六種相者謂事相應識相好等相蓋等相言說狀相邪行等相事相者謂若相識所取應識相者謂若相由作意故能起於識好等相者謂若相觸所取蓋等相者謂若相受所取言說狀相者謂若相想所取邪行等相者

謂若相思所取衆法聚集言論者謂於衆多和合安立自體言論如於內色受想行識說我等言論於外色香味觸安立差別說舍甕軍林等言論不遍一切言論者謂諸言論有處隨轉有處退還如於舍舍言唯隨舍轉於村亭等即便退還於甕甕言於餘瓶器等即便退還軍言於別男女等退還林言於別樹根莖葉華果等退還非常言論者當知四種因謂破壞故不破壞故加行故轉變故破壞故者如瓶壞已瓶言捨瓦等言生不破壞故者如種種藥物共和合已或丸或散種種藥言捨藥物丸散等言生加行故者如於金段起諸加行造環釧等異莊嚴具爾時金段之言捨異物環釧等言生轉變故者如飲食等轉變時飲食等言捨糞穢等言生如是等類應知非常言論隨於諸物發起如是六種言論當知此物皆是假有問諸心不相應行皆是假有云何應知答由二種過失故一因過失二體過失因過失者若言生是生因能生生故說名爲生是即無別果生可得此生爲誰能生因故說之爲生若言生是生體是即從他生故不應說爲能生如是餘心不相應行如理應知復次彼色等乃至心不相應行諸有爲法是因性故此因決擇今當說頌曰

三過因非五　因相略繫合　相依處差別
建立有多種

論曰有一異計立六種因謂同類因遍行因俱有因相應因異熟因能作因如是六種除異熟因餘五因性不應道理由有三種過失故何等爲三且如同類因有三過失若言同

類之因名同類因有已成過何以故若善等法善等體性先已成就彼何用因若言同類即因名同類因是即無果有不定過何以故不示其果是誰因耶又非決定因體同類不相似法亦爲因故若言非同類即因亦非同類之因是即言名有虛設過同類因言無有所主浪施設故如是於餘四因三種過失亦應如理廣說復次已破不如理因今當建立如理因相若略說有二種因一繫縛相因二和合相因繫縛相因者謂煩惱隨眠此依能生後有而說和合相因者謂因緣和合彼彼法生此依能生現在時說又應知此略所說因相及依處差別建立復有多種相者謂若由此爲先此爲建立此和合故彼彼諸法或生或得或成立或成辦或起作用當知說此即是彼因問以誰爲先誰爲建立誰和合故何法生耶答自種子爲先除所依種外所餘若色非色所依及業以爲建立伴及所緣境爲和合故如其所應欲繫色繫無色繫及不繫諸法生問以誰爲先誰爲建立誰和合故得何法耶答聲聞獨覺及與如來種性爲先內因力爲建立外因力爲和合故證得煩惱離繫涅槃此中內因力者謂如理作意少欲知足等內分善法又得人身生在聖處諸根無缺無諸業障於如來所具淨信心如是等法是名內因力外因力者謂諸佛出世宣說妙法住正法者共爲伴侶具悲信者以爲施主如是等法名外因力問以誰爲先誰爲建立誰和合故何法成立答於所知法勝解欲樂爲先宗因譬喻以爲建立不相違衆及對

論者爲和合故所欲立義方得成立問以誰爲先誰爲建立誰和合故何法成辦答工巧智爲先隨彼勤勞爲建立工巧業處衆具爲和合故彼彼工巧業處成辦又愛爲先由食住者依止爲建立四食爲和合故已生有情存養得住問以誰爲先誰爲建立誰和合故何法作用答自種爲先即彼前生爲建立彼生緣爲和合故自作業者自所作用而得成辦自所作業者如眼之見業如是所餘諸根當知各別作業又如地能持水能爛火能燒風能燥如是等類是名外法各別作業依處者有十五種因緣所依處一語二領受三習氣四有潤種子五無間滅六境界七根八作用九士用十眞實見十一隨順十二差別功能十三和合十四障礙十五不障礙差別者

謂十因四緣五果十因者謂隨說因觀待因牽引因生起因攝受因引發因定別因同事因相違因不相違因四緣者謂因緣等無間緣所緣緣增上緣五果者謂異熟果等流果離繫果士用果增上果此中隨一切法名爲先故想想爲先故說是謂彼諸法隨說因若觀待此故若因此故於彼諸事若求若取是觀待因如觀待手故手爲因故起執取業觀待足故足爲因故起往來業觀待節故節爲因故起屈伸業觀待飢渴故飢渴爲因故追求飲食隨如是等無量道理當知皆名觀待因若種子於最後自果是牽引因即此種子是自果生起因除種子外所餘緣是攝受因即此種子所生起果是後種所牽引果引發因能作種種異類各別之因是名定別因

若觀待因若牽引因若生起因若攝受因若引發因若定別因總攝如是等因名同事因若於所生能爲障礙是名相違因若離障礙是名不相違因諸法種子是因緣等無間緣者若從此識等無間諸識等決定生此是彼等無間緣若諸心心所有法所緣境是所緣緣增上緣者除種子外餘所依如眼及諸共有法於眼識等如是所餘諸根等於餘識等又善不善法攝受愛不愛果如是等類是增上緣諸不善法所招惡趣異熟有漏善法所招善趣異熟是名異熟果若由習不善故樂住不善不善增多修習善故樂住於善善法增多又與前業相似後果隨轉是名等流果若由聖八支道諸煩惱滅是離繫果若諸異生由世間道諸煩惱滅非究竟轉故非離繫果若諸世間於現法中隨依一種工巧業處起士夫用謂營農商賈事正書筭計數造印等由依此故苗稼成滿獲商利等果法成就是名士用果眼識是眼根增上果如是乃至意識是意根增上果又諸衆生身不散壞是命根增上果又二十二根一切各別增上力故彼果得生應知彼果皆名增上果建立者依語因依處建立隨說因何以故由於欲界繫法色無色界繫法及不繫法建立名爲先故想轉想爲先故起語由語故隨見隨聞隨覺隨知起諸言說是故依語依處建立隨說因依領受因依處建立觀待因何以故諸有欲求欲界繫樂者彼觀此故於諸欲具或爲求得或求積集或求受用諸有欲求色無色繫樂者彼觀此故於彼諸緣或爲求得或求

受用諸有欲求不繫樂者彼觀此故於彼諸緣或爲求得或求受用諸有不欲苦者彼觀此故於得彼緣於斷彼緣或求遠離或求受用是故依領受依處建立觀待因依習氣因依處建立牽引因何以故由淨不淨業熏習三界諸行於愛不愛趣中能感愛不愛自身又即由此增上力故諸多資具或成滿或損減是故依諸行淨不淨業習氣依處建立牽引因依有潤種子因依處建立生起因何以故欲繫諸法及色無色繫諸法各從自種而得生起愛名能潤種是所潤由此所潤諸種子故先所牽引各別自身令得生起如經言業爲感生因愛爲生起因是故依有潤種子依處建立生起因依無間滅因依處及境界根作用士用真實見因依處建立攝受因何以故由欲繫諸法無間滅攝受故境界攝受故根攝受故作用攝受故士用攝受故彼諸行轉如欲繫諸行如是色無色繫諸行亦爾真實見攝受故餘不繫諸行轉是故依無間滅境界根作用士用真實見依處建立攝受因依隨順因依處建立引發因何以故欲繫善法能引欲繫諸勝善法如是欲繫善法能引色無色繫諸勝善法隨順彼故如欲繫善法如是色繫善法能引色繫諸勝善法及無色繫若不繫諸勝善法如色繫善法如是無色繫善法能引無色繫諸勝善法及不繫善法如無色繫善法如是不繫善法能引不繫諸勝善法及能引無爲作證之法又不善法能引勝不善法謂如欲貪能引瞋癡慢見疑身惡行語惡行意惡行如欲貪如是瞋癡慢

見疑如其所應盡當知如是無記之法能引善不善無記法所謂能持善不善無記種子阿賴耶識又無記法能引同類勝無記法謂諸段食能引已生有情令住不壞及能引彼適悅勢力令其增長隨順彼故是故依隨順因依處建立引發因依差別功能因依處建立定別因何以故由欲繫法自體功能有差別故能生種種體差別法如欲繫法如是色繫法無色繫法及不繫法亦爾是故依差別功能依處建立定別因依和合因依處建立同事因何以故要由獲得自生和合故欲繫法生如欲繫法如是色繫法無色繫法及不繫法亦爾如生和合如是得和合成立和合成辦和合作用和合亦爾是故依和合依處建立同事因依有障礙因依處建立相違因何以故若欲繫法將生時若有障礙現前便不得起如欲繫法如是色無色繫法及不繫法亦爾如爲欲生如是爲欲得爲欲成立爲欲成辦爲欲作用亦爾是故依障礙依處建立相違因依無障礙因依處建立不相違因何以故若欲繫法將生時若無障礙現前便得生起如欲繫法如是色無色繫法及不繫法亦爾如生如是得成立成辦作用亦爾是故依無障礙依處立不相違因復次依種子緣依處建立因緣依無間滅緣依處建立等無間緣依境界緣依處建立所緣緣依所餘緣依處建立增上緣復次依習氣及隨順因依處緣依處建立異熟果及等流果依眞實見因依處緣依處建立離繫果依士用因依處緣依處建立士用果依所餘因依處緣依

處建立增上果復次順益義是因義建立義是緣義成辦義是果義復次建立因有五種相謂能生因方便因俱有因無間滅因久遠滅因能生因者謂生起因方便因者謂所餘因俱有因者謂攝受因一分如眼於眼識如是耳等於所餘識無間滅因者謂生起因久遠滅因者謂牽引因又建立因有五種相謂可愛因不可愛因增長因流轉因還滅因又建立因有七種相謂無常法是因相無有常法得名爲因謂若生因若得因若成立因若成辦因若作用因又無常法爲無常法因時與他性爲因非已性亦與後自性爲因非即此刹那又與他性爲因及後自性爲因時必已生未滅非未生已滅又已生未滅爲因時必得餘緣非不得又得餘緣時必成變異非未成變異又成變異時必有功能相應非功能退失又功能相應時必相稱隨順非不相稱不隨順如是七種因相如其所應建立應知復次無爲決擇今當說頌曰

心所緣等故　清淨所緣故　四種離繫故
建立八無爲

論曰八種無爲如攝事品已說虛空無爲者由心所緣境相相似故立爲常非緣彼心緣彼境界有時變異故由清淨所緣故建立眞如由此眞如如清淨時所緣體相常如是住故由四種離繫故建立餘四無爲謂非擇滅等四種離繫者謂緣差脫畢竟離繫簡擇煩惱究竟離繫苦樂暫時離繫心心法暫時離繫如是已說一切決擇界事決擇今當說頌曰

三界應當知　十一相差別　所治及能治
唯能損伏種
論曰當知欲色無色三界有十二種相差別一多種差別此復六種應知謂多種所依多種相貌多種處所多種境界多種煩惱多種作業二趣差別三苦樂不苦不樂俱行差別四有難無難差別謂欲界或有難或無難上二界唯有難少功能故五不清淨處不清淨身等差別謂或有處不清淨身清淨謂欲界無難處生或有處清淨非身清淨謂色無色界異生或有處不清淨身不清淨謂欲界有難處生或有處清淨身清淨謂色無色界已見諦者六受用差別謂欲界受用外門境界及受用四食上二界受用内門境界及受用三食七善根勝劣差別八雜惡行不雜惡行善根差別九麤重厚薄差別十生差別十一得自體差別謂於欲界具四種得自體上二界唯有一種由彼界無故自害亦無他害故十二言說差別謂欲界中具四種言說色界無覺無推度故無色界中一切無有又此三界能治所治差別應知謂欲界是所治色界是能治色界是所治無色界是能治又下地是所治上地是能治如是對治唯損伏種令其微劣非是永害以更生故復次頌曰
法王海鹹味　欲惡趣長壽　多世界共一
各二種因緣
論曰何因緣故焰魔鬼王說名法王謂由攝益彼衆生故由二種因能爲攝益一令彼憶念前生所作令自訶厭先世惡業故二令於那落迦卒所不造餘惡業故從彼那落迦速

得出離何因緣故諸大海水皆悉鹹味謂由二因故一水生衆生福力增上故令餘衆生不能趣入二陸生衆生非福增上故令彼不得入取珍寶何因緣故於那落迦傍生趣不分衆生壽量長遠非於欲界所攝善趣謂惡趣長壽由二因故一欲界善法思擇勵力方能起故二諸不善法不由思擇任運起故何因緣故此三千大千世界中有多世界乃至色究竟天而同説爲一世界但至梵世謂亦由二因故一同成壞故二建立衆會故

顯揚聖教論卷第十八

音釋

憒閙 憒古對切心亂也閙奴教切不靜也
燬 許委切火焚也
甕 烏貢切汲器也
燥 先到切乾也
蹔 昨濫切不久也
鹹 胡喦切鹽味也

顯揚聖教論卷第十九

無著菩薩造

唐三藏法師玄奘奉詔譯

攝勝決擇品第十一之三

如是已說界事決擇於雜染事勝決擇中煩惱雜染勝決擇今當先說頌

意相應四惑　遍行而俱起　無記最後滅
隨所生彼性

論曰當知意相應煩惱遍行一切位與一切有漏善等心俱時現行不相違故又此煩惱皆是俱生非分別起是有覆無記性非不善性最後金剛喻定之所頓斷又此煩惱有四種所謂無明薩迦耶見我慢我愛若生此界中補特伽羅當知此意相應煩惱即是此界體性所攝復次頌曰

一切生相續　現起及與緣　隨眠境麤重
各差別二十

論曰若生此界此地即此界地一切煩惱令生相續又此煩惱雜染若現行若緣若隨眠若所緣境若麤重當知各有二十種相煩惱現行有二十種者一隨所欲纏現行謂在家者二不隨所欲纏現行謂出家者三無所了別謂處惡說法者四有所了別謂處善說法者五互增上謂貪等行者六皆平等謂等分行者七微薄謂薄塵行者八外門纏現行謂未離欲者九内門纏現行謂由世間道離欲者十增上纏現行謂諸異生十一失念纏現行謂諸有學十二分別纏現行謂堅執著者十三俱生纏現行謂不堅執著者十四觀察現行謂尋觀察者十五不自在現行謂睡眠

者十六自在現行謂覺悟者十七不可救現行謂無涅槃法者十八可救現行謂有涅槃法者十九取現相行謂尋思彼隨法而取相貌者二十不取相現行謂不尋思彼隨法不取相貌者煩惱緣有二十種者一樂二苦三不苦不樂四欲五尋六觸七先所慣習八隨眠九不親近善友十不聽聞正法十一不如理作意十二不信十三懈怠十四失念十五散亂十六不正知十七放逸煩惱十八異生性十九由離欲二十由受生煩惱隨眠有二十種者一不定地隨眠二定地隨眠三隨自境隨眠四隨他境隨眠五被損隨眠六未被損隨眠七隨順隨眠八不隨順隨眠九具滿隨眠十缺減隨眠十一可害隨眠十二不可害隨眠十三增上隨眠十四平等隨眠十五微薄隨眠十六有覺隨眠十七無覺隨眠十八生多苦隨眠十九生少苦隨眠二十不生苦隨眠煩惱所緣境有二十種者一緣有事境二緣無事境三緣自相境四緣共相境五緣現現境六緣不現見境七緣外門境八緣內門境九緣自類煩惱境十緣他類煩惱境十一緣自境十二緣他境十三緣無境十四緣有漏境十五緣無漏境十六緣有爲境十七緣無爲境十八緣自心分別境十九緣憶念分別境二十緣事相境麤重有二十種者一性報麤重二性煩惱麤重三性業麤重四煩惱障麤重五所知障麤重六定障麤重七業障麤重八報障麤重九蓋障麤重十不正尋思麤重十一愁惱麤重十二怖畏麤重十三勞倦麤重十四食麤重十五眠夢麤重十

六婬欲麤重十七大種乖違麤重十八時分
變異麤重十九死麤重二十遍行麤重又若
略說了知煩惱由五種相謂自體相因相品
類相於境心亂相及果相復次齊何當說煩
惱隨眠及不善頌曰

隨順自生故　種子故事故　生四過失故
不淨三因故

論曰由四種因故說名隨眠一隨順自生故
謂若煩惱事隨順此煩惱二種子隨縛故三
彼增上事故四生四過失故四過失者一不
寂靜過失二差別過失三發行過失四攝因
過失此中前一由二所顯二種由四所顯問
齊何當知不善煩惱相答由三因故謂猛盛
故惱亂有情故能障礙善故復次業雜染勝
決擇今當說頌曰

業思及思已　差別有十三　彼果六三位
業決定五種

論曰若略說業有二種謂思及思已此業差
別復有十三種一身業二語業三意業四律
儀所攝業五不律儀所攝業六俱非所攝業
七福業八非福業九不動業十黑黑異熟業
十一白白異熟業十二黑白黑白異熟業十
三非黑白無異熟業能盡諸業如是等業當
知有六種果三種位六種果者謂可愛果不
可愛果清淨果異熟果等流果增上果三位
者謂作用位習氣位與果位又如是業有五
種決定一現法受決定二生受決定三後差
別受決定四受報決定五作業決定復次頌
曰

自業等四種　此先熟亦四　復九種當知

即二種差別

論曰如薄伽梵說摩納婆當知一切有情自業所作業爲諍本從業所生業爲依趣如是此業自所作業四種應知於自相續能與果故能治所治現在前故從過去出生現世故爲未來有故爲業盡故名業依趣又此業報當知四種先後報熟所謂最先重業報熟次最近者次慣習者後先作者又不可斷業當知異熟決定若不定報業於離欲斷不能爲礙又諸外道起如是見說如是論隨諸衆生造作諸業或樂俱行或苦俱行所受異熟亦復如是彼諸外道皆是妄執何以故具二受故謂諸善業亦受苦報亦受樂報不善之業亦復如是又當知業依二根故成善不善性謂依善根故起諸善業依不善根故起不善業又善不善業差別之相當知由九種因一由因及由故謂由善不善根及尊重等由有差別二由事故謂由圓滿不圓滿事三由方便故謂由無間殷重方便四由依止故謂由依止或淨不淨五由作意故謂由猛利淨信及增上纏六由欲解故謂由迴向願求勝劣果報七由助伴故謂由所餘善不善法之所攝受八由多修習故謂自修行亦教他作讚歎隨喜見同法者心生喜悅九由多人故謂與多人共行此業復次生雜染勝決擇今當說頌曰

命終定不定　中夭由六因　明了位三心
中有或有無

論曰有二種命終一決定謂北勝上洲二不決定謂餘處又復中夭由六種因一不避不

平等故二念忘失故三意瞋忿故四壽盡故五業盡故六福盡故又命終時有三種心謂善心不善心無記心此在分明心位若至不分明位定唯無記又命終後或有中有謂將生有色界者或無中有謂將生無色界者復次頌曰

依餘有所緣　染汙心生起　於四種生中
及三界五趣

論曰依止餘中有緣生處爲境染汙心生起令生有相續又於四種生中受諸生死謂卵生胎生濕生化生又於欲色無色三界中及於那落迦等五趣中受諸生死如是若死若生若處所已顯生雜染勝決擇諦事決擇今當說頌曰

當知世俗諦　意解義及說　淨所緣彼性
方便名勝義

論曰一切言說及因彼意解所得義皆名世俗諦若清淨所緣若清淨性若彼方便皆名勝義諦清淨所緣者謂四聖諦及眞如清淨性者謂滅諦清淨方便者謂道諦復次頌曰

當知是四種　染淨之所攝　未見未經受
如病病滅因

論曰當知四諦染汙清淨二法所攝染汙二種若果若因清淨亦爾如是四諦從無始來一切有情未如實見滅道二諦亦未經受又如病病滅及彼二因建立四諦苦諦如病集諦如病因滅諦如病滅道諦如病滅因復次頌曰

當知是四諦　各四相四行　遍知等四種
因果性差別

論曰當知四聖諦一一有四種相苦諦有四相者一起苦二内緣苦三外緣苦四麤重苦初謂生苦第二謂老病死苦第三謂怨憎會苦愛別離苦所欲匱苦第四謂五取蘊苦集諦有四相者一總愛二後有愛三喜貪俱行愛四彼彼處喜愛滅諦有四相者一愛盡二離欲三滅四涅槃道諦有四相者謂苦遲通等四種行迹前已說又一一諦各有四行當知如成現觀品已說又於諸諦有遍知永斷作證修道因果體性應知前三是果修道是因謂遍知苦因永斷集因及證滅因云何世俗等說名爲諦頌曰

彼覺無乖諍　法爾證亦然　諦三種唯善
復二種應知

論曰彼覺無乖諍法爾者謂世間愚夫等由法爾故於彼諸法覺無乖諍名世俗諦法爾證亦然者謂諸已見諦者如其法性證無乖諍名勝義諦由此道理薄伽梵說一切聖者以此爲諦故名聖諦又苦等四諦當知初二通善不善無記三性餘唯是善又善有二種謂世間出世間此復二種謂斷及道所攝如是已說諦事決擇依止決擇今當說頌曰

當知七依止　三種所依性　彼善巧二種
四句等廣說

論曰當知由三種所依性故薄伽梵說七種依止何等名爲三種所依一漏盡所依二功德發起所依三現法樂住所依又此依止有二種善巧應知一三摩地善巧二三摩鉢底善巧此有四句等廣分別如薄伽梵說嗢柁南伽他曰或有靜慮者三摩地善巧或三摩

鉢底或俱不俱等云何三摩地善巧非三摩鉢底善巧謂於空等三三摩地善巧故非於勝處遍處滅盡定等善巧故云何三摩鉢底善巧非三摩地善巧謂於勝處遍處無想定等若入若出三摩鉢底善巧故非於三三摩地善巧故云何俱善巧謂於所說三摩地三摩鉢底差別俱善巧故云何俱非善巧謂於所說三摩地三摩鉢底差別俱不善巧故復次三摩地善巧非三摩鉢底善巧者謂善了知所入三摩地名句文差別故不善了知能入三摩地諸行狀相故三摩鉢底善巧非三摩地善巧者謂如有一能善了知所入三摩地諸行狀相而入彼定不善了知此三摩地名句文差別謂我今入如此如此名三摩地又有菩薩能入若百三摩地若千三摩地等然彼不能了知彼定名句文身差別謂我今入如此如此名三摩地乃至未從諸佛及得第一究竟菩薩摩訶薩所聞或自未得第一究竟問云何住定答謂如有一於能入定諸行狀相善能了取善了取故隨其所欲住所入定又於所入諸三摩地無有退失如是有二種住一安住於定故名爲住二能不退失故名爲住問云何起定答謂如有一於能入定諸行狀相不復思惟但以不定地分別相所攝定地同分作意思惟諸法故從此三摩地起或因隨所作故起或因決定所作故起或因期願所作故起隨所作者謂衣鉢衆具業決定所作者謂大小便利供事師長乞食等行期願所作者謂如有一期許爲他隨有所作或爲更入餘定故從定起問云何爲行

答行所緣境而入於定故名爲行謂依三摩地所起麤靜病癰箭無常等行問云何名狀答若有將入定者爾時必有定相生起由此相故行者自知我當不久將入如是如是相定或復已入又教授師亦知此行者有如是如是相起不久當入如是如是定問云何名相答相有二種一者境相二者因相境相者謂分別相由緣此故而入於定因相者謂能入定所有資糧如隨順言教定具積集修俱樂欲厭離之心極善了知亂不亂相及不爲他之所觸惱或人非人或聲所作或用所作問云何名調順答若三摩地爲諸行相之所拘執猶如持水法爾被執不靜不妙非安隱道不能證得心定一趣當知爾時此三摩地不名調順不隨意住與此相違名爲調順問云何名所行答謂三摩地境界若過此境定不能知如入初靜慮不能知見第二靜慮等事如是根度及補特伽羅度亦不知見問云何引發答謂能略攝廣文句義及能發起諸勝功德問何等三摩地名爲可愛答謂具慚愧愛敬淨信如理作意憶念正知守護諸根持戒無悔等乃至樂爲最後如其所樂入三摩地當知翻此名非可愛問云何可愛不可愛謂慚愧等少分成就少分不成就謂具慚愧非愛敬相應等乃至廣說問云何爲增答謂三摩地已得增長問云何爲減答謂三摩地得已退失問云何方便答謂趣二之道問云何奢摩他答謂無分別影像作意相問云何執受答謂由隨一若清淨相或光明相起執取相問云何棄捨答謂於善品已得平等

增上捨相復次依諸靜慮勝決擇今當說頌曰

靜慮數障分　及彼廣建立　遠離於苦動
後後分勝異

論曰如上所說四種靜慮云何唯四不多不少由出苦樂事究竟故所以者何漸次乃至第四靜慮憂苦喜樂得超度故問初靜慮所治障云何答有五種應知一貪恚害尋二苦三憂四犯戒五散亂問第二靜慮所治障云何答亦有五種應知一初靜慮貪二尋伺三苦四掉五定下劣性問第三靜慮所治障云何答有四種應知一第二靜慮貪二喜三踊躍四定下劣性問第四靜慮所治障云何答亦有五種應知一入出息二第三靜慮貪三樂四樂作意五定下劣性問於諸靜慮有幾支耶答初有五支何等爲五謂尋伺喜樂心一境性第二靜慮有四支謂內等淨喜樂心一境性問內等淨以何法爲體答以念正知及捨爲體第三靜慮有五支謂念正知捨樂心一境性第四靜慮有四支謂捨清淨念清淨不苦不樂心一境性問念正知捨一切處有何故於初靜慮等不說耶答初靜慮中由尋伺門所引發故雖有不說第二靜慮中有踊躍自體之所作業及心所有少分煩惱所纏覆故總以內等淨名顯之第三靜慮中彼心所有少分煩惱皆遠離故顯彼自相故經中說遠離喜貪初靜慮中雖離欲貪未離喜貪第二靜慮中雖離尋伺貪未離喜貪第四靜慮中即此捨念極善清淨顯了是故於諸靜慮中如其所應彼差別應知問何故於四

靜慮建立四支五支耶答住所依故住順益故住自體故復次思惟境界故受用境界故於境不散故復次順益所依故增上心所依故增上慧所依故復次爲對治三種惱亂住障故三種惱亂住者謂染汙住苦住迷亂住復次如受用五欲者有三種正所作事顯彼受用諸欲一以正方便求所受用二求得已正受用三自在隨轉如是修靜慮者依三種正所作事如其所應建立支分應知復次爲對治自苦行故修靜慮者建立支分應知此復三種對治一離欲對治二止息身心逼惱對治三外心散亂寂靜對治問何故初靜慮中說離欲已復說遠離惡不善法答爲顯諸欲自相及顯過患相故過患相者謂彼諸欲起惡行已墮極下處故名爲惡違善法生故名不善復次爲顯能斷煩惱雜染故及顯能斷先所積集業雜染故復次爲顯斷在家者受用事門所生欲故及顯斷出家者於尋伺門所生法故復次爲顯斷欲尋故及顯斷恚尋害尋故復次爲顯同彼外仙所得相故及顯斷彼退已起惡咒故問何故苦根初靜慮中說未斷耶答彼品麤重未遠離故若初靜慮已斷苦根麤重品者與住第二靜慮時應無差別是故當知初靜慮中未斷麤重苦品問尋伺等法於初靜慮等中能爲順益攝受自地令得清淨何故如來說彼名動答望他地故說名爲動非望自地問何故從欲界及於初靜慮等中建立後後支耶答略有三因謂能治所治故證利益故證自體故如是三相於四靜慮中五支所攝如其所應知問第

二靜靜慮初靜慮有何勝異答三摩地圓滿勝異問第三靜慮望第二靜慮有何勝異答順益圓滿勝異問第四靜慮望第三靜慮有何勝異答清淨圓滿勝異復次頌曰

近分喜有動　唯初能盡漏　亦二種緣聲
八等至捨八

論曰初靜慮近分喜有動非如根本靜慮喜又初近分未至所攝定能盡諸漏非餘又初近分有二種謂世間出世間餘近分唯世間由已得初根本無漏靜慮故非於上地諸近分定無漏現前又處定中取外聲時當知由二種取一由了別定所緣境及種種所緣境意識故二由此俱生耳識故八等至捨八者謂八種三摩鉢底能捨八事捨何等八謂捨語尋喜樂故證四靜慮三摩鉢底捨色空識無所有處想故證四無色三摩鉢底復次頌曰

現法安樂住　能入於現觀　讚說想解脫
四種因當知

論曰唯諸靜慮是現法安樂住性具有身心二種安故非無色定無身安故又依靜慮能入現觀非無色定以諸靜慮毗鉢舍那極猛利故又修靜慮及諸定者於無色解脫數入數出讚說彼相極寂靜故又諸外道於無色定起解脫想故數數讚說又依有想三摩地解脫能盡諸漏乃至無所有處三摩地極猛利故是故薄伽梵說唯依有想三摩鉢底領解通達非於餘地四種因者謂諸三摩鉢底能爲現法安樂住等四種依因如其次第應知復次頌曰

愛味等當知　十種六三種　退相續障治
各多種差别
論曰愛味相應清淨無漏三種靜慮如其次第有十種六種三種應知云何十種謂如攝事品已説云何六種謂六種清淨一引發清淨二上練清淨三後得清淨四垢染清淨五攝清淨六堪任清淨云何三種謂出世間無漏離繫無漏後得無漏又從離欲退彼相續彼對治應知各有多種謂或由依止不平等故退謂如有一遭於重疾退失於定如尊者伐勒迦梨説我今於此三摩地不能證入將無於此三摩地由多麤重故而退失耶又如有一爲性多麤重由宿習故由此多麤重故退三摩地或由境界勝妙故退謂如有一得勝妙境界現前故退失定如聞有外道仙人乃至得非想非非想處定由觸可愛妙色少女身故退失彼定或由敬養故退謂如有一現前獲得勝妙敬養便退失定如天與等或由輕毀故退謂如有一被他瞋毀訶責便退失定如諸外仙瞋忿退已行諸惡呪或由憍慢故退謂如有一因所得定自舉凌他退失於定或由增上慢故退謂如有一於所未得定起已得增上慢故退所得定或由不作意故退謂如有一先由如是諸行狀相得入諸定彼於後時更不思惟此行狀相故退失於定或由不純熟故退謂如有一修習始業創發善品或由自煩惱多現在前故退失定謂如有一愛上靜慮乃至疑上靜慮故退失定或由壽盡福盡業盡故退謂如有一從上地生處捨命墮下地生復次若下品煩惱下品

善根補特伽羅由多剎那用功方退由多剎那用功方得入定若下品煩惱上品善根補特伽羅由多剎那用功方退由一剎那速得入定若上品煩惱下品善根補特伽羅由一剎那速退失定多念用功方能入定若上品煩惱上品善根補特伽羅由一剎那速退失定由一剎那速能入定復次頌曰

利根及生轉　當知無有退　依下地發定離欲後生故

論曰如是退轉利根者無若轉易生雖鈍根者亦無有退又靜慮等定必先依下地發起以先於此間入定然後生彼何以故要先離欲者後時得生彼故如是已說依止決擇覺分決擇今當說頌曰

依二乘大乘　由二十七相　正方便當知建立於覺分

論曰依聲聞獨覺二乘及依大乘建立覺分由二十七種相正方便應知何等名爲二十七種正方便謂繫屬所緣正觀方便捨離染汙攝淨方便修治內心調順方便引發出世正法方便彼無間缺方便眞實現覺方便證餘寂滅方便入所知方便入斷方便通達不淨無樂有苦方便學圓滿方便於境無散觀察方便聖教不壞方便攝智所知彼果方便願方便悲愍有情方便修治智方便法現觀方便能治所治進趣方便福德資糧積集方便成熟有情方便攝一切菩薩道方便引發威德方便引發言教方便廣大甚深心積習方便遠離匱法業方便安住有情涅槃二界方便復次頌曰

身等三差別　彼影像隨觀　由聞等三智
念法無迷惑
論曰當知身等各有三種差別身三種者或有身分自性不淨如身內分或有身分相似清淨如身皮分或有身分變壞不淨如命終已青瘀等身分受有三種者所謂苦樂不苦不樂心有三種者謂樂等受相應法有三種者謂黑白雜彼影像隨觀者如尋思經說於彼身等影像隨觀與所知事同分類故名爲影像所言隨者是相似義又此隨觀即是三智謂聞所生智思所生智修所生智如是三智由念力故於彼增上緣素怛覽等法無有迷惑是故說名念住於身受心法由念力住故復次頌曰
彼所治九種　作意當知二　修差別有三
二種無失壞
論曰當知諸念住有九種所治障一不厭離二不作意三止觀隨煩惱四沉下五不能堪忍六於少劣知足七忘失教授八違犯戒行九棄捨欲樂增上猛利諸妙善軛又於修念住有二種作意謂不緩作意不染作意經言熾盛者此顯第一正智憶念除世間貪愛者此顯第二又此第二能除三種雜染何者名爲三種雜染一犯戒因緣心生變悔由此障故能令初時心不得定二內心惛略由此障故雖已得定心於所緣忘失沉沒三外心散亂由此障故雖證勝法而著世間名聞利養或未能證勝進之法心生憂惱修差別有三者修諸念住各有三種謂於內外俱身等隨觀又復於身或唯觀影像或以影像比類於

身或復和合總觀如於身三種如是乃至於法亦爾又有二種於諸念住無有失壞一初無失壞謂不散亂由此力故能善發起二後無失壞謂無增上慢由此力故善修究竟復次頌曰

為斷於沉掉　相應道二種　觀察捨煩惱及為盡三愛

論曰於念住修位中為斷沉掉故應修二種相應道如苾芻尼經及取自心相經說云何苾芻尼經說如彼經言為斷沉没故應當思惟少分可愛清淨相貌為斷掉動故復應略攝云何取自心相經說如彼經言由不取自心相故令心沉没由取少分可愛外相故沉隨煩惱暫時斷息然心未得定復更略攝其心見沉没過復取外相見掉動過後復更取自心之相爾時能斷沉掉隨煩惱心得正定略攝其心取自心相離沉掉故復次由相應道觀察故能捨煩惱應知如鷃經說故彼經言所言鷃者喻行者心行非所行處者喻彼行者思惟可愛境界被鷂所執者喻彼行者為貪纏所執鷃怨訴者喻彼行者心生變悔暫放捨者喻彼行者貪纏暫息上塊者喻五取蘊大場壠者喻無常觀窟穴者喻通達真如觀喚鷂子者喻觀察作意鷂迅來者喻彼貪纏將現在前入窟穴者喻思惟真如觀鷂自苦害者喻隨眠斷復次此相應道當知能盡三愛謂助伴愛利養愛後有愛為對治此故顯我與法無有差別復次頌曰

為斷增上慢　味所依顛倒　及三心趣入修習於念住

論曰爲欲對治增上慢故爲欲對治愛味所依定故及爲對治四顛倒故修習念住爲對治增上慢者如經説唯應於此身受心法若住憶念乃至或唯有智或唯有見或唯繫念此增上慢有二種謂於未斷身等麤重障起及於未圓滿正觀俱品治起爲對治愛味所依定者如經説無所依止故爲對治顛倒故者如經説於諸世間無少執取由顛倒斷故更不復執少五取蘊爲常爲樂爲我爲淨又爲三心趣入修習念住應知謂遊行聚落時心趣於出住憒閙時心趣遠離處於靜室心趣涅槃又趣出生死趣離煩惱樂寂滅故心趣涅槃

顯揚聖教論卷第十九

音釋

纏直連切繞也 匱求位切乏也 嗢柁嗢烏没切柁徒可切 剏楚亮切始也造也 軛於革切 掉徒弔切搖也 鷃於諫切鳥名 鷂弋照切 壠力踵切丘壠也

顯揚聖教論卷第二十

無著菩薩造

唐三藏法師玄奘奉　詔譯

攝勝決擇品第十一之四

如是已說覺分決擇補特伽羅勝決擇今當說頌曰

由根等差別　建立五唯二　假設五應知三事成圓滿

論曰當知由根等差別故建立五種唯二如經中說由緣唯二根故唯二作意可知緣唯二作意故唯二修可知緣唯二修故唯二行可知緣唯二行故唯二補特伽羅可知行者謂修所引習氣又假設補特伽羅應知由五種因一由種姓故謂可救不可救二由趣入故謂聲聞乘等三由學故謂學無學四由得故謂住四果及三向五由過失功德故謂有障無障具縛不具縛又由三事故建立三滿一根滿謂不動法二定滿謂得滅定三果滿謂阿羅漢如是已說補特伽羅決擇果事決擇今當說頌曰

證轉依不起　二因果無退　三因故斷常三果三因記

論曰由證轉依故諸煩惱不起當知轉依說名爲斷又由二種因故果無有退謂若未永害煩惱種子證阿羅漢不應道理故若已永害煩惱種子即應煩惱必定不生種因無故又三因緣故斷是常性一無戲論故現見戲論是無常性二清淨眞如之所顯故猶如眞金調柔之性三煩惱不生性前後無別故又三種果由三因故如來記別一證淨記別謂

預流果由得見道四證淨故二喜處記別謂
一來果將得根本定已受少喜故三隨念記
別謂不還果已得根本定現見諸天衆與梵
衆等共興言論隨念所求自乘功德未圓滿
故如是已說果事決擇功德決擇今當說頌
曰
建立諸功德　由十七增上　彼差別無邊
治所治障故
論曰當知由十七種增上力故建立功德一
由愍有情增上故謂四無量二由六障淨增
上故謂解脫勝處遍處此中解脫爲方便由
餘故成滿六障淨者一變化障清淨由前二
解脫二最極現法樂住障清淨由第三解脫
淨與不淨皆清淨顯現故三往還障清淨由
第四解脫四引無諍等聖功德障清淨由第
五解脫五諸漏及有障清淨由第六第七解
脫六寂靜最極住障清淨當知由第八解脫
三由知時往增上故謂無諍功德四由觀察
所知增上故謂願智五由言教增上故謂無
礙解脫六由六處善巧增上故謂六神通六
處善巧者一引攝善巧二審聽語言善巧由
此善巧以彼語言論難折伏爲說正法三欲
解隨眠善巧四來善巧五往善巧六解脫善
巧七由他信增上故謂諸相好八由三障清
淨增上故謂四種遍清淨三障者謂所依障
所緣障心智障九由一切問記增上故謂諸
力十由摧伏一切他論增上故謂諸無畏十
一由於所攝衆無偏黨增上故謂諸不護十
二由能攝化徒衆增上故謂諸念住十三由
於一切時顯現一切智者所作增上故謂求

拔習氣十四由於所應化不過時增上故謂無忘失法十五由日夜六反觀察世間增上故謂大悲十六由超過聲聞獨覺增上故謂諸不共佛法十七由成諸如來所作事增上故謂一切種妙智又此諸功德對治所治障差別故當知無邊差別復次頌曰

思惟義樂苦　作意及安住　艱難與相貌
殊特非殊特

論曰彼諸功德若所對治若能對治皆應思惟云何思惟所謂若義若樂若苦若作意若安住若艱難若相貌若殊特非殊特此中思惟義者謂慧到彼岸義所攝諸句有五種所爲義一爲於說者起恭敬義二爲攝衆義三爲於言教起尊重義四爲敘述事義五爲於眞實義教起多所作義又一切法有三種義謂能增益義所增益義及法性義如色有三種能增益色所增益色及色法性如是一切處應知復有三輪理趣義宣說諸法謂依世俗諦理趣宣說作者宣說作具宣說作業如施者施行受施物者謂能行施者由此行施及施物受者如是一切處應知復有四種理趣言教義一差別理趣言教二建立理趣言教三無異理趣言教四無作用理趣言教此中差別理趣者謂色乃至一切種智性差別建立理趣者謂五種建立一趣入建立二教授建立三學建立四證得建立五過失功德建立無異理趣者有六種一有非有無異謂色與色空性如是一切處應知二更互無異謂諸蘊更互相望如是一切處應知三世無異謂於前際觀中後際如是一切處應知四

補特伽羅無異謂諸有情展轉相望五障治無異謂常無常乃至流轉寂滅六文字無異謂名身等無作用理趣者謂三輪清淨隨於諸處無有作者眞實可得無有作具亦無作業無有補特伽羅能說無法可說無補特伽羅能學無法可學無補特伽羅能證無法可證無補特伽羅能住過失及與功德亦無所住無取無法如是一切復有二種無量義一發起問論無量二迴向無所得無量又爲對治三種處所故說不應住色義乃至不應住一切法義三種處所者一執著處所二隨轉處所三戲論慧行處所復有三種無相義一無體無相二非彼體無相三不顯現無相如無相如是無性無自體不生不滅無所執著無所爲作無所攝受應知亦爾復有三種有所得義一事有所得二有所得有所得三無所得有所得如有所得如是有執著爲作戲論取見計執應知亦爾復有三種有所得義一自體有所得二不遠離有所得三不推析有所得復有三種無所得義一自體無所得二遠離無所得三推析無所得如無所得如是空無執著無爲作無戲論無取無見無計執應知亦爾復有三種無所得義一有性無所得二彼體無所得三不顯現無所得無所得者推求諸法不見自性非一切種都無所得然於遍計所執自性無所得時亦不觀彼依他自相又復經言無所得相應故者若無所得彼相應耶應作四句或無所得非相應者謂如有一於廣大事都無所得或有相應非無所得者謂由世間道修諸善法或無所

得亦相應者謂由出世間道修諸善法或非無所得亦非相應者謂染汙及無記法現在前復有五種不正取義謂補特伽羅不正取法不正取變異不正取損減不正取差別不正取復有四種言教義一言定意不定二意定言不定三言意俱定四言意俱不定復有二種所對治義一解脫門所對治謂分別相願二到彼岸所對治謂慳悋犯戒忿恚懈怠散亂惡慧復有二種空所對治義謂十六種邪想現行及十四種想縛復有二種到彼岸行義謂世間有所得行及出世間無所得行又復世間到彼岸行但是相似非真實如相似如是有毒有障無方便應知亦爾當知出世間到彼岸行與此相違復次若略說慧到彼岸自體義當知由三種相一所依相二所

緣相三行相所依相者謂菩提心所緣相者謂色等法行相有二種謂世間出世間世間行者謂無常苦空無我如病如癰等行出世間行者謂無所得相應行復有三種波羅蜜多善積集修義一以一切智性相應作意與一切有情同共迴向阿耨多羅三藐三菩提二以諸波羅蜜多安住實際三於實際而不作證復次如說此心不可思議故者何因緣故不可思議謂由此所依由此所緣令心安住此俱無性故若是無性即是清淨亦不可思議此不可思議若有性若無性及與彼心若是異性若不異性故又復一切戲論行相三因緣故令心流轉一由親近故二由所緣故三由建立故親近故者謂得報時執持所依所緣故者謂領受種種境界及起作種種

加行建立故者謂無始時來妄想熏習復有四種分別義一有分別二無分別三二分別四不二分別復有四種無分別義一愚癡無分別二非情無分別三無作用無分別四法性無分別復有二種言教義謂世俗言教勝義言教世俗言教者謂差別建立二種理趣勝義言教者謂無異無作用二種理趣復次於勝義諦中不可宣說於言說中當知有三種相一相相二雜染相三清淨相又由三種遍知相現觀諸法三種相者一假立二了別三彼唯量諸菩薩等以何爲樂謂衆生攝益爲樂以何爲苦謂衆生損惱爲苦以何爲作意謂思惟一切衆生利益事爲作意以何爲住謂以無所分別爲住復次菩薩摩訶薩有十二種艱難之事聰叡菩薩應當了知一者

於違越法式衆生若罰若捨是諸菩薩艱難之事二者方便現行苦逼惱事防護自心令不起煩惱是諸菩薩艱難之事三者無量衆生現前求索現在所有非法財物是諸菩薩艱難之事四者菩薩唯有一身無量衆生諸所作事同時現前請爲助伴是諸菩薩艱難之事五者處放逸處若處世間可愛妙定若生天上令心調順是諸菩薩艱難之事六者常求遍作利衆生事而於此事無力無能是諸菩薩艱難之事七者愚鈍諂詐剛强衆生若爲說法若復棄捨是諸菩薩艱難之事八者常於生死見大過失爲利衆生而不應捨是諸菩薩艱難之事九者未證增上清淨意樂多分失念命終是諸菩薩艱難之事十者未證增上清淨意樂他來求索最極第一所

珍愛事是諸菩薩艱難之事十一者種種意見種種樂欲衆生現前若教示若棄捨是諸菩薩艱難之事十二者常行最極不放逸行而不盡斷一切煩惱是諸菩薩艱難之事若諸菩薩遭遇如是艱難之事或應觀其輕重如其所應建立方便或應簡擇補特伽羅或應勵力攝受隨因緣轉若發正願或復制心令不縱逸或應住心猛利觀察不生厭倦而自安忍或慈悲故心生放捨或應發起熾然精進或復思惟善權方便如是正對治善巧菩薩摩訶薩雖遇如是諸艱難事正現在前而無怯怖自正能免復次有五種眞實菩薩相由成就此故入菩薩數云何爲五謂哀愍衆生常說愛語所作勇決舒手惠施能善剖析甚深義節哀愍者有二種性一者樂欲二者正行言樂欲者所謂菩薩於諸衆生起利益意及安樂意言正行者謂諸菩薩於衆生所如其欲樂隨力隨能以身語業而行攝化是名哀愍愛語者歡喜慰喻宣布恩德是名菩薩於諸衆生常說愛語所作勇決者謂威猛無怯成就勝力是名菩薩所作勇決舒手惠施者若諸菩薩行廣大施行無染施是名菩薩舒手惠施若諸菩薩善能發起四無礙解正方便智是名菩薩能善剖析甚深義節自體復有五種殊特五種非殊特菩薩相如前攝淨義品中說又於功德事中依止大乘勝決擇今當說頌曰

種性如來說　多佛與大乘　五種及十種
六六種道理

論曰種性差別大乘言教是如來說於一時

聞多佛出世及大乘性如其次第五種十種六種六種道理應知問云何種性差别五種道理答謂一切界差别可得故無根有情不應理故同類譬喻不應理故異類譬喻不應理故唯現在世非般涅槃法不應理故云何一切界差別可得故謂佛所說諸有情界有種種非一有情界有下劣勝妙有情界有聲聞乘等般涅槃種性有情界有不般涅槃種性有情界云何無根有情不應理故謂不可說由此道理亦應得有無根有情何以故以無根者如外地等非有情故云何同類譬喻不應理故謂不應言如刹帝利非刹帝利等種類可轉及那落迦非那落迦等趣性可轉如是般涅槃不般涅槃種性亦應可轉何以故刹帝利等及那落迦等具足一切種類界性及諸趣界性故般涅槃不般涅槃二種種性更互相違故彼若無有諸界性者彼應畢竟不可迴轉是故同類譬喻不應道理云何異類譬喻不應理故謂不可說如於彼彼地方所或先有彼彼金銀銅鐵鹽等物類種性後便無有或先無後有如是般涅槃法種性亦應先有後無先無後有何以故若有此理順解脫分應空無果是故異類譬喻亦不應理云何唯現在世非般涅槃法不應理故謂不應言於現在生雖非般涅槃法於餘生中復可轉爲般涅槃法何以故無般涅槃種性法故又若於此生先已積集順解脫分善根何故不名般涅槃法若於此生都未積集順解脫分善根云何後生能般涅槃是故定有非般涅槃種性有情問云何應知大乘言教

是佛所說答由十種因故一先不記別故二今不可知故三多有所作故四極重障故五非尋伺境界故若不先聞不能如是尋思計度是故若言是餘所說不應道理六證大覺故若未成佛能說佛教不應道理七無第三乘過失故八此若無有應無一切智者成過失故九緣此爲境如理思惟對治一切諸煩惱故十不應如言取彼意故問云何應知於一時間有多如來出現於世答由六因故一無量有情同於一時發大覺願現可得故二無量有情同修方便菩提資糧現可得故三更相障礙不應理故四菩提資糧同時圓滿俱出世間應道理故五次第出現不應理故六畢竟不成不應理故問何故如來宣說一乘答由六因故一即彼諸法約無差別相說故二約無分別行相說故三衆生無我及法無我平等故四解脫平等故謂差別求者有事虛妄分別煩惱對治所緣法性不相違故五善能變化住故六行究竟故復次頌曰

諸佛妙功能　彼果土清淨　解脫與法身
等不思無上

論曰一切如來於一切所作事功能平等又彼功能果佛國土清淨解脫身及法身一切諸佛皆平等皆不可思議皆無有上應知復次頌曰

雖不用加行　先願力所引　依無爲發起
所作無二相

論曰依止無爲法身雖無加行功用由本願力之所引故任運發起一切如來所作佛事譬如行者從滅定起又此所起佛事當知是

無盡相非生死相亦非涅槃相云何素怛覽藏云何毗奈耶藏云何摩怛履迦藏頌曰

宣說諸事法　別解脫分別　諸法相十一
是經律本藏

論曰諸佛世尊唯依攝事顯了諸法是名素怛覽藏問何等名攝事答謂四事九事二十九事何等四事謂聞事歸趣事學事菩提事九種事者一假立有情事二彼所受用事三彼生起事四彼生已住事五彼染汙清淨事六彼種種差別事七能說者事八所說法事九衆會事二十九種事者謂於遍攝九事經中依雜染品說有四事一攝諸行事二即於此中次第轉事三即於此中立衆生想後轉因事四即於此中建立法想後轉因事又依清淨品說有二十五事一於所緣境安住事二即於此中劬勞事三心安住事四現法樂住事五出一切苦所緣方便事六彼遍知事此有三種謂顛倒依處遍知故依有情想於外有情邪行依處遍知故內離增上慢依處遍知故七修依處事八作證事九修習事十彼堅固事十一彼行相事十二彼所緣事十三觀斷未斷善巧事十四彼散亂事十五彼不散亂事十六不散亂依處事十七修習無倦方便不遠離事十八修習勝利事十九彼堅固事二十攝賢聖行事二十一攝賢聖品所遠離事二十二眞實通達事二十三證涅槃事二十四於善說法律中所得世間正見超過一切外正見事二十五不修習此退減事此由於善說法律中不修習故名爲退減不由邪見過失故復次佛世尊爲諸聲聞及

諸菩薩說別解脫及廣分別別解脫相應法是名毗奈耶藏此中由七種相略攝菩薩別解脫應知一者宣說受持軌則二者宣說波羅闍巳迦處事三者宣說毀犯處事四者宣說毀犯體性五者宣說無犯體性六者宣說出所毀犯七者宣說捨律儀事復次佛世尊以十一種相顯了分別開示諸法是名摩怛履迦藏云何名爲十一種相一世俗諦相二勝義諦相三菩提分法所緣相四此行相五此自體相六得此果相七此領受顯了相八此障礙法相九此隨順法相十此過患相十一此稱讚相世俗相者當知宣說補特伽羅宣說遍計所執自性宣說諸法作用業具等相勝義相者當知宣說七種真如相菩提分法所緣相者當知宣說一切種所知事此行相者當知宣說八觀察行何等爲八一觀察諦行二觀察建立行三觀察過失行四觀察功德行五觀察理趣行六觀察流轉行七觀察道理行八觀察廣略行諦者謂真如建立者謂若建立補特伽羅若建立遍計所執自性若建立一向分別反問置記論若建立隱密顯了記論過失者謂佛所說諸雜染法非一種種差別過失功德者如佛所說諸清淨法非一種種差別勝利理趣者有六種理趣如攝事品巳說流轉者謂三世三有爲相及與四緣道理者謂四種道理一觀待道理二作用道理三證成道理四法爾道理若由諸因諸緣故諸行生起及隨顯說是名觀待道理若由諸因諸緣故諸法若證得若成滿若彼巳生能起業用是名作用道理若由諸因

諸緣故所立所說所標舉義得成立得正解是名證成道理此復略有二種一清淨二不清淨清淨者由五種相不清淨者由七種相五種清淨相者一現量所得相二依止現量所得相三引自類譬喻相四成就相五善清淨言教相此中一切行無常性一切行苦性一切法無我性是諸世間現量所得如是等類是名現量所得相若一切行刹那性後世有性淨不淨業不失壞性此依麤無常現量所得依有情種種差別業現量所得及依苦樂有情淨不淨業現量所得由此現量所得故比類所不現見法是名依止現量所得相若於內外諸行中引一切世間共知共得生滅相引一切世間共知共得生等苦相引一切世間共知共得不自在相及於外事中引一切世間共知共得與盛衰壞相如是等類是名引自類譬喻相即現量所得相及引自類譬喻相此二於所成立一向決定故當知即名成就相若諸言教是一切智者所說如言涅槃寂靜如是等類是名善清淨言教相此中有五種相能表眞實一切智者何等爲五一者若有出現世間一切智者正實聲名流布世界二者具三十二大丈夫相三者成就十力斷諸有情所有疑網四者自稱具足四無所畏不爲一切他論難屈又能摧伏一切外論五者於其法律八支聖道及四沙門果等可得如是出現故妙相故斷疑故立破故道果故由此五相表是眞實一切智者如是於證成道理中由現量故比量故譬喻故成就故至教量故由此五相名爲清淨七種

不清淨相者一餘分同類所得相二餘分異類所得相三一切同類所得相四一切異類所得相五引異類譬喻相六不成就相七不清淨言教相若一切法意識所識性是名一切同類所得相若相貌若自體若業若法若因若果等同異之相或隨一分更互同異之相是名餘分同異類所得相或決定更互異相是名一切異類所得相若并譬喻有餘分同類所得相及有一切異類所得相由此相於所成立義不決定故說名不成就相若并譬喻有餘分異類所得相及有一切同類所得相由此相於所成立義不決定故亦名不成就相由不成就故名不清淨道理觀此觀不清淨故不應修習不清淨言教相者謂諸言教自性不清淨應知法爾道理者謂若如來出世若不出世法性法界安住無變是名法爾道理略廣者謂先說一句法後後以無量句展轉分別顯了究竟此自體相者所謂能取若行若緣菩提分法四念住等是名此自體相得此果相者謂若世間出世間煩惱斷果及所引發世間出世間功德是名得此果相此領受顯了相者謂由解脫智故即領受此所得果相及廣爲他顯說其相是名此領受顯了相此障礙法相者謂若修菩提分法時能爲障礙染汙之法是名此障礙法相此隨順法相者謂即於此菩提分法能爲隨順多所作法是名此隨順法相此過患相者謂能障礙所有過失是名此過患相此稱讚相者謂隨順法所有功德是名此稱讚相隨所有處諸佛世尊以如是等十一種相顯了

分別開示諸法是名摩怛履迦復次頌曰

諸相與斷滅　無失壞方便　彼二果差別
是諸經略義

論曰當知諸經義略說有五種一相二斷滅三無失壞方便四彼二果五相等差別此五略說如善生經佛告善生族姓子有二種事俱爲美妙者是美妙相斷滅有二種謂欲取斷滅及依事取斷滅者此言兼顯二種無失壞方便二種無失壞方便者謂若落鬚髮乃至趣於非家若盡諸漏乃至覺受我生已盡乃至廣說彼二果者謂無失壞方便果寂靜性差別者謂五種寂靜差別一諸纏寂靜二世間離欲寂靜三順下分寂靜四順上分寂靜五依事寂靜爲顯此故於彼經中說伽他曰諸苾芻美妙寂靜離諸漏離欲離繫縛無執受涅槃任持最後身摧伏魔所使復次頌曰

略說瑜伽道　緣所聞正法　奢摩他與觀
依影像成就

論曰若略說瑜伽道當知多聞所攝正法爲境界奢摩他毗鉢舍那爲自體依止影像及依止事成就如薄伽梵說有五種法能攝一切瑜伽行者諸瑜伽地謂持任明鏡及與轉依當知聞正法是持所緣是任止觀是明影像是鏡事成就是轉依

顯揚聖教論卷第二十

音釋

慳悋（慳苦閑切悋良刃切慳悋靳惜也）　艱（古閑切）　叡（俞芮切明達也）
諂詐（諂丑琰切佞言也詐側駕切僞也）　剖析（剖普后切判也析先的切分也）

大乘阿毗達磨雜集論

唐三藏法師玄奘奉詔譯

清刻龍藏佛說法變相圖

大乘阿毗達磨雜集論卷第一

安慧菩薩糅

唐三藏法師玄奘奉詔譯

本事分中三法品第一之一

諸會真淨究竟理　超聖行海昇彼岸
證得一切法自在　善權化導不思議
無量希有勝功德　自他並利所依止
敬禮如是大覺尊　無等妙法諸聖衆
敬禮開演本論師　親承聖旨分别者
由悟契經及解釋　爰發正勤乃叅綜

今此頌中無倒稱讚最勝功德敬伸頂禮以供養三寶及造此論經釋二師隨其所應所以者何此論所依及能起故佛薄伽梵是契經等一切教法平等所依無師自悟諸法實性一切教起所依處故從此無間聖弟子衆

依法隨學法爲依者法界所流故經釋二師亦契如來所説正法一分無倒聞思修行爲依止故隨而造論初二頌顯示如來應正等覺勝德六義所謂自性因果業相應差别義諸會眞淨究竟理者顯自性義謂諸佛法身以一切種轉依眞如爲體性故超聖行海昇彼岸者顯因義謂佛菩提從一切種極喜等十地聖行無量無數大劫圓滿修習因所生故證得一切法自在者顯果義謂永斷一切煩惱障所知障及彼餘習證得無邊希有功德無上三菩提果於一切法自在轉故善權化導不思議者顯業義謂以超非一切智境神通記説教誡變現等無量調伏方便導引可化有情令心界清淨故無量希有勝功德者顯相應義謂超尋思數量無邊種種難行苦行所生無上大悲力無畏等功德法寶相應故自他並利所依止者顯差别義謂如來受用變化自性身如其次第自他並利所依故所依者身義體義無差别也自他並利所依者就勝而説謂受用身自利最勝處大會中能受第一廣大甚深法聖財故變化身者他利最勝徧於十方一切世界能起無間猶工巧業等諸變化事建立有情所應作故自性身者謂諸善逝共有法身最極微細一切障轉依眞如爲體故於自他利並爲最勝由證此身得餘身故此三佛身是差别義當知此中亦讚法僧功德法寶者自性因果等義所攝故僧寶者隨此修學所生故庶令學者無諸怖畏方造論端建茲體性

本事與決擇　是各有四種　三法攝應成

諦法得論議　幾何因取相　建立與次第
義喻廣分別　集總頌應知
問何故論端先辯蘊等答欲令學者於幾何
因等諸思擇處得善巧故所以者何由此善
巧能得二種稱讚利益所謂作意稱讚利益
論議決擇稱讚利益作意稱讚利益者謂善
順增長奢摩他毗鉢舍那故善順增長奢摩
他者謂於如是諸思擇處已作善巧得無疑
故隨其所樂於一境界正觀現前心易定故
善順增長毗鉢舍那者以無量門觀察一切
所知境界速令正慧究竟滿故論議決擇稱
讚利益者由於如是諸思擇處善通達故成
就一切問答自在於諸異論得無所畏問蘊
界處各有幾種答蘊有五種謂色蘊受蘊想
蘊行蘊識蘊界有十八謂眼界色界眼識界
耳界聲界耳識界鼻界香界鼻識界舌界味
界舌識界身界觸界身識界意界法界意識
界處有十二謂眼處色處耳處聲處鼻處香
處舌處味處身處觸處意處法處問何因蘊
唯有五答爲顯五種我事故謂爲顯身具我
事受用我事言說我事造作一切法非法我
事彼所依止我自體事於此五中前四是我
所事第五即我相事言身具者謂內外色蘊
所攝受等諸蘊受用等義相中當說彼所依
止我自體事者謂識蘊是身具等所依我相
事義所以者何世閒有情多於識蘊計執爲
我於餘蘊計執我所問何因界唯十八答由
身具等能持過現六行受用性故身者謂眼
等六根具者謂色等六境過現六行受用者
謂六識能持者謂六根六境能持六識所依

所緣故過現六識能持受用者不捨自相故當知十八以能持義故說名界問何因處唯十二答唯身及具能與未來六行受用爲生長門故謂如過現六行受用相爲眼等所持未來六行受用相以根及義爲生長門亦爾所言唯者謂唯依根境立十二處不依六種受用相識問云何名取蘊答以取合故名爲取蘊取者謂諸蘊中所有欲貪何故欲貪說名爲取謂於未來現在諸蘊能引不捨故希求未來染著現在欲貪名取欲者希求相貪者染著相由欲希求未來自體爲方便故引取當蘊令起現前由貪染著現在自體爲方便故執取現蘊令不捨離是故此二說名爲取問何故界處說有取法答應如蘊說當知界處與取合故名有取法問色蘊何相答變現相是色相此有二種一觸對變壞二方所示現觸對變壞者謂由手足乃至蚊虵所觸對時即便變壞方所示現者謂由方所可相示現如此如此色如是如是色或由定心或由不定尋思相應種種構畫方所者謂現前處所如此如此色者謂骨鎖等所知事同類影像如是如是色者謂形顯差別種種構畫者謂如相而想問受蘊何相答領納相是受相謂由此受故領納種種淨不淨業所得異熟若清淨業受樂異熟不清淨業受苦異熟淨不淨業受不苦不樂異熟所以者何由淨不淨業感得異熟阿賴耶識恒與捨受相應唯此捨受是實異熟體苦樂兩受從異熟生故假說名異熟問想蘊何相答搆了相是想相由此想故搆畫種種諸法像類隨所見聞

覺知之義起諸言說見聞覺知義者眼所受是見義耳所受是聞義自然思搆應如是如是是覺義自內所受是知義諸言說者謂詮辯義問行蘊何相答造作相是行相由此行故令心造作謂於善惡無記品中驅役心故又於種種苦樂等位驅役心故問識蘊何相答了別相是識相由此識故了別色聲香味觸法等種種境界問眼界何相答謂眼曾現見色及此種子積集異熟阿賴耶識是眼界相眼曾見色者謂能持過去識受用義以顯界性現見色者謂能持現在識受用義以顯界性及此種子積集異熟阿賴耶識者謂眼種子或唯積集爲引當來眼根故或已成熟爲生現在眼根故此二種名眼界者眼生因故如眼界相耳鼻舌身意界相亦爾問色界何相答謂色眼曾現見及眼界於此增上是色界相眼界於此增上者謂依色根增上力外境生故如色界相聲香味觸法界相亦爾問眼識界何相答謂依眼緣色似色了別及此種子積集異熟阿賴耶識是眼識界相如眼識界耳鼻舌身意識界相亦爾問處何相答如界應知隨其所應謂眼當見色及此種子等隨義應說云何建立色蘊謂諸所有色若四大種及四大種所造所造者謂以四大種爲生依立持養因義即依五因說名爲造生因者即是起因謂離大種色不起故依因者即是轉因謂捨大種諸所造色無有功能據別處故立因者即隨轉因由大變異能依造色隨變異故持因者即是住因謂由大種諸所造色相似相續生持令不絕故養因者

即是長因謂由大種養彼造色令增長故四大種者謂地水火風界地界者堅勁性水界者流濕性火界者温熱性風界者輕動性所造色者謂眼等五根色聲香味所觸一分及法處所攝色眼根者謂四大種所造眼識所依清淨色爲體耳根者謂四大種所造耳識所依清淨色爲體鼻根者謂四大種所造鼻識所依清淨色爲體舌根者謂四大種所造舌識所依清淨色爲體身根者謂四大種所造身識所依清淨色爲體色者謂四大種所造眼根所行義謂青黄赤白長短方圓麤細高下若正不正光影明闇雲煙塵霧逈色表色空一顯色此復三種謂妙不妙俱相違色此青等二十五色建立由六種因謂相故安立故損益故作所依故作相故莊嚴故如其

次第四十八一一一逈色者謂離餘礙觸方所可得空一顯色者謂上所見青等顯色聲者四大種所造耳根所取義若可意若不可意若俱相違若因受大種若因不受大種若因俱大種若世所共成若所引若徧計所執若聖言所攝若非聖言所攝如是十一種聲由五種因所建立謂相故損益故因差別故説差別故言差別故相者謂耳根所取義説差別者謂世所共成等三餘如其所應因受大種者謂語等聲因不受大種者謂樹等聲因俱者謂手鼓等聲世所共成者謂世俗語所攝成所引者謂諸聖所説徧計所執者謂外道所説聖非聖言所攝者謂依見等八種言説香者四大種所造鼻根所取義謂好香惡香平等香俱生香和合香變異香當知

此香三因建立謂相故損益故差別故俱生香者栴檀那等和合香者謂和香等變異香者謂熟果等味者四大種所造舌根所取義謂苦酢甘辛鹹淡若可意若不可意若俱相違若俱生若和合若變異建立此味應如香說所觸一分者四大種所造身根所取義謂滑澀輕重輭緩急冷饑渴飽力劣悶癢黏病老死疲息勇此所觸一分由八因建立謂相故摩故稱故觸故執故雜故界不平等故界平等故水風雜故冷地水雜故黏界平等故息力勇勇者無畏飽由二種界不平等故有饑等餘觸法處所攝色者略有五種謂極略色極迥色受所引色徧計所起色自在所生色極略色者謂極微色極迥色者謂即此離餘礙觸色受所引色者謂無表色徧計所起

色者謂影像色自在所生色者謂解脫靜慮所行境色云何建立受蘊謂六受身眼觸所生受乃至意觸所生受若樂若苦若不苦不樂復有樂身受苦身受不苦不樂身受樂心受苦心受不苦不樂心受復有樂有味受苦有味受不苦不樂有味受樂無味受苦無味受不苦不樂無味受復有樂依躭嗜受苦依躭嗜受不苦不樂依躭嗜受樂依出離受苦依出離受不苦不樂依出離受身受者謂五識相應受心受者謂意識相應受有味受者謂自體愛相應受無味受者謂此愛不相應受依躭嗜受者謂妙五欲愛相應受依出離受者謂此愛不相應受如是建立由四種因謂所依故自體故集所依故雜染清淨故集色所依建立身受集無色所依建立心受由

雜染故建立有味等由清淨故建立無味等此愛不相應者謂離繫及隨順離繫云何建立想蘊謂六想身眼觸所生想乃至意觸所生想由此想故或了有相或了無相或了小大無量或了無少所有無所有處有相想者謂除不善言說無相界定及有頂定想所餘想無相想者謂前所除想小想者謂能了欲界想大想者謂能了色界想無量想者謂能了空無邊處識無邊處想無所有處想者謂能了無所有處想不善言說想者謂未學語言故雖於色起想而不能了此名爲色故名無相想無相界定想者謂離色等一切相無相涅槃想故名無相想有頂定想者謂彼想不明利不能於境圖種種相故名無相想小者謂欲界下劣故大者謂色界增上故無量者謂空無邊處識無邊處無邊際故是故緣彼諸想亦名小大無量云何建立行蘊謂六思身眼觸所生思乃至意觸所生思由此思故思作諸善思作雜染思作分位差別又即此思除受及想與餘心所有法并心不相應行總名行蘊雖除受想一切心所有法及心不相應行皆行蘊相然思最勝與一切行爲導首是故偏說爲顯此義故說由思造善法等善者謂當說信等雜染者謂當說貪等根本煩惱及貪等煩惱分少分煩惱分位差別者謂於思所發種種行位假設心不相應行問何等名餘心所有法答所謂作意觸欲勝解念三摩地慧信慚愧無貪無瞋無癡勤安不放逸捨不害貪瞋慢無明疑薩迦耶見邊執見見取戒禁取邪見忿恨覆惱嫉慳誑諂

憍害無慚無愧惛沉掉舉不信懈怠放逸忘念不正知散亂睡眠惡作尋伺如是思等五十五法若徧行若别境若善若煩惱若隨煩惱若不定如其次第五五十一十二十四應知又此諸心所有法若相若業當廣分别思者於心造作意業爲體於善不善無記品中役心爲業於心造作意業爲體者此辯其相於善等品中役心爲業者此辯其業以於所作善等法中發起心故作意者發動心爲體於所緣境持心爲業於所緣境持心者謂即於此境數數引心是故心得定者名得作意觸者依三和合諸根變異分别爲體受所依爲業謂識生時所依諸根隨順生起苦樂等受變異行相隨此行相分别觸生欲者於所樂事彼彼引發所作希望爲體正勤所依爲業彼彼引發所作希望者謂欲引攝見聞等一切作用故勝解者於決定事隨所決定印持爲體不可引轉爲業隨所決定印持者謂是事必爾非餘決了勝解由勝解故所有勝緣不能引轉念者於串習事令心明記不忘爲體不散亂爲業串習事者謂先所受不散亂業者由念於境明記憶故令心不散三摩地者於所觀事令心專一爲體智所依止爲業令心專一者於一境界令心不散故智所依者心處靜定知如實故慧者於所觀事擇法爲體斷疑爲業斷疑者謂由慧擇法得決定故信者於有體有德有能忍可清淨希望爲體樂欲所依爲業謂於實有體起忍可行信於實有德起清淨行信於實有能起希望行信謂我有力能德能成慚者於諸過惡目

羞爲體惡行止息所依爲業愧者於諸過惡羞他爲體業如慚説無貪者於有有具無著爲體惡行不轉所依爲業無瞋者於諸有情苦及苦具無恚爲體惡行不轉所依爲業無癡者由報教證智決擇爲體惡行不轉所依爲業慚等易了故不再釋報教證智者謂生得聞思脩所生慧如次應知決擇者謂慧勇勤俱勤者被甲方便無下無退無足心勇爲體成滿善品爲業謂如經説有勢有勤有勇堅猛不捨善軛如其次第應配釋被甲心勇等諸句滿善品者謂能圓滿隨初所入根本靜慮成善品者謂即於此極善修治安者止息身心麤重身心調暢爲體除遣一切障礙爲業除遣一切障礙者謂由此勢力依止轉故不放逸者依止正勤無貪瞋癡修諸善法

於心防護諸有漏法爲體成滿一切世出世福爲業謂由正勤等爲先能修一切善法及防有漏是故依此四法假立不放逸體有漏法者謂諸漏及漏處所境界捨者依止正勤無貪瞋癡與雜染住相違心平等性心正直性心無功用住性爲體不容雜染所依爲業心平等性等者謂以初中後位辯捨差別所以者何由捨與心相應離沉没等不平等性故最初證得心平等性由心平等遠離加行自然相續故次復證得心正直性由心正直於諸雜染無怯慮故最後證得心無功用住性不害者無瞋善根一分心悲愍爲體不損惱爲業當知不害不離無瞋故亦是假貪者三界愛爲體生衆苦爲業生衆苦者謂由愛力五取蘊生故瞋者於諸有情苦及苦具心

憎恚爲體不安隱住惡行所依爲業不安隱住者謂心懷憎恚多住苦故慢者依止薩迦耶見心高舉爲體不敬苦生所依爲業不敬者謂於師長及有德所而生憍傲苦生者謂生後有故無明者謂三界無智爲體於諸法中邪決定疑雜染生起所依爲業邪決定者謂顛倒智疑者猶豫雜染生起者謂貪等煩惱現行彼所依者謂由愚癡起諸煩惱疑者於諦猶豫爲體善品不生依止爲業於諦猶豫者亦攝於實猶豫如其所應滅道諦攝故善品不生者謂由不決不造修故薩迦耶見者於五取蘊等隨觀執我及我所諸忍欲覺觀見爲體一切見趣所依爲業邊執見者於五取蘊等隨觀執若常若斷諸忍欲覺觀見爲體障處中行出離爲業處中行者謂離斷

常緣起正智見取者謂於諸見及見所依五取蘊等隨觀執爲最爲勝爲上爲妙諸忍欲覺觀見爲體執不正見所依爲業戒禁取者於諸戒禁及戒禁所依五取蘊等隨觀執爲清淨爲解脫爲出離諸忍欲覺觀見爲體勞而無果所依爲業戒禁者謂惡見爲先勞無果者由此不能得出離故邪見者謗因謗果或謗作用或壞實事或邪分別諸忍欲覺觀見爲體斷善根爲業及不善根堅固所依爲業不善生起爲業善不生起爲業謗因者謂無施與無愛樂無祠祀無妙行無惡行等謗果者謂無妙行及惡行業所招異熟等謗作用者謂無此世間無彼世間無母無父無化生有情等誹謗異世往來作用故誹謗任持種子作用故誹謗相續作用故壞實事者謂

無世間阿羅漢等邪分別者謂餘一切分別倒見斷善根者謂由增上邪見非一切種問如是五見幾增益見幾損減見答四是增益見於所知境增益自性及差別故於諸見中增益第一及清淨故謂於五取蘊所知無我境增益我我所自性是薩迦耶見增益我常無常差別是邊執見於諸惡見增益第一是見取即於此見增益清淨是戒禁取一多分是損減見一多分者由邪分別不必損減故問計前後際所有諸見彼於此五幾見所攝答或二或一切問於不可記事所有諸見彼於此五幾見所攝答或二或一切二者謂邊執見及邪見自相故一切者謂五見眷屬故問薄伽梵觀何過失故於蘊界處以五種相誹毀計我答觀彼攝受薩迦耶見者有五種過失故謂異相過失無常過失不自在過失無身過失不由功用解脫過失異相過失者謂色蘊等非我體性異我相故無常過失者謂非我處色蘊等中我應無常故所以者何非所依無能依有故不自在過失者謂不應觀我有色等我應不自在故所以者何我於色等不能自在轉故無身過失者謂非離色等異處有我我應無身故所以者何離身計我不可得故不由功用解脫過失者設有如是分別我相亦不應理無色等我不由功用應解脫故所以者何身縛若無我應任運解脫問於五取蘊有二十句薩迦耶見謂計色是我我有諸色色屬於我我在色中如是計受想行識是我我有識等識等屬我我在識等中於此諸見幾是我見幾我所見答五是

我見十五是我所見謂計色是我計受想行識是我此五是我見餘十五是我所見何因十五是我所見相應我所故隨轉我所故不離我所故相應我所者謂我有色乃至我有識所以者何由我與彼相應說有彼故隨轉我所者謂色屬我乃至識屬我所以者何若彼由此自在力轉或捨或沒世間說彼是我所故不離我所者謂我在色中乃至我在識中所以者何彼計實我處在蘊中徧體隨行故問薩迦耶見當言於事了不了耶答當言於事不得決了如於繩上妄起蛇解於事不決了者若能決了色等實相必不應起虛妄我見譬如有人欻爾見繩遂執爲蛇不了繩相而起蛇執忿者依止現前不饒益相瞋之一分心怒爲體執杖憤發所依爲業當知忿等是假建立離瞋等外無別性故恨者自此已後即瞋一分懷怨不捨爲體不忍所依爲業自此後者謂從忿後不忍者謂不堪忍不饒益事覆者於所作罪他正舉時癡之一分隱藏爲體悔不安住所依爲業法爾覆藏所作罪者心必憂悔由此不得安隱而住惱者忿恨居先瞋之一分心戾爲體高暴麤言所依爲業生起非福爲業不安隱住爲業高暴麤言者謂語現凶踈切人心府嫉者耽著利養不耐他榮瞋之一分心妬爲體令心憂慼不安隱住爲業慳者耽著利養於資生具貪之一分心吝爲體不捨所依爲業不捨者由慳吝故非所用具亦恒聚積誑者耽著利養貪癡一分詐現不實功德爲體邪命所依爲業諂者耽著利養貪癡一分矯設方便隱實

過惡爲體障正教授爲業矯設方便隱實過惡者謂託餘事以避餘事障正教授者由不如實發露所犯不任教授故憍者或依少年無病長壽之相或得隨一有漏榮利之事貪之一分令心悦豫爲體一切煩惱及隨煩惱所依爲業長壽相者謂不死覺爲先分別此相由此能生壽命憍逸隨一有漏榮利事者謂族姓色力聰叡財富自在等事悦豫者謂染喜差别害者瞋之一分無哀無悲無愍爲體損惱有情爲業無慚者貪瞋癡分於諸過惡不自恥爲體一切煩惱及隨煩惱助伴爲業無愧者貪瞋癡分於諸過惡不羞他爲體業如無慚說惛沉者謂愚癡分心無堪任爲體障毗鉢舍那爲業掉舉者謂貪欲分隨念淨相心不寂靜爲體障奢摩他爲業隨念淨相者謂追憶往昔隨順貪欲戲笑等故心不寂靜不信者謂愚癡分於諸善法心不忍可心不清淨心不希望爲體懈怠所依爲業懈怠所依者由不信故無有方便加行樂欲懈怠者謂愚癡分依著睡眠倚卧爲樂心不策勵爲體障修方便善品爲業放逸者依止懈怠及貪瞋癡不修善法於有漏法心不防護爲體增惡損善所依爲業忘念者煩惱相應念爲體散亂所依爲業不正知者煩惱相應慧爲體由此慧故起不正知身語心行毁犯所依爲業不正知身語心行者謂於往來等事不正觀察以不了知應作不應作故多所毁犯散亂者謂貪瞋癡分心流散爲體此復六種謂自性散亂外散亂内散亂相散亂麤重散亂作意散亂自性散亂者謂五識身由

彼自性於内靜定無功能故外散亂者正修善時於五妙欲其心馳散謂方便修聞等善法捨彼所緣心外馳散處妙欲中内散亂者正修善時沉掉味著謂修定者發起沉掉及味著故退失靜定相散亂者爲他歸信矯示修善謂欲令他信已有德故現此相由此因緣所修善法漸更退失麤重散亂者依我我所執及我慢品麤重力故修善法時於已生起所有諸受起我我所及與我慢執受間雜取相謂由我執等麤重力故於已生起樂等受中或執爲我或執我所或起我慢由此所修善品永不清淨執受者謂初執著間雜者從此已後由此間雜諸心相續取相者謂即於此受數執異相作意散亂者謂於餘乘餘定若依若入所有流散謂依餘乘或入餘定捨先所習發起散亂當知能障離欲爲業謂依隨煩惱性散亂說睡眠者依睡因緣是愚癡分心略爲體或善或不善或無記或時或非時或應爾或不應爾越失所作依止爲業睡因緣者謂羸瘦疲倦身分沉重思惟闇相捨諸所作曽數此時串習睡眠或他呪術神力所引或因動扇涼風吹等愚癡分言爲别於定又善等言爲顯此睡非定癡分時者謂夜中分非時者謂所餘分應爾者謂所許時設復非時或因病患或爲調適不應爾者謂所餘分越失所作依止爲業者謂依隨煩惱性睡眠說惡作者依樂作不樂作應作不應作是愚癡分心追悔爲體或善或不善或無記或時或非時或應爾或不應爾能障心住爲業樂作者樂欲爲先造善惡行不樂作者

由他勢力及諸煩惱之所驅逼令有所作如其所應愚癡分者隨煩惱所攝時者乃至未出離非時者出離已後應爾者於是處不應爾者於非處尋者或依思或依慧尋求意言令心麤爲體依思依慧者於推度不推度位如其次第追求行相意言分別伺者或依思或依慧伺察意言令心細爲體依思依慧者於推度不推度位如其次第伺察行相意言分別如是二種安不安住所依爲業尋伺二種行相相類故以麤細建立差別復次諸善心所斷自所治爲業煩惱隨煩惱障自能治爲業如信慚等能斷不信及無慚等貪等煩惱能障無貪對治等法謂障礙彼令不生故當知忿等諸隨煩惱能障慈等各別對治亦爾

大乘阿毗達磨雜集論卷第一

音釋

糅女救切雜也 綜子宋切 勁堅正切猶硬也 闇烏紺切與暗同 黏尼占切 迥胡鼎切遠也 躭嗜躭都含切過樂謂之躭嗜時利切喜欲也 串古患切與慣同 軛乙革切 憍居妖切恣也 猶豫豫羊茹切猶豫狐疑不決也 誹謗誹妃尾切謗補曠切 憤父吻切懣也 羸倫爲切瘦弱也

大乘阿毗達磨雜集論卷第二

安慧菩薩糅

唐三藏法師玄奘奉詔譯

本事分中三法品第一之二

何等名爲心不相應行謂得無想定滅盡定無想異熟命根衆同分生老住無常名身句身文身異生性流轉定異相應勢速次第時方數和合等如是心不相應行應以五門建立差別謂依處故自體故假立故作意故地故二無心定具足五門無想天異熟除作意餘唯初三

得者謂於善不善無記法若增若減假立獲得成就善不善無記法者顯依處若增若減者顯自體何以故由有增故說名成就上品信等由有減故說名成就下品信等假立獲得成就者顯假立如是於餘隨其所應建立當知

無想定者謂已離徧淨欲未離上欲出離想作意爲先故於不恒行心心所滅假立無想定已離徧淨欲者已離第三靜慮貪未離上欲者未離第四靜慮已上貪出離想作意爲先者解脱想作意爲前方便不恒行者轉識所攝滅者謂定心所引不恒現行諸心心法暫時間滅所依位差別以能滅故名滅

滅盡定者謂已離無所有處欲超過有頂暫息想作意爲先故於不恒行諸心心所及恒行一分心心所滅假立滅盡定此中所以不言未離上欲者爲顯離有頂欲阿羅漢等亦得此定故一分恒行者謂染汙意所攝

無想異熟者謂已生無想有情天於不恒行

心心所滅假立無想異熟
命根者謂於衆同分先業所感住時決定假
立壽命衆同分者於一生中諸蘊相續住時
決定者齊爾所時令衆同分常得安住或經
百年或千年等由業所引功能差別
衆同分者謂如是如是有情於種種類自體
相似假立衆同分於種種類者於人天等種
類差別於自體相似者於一種類性
生者謂於衆同分諸行本無今有性假立爲
生問外諸色等亦有生相何故唯舉衆同分
耶答爲於有情相續建立有爲相故所以者
何外諸色等有爲相成壞所顯内諸行有爲
相生老等所顯故
老者謂於衆同分諸行相續變異性假立爲
老

住者謂於衆同分諸行相續不變壞性假立
爲住
無常者謂於衆同分諸行相續變壞性假立
無常相續變壞者謂捨壽時當知此中依相
續位建立生等不依刹那
名身者謂於諸法自性增言假立名身自性
增言者謂說天人眼耳等事
句身者謂於諸法差別增言假立句身差別
增言者謂說諸行無常一切有情當死等義
文身者謂於彼二所依諸字假立文身彼二
所依諸字者謂自性差別增言所依諸字如
哀鄔壹等又自性差別及此二言總攝一切
如是一切由此三種之所詮表是故建立此
三爲名句文身此言文者能障彼二故此又
名顯能顯義故此復名字無異轉故所以者

何如眼名眼異此名外更有照了導等異名改轉由彼同顯此想故非哀壹等字離哀壹等差別外更有差別能顯此字故無異轉說名爲字無異轉者謂不流變

異生性者謂於聖法不得假立異生性

流轉者謂於因果相續不斷假立流轉所以唯於相續不斷立流轉者於一剎那或於間斷無此言故

定異者謂於因果種種差別假立定異因果種種差別者謂可愛果妙行爲因不可愛果惡行爲因諸如是等種種因果展轉差別

相應者謂於因果相稱假立相應因果相稱者雖復異類因果相順亦名相稱由如布施感富財等

勢速者謂於因果迅疾流轉假立勢速

次第者謂於因果一一流轉假立次第因果一一流轉者謂不俱轉

時者謂於因果相續流轉假立爲時何以故由有因果相續轉故若此因果已生已滅立過去時此若未生立未來時已生未滅立現在時

方者謂即於東西南北四維上下因果差別假立爲方何以故即於十方因果徧滿假說方故當知此中唯說色法所攝因果無色之法徧布處所無功能故

數者謂於諸行一一差別假立爲數一一差別者於一無別二三等數不應理故

和合者謂於因果衆緣集會假立和合因果衆緣集會者且如識法因果相續必假衆緣和會謂根不壞境界現前能生此識作意正

起如是於餘一切如理應知如是等心不相應行法唯依分位差別而建立故當知皆是假有謂於善不善等增減分位差別建立一種於心心所分位差別建立三種於住分位差別建立一種於相似分位差別建立一種於相分位差別建立四種於言說分位差別建立三種於不得分位差別建立一種於因果分位差別建立餘種因果者謂一切有爲法能生餘故名因從餘生故名果

云何建立識蘊謂心意識差別

心者謂蘊界處習氣所熏一切種子阿賴耶識亦名異熟識亦名阿陀那識以能積集諸習氣故習氣者謂由現行蘊等令彼種子皆得增益一切種子識者謂能生蘊等諸法種子所積集故阿賴耶識者謂能攝藏諸法種子故又諸有情取爲我故異熟識者先業所生故阿陀那識者謂能數數令生相續持諸根等令不壞故又言心者謂能積集一切法習氣故云何知有阿賴耶識若無此識執受初明了種子業身受無心定命終無皆不應理釋此伽他如攝決擇分說由八種相證阿賴耶識決定是有謂若離阿賴耶識依止執受不可得故最初生起不可得故明了生起不可得故種子體性不可得故業用體性不可得故身受體性不可得故處無心定不可得故命終之識不可得故云何依止執受不可得耶由五因故謂阿賴耶識先行因感眼等轉識現緣因發如說根境作意力故諸轉識生乃至廣說是名初因又六識身善惡可

得是第二因又六識身一類異熟無記性攝必不可得是第三因又六識身各別依轉隨所依止彼識生時即應彼識執所依止餘無執受不應道理設許執受亦不應理以離識故是第四因又所依止應成數數執受過失所以者何由彼眼識於一時轉一時不轉餘識亦爾是第五因云何最初生起不可得耶謂設有難言若有阿賴耶識應一有情二識俱起應告彼曰汝於非過妄生過想容有二識俱時轉故所以者何猶如有一俱時欲見乃至欲識隨有一識最初生起不應道理何以故爾時作意無有差別根及境界不壞現前何因緣故識不俱轉云何明了生起不可得耶謂若有定執識不俱生與眼等識俱行一境明了意識應不可得所以者何若時隨憶曾所受境爾時意識不明了生非於現境所生意識得有如是不明了相是故應信諸識俱轉或應許彼第六意識不明了性云何種子體性不可得耶謂六轉識身各各異故所以者何此六轉識從善無間不善性生不善無間善性復生從二無間無記性生下界無間中界生中界無間妙界生妙界無間乃至下界生有漏無間無漏生無漏無間有漏生世間無間出世生出世無間世間生非如是相識爲種子體應正道理又心相續長時間斷經久流轉不息是故轉識能持種子不應道理云何業用不可得耶謂若無諸識同時生起業用俱轉不應道理所以者何略說識業有四種謂了別外器了別依止能了別我了別境界如是四種識了別業一一刹那

俱現可得非於一識一刹那中有如是等差別業用是故必有諸識俱起云何身受體性不可得耶謂如有一或如理思或不如理思或不思惟或復推尋若心在定若不在定身受生起非一衆多若無阿賴耶識如是身受應不可得既現可得是故定有阿賴耶識云何處無心定不可得耶如世尊說入無想定及滅盡定當知爾時識不離身若無阿賴耶識爾時識應離身識若離身便應捨命非謂處定云何命終之識不可得耶謂臨命終時識漸捨離所依身分發起冷觸或上或下非彼意識有時不轉故知唯有阿賴耶識能執持身隨於身分若捨此識冷觸可得身無覺受意識不然是故若無阿賴耶識命終之識必不可得

意者謂一切時緣阿賴耶識思度爲性與四煩惱恒相應謂我見我愛我慢無明又此意徧行一切善不善無記位唯除聖道現前若處滅盡定及在無學地又復六識以無間滅識爲意當知此中由所緣故釋義故相應故生起時故顯了於意何故聖道現前無染汙意耶由勝義智與我見現行極相違故出聖道後從阿賴耶識復更現起以有學位未永斷故又滅盡定望無想定極寂靜故此染汙意不得現行無間滅意者由隨覺故無間覺義是意義當知此中隨顯相說

識者謂六識身眼識乃至意識眼識者謂依眼緣色了別爲性耳識者謂依耳緣聲了別爲性鼻識者謂依鼻緣香了別爲性舌識者謂依舌緣味了別爲性身識者謂依身緣觸

了別爲性意識者謂依意緣法了別爲性當知此中由所依所緣故自性故建立於識云何建立界謂色蘊即十界眼等五根界色等五境界及法界一分受想行蘊即法界一分識蘊即七識界謂眼等六識界及意界何故建立界處無別相耶建立蘊中已説眼等各別相故是故從諸蘊中出界建立從諸界中出處建立

何等界法蘊不攝耶法界中無爲法蘊所不攝此無爲法復有八種謂善法眞如不善法眞如無記法眞如虛空非擇滅擇滅不動及想受滅

如是建立八無爲中當知所依差別故分析眞如假立三種不由自性故善法眞如者謂無我性空性無相實際勝義法界何故眞如説名眞如由彼自性無變異故謂一切時無我實性無改轉故説無變異當知此則是無我性離二我故何故復説此名空性一切雜染所不行故所以者何由緣此故能令一切諸雜染事悉皆空寂雖復有時説有雜染當知但是客塵煩惱之所染汙何等名爲客塵染汙謂由未拔所取能取種子故令依他性心二行相轉非法性心以諸法法性自性清淨故何故復説此名無相諸相寂靜故諸相者謂色受等乃至菩提諸所戲論眞如性中彼相寂滅故名無相何故復説此名實際無倒所緣故實者謂無顚倒此處究竟故名爲際過無我性更無所求故何故復説此名勝義最勝聖智所行處故何故復説此名法界一切聲聞獨覺諸佛妙法所依相故如善法

眞如當知不善法眞如無記法眞如亦爾虛空者謂無色性容受一切所作業故無色性者謂唯違於色無性相法意識境界是名虛空意識境界者謂法界攝故唯違色言爲別受等共有眞如擇滅非擇滅無常性等雖兔角等亦是無性然彼不與諸法相違以彼唯是畢竟無故又兔角等非唯違色由與受等諸法共故是故唯說與色相違無性相言爲別受等無色之法何以故受等自體是有性相非無性相故非擇滅者謂是滅非離繫不永害隨眠故擇滅者謂是滅是離繫永害隨眠故不動者謂已離徧淨欲未離上欲苦樂滅無爲想受滅者謂已離無所有處欲止息想作意爲先故諸不恒行心心所及恒行一分心心所滅無爲當知此中有二種應斷法謂諸煩惱及此所依受受有二種謂變異及不變異如其次第苦樂非苦樂當知煩惱斷故建立擇滅二受斷故如其次第建立不動及受想滅煩惱斷者謂除此品麤重所得轉依受斷者謂除此能治定障所得轉依是故得第二靜慮時雖證苦滅而不建立無爲以變異受未盡斷故又若五種色若受想行蘊及此所說八無爲法如是十六總名法界

云何建立處謂十色界即十色處七識界即意處法界即法處

由此道理諸蘊界處三法所攝謂色蘊法界及與意處由色蘊攝十色界法界即攝法界意處攝七識界是故三法攝一切法如是建立蘊界處已今乘此義應更分別問眼耳與鼻各有二種云何不立二十一界答彼雖有

二然界不別所以者何其相相似俱眼相故所作相似俱於眼境眼識一所作故如是耳鼻隨理應知爲身端嚴各生二種何以故如是分布一界二所身得端嚴不由餘故問爲常依一一眼故眼識得生爲亦依二耶答亦得依二明了取故所以者何若俱開二眼取色明了非如開一譬如一室俱然二燈同發一光照極明了如是一光依二燈轉當知此中道理亦爾問於一一根門種種境界俱現在前於此多境爲有多識次第而起爲俱起耶答唯有一識種種行相俱時而起若諸段食與舌根合當知身舌二識恒俱時起又聲聞斷故不從異處展轉生起相續往趣餘方然譬於燈置在自處能於一時隨其勢力徧發光明聲頓徧發理亦如是問何故於近障聲聞不明了答聲有對故於障細隟微少而生故不明了問於六識中幾有分別答唯一意識由三分別故有分別三分別者謂自性分別隨念分別計度分別自性分別者謂於現在所受諸行自相行分別隨念分別者謂於昔曾所受諸行追念行分別計度分別者謂於去來今不現見事思搆行分別復有七種分別謂於所緣任運分別有相分別無相分別尋求分別伺察分別染汙分別不染汙分別初分別者謂五識身如所緣相無異分別於自境界任運轉故有相分別者謂自性隨念二種分別取過現境種種相故無相分別者謂希求未來境行分別所餘分別皆用計度分別以爲自性所以者何以思度故或時尋求或時伺察或時染汙或不染汙種種

分別問若了別色等故名爲識何故但名眼等識不名色等識耶答以依眼等五種解釋道理成就非於色等何以故眼中之識故名眼識依眼處所識得生故又由有眼識得有故所以者何若有眼根眼識定生不盲冥者乃至闇中亦能見故不由有色眼識定生以盲冥者不能見故又眼所發識故名眼識由眼變異識亦變異色雖無變識有變故如迦末羅病損壞眼根於青等色皆見爲黃又屬眼之識故名眼識由識種子隨逐於眼而得生故又助眼之識故名眼識作彼損益故所以者何由根合識有所領受令根損益非境界故又如眼之識故名眼識俱有情數之所攝故色則不爾不決定故眼識既然餘識亦爾問爲眼見色爲識等耶答非眼見色亦非識等以一切法無作用故由有和合假立爲見又由六相眼於見色中最勝非識等是故說眼能見諸色何等爲六一由生因眼能生彼故二由依處見依眼故三由無動轉眼常一類故四由自在轉不待緣合念念生故五由端嚴轉由此莊嚴所依身故六由聖教如經中說眼能見色故如是所說六種相貌於識等中皆不可得識動轉者當知多種差別生起何故無爲立在界處不在蘊耶無蘊義故所以者何色等諸法有去來等種種差別總略積聚說名爲蘊聚積義是蘊義常住之法無有此義是故無爲非蘊所攝何故即如是法以蘊界處門差別說耶欲令所化有情於廣略門生善巧故所以者何於蘊門中略說色識於界處門隨其所應廣說十七又於

蘊門廣説受等於界處門略説爲一法界法處又蘊門中唯説建立有爲法相界門廣説建立能取所取及取體性處門唯説建立能取所取由此唯顯取生門故已辯傍乘義今當釋本文

問如經中説眼及眼界若眼亦眼界耶設眼界亦眼耶答或有眼非眼界謂阿羅漢最後眼或有眼界非眼謂處卵㲉羯邏藍時頞部陀時閉尸時在母腹中若不得眼設得已失若生無色異生所有眼因或有眼亦眼界謂於餘位或有無眼無眼界謂已入無餘涅槃界及諸聖者生無色界如眼與眼界如是耳鼻舌身與耳等界隨其所應盡當知阿羅漢最後眼者謂入涅槃時最後刹那爾時眼非眼界非餘眼因故無色界異生有眼因者謂從彼退墮當生有色界以阿賴耶識持眼種子定當生眼故彼衆聖不退還故無有眼界有身界無身者謂唯生無色界異生彼唯有身因故非處卵㲉等彼必有身故若身壞滅壽命亦無問若有意亦意界耶設有意界亦意耶答或有意非意界謂阿羅漢最後意或有意界非意謂處滅定者所有意因或有意亦意界謂於所餘位或有無意無意界謂已入無餘涅槃界唯有意界非意中所以不取入無想定者以彼有染汙意故問若生長彼地即用彼地眼還見彼地色耶答或有即用彼地眼還見彼地色或復餘地謂生長欲界用欲行眼還見欲行色或用色行眼見色行色或用上地眼見下地色如以眼對色如是以耳對聲如生長欲界如是生長色界生者

謂初受生時長者謂後增長若生長欲界即以欲行鼻舌身還鼻嘗覺欲行香味觸若生長色界即以色行身還覺自地觸彼界自性定無香味離段食貪故由此道理亦無鼻舌兩識若生長欲界即以欲行意了三界法及無漏法如生長欲界如是生長色界若生長無色界以無色行意了無色行自地法及無漏法若以無漏意了三界法及無漏法無色行意了無色行自地法及無漏法者謂依聖弟子說若外異生唯了自地法若住此法者或有由先聞熏習力亦緣上地爲起彼故問何故諸蘊如是次第答由識住故謂四識住及識又前爲後依故如其色相而領受故如所領受而了知故如所了知而思作故如所思作隨彼彼處而了別故如其色相而領受

者謂由隨順樂受等根境二力故樂受等生如所領受而了知者謂隨所受取諸相故如所了知而思作者謂隨所想造諸業故如所思作隨彼彼處而了別者謂隨所作業於諸境界及異趣中識轉變故又由染汙清淨故謂若依是處而起染淨若由領受取相造作故染汙清淨若所染汙及所清淨由此理故說蘊次第若依是處起染淨者謂依有根身若由領受者謂由有染無染等受如其次第染汙清淨若由取相造作者謂由如理不如理轉故如其次第染汙清淨若所染汙及所清淨者謂心有麤重無麤重生故何故諸界如是次第由隨世事差別轉故云何世事差別而轉謂諸世間最初相見既相見已更相問訊既問訊已即受沐浴塗香華鬘次受種

種上妙飲食次受種種卧具侍女然後意界處處分別以内界次第故建立外界隨此次第建立識界如界次第處亦如是

問蘊義云何答諸所有色若過去若未來若現在若内若外若麤若細若劣若勝若遠若近彼一切略說一色蘊積聚義故如財貨蘊如是乃至識蘊當知依止十一種愛所依處故於色等法建立過去等差別十一種愛者謂顧戀愛希望愛執著愛内我愛境界愛欲愛定愛惡行苦愛妙行樂愛遠愛近愛由如是愛所緣境故如其次第立過去等種種差別又有差別謂已生未生差別故能取所取差別故外門内門差別故染不染差別故近遠差別故如其所應於色等諸法建立過去等差別已生者謂過去現在未生者謂未來外門者謂不定地内門者謂諸定地餘句易了不復分別又苦相廣大故名爲蘊如大材蘊依止色等發起生等廣大苦故如經言如是純大衆苦蘊集又荷雜染擔故名爲蘊如肩荷擔荷雜染擔者謂煩惱等諸雜染法依色等故譬如世間身之一分能荷於擔即此一分名肩名蘊色等亦爾能荷雜染擔故名之爲蘊

問界義云何答一切法種子義謂依阿賴耶識中諸法種子說名爲界界是因義故又能持自相義是界義又能持因果性義是界義能持因果性者謂於十八界中根境諸界及六識界如其次第又攝持一切法差別義是界義攝持一切法差別者謂諸經說地等諸界及所餘界隨其所應皆十八界攝

問處義云何答識生長門義是處義當知種子義攝一切法差別義亦是處義

復次如佛所說色如聚沫受如浮泡想如陽燄行如芭蕉識如幻化問以何義故色如聚沫乃至識如幻化答以無我故離淨故少味故不堅實故謂非有遠離虛妄不堅實義是經所說諸句義又爲對治我淨樂常四顛倒故如其次第說無我等諸句差別

大乘阿毗達磨雜集論卷第二

音釋

哀一可切　鄔安古切　隟乞逆切與隙同鏬隙也　伺相吏切窺偵也　㲉克角切　羯邏藍梵語也此云凝滑羯居謁切邏朗可切　頞部陀梵語亦云頞部曇此云疱頞阿葛切

大乘阿毗達磨雜集論卷第三

安慧菩薩糅

唐三藏法師玄奘奉詔譯

本事分中三法品第一之三

復次蘊界處廣分別云何嗢柁南曰

實有性等所知等　色等漏等已生等
過去世等諸緣等　云何幾種爲何義

問蘊界處中云何實有幾是實有爲何義故觀實有耶答謂不待名言此餘根境是實有義一切皆是實有爲捨執著實有我故觀察實有所以建立此三問者爲斷相事二愚及增益執故云何實有者辯實有相爲斷相愚一切實有者爲斷事愚捨著實我者爲斷增益執如是餘處如理應知不待名言根境者謂不分別色受等名言而取自所取義不待此餘根境者謂不待此所餘義而覺自所覺境非如於瓶等事要待名言及色香等方起瓶等覺云何假有幾是假有爲何義故觀假有耶謂待名言此餘根境是假有義一切皆是假有爲捨執著實有我故觀察假有云何世俗有幾是世俗有爲何義故觀世俗有耶謂雜染所緣是世俗有義一切皆是世俗有爲捨執著雜染相我故觀察世俗有雜染所緣者能發一切雜染義故雜染相我者執我爲雜染因故

云何勝義有幾是勝義有爲何義故觀勝義有耶謂清淨所緣是勝義有義一切皆是勝義有爲捨執著清淨我相故觀察勝義有清淨所緣者爲得清淨緣此境界是最勝智所行義故一切皆是勝義有者以一切法不離

眞如故諸法無我性是名眞如彼無我性眞實有故
云何所知幾是所知爲何義故觀所知耶謂所知有五種色心心所有法心不相應行無爲色謂色蘊十色界十色處及法界法處所攝諸色心謂識蘊七識界及意處心所有法謂受蘊想蘊相應行蘊及法界法處一分心不相應行謂不相應行蘊及法界法處一分無爲謂法界法處一分若依是處雜染清淨若所雜染及所清淨若能雜染及能清淨若於此分位若此清淨性由依此故一切皆是所知處者謂色法所染淨者謂心法能染淨者謂貪等信等心所有法如其次第分位者謂於色心及心所分位假立心不相應行法清淨性者謂清淨無爲法如其所應非一切所以者何唯法界及擇滅是清淨性故又所知法者謂信解智所行故道理智所行故不散智所行故內證智所行故他性智所行故下智所行故上智所行故猒患智所行故不起智所行故無生智所行故智智所行故究竟智所行故大義智所行故當知此中以十三種智所緣境界顯示所知義十三智者謂聞所生智思所生智世間修所生智勝義智他心智法智種類智苦智集智滅智道智盡無生智大乘智如是諸智隨其次第是信解等智他心智名他性智者謂緣他心爲境故法智名下智者謂於諸諦最初生故種類智名上智者謂從法智後所生故爲猒患故名猒患智爲不起故名不起智緣無生故名無生智緣智故名智智智緣究竟故名究竟智緣

大義故名大義智自利利他名爲大義爲捨執著知者見者我故觀察所知

云何所識幾是所識爲何義故觀所識耶謂識無分別故有分別故因故轉故相故相所生故能治所治故微細差別故當知是所識義無分別者謂五識身有分別者謂意識身因者謂阿賴耶識轉者謂所餘識相者謂根及義相所生者謂根義所生諸識能治所治者謂有貪離貪有瞋離瞋有癡離癡如是等微細差別者謂七種難識了別差別故七種難識了別者一不可知了別器了別謂一切時無分別行相故二種種行相了別謂一法一行有種種相此難建立是故微細三俱有了別謂一時間諸識俱起云何各別了自境界此難建立是故微細當知此微細言通一切處四能治所治速疾迴轉了別謂具縛者云何有貪等心須臾轉變起離貪等心五習氣了別謂諸業現行熏習於心云何非離心外別有習氣亦非即心又與果時次第而轉六相續了別謂無量種感自身業熏習在識云何於餘明了將命終位暫起覺悟餘業熏習轉於異趣令生相續七解脫了別謂阿羅漢心證得第一無戲論法性超過生死曾所積習一切種有漏行云何此心行相流轉此難建立是故微細如是當知一切皆是所識爲捨執著能見者等我故觀察所識見者等言當知爲顯見者聞者齅者嘗者觸者識者

云何所通達幾是所通達爲何義故觀所通達耶謂轉變故隨聞故入行故來故往故出離故是所通達義言所通達者謂六神通所

有境界以如意通運轉差別所顯故說此所通達境界名爲轉變以天耳通了達種種異趣音聲故名隨聞以他心通了有貪等種種心行故名入行以宿住通了過去生展轉來事故名來以天眼通了達未來所往生事故名往以漏盡通了知解脫三界方便故名出離如是一切皆是所通達後以三通徧緣一切境界故爲捨執著有威德我故觀察所通達

云何有色幾是有色爲何義故觀有色耶謂色自性故依大種故喜集故有方所故處徧滿故方所可說故方處所行故二同所行故相屬故隨逐故顯了故變壞故顯示故積集建立故外門故内門故長遠故分限故暫時故示現故是有色義色自性者謂即用色法爲自性故名爲有色非與餘色合故名爲有色是故最初說色自性依大種者此顯與餘色合故名有色諸所造色與大種色合故名有色諸大種色展轉合故名有色喜集者即有色法以喜爲集名爲喜集非如現在喜愛以先觸受等爲集名爲喜集有方所者有分量故處徧滿者形量徧十方故方所可說者可說在此在彼方故方處所行者謂隨所住方所緣性故二同所行者謂二有情共所緣性故非如無色法如自所受他不能取故相屬者謂眼識等亦名有色繫屬有色根故隨逐者謂生無色界異生諸色種子所隨逐故顯了者謂諸尋思由能顯了所緣境故變壞者謂五蘊由手等所觸受等所切隨其所應即便變壞以變壞是色義故顯示者謂諸言

說顯示義故積集建立者謂極微已上色有微細分可建立故外門者謂欲界色妙欲愛所生故內門者謂色界色定心愛所生故由此道理說彼諸色名意生身長遠者謂異生色不可建立前後兩際有邊量故分限者謂有學色已作生死分限故暫時者謂無學色唯餘現在一有身故示現者謂如來等所現諸色唯是示現非真實故一切皆是有色或隨所應一切是有色者謂變壞色等隨所應者謂餘色外門等六色差別當知與受等共爲捨執著有色我故觀察有色云何無色幾是無色爲何義故觀無色耶謂有色相違是無色義一切皆是無色或隨所應爲捨執著無色我故觀察無色一切是無色者謂與無色相繫屬故

云何有見幾是有見爲何義故觀有見耶謂眼所行境是有見義餘差別如有色說謂如前說色自性等乃至示現說名有色如是有見自性等乃至示現說名有見一切皆是有見或隨所應一切是有見者謂相屬有見等所以者何諸無色法與有見色相屬故亦名有見爲捨執著眼境我故觀察有見云何無見幾是無見爲何義故觀無見耶謂有見相違是無見義一切皆是無見或隨所應爲捨執著非眼境我故觀察無見

云何有對幾是有對爲何義故觀有對耶謂諸有見者皆是有對又三因故說名有對謂種類故積集故不修治故種類者謂諸色法互爲能礙互爲所礙能礙往來是有對義此唯應言互爲能礙所以復言互爲所礙者爲

建立光明等色是有對故以彼唯是所礙非能礙性性自爾故種類是自性義積集者謂極微已上以一極微無對礙故不修治者謂非三摩地自在轉色定自在力所轉諸色無對礙故如平等心諸色又損害依處是有對義謂若依若緣能生瞋恚名爲有對即以如是有對義故一切皆是有對或隨所應謂所餘義爲捨執著不徧行我故觀察有對云何無對幾是無對爲何義故觀無對耶謂有對相違是無對義一切皆是無對或隨所應爲捨執著徧行我故觀察無對

云何有漏幾是有漏爲何義故觀有漏耶謂漏自性故漏相屬故漏所縛故漏所隨故漏隨順故漏種類故是有漏義漏自性者謂諸漏自性漏性合故名爲有漏相屬者謂漏共有心心所及眼等漏相應故漏所依故如其次第名有漏漏所縛者謂有漏善法由漏勢力招後有故漏所隨者謂餘地法亦爲餘地諸漏麤重所隨逐故漏隨順者謂順決擇分雖爲煩惱麤重所隨然得建立爲無漏性以背一切有順彼對治故漏種類者謂阿羅漢有漏諸蘊前生煩惱所起故五取蘊十五界十處全及三界二處少分是有漏謂除最後三界二處少分聖道眷屬及諸無爲非有漏故爲捨執著漏合我故觀察有漏云何無漏幾是無漏爲何義故觀無漏耶謂有漏相違是無漏義五無取蘊全及三界二處少分是無漏爲捨執著離漏我故觀察無漏

云何有諍幾是有諍爲何義故觀有諍耶謂以依如是貪瞋癡故執持刀杖發起一切鬬

訟違諍執持刀杖等是諍因貪等是諍自性如是彼自性故彼相屬故彼所縛故彼所隨故彼隨順故彼種類故是有諍義乃至有漏有爾所量有諍亦爾彼所隨義故爲捨執著諍合我故觀察有諍云何無諍幾是無諍爲何義故觀無諍耶謂有諍相違是無諍義乃至無漏有爾所量無諍亦爾爲捨執著離諍我故觀察無諍

云何有染幾是有染爲何義故觀有染耶謂若依如是貪瞋癡故染著後有自身彼自性故彼相屬故彼所縛故彼隨逐故彼隨順故彼種類故是有染義染著後有者謂貪瞋癡是染著後有因故名染云何瞋恚是染著後有因謂由憎嫉諸清淨法染著後有故如是乃至有諍有爾所量有染亦爾爲捨執著染合我故觀察有染云何無染幾是無染爲何義故觀無染耶謂有染相違是無染義乃至無諍有爾所量無染亦爾爲捨執著離染我故觀察無染

云何依耽嗜幾是依耽嗜爲何義故觀依耽嗜耶謂若依如是貪瞋癡故染著五欲彼自性故彼相屬故彼所縛故彼隨逐故彼隨順故彼種類故是依耽嗜義何等瞋恚能起染著謂憎嫉出離如是乃至有染有爾所量依耽嗜亦爾爲捨執著耽嗜合我故觀察依耽嗜云何依出離幾是依出離爲何義故觀依出離耶謂依耽嗜相違是依出離義乃至無染有爾所量出離亦爾爲捨執著離耽嗜我故觀察出離

云何有爲幾是有爲爲何義故觀有爲耶謂

若法有生滅住異可知當知是有爲義一切皆是有爲唯除法界法處一分爲捨執著無常我故觀察有爲云何無爲幾是無爲爲何義故觀無爲耶謂有爲相違是無爲義法界法處一分是無爲爲捨執著常住我故觀察無爲問無取五蘊當言有爲當言無爲答彼不應言有爲無爲何以故諸業煩惱所不爲故不應言有爲隨欲現前不現前故不應言無爲所以者何無取諸蘊隨所欲樂若現前若不現前無爲不爾以常住故問如薄伽梵說一切法有二種謂有爲無爲云何今說此法非有爲非無爲耶答此亦不離二種故所以者何若由此義說名有爲不以此義說名無爲若由此義說名無爲不以此義說名有爲依此道理唯說二種何以故隨欲現前不現前義故說名有爲諸業煩惱所不爲義故說名無爲是故此亦不離二種

云何世間幾是世間爲何義故觀世間耶謂三界所攝及出世智後所得似彼顯現是世間義似彼顯現者謂似三界所攝相顯現似眞如等所現相貌是出世間未曾得故如是諸蘊一分十五界十處全及三界二處一分是世間一分者謂除正智所攝及後所得似出世間相顯現并無爲法爲捨執著世依我故觀察世間云何出世幾是出世爲何義故觀出世耶謂能對治三界無顚倒無戲論無分別故是無分別出世間義能對治三界者謂諸聖道此復二種一聲聞獨覺所得對治常等顚倒無顚倒分別故名無分別二菩薩等所得對治一切色等法戲論無戲論分別

故名無分別諸無爲法非一切分別所依處
故名無分別又出世後所得亦名出世依止
出世故如是諸蘊一分及三界二處一分是
出世爲捨執著獨存我故觀察出世
云何已生幾是已生爲何義故觀已生耶謂
過去現在是已生義一切一分是已生爲捨
執著非常我故觀察已生又有二十四種已
生謂最初已生相續已生長養已生依止已
生轉變已生成熟已生退墮已生勝進已生
清淨已生不清淨已生運轉已生有種已生
無種已生影像自在示現已生展轉已生剎
那壞已生離會已生異位已生生死已生成
壞已生先時已生死時已生中時已生續時
已生最初已生者謂初續生時相續已生者
謂續生已後長養已生者謂由眠夢飲食梵
行定爲因四種長養依止已生者謂內諸根
轉變已生者謂能隨順生樂受等諸根變異
成熟已生者謂於衰老位退墮已生者謂捨
善趣生惡趣中勝進已生者謂與彼相違清
淨已生者謂遊戲妄念意相憤怨樂變化天
他化自在色無色界諸天多放逸故隨其所
應於受用境及所住定自在而轉不清淨已
生者謂彼所餘運轉已生者謂往來位有種
已生者謂除阿羅漢最後蘊無種已生者謂
最後蘊影像自在示現已生者謂所知事同
分色解脫所生色及如來等色如其次第展
轉已生者謂前後生相續剎那壞已生者謂
一一剎那諸行相離會已生者謂愛不愛於
會離位及心於有貪離貪等位異位已生者
謂於羯邏藍等位生死已生者謂有情世間

成壞已生者謂器世間先時已生者謂本有死時已生者謂死有中時已生者謂中有續時已生者謂生有云何非已生幾是非已生爲何義故觀非已生耶謂未來及無爲法是非已生義一切一分是非已生爲捨執著常住我故觀察非已生又已生相違是非已生義

云何能取幾是能取爲何義故觀能取耶謂諸色根及心心所是能取義三蘊全色行蘊一分根相及相應相如其次第十二界六處全及法界法處一分相應自體是能取爲捨執著能受用我故觀察能取受用我者計我能得愛不愛境又能取有四種謂不至能取至能取自相現在各别境界能取自相共相一切時一切境界能取不至能取者謂眼耳意根至能取者謂餘根自相現在各别境界能取者謂五根所生自相共相一切時一切境界能取者謂第六根所生又由和合識等生故假立能取性所以者何以依衆緣和合所生識等假説能取不由眞實義諸法無作用故云何所取幾是所取爲何義故觀所取耶謂諸能取亦是所取以眼根等意識所取故或有所取非能取謂唯是取所行義唯者決定義此言爲簡心所有法一切皆是所取爲捨執著境界我故觀察所取

云何外門幾是外門爲何義故觀外門耶謂欲界所繫法是外門義除依佛教所生聞思慧及彼隨法行所攝心心所等問何故聞思所生慧及彼隨法行所攝心心所等非外門耶答等流法爲因故由此勢力緣涅槃等等

流法者謂諸佛眞證種類教法鼻識舌識香味四界香味兩處全及餘一分欲界所攝是外門爲捨執著不離欲我故觀察外門云何內門幾是內門爲何義故觀內門耶謂外門相違是內門義除四界二處全及所餘一分是內門爲捨執著離欲我故觀察內門

云何染汙幾是染汙爲何義故觀染汙耶謂不善及有覆無記法是染汙義有覆無記者謂徧行意相應煩惱等及色等色界繫諸煩惱等諸蘊十界四處一分是染汙十界者謂七識色聲法界四處者謂色聲意法處爲捨執著煩惱合我故觀察染汙云何不染汙幾是不染汙爲何義故觀不染汙耶謂善及無覆無記法是不染汙義八界八處全諸蘊及餘界處一分是不染汙爲捨執著離煩惱我故觀察不染汙

云何過去幾是過去爲何義故觀過去耶謂自相已生已滅故因果已受用故染淨功用已謝故攝因已壞故果及自相有非有故憶念分別相故戀爲雜染相故捨爲清淨相故是過去義因果已受用者謂已生故已滅故如其次第染淨功用已謝者謂如現在貪等信等令心染淨功能無故攝因已壞者置習氣已方滅故果及自相有非有者謂於今時所引習氣有故能引實事無故憶念分別相者謂唯有彼所緣境相故一切一分是過去除未來現在及無爲故爲捨執著流轉我故觀察過去云何未來幾是未來爲何義故觀未來耶謂有因非已生故未得自相故因果未受用故雜染清淨性未現前故因果自相

有非有故希爲雜染相故不希爲清淨相故是未來義有因非已生者爲簡無爲彼雖非已生而無因故未得自相者自體未生故因果未受用者謂彼種子未作所作故彼性未生故一切一分是未來爲捨執著流轉我故觀察未來云何現在幾是現在爲何義故觀現在耶謂自相已生未滅故因果受用未受用故染淨現前故能顯過去未來相故作用現前故是現在義因果受用未受用者謂因已滅故果猶有故能顯過去未來相者謂現在世是能施設去來世相所以者何依止現在假立去來故約當得位假立未來約曾得位假立過去作用現前者謂眼等法正爲識等所依等事故一切一分是現在爲捨執著流轉我故觀察現在問何故過去未來現在說名言事非涅槃等耶答內自所證不可說故唯曾當現是言說所依處故所以者何因說過去等事遂顯經中三種言事謂依三世建立非涅槃等由彼內自所證離名言故不可宣說又唯去來今見聞覺知言說所依處故

云何善幾是善爲何義故觀善耶謂自性故相屬故隨逐故發起故第一義故生得故加行故現前供養故饒益故引攝故對治故寂靜故等流故是善義五蘊十界四處一分是善十界者謂七識色聲法界四處者謂色聲意法處爲捨執著法合我故觀察善自性善者謂信等十一心所有法相屬善者謂彼相應法隨逐善者謂即彼諸法習氣發起善者謂彼所發身業語業第一義善者謂眞如生

得善者謂即彼諸善法由先串習故感得如是報由此自性即於是處不由思惟任運樂住即於是處者謂於信等處由此自性不由思惟者謂無功用不假善友力等任運樂住者非唯欲樂是生得亦信等俱任運起故方便善者謂依止親近善丈夫故聽聞正法如理作意修習淨善法隨法行修習淨善者謂於正法中一切聞等所生善法現前供養善者謂想對如來建立靈廟圖寫尊容或想對正法書治法藏與供養業饒益善者謂以四攝事饒益一切有情引攝善者謂以施性福業事及戒性福業事故引攝生天樂異熟引攝生富貴家引攝隨順清淨法引攝生天樂異熟及生富貴家者顯得尊貴因引攝隨順清淨法者顯得涅槃因對治善者謂猒壞對治斷對治持對治遠分對治伏對治離繫對治煩惱障對治所知障對治此諸對治後當廣釋寂靜善者謂永斷貪欲永斷瞋恚永斷愚癡永斷一切煩惱若想受滅若有餘依涅槃界若無餘依涅槃界若無所住涅槃界如是皆名寂靜善法等流善者謂已得寂靜者由此增上力故發起勝品神通等世出世共不共功德

大乘阿毗達磨雜集論卷第三

音釋

嗢柁南　梵語也此云自說嗢烏沒切柁徒可切

齅　許救切以鼻㩜氣也

大乘阿毗達磨雜集論卷第四

安慧菩薩糅
唐三藏法師玄奘奉詔譯

本事分中三法品第一之四

云何不善幾是不善爲何義故觀不善耶謂自性故相屬故隨逐故發起故第一義故生得故方便故現前供養故損害故引攝故所治故障礙故是不善義五藴十界四處一分是不善爲捨執著非法合我故觀察不善自性不善者謂除染汙意相應及色無色界煩惱等所餘能發惡行煩惱隨煩惱此復云何謂欲界繫不任運起者是不善若任運起能發惡行者亦是不善所餘是有覆無記相屬不善者謂即此煩惱隨煩惱相應法隨逐不善者謂即彼習氣發起不善者謂彼所起身業語業第一義不善者謂一切流轉生得不善者謂由串習不善故感得如是異熟由此自性即於不善任運樂住方便不善者謂依止親近不善丈夫故聽聞不正法不如理作意行身語意惡行現前供養不善者謂想對歸依隨一天衆已或殺害意爲先或邪惡見爲先建立祠廟與供養業令無量衆廣樹非福殺害意爲先建立祠廟者謂於是處害牛羊等以祭天神邪惡見爲先建立祠廟者謂於是處受自餓等苦求福求願損害不善者謂於一切處起身語意種種邪行引攝不善者謂行身語意諸惡行已於惡趣善趣引攝不愛果異熟或引或滿於惡趣中具受引滿果異熟於諸善趣唯受滿果謂生彼已由惡行力受貧窮苦所治不善者謂諸對治所對

治法障礙不善者謂能障礙諸善品法如數與衆集等

云何無記幾是無記爲何義故觀無記耶謂自性故相屬故隨逐故發趣故第一義故生得故方便故現前供養故饒益故受用故引攝故對治故寂靜故等流故是無記義八界八處全及餘蘊界處一分是無記八界者謂五色根香味觸界八處亦爾爲捨執著離法非法我故觀察無記自性無記者謂八色界處意相應品命根衆同分名句文身等相屬無記者謂懷非穢非淨心者所有由名句文身所攝受心及心所非穢非淨心者顯善不善相違心由名句文身所攝受者顯彼行相義以彼意言門轉故隨逐無記者謂即彼戲論習氣以名身等熏習心故由此習氣彼戲論生發起無記者謂彼所攝諸心心所所發身業語業彼所攝者謂懷非穢非淨心者所有名身等戲論行相所攝心心所第一義無記者謂虛空非擇滅生得無記者謂諸不善有漏善法異熟方便無記者謂非染非善心者所有威儀路工巧處法非染非善心者此顯若非染非善心所發威儀路等是無記性所餘隨其所應或善或不善現前供養無記者謂如有一想對歸依隨一天衆遠離殺害意邪惡見而建立祠廟與供養業令無量衆於如是處不生長福非福饒益無記者謂如有一於自僕使妻子等所以非穢非淨心而行惠施受用無記者謂如有一以無簡擇無染汙心受用資具無簡擇心者爲別善性無染汙心者爲別不善性引攝無記者謂如有

一於工巧處串習故於當來世復引攝如是相身由此身故習工巧處速疾究竟對治無記者謂如有一爲治疾病得安樂故以簡擇心好服醫藥寂靜無記者謂色無色界諸煩惱等由奢摩他所藏伏故等流無記者謂變化心俱生品是諸等流故名等流無記變化心相應共有等法名俱生品此心心所謂嬉戲故發起變化是無記性若爲利益安樂有情當知是善復有示現善不善無記法此復云何謂佛及得第一究竟菩薩摩訶薩爲欲饒益諸有情故有所示現當知此中無有一法眞實可得有所示現者謂佛菩薩由所化有情力故示現種種善不善等示現不善者謂化作賊等示現斷其首足等事怖餘有情令調伏故

云何欲界繫幾是欲界繫爲何義故觀欲界繫耶謂未離欲者所有善不善無記法是欲界繫義未離欲言顯猶未離少分欲界欲是未證得三摩地義若異此者非至定法亦應是欲界繫所以者何由彼已得三摩地故愛樂斷滅以所治麤重少分斷故亦得說有一分離欲外諸色等是未離欲業增上力所生故亦名欲界繫經言一切有情共有業增上力所生者爲顯生色無色界者亦有未離欲業種隨逐故四界二處全及餘蘊界處一分是欲界繫四界者謂香味鼻舌識界二處者謂香味處餘一分者謂除色無色界繫及無漏法爲捨執著欲增上我故觀察欲界繫云何色界繫幾是色界繫爲何義故觀色界繫耶謂已離欲界欲未離色界欲者所有善

無記法是色界繫義除前所說四界二處餘藴界處一分是色界繫一分者謂除欲無色界繫及無漏法爲捨執著離欲界欲我故觀察色界繫

云何無色界繫幾是無色界繫爲何義故觀無色界繫耶謂已離色界欲未離無色界欲者所有善無記法是無色界繫義三界二處四藴一分是無色界繫三界者謂意界法界意識界二處者謂意處法處四藴者謂受等亦有三摩地所生色少故不說一分者謂除欲色界繫及無漏法爲捨執著離色界欲我故觀察無色界繫

復次有一分離欲具分離欲通達離欲損伏離欲永害離欲一分具分離欲者謂或依地離欲說若於此地乃至能斷八品煩惱是一分離欲若已斷第九品是具分離欲或依薩迦耶離欲說若有學位是一分離欲若無學位是具分離欲通達離欲者謂由見道離欲損伏離欲者謂由世間道離欲永害離欲者謂由出世間道離欲復有十種離欲謂自性離欲損害離欲任持離欲增上離欲愚癡離欲對治離欲徧知離欲永斷離欲有上離欲無上離欲如是十種離欲當知是違背義不必斷義由自性故離欲名自性離欲乃至由永斷故離欲名永斷離欲如是諸句義分別種類應知自性離欲者謂於苦受及順苦受處法生猒背性損害離欲者謂習欲者暢熱惱已生猒背性任持離欲者謂飽食已於諸美膳生猒背性增上離欲者謂得勝處已於下劣處生猒背性猶如世間已得城主等勝

位已於村主等下劣位生猒背心愚癡離欲者謂諸愚夫於涅槃界生猒背性以不了達寂靜性故及堅實著薩迦耶故對治離欲者謂由世出世道斷諸煩惱徧知離欲者謂已得見道者於三界法生猒背性由徧了知行苦性已猒背一切有漏事故求斷離欲者謂求斷地地諸煩惱已生猒背性有上離欲者謂諸世間聲聞獨覺所有離欲無上離欲者謂佛菩薩所有離欲爲欲利樂諸有情故

云何有學幾是有學爲何義故觀有學耶謂求解脫者所有善法是有學義從積集資粮位已去名求解脫者當知求證解脫分位名積集資粮位十界四處諸蘊一分是有學十界者謂七識色聲法界四處者謂色聲意法處爲捨執著求解脫我故觀察有學

云何無學幾是無學爲何義故觀無學耶謂於諸學處已得究竟者所有善法是無學義以阿羅漢等於增上戒心慧學處已得究竟故名無學十界四處諸蘊一分是無學爲捨執著已脫我故觀察無學

云何非學非無學幾是非學非無學爲何義故觀非學非無學耶謂諸異生所有善不善無記法及諸學者染汙無記法諸無學者無記法并無爲法是非學非無學義諸異生者謂除求解脫者以彼於諸學處求修學故即名有學有學染汙無記者如其所應不善及有覆無記是染汙無覆無記是無記八界八處全及餘蘊界處一分是非學非無學爲捨執著不解脫我故觀察非學非無學

云何見所斷幾是見所斷爲何義故觀見所

斷耶謂分別所起染汙見疑見處疑處及於見等所起邪行煩惱隨煩惱及見等所發身語意業并一切惡趣等蘊界處是見所斷義此中分別所起染汙見疑者謂聞不正法等爲先所起五見等分別所起言爲簡俱生薩迦耶見及邊執見問何相邊執見是俱生耶答謂斷見以學現觀者起如是怖今者我我爲何所在見處者謂諸見相應共有法及彼種子疑處亦爾於見等所起邪行煩惱隨煩惱者謂依見等門及緣見等所起貪等一切一分是見所斷一分者除修所斷及無漏故爲捨執著見圓滿我故觀察見所斷

云何修所斷幾是修所斷爲何義故觀修所斷耶謂得見道後見所斷相違諸有漏法是修所斷義見所斷相違者謂除分別所起染汙見等餘有漏法有漏法言亦攝隨順決擇分善麤重所隨故一切一分是修所斷一分者除見所斷及無漏法爲捨執著修圓滿我故觀察修所斷

云何非所斷幾是非所斷爲何義故觀非所斷耶謂諸無漏法除決擇分善是非所斷無漏法者謂出世聖道及後所得并無爲法十界四處諸蘊一分是非所斷問何等色聲是非所斷答無學身中善身語業自性是非所斷爲捨執著成滿我故觀察非所斷

云何緣生幾是緣生爲何義故觀緣生耶謂相故分別支故略攝支故建立支緣故建立支業故支雜染攝故義故甚深故差別故順逆故是緣生義相者謂無作緣生故無常緣生故勢用緣生故是緣生相由此相故薄伽

梵說此有故彼有此生故彼生謂無明緣行乃至廣說此有故彼有者顯無作緣生義唯田有緣故果法得有非緣有實作用能生果法此生故彼生者顯無常緣生義非無生法爲因故少所生法而得成立無明緣行等者顯勢用緣生義雖復諸法無作無常然不隨一法爲緣故一切果生所以者何以諸法功能差别故如從無明力故諸行得生乃至生力故得有老死分别支者謂分别緣生爲十二分由十二支緣起差别故何等十二謂無明行識名色六處觸受愛取有生及老死略攝支者謂前所分别無明等十二支今復略攝爲四謂能引支所引支能生支所生支唯由如是四種支故略攝一切因果生起法盡謂於因時有能引所引於果時有能生所生

能引支者謂無明行識爲起未來生故於諸諦境無智爲先造諸行業熏習在心故所引支者謂名色六處觸受由心習氣力能令當來名色等前後相依次第生起種子得增長故能生支者謂愛取有由未永斷欲等愛力於欲等中愛樂妙行惡行差别爲先發起貪欲以有有取識故於命終位將與異熟隨順貪欲隨一業習氣現前有故所生支者謂生老死由如是業差别習氣現前有故隨於一趣一生等差别衆同分中如先所引名色等異熟生起故生老死言爲顯依三有爲相故所以老死合立一支者爲顯離老得有死故非於胎生身中離名色等得有六處等法是故於彼各别立支建立支緣者謂習氣故引發故思惟故俱有故建立支緣隨其所應依

四緣相建立支緣且如無明望行前生習氣故得爲因緣由彼熏習相續所生諸引能造後有故當於爾時現行無明能引發故爲等無間緣由彼引發差別諸行流轉相續生故思惟彼故爲所緣緣以計最勝等不如理思惟緣愚癡位爲境界故彼俱有故爲增上緣由彼增上力令相應思顛倒緣境而造作故如是一切隨其所應盡當知建立支業者謂無明支有二種業一令諸有情於有愚癡二與行作緣令諸有情於有愚癡者謂由彼所覆於前中後際不如實知故由此因緣起如是疑我於過去世爲有爲無如是等與行作緣者由彼勢力令後有業得增長故行有二種業一令諸有情於諸趣中種種差別二與識作緣令諸有情於趣差別者由業勢力令諸有情趣種種異趣故與識作緣者由習氣力能使當來名色等生起種子得增長故識有二種業一令諸有情所有業縛二與名色作緣令有情業縛者與行所引習氣俱生滅故與名色作緣者由識入母胎名色得增長故名色有二種業一攝諸有情自體二與六處作緣攝有情自體者由彼生已得預有情衆同分差別數故與六處爲緣者由名色等前支爲依止六處等後支得生起故六處有二種業一攝諸有情自體圓滿二與觸作緣攝諸有情體圓滿者由彼生已餘根無缺故觸有二種業一令諸有情於所受用境界流轉二與受作緣令有情於境流轉者依此爲門受用順樂受等三種境界故受有二種業一令諸有情於所受用生果流轉二與愛作

緣令有情於受用生果流轉者由此爲依受用種種可愛等業異熟故與愛爲緣者希求與此和合等爲門諸愛生故愛有二種業一引諸有情流轉生死二與取作緣引諸有情流轉生死者由彼勢力生死流轉無斷絶故與取作緣者愛味求欲爲門於欲等中貪欲轉故取有二種業一爲取後有令諸有情發有取識二與有作緣爲取後有發有取識者爲那落迦趣等差別後有相續不斷令業習氣得決定故與有作緣者由此勢力諸行習氣得轉變故有有二種業一令諸有情後有現前二與生作緣令後有現前者能引無間餘趣故與生作緣者由此勢力餘衆同分轉故生有二種業一令諸有情名色六處觸受次第生起二與老死作緣令名色等次第起者能引後後位差別故與老死作緣者由有此生彼相續變壞皆得有故老死有二種業一數令有情時分變異壞少盛故二數令有情壽命變異壞壽命故支雜染攝者若無明若愛若取是煩惱雜染所攝若行若識若有是業雜染所攝餘是生雜染所攝問何故識支業雜染攝耶答諸行習氣所顯故義者謂無作者義有因義離有情義依他起義無作用義無常義有刹那義因果相續不斷義因果相似攝受義因果差別義因果決定義是緣起義謂離自在天等作者故是無作者義以無明等爲因故是有因義無自然我故是離有情義託衆緣生故是依他起義衆緣作用空故是無作用義以非恒故是無常義生時過巳無暫住故是有刹那義因刹那滅果

剎那生時分等故是因果相續不斷義不從一切一切生故是因果相似攝受義從非一一類因一非一類果生故是因果差別義於餘相續不受果故是因果決定義甚深者因甚深故相甚深故生甚深故住甚深故轉甚深故是甚深義謂即由此無作者等義顯緣起法五種甚深由二種義顯因甚深對治不平等因無因論故由一種義顯相甚深是無我相故由二種義顯生甚深雖從衆緣果法得生然非彼所作故由二種義顯住甚深實無安立顯現似住故由四種義顯轉甚深因果流轉難了知故又諸緣起法雖剎那滅而住可得雖無作用緣而有功能緣可得雖離有情而有情可得雖無作者而諸業果不壞可得是故甚深業果不壞者雖內無作者而有作業受果異熟又諸緣起法不從自生不從他生不從共生非不自作他作因生是故甚深不從自生者謂一切法非自所作彼未生時無自性故不從他生者謂彼諸緣非作者故不從共生者謂即由此二種因故非不自作他作因生者緣望果生有功能故又有差別謂待衆緣生故非自作雖有衆緣無種子不生故非他作彼俱無作用故非共作種子及衆緣皆有功能故非無因生是故如是說自種有故不從他待衆緣故非自作無作用故非共生有功能故非無因若緣起理非自非他遣雙句者猶爲甚深況總亡四句是故緣起最極甚深差別者謂識生差別故內死生差別故外穀生差別故成壞差別故食持差別故愛非愛趣分別差別故清淨差別

故威德差别故是差别義識生差别者謂眼色爲緣眼識得生如是等内死生差别者依有情世間説謂無明等爲緣能生行等外穀生差别者謂種緣芽芽緣莖如是展轉枝葉華果次第得生成壞差别者謂一切有情共業增上力爲緣大地等生故食持差别者謂四食爲緣三界有情相續住故愛非愛趣分别差别者謂妙行惡行爲緣往善惡趣故清淨差别者謂順解脱分善爲緣生順決擇分善如是見道等漸次乃至得阿羅漢果等或外從他聞音内如理作意爲緣發生正見次第乃至諸漏永盡威德差别者謂内證爲緣發神通等最勝功德由此差别應隨廣説諸行緣起順逆者謂雜染順逆故清淨順逆故是説緣起順逆雜染順逆者或依流轉次第説謂無明緣行如是等順次第説或依安立諦説謂老死苦老死集老死滅老死趣滅行如是等逆次第説清淨順逆者謂無明滅故行滅如是等順次第説由誰無故老死無由誰滅故老死滅如是等逆次第説應如是觀緣生起義一切皆是緣生唯除法界法處一分諸無爲法爲捨執著無因不平等因我故觀察緣生

云何緣幾是緣爲何義故觀緣耶謂因故等無間故所緣故增上故是緣義一切是緣爲捨執著我爲因法故觀察緣因緣者謂阿賴耶識及善習氣與有漏無漏諸法如其次第爲因緣故阿賴耶識復有二種謂成熟及加行成熟者是諸生得法因緣加行者是諸方便法及當來世餘阿賴耶識因緣又加行阿

賴耶識者謂於此生中現行轉識等之所熏集善習氣者謂順解脫分習氣由此習氣用出世間證等流法爲緣生故能與出世法作因緣又自性故差別故助伴故等行故增益故障礙故攝受故是因緣相當知此中以自性等六種因相顯因緣義謂自性差別兩句建立能作因餘句如其次第建立俱有相應同類徧行異熟因自性者謂能作因自性依因自性建立能作因故當知一切因皆能作因所攝爲顯差別義故復別建立助伴等因差別者謂能作因差別略有二十種一生能作謂識和合望識由此和合所作本無今有故二住能作謂食望已生及未生有情由此勢力生已相續不斷故三持能作謂大地望有情載令不墮故四照能作謂燈望諸色了闇障故五變壞能作謂火望薪令彼相續變異故六分離能作謂鎌望所斷令連屬物成二分故七轉變能作謂工巧智等望金銀等物轉彼方分成異相故八信解能作謂煙望火由此比知不現見故九顯了能作謂宗因喻望所成義由此得正決定故十等至能作謂聖道望涅槃由此證彼故十一隨說能作謂名想見由如名字取相執著隨起說故十二觀待能作謂觀待此故於彼求欲生如待饑渴追求飲食由此是彼欲生因故十三招引能作謂懸遠緣如無明望老死由此異位展轉招當有故十四生起能作謂隣近緣如無明望行由此無間生當有故十五攝受能作謂所餘緣如田水糞等望穀生等雖自種所生然增彼力故十六引發能作謂隨順緣

如臣事王令王悅豫由隨順引發故十七定別能作謂差別緣如五趣緣望五趣果由差別自性招別別果故十八同事能作謂和合緣如根不壞境界現前作意正起望所生識以成自所作必待餘能作故十九相違能作謂障礙緣如雹望穀能損彼故二十不相違能作謂無障礙如穀無障與上相違於此能作因差別中唯説識和合等者且舉綱要爲諸智者依此一方類思餘故助伴者謂諸法共有而生必無缺減如四大種及所造色隨其所應非一切聚定有四大及色等所造若於是處有爾所量此必俱生互不相離等行者謂諸法共有等行所緣必無缺減如心心所前約助伴決定建立俱有因中唯説大種及所造色者此但略標綱目以心心所互不相離性決定故亦助伴攝若爾不應別立相應因諸心心所亦共有因所攝故雖爾然義有異謂諸法共有等行所緣互不相離此等行故立相應因非唯共有義如心心所增益者謂前際修習善不善無記法故能令後際善等諸法展轉增勝後後生起前際修習者謂先所數習現行義後際展轉增勝後後生起者謂由彼長養諸種子故於未來世即彼種類增勝而生如是諸法能爲相似增長因故立同類因障礙者謂隨所數習諸煩惱故隨所有惑皆得相續增長堅固乃令相續遠避涅槃此偏行因非唯令相似煩惱增長所以者何若有隨習貪等煩惱皆令瞋等一切煩惱相續增長堅固由此深重縛故障解脱得是故建立徧行因攝受者謂不善及善有

漏法能攝受自體故即是異熟因由此能引攝當來一向不相似無覆無記自體所攝異熟果故即攝受義建立異熟因善有漏言爲簡無漏由違生死故不能感異熟果

大乘阿毗達磨雜集論卷第四

音釋

相屬 屬朱欲切連也
嬉戲 嬉虛其切嬉遊也戲香義切戲弄也
鎌 力鹽切鍥也
雹 弼角切雨冰也

大乘阿毗達磨雜集論卷第五

安慧菩薩糅

唐三藏法師玄奘奉詔譯

本事分中三法品第一之五

等無間緣者謂中無間隔等無間故同分異分心心所生等無間故是等無間緣義中無間隔等無間者不必剎那中無間隔雖隔剎那但於中間無異心隔亦名中無間隔若不爾入無心定心望出定心應非等無間緣然是彼緣是故於一相續中前心望後心中間無餘心隔故是等無間緣如心望心當知心所亦爾同分異分心心所生等無間者謂善心心所望同分善異分不善無記無間生心心所爲等無間緣如是不善無記心心所望同分異分無間生心心所亦爾又欲界心心所望欲色無色界及無漏無間生心心所爲等無間緣如是色界等心心所各各別望色界等及欲界等無間生心心所如其所應盡當知問爲一切心無間一切心生耶爲有各別決定耶答有今於此中若廣別說如是心無間如是心生者便生無量言論是故唯應略總建立心生起相謂諸心生起由十種力一由串習力二由樂欲力三由方便力四由等至力五由引發力六由因力七由境界力八由憶念力九由作意力十由相續力串習力者復有三種謂下中上品若於諸定入住出相未了達故是下品雖已了達未善串習故是中品既了達已復善習故是上品若有下品串習力者於諸靜慮諸無色定唯能次第入若有中品串習力者亦能超越入唯能

方便超越一間若有上品串習力者隨其所欲或超一切若順若逆入諸等至樂欲力者謂已得第二靜慮者入初靜慮已若欲以第二靜慮地心出或欲以欲界善及無覆無記心出即能現前而出於定如是廣說餘一切地如理當知方便力者謂初修行者唯欲界善心無間色界心生未至定善心無間初根本靜慮心生初根本靜慮善心無間第二靜慮地心生如是廣說乃至有頂皆如理知等至力者謂已入清淨三摩鉢底或時還生清淨等至或時生染引發力者謂從三摩地起乃至現行定地心與不定刹那心間雜隨轉乃至由彼相違煩惱現行故即便退失此相違煩惱相應心復由因等四力方得現行因力者謂先以積習能退障故決定應退境界力者謂淨相勢力增上境界現前故能隨順生貪等煩惱憶念力者謂憶念分別過去境界而生戲論作意力者謂由觀察作意思惟種種淨妙相貌相續力者有九種命終心與自體愛相應於三界中各令欲色無色界生相續謂從欲界没還生欲界者即以欲界自體愛相應命終心結生相續若生色無色界者即以色無色界自體愛相應命終心結生相續如是從色無色界没若即生彼若生餘處有六種心如其所應盡當知又此自體愛唯是俱生不了所緣境有覆無記性攝而能分別我自體生差別境界由此勢力諸異生輩令無間中有相續未離欲聖者亦爾臨命終時乃至未至不明了想位其中能起此愛現行然能了別以對治力之所攝伏已離欲

聖者對治力强故雖未永斷然此愛不復現行彼由隨眠勢力令生相續中有初相續刹那唯無覆無記以是異熟攝故從此已後或善或不善或無記隨其所應除彼没心以中有没心常是染汙猶如死有生有相續心刹那亦唯無覆無記若諸菩薩願力受生者命終等心當知一切一向是善已說因論生論

等無間緣義

所緣緣者謂有分齊境所緣故無分齊境所緣故無異行相境所緣故有異行相境所緣故有事境所緣故無事境所緣故事所緣故分別所緣故有顛倒所緣故無顛倒所緣故有礙所緣故無礙所緣故是所緣緣義有分齊境所緣者謂五識身所緣境界由五識身各别境界故無分齊境所緣者謂意識所緣境界以意識身緣一切法爲境界故無異行相境所緣者謂不能了别名想衆生意識所緣境界由彼於境不能作名字故有異行相境所緣者謂與此相違有事境所緣者謂除見慢及此相應法餘所緣境界無事境所緣者謂前所除所緣境界由彼於我處起故事所緣者謂除無漏緣不同分界地徧行於事不決了及未來所緣餘所緣境界分别所緣者謂前所除所緣境界由彼唯緣自所分别爲境界故有顛倒所緣者謂常等行所緣境界無顛倒所緣者謂無常等行所緣境界有礙所緣者謂未斷所知障者所緣境界無礙所緣者謂已斷所知障者所緣境界復次若欲決擇所緣緣義應以相故差别故安立故徧知故斷故建立所緣相者謂若義是似此

顯現心心所生因彼既生已還能執著顯了內證此義是所緣相差別者有二十九種一非有所緣謂顛倒心心所及緣過去未來夢影幻等所緣境界二有所緣謂餘所緣境界三無所緣所緣謂色心不相應行無爲四有所緣所緣謂心心所五正性所緣謂善法六邪性所緣謂染汙法七非正性非邪性所緣謂無覆無記法八如理所緣謂善心心所九不如理所緣謂染汙心心所十非如理非不如理所緣謂異此心心所十一同類所緣謂善等緣善等自地緣自地有漏緣有漏無漏緣無漏如是等十二異類所緣謂善等緣不善等餘地緣餘地有漏無漏緣無漏有漏如是等十三異性所緣謂有尋有伺心心所所緣十四一性所緣謂無尋無伺心心所所緣十五威勢所緣謂無想及彼方便心心所所緣境界及空識無邊處所緣境界此中前二句能除想故名威勢所餘性大故說威勢十六略細所緣謂無所有處所緣境界十七極細所緣謂非想非非想所緣過此更無極細性故十八煩惱所緣謂即此能有所緣故如經中說斷滅所緣十九法所緣謂聖教名句文身二十義所緣謂依此法義二十一狹小所緣謂聲聞乘等二十二廣大所緣謂大乘二十三相所緣謂止舉捨相二十四無相所緣謂涅槃及第一有二十五眞實所緣謂眞如及十六行所緣諸諦二十六安住所緣謂滅盡定及定方便心心所所緣二十七自在所緣謂解脫等乃至一切種智諸功德所緣二十八須臾所緣謂無學所緣唯此生故二

十九隨轉所緣謂佛菩薩所緣境界安立者謂所緣境體非眞實唯安立故由四種因知所緣境體非眞實謂相違識相故無所緣境識可得故不由功用應無倒故隨三智轉故由此道理能取體性亦非眞實三智者謂自在智觀察智無分別智爲顯四因乃說頌曰

鬼傍生人天　各隨其所應　等事心異故
許義非眞實　於過去事等　夢像二影中
雖所緣非實　而境相成就　若義義性成
無無分別智　此若無佛果　證得不應理
得自在菩薩　由願解力故　如欲地等成
得定者亦爾　成就簡擇者　有智得定者
思惟一切法　如義皆顯現　無分別智行
諸義皆不現　當知無有義　由此亦無識

徧知者謂如實知相差別安立所緣境界斷者謂聲聞等及與大乘所得轉依聲聞乘等所得轉依雖於藴界處所緣得解脫然於彼不得自在大乘所得轉依具得一種已說所緣緣隨文決擇義

增上緣者謂任持增上故引發增上故俱有增上故境界增上故産生增上故住持增上故受用果增上故世間清淨離欲增上故出世清淨離欲增上故是增上緣義任持增上者謂風輪等於水輪等器世間於有情世間大種於所造諸根於諸識如是等引發增上者謂一切有情共業於器世間故有漏業於異熟果如是等俱有增上者謂心於心所作意於心觸於受如是等此後增上依二十二根建立境界增上者謂眼耳鼻舌身意根由此增上力色等生故産生增上者謂男女根

由此增上力得入胎故住持增上者謂命根由此增上力衆同分得住故受用果增上者謂苦樂憂喜捨根依此能受愛非愛異熟故世間清淨離欲增上者謂信勤念定慧根由此制伏諸煩惱故出世清淨離欲增上者謂所建立未知欲知根已知根具知根由此永害諸隨眠故

云何同分彼同分幾是同分彼同分為何義故觀同分彼同分耶謂不離識彼相似根於境相續生故離識自相似相續生故同分彼同分義初是同分諸根與識俱識相似於諸境界相續生故由根與識相似轉義說名同分第二是彼同分諸根離識自類相似相續生故由根不與識合唯自體相似相續生根相相似義說名彼同分色蘊一分眼等五有色界處一分是同分彼同分為捨執著與識相應不相應我故觀察同分彼同分

云何執受幾是執受為何義故觀執受耶謂受生所依色故是執受義若依此色受得生是名執受色蘊一分五有色界處全及四一分是執受色蘊一分者謂根根居處所攝五有色界處全者謂眼等四一分者謂不離根色香味觸為捨執著身自在轉我故觀察執受

云何根幾是根為何義故觀根耶謂取境增上故種族不斷增上故衆同分住增上故受用淨不淨業果增上故世間離欲增上故出世離欲增上故是根義取境增上者謂眼等六由此增上力於色等境心心所轉故種族不斷增上者謂男女根由此增上力子孫等

亂流轉不絕故餘如增上緣中說受識蘊全色行蘊一分十二界六處全法界法處一分是根色蘊一分者謂眼耳鼻舌身男女根行蘊一分者謂命信勤念定慧根十二界全者謂六根六識界六處全者謂内六處法界法處一分者謂命及樂等信等五根爲捨執著增上我故觀察根

云何苦苦性幾是苦苦性爲何義故觀苦苦性耶謂苦受自相故隨順苦受法自相故是苦苦性義苦受自相者謂苦受即用苦體爲自相故名苦苦性隨順苦受法自相者謂能生此受根境及相應法隨順苦受故名苦苦性一切一分是苦苦性爲捨執著有苦我故觀察苦苦性

云何壞苦性幾是壞苦性爲何義故觀壞苦性耶謂樂受變壞自相故隨順樂受法變壞自相故於彼愛心變壞故是壞苦性義此中樂受及隨順樂受法於變壞位能生憂惱故此變壞是壞苦性又由愛故令心變壞亦是壞苦如經中說入變壞心一切一分是壞苦性爲捨執著有樂我故觀察壞苦性

云何行苦性幾是行苦性爲何義故觀行苦性耶謂不苦不樂受自相故隨順不苦不樂受法自相故彼二麤重所攝受故不離二無常所隨不安隱故是行苦性義不苦不樂受者謂阿賴耶識相應受隨順不苦不樂受法者謂順此受諸行彼二麤重所攝受者謂苦壞二苦麤重所隨故不離二無常所隨不安隱者謂不解脫二苦故或於一時墮在苦位或於一時墮在樂位非一切時唯不苦不樂

位是故無常所隨不安隱義是行苦性除三界二處諸蘊一切是行苦性三界者謂意界法界意識界二處者謂意處法處一分者謂除無漏相爲捨執著有不苦不樂我故觀察行苦性

云何有異熟幾是有異熟爲何義故觀有異熟耶謂不善及善有漏是有異熟由不善及有漏善法能有當來阿賴耶識及相應異熟由彼異熟故此二種名有異熟十界四處諸蘊一分是有異熟十界者謂七識色聲法界四處者謂色聲意法處一分者謂除無記無漏爲捨執著能捨能續諸蘊我故觀察有異熟又異熟者唯阿賴耶識及相應法餘但異熟生非異熟餘者謂眼耳等及苦樂等是阿賴耶識餘此唯得名異熟生從異熟生故

云何食幾是食爲何義故觀食耶謂變壞故有變壞者境界故有境界者希望故有希望者取故有取者是食義初是段食由變壞時長養根大故二是觸食由依可愛境觸攝益所依故三是意思食由繫意希望可愛事力攝益所依故四是識食由阿賴耶識執持力身得住故所以者何若離此識所依止身便爛壞故三蘊十一界五處一分是食爲捨執著由食住我故觀察食又此四食差別建立略有四種一不淨依止住食謂欲界異生由具縛故二淨不淨依止住食謂有學及色無色界異生有餘縛故三清淨依止住食謂阿羅漢等解脫一切縛故四示現住食謂諸佛及已證大威德菩薩由唯示現食力住故

云何有上幾是有上爲何義故觀有上耶謂

一切有爲故無爲一分故是有上義除法界法處一分一切是有上以一切法中涅槃及清淨眞如最勝相故爲捨執著下劣事我故觀察有上

云何無上幾是無上爲何義故觀無上耶謂無爲一分故是無上義法界法處一分如前所說是無上爲捨執著最勝事我故觀察無上由此所說差別道理餘無量門可類觀察

復次蘊界處差別略有三種謂徧計所執相差別所分別相差別法性相差別徧計所執相差別者謂於蘊界處中徧計所執我有情命者生者養者數取趣者意生者摩納婆等於蘊等中實無我等自性但是徧計所執相故所分別相差別者謂即蘊界處法由於此處我有情等虛妄分別轉故法性相差別者謂即於蘊界處中我等無性無我有性由離有無相眞如用蘊等中我等無性無我有性爲相故當知此中依三自性及多分依數取趣無我理說三種相復有四種差別謂相差別分別差別依止差別相續差別相差別者謂蘊界處一一自相差別如色受等分別差別者謂即於蘊界處中實有假有世俗有勝義有有色無色有見無見如是等等量差別分別如前說依止差別者謂乃至有情依止差別有爾所當知蘊界處亦爾由依各別內身蘊等諸法種種異故相續差別者謂一一剎那蘊界處轉於一身中蘊等諸法一一剎那性變異故問於相差別善巧爲何所了知耶答了知我執過患問於分別差別善巧爲何所了知耶答了知聚想過患問於依止差

別善巧爲何所了知耶答了知不作而得雖作而失想過患問於相續差別善巧爲何所了知耶答了知安住想過患又蘊界處有六種差別謂外門差別內門差別長時差別分限差別暫時差別顯示差別外門差別者謂多分欲界差別多分言爲聞等流法爲因聞思所生慧內門差別者謂一切定地長時差別者謂諸異生分限差別者謂諸有學及除最後刹那蘊界處所餘無學暫時差別者謂諸無學最後刹那蘊界處顯示差別者謂諸佛及已得究竟菩薩摩訶薩所示現諸蘊界處

本事分中攝品第二

復次若略說攝有十一種謂相攝界攝種類攝分位攝伴攝方攝時攝一分攝具分攝更互攝勝義攝

相攝者謂蘊界處一一自相即體自攝如色蘊攝色蘊廣說乃至法處攝法處

界攝者謂蘊界處所有種子阿賴耶識能攝彼界由彼種子此中有故

種類攝者謂蘊界處其相雖異蘊義界義處義等故展轉相攝蘊義等者謂色受等皆有聚義雖相各異一切相攝更互相望同一類故界義等者謂眼耳等皆有能持受用義故一切相攝處義等者謂眼耳等皆生長門義相應故一切相攝

分位攝者謂樂位蘊界處即自相攝苦位不苦不樂位亦爾分位等故如色受等雖同蘊類然苦樂等分位差別樂位還攝樂位非苦等位如是苦位不苦不樂位還自相攝如蘊

界處亦爾
伴攝者謂色蘊與餘蘊互爲伴故即攝助伴餘蘊界處亦爾如色蘊與餘受等互爲助伴能攝五蘊如是受等一一助伴各攝五蘊如蘊界處亦爾互爲伴故一一皆攝一切界處
方攝者謂依東方諸蘊界處還自相攝餘方蘊界處亦爾
時攝者謂過去世諸蘊界處還自相攝未來現在諸蘊界處亦爾
一分攝者謂所有法蘊界處所攝但攝一分非餘如戒蘊但攝色蘊等一分定慧蘊等但攝行蘊一分欲恚害界但攝法界一分空無邊處等但攝意法處一分如是等
具分攝者謂所有法蘊界處所攝能攝全分如苦蘊攝五取蘊欲界攝十八界無想有情處攝十處除香味由此道理於餘經中諸蘊界處所攝一切法能攝全分
更互攝者色蘊攝幾界幾處十全一少分受蘊攝幾界幾處一少分如受蘊想行蘊亦爾識蘊攝幾界幾處七界一處眼界攝幾蘊幾處色蘊少分一處全如眼界耳鼻舌身色聲香昧觸界亦爾意界攝幾蘊幾處一蘊一處法界攝幾蘊幾處三蘊全色蘊少分一處全眼識界攝幾蘊幾處識蘊意處少分如眼識耳鼻舌身意識界亦爾眼處攝幾蘊幾界色蘊少分一界全如眼處耳鼻舌身色聲香味觸處亦爾意處攝幾蘊幾界一蘊七界法處攝幾蘊幾界三蘊全一少分一界全如是諸餘法以蘊界處名說及餘非蘊界處名說如實有假有世俗有勝義有所知所識所達有

色無色有見無見如是等如前所顯隨其所應與蘊界處更互相攝盡當知隨其所應者如蘊一一攝諸界處界一一攝諸蘊處處一一攝諸蘊界如是廣說當思了知

勝義攝者謂蘊界處眞如所攝

如是攝相隨諸世界共所成立相攝道理復有六種一依處攝如世間說贍部洲攝於人阿練若攝於鹿當知此中眼等諸根攝眼等識亦爾二任持攝如世間說繩等攝薪束等當知此中身根攝眼等根亦爾三同事攝如世間說衆人同事共相保信更互相攝當知此中同一緣轉諸相應法更互相攝亦爾四攝受攝如世間說主能攝録自僕使等當知此中阿賴耶識攝受自身亦爾五不流散攝如世間說瓶攝持水當知此中諸三摩地攝餘心心所亦爾六略集攝如世間說海攝衆流當知此中色受蘊等攝眼耳等亦爾如前所說十一種攝皆依此中略集攝說問於攝善巧得何勝利答得於所緣略集勝利隨彼彼境略聚其心如是如是善根增勝

本事分中相應品第三

復次略說相應有六種謂不相離相應和合相應聚集相應俱有相應作事相應同行相應

不相離相應者謂一切有方分色與極微處互不相離由諸色等極微所攝同一處所不相離故

和合相應者謂極微已上一切有方分色更互和合如濁水中一地水極微更互和合

聚集相應者謂方分聚色展轉集會如二埿

團相擊成聚

俱有相應者謂一身中諸蘊界處俱時流轉同生住滅

作事相應者謂於一所作事展轉相應如二苾芻隨一所作更互相應

同行相應者謂心心所於一所緣展轉同行此同行相應復有多義謂他性相應非已性如心不與餘心相應受不與餘受相應如是等又不相違相應非相違如貪瞋不相應善不善不相應如是等又同時相應非異時如現在去來不相應又同分界地相應非異分界地如欲界色無色界不相應初靜慮第二靜慮不相應如是等又有一切偏行同行相應謂受想思觸作意及識由此六法於一切位決定相應隨無一法餘亦無故又有染汙偏行同行相應謂於染汙意四種煩惱由此四法於一切時恒相應故又有非一切時同行相應謂依止心或時起信等善法或時起貪等煩惱隨煩惱法又有分位同行相應謂與樂受諸相應法與苦受不苦不樂受諸相應法又有無間同行相應謂在有心位又有有間同行相應謂無心定所間又有外門同行相應謂多分欲界繫心心所又有內門同行相應謂諸定地所有心心所又有曾習同行相應謂諸異生所有心心所及有學無學者一分心心所一分言謂攝一向世間善不善無記法如其所應又有未曾習同行相應謂出世間諸心心所及初後時出世後所得諸心心所初後時言爲顯非先種類初念已去及第二念等已去出世心心所是未曾習

性問於相應善巧得何勝利答能善了悟唯依止心有受想等染淨諸法相應不相應義由此了悟即能捨離計我能受能想能思能念染淨執著又能善巧速入無我

本事分中成就品第四

復次成就相如前已說謂於善不善無記法若增若減假立獲得成就此差別有三種謂種子成就自在成就現行成就

種子成就者謂若生欲界欲色無色界繫煩惱隨煩惱由種子成就故成就及生得善生欲界三界煩惱隨煩惱成就者依未離欲異生說若已離欲或生上地隨所離欲地即此地煩惱隨煩惱亦成就亦不成就未永害隨眠故對治道所損故如其次第及生得善者隨所生地即此地成就若生色界欲界繫煩惱隨煩惱由種子成就故成就亦名不成就色無色界繫煩惱隨煩惱由種子成就故成就及生得善若生無色界欲色界繫煩惱隨煩惱由種子成就故成就亦名不成就無色界繫煩惱隨煩惱由種子成就故成就及生得善若已得三界對治道隨如是如是品類對治已生如此如此品類種子成就得不成就隨如是如是品類對治未生如此如此品類由種子成就故成就已得三界對治道者謂已得出世聖道隨如是如是品類對治已生者謂修道所斷上品等煩惱對治已生如此如此種類種子成就得不成就者謂已永害隨眠故

自在成就者謂諸方便善法若世出世靜慮解脫三摩地三摩鉢底等功德及一分無記

法由自在成就故成就方便善法者謂聞所生慧等雖先有種子若離今生數習增長終不能起現前故一分無記法者謂工巧處變化心等

現行成就者謂諸蘊界處法隨所現前若善若不善若無記彼由現行成就故成就若已斷善根者所有善法由種子成就故成就亦名不成就若非涅槃法一闡底迦究竟成就雜染諸法由闕解脫因亦名阿顛底迦以彼解脫得因畢竟不成就故問何等名爲解脫得因答若於眞如先以集起煩惱麤重若遇隨順得對治緣便能永害此堪任性名解脫得因若與此相違名無解脫因問於成就善巧得何勝利答能善了知諸法增減知增減故於世興衰離決定想乃至能斷若愛若恚

大乘阿毗達磨雜集論卷第五

音釋

僞羊晉切子孫　爛郎旰切腐爛也　涅團渠年題切團徒官切

一闡底迦貪闡齒善切梵語也此云多

大乘阿毗達磨雜集論卷第六

安慧菩薩糅

唐三藏法師玄奘奉　詔譯

決擇分中諦品第一之一

復次略說決擇有四種謂諦決擇法決擇得決擇論議決擇諦決擇復有四種謂依苦集滅道四聖諦說

苦諦云何謂有情生及生所依處即有情世間器世間如其次第若生若生處俱說名苦諦有情生者謂諸有情生在那落迦傍生餓鬼人天趣中人謂東毗提訶西瞿陀尼南贍部洲北俱盧洲天謂四大王衆天三十三天夜摩天覩史多天樂變化天他化自在天梵衆天梵輔天大梵天少光天無量光天極光淨天少淨天無量淨天徧淨天無雲天福生天廣果天無想有情天無煩天無熱天善現天善見天色究竟天無邊空處天無邊識處天無所有處天非想非非想處天生所依處即器世界謂水輪依風輪地輪依水輪依此地輪有蘇迷盧山七金山四大洲八小洲內海外海蘇迷盧山四外層級四大王衆天三十三天所居處別外輪圍山虛空宮殿若夜摩天覩史多天樂變化天他化自在天及色界天所居處別諸阿素洛所居處別及諸那落迦所居處別謂熱那落迦寒那落迦孤獨那落迦及一分傍生餓鬼所居處別乃至一日一月周徧流光所照方處名一世界如是千世界中有千日千月千蘇迷盧山王千四大洲千四大王衆天千三十三天千夜摩天千覩史多天千樂變化天千他化自在天千

梵世天如是總名小千世界千小千界總名第二中千世界千中千界總名第三大千世界如此三千大千世界總有大輪圍山周帀圍繞又此三千大千世界同壞同成譬如天雨滴如車軸無間無斷從空下注如是東方無間無斷無量世界或有將壞或有將成或有正壞或壞已住或有正成或成已住如於東方乃至一切十方亦爾如是若有情世間若器世間業煩惱力所生故業煩惱增上所起故總名苦諦業煩惱力所生業煩惱增上所起者此二句如其次第顯有情世間及器世間俱是苦性復有清淨世界非苦諦攝非業煩惱力所生故非業煩惱增上所起故然由大願清淨善根增上所引此所生處不可思議唯佛所覺尚非得靜慮者靜慮境界況尋思者復次已略辯苦諦相今當廣顯諸經所說苦相差別所謂生苦老苦病苦死苦怨憎會苦愛別離苦求不得苦略攝一切五取蘊苦生何因苦衆苦所逼故餘苦所依故衆苦所逼者謂曾於母胎生熟藏間具受種種極不淨物所逼迫苦正出胎時復受支體逼切大苦餘苦所依者謂有生故老病死等衆苦隨逐老何因苦時分變壞苦故病何因苦大種變異苦故死何因苦壽命變壞苦故怨憎會何因苦合會生苦故愛別離何因苦別離生苦故求不得何因苦所希不果生苦故略攝一切五取蘊何因苦麤重苦故如是八種略攝爲六謂逼迫苦轉變苦合會苦別離苦所希不果苦麤重苦如是六種廣開爲八轉變苦中分三種故若六若八平等平等問

如說三苦此中八苦爲三攝八八攝三耶答展轉相攝所謂生苦乃至怨憎會苦能顯苦苦順苦受法苦自相義故愛別離苦求不得苦能顯壞苦已得未得順樂受法壞自相義故略攝一切五取蘊苦能顯行苦不解脫二無常所隨不安隱義故問如說二苦謂世俗諦苦勝義諦苦何者世俗苦何者勝義苦答住苦乃至求不得苦是世俗諦苦世間智境界故略攝一切五取蘊苦是勝義諦苦由安立眞如門出世智境界故

復次諸觀行者於苦聖諦以四種行觀察共相謂無常相苦相空相無我相無常相者略有十二謂非有相壞滅相變異相別離相現前相法爾相剎那相相續相病等相種種心行轉相資產興衰相器世成壞相非有相者謂蘊界處於一切時我我所性常非有故言無常者是非有義由苦聖諦恒無有我我所自性無者是除遣義常者是一切時義以常無故名曰無常壞滅相者謂諸行生已即滅暫有還無故變異相者謂諸行異異生由不相似相續轉故別離相者謂於諸行失增上力或他所攝執爲已有以於資具等事或時自在失壞或他陵奪爲已有故現前相者謂正處無常由因隨逐今受無常故法爾相者謂當來無常由因隨逐定當受故死無常性決定當受剎那相者謂諸行剎那後必不住諸行念念劣得自體無間必壞故相續相者謂無始時來諸行生滅相續不斷由無始生死展轉相乘輪迴不絕故病等相者謂四大時分壽命變異由四大乖違齒髮疎落等住

時勢盡故種種心行轉相者謂於一時起有貪心或於一時起離貪心如是有瞋離瞋有癡離癡若略若散若下若舉若掉離掉若不寂靜若寂靜若定不定如是等心行流轉由住能治所治位差別故資產興衰相者謂諸興盛終歸衰變由諸世間富貴榮盛不可愛樂非究竟故器世成壞相者謂水火風三種成壞由火水風災令大地等數成壞故能燒浸燥如其次第又有三災頂謂第二第三第四靜慮由火水風能壞世界安立處所乃至第一第二第三靜慮邊際次上所餘名三災頂如其次第第二第三第四靜慮處所差別第四靜慮外宮殿等雖無外災成壞然彼諸天與宮殿等俱生俱滅說有成壞由彼有情初生時與宮殿等俱生終沒時與彼俱滅即說此爲成壞故又有三種中劫所謂饑饉疫病刀兵此小三災劫究竟滿方乃出現謂世界成已一中劫初唯減一中劫後唯增十八中劫亦增亦減一中劫初唯減者謂劫成時第二十一劫一中劫後唯增者謂最後劫十八中劫亦增亦減者謂於中間十八二十中劫世界正壞二十中劫世界壞已住二十中劫世界正成二十中劫世界成已住合此八十中劫爲一大劫由此劫數顯色無色界諸天壽量如說以壽盡故福盡故業盡故彼彼有情從彼彼處沒云何壽盡謂時死此約時沒說由所引壽時分究竟應時死故云何福盡謂非時死即非福死此約非時沒說以彼有情貪著定味福力減盡因此命終由愛定味損害所修引壽業力非時死故云何業盡

謂順生受業順後受業俱盡故死此約相續没說由於此處順生後受業受用斯盡以無業故不復生此苦相者或三或八或六廣說如前何故經說若無常者即是苦耶由三分無常爲緣苦相可了知故謂生分無常滅分無常俱分無常生分無常爲緣故苦苦性可了知生分無常者謂本無今有苦品諸行體是逼迫由此無常爲緣苦苦性可了知滅分無常爲緣壞苦性可了知滅分無常者謂已有還無樂品諸行不可愛樂由此無常爲緣壞苦性可了知俱分無常爲緣行苦性可了知俱分無常者謂麤重諸行相續流轉若生若滅俱不可樂由此俱分無常爲緣行苦性可了知即依此義薄伽梵說諸行無常諸行變壞又依此義言諸所有受我說皆苦當知此中於不苦不樂受及樂受密意故說苦苦受苦性世間共了故不復密意說又於生滅二法所隨諸行中有生等八苦性可了知故佛說言若無常者即是苦又於無常諸行中有生等苦可了者如來依此密意說言由無常故苦非一切行若不爾聖道無常故亦應是苦空相者謂若於是處此非有由此理正觀爲空若於是處餘是有由此理如實知有是名善入空性如實者不顛倒義問於何處誰非有答於蘊界處常恒凝住不變壞法我我所等非有由此理彼皆是空問於是處誰餘有答即此處無我性此我無性無我有性是謂空性由彼諸行常等相我此中無故諸行恒侍離我性相無我眞性此中有故非一向無此俱名空性故薄伽梵密意說言有如

實知有無如實知無又有三種空性謂自性空性如性空性眞性空性初依徧計所執自性觀由此自相定非有故第二依依他起自性觀由此如所計度皆非有故第三依圓成實自性觀由此即空眞性故無我相者謂如我論者所立我相蘊界處非此相由蘊界處我相無故名無我相我論外道計度諸行爲我彼諸行非此相故名無我故薄伽梵密意說言一切法皆無我如世尊說此一切非我所此非我處此非我我於如是義應以正慧如實觀察此言何義謂於外事密意說此一切非我所於內事密意說此非我處此非我我所所以者何以於外事唯計我所相是故但遣我所於內事通計我我所相是故雙遣我我所間前說無常皆刹那相此云何知答

如心心所是刹那相當知色等亦刹那相由心執受故等心安危故隨心轉變故是心所依故心增上生故心自在轉故又於最後位變壞可得故生已不待緣自然壞滅故當觀色等亦念念滅諸無常行壞滅等相心心所刹那相世間共了更不重辯諸色等法刹那滅相世不共了故今成立由心執受者謂色等身由刹那心念念執受故刹那滅等心安危者謂色等身恒與識俱識若捨離即便爛壞由身與心安危等故決定如心念念生滅隨心轉變者謂世間現見心在苦樂貪瞋等位身隨轉變隨刹那心而轉變故身念念滅是心所依者謂世間共知心依止有根身若法依此生非此自無壞能依有可見如火牙等依薪種等是故此身是刹那心所依止故

亦刹那滅心增上生者謂一切內外色皆心增上所生能生因刹那滅故所生果亦刹那滅如世尊說諸因諸緣能生於色彼亦無常無常因緣力所生故色云何常隨此經句義身定刹那滅心自在轉者謂若證得勝威德心於一切色如其所欲自在轉變由隨刹那能變勝解轉變生故色等刹那道理成就於最後位變壞可得者謂諸色等初離自在念念變壞於最後位欻爾變壞不應道理然此可得故知色等從初已來念念變壞自類相續漸增爲因能引最後麤相變壞是故色等念念生滅生已不待緣自然壞滅者謂一切法從緣生已不待壞緣自然壞滅以不待餘緣自然壞滅故最初生已決定壞滅若言生已初無滅壞後方有者不然無差別故故知一切可滅壞法初纔生已即便壞滅是故諸法刹那義成問如世尊說諸所有色彼一切若四大種若四大種所造此依何意說答依容有意說同在一處依此而有是造義由所造色離大種處別自建立無功能故若於此聚此大種可得當知此聚唯有此大種非餘或有聚唯一大種如乾泥團等或有二大種謂即此濕或有三大種謂即此煖或有一切大種謂即此濕煖泥團等於移轉位所造色亦爾若於此聚此所造色可得當知此聚唯此非餘或有聚唯一所造色如光等或有二所造色如有聲香風等或有三所造色如香煙等由此香煙有色香觸差別所顯故觸差別者謂此中輕性或有四所造色如沙糖團等或有五所造色謂即此有聲時又若於此

聚大種造色隨分可得當知此中有此非餘此依麤物說非種子一一聚中有一切種子故又說麤聚色極微集所成者當知此中極微無體無實無性唯假建立展轉分析無限量故但由覺慧漸漸分析細分損減乃至可析邊際即約此際建立極微問若諸極微無實體性何故建立答爲遣一合想故若以覺慧分分分析所有諸色爾時妄執一切諸色爲一合想即便捨離由此順入數取趣無我性故又爲悟入諸所有色非眞實故若以覺慧如是分析所有諸色至無所有爾時便能悟入諸色皆非眞實因此悟入唯識道理由此順入諸法無我性故

復次苦法略有八種差别謂有廣大不寂靜苦有寂靜苦有寂靜不寂靜苦有中不寂靜苦有微薄不寂靜苦有微薄寂靜苦有極微薄寂靜苦有非苦似苦住大寂靜云何廣大不寂靜苦謂生欲界未曾積集諸善根者由欲界一切生趣苦具足所顯故未集善根不能遮止往諸趣故如其次第名廣大不寂靜苦云何寂靜苦謂即此已生順解脫分善根者決定趣向般涅槃故云何寂靜不寂靜苦謂即此爲世間道離欲已種善根者由即此欲界苦爲世間道離欲已種善根者決定超越苦苦等故然非畢竟故如其次第如是中不寂靜苦等隨所應當釋云何中不寂靜苦謂生色界遠離順解脫分者云何微薄不寂靜苦謂生無色界遠離順解脫分者云何微薄寂靜苦謂諸有學云何極微薄寂靜苦謂諸無學命根住緣六處云何非苦似苦住大

寂靜謂已得究竟菩薩摩訶薩等乘大悲願力故生諸有中由能除滅無量衆生相續大苦故名住大寂靜復次前說死苦死有三種謂或善心死或不善心死或無記心死善心死者謂於明利心現行位或由自善根力所持故或由他所引攝故發起善心趣命終位不善心死者謂亦於明利心現行位或由自不善根力所持故或由他所引攝故起不善心趣命終位無記心死者謂若於明利心現行位若於不明利心現行位或由闕二緣故或由加行無功能故起無記心趣命終位此中所言善等心死者當知依我愛相應將命終心位前說修淨行者臨命終位於身下分先起冷觸不淨行者臨命終位於身上分先起冷觸又不淨行者中有生時其相顯現如黒羊羔光或如陰闇夜分修淨行者中有生時其相顯現如白練光或如晴明夜分又此中有在欲色界正受生位亦從無色界命終後位亦名意生健達縛等極住七日或有中夭或時移轉言意生者謂受化生身唯心爲因故香所引故名健達縛是隨逐於香往受生處義極住七日或有中夭者此約速得生緣者說若過七日不得生緣必定命終還生中有如是展轉乃至七返更不得過或時移轉者謂於此位往餘生處强緣現前如得第四靜慮起阿羅漢增上慢比丘彼地中有生時由謗解脫邪見故轉生地獄中有又住中有中亦能集諸業先串習力所引善等思現行故又能覩見同類有情謂先所共行善不善者如於夢中見已與彼現同遊戲又中有

形似當生處如當生處前時有形而起故又此中有所趣無礙如具神通徃來迅速仍於生處有所拘礙又此中有於所生處如秤兩頭低昂道理緣没結生時分亦爾又住中有中於所生處發起貪愛亦用餘煩惱爲緣助此中有身與貪俱滅羯邏藍身與識俱生此唯是異熟自此已後根漸生長如緣起中說於四生類或受卵生或受胎生或受濕生或受化生如緣起中說者謂名色等前後次第如是說

最初羯邏藍　次生頞部曇　從此生閉尸生鍵南　次鉢羅奢佉　後髮毛爪等及色根形相　漸漸而生長

云何集諦謂諸煩惱及煩惱增上所生諸業俱說名集諦由此集起生死苦故煩惱增上所生業者謂有漏業若爾何故世尊唯說愛爲集諦由最勝故謂薄伽梵隨勝而說若愛若後有愛若貪喜俱行愛若彼彼希樂愛是名集諦言最勝者是徧行義由愛具有六徧行義是故最勝何等爲六一事徧行謂於一切已得未得自身境界事徧行故於已得自身起愛於未得自身起後有愛於已得境界起貪喜俱行愛於未得境界起彼彼希樂愛二位徧行謂於苦苦性等三位諸行中徧隨行故於已得苦苦性位起别離愛於未得苦苦性位起不和合愛於壞苦性位起不别離愛及和合愛已得未得差别故於行苦性位起愚癡愛由煩惱麤重所顯故及不苦不樂受所顯故唯阿賴耶識是最勝行苦位依止此位因我癡門貪愛轉故三世徧行謂於三

世中徧隨行故於過去世起追憶行徧隨行愛於未來世起希樂行徧隨行愛於現在世起貪著行徧隨行愛四界徧行謂欲色無色三愛次第徧三界故五求徧行謂由貪愛徧求欲有邪梵行故由欲求力不脫欲界招欲界苦由有求力不脫二界招色無色界苦由邪梵行求力不脫生死彼彼流轉故六種徧行謂有無有愛徧行斷常一切種故

煩惱者謂由數故相故緣起故境界故相應故差別故邪行故界故衆故斷故觀諸煩惱數者謂或六或十六謂貪瞋慢無明疑見十謂前五見又分五謂薩迦耶見邊執見邪見見取戒禁取相者若法生時相不寂靜由此生故身心相續不寂靜轉是煩惱相不寂靜性是諸煩惱共相此復有六謂散亂不寂靜性顛倒不寂靜性掉舉不寂靜性惛沉不寂靜性放逸不寂靜性無恥不寂靜性緣起者謂煩惱隨眠未永斷故順煩惱法現在前故不正思惟現前起故如是煩惱方乃得生煩惱隨眠未永斷者彼品麤重未永拔故順煩惱法現在前者現前會遇可愛等境故不正思惟現前起者於彼境界取淨等相能隨順生貪瞋等故境界者謂一切煩惱還用一切煩惱爲所緣境及緣諸煩惱事又欲界煩惱除無明見疑餘不能緣上地爲境此無明等雖亦有能緣上地者然彼不能親緣上地如緣自地由依彼門起分別故立彼爲所緣所言無明緣上地者謂與見等相應見者除薩迦耶見不見世間緣他地諸行執爲我故上地諸煩惱不緣下地爲境已離彼地欲故又

緣滅道諦諸煩惱不能親緣滅道爲境由滅
道諦出世間智及後得智内所證故唯由依
彼妄起分別說爲所緣分別所計境不離分
別故又煩惱有二種謂緣無事及緣有事緣
無事者謂見及見相應法見謂薩迦耶見及
邊執見所餘煩惱名緣有事相應者謂貪不
與瞋相應如瞋疑亦爾餘皆得相應何故貪
不與瞋相應一向相違法必不俱轉故又貪
不與疑相應者由慧於境不決定必無染著
故餘得相應者與餘慢等不相違故如貪瞋
亦爾謂瞋不與貪慢見相應若於此事起憎
恚即不於此生於高舉及能推求與餘相應
如理應知慢不與瞋疑相應無明有二一一
切煩惱相應無明二不共無明不共無明者
謂於諦無智見不與瞋疑相應疑不與貪慢

見相應忿等隨煩惱更互不相應展轉相違
法必不相應故如貪分與瞋分若不相違猶
如煩惱展轉相應無慚無愧於一切不善品
中恒共相應若離不顧自他不善現行無是
處故惛沉掉舉不信懈怠放逸於一切染汙
品中恒共相應若離無堪任性等染汙性成
無是處故差別者謂諸煩惱依種種義立種
種門差別所謂結縛隨眠隨煩惱纏暴流軛
取繫蓋株杌垢燒害箭所有惡行漏匱熱惱
諍熾然稠林拘礙等問結有幾種云何結何
處結耶答結有九種謂愛結恚結慢結無明
結見結取結疑結嫉結慳結愛結者謂三界
貪愛結所繫故不猒三界由不猒故廣行不
善不行諸善由此能招未來世苦與苦相應
當知此中宣說諸結若相若用若位辯結差

別且如愛結何等是結謂三界貪是結自性云何爲結謂有此者不猒三界由此展轉不善現行善不現行於何位結謂於後世苦果生位如是恚結等並如理應知恚結者謂於有情苦及順苦法心法損害恚結所繫故於恚境相心不棄捨不棄捨故廣行不善不行諸善由此能招未來世苦與苦相應慢結者即七慢謂慢過慢慢過慢我慢增上慢下劣慢邪慢慢者謂於下劣計己爲勝或於相似計己相似心舉爲性過慢者謂於相似計己爲勝或復於勝計己相似心舉爲性慢過慢者謂於勝己計己爲勝心舉爲性我慢者於五取蘊觀我我所心舉爲性增上慢者謂於未得上勝證法計己已得上勝證法心舉爲性下劣慢者謂於多分勝計己少分劣心舉

爲性邪慢者謂實無德計己有德心舉爲性慢結所繫故於我我所不能了知不了知故執我我所廣行不善不行諸善由此能招未來世苦與苦相應無明結者謂三界無智無明結所繫故於苦法集法不能解了不解了故廣行不善不行諸善由此能招未來世苦與苦相應於苦集法不解了者謂於果性因性有漏諸行所有過患不了知故見結者即三見謂薩迦耶見邊執見邪見見結所繫故於邪出離妄計追求謂我當解脫我所解脫既解脫已我當常住或當斷滅又謂佛法中定無解脫如是執著邪出離已廣行不善不行諸善由此能招未來世苦與苦相應取結者謂見取戒禁取取結所繫故於邪出離方便妄計執著棄捨八聖支道妄執薩迦耶見

等及彼爲先若戒若禁爲清淨道以妄執著邪出離方便故廣行不善不行諸善由此能招未來世苦與苦相應疑結者謂於諦猶預疑結所繫故於佛法僧寶妄生疑惑以疑惑故於三寶所不修正行以於三寶所不修正行故廣行不善不行諸善由此能招未來世苦與苦相應嫉結者謂耽著利養不耐他榮發起心妬嫉結所繫故愛重利養不尊敬法重利養故廣行不善不行諸善由此能招未來世苦與苦相應慳結者耽著利養於資生具其心悋惜慳結所繫故愛重畜積不尊遠離重畜積故廣行不善不行諸善由此能招未來世苦與苦相應縛有三種謂貪縛瞋縛癡縛由貪縛故縛諸衆生令處壞苦由瞋縛故縛諸衆生令處苦苦由癡縛故縛諸衆生令處行苦由貪等縛縛處壞苦等者以貪瞋癡於樂等受常隨眠故又依貪瞋癡故於善方便不得自在故名爲縛猶如外縛縛諸衆生令於二事不得自在一者不得隨意遊行二者於所住處不得隨意所作當知內法貪瞋癡縛亦復如是隨眠有七種謂欲愛隨眠瞋恚隨眠有愛隨眠慢隨眠無明隨眠見隨眠疑隨眠欲愛隨眠者謂欲貪品麤重瞋恚隨眠者謂瞋恚品麤重有愛隨眠者謂色無色貪品麤重慢隨眠者謂慢品麤重無明隨眠者謂無明品麤重見隨眠者謂見品麤重疑隨眠者謂疑品麤重若未離欲求者由欲愛瞋恚隨眠之所隨眠由依彼門此二增長故未離有求者由有愛隨眠之所隨眠未離邪梵行求者由慢無明見疑隨眠之所隨眠

由彼衆生得少對治便生憍慢愚於聖諦虛妄計度外邪解脫解脫方便隨其次第三見二取如結中說於佛聖教正法毗柰耶中猶豫疑惑

大乘阿毗達磨雜集論卷第六

音釋

燥先到切乾也 饑饉饑居希切穀不熟曰饑饉渠吝切菜不熟曰饉 欻許勿切猶忽也 鍵南梵語正云健男此云凝厚鍵巨展切 杌五忽切樹無枝也

大乘阿毗達磨雜集論卷第七

安慧菩薩糅

唐三藏法師玄奘奉　詔譯

決擇分中諦品第一之二

隨煩惱者謂所有諸煩惱皆是隨煩惱有隨煩惱非煩惱謂除煩惱所餘染汙行蘊所攝一切心所此復云何謂除貪等六煩惱所餘染汙行蘊所攝忿等諸心所又貪瞋癡名隨煩惱心所由此隨煩惱隨惱於心令不離染令不解脫令不斷障故名隨煩惱如世尊說汝等長夜爲貪瞋癡隨所惱亂心恒染汙纏有八種謂惛沉睡眠掉舉惡作嫉慳無慚無愧數數增盛纏繞於心故名纏由此諸纏數數增盛纏繞一切觀行者心於修善品爲障礙故修善品者謂隨修習止舉捨相及彼所依梵行等所攝淨尸羅時此復云何謂修止時惛沉睡眠爲障於內引沉沒故修舉時掉舉惡作爲障於外引散亂故修捨時嫉慳爲障由成就此於自他利悋妬門中數數搖動心故修淨尸羅時無慚無愧爲障由具此二犯諸學處無羞恥故暴流有四謂欲暴流有暴流見暴流無明暴流隨流漂鼓是暴流義隨順雜染故初是習欲求者第二是習有求者後二是習邪梵行求者能依所依相應道理故見暴流是能依無明暴流爲所依由有愚癡顛倒推求解脫及加行故軛有四種謂欲軛有軛見軛無明軛障礙離繫是軛義爲背清淨故此亦隨其次第習三求者相應現行取有四種謂欲取見取戒禁取我語取執取諍根執取後有是取義所以者何由貪著

欲繫縛耽染爲因諸在家者更相鬬諍此諍根本是第一取由貪著見繫縛耽染爲因諸出家者更相鬬諍此諍根本是後三取六十二見趣是見取各别禁戒多分苦行是戒禁取彼所依止薩迦耶見是我語取由見取戒禁取諸外道輩更相諍論以於是處見不一故由我語取諸外道輩互無諍論於我有性皆同見故然由此取諸外道等與正法者互有諍論由彼不信有無我故如是執著諍論根本復能引取後有苦異熟故名爲取繫有四種謂貪欲身繫瞋恚身繫戒禁取身繫此實執取身繫以能障礙定意性身故名爲繫所以者何由此能障定心自性之身故名繫非障色身何以故能爲四種心亂因故謂由貪愛財物等因令心散亂於鬬諍事不正行爲因令心散亂於難行戒禁苦惱爲因令心散亂不如正理推求境界爲因令心散亂由彼依止各别見故於所知境不如正理種種推度妄生執著謂唯此眞餘並愚妄由此爲因令心散動於何散動謂於定心如實智見蓋有五種謂貪欲蓋瞋恚蓋惛沉睡眠蓋掉舉惡作蓋疑蓋能令善品不得顯了是蓋義覆蔽其心障諸善品令不轉故問於何等位障諸善法答於樂出家位覺邪行位止舉捨位於樂出家時貪欲蓋爲障希求受用外境界門於彼不欣樂故於覺邪行時瞋恚蓋爲障於所犯學處同梵行者正發覺時由心瞋恚不正學故於止舉兩位惛沉睡眠掉舉惡作蓋爲障如前所説能引沉没及散亂故於捨位疑蓋爲障遠離決定不能捨故株杌有

三謂貪瞋癡由依止貪瞋癡先所串習爲方便故成貪等行心不調順無所堪能難可解脫令諸衆生難斷此行故名株杌所以者何對治道犁難可破壞約此義故立爲株杌於無量生串習貪等以成其行堅固難拔猶株杌故垢有三種謂貪瞋癡由依止貪瞋癡故毀犯如是尸羅學處由此有智同梵行者或於聚落或閑靜處見已作如是言此長老作如是事行如是行爲聚落刺點染不淨說名爲垢以貪瞋癡能現犯戒不淨相故燒害有三謂貪瞋癡由依止貪瞋癡故長時數受生死燒惱故名燒害由於無始生死流轉因貪瞋癡數被生死苦燒害故箭有三種謂貪瞋癡由依止貪瞋癡故於有有具深起追求相續不絶於佛法僧苦集滅道常生疑惑故名爲箭於諸有財三寶四諦隨愛疑門能射傷故所有有三謂貪瞋癡由依止貪瞋癡故積畜財物有怖有怨多住散亂故名所有由多積集所有資財恒與怖等共相應故惡行有三謂貪瞋癡由依止貪瞋癡故恒行身語意惡行故名惡行由貪瞋癡能引殺生等諸不善行故又即依此貪瞋癡門廣生無量惡不善行故建立三不善根所以者何以諸有情愛味世間所有爲因行諸惡行貪求財利行惡行故分別世間怨相爲因行諸惡行由懷瞋恚不忍他過多行惡故執著世間邪法爲因行諸惡行由懷愚癡起顛倒見因祠祀等行諸惡故是故此貪瞋癡亦名惡行亦名不善根漏有三種謂欲漏有漏無明漏令心連注流散不絶故名爲漏此復云何依外門流

注故立欲漏依内門流注故立有漏依彼二所依門流注故立無明漏令心連注流散不絕是漏義匱有三種謂貪瞋癡由依止貪瞋癡故於有及資生具恒起追求無有猒足常爲貧乏苦所惱故故名匱以貪瞋癡能令身心恒乏短故熱有三種謂貪瞋癡由依止貪瞋癡故不如正理執著諸相執著隨好由執著相及隨好故燒惱身心故名爲熱不如正理妄執相好燒身心故惱有三種謂貪瞋癡由依止貪瞋癡故隨彼彼處愛樂耽著彼若變壞便增愁歎種種憂苦熱惱所觸故名爲惱由於色等諸可樂事深愛著已彼若變壞是諸有情便爲種種愁歎等苦所惱亂故諍有三種謂貪瞋癡由依止貪瞋癡故執持刀杖興諸戰諍種種鬬訟是故貪等說名爲諍熾然有三謂貪瞋癡由依止貪瞋癡故爲非法貪大火所燒非法貪者謂隨貪著不善業道又爲不平等貪大火所燒不平等貪者謂非法非理貪求境界又爲邪法大火所燒邪法者謂諸外道惡說法律以非法貪等能發身心熾然大火如火熾然故名熾然稠林有三謂貪瞋癡由依止貪瞋癡故於諸生死根本行中廣興染著令諸有情感種種身流轉五趣令諸有情處生本行大樹稠林難可出離是故貪等說名稠林拘礙有三謂貪瞋癡由依止貪瞋癡故顧戀身財無所覺了樂處憒閙得少善法便生猒足由此不能修諸善法故名拘礙依貪瞋癡顧身財等拘礙有情不得自在修諸善故又此顧戀身等即依五種心拘礙說何等爲五謂顧戀身顧戀諸欲

樂相雜住闕於隨順教誡教授於諸善品得少爲足拘礙心故名心拘礙諸如是等煩惱義門差別無量

邪行者謂貪瞋二煩惱迷境界及見起邪行修道所斷見道所斷隨其次第貪瞋二種緣少淨相及相違相爲境界故名迷境界雖亦緣有情起於貪瞋然依境界門起故亦名迷境界慢迷有情及見起邪行以於下劣等起計已勝等行於有情門邪解轉故薩迦耶見邊執見邪見迷所知境起邪行依增益損減門如其所應見取戒禁取迷諸見起邪行由於諸見過失取爲第一及戒禁清淨故疑迷對治起邪行於諸諦中成二解故無明迷一切起邪行又十煩惱皆迷苦集起諸邪行是彼因緣所依處故所以者何苦集二諦皆是十種煩惱因緣又爲依處是故一切迷此因緣依處起諸邪行又十煩惱皆迷滅道起諸邪行由此能生彼怖畏故所以者何由煩惱力樂著生死於清淨法起懸崖想生大怖畏又諸外道於滅道諦妄起種種顛倒分別是故十惑皆迷滅道起諸邪行

界云何謂除瞋餘一切通三界繫瞋唯欲界繫緣違損境生故又貪於欲界與樂喜捨相應如於欲界於初二靜慮亦爾於第三靜慮與樂捨相應已上唯與捨相應貪於欲界與樂相應者謂在五識身與喜相應者在意識身與捨相應者在一切處於相續末位所以不與憂苦相應者由此欣行轉故瞋與苦憂捨相應苦相應者在五識身憂相應者在第六識所以不與喜樂相應者由此戚行轉故

瞋能逼惱自相續故名戚行與捨相應者於一切處如前說慢於欲界與喜捨相應於初二靜慮與樂喜捨相應於第三靜慮與樂捨相應已上唯捨相應慢於欲界樂不相應者以五識無故若爾於初二靜慮云何與樂相應與意地樂相應故無過云何於彼有意地樂由說彼地有喜樂故如經言云何爲喜謂已轉依者依於轉識心悅心踊心適心調安適受受所攝依於轉識者即依意識於三摩呬多位餘識無故云何爲樂謂已轉依者依阿賴耶識攝受所依所依怡悅安適受受所攝此經意說樂受依初二靜慮生時與如是心心所聚相應由欣踊行還令此聚皆得踊悅又令所依阿賴耶識自體安樂怡適由此樂受作二事故體雖是一建立二種若喜若樂是故說此相應慢與樂喜相應如慢薩迦耶見邊執見見取戒禁取亦爾邪見於欲界與憂喜捨相應於色無色界隨所有受皆與相應云何邪見於欲界與憂喜相應謂先造妙行惡行者見此無果生欣戚故所以不與苦樂相應者由一切見皆在意地故疑於欲界與憂捨相應於色無色界隨所有受皆與相應所以欲界非喜相應者不決定心若未息滅喜不生故色界中疑疑上靜慮者由喜樂定力所引持故亦得隨轉是故於彼亦與喜樂相應無明有二種謂相應不共相應無明一切煩惱相應故若於是處隨所有受皆得相應不共無明於欲界與憂捨相應於上界隨所有受皆得相應喜樂相應不相應理應如疑說何故諸煩惱皆與捨相應以一切

煩惱隨中庸位方息没故所以者何煩惱生起展轉相續漸漸微薄勢力將盡墮處中位於此位中必與捨受相應又貪於欲界在六識身如貪瞋無明亦爾貪於色界在四識身彼無鼻舌識故於無色界唯在意識身如貪無明亦爾慢見疑於一切處唯在意識身由彼於稱量等門轉故又貪瞋慢於欲界緣一分事轉如於欲界於色無色界亦爾慢緣一分事轉者隨於一分高舉生故所餘煩惱於一切處徧緣一切事轉

衆云何謂二衆煩惱見道所斷衆修道所斷衆欲界見苦所斷具十煩惱如見苦所斷見集滅道所斷亦爾若迷此起邪行即見此所斷問若緣此爲境即迷此起邪行耶答不必爾緣無漏爲境煩惱唯於有漏事隨眠故若是處是彼因緣及所依處彼迷此起邪行是見苦所斷如見苦所斷見集滅道所斷亦爾隨其所應色界見四種所斷各有九煩惱除瞋如色界無色界亦爾如是見道所斷煩惱衆總有一百一十二欲界修所斷有六煩惱謂俱生薩迦耶見邊執見及貪瞋慢無明何等名爲修所斷俱生薩迦耶見謂聖弟子雖見道已生而依止此故我慢現行如經言長老馱索迦當知我於五取蘊不見我我所然於五取蘊有我慢我欲我隨眠未永斷未徧知未滅未吐猶如乳母有垢膩衣雖以鹵土等水浣濯極令離垢若未香熏臭氣隨轉復以種種香物熏坌臭氣方盡如是佛聖弟子雖以見道永斷分別身見之垢若未以修道熏習相續無始串習虛妄執著習氣所引不

分別事我見隨轉復以修道熏習相續彼方永滅俱生邊執見者謂斷見所攝由此見故於涅槃界其心退轉生大怖畏謂我我今者何所在耶貪等煩惱修道所斷者謂除見品所攝色界修道所斷有五除瞋如色界無色界亦爾如是修道所斷煩惱總有十六斷云何謂如此差別斷由此作意斷從此而得斷如此差別斷者謂徧知故遠離故得對治故徧知者謂彼因緣事徧智自體徧智過患徧智彼因緣事徧智者謂知煩惱隨眠未永斷故如是等如前說自體徧智者謂知此煩惱生已極惱亂心性過患徧智者謂知此煩惱能引自害能引害他能引俱害能生現法過能生後法過能生現法後法過能令有情受此所生身心憂苦遠離者雖彼暫生而

不堅執由彼因緣事徧智等三種徧智於彼已生一切煩惱心不堅執加行遠離得對治者謂未生者令不生故已生者令斷故得對治道爲令未生已生煩惱不生永斷修治道故問何等作意能斷耶答總緣作意觀一切法皆無我性能斷煩惱總緣作意者謂令緣一切法共相行作意問若唯總緣諸法無我智能斷煩惱者何故顯示無常等行答非爲斷煩惱故修習彼行但爲修治無我行故由依無常行引得苦行依止苦行引無我行如經言無常故苦苦故無我是故建立此無我行爲無上無上有三種謂智無上行無上解脫無上智無上者謂無我智得此智已更無所求故行無上者謂樂速通行一切行中最第一故解脫無上者謂無學不動解脫於一

切解脱最爲勝故此三無上如其次第依止見修無學道說問從何而得斷耶答不從過去已滅故不從未來未生故不從現在道不俱故然從諸煩惱麤重而得斷爲斷如是如是品麤重生如是如是品對治若此品對治生即此品麤重滅平等平等猶如世間明生闇滅由此品離繫故令未來煩惱住不生法中是名爲斷

復次煩惱增上所生業云何謂若思業若思已業總名業相又業有五種謂取受業作用業加行業轉變業證得業取受業者謂眼等能見色等作用業者謂地等能任持等或復諸法自相所作謂所有色質礙變壞如是等加行業者謂意解爲先起身業等轉變業者謂金師等造莊嚴具等證得業者謂聖道等證涅槃等今此義中意多分别加行業顯亦兼有證得作用二業思業云何謂福業非福業不動業思已業云何謂身業語業意業又此身語意三業或善或不善不善者即十不善業道謂殺生不與取欲邪行虛誑語離間語麤惡語雜穢語貪欲瞋恚邪見善者即十善業道謂離殺生乃至離雜穢語無貪無瞋正見今於此中唯以業道顯身等業者爲隨順經就勝而說彼加行等亦身等業所攝故前三中四後三業道隨其次第是身語意業相又殺生等應以五門分别其相謂事故意樂故加行故煩惱故究竟故殺生等事者謂有情數非有情數如其所應依此處所起殺生等意樂者謂於此事起此想意樂及起當作此業道意樂加行者謂此作用或自或他

發身語意煩惱者謂貪瞋癡如其所應或總或別究竟者由彼彼加行如是如是業道圓滿或於爾時或於後時於此義中殺生事者謂有情數意樂者謂此想及必害意加行者謂爲害故加刀杖等煩惱者謂貪等究竟者謂彼衆生由加行故或無間死或後時死不與取等事及究竟當廣分別餘如理應思不與取事者謂他所攝若有情數非有情數究竟者諸取爲已有欲邪行事者謂非所行女或雖所行非分非處非時非量及不應理一切男及不男究竟者謂兩兩交會虛誑語事者謂見聞覺知不見不聞不覺不知意樂者謂別異想欲別異說究竟者謂時衆及對言者領解離間語事者謂諸有情若和合若不和合意樂者謂即於彼起乖離及不和合意究竟者謂所破領解麤惡語事者謂諸有情能爲損害究竟者謂發麤惡言雜穢語事者謂能引攝不饒益義究竟者謂正發此言貪欲事者謂他所攝資財意樂者謂起此想及愛樂加行者謂思量籌度欲爲已有究竟者決定執爲已有瞋恚事者謂諸有情能爲損害究竟者謂決定加害等邪見事者謂實有義意樂者謂於實有起非有想及彼欲樂究竟者謂決定誹謗如經言故思造業云何名爲故思造業略有五種謂他所教勅故思造業他所勸請故思造業無所了知故思造業根本執著故思造業顛倒分別故思造業他所教勅故思造業者猶如有一雖不欲樂因他强力之所教勅發起故思行不善業他所勸請故思造業者猶如有一雖不欲樂因他

勸請因他引導執爲利益發起故思行不善業無所了知故思造業者猶如有一不了得失無所執著隨欲所作發起故思行不善業根本執著故思造業者猶如有一爲貪瞋等諸不善根纏蔽其心猛利執著發起故思行不善業顛倒分別故思造業者猶如有一依不平等因見愛樂邪法爲求當來可愛異熟發起故思行不善業於此五中根本執著故思造業顛倒分別故思造業此二種若作若增長非不受異熟所以者何前三故思作業雖作不增長輕故不必受異熟後二故思作業若作若增長重故必定受異熟作者謂起造諸業令其現行增長者謂令習氣增益於阿賴耶識中長養異熟種子故如經言決定受業者云何決定謂作業決定受異熟決定分位決定作業決定者由宿業力感得決定異熟相續於此生中必造此業何以故應造此業期限決定故終不越限必造此業乃至諸佛世尊大神通力亦不能爲障令其不造隨因決定力果相續轉變故受異熟決定者如先所說故思造業分位決定者謂現法受等分位決定業如由此業於現法中必定受異熟由此業必受生異熟由此業必受後異熟

又十不善業道異熟果者於三惡趣中隨不中上品受旁生餓鬼那落迦異熟等流果者各隨其相於人趣中感得自身衆具衰損謂從惡趣沒後生人中由殺盜等各隨其相感得自身衆具衰損所謂壽命短促常貧窮等如其所應增上果者各隨其相感得所有外

事衰損謂殺生等各隨其相感稼穡等外事衰損所謂外具乏少光澤是殺生增上果如是等如經言於一切十不善業道修習多修習故生於那落迦旁生餓鬼是彼異熟果若得來此人同分中由殺生故今得短壽不與取故乏少財物欲邪行故妻不貞良虛誑語故多被誹謗離間語故親友乖離麤惡語故恒聞不如意聲雜穢語故言不威肅由貪欲故貪轉猛盛由瞋恚故瞋轉猛盛由邪見故癡轉猛盛諸邪見者癡增上故是彼等流果由極修習殺生業故一切外事乏少光澤不與取故多遭霜雹欲邪行故多諸塵坌虛誑語故多諸臭穢離間語故高下險阻麤惡語故其地鹹鹵磽确穢惡雜穢語故時候乖變貪欲故果實尠少瞋恚故果味辛苦邪見故果味辛苦或全無果是彼增上果又十善業道異熟果者謂於人天趣中受人天異熟等流果者謂即於彼處各隨其相感得自身眾具興盛增上果者謂即於彼處各隨其相感得外事興盛如不善業道建立異熟果等三種差別如是有漏善業道於人天中三果差別如其所應亦當建立又善不善業於善趣惡趣中感生異熟時有二種差別謂招引業圓滿業招引業者謂由此業能牽異熟果圓滿業者謂由此業生已領受愛不愛果

復次或有業由一業力牽得一身謂由一業力長養一生異熟種子故或有業由一業力牽得多身謂由一業力長養多生異熟種子故或有業由多業力牽得一身謂由多業剎那數數長養一生異熟種子故或有業由多

業力牽得多身謂多刹那業更相資待展轉長養多生異熟種子故問若一有情成就多業云何次第受異熟果耶答於彼身中重者先熟或將死時現在前者或先所數習者或最初所行者彼異熟先熟如經言有三種業謂福業非福業不動業福業者謂欲界繫善業非福業者謂不善業不動業者謂色無色界繫善業問何故色無色繫善業名不動耶答如欲界中餘趣圓滿善不善業遇緣轉得餘趣異熟非色無色繫業有如是事所受異熟界地決定故是故約與異熟不可移轉名爲不動又定地攝故說爲不動問如經中說無明緣行若福非福及與不動云何福及不動行緣無明生耶答有二種愚一異熟愚二眞實義愚由異熟愚故發非福行由眞實義愚故發福及不動行由異熟愚發非福行者由彼一向是染汙性無明合時必不容受信解異熟行相正見故由眞實義愚發福不動行者眞實義即四聖諦於彼愚癡名眞實義愚未見諦者雖起善心由彼隨眠所隨縛故亦名愚癡由彼勢力於三界苦不如實知便能發起後有因性福不動行非已見諦者能發此業無眞實義愚故是故彼業說因此生

復次殺生業道貪瞋癡爲加行由瞋究竟如殺生麤惡語瞋恚業道亦爾殺生貪爲加行者爲皮肉等故瞋爲加行者爲除怨等故癡爲加行者爲祠祀等故由瞋究竟者離無慈悲必不殺害他有情故麤惡語等如理應知不與取業道貪瞋癡爲加行由貪究竟如不與取欲邪行貪欲亦爾問貪欲等云何用貪

等爲加行答前說貪欲業道於他資財決定執爲已有爲性若即於此資財先起餘貪加行追求欲爲已有即立此爲貪加行若先起瞋餘勿有此是瞋加行若先起癡謂於他物取爲已有無有過失是癡加行如是所餘如理應知虛誑語業道貪瞋癡爲加行於三種中隨由一究竟如虛誑語離間語雜穢語亦爾邪見業道貪瞋癡爲加行由癡究竟

復次如經言有共業有不共業有強力業有劣力業云何共業若業能令諸器世間種種差別云何不共業若業能令有情世間種種差別或復有業令諸有情展轉增上由此業力說諸有情更互相望爲增上緣以彼互有增上力故亦名共業由此勢力諸有情類展轉互爲諸心心所變異生因是故經言如是有情與餘有情互相見等而不受用不易可得云何強力業謂對治力強補特伽羅故思所造諸不善業由對治力所攝伏故令當受那落迦業轉成現法受應現法受業轉令不受所以此業名強力者由能對治業力強故此能治業望所治業其力強勝令彼所感諸苦異熟轉變滅故又故思所造一切善業望不善業對治力強皆名強力依此業故薄伽梵說我聖弟子能以無量廣大之業善熏其心諸所造作有量之業此業不能牽引不能留住亦不能令墮在彼數又對治力劣補特伽羅故思所造諸不善業望諸善業皆名強力又故思造業異熟決定不斷不知名強力業此中意說一切善不善業無有差別但異熟決定諸聖道力所不斷者皆名強力業又

欲界繫諸不善業性皆是强衆多煩惱隨煩惱等爲助伴故又先所串習名强力業以數熏習於相續故又依强位名强力業由處盛年所造諸業猛利執著淨信所發故又不可治者所造諸業名强力業由無涅槃法者所有諸業非對治力所能拔故又由田故發强力業謂害母等業又由心加行故發强力業謂於無上菩提發强大願等此所生業其力猛盛名强力業復次由九種因發强力業謂田故事故自體故所依故作意故意樂故助伴故多修習故與多衆生共所行故由此九因發强力業田者謂具大功德堪爲福田事者謂所施物多而精妙自體者謂戒勝於施修勝於戒如是等所依者謂已離欲者作諸福業作意者謂猛利淨信俱行作意意樂者

謂希求涅槃所有意樂助伴者謂更廣修習餘福業事共相攝受多修習者謂數數修習或數數尋思與多衆生共所行者謂自作教他見作隨喜與此相違是劣力業如世尊說若有說言彼彼丈夫補特伽羅隨如是如是業若作若增長還受如是如是異熟若有是事便不應修清淨梵行亦不可知正盡諸苦作苦邊際若有說言彼彼丈夫補特伽羅隨如是如是順所受業若作若增長還受如是如是順所受異熟若有是事便應修習清淨梵行又亦可知正盡諸苦作苦邊際如是經言有何密意此中佛意爲欲遮止如是邪說謂樂俱行業還能感得樂俱行異熟苦俱行業還能感得苦俱行異熟不苦不樂俱行業還能感得不苦不樂俱行異熟故作是說若

有說言彼彼丈夫補特伽羅隨如是如是業若作若增長還受如是如是異熟若有是事便不應修清淨梵行亦不可知正盡諸苦作苦邊際何故便不應修清淨梵行以諸煩惱極猛利者要由智慧自勵自策與憂苦俱護持禁戒若於當來受彼異熟時還與憂苦俱者護持禁戒應無義利又於他妻等與喜樂俱毀犯梵戒若於當來受彼異熟時還與喜樂俱者精勤遠離即爲唐捐是故說言若有是事便不應修清淨梵行何故亦不可知正盡諸苦作苦邊際即由如是修習梵行招苦異熟故是故世尊爲遮如是外道邪說樂俱行業還受樂異熟苦俱行業還受苦異熟不苦不樂俱行業還受不苦不樂異熟異熟因異熟果決定相似故說是經又爲開許如是正說謂樂俱行業順樂受者還受樂異熟順苦受者還受苦異熟順不苦不樂受者還受不苦不樂異熟苦俱行業順樂受者還受樂異熟順苦受者還受苦異熟順不苦不樂受者還受不苦不樂異熟不苦不樂受俱行業順樂受者還受樂異熟順苦受者還受苦異熟順不苦不樂受者還受不苦不樂異熟樂俱行業有二種謂善不善隨其所應順當來世苦受樂受不苦不樂受還能感得樂等異熟如是苦俱行業不苦不樂俱行業各有二種隨順樂等感樂等異熟隨其所應如是名爲此經密意

大乘阿毗達磨雜集論卷第七

音釋

膩女利切肥膩也　鹵籠五切鹹鹵也　浣濯浣合管切濯衣垢也　坌蒲悶切塵塕也　磽确磽苦交切确克角切磽确瘠薄也　尠蘇典切少也

大乘阿毗達磨雜集論卷第八

安慧菩薩糅

唐三藏法師玄奘奉　詔譯

決擇分中諦品第一之三

復次業差別有三種謂律儀業不律儀業非律儀非不律儀業律儀業復有三種謂別解脫律儀所攝靜慮律儀所攝無漏律儀所攝別解脫律儀所攝業者即是七衆所受律儀謂苾芻律儀苾芻尼律儀式叉摩那律儀勤策律儀勤策女律儀鄔波索迦律儀鄔波斯迦律儀及近住律儀依止何等補特伽羅建立出家律儀依能修行遠離惡行遠離欲行由苾芻等出家五衆乃能盡壽遠離殺生等惡行及能遠離非梵行故依止何等補特伽羅建立鄔波索迦律儀鄔波斯迦律儀依能盡壽遠離惡行不遠離欲行由彼二衆建立盡壽離欲邪行非離非梵行故依止何等補特伽羅建立近住律儀依止不能遠離惡行及不遠離欲行是故為彼但制日夜近住律儀為令漸漸俱修學故問若唯修學鄔波索迦一分學處為說成就鄔波索迦律儀為說不成就耶答應說成就而名犯戒問扇搋半擇迦等為遮彼受鄔波索迦律儀不耶答不遮彼受鄔波索迦律儀然遮彼鄔波索迦性不堪親近承事苾芻苾芻尼等二出家衆故如扇搋半擇迦不堪親近承事苾芻苾芻尼等二出家衆故遮彼鄔波索迦性二形亦爾男女煩惱恒俱現行不堪親近承事二衆故不別說又半擇迦有五種謂生便半擇迦嫉妬半擇迦半月半擇迦灌灑半擇迦除去半

擇迦

靜慮律儀所攝業者謂能損伏發起犯戒煩惱種子離欲界欲者所有遠離離初二三靜慮欲者所有遠離是名靜慮律儀所攝身語業性發起犯戒煩惱者謂貪瞋等欲界所繫煩惱隨煩惱能損伏彼種子者謂由伏對治力損彼種子離欲界欲者謂由伏對治力或少分離欲或全分離欲所有遠離者謂從彼犯戒所得遠離性離初二三靜慮欲者謂由遠分對治力令彼發起犯戒煩惱所有種子轉更衰損所以不説離第四靜慮欲者由無色界麤色無故略不建立色戒律儀

無漏律儀所攝業者謂已見諦者由無漏作意力所得無漏遠離戒性

不律儀業者謂諸不律儀者或由生彼種性中故或由受持彼事業故所期現行彼業決定何等名爲不律儀者所謂屠羊養鷄養豬捕鳥捕魚獵鹿罝兔劫盜魁膾害牛縛象立壇呪龍守獄讒搆好爲損等屠羊者爲欲活命屠養賣買如是養鷄豬等隨其所應縛象者恒處山林調執野象立壇呪龍者習呪龍蛇戲樂自活讒搆者以離間語毀壞他親持用活命或由生彼種性中或由受持彼事業者謂即生彼家若生餘家如其次第所期現行彼業決定者謂身語方便爲先決定要期現行彼業是名不律儀業

非律儀非不律儀業者謂住非律儀非不律儀者所有善不善業若布施愛語等業若毆擊等業律儀不律儀所不攝故名非律儀非不律儀

又業差別有三種謂順樂受業順苦受業順不苦不樂受業順樂受業者謂從欲界乃至第三靜慮所有善業順苦受業者謂不善業順不苦不樂受者謂第四靜慮已上所有善業等

復次業差別有三種謂順現法受業順生受業順後受業順現法受業者若業於現法中異熟成熟謂從慈定起已於彼造作若損若益必得現異熟如從慈定起從無諍定滅盡定預流果阿羅漢果起亦爾又於佛爲上首僧中造善惡業必得現異熟又有餘猛利意樂加行所行善不善業亦得現異熟所以名爲現法受業若業於此生作即於此生熟故順生受業者若業於無間生中異熟成熟無間生者即次此生謂五無間業等能得生異熟問若造一無間者於無間生中可受其異熟若造多無間業者於無間生中云何得受其異熟答於一生中頓受一切所得異熟無有過失所以者何若造衆多無間業者所感身形最極柔輭所感苦具衆多猛利由此頓受種種大苦復有所餘善不善業於無間生異熟熟者一切皆名順生受業順後受業者若業於無間生後異熟成熟於此業中後初熟位建立順現法受等名不唯受此一位異熟若業於此生造即從此生已去異熟成熟說名順現法受業若業於此生造從無間生已去異熟成熟說名順生受業若業於此生造度無間生已去異熟成熟說名順後受業若作是說即爲善順訶怨心經如彼經言由無間業於那落迦中數數死生受大苦異熟

復次有四種諸業差別謂黑黑異熟業白白異熟業黑白黑白異熟業非黑白無異熟業能盡諸業黑黑異熟業者謂不善業由染汙故不可愛異熟故白白異熟業者謂三界善業不染汙故可愛異熟故黑白黑白異熟業者謂欲界繫雜業善不善雜故云何一業亦善不善此中不約生剎那相說一種業亦善不善然約意樂及方便總說一業是此經意約此二種若黑若白互不相似建立一種黑白業故或有業意樂故黑方便故白或有業方便故黑意樂故白意樂故黑方便故白者猶如有一爲欲誑他先現其相令信已故行於惠施乃至出家方便故黑意樂故白者猶如有一欲令子及門徒遠危處安由憐愍心現發種種身語麤惡遂於此時發生雜染非黑白無異熟業能盡諸業者謂於加行無間道中諸無漏業以加行無間道是彼諸業斷對治故非黑者離煩惱垢故白者一向清淨故無異熟者生死相違故能盡諸業者由無漏業力永拔黑等三有漏業與異熟習氣故

復次總約一切無漏業無有差別所有障礙隨順體性如其次第建立曲穢濁等諸染汙業淨牟尼等諸清淨業曲業者若身語意業能障正直八聖道支令不生長穢業者若身等業能汙相續依此發生如是障業濁業者若身等業依止外道顛倒見生一切如來清淨聖教之所對治不信混濁之所攝故復有差別墮在斷常邊違處中行義名曲損減見所攝增惡清淨所立法義名穢薩迦耶見所攝障眞無我見義名濁淨業者與如是等諸

雜染業相違類解三淨業者謂善淨尸羅正直見所攝身語意業遠離毀犯戒見垢故三牟尼業者謂學無學所有無漏身語意業唯諸牟尼有此業故

又有施等諸清淨業施業云何謂因緣故等起故處所故自體故分別施業因緣者謂無貪無瞋無癡善根等起者謂彼俱行思處所者謂所施物自體者謂正行施時身語意業云何施圓滿謂數數施故無偏黨施故隨其所欲圓滿施故施得圓滿依此義故經作是說爲大施主者此顯數數施義由彼串習成性數數能施故一切沙門婆羅門等者此顯無偏黨施義無有差別一切施故若食若飲等者此顯隨其所欲圓滿施義如所意願一切資財皆施與故復次無所依施故廣清淨施故極歡喜施故數數施故田器施故善分布新舊施故施得圓滿依此義故經作是說解脫捨舒手施樂遠離常祠祀捨具足於正施時樂等分布如是諸句隨其次第顯示無所依施等無所依施者謂不廻向有及資財而行惠施田器者謂貧苦田功德田舒手者廣行惠施手不潛縮故常祠祀者串習祠祀以成性故捨具足者慧爲先故於正施時樂等分布者於來求者以所施物等分布故云何應知施物圓滿謂所施財物非誑詐得故所施財物非侵他得故所施財物非穢離垢故所施財物清淨故所施財物如法所引故是名施物圓滿依此義故經作是說發起正勤所得財物者此顯施物非誑詐得誑詐得者謂不起正勤而得財物於自住處他所寄

物謀詐得故運手臂力所得財物者此顯施物非侵他得侵他得者非自運動手力而得他所勤苦種種方便獲得財物侵凌取故離汙垢物者此顯施物非穢離垢由所施物遠離汙垢染汙故如法財者此顯施物清淨遠離刀毒酒等非淨施故如法所得者此顯施物如法所引遠離爲斗稱等邪命財故

復次如經中說成就尸羅善能防護別解脫律儀軌則所行皆悉圓滿見微細罪生大怖畏於諸學處善能受學云何成就尸羅能受能護淨尸羅故謂受持淨戒相應無缺故名成就尸羅云何善能防護別解脫律儀能善護持出離尸羅故謂爲求解脫別別防護所有律儀故名別解脫律儀由此律儀能速出離生死苦故云何軌則所行皆悉圓滿具淨尸羅難爲毀責故軌則圓滿者諸威儀等非聰慧人所訶責故所行圓滿者遠離五種諸苾芻衆所不行處故何等爲五謂唱令家婬女家酤酒家王家旃茶羅羯恥那家云何見微細罪生大怖畏勇猛恭敬所學尸羅故於遮罪中勇猛恭敬修學護持猶如性罪是故名爲見微細罪生大怖畏云何於諸學處善能受學圓滿受學所學尸羅故謂具足圓滿受學學處是故名爲於諸學處善能受學從是巳後依止尸羅釋佛經中護身等義云何名爲防護身語由彼正解所攝持故謂如佛所聽往來等事必先覺察方正行故云何身語具足圓滿終不毀犯所毀犯故謂不違損清淨尸羅云何身語清淨現行由無悔等漸次修行乃至得定爲依止故謂依定力令犯

戒垢極遠離故云何身語極善現行染汙尋思所不雜故謂染汙尋思所不能雜一向淨故云何身語無罪現行遠離邪願修梵行故謂不迴向有及資財修行梵行爲諸聖賢所稱讚故云何身語無害現行不輕凌他易共住故謂不由自高凌懱於人難共住等爲損害故云何身語隨順現行由能隨順涅槃得故謂能隨順得涅槃德能引聖道故云何身語隨隱顯現行隱善顯惡故謂隱自功德顯自過失云何身語親善現行同梵行者攝受尸羅故謂同梵行攝受尸羅應歸趣故云何身語應儀現行於尊尊位離憍慢故謂於尊長及等尊長所摧伏憍慢如應供事故云何身語敬順現行於尊教誨敬順受故謂於尊語言敬順而受離自見取故云何身語無熱現行遠離苦行熱惱下劣欲解故謂離外道下劣欲解行諸苦行不自燒然故云何身語不惱現行棄捨財業無悔惱故謂由棄捨財業無有追悔彼於後時無熱惱故云何身語無悔現行雖得少分不以爲喜無悔恨故謂修善品雖獲少分不生喜足離諸悔恨盡其所能而修習故如世尊說如是有情皆由自業業所乖諍從業所生依業出離業能分判一切有情高下勝劣云何有情皆由自業由自造業而受異熟故謂諸有情由其自業故名自業自者不與他共受自業異熟故名自業云何業所乖諍於受自業所得異熟時善不善業互違諍故謂諸有情由業乖諍故名業所乖諍隨善惡業力自所受異熟愛不愛別故問是諸有情受自作業愛不愛異熟時

初從何生爲無因耶爲因世性自在等耶答從業所生云何從業所生是諸有情遠離無因惡因唯從業所生故謂諸有情遠離無因惡因唯由業等因緣所生如是已說依業流轉爲明歸滅亦依諸業是故經言依業出離云何依業出離依對治業解業縛故謂依無漏業能斷有漏業故唯依業而得出離云何有情高下謂由業故於善惡趣得自體差別云何勝劣謂諸有情成就功德過失差別如世尊說有情業異熟不可思議如是經意非一切種皆不可思議云何業異熟不可思議云何可思議謂諸善業於人天趣得可愛異熟是可思議諸不善業墮三惡趣得不愛異熟是可思議由善惡業往善惡趣感得可愛不可愛異熟世間智者能思議故由此能引發正見等功德故即由此業感諸有情自身異熟等種種差別不可思議謂内身等異熟有形色等無量差別難可思議除一切智不能思議强思議者發狂等過故

復次即善不善業處差別事差別因差別異熟差別品類差別等皆不可思議由即此業處差別等無量無邊難可思議故處者謂住如是處造如是業或於城邑或於村落如是等事者謂所依事或有情數或非有情數因者謂善不善根如其所應異熟者謂異熟内身品類者謂種種差別無量品類又有種種外事差別能感業用不可思議由何等業感棘刺等鋒鋩銛利如是等類墮在世間不思議攝思議世間佛所制故又末尼珠藥草呪術相應業用不可思議末尼相應業者謂月

愛珠等能出水等業用難思藥相應業者謂執持此藥藏隱形等呪相應業者謂誦此呪便不燒等術相應業者謂由彼彼術故治熱病等又諸觀行者威德業用不可思議云何彼心威德力故能動大地升虛空等又諸菩薩自在業用不可思議所謂命自在故心自在故財自在故業自在故生自在故勝解自在故願自在故神通自在故智自在故法自在故諸大菩薩由如是等自在力故所作業用不可思議謂諸菩薩由命自在力持諸壽行隨所欲樂爾所時住由心自在力隨其所樂於三摩地入出自在由勝解自在力轉大地等爲水火等勝解自在由願自在力隨其所樂能引無數自利利他圓滿大願由神通自在力爲欲攝化無量有情顯示種種神通變現由智自在力於諸法義訓釋言詞無滯辯說圓滿究竟由法自在力以無量種名句文身建立素怛纜等無上教法隨其所應乃至一切有情於一時間能令彼心皆大歡喜又一切佛所作諸佛應所作事業用不可思議云何如來到於究竟無功用處證得清淨一味法界諸佛世尊之所應作利益安樂諸有情事隨時如應皆能成立如是諸佛及佛境界不可思議

復次如是集諦總有四種行相所謂因相集相生相緣相因相云何謂能引發後有習氣因是名因相由業煩惱是能引發後有習氣因故集相云何謂彼彼有情所集習氣於彼彼有情類爲等起因是名集相由諸有情所集習氣於人天等有情類中能爲相似形貌

種類平等起因故生相云何謂各別内身無量品類差別生因是名生相是諸有情各別内身相續決定趣生地等所有一切品類差別乃至有頂生因故緣相云何謂諸有情別得捨因是名緣相能令有情得未曾得自體捨已曾得自體故如是名爲集諦體相

云何滅諦謂由相故甚深故世俗故勝義故不圓滿故圓滿故無莊嚴故有莊嚴故有餘故無餘故最勝故差別故分別滅諦

相者謂眞如聖道煩惱不生若滅依若能滅若滅性是滅諦相如世尊說眼耳及與鼻舌身及與意於此處名色究竟滅無餘又說是故汝今當觀是處所謂此處眼究竟滅遠離色想乃至意究竟滅遠離法想由此道理顯示所緣眞如境上有漏法滅是滅諦相

甚深者謂彼諸行究竟寂滅如是寂滅望彼諸行不可說異不異亦異亦不異非異非不異所以者何若彼諸行究竟寂滅如是寂滅與彼諸行可說異者應與諸行不相繫屬迢然異體若不異者應是染相由此道理非俱非不俱何以故無戲論故於此義中若生戲論非正思議非道非如亦非善巧方便思故如世尊說此六觸處盡離欲滅寂靜沒等若謂有異無異亦有異亦無異非有異非無異者於無戲論便生戲論乃至有六處可有諸戲論六處旣滅絶諸戲論即是涅槃若於如是絶諸戲論寂滅涅槃不正思議是名戲論於應異思議乃異思議故云何應異思議謂上妙離等種種思議

世俗者謂以世間道摧伏種子所得滅是故

世尊别名説爲彼分涅槃
勝義者謂以聖慧永拔種子所得滅
不圓滿者謂諸有學或預流果攝或一來果攝或不還果攝等所有滅
圓滿者謂諸無學阿羅漢果攝等所有滅
無莊嚴者謂慧解脱阿羅漢所有滅無三明等最勝功德所莊嚴故
有莊嚴者謂俱分解脱三明六通阿羅漢等所有滅有無量種最勝功德所莊嚴故
有餘者謂有餘依滅
無餘者謂無餘依滅
最勝者謂佛菩薩無住涅槃攝所有滅以常安住一切有情利樂事故
差别者謂無餘永斷永出永吐盡離欲滅寂靜没等何故名無餘永斷由餘句故謂無餘永斷是標句餘是釋句是故説言由餘句故由後别句釋此總故纏及隨眠皆悉永斷故名無餘永斷何故名永出永出諸纏故此依斷諸纏説謂已生者皆遠離故何故名永吐永吐隨眠故此依斷隨眠説謂除根本永不生故如是諸滅由見修道對治别故建立二種盡及離欲故次問言何故名盡見道對治得離繫故煩惱聚中餘少分故亦名爲盡何故名離欲修道對治得離繫故由彼修道離諸地欲漸次所顯故名離欲由有如是俱離繫故當來苦滅故次問言何故名滅當來彼果苦不生故能成未來苦不生法故名爲滅又於現法憂惱寂靜故次問言何故名寂靜於現法中彼果心苦永不行故何故名没餘所有事永滅没故宿業煩惱所感諸蘊自然

滅盡故名爲没由如是等别句釋前無餘永滅總句何故此滅復名無爲離三相故生滅住異三有爲相究竟相違故名無爲何故此滅復名難見超過肉眼天眼境故唯聖慧眼所行境界故名難見何故此滅復名不轉永離諸趣差别轉故離那落迦等往來流轉恒常安住故名不轉何故此滅名不早屈離三愛故永離欲色無色三愛於諸有中無所早屈故名不早屈何故此滅復名甘露離蘊魔故永離一切死所依蘊故名甘露何故此滅復名無漏永離一切煩惱魔故何故此滅復名舍宅無罪喜樂所依事故解脱喜樂所依止故名舍宅何故此滅復名洲渚三界隔絶故於生死大海挺出高原故譬洲渚何故此滅復名弘濟能遮一切大苦災横故證得此

滅生老病等諸苦災横永遠離故何故此滅復名歸依無有虚妄意樂加行所依處故由於彼滅所發意樂及正加行無虚妄性所依虚故所依止義是歸依義何故此滅名勝歸趣能爲歸趣一切最勝聖性所依處故由此寂滅能爲歸趣最勝聖性所依止處是阿羅漢證得加行所緣境故何故此滅復名不死永離生故諸無生者必不死故何故此滅名無熱惱永離一切煩惱熱故永離一切求不得苦大熱惱故何故此滅名無燭然永離一切愁嘆憂苦諸惱亂故一切愁等燭然永息極清凉故名無燭然何故此滅復名安隱離怖畏住所依處故無老病死等一切怖畏聖住所依故名安隱何故此滅復名清凉諸利益事所依處故一切清凉善法所依故名清

涼何故此滅復名樂事第一義樂事故出世間樂所依事故名樂事何故此滅名趣吉祥爲證得彼易修加行所依處故爲證涅槃易修加行所緣境故何故此滅復名無病永離一切障礙病故離煩惱等諸障礙病故名無病何故此滅復名不動永離一切散動故離諸境界戲論散動故名不動何故此滅復名涅槃無相寂滅大安樂住所依處故永離一切色等諸想究竟寂滅大安樂住所緣境故名爲涅槃

復次依滅諦辯無生等名義差別與苦諦相義相違故苦諦相者於彼彼處有情類中相續而生爲翻彼相是故問言何故此滅復名無生離相續生故苦諦相者續生已後自身衆分漸次圓滿爲翻彼相是故問言何故此滅復名無起永離此後漸生起故苦諦相者宿業煩惱勢力所造爲翻彼相是故問言何故此滅復名無造永離前際諸業煩惱勢力所引故又現在苦是能造作餘有異熟諸業煩惱所依止處爲翻彼相是故問言何故此滅復名無作不作現在諸業煩惱所依處故又苦相者後有異熟相續生起無有間斷爲翻彼相是故問言何故此滅復名不生永離未來相續生故

復次滅諦有四種相謂滅相靜相妙相離相何故名滅相煩惱離繫故謂流轉因煩惱離繫故名滅何故名靜相苦離繫故行苦所攝不寂靜相取蘊離繫故名靜何故名妙相樂淨事故諸煩惱苦究竟離繫自然樂淨以爲自體故名妙何故名離相常利益事故不復

退還最極安隱如其次第名常利益安隱利益最勝善性是滅諦相
云何道諦謂由此道故知苦斷集證滅修道是略說道諦相今於此中依四聖諦以其作用顯道體相又道有五種謂資糧道加行道見道修道究竟道如是五種依道自性及眷屬以顯道諦差別
資糧道者謂諸異生所有尸羅守護根門飲食知量初夜後夜常不睡眠勤修止觀正知而住復有所餘進習諸善聞思修所生慧修習此故得成現觀解脱所依器性謂諸異生所有尸羅乃至正知而住等是資糧道體由彼修習淨尸羅等極圓滿故復有所餘進習諸善者謂無悔等由聞思等所生諸慧得成煗等次第見諦永斷諸障相續堪任性

加行道者謂所有資糧皆是加行或有加行非資糧謂已積集資糧道者所有順決擇分善根謂煗法頂法順諦忍法世第一法煗法者謂各別内證於諸諦中明得三摩地鉢羅若及彼相應等法由淨定心依諦增上契經等法於意言閒諸義顯現緣彼所生奢摩他毗鉢舍那等是名煗法頂法者謂各别内證於諸諦中明增三摩地鉢羅若及彼相應等法由彼頂法展轉增進居上位故順諦忍法者謂各别内證於諸諦中一分已入隨順三摩地鉢羅若及彼相應等法一分已入者於無所取一向忍解故一分隨順者於無能取隨順通達所依處故世第一法者謂各别内證於諸諦中無間心三摩地鉢羅若及彼相應等法從此無間必起最初出世道故

大乘阿毗達磨雜集論卷第八

音釋

扇搋梵語也此云生謂生來男根不滿也搋丑皆切　罝咨邪切兎網也　讒鋤咸切譖毀也　凌懱懱莫結切輕易也　鋒鋩鋒敷容切鋩武方切　銛思廉切利也

大乘阿毗達磨雜集論卷第九

安慧菩薩糅

唐三藏法師玄奘奉　詔譯

決擇分中諦品第一之四

云何見道若總說謂世第一法無間無所得三摩地鉢羅若及彼相應等法由無分別奢摩他毗鉢舍那等爲體相故又所緣能緣平等平等智爲其相由此通達所取能取無性眞如故又遣各別有情假法假徧遣二假所縁法智爲相云何遣各別有情假所縁法智爲相由此智於自相續中不分別我相故不分別者是除遣義云何遣各別法假所縁法智爲相由此智於自相續中不分別色等法相故云何徧遣二假所縁法智爲相由此智於一切處無有差別不分別我及法相故

復次若別說見道差別謂世第一法無間苦法智忍苦法智苦類智忍苦類智集法智忍集法智集類智忍集類智滅法智忍滅法智滅類智忍滅類智道法智忍道法智道類智忍道類智如是十六種於諸聖諦中法類智忍及法類智是見道差別相苦者謂苦諦苦法者謂苦諦增上所起教法法智者謂於方便道中觀察諦增上法智智忍者謂先觀察增上力故於各別苦諦中起現證無漏慧由此慧故永捨見苦所斷一切煩惱今於此中所說義者謂於方便道中觀察依止苦諦所起契經等法如理作意所攝智增上力故於自相續苦諦中現證彼眞如出世間慧正見體生由此慧故永捨一切見苦所斷三界所繫二十八隨眠是故名爲苦法智忍苦法智

者謂忍無間由此智故於前所斷煩惱解脫而得作證所以者何先由忍故永斷一切見苦所斷煩惱令所依轉從此無間由如是智生證得轉依是名苦法智苦類智忍者謂苦法智無間無漏慧生於苦法智忍及苦法智各別內證言後諸聖法皆是此種類所以者何由初二種若忍若智是後一切學與無學聖法種類從此彼得生故是故無漏慧生各別內證緣此爲境言後諸聖法皆是此種類是故名爲苦類智忍苦類智者謂此無間無漏智生審定印可苦類智忍所以者何由苦類智忍無間無漏智生於苦類智忍內證印可故名苦類智如是於餘諦中隨其所應諸忍諸智盡當知於此位中由法忍法智覺悟所取由類忍類智覺悟能取所以者何出世間道有二境界謂眞如及正智法智品道眞如爲境類智品道正智爲境由此諸忍智如實了知故又於此一切忍智位中說名安住無相觀者如薄伽梵說第六無相住補特伽羅者即現住此忍智位中者是也於此位中一切相皆不可得故又無相住有六種謂空無相無願滅定有頂見道如是十六心刹那說名見道所以者何由如是忍智所攝十六心刹那於曾所未見四聖諦境各以四刹那見故名爲見道又心刹那者謂於所知境智生究竟名一刹那非唯於本無今有生時名心刹那何以故乃至於所知境能知智生所作究竟名一刹那故如說苦應徧知是一心刹那如是集應永斷等亦爾又如上說見道差別皆假建立非眞實爾何以故出世位中

各別内證絶戲論故
復次一切道諦由四種相應隨覺了謂安立
故思惟故證受故圓滿故安立者謂聲聞等
隨自所證已得究竟爲欲令他亦了知故由
後得智以無量種名句文身安立道諦謂於
諸諦中有如是如是忍如是如是智如是等
思惟者謂正修習現觀方便以世間智如所
安立思惟數習證受者謂如是數習已自内
證受最初見道正出世間無戲論位圓滿者
謂此位後圓滿轉依乃至證得究竟彼既證
得究竟位已復由後得智以名句文身安立
道諦如是四相眞實道輪數數展轉相依而
轉無有斷絶如經言遠塵離垢於諸法中正
法眼生者此依見道說諸法忍能遠塵諸法
智能離垢由彼最初於諸諦中妙聖慧眼爲

自性故法忍能遠塵者由諸法忍永斷一切
煩惱塵故法智能離垢者由諸法智已斷障
垢依得生故又於此忍智兩位如其次第徧
知故永斷故道得清淨依此而說遠塵離垢
又經言見法得法極通達法究竟堅法越度
一切希望疑惑不假他緣於大師教餘不能
引於諸法中得無所畏者此亦依見道說於
所化有情聖諦現觀無間說故見法者謂諸
法忍由彼通達眞實法故得法者謂諸法智
彼於轉依能作證故極通達法者謂諸類忍
通達諸聖法是此二類故究竟堅法者謂諸
類智於諸所知已究竟故越度一切希望者
由諸忍智出世間道證得長夜所希聖果於
自所證無希慮故越度一切疑惑者於此位
中於他所證無有猶豫謂餘亦能證此勝位

故不假他緣者於所修道中雖無他導引自然善巧故於大師教餘不能引者於佛聖教已得證淨雖轉餘生不爲邪道所化引故於諸法中得無所畏者於依所證問記法中如惡欲增上慢者怯劣心永無有故

云何修道謂見道上所有世間道出世間道輭道中道上道方便道無間道解脫道勝進道等皆名修道所以者何諸佛聖弟子已得諦現觀從此已上爲斷餘結方便數習世間道等是名修道

世間道者謂世間初靜慮第二靜慮第三靜慮第四靜慮空無邊處識無邊處無所有處非想非非想處如是靜慮無色由四種相應廣分別謂雜染故清白故建立故清淨故雜染者謂四無記根一愛二見三慢四無明由此四惑染汙其心於諸染汙靜慮定門令色無色界一切有覆無記煩惱隨煩惱生長不絕所以者何由有愛故味上靜慮雜染所染貪味淨定輕安樂故由有見故見上靜慮雜染所染依止靜慮發起計度先除等見故由有慢故慢上靜慮雜染所染依證勝定起高慢故由無明故疑上靜慮雜染所染求解脫者由未通達眞實道理於勝品所證常生疑惑爲解脫耶不解脫耶如是煩惱恒染其心令色無色大小二惑相續流轉清白者謂淨靜慮無色由性善故說名清白雖是世間離纏垢故亦名爲淨建立者有四種建立謂支分建立等至建立品類建立名想建立於諸靜慮具四建立諸無色中唯有三種除支分支分建立者謂初靜慮有五支何等爲五一

尋二伺三喜四樂五心一境性第二靜慮有四支何等爲四一內等淨二喜三樂四心一境性第三靜慮有五支何等爲五一捨二念三正智四樂五心一境性第四靜慮有四支何等爲四一捨清淨二念清淨三不苦不樂受四心一境性問法有無量何故唯立尋等爲支答對治支故利益支故彼二所依自性支故由此三種支分滿足不待餘故初靜慮中尋伺二種是對治支能斷欲界欲恚害等尋伺故喜樂二種是利益支由尋伺支治所治已得離生喜樂故心一境性是彼二所依自性支依止定力尋等轉故第二靜慮中內等淨是對治支由此能治尋伺故喜樂是利益支心一境性是彼二所依自性支義如前說第三靜慮中捨念正知是對治支由此三能治喜故樂是利益支心一境性是彼二所依自性支義如前說第四靜慮中捨清淨念清淨是對治支由此二能治樂故不苦不樂受是利益支心一境性是彼二所依自性支諸無色中不立支分以奢摩他一味性故等至建立者謂由七種作意證入初靜慮如是乃至非想非非想處何等名爲七種作意謂了相作意勝解作意遠離作意攝樂作意觀察作意方便究竟作意方便究竟果作意此廣分別如聲聞地後瑜伽處云何證入初靜慮時由七作意謂由定地作意見欲界中過患等故了達麤相初靜慮中此相無故名爲靜相是名了相作意如是作意猶爲聞思之所間雜從此已上超越聞思一向修相緣麤靜相以爲境界修奢摩他毗鉢舍那數數思

惟如所尋思麤靜性相是名勝解作意由修習此故最初斷道生彼俱行作意名遠離作意由此能斷上品煩惱故及能遠離彼品麤重故此觀行者復欣樂上斷見上斷功德已觸少分遠離喜樂爲欲除去惛沉睡眠時時修習淨妙作意以悅其心是名攝樂作意如是正修行者方便善品所資持故令欲界繫煩惱纏垢不復現行因此爲欲審察煩惱斷與未斷復更作意觀察彼生隨順淨相是名觀察作意如是行者數數觀察進修對治爲令欲界一切煩惱於暫時間得離繫故此對治道相應作意是初靜慮最後方便故名方便究竟作意從此無間證得根本最初靜慮俱行作意是名方便究竟果作意又由了相作意發希願心爲正了知所應斷所應得爲斷故爲得故由勝解作意爲所求義發正方便由遠離作意捨上品惑由攝樂作意捨中品惑由觀察作意安心於所證遠離增上慢由方便究竟作意捨下品惑由方便究竟果作意領彼所修作意修果如爲證入初靜慮定修七作意如是乃至爲證入非想非非想處定如應當知又麤相者謂於一切下地從欲界乃至無所有處如是麤相略有二種一住於重苦不寂靜住故二命行微少壽命短促故靜相者謂於一切上地從初靜慮乃至非想非非想處與麤相相違故品類建立者於初靜慮定具三品熏修謂輭中上如初靜慮餘靜慮及無色三品熏修亦爾由輭中上品熏修初靜慮故於初靜慮中還生三異熟如初靜慮於餘靜慮中若熏修若生果各三

品亦爾諸靜慮中三品熏修生三果者謂梵衆天梵輔天大梵天如是等廣説如前於無色界中無別處所故不立生果差別所以者何於無色界無有安堵宫殿等處故不建立生果差別然由三品熏修無色定故彼異熟生時有高有下有劣有勝彼異熟生時有高下者由壽命等有差別故有劣勝者染汙不染汙多分少分有差別故名想建立者謂於四靜慮中三摩地差別無量名字不可筭數不可思議何以故於初靜慮所攝定中諸佛世尊及得究竟大威德菩薩摩訶薩所入三摩地彼三摩地一切聲聞及獨覺等尚不了其名豈能知數況復證入如般若波羅蜜多經中説三摩地其數過百如是於餘大乘經中説三摩地其數無量如於初靜慮所攝定於餘靜慮無色所攝定亦爾如是所説皆依靜慮波羅蜜多清淨者謂初靜慮中邊際定乃至非想非非想處邊際定是名清淨靜慮無色邊際定者爲欲引發勝品功德得自在等修堪任定到究竟處故

出世間道者謂於修道中法智類智品所攝苦智集智滅智道智如是八智相於見道中已廣説及彼相應三摩地等或未至定所攝或初靜慮乃至無所有處所攝非想非非想處唯是世間不明了想恒現行故由不明了想恒現在前非極明了現行聖道之所依止是故一向世間所攝由此道理彼想羸劣不能猛利取所緣相故名無相復云何知非想非非想處無有聖道由世尊説乃至有想三摩鉢底方能如實照了通達滅盡三摩鉢底

是出世間由聖道後所證得故要於人趣方能引發言引發者是初起義或於人趣或於色界能現在前先已生起後重現前故或於人趣者謂即於此生或於色界者謂後生彼云何聖弟子已得無色定已離色界欲復生色界耶不必未離色界欲方入無色定是故此中應作四句若已離色界欲者一切皆能入無色界寂靜解脫定耶設能入無色界寂靜解脫定者一切已離色界欲耶答此初句者謂依未至定已離色界欲而不能得入無色界寂靜解脫定第二句者謂諸聖者已得第四靜慮不求生無色界而起猒背第四靜慮行恒現在前捨斷結道依勝進道漸次能入無色界寂靜解脫定第三句者謂即此行者勤求離欲依斷結道漸次能入無色界寂

靜解脫定第四句者謂除上爾所相問無色界中何故滅定不起現前答生無色界此滅盡定多分不起現前由住寂靜解脫異熟者於此滅定多不發起勤方便故所以者何諸聖弟子爲欲安住寂靜住故於人趣等引此滅定令現在前若已生無色界者不由功用自然安住第一寂靜解脫異熟住不復發起方便功用求此滅定令現在前

輭道者謂輭輭中輭上品道由此道故能捨三界所繫地地中上上上中上下三品煩惱中道者謂中輭中中中上品道由此道故能捨三界所繫地地中中上中中中輭三品煩惱

上道者謂上輭上中上上三品道由此道故能捨三界所繫地地中輭上輭中輭輭三品

煩惱
如是輭中上品道復各别分爲輭等三建立九品爲顯修道所斷煩惱漸次斷故復何因緣輭輭品道能斷上上品煩惱由此煩惱於極猛利毁滅慚愧無羞恥者身中麤重現行易可覺了易可分别是故此上品煩惱猶如麤垢微少對治即能除遣若下下品煩惱在與上相違者身中微隱現行難可覺了難可分别如微隱垢大方對治方能除遣由此道理當知所餘能治所治相翻建立亦爾
方便道者謂由此道能捨煩惱所以者何由正修如是道時能漸捨離各别上品等煩惱所生品類麤重一分漸得轉依是名修道中方便道
無間道者謂由此道無間永斷煩惱令無所餘所以者何由此道無間能永除遣此品煩惱所生品類麤重令無有餘又轉麤重依得無麤重是名修道中無間道
解脱道者謂由此道證斷煩惱所得解脱所以者何由此道能證煩惱永斷所得轉依故
勝進道者謂爲斷餘品煩惱所有方便無間解脱道是名勝進道所以者何爲斷此品後餘煩惱所有方便無間解脱道望此品是勝進故名勝進道又復棄捨斷煩惱方便或勤方便思惟諸法或勤方便安住諸法或進修餘三摩鉢底諸所有道名勝進道又復者爲顯餘義捨斷煩惱諸方便道但正思惟契經等法或復於先所思所證法中安住觀察或復進入餘勝品定諸如是等名勝進道又爲引發勝品功德或復安住諸所有道名勝進

道所以者何若爲引發神通無量等諸勝品功德或彼生已現前安住如是等道名勝進道如是已廣說修道相差別令乘義勢更辯諸道修之差別

修云何略說有四種謂得修習修除去修對治修得修者謂未生善法修習令生習修者謂已生善法修令堅住不忘倍復增廣除去修者謂已生惡不善法修令永斷對治修者謂未生惡不善法修令不生如是四種修差別相隨其所應依四正斷說爲得故修名爲得修由此修力得所未得諸善法故習即是修名爲習修由此修力數習已得諸善法故爲除故修名除去修由此修力除去現行位諸不善法故修習對治名對治修對治未來諸不善法令成不生法故又道生時能安立自習氣是名得修從此種類展轉增盛相續生故又即此道現前修習是名習修由即此道現前行故又即此道現在前時能捨自障是名除去修由此能滅自所對治麤重障故又即此道既捨自障又令彼未來住不生法中是名對治修由已得轉依於未來世安置彼障令住不生法故又由具四種對治故名對治修謂猒壞對治斷對治持對治遠分對治猒壞對治者於有漏諸行見多過患謂以如病如癰等行猒壞五取蘊故斷對治者謂方便及無間道由彼能斷諸煩惱故持對治者謂解脫道由彼任持斷得故遠分對治者謂此後諸道由彼令先所斷煩惱轉遠離故如是四種對治差別是前對治修差別義

復次道差別有十一種謂觀察事道勤功用

道修治定道現觀方便道親近現觀道現觀道清淨出離道依根差別道淨修三學道發諸功德道徧攝諸道道當知此中由覺分等差別故建立十一種道如其次第謂三十七菩提分法四種正行四種法迹奢摩他毗鉢舍那三無漏根觀察事道者謂四念住由此最初以不淨等行觀察一切身受心法事故勤功用道者謂四正斷由徧觀察一切事已爲斷諸障發勤精進故修治定道者謂四神足如是淨除一切障已復由欲勤心觀門修三摩地令成調順堪任性故現觀方便道者謂信等五根如是修治三摩地已爲欲證得無漏聖道勤修增上緣煖頂方便故親近現觀道者謂信等五力如是已得增上緣者爲欲無間通達諦理修習摧伏不信等障忍第一法近方便故現觀道者謂七覺支由此最初各別内證覺眞理故清淨出離道者謂聖八支道由從此後爲令修道所斷煩惱永得清淨修出離道故由此道理菩提分法如是次第依根差別道者謂四正行由依近分根本等地差別及利鈍根差別故苦正行者依止未至及無色定如其次第止觀劣故樂正行者依止根本靜慮雙道轉故二遲通者謂鈍根依苦樂二速通者謂利根依苦樂淨修三學道者謂四法迹由此淨修增上戒等三學故無貪無恚能淨修治增上戒學終不於貪欲瞋恚門毀犯所學處故正念能淨修治增上心學由不忘所緣持心令定故正定能淨修治增上慧學由心得定能證如實智故發諸功德道者謂奢摩他毗鉢舍那由此能

成辦一切功德故攝諸道道者謂三無漏根由此能攝初中究竟一切道故未知欲知根攝方便道及見道已知根攝修道具知根攝究竟道

大乘阿毗達磨雜集論卷第九

音釋

堵董五切垣也　輭乳兖切　癰於容切腫也　鈍徒困切不利也

大乘阿毗達磨雜集論卷第十

安慧菩薩糅

唐三藏法師玄奘奉　詔譯

決擇分中諦品第一之五

復次一切菩提分法無有差別皆由五門而得建立謂所緣故自體故助伴故修習故修果故如初四念住有五門所餘菩提分法亦爾

四念住所緣境者謂身受心法復有四事謂我所依事我受用事我自體事我染汙事何故唯建立此爲所緣境由顛倒覺愚癡凡夫多分計我依止有根身受用苦樂等取了境爲相由貪等染汙由信等清淨是故最初爲正觀察眞實事相是故建立此四種事爲所緣境念住自體者謂慧及念由佛經中有於身等隨觀言故及有念住言故如其次第念住助伴者謂彼相應心心所等彼者彼念慧二法念住修習者謂於內身等修循身等觀如於內於外於內外亦爾內身者謂於此身中所有內色處由自身中眼耳鼻舌身根內處所攝故墮有情數故名內外身者謂外所有外色處由外色聲香味觸等外處所攝故非有情數故名外內外身者謂內處相應所有外處根所依止由己身中眼等五處相應根所依住所有色等外處墮有情數故外處所攝故名內外又於他身中所有內色處約處建立約身建立說名內外云何於身修循身觀謂以分別影像身與本質身平等循觀於身境循觀身相似性故名於身修循身觀由循觀察分別影像身門審諦觀察本質身

故内受者謂因内身所生受緣眼等處爲境界故依自身生故名内外受者謂因外身所生受緣色等處爲境界故依他身生故名外内外受者謂因内外身所生受緣自身中外處爲境故緣他身中内處爲境故名内外如受心法亦爾如於身修循身觀如是於受等修循受等觀如其所應又修習者謂欲勤策勵勇猛不息正念正知及不放逸修習差別故欲修習者謂爲對治不作意隨煩惱勤修習者謂爲對治懈怠隨煩惱策修習者謂爲對治沉掉隨煩惱勵修習者謂爲對治心下劣性隨煩惱心下劣性者謂於勝品所證功德由自輕懱門心生怯弱性勇猛修習者謂爲對治踈漏疲倦隨煩惱踈漏疲倦者謂能引蚊蛸等處所生逼惱不息修習者謂爲對治得少善法生知足喜隨煩惱由得少善生知足喜故止息所餘勝進善品正念修習者謂爲對治忘失尊教隨煩惱正知修習者謂爲對治毀犯追悔隨煩惱毀犯追悔者謂於往來等事不正知而行先越學處後生悔惱不放逸修習者謂爲對治捨諸善軛隨煩惱捨善軛者由放逸過失故於所造修勝進善品捨勤方便不能究竟念住修果者謂斷四顛倒趣入四諦身等離繫是名修果斷四顛倒者謂四念住隨其次第能斷淨樂常我四種顛倒修不淨觀故了知諸受皆是苦故通達諸識依緣差別念念變異故觀察染淨唯有諸法無作用者故又此四種如其次第趣入四諦亦名修果由身念住趣入苦諦所有色身皆行苦相麤重所顯故是故修觀行時

能治此輕安於身差別生故由受念住趣入集諦以樂等諸受是和合愛等所依處故由心念住趣入滅諦觀離我識當無所有懼我斷門生涅槃怖永遠離故由法念住趣入道諦爲斷所治法爲修能治法故又此四種如其次第能證得身受心法離繫果由此修習漸能遠離身等麤重故

四正斷所緣境者謂已生未生所治能治法初正斷緣已生所治法爲境爲斷已生惡不善法樂欲生故第二正斷緣未生所治法爲境第三正斷緣未生能治法爲境第四正斷緣已生能治法爲境如經所說應廣配釋正斷自體者謂精進正斷助伴者謂彼相應心心所等正斷修習者如經說生欲策勵發起正勤策心持心此中諸句顯修正勤及所依止所依止者謂欲樂欲爲先發精進故正勤者謂策勵等於止舉捨相作意等中若由止等相作意不顧戀所緣境純修習對治爾時名策勵爲欲損減沉没掉舉發起正勤所以者何若沉没隨煩惱生時爲損減彼故以淨妙等作意策練其心若掉舉隨煩惱生時即以内諸略攝門制持其心爾時名爲發起正勤即爲顯此損減沉掉善巧方便故次說言策心持心正斷修果者謂盡棄捨一切所治於能對治若得若增是名修果初二正斷盡捨一切所治如其所應斷捨一切已生未生惡不善法故第三正斷得能對治能生未生諸善法故第四正斷增能對治已生善法令增廣故

四神足所緣境者謂已成滿定所作事此復

云何由已成滿三摩地力發起種種神變等事是所緣境神足自體者謂三摩地神足助伴者謂欲勤心觀及彼相應心心所等欲三摩地者謂由殷重方便觸心一境性殷重方便者謂由猛利樂欲猛利恭敬方便得三摩地勤三摩地者謂由無間方便觸心一境性勤者謂常精進無時暫間心三摩地者謂由先修定力觸心一境性所以者何由於前生數修定力令彼種子功能增長由種子力令心任運於三摩地隨順轉變由此速證心一境性觀三摩地者謂由聞他教法内自簡擇觸心一境性又欲三摩地者謂由生欲觸心一境性勤三摩地者謂由策勵發起正勤觸心一境性心三摩地者謂由持心觸心一境性觀三摩地者謂由策心觸心一境性爲顯

發生神足因性故引修正斷中生欲策勵等諸句持心策心是此次第心三摩地者由持心故得定持心於内寂靜略攝速證定故觀三摩地者由策心故得定依法觀門策練其心速得定故神足修習者謂數修習八種斷行何等爲八謂欲精進信安正念正知思捨如是八種略攝爲四謂加行攝受繼屬對治加行者謂欲精進信欲爲精進依信爲欲因所以者何由欲求故爲得此義發勤精進如是欲求不離信受有體等故攝受者謂安由此輕安攝益身心故繼屬者謂正念正知由不忘所緣安心一境故若有放逸生如實了知故隨其次第對治者謂思捨策心持心二加行力已生沉掉能遠離故又能引發離隨煩惱止等相故復次欲勤心觀修有二種謂

并因緣聚散遠離修不劣不散彼二所依隨順修此中顯示欲等能遠離聚散及因緣等二種修義聚因緣者謂遠離毗鉢舍那故由懈怠門所生沉没散因緣者謂遠離不淨想故由掉動門所生高舉聚者謂由惛沉睡眠門於内踧踖散者謂由隨順淨妙相門於外馳散不劣隨順修者謂依觀察相觀察諸法不散隨順修者謂依不淨想觀察髮毛等事彼二所依隨順修者謂修光明想依如是次第薄伽梵説我之欲樂無有下劣亦無高舉於内不聚於外不散有前後想及上下想門發其心遠離纏縛與光明俱自修其心當令我心無諸闇蔽神足修果者謂已善修治三摩地故隨所欲證所通達法即能隨心通達變現又於别别處所法中證得堪能自在作用如所願樂能辦種種神通等事又能引發勝品功德

五根所緣境者謂四聖諦由諦現觀加行所攝作此行故五根自體者謂信精進念定慧五根助伴者謂彼相應心心所等五根修習者謂信根於諸諦起忍可行修習精進根於諸諦生忍可以爲覺悟故起精進行修習念根於諸諦發精進已起不忘失行修習定根於諸諦既繫念已起心一境性行修習慧根於諸諦心既得定起簡擇行修習五根修果者謂能速發諦現觀由此增上力不久能生見道故又能修治煖頂引發忍世第一法即現此身已入順決擇分位故

如五根五力亦爾差别者由此能損減所對治障不可屈伏故名爲力謂五力所緣境等

與根相似然果有差别所以者何如説果者謂能損減不信等障故勝過於前雖與五根所緣境界自體等相似然不可屈伏義有差别故别立覺分

七覺支所緣境者謂四聖諦如實性如實性者即是勝義清淨所緣故覺支自體者謂念擇法精進喜安定捨如是七法是覺支自體念者是所依支由繫念故令諸善法皆不忘失擇法者是自體支是覺自相故精進者是出離支由此勢力能到所到故喜者是利益支由此勢力身調適故安定捨者是不染汙支由此不染汙故依此不染汙故體是不染汙故如其次第由安故不染汙由此能除麤重過故依定故不染汙依止於定得轉依故捨是不染汙體永除貪憂不染汙位為自性故覺支助伴者謂彼相應心心所等覺支修習者謂依止遠離依止無欲依止寂滅迴向棄捨修念覺支如念覺支乃至捨覺支亦爾如是四句隨其次第顯示緣四諦境修習覺支所以者何若緣苦體為惱苦時於苦境界必求遠離故名依止遠離若緣愛相苦集為苦集時於此境界必求離欲故名依止離欲若緣苦滅為苦滅時於此境界必求作證故名依止寂滅棄捨者謂趣苦滅行由此勢力棄捨苦故是故若緣此境時於此境界必求修習故名迴向棄捨覺支修果者謂見道所斷煩惱永斷由七覺支是見道自體故

八聖道支所緣境者謂即此後時四聖諦如實性由見道後所緣境界即先所見諸諦如實性為體故道支自體者謂正見正思惟正

語正業正命正精進正念正定如是八法名道支自體正見者是分別支如先所證眞實揀擇故正思惟者是誨示他支如其所證方便安立發語言故正語正業正命者是令他信支如其次第令他於證理者決定信有見戒正命清淨性故所以者何由正語故隨自所證善能問答論議決擇由此了知有見清淨由正業故往來進止正行具足由此了知有戒清淨由正命故如法乞求佛所聽許衣鉢資具由此了知有命清淨正精進者是淨煩惱障支由此求斷一切結故正念者是淨隨煩惱障支由此不忘失正止舉相等永不容受沉掉等隨煩惱故正定者是能淨最勝功德障支由此引發神通等無量勝功德故道支助伴者謂彼相應心心所等道支修習者如覺支說謂依止遠離依止無欲依止寂滅迴向棄捨修習正見乃至廣說如是諸句義如前所說道理應隨順知道支修果者謂分別誨示他令他信煩惱障淨隨煩惱障淨最勝功德障淨故

四正行者謂苦遲通行苦速通行樂遲通行樂速通行初謂鈍根未得根本靜慮第二謂利根未得根本靜慮第三謂鈍根已得根本靜慮第四謂利根已得根本靜慮苦正行者謂依未至及無色地如其次第奢摩他毗鉢舍那微劣故樂正行者謂依靜慮雙道轉故遲通者謂鈍根依苦樂二地速通者謂利根依苦樂二地

四法迹者謂無貪無瞋正念正定無貪無瞋能令增上戒學清淨不因貪恚門毀犯學處

故正念能令增上心學清淨由於所緣無有忘失持心令定故正定能令增上慧學清淨由定心者能如實徧知故

奢摩他者謂於内攝心令住等住安住近住調順寂靜最極寂靜專注一趣平等攝持如是九行令心安住是奢摩他令住者攝外攀緣離内散亂最初繫心故等住者最初繫縛麤動心已即於所緣相續繫念微細漸略故安住者或時失念於外馳散尋復斂攝故近住者從初已來爲令其心於外不散親近念住故調順者從先已來於散亂因色等法中起過患想增上力故調伏其心令不流散故寂靜者於擾動心散亂惡覺隨煩惱中深見過患攝伏其心令不流散故最極寂靜者或時失念散亂覺等率爾現行即便制伏令不更起故專注一趣者精勤加行無間無缺相續安住勝三摩地故平等攝持者善修習故不由加行遠離功用定心相續離散亂轉故

毗鉢舍那者謂揀擇諸法最極揀擇普徧尋思周審觀察爲欲對治麤重相結故爲欲制伏諸顛倒故令無倒心善安住故此中諸句依淨行所緣境説或依善巧所緣境説或依淨煩惱所緣境説揀擇諸法者盡所有故最極揀擇者如所有故普徧尋思者由有分別作意俱行慧建立諸法相故周審觀察者委具推求故

又依奢摩他毗鉢舍那立四種道或有一類已得奢摩他非毗鉢舍那此類依奢摩他進修毗鉢舍那或有一類已得毗鉢舍那非奢摩他此類依毗鉢舍那進修奢摩他或有一

類不得奢摩他亦非毗鉢舍那此類專心制伏沉掉雙修二道或有一類已得奢摩他及毗鉢舍那此類奢摩他毗鉢舍那二道和合平等雙轉此中依於止觀說四種道初已得止故宴坐住心乃至平等攝持未得觀故還復宴坐依三摩地揀擇諸法乃至周審觀察第二與此相違第三二俱未得雙進修習云何修習謂聽聞法由受持門進修正觀以此爲先進修於止第四已得二種相應俱轉

三根者謂未知欲知根已知根具知根未知欲知根者謂於加行道及於見道十五心刹那中所有諸根此中顯示順決擇分所攝加行道及見道十五心刹那所有諸根是未知欲知根體言諸根者謂意根信等五根由未至等地所依差别故如其所應有樂喜憂捨根隨一憂根者謂加行道時順決擇分後於上解脫希求欲證愁慼所攝如是十根先未知眞爲欲得知修習轉故名未知欲知根已知根者從第十六見道心刹那已上於一切有學道中所有諸根是已知根體所以者何即前十根從第十六見道心刹那乃至金剛喻定於如是有學道中未有所應知境曾所不知故名已知根具知根者謂於無學道所有諸根言諸根者即前所說九根除憂根於無學道中說名具知根具知者謂阿羅漢等此所有根名具知根無學身中無有憂根所應學無故

復次依止修道分别修義謂依初靜慮地現修道時亦修欲界繫所有善根於彼得自在故如依初靜慮地修欲界善根如是依一切

上地現修道時皆能修習下界下地所有善根於彼得自在故當知此中所說義者謂依止上地現前修習道時下界下地所有善根雖不現前亦皆修習何以故於彼得自在故自在者謂轉增勝現行自在故

究竟道者謂依金剛喻定一切麤重永已息故一切繫得永以斷故永證一切離繫得故從此次第無間轉依證得盡智及無生智十無學法等何等爲十所謂無學正見乃至無學正定無學正解脱無學正智如是等法名究竟道云何名一切麤重略説有二十四種謂一切徧行戲論麤重領受麤重煩惱麤重業麤重異熟麤重煩惱障麤重業障麤重異熟障麤重蓋麤重尋思麤重飲食麤重交會麤重夢麤重病麤重老麤重死麤重勞倦麤重堅固麤重麤麤重中麤重細麤重煩惱障麤重定障麤重所知障麤重如是二十四種略攝一切麤重一切徧行戲論麤重者謂執眼等諸法習氣無始時來依附阿賴耶識相續不斷即此名爲戲論習氣從此習氣眼等諸法及名言執數數生起領受麤重者謂有漏諸受習氣煩惱麤重者謂煩惱隨眠業麤重者謂有漏業習氣異熟麤重者謂異熟無堪能性煩惱障麤重者謂猛利長時煩惱性業障麤重者謂能障道無間等業障性異熟障麤重者謂與諦現觀相違那落迦等自體得蓋麤重者謂能障礙善品方便感貪欲等性尋思麤重者謂能障礙欣樂出家欲尋思等性飲食麤重者謂極多少食於方便行無堪任性交會麤重者謂兩兩形交身心疲損

性夢麤重者謂睡眠所發身惛劣性病麤重者謂諸界互違所發不安隱性老麤重者謂大種衰變所起不隨轉性死麤重者謂臨命終時諸根亂性勞倦麤重者謂遠行等所作支體頓弊性堅固麤重者謂無涅槃法者如其所應所有戲論麤重等性麤中細麤重者謂欲色無色所有麤重如其次第煩惱障麤重者謂聲聞獨覺菩提所治定障麤重者謂九次第定所發功德所治所知障麤重者謂一切智性所治如是隨其所應一切麤重永已息故名究竟道如說如是行者心解脫圓滿慧解脫圓滿身麤重永息由成就念爲因故於最初門善調善護善防善覆極善修治謂於眼所識色乃至於意所識法亦爾繫得者謂於麤重積集假立繫得性離繫得者謂於麤重離散假立離繫得性金剛喻定者謂居修道最後斷結道位所有三摩地此復略有二種謂加行道攝無間道攝加行道攝者謂從此已去不爲一切障所礙而能破一切障無間道攝者謂從此無間盡智無生智生又此三摩地無間堅固一味徧滿云何此金剛喻定名無間謂此相續流非世間行所間缺故堅固者非一切障所壞能壞一切障極堅猛故一味者無分別性純一切故徧滿者緣一切所知法共相眞如爲境故爲顯此義薄伽梵說如大石山無缺無隙無穴一段極善圓滿十方猛風所不動轉無間轉依者謂已證得無學道者所有三種轉依何等爲三謂心轉依道轉依麤重轉依心轉依者謂已得無學道證得法性心自性清淨永離一切

客塵隨煩惱故名爲轉依即是眞如轉依義道轉依者謂昔世間道於現觀時轉成出世說名有學餘有所作故若永除一切所治永離三界欲時此道自體究竟圓滿立爲轉依麤重轉依者謂阿賴耶識一切煩惱隨眠永遠離故名爲轉依盡智者謂由因盡所得智或緣盡爲境所以者何由有盡故而起此智名爲盡智或緣盡爲境故名盡智此義意言於此位中由永斷集令無有餘所得智名盡智或緣因盡爲境故名盡智無生智者謂由果斷所得智或緣果不生爲境所以者何由有無生故所得智名無生智或緣無生爲境名無生智此義意言由有當來一切苦果畢竟不生法性故而得此智雖緣餘諦爲境亦名無生智或緣苦諦無生爲境故名無生智

又十無學法當知依止無學戒蘊定蘊慧蘊解脫蘊解脫智見蘊說何以故無學正語正業正命是無學戒蘊無學正念正定是無學定蘊無學正見正思惟正精進是無學慧蘊無學正解脫是無學解脫蘊無學正智是無學解脫智見蘊

復次道諦有四行相謂道相如相行相出相何故名道相因此尋求眞實義故所以者何由此聖道是諸聖者證眞義路是故名道何故名如相以能對治諸煩惱故所以者何一切煩惱皆不如理道能除此是故名如何故名行相善能成辦心令不顚倒故所以者何心不覺悟眞實道理於無常等法起常等顚倒善能修治此顚倒心令離顚倒覺眞實義是故名行何故名出相趣眞常迹所以者何

由此聖道能趣出離究竟常迹是故名出問於諸諦中有十六行皆通世間及出世間世出世行有何差別答於所知境不善悟入善悟入性差別故有障無障性差別故有分別無分別性差別故所以者何於諸諦中無常苦等十六世間行於所知境界不通達眞如性故煩惱所隨眠故依名言門起戲論故如其次第不善悟入有障礙有分別出世間行與此相違善悟入無障礙無分別由此道理世出世行互有差別云何出世行無有分別而善悟入所知境界由彼諸行現在前時雖復現證見無常義然不依名言戲論門見此是無常義如無常行於無常義餘行於餘義隨其所應亦如是

大乘阿毗達磨雜集論卷第十

音釋

疲 音皮勞力也

蚊蝱 蚊音文蝱音盲蚊蝱並齧人飛蟲也

惛 呼昆切不明了也

蹴踖 蹴子六切踖資昔切蹴踖若不自容也

大乘阿毗達磨雜集論卷第十一

安慧菩薩糅
唐三藏法師玄奘奉　詔譯

決擇分中法品第二之一

云何法決擇法者謂十二分聖教何者十二一契經二應頌三記別四諷頌五自說六緣起七譬喻八本事九本生十方廣十一希法十二論議契經者謂以長行綴緝略說所應說義問何故如來不廣開演所應說義耶答如來觀察十種勝利略說諸法謂易可建立易可宣說易可受持恭敬法故菩提資糧速得圓滿速能通達諸法實性於諸佛所得證淨信於法僧所得證淨信觸證第一現法樂住談論決擇悅智者心得預聰明英叡者數云何名爲易可建立諸說法者以無量門安立開示所應說義令以略言易建立故云何名爲易可宣說能以少言詞廣顯大義故如說能令心住等佉如是廣說易可受持者令能聞者易受持故恭敬法故菩提資糧速得圓滿者了知佛法深慧所證即於是法深生敬愛由敬愛門信等資糧速圓滿故速能通達諸法實性者即由敬法方便力故令其智慧轉復猛利漸能通達諸法實性於三寶所得證淨信者由悟聖教妙善建立於說者等淨信生故觸證第一現法樂住者於諸如來密意深義猛利加行正思量已獲得增上證歡喜故談論決擇悅智者心者善能開發深隱義故得預聰明英叡者數者廣大美稱流布十方故當知後二種合爲一勝利應頌者即諸經中或中或後以頌重頌又不了義經

應更頌釋故名應頌記別者謂於是處聖弟子等謝徃過去記別得失生處差別又了義經說名記別記別開示深密意故諷頌者謂諸經中以句宣說或以二句或三或四或五或六自說者謂諸經中或時如來悅意自說如伽陀曰若於如是法發勇猛精進靜慮諦思惟爾時名梵志緣起者謂因請而說隨依如是補特伽羅起如是說故又有因緣制立學處亦名緣起謂依如是因緣依如是事乃至廣說譬喻者謂諸經中有比況說爲令本義得明了故說諸譬喻本事者所謂宣說聖弟子等前世相應事本生者謂宣說諸菩薩行本相應事方廣者謂菩薩藏相應言說如名方廣亦名廣破亦名無比爲何義故名爲方廣一切有情利益安樂所依處故宣說廣大甚深法故爲何義故名爲廣破以能廣破一切障故爲何義故名爲無比無有諸法能比類故此方廣等皆是大乘義差別名由與七種大性相應故名大乘何等名爲七種大性一境大性以菩薩道緣百千等無量諸經廣大教法爲境界故二行大性正行一切自利利他廣大行故三智大性了知廣大補特伽羅法無我故四精進大性於三大劫阿僧企耶方便勤修無量百千難行行故五方便善巧大性不住生死及涅槃故六證得大性證得如來諸力無畏不共佛法等無量無數大功德故七業大性窮生死際示現一切成菩提等建立廣大諸佛事故希法者若於是處宣說聲聞諸大菩薩及如來等最極希有甚奇特法論議者若於是處無有顛倒解釋

一切深隱法相以無顚倒一切法相論議經等深隱義故如是契經等十二分聖教三藏所攝何等爲三一素怛纜藏二毗奈耶藏三阿毗達磨藏此復有二一聲聞藏二菩薩藏契經應頌記別諷頌自說此五聲聞藏中素怛纜藏攝緣起譬喻本事本生此四二藏中毗奈耶藏并眷屬攝緣起者宣說有因緣建立諸學處是正毗奈耶藏攝譬喻等三是彼眷屬攝方廣希法此二菩薩藏中素怛纜藏攝方廣者文義廣博正菩薩藏攝希法差別難思廣大威德最勝相應是故亦是菩薩藏攝論議一種聲聞菩薩二藏中阿毗達磨藏攝問何故如來建立三藏答爲欲對治疑隨煩惱故建立素怛纜藏爲欲斷除所化有情於種種法發起疑惑宣說契經應頌等故爲欲對治受用二邊隨煩惱故建立毗奈耶藏二邊者謂欲樂行邊自苦行邊對治受用者遮彼受用畜積等故開彼受用百千如法衣服等故爲欲對治自見取執隨煩惱故建立阿毗達磨藏處處廣釋諸法差別如實相故復次爲欲開示三種學故建立素怛纜藏所以者何要依此藏所化有情解了三學由此藏中廣開三種所修學故爲欲成立增上戒學增上心學故建立毗奈耶藏要依此藏二增上學方得成立所以者何廣釋別解脱律儀學道聖教爲所依止方能修治淨尸羅故依淨尸羅生無悔等漸次修學心得定故爲欲成立增上慧學故建立阿毗達磨藏要依此藏增上慧學方得成立所以者何由此藏中能廣開示簡擇諸法巧方便故

復次爲欲開示正法義故建立素怛纜藏依止此藏文義易了故爲顯法義作證安足處故建立毗奈耶藏依止此藏能修二種作證學行故毗奈耶是法義作證安足處安足處者是所依義爲令智者論議決擇受用法樂住故建立阿毗達磨藏依止此藏諸有智者更相問答論議決擇受法樂住由此藏中以無量門開示諸法自相共相等眞實法性故如是三藏具有八萬四千法蘊謂依聲聞乘尊者阿難常所受持問一一法蘊其量云何答十百之數是法蘊量十百者千數義若爾何故不直說是千數耶爲顯建立一一法蘊千數因故所以者何初一數增以成十數十數復增以成百數千等數量因十百數方得成立謂十百名千百千名百千百百千名俱胝如是等一切後後數位決定用此十百二數隨一爲因是故此中唯總取十百兩數以用建立一一法蘊由此數量總計八萬四千法蘊成八俱胝四十洛叉

問如是三藏所攝法爲誰所行境耶答是聞思修所生諸心心法所行境界所行者是所緣義復次因此所緣相依心心法建立有緣等義如經中說諸心心法有緣有行有依相應彼於此法爲何所緣謂契經等此顯名身句身文身所攝契經等教法爲所緣境作何等行謂蘊等相應義此顯依蘊等義所起言教法彼心心法作此行相何所依止謂他表了憶念習氣此顯正說法時用他表了爲所依止如說從他言音故次此後時憶念爲所依止如所聞已隨念數習故復此後時習氣

爲所依止由後串習習氣力強雖離憶念而似彼顯現故何等相應謂互爲助伴於所緣行平等解了由心心法互爲助伴於契經等所緣境界以蘊等相應義行平等解了故云何於法所緣差別若略說有四種謂徧滿所緣治行所緣善巧所緣治惑所緣遍滿所緣復有四種謂有分別影像所緣無分別影像所緣事邊際所緣所作成就所緣有分別影像所緣者謂由勝解作意所有奢摩他毗鉢舍那所緣境勝解作意者一向世間作意無分別影像所緣者謂由眞實作意所有止觀所緣境界眞實作意者一向出世間及此後所得作意事邊際所緣者謂一切法盡所有性如所有性盡所有性者謂蘊界處爲顯所知諸法體事唯有爾所分量邊際是故建立蘊界處三如所有性者謂四聖諦十六行眞如一切行無常一切行苦一切法無我涅槃寂靜空無願無相由如是等義差別門了所知境故名如所有性或以諦門了所知境謂即前所說諸蘊界處隨其所應了知是苦乃至是道或以行門了所知境謂一一諦各由四行及一切法無有差別皆眞如行或以諸法鄔柁南門了所知境謂諸行無常乃至涅槃寂靜或以解脫門了所知境謂空無願無相如是等所作成就所緣者謂轉依已得轉依者無有顚倒所緣顯現故如是轉依不可思議前說如所有性中有十六行及三解脫門如是二種更互相攝問空攝幾行答二謂空行無我行問無願攝幾行答六謂無常行苦行苦因行集行生行緣行由彼於三界無

所願求故問無相攝幾行答八謂滅道八行由彼不能作諸相故治行所緣者略說有五種謂多貪行者緣不淨境多瞋行者緣修慈境多癡行者緣衆緣性諸緣起境憍慢行者緣界差別境尋思行者緣入出息念境何故多貪行者等緣不淨等修治行所緣境耶由此能息除增上貪等故善巧所緣者略有五種謂蘊善巧界善巧處善巧緣起善巧處非處善巧處非處善巧應云何觀應如緣起善巧觀問緣起善巧處非處善巧有何差別答若以諸法流潤諸法令離無因不平等因生故是緣起善巧謂以無明等諸法流潤行等諸法非彼諸法無因而生亦非自在天等不平等因生如是觀智名緣起善巧因果相稱攝受生起故是處非處善巧謂雖唯有法爲因然由攝受相稱因方能生起相稱果如善行感可愛異熟惡行感不可愛異熟如是比如是觀智名處非處善巧治惑所緣者謂下地麤性上地靜性眞如及四聖諦下地麤性上地靜性者依世間道說由此制伏諸纏故眞如及四聖諦者依出世道說略故眞如廣故四聖諦由此永害諸隨眠故

復次因辯觀察契經等法應當解釋諸法道理由依此道理能觀彼法故問若欲於諸法正勤審觀察由幾種道理能正觀察耶答由四種道理謂觀待道理作用道理證成道理法爾道理觀待道理者謂諸行生時要待衆緣如芽生時要待種子時節水田等緣諸識生時要待根境作意等緣如是等作用道理者謂異相諸法各別作用如眼根等爲眼識

等所依作用色等境界爲眼識等所緣作用眼等諸識了別色等金銀匠等善修造金銀等物如是比證成道理者謂爲證成所應成義宣說諸量不相違語所應成義者謂自體差別所攝所應成義諸量不相違語者謂現量等不相違立宗等言法爾道理者謂無始時來於自相共相所住法中所有成就法性法爾如火能燒水能爛如是等諸法成就法性法爾如經言眼雖圓淨空無有常乃至無我所以者何其性法爾復次於諸法中正勤觀察四道理已云何而起尋思謂起四種尋思一名尋思二事尋思三自體假立尋思四差別假立尋思名尋思者謂推求諸法名身句身文身自相皆不成實由名身等是假有故觀彼自相皆不成實事尋思者謂推求諸法蘊界處相皆不成實由諸蘊等如名身等所宣說事皆不成實是故觀彼相不成實推求者是觀察義自體假立尋思者謂於諸法能詮所詮相應中推求自體唯是假立言說因性能詮所詮相應者謂此二種互爲領解因性所以者何善名言者但聞能詮由憶念門便於所詮得生領解或但得所詮由憶念門便於能詮得生領解於如是種類共立相應中眼等自相唯是假立但於肉團等名言因中起此名言故若如是觀察是名自體假立尋思差別假立尋思者謂於諸法能詮所詮相應中推求差別唯是假立名言因性所以者何以於能詮所詮相應中推求若常無常有上無上有色無色有見無見等差別相唯是假立名言因性如是觀察是名差別假

立尋思復次於法正勤修尋思已必於諸法得如實智云何而起如實智耶謂起四如實智一名尋思所引如實智二事尋思所引如實智三自體假立尋思所引如實智四差別假立尋思所引如實智名尋思所引如實智者謂如實知名不可得智事尋思所引如實智者謂如實知事相亦不可得智自體假立尋思所引如實智者謂如實知實有自性不可得智差別假立尋思所引如實智者謂如實知實有差別不可得智此四如實智如前所尋思了知名等如實皆不可得

復次依法修三摩地者瑜伽地云何當知此地略有五種謂持任鏡明依持者謂已積集善提資糧於煖等位依諸聖諦所有多聞如所多聞安立止觀所緣境故說名爲持又已積集善提資糧者爲求諦現觀聽受契經等法故名多聞任者謂緣此境如理作意由此作意依所多聞無倒思惟所聞義相任持心故鏡者謂緣此境有相三摩地此三摩地即緣多聞爲境與定相俱故名有相由此三摩地猶帶所知事同分影像相故又此三摩地能審照察所知事質故譬於鏡明者謂能取所取無所得智由此智見道所攝現觀轉故

云何菩薩依瑜伽地方便修學證無所得謂諸菩薩已善積集福德智慧二種資糧已過第一無數大劫已聞隨順通達眞如契經等法如理作意發三摩地依止定心思惟定中所知影像觀此影像不異定心依此影像捨外境想唯定觀察自想影像爾時菩薩了知諸法唯自心故內住其心知一切種所取境

界皆無所有所取無故一切能取亦非真實故決了知能取非有次復於內捨離所得二種自性證無所得依此道理佛薄伽梵妙善宣說菩薩依靜定觀心所現影捨離外塵想唯定觀自想如是內安心知所取非有次觀能取空後觸二無所得依者謂轉依捨離一切麤重得清淨轉依故當知此中以因果兩位釋瑜伽地由持等四種釋此地因最後一種釋此地果

復次云何於諸法中善巧云何義善巧云何文善巧云何辭善巧云何前際後際容意善巧如是五問隨順經中所說諸句如尊者阿難告舍利子長老當知若諸苾芻成就五法即能速受多受善受受已不失於此經中即由五法如其所應成速受等四種句義云何法善巧謂多聞故於法善巧便能速受由具多聞者多分能速受文句差別故云何義善巧謂於阿毗達磨毗奈耶中善知其相故於義善巧便能多聞受若善了知阿毗達磨等相乃於蘊界處等所說事中便能攝集衆多文故云何文善巧謂善知訓釋文辭故云何辭善巧謂能善知我我所等世俗言辭不深執著隨順說故若於文辭俱得善巧便能妙善領受所說善知訓釋文辭故善知我我所等世俗言辭不深執著隨順說故即能無倒領受文義云何前際後際容意善巧謂能善知於前際領受於後際出離故若於前際後際容意善巧便能受已而不失壞依止前際所受法後能證得出離故由善了知如來容意便能證取聖教堅實

云何於諸法中安住於法若不得修慧唯勤方便修習聞思不得名爲安住於法若不得聞思唯勤方便修習修慧亦不得名安住於法若俱得二種方便安住如是乃名安住於法如經言大德當知若諸苾芻如是住法乃可名爲住法苾芻於此經中世尊顯示若能具依聞思修住方名住法非隨住一方便修習得名住法若唯於法受持讀誦爲他宣說等是名聞思所生慧如說若於是處多究其文讀誦宣說又多尋思唯修聞思慧不修習慧捨離瑜伽等不可建立爲住法若修三摩地方便不知足是名修所生慧如說若有不得聞思唯修修慧亦不可立爲住法是故世尊因住法苾芻說如是言若苾芻於法究竟所謂契經應頌乃至廣說已後復說言不捨瑜伽如是等應如理知若有具得聞思修慧依二種住是名住法不捨瑜伽如是等者謂修三摩地方便不知足顯示修所生慧三摩地方便者謂無間殷重方便及無顛倒方便此則顯示二種方便一無間殷重方便所攝如說不捨瑜伽故二無顛倒方便所攝如說不捨作意故不知足者謂不生味著修上奢摩他方便如說不捨內心奢摩他故此則顯示不生味著故及修上奢摩他方便故名爲不捨

復次何因緣故十二分聖教中方廣分名菩薩波羅蜜多藏耶由此分中廣說一切波羅蜜多數故相故次第故釋辭故修故差別故攝故所治故功德故更互決擇故問於何處說答如經中說大乘者即是菩薩波羅蜜多

藏云何宣說波羅蜜多數相次第乃至更互決擇數有二種一計算數二決定數計算數者謂六波羅蜜多決定數者謂波羅蜜多數唯有六不增不減何以故一切菩薩道略有二種一增上生道二決定勝道如其次第三三攝故所以者何增上生道有三種一大資財二大自體三大眷屬施波羅蜜多感大資財果戒波羅蜜多感大自體果由持淨戒生善趣中得尊貴身故忍波羅蜜多感大眷屬果能行忍者一切衆生咸所歸附故決定勝道有三種一伏諸煩惱修習善品方便二成熟有情方便三成熟佛法方便如是三中隨闕一種菩薩決定勝道必不成就成熟有情方便者謂靜慮波羅蜜多依此發神通成熟有情故復次波羅蜜多是無住處涅槃方便故其數唯六所以者何由諸菩薩爲翻住涅槃故於生死中攝增上生爲翻住生死故卽於生死而不染汙是故前三是得增上生方便後三是不染汙方便隨其所應如前應知不染汙方便者由精進故修習對治由靜慮故伏諸煩惱由智慧故永害一切煩惱隨眠復次爲攝益一切有情故對治一切煩惱故波羅蜜多唯有六種所以者何菩薩摩訶薩由布施故引攝資財方便攝益一切有情由持戒故不起侵損逼迫惱亂方便攝益一切有情如其次第不毀壞他財身心故由忍辱故堪受侵損逼迫惱亂方便攝益一切有情由堪忍他侵損己財等故由此三種善能攝益一切有情由精進故雖未永伏一切煩惱而依善品修彼對治由靜慮故永伏煩惱由

智慧故永害隨眠由此三種善能對治一切煩惱相者謂諸菩薩波羅蜜多相云何施波羅蜜多相謂諸菩薩安住菩薩法性菩提心爲依止以悲導心捨一切時所有身語意業如是由種性故願故意樂故事故自體故顯施波羅蜜多相種性者謂菩薩法性願者謂菩提心意樂者謂悲導心事者謂捨諸所有自體者謂身語意業云何戒波羅蜜多相謂諸菩薩安住菩薩法性菩提心爲依止以悲導心受持一切菩薩戒時所有身語意業云何忍波羅蜜多相謂諸菩薩安住菩薩法性菩提心爲依止以悲導心堪忍安定受諸怨苦時所有身語意業云何精進波羅蜜多相謂諸菩薩安住菩薩法性菩提心爲依止以悲導心引發一切勝善法時所有身語意業云何靜慮波羅蜜多相謂諸菩薩安住菩薩法性菩提心爲依止以悲導心起一切種身語意業自在用時所有一切心恒安住云何慧波羅蜜多相謂諸菩薩安住菩薩法性菩提心爲依止以悲導心起一切種身語意業自在用時所有一切諸法簡擇復次若所施行依止薩伐若性能感薩伐若性攝受薩伐若性能爲一切薩伐若事是名施波羅蜜多相如是四句隨其次第由起故習氣故自體故等流故顯波羅蜜多相發起者謂依止一切智性凡所生起一切施行皆迴向薩伐若性故習氣者謂能感一切智性即所行施熏修相續於當來世能感薩伐若性故自體者謂攝受一切智性即所行施究竟圓滿爾時能辦佛法身故等流者謂能爲一切一切智

事從此後時由受用變化身等流門發起一切薩伐若事故如施波羅蜜多相乃至慧波羅蜜多相皆應如是說次第者謂前前波羅蜜多能爲後後所依止故所以者何菩薩摩訶薩由施波羅蜜多串習捨施内外事故不顧身命棄大寶藏受持禁戒由護戒故他所毀罵終不反報由如是等遂能堪忍以能堪忍寒熱等苦雖遭此緣加行不息發勤精進精進方便證究竟果成滿靜慮靜慮滿已由淨定心如實知故證得出世究竟大慧復次前前波羅蜜多後後所持故謂戒能持施乃至慧能持靜慮由具尸羅施得清淨何以故由行布施攝益有情由具尸羅不爲惱害是故菩薩於受施者以離惱害善能施與清淨樂具故由淨戒力施得清淨如是由忍力故戒得清淨何以故由能忍受他不饒益終不毀犯所學處故由精進故忍得清淨何以故由勇猛力故久處生死不以爲難能受衆生違逆等苦由靜慮故精進清淨何以故由喜樂俱能勤修習一切善法無休息故由具慧故靜慮清淨何以故若由無量門數數觀諸法能證内寂靜增長三摩地又伽他說無有靜慮而不因慧復次由麤細故波羅蜜多前後次第所以者何於諸行中施行最麤故先建立於忍等行戒復爲麤故次建立乃至於慧靜慮爲麤一切行中慧爲最細故最後立釋辭者謂諸菩薩所行布施所以名施波羅蜜多者謂由大施故離過故離垢故名施波羅蜜多大施者盡捨一切内外事故長時施故離過者遠離不平等追求等過故離垢者

永斷一切所治慳故如無盡慧經施無盡中說云何離垢永斷所治并習氣故如是三句顯波羅蜜多三種最勝何等爲三一自體最勝并積習二方便最勝三果最勝積習者謂長時施故如施波羅蜜多有三種乃至慧波羅蜜多亦爾戒等離過者謂遠離我增益等隨其所應如無盡慧經廣說復次由與十二種最勝相應故名波羅蜜多何等名爲十二最勝一廣大最勝不求一切世間樂故又最上故二長時最勝經三大劫阿僧企耶所積習故三所爲最勝爲利益安樂一切有情故四無盡最勝由迴向大菩提究竟無盡故五無間最勝由得自他平等勝解令諸有情於施等波羅蜜多速圓滿故六無難最勝唯由隨喜他所行施等令波羅蜜多速圓滿故七

大自在最勝由得虛空藏等諸三摩地令布施等波羅蜜多速圓滿故八攝受最勝無分別智所攝受故九發起最勝謂解行地中上品忍位所得施等波羅蜜多十證得最勝謂初地中所得施等波羅蜜多十一等流最勝謂八地中所行施等波羅蜜多十二圓滿最勝謂第十地及如來地所有施等波羅蜜多如其次第菩薩圓滿故佛圓滿故復次最勝所作故最勝所至故名波羅蜜多一切佛菩薩所爲所到故復次到所知彼岸故名波羅蜜多安住佛性故復次濟度自他最極災橫故名波羅蜜多能令自他越度生死大苦海故共辭已釋不共今當說能捨施者當來貧苦能捨受者現在熱惱故名爲施能令諸根永寂靜故能趣清淨諸善趣故能爲清涼所

依處故說名爲戒隨其次第能引守護諸根門故是往清淨善趣因故能爲無悔等漸次乃至涅槃所依故遠離一切忿熱灰故遠離不捨怨害心故顯發損者常安隱故說名爲忍怨害心者謂起報怨心不捨者謂不弃此心能壞慈心名爲損者顯此無畏故名顯發損者常安隱故損害生長作用相應故名精進損害作用相應者謂前二正斷以能損害不善法故生長作用相應者謂後二正斷以能生長諸善法故能持能息能靜能調又能引發故名靜慮能持者謂於境繫心能息者謂息諸散亂能靜者謂令心寂靜能調者謂制伏諸纏能引發者謂能引發自在作用他所發智故內證智故種別智故得寂靜智故勝德智故名爲慧他所發智者謂從他言音所生慧及如理作意相應慧內證智者謂出世間慧種別智者謂出世間後所得慧得寂靜智者謂修道中治煩惱慧勝德智者謂能引發勝功德慧

大乘阿毗達磨雜集論卷第十一

音釋

綴緝　綴株衛切聯也　緝七入切續也　串舌患切與慣同

大乘阿毗達磨雜集論卷第十二

安慧菩薩糅
唐三藏法師玄奘奉詔譯

決擇分中法品第二之二

云何修略有五種謂依止任持修依止作意修依止意樂修依止方便修依止自在修依止任持修復有四種一依止因修謂由種姓力於波羅蜜多修習正行二依止報修謂由勝自體力於波羅蜜多修習正行三依止願修謂由本願力於波羅蜜多修習正行四依止簡擇力修謂由慧力於波羅蜜多修習正行依止作意修亦有四種一依止勝解作意修謂於一切波羅蜜多相應經教起增上勝解二依止愛味作意修謂於已得波羅蜜多見勝功德起深愛味三依止隨喜作意修謂於一切世界一切有情所行施等深生隨喜四依止喜樂作意修謂於自他當來勝品波羅蜜多深生願樂依止意樂修復有六種謂由無猒意樂廣大意樂歡喜意樂恩德意樂無染意樂善好意樂故修諸波羅蜜多此中菩薩於施波羅蜜多無猒意樂者謂諸菩薩於一有情一刹那頃假使殑伽沙等世界滿中七寶以用布施又以殑伽沙等身命布施如是布施經殑伽沙等大刧如於一有情所如是乃至於一切有情界如是施時皆令彼於阿耨多羅三藐三菩提速得成熟修行如是差別施時菩薩意樂猶不猒足如是意樂是名菩薩於施波羅蜜多無猒意樂又諸菩薩修行如是施波羅蜜多時展轉相續無一刹那有退有斷乃至究竟坐菩提座如是意

樂是名菩薩於施波羅蜜多廣大意樂又諸菩薩修行如是施波羅蜜多時於施所攝諸有情所生大歡喜是諸有情施所攝受雖生歡喜猶不能及如是意樂是名菩薩於施波羅蜜多歡喜意樂又諸菩薩修行如是施波羅蜜多時觀施所攝一切有情於我已身有大恩德不見已身於彼有恩由資助我阿耨多羅三藐三菩提故如是意樂是名菩薩於施波羅蜜多恩德意樂又諸菩薩修行如是施波羅蜜多時雖於無量諸有情所興大施福而不希報恩當來異熟如是意樂是名菩薩於施波羅蜜多無染意樂又諸菩薩修行如是施波羅蜜多時以所修行廣大施聚所得異熟施諸有情不自爲已又以此福共諸有情迴向阿耨多羅三藐三菩提如是意樂

是名菩薩於施波羅蜜多善好意樂又諸菩薩修行戒波羅蜜多乃至慧波羅蜜多時無猒意樂者謂諸菩薩假使經於殑伽沙等生是一一生殑伽沙等大劫壽量於此長時諸資生具常所匱乏三千大千世界滿中識火恒在其中行住坐卧唯能修習一刹那戒波羅蜜多或乃至慧波羅蜜多如是展轉差别修習所有戒聚乃至慧聚究竟滿足現能證得阿耨多羅三藐三菩提是諸菩薩修行如是戒波羅蜜多乃至慧波羅蜜多時於此戒聚乃至慧聚修習意樂猶不滿足如是意樂是名菩薩於所修習戒波羅蜜多乃至慧波羅蜜多無猒意樂又諸菩薩修行如是戒波羅蜜多乃至慧波羅蜜多時展轉相續無一刹那有退有斷乃至究竟坐菩提座如是意

樂是名菩薩於所修行戒波羅蜜多乃至慧波羅蜜多廣大意樂又諸菩薩修行如是戒波羅蜜多乃至慧波羅蜜多時於此所攝諸有情所生大歡喜是諸有情由此所攝雖生歡喜猶不能及如是意樂是名菩薩於所修行戒波羅蜜多乃至慧波羅蜜多歡喜意樂又諸菩薩修行如是戒波羅蜜多乃至慧波羅蜜多時觀此所攝一切有情於我已身有大恩德不見已身於彼有恩由資助我阿耨多羅三藐三菩提故如是意樂是名菩薩於所修行戒波羅蜜多乃至慧波羅蜜多恩德意樂又諸菩薩修行如是戒波羅蜜多乃至慧波羅蜜多時雖於無量諸有情所與大戒福乃至慧福而不希報恩當來異熟如是意樂是名菩薩於所修行戒波羅蜜多乃至慧波羅蜜多無染意樂又諸菩薩修行如是戒波羅蜜多乃至慧波羅蜜多時以所修行廣大戒聚乃至慧聚所得異熟施諸有情不自爲已又以此福共諸有情迴向阿耨多羅三藐三菩提如是意樂是名菩薩於所修行戒波羅蜜多乃至慧波羅蜜多善好意樂依止方便修復有三種謂由無分別智觀察三輪皆清淨故所以者何由此方便一切作意所修諸行速成滿故依止自在修亦有三種謂身自在故行自在故說自在故身自在者謂諸如來自性受用二身行自在者謂諸如來變化身由此能示現一切有情一切種同法行故說自在者謂能宣說六波羅蜜多一切種差別無有滯礙故差別云何謂由十八種任持以顯六波羅蜜多差別何等十八謂身

任持心任持善法任持善任持菩提任持悲任持不捨有情任持捨下劣心任持無生法忍任持善根方便任持善根圓證任持善根無盡任持無猒倦任持諸所思事成滿任持御衆業任持證入大地任持引發佛性任持建立佛事任持施等六種各三差別如其次第三三所攝施三種者謂財施無畏施法施戒三種者謂律儀戒攝善法戒饒益有情戒忍三種者謂耐怨害忍安受苦忍諦察法忍精進三種者謂被甲精進加行精進饒益有情精進靜慮三種者謂現法樂住靜慮引發神通靜慮饒益有情靜慮慧三種者謂緣世俗慧緣勝義慧緣有情慧當知財施能任持身由飲食等諸資生具攝益受者所依身故無畏施能任持心安慰他心離憂怖故如是餘句隨義應思下劣心者謂諸菩薩猒生死苦同二乘心由安受苦忍所任持故方捨此心善根無盡者謂窮生死際恒作一切有情利益安樂事乃至於無餘涅槃界亦不棄捨由饒益有情精進所任持故御衆業者謂依止內證故教授教誡所化有情心未定者令其得定心已定者令其解脫由饒益有情靜慮所任持故證入大地者謂先信解甚深教法資糧圓滿速能證入初極喜地由緣世俗慧所任持故所餘易了故不重釋

又差別者謂施有七種一根本施謂種性位菩薩所有施波羅蜜多依止種性而行施故二弘誓施謂發心位菩薩所有施波羅蜜多依受大願而行施故三攝受施謂自他利行位菩薩所有施波羅蜜多四無執受施謂觀

眞實義位菩薩所有施波羅蜜多以無施者等分別執受故五無攝受施謂威德位菩薩所有施波羅蜜多雖不攝受外資生具但由虛空藏等三摩地力舉手摩空隨欲皆雨珍寶等物六隨所應施謂成熟位菩薩所有施波羅蜜多隨所化宜而行施故七廣大施謂最勝菩提位所有施波羅蜜多以無上故如施有七種乃至慧亦爾隨其所應攝云何謂爲攝菩薩地故於中略說施等波羅蜜多此攝略有四種一種性攝謂施波羅蜜多等種性相應隨順知二發心攝謂差別發心所攝故發心有二種謂無差別差別無差別者謂願我當證阿耨多羅三藐三菩提差別者謂願我施波羅蜜多速得圓滿乃至慧波羅蜜多速得圓滿當知此中由差別發心攝諸波

羅蜜多此是彼因故三自他利攝謂由施故攝受一切富樂自在是名自利攝由此施故引攝財物爲饒益他是名他利攝如是所餘攝相隨義應知四勝義攝此復多種謂或依法界說以眞如是施等共相故或依智資糧說以能成辦一切智器故或依智攝受說以能成滿一切智故或依智隨轉說以五波羅蜜多隨慧波羅蜜多轉故或依智相說以慧波羅蜜多是正智自體故如是勝義以眞如及正智爲體故能攝施等由此略說所餘攝義如理應思所治者謂施等六如其次第以慳悋犯戒忿恚懈怠散亂惡慧爲所治復次乃至一切波羅蜜多所攝善法彼所對治及所知障皆是波羅蜜多所治功德者謂依五果無量無邊稱讚勝利皆名功德謂能永斷

自所對治是諸波羅蜜多離繫果於現法中由此施等攝受自他是士夫用果於當來世後後增勝展轉生起是等流果大菩薩是增上果感大財富往生善趣無怨無壞多諸喜樂有情中尊身無損害廣大宗族隨其次第是施等波羅蜜多異熟果更互決擇者略有三種一方便二差別三差別顯示方便者謂施方便中一切可得如捨內外一切身財是施方便此方便中若捨一切是施波羅蜜多即於此中若慈悲心遮防一切損害逼迫惱亂他性是戒波羅蜜多即於此中忍受遮礙損害疲倦是忍波羅蜜多即於此中數數發起勇勵施心是精進波羅蜜多即於此中其心純善繫心一境不外流散是靜慮波羅蜜多即於此中善取施行如實因果不取異見是慧波羅蜜多如是乃至慧波羅蜜多方便中隨其所應當善建立由無畏施一切處有施故差別者略有四種一自體差別二助伴差別三勸讚差別四種植差別施等波羅蜜多自體差別者如其次第以棄捨防護堪耐策勤心住決擇爲體助伴差別者謂施等方便中餘波羅蜜多悉皆隨轉如前廣說勸讚差別者謂於施等勸勵讚美隨喜慶悅種植差別者謂於他相續中建立施等波羅蜜多此中施波羅蜜多是財施餘五波羅蜜多是無畏施一切六是法施皆於他相續中種植故差別顯示者謂由一行等差別顯示施等波羅蜜多如有問言若施波羅蜜多亦戒波羅蜜多耶設戒波羅蜜多亦施波羅蜜多耶爲答此問應作順後句謂所有戒波羅蜜多

皆是施波羅蜜多或有施波羅蜜多非戒波羅蜜多謂戒波羅蜜多所不攝施波羅蜜多如是乃至以慧波羅蜜多對施波羅蜜多皆應作順後句餘互相望亦如理應思此中依始業地漸次修者說後必待前前不待後是故皆作順後句若已串習六種頓修皆互相攝如菩薩地說攝善法戒者謂六波羅蜜多若依純雜相資助說應作四句復次諸所有施皆波羅蜜多耶設波羅蜜多皆是施耶爲答此問應作三句或有是施非波羅蜜多謂所行施不迴向大菩提或有亦施亦波羅蜜多謂所行施等迴向大菩提或有非施非波羅蜜多謂除上所說法如是乃至依慧波羅蜜多一一皆應作四句如理當思復次一切行施皆能生施波羅蜜多種類福耶此應作四句初句謂所行施不迴向大菩提第二句謂於施波羅蜜多勸勵讃美隨喜慶悅第三句謂所行施迴向大菩提第四句謂除上爾所相如是乃至依慧波羅蜜多各作四句如理應思復次何緣說方廣分爲廣大甚深耶由一切種智性廣大甚深故謂此所得一切種智性果最廣大甚深故因受果名是故別說方廣分爲廣大甚深

復次何緣一分有情於方廣分廣大甚深不生勝解及懷怖畏耶由遠離法性故未種善根故惡友所攝故法性者謂菩薩種性是彼自體故由一分有情無菩薩種性故心性下劣於廣大甚深教不能勝解是故怖畏又一分有情雖有菩薩種性而於大菩提未種正願等諸善根故於此不能勝解是故怖畏又

一分有情雖已種善根而爲誹謗大乘有情惡友所攝故於此不能勝解是故怖畏復次何緣一分有情於方廣分廣大甚深雖生勝解而不得出離耶由深安住自見取故常堅執著如言義故深安住自見取者更不進求了義經故常堅執著如言義者恒堅封執不了義經故如聞一切法畢竟無自性言故便撥一切諸法性相皆無所有如是於餘不了義經堅執如言義亦爾是故雖信大乘而不得出離以大乘經由種種意說故依此密意薄伽梵於大法鏡經中說如是言若諸菩薩隨言取義不如正理思擇法故便生二十八不正見何等名爲二十八不正見耶謂相見損減施設見損減分別見損減眞實見攝受見轉變見無罪見出離見輕毀見憤發見顛倒見出生見不立宗見矯亂見敬事見堅固愚癡見根本見於見無見見捨方便見不出離見障增益見生非福見無功果見受辱見誹謗見不可與言見廣大見增上慢見相見者謂聞大乘經中所說一切諸法皆無自性無生無滅本來寂靜自性涅槃等言不善密意但隨此言義便生勝解謂佛所說一切諸法定無自性定無生等執著如是無性等相是名相見彼執著如是無性等相時便謗三自性謂遍計所執自性依他起自性圓成實自性遍計所執自性者謂諸愚夫於色等相周遍計度起增益執謂此是色乃至此是涅槃此所執義無實無體唯有名言之所施設依他起自性者謂即此色等唯是虛妄分別自體又因果性或異不異圓成實自性者謂

一切法眞如實性於此三性起誹謗行即次三見謂損減施設見損減分別見損減眞實見彼如是誹謗一切種一切法時爲欲成立此邪見故便復攝受少分道理又於所有開示離言諸法實性了義契經廣設方便皆悉轉變令順已見如是二種即次二見謂攝受見轉變見彼又起如是見若依此見行善不善定皆無罪無有過失一切所行皆歸妙善先所積習一切障垢皆得出離如是二種即次二見謂無罪見出離見彼如是執自見已便於此見相違安立蘊等諸法聲聞藏中安生輕毀又於不信如是邪見聲聞人等深生憎嫉如是二種即次二見輕毀見憤發見彼又隨順自惡邪見謂我當建立如實空無相無願於非彼相起彼相想而於彼相顛倒建立又作是思惟若能悟入如是法性或令他人一切皆生無量功德如是二種即次二見謂顛倒見出生見若他於彼所起惡見如理語責彼於爾時竟不樂欲建立自宗反以機弄妄理詰責於他如是二種即次二見謂不立宗見矯亂見彼又起如是增上慢謂若能如是修行是眞供養恭敬諸佛世尊如是見者名敬事見諸有善達無倒法性者爲令捨離彼惡見故雖以種種眞實成立道理方便開悟堅守愚見曾無捨心謂唯此眞餘並邪妄如是見者名堅固愚癡見如上所說諸見所有習氣麤重是名根本見爲欲開示如上所說十七種見諸過失門復說餘見謂即相見名於見無見見此實堅執無性等相而起不執一切相想故即損減施設見損減分別

見損減眞實見名捨方便見由彼誹謗一切法性於勤精進起無用想故即攝受見轉變見名不出離見非方便修學不能證果故即無罪見出離見名障增益見所行邪僻無容盡障故即輕毀見憤發見名生非福見由於正法同梵行所起邪行門便能引發大衰損故即顛倒見出生見名無功果見由所安立非正法性授者受者俱不能證勝進果故即不立宗見矯亂見名受辱見非理與論無宜得勝故即敬事見名誹謗見所不應說強增益故即堅固愚癡見名不可與言見邪執空者不應與言徒設多辭終無所益故即根本見名廣大見由此當來諸惡見類轉增廣故即上所說二十七見皆名增上慢見並能發起虛妄無實增上慢故此云何知由彼經中即次後說如是諸見十七即十十即十七一十七即一一即二十七故

復次如方廣分說一切諸法皆無自性此言依何密意說謂無自然性故無自體性故無住自體故無如愚夫所取相性故無自然性者由無自然性故說無自性不遮待緣性故說無自性無自體性者由此自體曾所經有即此自體不可復有故說爲無性無住自體者體雖現在未至壞相次必當滅體無住義故說無性無如愚夫所取相性者如諸愚夫未見諦者依止名言戲論熏習門妄取諸法性相遠離如是所取自性故說無性復次於遍計所執自性相無性故於依他起自性生無性故於圓成實自性勝義無性故更依異門顯無性義故言復次一切法者即三自性

謂遍計所執自性依他起自性圓成實自性遍計所執自性定無自相自相無故名相無性相無性故名爲無性依他起自性待衆緣故非自然生無自然生性故名生無性生無性故名爲無性圓成實自性清淨所緣故於依他起中無遍計所執相所顯自體故勝義爲自體故無性所顯故名勝義無性勝義無性故名爲無性由此道理是故如來說一切法皆無自性非一切種性相俱無說爲無性又彼說言一切諸法無生無滅本來寂靜自性涅槃此依何密意說如無自性無生亦爾如無生無滅亦爾如無生無滅本來寂靜亦爾如本來寂靜自性涅槃亦爾復有四種意趣由此意趣故方廣分中一切如來所有意趣應隨決了何等爲四謂平等意趣別時意趣別義意趣衆生意樂意趣平等意趣者如說我於爾時曾名勝觀如來應正等覺與彼法身無差別故別時意趣者如說若有願生極樂世界皆得往生若暫得聞無垢月光如來名者即於阿耨多羅三藐三菩提決不退轉如是等言意在別時故別義意趣者如說一切諸法皆無自性如是等言不可如文便取義故衆生意樂意趣者謂於一善根或時稱讚爲令歡喜勇猛修故或時毀呰爲遮得少善生喜足故爲貪行者稱讚佛土富樂莊嚴爲慢行者稱讚諸佛或有增勝爲恒悔惱障修善者說如是言於佛菩薩雖行輕毀然彼有情亦生天趣爲不定種性者捨離聲聞下劣意樂故記大聲聞當得作佛又說一乘更無第二復次有四種祕密由此祕密故於

方廣分中一切如來所有祕密應隨決了何等爲四謂令入祕密相祕密對治祕密轉變祕密如是四種於大乘中略攝如來一切所說祕密道理令入祕密者謂於聲聞乘說色等諸法皆有自性爲令無怖畏漸入聖教故相祕密者謂於三自性說一切法皆無自性無生無滅等對治祕密者謂爲調伏諸過失者如來宣說種種密教如爲對治八種障故說最上乘何等爲八謂輕佛法懈怠少善生喜足貪慢行惡作不定性差別廣說指事隨其所應如四意趣說轉變祕密者謂經所說隱密名言如說覺不堅爲堅善住於顛倒極煩惱所惱得最上菩提此中密意者謂於不散動起堅固勝覺所以者何堅有二義一貞實二散動由此散動令心剛逸故亦名堅善住於顛倒者謂翻常樂我淨四倒爲無常等故名顛倒於此不退故名善住極煩惱所惱者謂於長時精勤苦行極爲勞倦所逼惱故得最上菩提者若具如上所說三事定速當證無上菩提復次方廣分中於法三摩地善巧菩薩相云何可知謂由五種因故一刹那刹那消除一切麤重所依二出離種種想得法苑樂三了知無量無分別相大法光明四順清淨分無分別相恒現在前五能攝受轉上轉勝圓滿成就佛法身因如是五種依諸菩薩三種稱讚功德說謂奢摩他稱讚功德毗鉢舍那稱讚功德此二俱分稱讚功德奢摩他稱讚功德復有二種一刹那刹那勝進輕安無有間缺遍所依故刹那刹那消除一切麤重所依二勝解諦觀一切教法無有差

別同一味故遠離種種蘊界處等諸義相想得契經等喜樂法樂毗鉢舍那稱讚功德亦有二種一隨所擇法無有間缺不忘失故由憶念門於無量無分別相契經等法以慧照了二轉依前所有色像無分別無加行相恒現在前第五一種是此二俱分稱讚功德法身者謂所知障永斷轉依所攝此於第十地名圓滿於如來地名成就爲令法身速得圓滿成就故引植轉上轉勝等流習氣故名攝受彼因如是五種即顯五修能得五果何等爲五謂息相修和合修無相修無功用修轉相修問聲聞藏法菩薩藏法等從法身所流何故有情以香鬘等供養菩薩藏法便生廣大無邊福聚非聲聞藏法耶答以菩薩藏法是一切有情利益安樂所依處故能建大義故無上無量大功德聚所生處故

大乘阿毗達磨雜集論卷第十二

音釋

殑伽（梵語也此云天堂來河名也殑其陵切）　耐（乃代切猶忍也）　呰（將此切口毀也）

大乘阿毗達磨雜集論卷第十三

安慧菩薩糅

唐三藏法師玄奘奉詔譯

決擇分中得品第三之一

云何得決擇略説有二種謂建立補特伽羅建立現觀前爲能證後是所證補特伽羅雖非實有由四種緣是故建立謂言説易故順世間故離怖畏故顯示自他具德失故言説易者若於無量色等差別無量差別相想法中總合建立一假有情即呼名往來等種種言説遂不爲難順世間者非諸世間唯依法想而起言説多分依有情想而起言説是故聖者爲化世間必應同彼方便建立補特伽羅離怖畏者世間有情未會甚深緣起法性若聞一切有情無我便生怖畏不受正化顯示自他具德失者若離假立有情差別唯説諸法染淨相者是則一切無有差別不可了知如是身中如此過失若斷未斷如是身中如此功德若證未證是故建立補特伽羅云何建立略有七種謂病行差別故出離差別故住持差別故加行差別故果差別故界差別故修行差別故病行差別復有七種謂貪行瞋行癡行慢行尋思行等分行薄塵行出離差別有三種謂聲聞乘獨覺乘大乘住持差別有三種謂未具資糧已具未具資糧已具資糧加行差別有二種謂隨信行隨法行果差別有二十七謂信解見至身證慧解脱俱解脱預流向預流果一來向一來果不還向不還果阿羅漢向阿羅漢果極七返有家家一間中般涅槃生般涅槃無行般涅槃有

行般涅槃上流退法阿羅漢思法阿羅漢護法阿羅漢住不動阿羅漢堪達阿羅漢不動法阿羅漢界差别者謂欲界異生有學無學如欲界有三色界無色界亦爾又有欲色界菩薩又有欲界獨覺不可思議如來修行差别略有五種一勝解行菩薩二增上意樂行菩薩三有相行菩薩四無相行菩薩五無功用行菩薩如是等補特伽羅無量差别貪行補特伽羅者謂有猛利長時貪欲雖於下劣可愛境界而能發起上品貪故起即長時無斷絶故如貪行者乃至尋思行者亦爾各隨自境猛利長時如理配釋等分行補特伽羅者謂住自性位煩惱遠離猛劣住平等位諸煩惱故隨境界勢力煩惱現行故薄塵行補特伽羅者謂住自性位微薄煩惱如前所説自性位煩惱相今此煩惱望彼是微薄故雖於增上所縁境界而微薄性煩惱現行昔所修習勝對治力所摧伏故

聲聞乘補特伽羅者謂住聲聞法性若定不定性是鈍根自求解脱發弘正願修猒離貪解脱意樂以聲聞藏爲所縁境精進修行法隨法行得盡苦際當知此中以種性根願意樂境界行果差别説聲聞乘對獨覺菩薩根性説此爲鈍若不爾即與隨法行等利根言相違獨覺乘補特伽羅者謂住獨覺法性若定不定性是中根自求解脱發弘正願修猒離貪解脱意樂及修獨證菩提意樂即聲聞藏爲所縁境精進修行法隨法行或先未起順決擇分或先已起順決擇分或先未得果或先已得果出無佛世唯内思惟聖道現前

或如麟角獨住或復獨勝部行得盡苦際若先未起順決擇分亦不得果如是方成麟角獨住所餘當成獨勝部行大乘補特伽羅者謂住菩薩法性若定不定性是利根爲求解脫一切有情發弘正願修無住處涅槃意樂以菩薩藏爲所緣境精進修行法隨法行成熟有情修淨佛土得受大記證成無上正等菩提得受大記者謂住第八菩薩地證得無生法忍故

未具資糧補特伽羅者謂緣諦增上法爲境發起煗品清信勝解成就煗品順解脫分未定生時已具未具資糧補特伽羅者謂緣諦增上法爲境發起中品清信勝解成就中品順解脫分已定生時已具資糧補特伽羅者謂緣諦增上法爲境發起上品清信勝解成就上品順解脫分即此生時又未具資糧者謂緣諦增上法爲境於諸諦中成就下品諦察法忍成就下品順決擇分未定生時已具未具資糧者謂緣諦增上法爲境於諸諦中成就中品諦察法忍成就中品順決擇分已定生時已具資糧者謂緣諦增上法爲境於諸諦中成就上品諦察法忍成就上品順決擇分即此生時如是三種補特伽羅由成就順解脫分順決擇分各三品故約能引生順決擇分及諦現觀如其次第未定已定即此生時於諦增上法清信勝解相是順解脫分即於此法諦察法忍相是順決擇分如其次第信增上故慧增上故此中三品順決擇分者謂除世第一法由世第一法性唯一刹那必不相續即此生時定入現觀非前位故從

下中品順解脱分順決擇分有可退義此唯退現行非退習氣已依涅槃先起善根者不復新起故依此下品順解脱分善根薄伽梵說若有具世間增上品正見雖經歷千生而不墮三惡趣又有四種順解脱分一者依憑順解脱分二者勝解順解脱分三者愛樂順解脱分四者趣證順解脱分從善法欲乃至爲求解脱所有善根皆名依憑順解脱分於彼相應教法所有勝解俱行善根是名勝解順解脱分緣解脱境作意相續清淨喜俱所有善根是名愛樂順解脱分即於此生決定發起順決擇分所有善根是名趣證順解脱分復有六種順決擇分謂隨順順決擇分勝進順決擇分通達順決擇分餘轉順決擇分一生順決擇分一座順決擇分若最初所起緣諦境行下品善根是名隨順順決擇分即此善根轉成中品是名勝進順決擇分望前下品是增勝故即此善根增至上品於此生中決定堪能通達諦理是名通達順決擇分又即此位中不定種性者爲迴向最勝菩提及諸獨覺爲求無師自證菩提轉趣餘生是名餘轉順決擇分若於此生定能通達是名一生順決擇分若於此座定能通達是名一座順決擇分

隨信行補特伽羅者謂資糧已具性是鈍根隨順他教修諦現觀隨法行補特伽羅者謂資糧已具性是利根自然隨順諦增上法修諦現觀信解補特伽羅者謂隨信行已至果位見至補特伽羅者謂隨法行已至果位身證補特伽羅者謂諸有學已具證得八解脱

定即不還果說名身證由身證得八解脫定具足住故八解脫者謂有色觀諸色等後當廣說慧解脫補特伽羅者謂已盡諸漏而未具證八解脫定唯究竟斷慧所對治煩惱障故俱分解脫補特伽羅者謂已斷諸漏及具證八解脫定由煩惱障分及定障分俱得解脫故預流果向補特伽羅者謂住順決擇分位及住見道十五心剎那位此中意說始從一座順決擇分乃至未得初果皆名預流果向預流果補特伽羅者謂住見道第十六心剎那位即此見道亦名入正性決定亦名於法現觀問誰於見道最後心位得初果耶答若於欲界未離欲者後入正性決定得預流果謂次第者雖少分離欲亦名未離欲彼後入正性決定至第十六心位得預流果若倍離欲彼後入正性決定得一來果謂先用世間道已斷欲界修道所斷六品煩惱名倍離欲彼後入正性決定至第十六心位得一來果若已離欲者後入正性決定得不還果謂先用世俗道已斷欲界修道所斷九品煩惱名已離欲彼後入正性決定至第十六心位得不還果問若已永斷見道所斷一切煩惱得預流果何故但言永斷三結得預流果耶答最勝所攝故由此三種障解脫得最為殊勝所以者何於解脫是不發趣因故雖已發趣復為邪出離因故及不正出離因故由薩迦耶見執五取蘊為我我所深生愛樂故於大苦聚不生猒背於勝解脫無發趣心或有有情雖已發趣解脫然由戒禁取及疑僻執邪道疑正道故便邪出離及不正出離又此

三結是迷所知境因故迷見因故迷對治因故所以者何由薩迦耶見迷所知境於大苦聚虛妄增益我我所相故由戒禁取迷能知見於顛倒見謂爲清淨出離因故由疑迷正對治於三寶所不決定故一來果向補特伽羅者謂於修道中已斷欲界五品煩惱安住彼道所以者何由見道後已斷欲界乃至中品煩惱及住彼斷道故一來果補特伽羅者謂於修道中已斷欲界第六品煩惱安住彼道所以者何由已永斷中㑥品煩惱斷道究竟建立此故不還果向補特伽羅者謂於修道中已斷欲界第七第八品煩惱安住彼道所以者何由一來果後已斷欲界㑥上㑥中品煩惱及住彼斷道建立此故不還果補特伽羅者謂於修道中已斷欲界第九品煩

惱安住彼道所以者何由彼永斷欲界㑥㑥品煩惱斷道究竟建立此故問若已永斷一切見道所斷煩惱及已永斷欲界修道所斷一切煩惱得不還果何故但言永斷五順下分結得不還果耶答最勝所攝故云何最勝由此五結能爲下趣下界勝因故名最勝所以者何下趣者謂那落迦旁生餓鬼下界者謂欲界以薩迦耶見戒禁取疑爲最勝因令諸有情不越不趣故以貪欲瞋恚爲最勝因令諸有情不越下界故阿羅漢果向補特伽羅者謂已永斷有頂八品煩惱安住彼道阿羅漢果補特伽羅者謂已永斷有頂第九品煩惱安住彼究竟道問若阿羅漢永斷三界一切煩惱何故但言永斷一切五順上分結得阿羅漢果耶答最勝所攝故云何最勝由

此五結是取上分因及不捨上分因故名最勝所以者何由色無色愛取欲界上色無色界生故由掉慢無明不捨此上生故以愛慢疑上靜慮者爲彼所惱故極七返有補特伽羅者謂即預流於人天生往來雜受極至七返得盡苦際家家補特伽羅者謂即預流或於天上或於人中從家至家得盡苦際所以者何即預流果進至一來果向或於天上或於人中決定往來極受二有方般涅槃故一間補特伽羅者謂即一來或於天上唯受一有得盡苦際所以者何即一來果進至不還果向或於天上唯受一有得般涅槃故唯有一隙容此一生故名一間中般涅槃補特伽羅者謂生結已斷起結未斷或中有纔起即便聖道現前得盡苦際或中有起已爲趣生有纔起思惟即便聖道現前得盡苦際或思惟已發趣生有未到生有即便聖道現前得盡苦際此中顯示三種中般由煩惱力往趣生處令生有相續此煩惱已盡唯由隨眠力令命終後諸蘊續起此隨眠餘猶未盡或中有纔起由串習力聖道現前斷餘隨眠即於此位入般涅槃或中有起已爲往生有纔發思惟聖道現前斷餘隨眠入般涅槃或思惟已往生有處未得生有聖道現前斷餘隨眠入般涅槃如是三種望生有處未發纔發已遠去位差別建立隨順七善丈夫趣經生般涅槃補特伽羅者謂二結俱未斷纔生色界已即便聖道現前得盡苦際無行般涅槃補特伽羅者謂生彼已不由加行聖道現前得盡苦際不由加行者由宿串習力無漏聖道

任運現前無功用故有行般涅槃補特伽羅者謂生彼已由加行力聖道現前得盡苦際由加行者與上相違故上流補特伽羅者謂於色界地中皆受生已乃至最後入色究竟於彼無漏聖道現前得盡苦際復有乃至往到有頂聖道現前得盡苦際此中顯示二種上流一極至色究竟二極至有頂極至色究竟者謂多愛味補特伽羅由多生起煗等靜慮差別愛味故始從梵衆天乃至色究竟於一切處次第各受一生乃至最後入色究竟得般涅槃極至有頂者謂不雜修第四靜慮唯避淨居如前次第生一切處乃至有頂方般涅槃又雜修第四靜慮有五品差別一下品修二中品修三上品修四上勝品修五上極品修由此五品雜修第四靜慮故如其次第生五淨居退法阿羅漢者謂鈍根性若遊散若不遊散若思惟若不思惟皆可退失現法樂住思惟者欲害自身不思惟者不欲害自身退現法樂住者謂退世間靜慮等定思法阿羅漢者謂鈍根性若遊散若不遊散若不思惟即可退失現法樂住若思惟已能不退失護法阿羅漢者謂鈍根性若遊散便可退失現法樂住若不遊散即能不退住不動阿羅漢者謂鈍根性若遊散若不遊散皆能不退現法樂住亦不能練根練根者謂轉下鈍根成上利根是故不動法不說能練根性是利根故堪達阿羅漢者謂鈍根性若遊散若不遊散皆能不退現法樂住堪能練根不動法阿羅漢者謂利根性若遊散若不遊散皆能不退現法樂住

欲界異生補特伽羅者謂於欲界若生若長不得聖法欲界有學補特伽羅者謂於欲界若生若長已得聖法猶有餘結欲界無學補特伽羅者謂於欲界若生若長已得聖法無有餘結如欲界有三如是色無色界各有三種隨相應知欲色界菩薩者謂與滅離無色界生靜慮相應住靜慮樂而生欲界或生色界問何緣菩薩不生無色界答若已證得最勝威德菩薩凡所受生皆欲利益安樂有情以無色界非成熟有情處故滅離無色界生靜慮者謂能除遣無色界生所有勝定住靜慮樂者謂不退靜慮由此菩薩善巧迴轉故爲欲成熟所化有情或生欲界或生色界欲界獨覺者謂無佛出世時生於欲界自然證得獨覺菩提不思議如來者謂但於欲界始

從示現安住覩史多天妙寶宫殿乃至示現大般涅槃示現一切諸佛菩薩所行大行一切菩薩所行者謂從示現覩史多天宫乃至現大神變降伏魔軍諸佛所行者謂從示現成等正覺乃至示現大般涅槃

勝解行菩薩者謂住勝解行地中成就菩薩下中上忍由其安住菩薩種性始從初發大菩提願乃至未入極歡喜地未得出世眞實内證故名勝解行菩薩增上意樂行菩薩者謂十地中所有菩薩由已證得出世内證清淨意樂故有相行菩薩者謂住極喜離垢發光餤慧極難勝現前地中所有菩薩由此六地雖不喜樂而爲諸相所間雜故無相行菩薩者謂住遠行地中所有菩薩由此菩薩若作功用乃至隨其欲樂能令諸相不現行故

無功用行菩薩者謂住不動善慧法雲地中所有菩薩由此菩薩已得純熟無分別智故

復次如說預流補特伽羅此有二種一漸出離二頓出離漸出離者如前廣說頓出離者謂入諦現觀已依止未至定發出世間道頓斷三界一切煩惱品品別斷唯立二果謂預流果阿羅漢果品品別斷者謂先頓斷欲色無色界修道所斷上上品隨眠如是乃至煗煗品頓斷三界者如見道所斷非如世間道界地漸次品品別斷此義以何爲證如指端經說諸所有色乃至識若過去若未來若現在廣說乃至若遠若近總此一切略爲一分一團一積一聚如是略已應觀一切皆是無常一切皆苦乃至廣說依如是觀但可建立初後二果由此二果如其次第永斷三界一切見修所斷煩惱無餘所顯故不立第二第三兩果由此二果已見諦者唯斷欲界修道所斷有餘無餘所顯故又依如是頓出離者如來於分別經中預流果無間即建立阿羅漢果如是補特伽羅多於現法或臨終時善辯聖旨設不能辯由願力故即以願力還生欲界出無佛世成獨勝果設不辯者未能無餘離諸欲故即以願力生欲界者彼能速證般涅槃故

建立現觀略有十種謂法現觀義現觀眞現觀後現觀寶現觀不行現觀究竟現觀聲聞現觀獨覺現觀菩薩現觀法現觀者謂於諸諦增上法中已得上品淸信勝解隨信而行所以者何由於諸諦增上契經等法中從聞他音增上緣力已得最後順解脫分善根所

攝上品清信勝解由得如是清信勝解故說名以法現觀現觀諸諦義現觀者謂即於諸諦增上法中已得上品於諸諦境諦察法忍此忍居順決擇分位所以者何由即於如上所說法中如理作意增上緣力於苦等諦境已得最後順決擇分善根所攝上品諦察法忍此諦察法忍由三種如理作意所顯發故復成三品謂上煗上中上上上煗者謂即此生時煗位上中者謂頂忍位上上者謂世第一法位眞現觀者謂已得見道十六心刹那位所有聖道又於見道中得現觀邊安立諦世俗智由出世智增上緣力長養彼種子故名得此智而不現前以見道十六心刹那無有間斷不容現起世間心故於修道位此出俗智方現在前後現觀者謂一切修道由見道後一切世間出世間道皆名後現觀故賢現觀者謂於佛證淨於法證淨於僧證淨由佛聖弟子於三寶所已得決定證清淨信謂薄伽梵是眞正等覺者法毗柰耶是眞善妙說聖弟子衆是眞淨行者不行現觀者謂已證得無作律儀故雖居學位而謂我今已盡那落迦傍生餓鬼顛墜惡趣我不復能造惡趣業感惡趣異熟已得無作律儀者謂已證得聖所愛戒所攝律儀由得此故此所對治那落迦異熟等必不復行由那落迦等永盡不行故名不行現觀究竟現觀者如道諦中究竟道說謂已息一切麤重已得一切離繫得如是等聲聞現觀者謂前所說七種現觀從聞他音而證得故名聲聞現觀獨覺現觀者謂前所說七種現觀不由他音而證得故

名獨覺現觀菩薩現觀者謂諸菩薩於前所說七現觀中起修集忍而不作證爲於聲聞獨覺調伏方便中得善巧故哀戀有情不於下乘而出離故然於菩薩極喜地中入諸菩薩正性決定是名菩薩現觀

已說現觀差別今當說問聲聞菩薩現觀有何差別答略說有十一種謂境界差別任持差別通達差別誓願差別出離差別攝受差別建立差別眷屬差別勝生差別生差別果差別境界差別者謂緣方廣大乘爲境故任持差別者謂滿大劫阿僧企耶福智資糧圓滿故通達差別者謂由補特伽羅法無我理增上法方便所引出世間智俱通達二無我故誓願差別者謂能通達一切有情與已平等猶如自身誓願攝益故出離差別者謂依十地而出離故攝受差別者謂無住涅槃所攝受故建立差別者謂善修治諸佛淨土故眷屬差別者謂攝受一切所化有情爲眷屬故勝生差別者謂如世間腹所孕子繼父種族令不斷絕如是菩薩紹隆佛種令不斷絕是名佛眞子相故生差別者謂於如來大集會中生故果差別者復有十種謂轉依差別功德圓滿差別五相差別三身差別涅槃差別證得和合智用差別障清淨差別和合作業差別方便示現成等正覺入般涅槃差別五種拔濟差別轉依差別者謂染不染一切種所依麤重永斷故一切無上功德所依永轉故功德圓滿差別者謂力無所畏不共佛法等無邊功德永成滿故五相差別者謂清淨等五相差別一清淨差別謂永斷一切煩

惱并習氣故二圓淨差別謂遍修治佛淨土故三身差別謂法身圓滿故四受用差別謂一切時處大集會與諸菩薩受用種種大法樂故五業差別謂隨其所應起種種變化遍於十方無量無邊諸世界中作諸佛事故三身差別者謂證得圓滿自性受用變化身故涅槃差別者謂於無餘涅槃界爲欲利樂一切有情一切功德無斷絕故證得和合智用差別者謂證得最極清淨法界一味故於彼能依一切種妙智用一一佛功能等一切佛功能故障清淨差別者謂永斷一切煩惱障所知障故和合作業差別者謂化導一一有情作用皆一切佛增上力故方便示現成等正覺入般涅槃差別者謂於十方一切世界隨其所應乃至後際數數示現成正覺等令一切所化有情成熟解脱故五種拔濟差別者謂拔濟災橫等五事一拔濟災橫謂如來入城邑等時令盲聾等得眼耳等二拔濟非方便謂令得世間正見遠離一切邪惡見故三拔濟惡趣謂令生見道越諸惡趣故四拔濟薩迦耶謂令證阿羅漢果永脱三界故五拔濟乘謂令諸菩薩不樂下乘故

問如經説四無量等最勝功德何現觀所攝耶答後現觀究竟現觀所攝所以者何如是最勝功德諸聖弟子等或於修道或究竟道之所發起是故二現觀所攝彼復云何謂無量解脱勝處遍處無諍願智無礙解神通相隨好清淨力無畏念住不護無忘失法永斷習氣大悲十八不共佛法一切種妙智如是等功德如來於諸經中或依聲聞乘説或依

大乘說此諸功德隨其所應略以五門顯示其相謂所依境界行相自體助伴無量者謂四無量一慈無量二悲無量三喜無量四捨無量慈云何謂依止靜慮於諸有情與樂相應意樂住具足中若定若慧及彼相應諸心心所此中顯慈無量以靜慮爲所依有情爲境界願彼與樂相應爲行相定慧爲自體一切功德皆奢摩他毗鉢舍那所攝故諸心心所爲助伴當知悲等一切功德隨其所應亦爾悲云何謂於諸有情離苦意樂住具足中若定若慧餘如前說所依自體助伴與慈相似故喜云何謂於諸有情不離樂意樂住具足中若定若慧餘如前說捨云何謂依止靜慮於諸有情利益意樂住具足中若定若慧餘如前說利益意樂者謂於與樂相應等有情所棄捨愛等作是思惟當令彼解脫煩惱如是意樂名捨行相利益意樂行相圓滿名住具足解脫者謂八解脫廣說如經云何有色觀諸色解脫謂依止靜慮於內未伏見者色想或現安立見者色想觀所見色住具足中若定若慧及彼相應諸心心所乃至爲解脫變化障有色者謂於內身未依無色定伏除見者色想故或見者色想安立現前故觀諸色者謂以意解觀見好惡等色故解脫者謂能解脫一切變化障故云何內無色想觀外諸色解脫謂於內已伏見者色想或現安立見者無色想觀所見色住具足中若定若慧餘如前說內無色想者謂於內身已依無色定伏除見者色想故或見者無色想安立現前故謂見者名想現在前行餘如前釋云

何淨解脫身作證具足住謂於內淨不淨諸色已得展轉相待想展轉相入想展轉一味想故於彼已得具足中若定若慧餘如前說乃至爲解脫淨不淨變化煩惱生起障此中顯示於淨不淨諸色依展轉相待想展轉相入想得展轉一味想所以者何待諸淨色於餘色中謂爲不淨待不淨色於餘色中謂爲清淨非不相待何以故唯見一類時淨不淨覺無故又於淨中不淨性所隨入於不淨中淨性所隨入何以故於薄皮所覆共謂爲淨中現有髮毛等三十六種不淨物故如是展轉總一切色合爲一味清淨想解如是已得隨所樂色解脫自在者能斷淨不淨色變化障及於此中煩惱生起障何等名於變化煩惱謂於淨色變化加行功用與不淨色變化相違故云何無邊虛空處解脫謂於隨順解脫無邊虛空處住具足中若定若慧餘如前說如無邊虛空處解脫無邊識處無所有處非想非非想處解脫亦爾乃至爲解脫寂靜解脫無滯礙障如是四種若聖弟子所得能順無漏是清淨性方名解脫解脫愛味故寂靜解脫者謂超色無色於中清淨名無滯礙味著無色是此障云何想受滅解脫謂依止非想非非想處解脫超過諸餘寂靜解脫住於似眞解脫具足住中心心所滅爲解脫想受滅障此顯想受滅解脫以非想非非想處爲所依無境界行相助伴心心所無故以心心所滅爲自體又此解脫似眞解脫圓滿爲性以聖弟子由出世間道已得轉依諸心心所暫不現起於此位中極寂靜故染汙意不

現行故此八解脱亦名聖住諸聖所住故然諸聖者多依二住謂第三第八以最勝故是故經中於此二解脱有身作證具足住言非餘由此二種如其次第有色無色解脱障斷無餘故證得圓滿轉依故説名最勝勝處者謂八勝處廣説如經前四勝處由二解脱所建立後四勝處由一解脱所建立從彼所流故所以者何謂内有色想觀外色少若好若惡若劣若勝於彼諸色勝知勝見得如實想是初勝處内有色想觀外色多若好若惡廣説乃至得如實想是第二勝處此二勝處從有色觀諸色解脱所出内無色想觀外色少廣説乃至得如實想是第三勝處内無色想觀外色多廣説乃至得如實想是第四勝處此二勝處從内無色想觀外諸色解脱所出

是故前四勝處由二解脱所建立内無色想觀外諸色若青青顯青現青光猶如烏莫迦華或如婆羅痆斯深染青衣若青青顯青現青光如是内無色想觀外諸色若青乃至青光亦爾於彼諸色勝知勝見得如實想是第五勝處内無色想觀外諸色若黄乃至黄光猶如羯尼迦華或如婆羅痆斯深染黄衣若黄廣説乃至得如實想是第六勝處内無色想觀外諸色若赤乃至赤光猶如般豆時縛迦華或如婆羅痆斯深染赤衣若赤廣説乃至得如實想是第七勝處内無色想觀外諸色若白白顯白現白光猶如烏沙斯星色或如婆羅痆斯極鮮白衣若白白顯白現白光如是内無色想觀外諸色若白白顯白現白光亦爾於彼諸色勝知勝見得如實想是第

八勝處如是四勝處從淨解脫身作證具足住所出此中解脫是意解所緣勝處是勝伏所緣少多等境隨意自在或令隱沒故或隨欲轉故少色者有情數色其量小故多色者非有情數色舍林地山等其量大故好色惡色者淨不淨顯色所攝劣色勝色者若人若天隨其次第於彼諸色勝者自在轉故知者由奢摩他道故見者由毗鉢舍那道故得如實想者謂於已勝未勝中得無增上慢想故若青者是總句青顯者是俱生青青現者是和合青青光者謂彼二所放鮮淨光青如青黃赤白廣說亦爾於一處說二譬喻者爲顯俱生和合二顯色故謂若青者總舉華衣二青青顯者依華青說以俱生故青現者依衣青說以和合方成故青光者依二種說由彼二種俱有鮮淨光故如是二譬喻中若青青顯等總句釋句如相應知如青黃等亦爾餘如解脫中說何等爲餘謂內有色想觀外色等如有色觀諸色等隨相應釋已說勝處勝所緣境界遍處者謂於遍滿住具足中若定若慧及彼相應心心所是名遍處遍滿者其量廣大周普無邊此復十種謂地水火風青黃赤白無邊空處無邊識處皆悉遍滿問何故於遍處建立地等答由此遍處觀所依能依色皆遍滿故若於此中不建立地等遍處者即離所依大種亦不能觀青等所造色爲遍滿相是故爲觀所依能依皆悉遍滿建立地等餘隨所應如解脫中說謂無邊空處等當知此中依解脫故造修由勝處故起方便由遍處故成滿若於彼得成滿即於解脫究

竟

大乘阿毗達磨雜集論卷第十三

音釋

隟乞逆切間隟也　痆女黠切

大乘阿毗達磨雜集論卷第十四

安慧菩薩糅
唐三藏法師玄奘奉　詔譯

決擇分中得品第三之二

復次無諍者謂依止靜慮於防護他所應起煩惱住具足中若定若慧及彼相應諸心心法所以者何住無諍者若欲往詣一切有情所應見處先於自所住處以願智力觀彼有情爲於我身當來煩惱現前行不如是觀已若知於我所當起愛恚慳嫉等煩惱即便不往若不當起乃往其所以能護他諸煩惱諍令不當起故名無諍願智者謂依止靜慮於爲了所知願具足中若定若慧餘如前說所以者何由得願智者爲欲了知所有三世等所應知事先於彼彼事發正願心願我如實了知如是如是次入增上靜慮從彼起已所願成滿謂能了知所應知故

無礙解者謂四無礙解一法無礙解二義無礙解三訓辭無礙解四辯才無礙解法無礙解者謂依止靜慮於一切法名差別無礙具足中若定若慧餘如前說名差別者謂依無明等於無智無見不現觀等差別名中無礙具足若定若慧乃至廣說名法無礙解義無礙解者謂於諸相及意趣無礙具足中若定若慧餘如前說相者謂諸法自相共相意趣者謂別義等若於此中通達無礙具足名義無礙解訓辭無礙解者謂於諸方言音及訓釋諸法言辭無礙具足中若定若慧餘如前說諸方言音者謂無量國邑各隨自想所起種種言音差別訓釋諸法言辭者謂可破壞

故名世間可變壞故名色如是等若於是中通達無礙名訓辭無礙解辯才無礙解者謂於諸法差別無礙具足中若定若慧餘如前說諸法差別者謂實有假有世俗有勝義有如是等若於此中通達無礙名辯才無礙解

神通者謂六神通一神境通二天耳通三心差別通四宿住隨念通五死生通六漏盡通神境通者謂依止靜慮於種種神變威德具足中若定若慧及彼相應諸心心法種種神變威德具足者謂變一為多等種種神變自在具足天耳通者謂依止靜慮於隨聞種種音聲威德具足中若定若慧餘如前說種種聲者謂人天等聲心差別通者謂依止靜慮於入他有情心行差別威德具足中若定若慧餘如前說入他有情心行差別者謂如實知有貪等心行差別宿住隨念通者謂依止靜慮於隨念前際所行威德具足中若定若慧餘如前說隨念前際所行者謂隨念過去生名字種族等展轉差別事死生通者謂依止靜慮於觀有情死生差別威德具足中若定若慧餘如前說觀諸有情死生差別者謂以天眼觀諸有情死時生時好色惡色當往善趣當往惡趣後際差別漏盡通者謂依止靜慮於漏盡智威德具足中若定若慧及彼相應諸心心法漏盡智者謂由此智通達一切漏盡方便及諸漏盡威德具足者此智成滿故

相隨好者謂依止靜慮於相隨好莊嚴所依示現具足中若定若慧及彼相應諸心心法幷彼所起異熟果所以者何諸佛世尊由定

慧增上力爲欲化度諸有情故示現三十二大丈夫相及八十種隨好相莊嚴色身然佛世尊非彼自體以法身所顯故若諸菩薩能如是示現者當知定慧爲其自性若所餘於大集會中生者用彼所起異熟果爲自性清淨者謂四清淨一依止清淨二境界清淨三心清淨四智清淨如是四種一切相清淨唯佛世尊及已得大神通菩薩摩訶薩所得依止清淨者謂依止靜慮於隨所欲依止取住捨具足中若定若慧及彼相應諸心心法取住捨具足者謂隨所欲生即便能取欲生彼已隨其所欲壽行分量即能留住若欲捨諸壽行即便能捨如其次第三種具足境界清淨者謂於隨所欲境界變化智具足中若定若慧乃至廣說變化智具足者謂先無今有色等名化轉先已生色等令成金銀等名變悟一切種境相差別名智如其次第三種具足心清淨者謂於如所欲三摩地門自在具足中若定若慧餘如前說由隨所欲剎那剎那能入無量三摩地差別故智清淨者謂依止靜慮於隨所欲陀羅尼門任持具足中若定若慧餘如前說陀羅尼門任持具足者謂於四十二字中隨思惟一字以此爲先便能證得一切法差別名言善巧

力者謂如來十力一處非處智力二自業智力三靜慮解脫三摩地三摩鉢底智力四根上下智力五種種勝解智力六種種界智力七遍趣行智力八宿住隨念智力九死生智力十漏盡智力處非處智力者謂依止靜慮於一切種處非處智具足中若定若慧及彼

相應諸心心法一切種處非處智具足者謂於一切種因非因智無著無礙現行中所有三摩地等自業智力者謂於一切種自業智具足中若定若慧餘如前說以於一切種自業智無著無礙現行中所有三摩地等如是餘力隨其所應當正建立云何隨其所應靜慮解脫三摩地三摩鉢底智力者謂於一切種靜慮解脫等持等至智具足中若定若慧餘如前說由於一切種靜慮解脫等持等至智無著無礙現行中所有三摩地等爲體故如是根上下智力者謂於一切種根上下智無著無礙現行中所有三摩地等種種勝解智力者謂於一切種差別勝解智無著無礙現行中所有三摩地等種種界智力者謂於一切種差別界智無著無礙現行中所有三摩地等遍趣行智力者謂於一切種遍趣行智無著無礙現行中所有三摩地等宿住隨念智力者謂於一切種宿住隨念智無著無礙現行中所有三摩地等死生智力者謂於一切種死生智無著無礙現行中所有三摩地等漏盡智力者謂於一切種漏盡智無著無礙現行中所有三摩地等

無畏者謂四無畏一正等覺無畏二漏盡無畏三障法無畏四出苦道無畏正等覺無畏者謂依止靜慮由自利門於一切種所知境界正等覺自稱德號建立具足中若定若慧及彼相應諸心心法如經言我是正等覺者設有世間沙門婆羅門若天魔梵依法立難或令憶念言於是法非正等覺我於是事正見無緣以於此事正見無由故得安隱住無

怖無畏自稱我處大仙尊位於大衆中正師子吼轉大梵輪一切世間沙門婆羅門若天魔梵所不能轉漏盡無畏者謂依止靜慮由自利門於一切種漏盡自稱德號建立具足中若定若慧餘如前說如經言我諸漏永盡如是等廣說如前障法無畏者謂依止靜慮由利他門於一切種說障礙法自稱德號建立具足中若定若慧餘如前說如經言又我爲諸弟子說障礙法染必爲障乃至廣說出苦道無畏者謂依止靜慮由利他門於一切種說出離道法自稱德號建立具足中若定若慧餘如前說如經言又我爲諸弟子說出離道諸聖修習決定出離決定通達設有世間沙門婆羅門若天魔梵依法立難或令憶念言修此道非正出離不正盡苦及證苦邊我於是事正見無緣乃至廣說如是四無畏略說有二謂自利利他前二是自利由智斷差別故後二是利他由遠離所治法修習能治法故以正等覺無畏由內智自利門言我於一切種所知境界差別邊際皆正等覺於一切世間前自稱德號立正無難具足中所有定慧乃至廣說當知餘無畏如應亦爾一切種漏盡者謂諸煩惱并習氣永盡一切種障礙法者謂一切雜染所對治法一切種出離道者謂從方便道乃至究竟道

念住者即諸如來三不共念住謂御大衆時於一切種煩惱不現行具足中若定若慧廣說如前何等爲三念住所謂大師哀愍一切欲求義利起大悲心爲諸弟子宣說法要告諸比丘汝等當知此能利益此能安樂此能

利益安樂爾時若有諸弟子衆恭敬聽聞已諦受住奉教心精進修行法隨法行如來於彼不生歡喜心不踊躍但起大捨住念正知隨諸聖衆所應修習教誡教授是名初不共念住又復大師哀愍一切欲求義利起大悲心爲諸弟子宣說法要乃至此能利益安樂爾時若有諸弟子衆不恭敬聽聞乃至不精進修行法隨法行如來於彼不生恚恨不捨保任心無悵恨但起大捨乃至廣說是名第二不共念住又復大師哀愍一切欲求義利起大悲心爲諸弟子宣說法要乃至此能利益安樂爾時一分弟子恭敬聽聞乃至精進修行法隨法行一分弟子不恭敬聽聞乃至不精進修行法隨法行如來於彼不生歡喜乃至心不悵恨如是三念住顯大師御衆時隨其次第於一切種愛恚俱煩惱并習氣不現行具足中所有定慧等爲體

不護者即三不護謂大師御衆時於隨所欲教授教誡方便具足中若定若慧乃至廣說何等爲三如經言如來身業清淨現行無不清淨現行身業可須覆藏謂勿他知我之所有語業意業現行亦爾由彼大師心無懼慮善御所化一切大衆隨其所欲自然強力折伏攝受教誡教授方便具足

無忘失法者謂於一切種隨其所作所說明記具足中若定若慧乃至廣說此中顯示依化事門於隨所作等念具足中所有三摩地等是無忘失法

永斷習氣者謂一切智者於非一切智所作不現行具足中若定若慧乃至廣說此中顯

示一切智者於所有能表有餘煩惱所知障身語所作不現行具足中所有三摩地等是永斷習氣

大悲者謂於緣無間苦境大悲住具足中若定若慧乃至廣說此中顯示於緣一切三界有情無間一切種苦境大悲住具足中所有三摩地等是名大悲

不共佛法者即十八不共佛法彼復云何謂於不共身語意業清淨具足中於所依及果根未得不退具足中於不共業現行具足中於不共智住具足中若定若慧乃至廣說何等十八如經言如來無有誤失無卒暴音無忘失念無不定心無種種想無不擇捨志欲無退精進無退念無退定無退慧無退解脫無退一切身業智爲前導隨智而轉一切語業智爲前導隨智而轉一切意業智爲前導隨智而轉知過去世無著無礙知未來世無著無礙知現在世無著無礙建立彼相如經廣說如來無有誤失者謂阿羅漢苾芻雖漏已盡爲乞食故出遊城邑或於一時與惡象惡馬惡牛惡狗等共爲遊止或於一時跋蹋叢刺齊足越坑或於一時入女人家不依正理而作語言或於林野捨棄正道而行邪徑或與盜賊猛惡獸等共爲遊止如是等誤失事阿羅漢猶有如來永無卒暴音者謂阿羅漢或於一時遊行林野迷失道路或入空宅揚聲叫喚發大暴音因不染汙習氣過失輒露脣齒而現大笑如是等卒暴音阿羅漢猶有如來永無無忘失念者謂阿羅漢猶有不染汙久遠所作久遠所說忘失憶念如來永

無無不定心者謂阿羅漢斂心方定出即不定如來於一切位無不定心無種種想者謂阿羅漢於一餘生死起違逆想於無餘涅槃起寂靜想如來於生死涅槃無差別想由住第一大捨故無不擇捨者謂阿羅漢不以智慧揀擇棄捨有情利益事如來無此等事故無不擇捨又阿羅漢於所知障淨有未得退謂志欲退精進退念退定退慧退解脫退如是六退如來永無又阿羅漢或於一時善身業轉或於一時無記身業轉語業意業亦爾如來三業智爲前導故隨智而轉故無有無記智爲前導者智所等起故隨智而轉者與智俱行故又阿羅漢苾芻於三世所知事不能起心即解故智見有著不能一切悉解故智見有礙如來於三世境暫起心時即遍知

一切是故智見無著無礙十八中前六於不共身語意業清淨具足中所有三摩地等爲體無有誤失依身清淨說無卒暴音依語業清淨說無忘失念無不定心無種種想無不擇捨此四依意業清淨說志欲無退乃至解脫無退此六於所依及果恨未得不退具足中所有三摩地等爲體所依謂志欲果謂解脫恨謂精進等一切身語意業智爲前導隨智而轉此三於不共業現行具足中所有三摩地等爲體知去來今無著無礙此三於不共智住具足中所有三摩地等爲體一切種妙智者謂於蘊界處一切種妙智性具足中若定若慧及彼相應諸心心法云何於蘊界處一切種妙智性具足諸於蘊等自性差別相通達一切差別邊際智成滿故

云何引發如是等功德謂依止清淨四靜慮若外道若聲聞若菩薩等引發四無量五神通多分依止邊際第四靜慮若聲聞若菩薩若如來等引發所餘功德何因引發如是功德謂依止靜慮數數思惟隨所建立法故此中顯示如是等功德引發所依止能引發補特伽羅能引發方便云何能引發方便謂於隨所建立教法以衆多作意定心起數數思惟行相如欲引發無量時依止靜慮於慈俱心無恨無怨等教法以修慧相應作意數數思惟欲引發神通等時依止靜慮於變一爲多等教法以修慧相應作意數數思惟如是於一切處數數思惟如所建立隨相應知又如是等功德略有二種一現前發起自所作用二安住自性若現前發起自所作用以出世間後所得世俗智爲體若安住自性用出世間智爲體又現前發起自所作用者謂諸聖者隨其所應發起斷所治障等種種作業安住自性者謂最勝寂靜無分別智所攝無緣無量等現法樂住

復次無量作何業謂捨所治障哀愍住故能速圓滿福德資糧成熟有情心無懈倦捨所治障者謂如其次第四無量能捨瞋害不樂愛恚故哀愍住者謂四無量於利益有情事隨順轉住由於一切有情哀愍住故能速圓滿福德資糧成熟有情心無懈倦者由愍諸有情不顧自身故

解脫作何業謂引發變化事於淨不淨變化無有艱難於寂靜解脫無有滯礙能住第一寂靜聖住由勝解思惟故此中顯初二解脫

能引發變化事由第三解脫於淨不淨變化無有艱難由四無色解脫於寂靜解脫無有滯礙由最後解脫能住第一寂靜聖住由勝解思惟故者顯如是如是勝解義是解脫義

勝處作何業謂能令前三解脫所緣境界自在而轉由勝伏所緣故

遍處作何業謂善能成辦解脫所緣遍滿流布故

無諍作何業謂所發語言聞皆信伏愛護他心最爲勝故如其所應發語言故

願智作何業謂善能記別三世等事一切世間咸所恭敬由達一切衆所歸仰故

無礙解作何業謂善說法要悅衆生心能絶一切諸疑網故

神通作何業謂以身業語業記心化導有情令入聖教善知有情一切心行及過未巳如應教授令求出離此中顯示神境天耳乃至漏盡通如其次第能起身業化導等用由天耳通解了一切言音差別能引語業故問相及隨好作何業答能令暫見謂大丈夫心生淨信清淨作何業謂由此勢力故取生有隨其樂欲或住一劫或復劫餘或捨壽行或於諸法自在而轉或於諸定自在而轉或復任持諸佛正法此中顯示由所依清淨隨其所樂於所依身取住捨自在即攝三句謂故取生有等由境界清淨於諸法中得自在轉由心清淨於三摩地得自在轉由智清淨任持如來無上正法

力作何業謂爲除捨無因惡因論不作而得論無倒宣說增上生道悟入一切有情心行

正說法器意樂隨眠境界資糧當能出離隨其所應宣說決定勝道降伏諸魔善能記別一切問論此中顯初二力能說增上生道餘八力能說決定勝道如是二種具足顯示諸佛所作所以者何世尊由處非處智力折伏一切世間無因論者惡因論者宣說無倒增上生道諸外道等於增上生或謂無因或謂自性自在等爲因故名無因惡因論由自業智力折伏一切世間不作而得論者無倒宣說善趣正道諸外道等謂不作業自然得異熟故名不作而得論由靜慮解脫等持等正智力悟入一切有情心行心所修行故名心行由根上下智力悟入一切正說法器以信等根若善成熟能爲法器故由種種勝解智力悟入一切勝劣意樂由種種界智力悟入一切可破隨眠諸煩惱性由遍趣行智力悟入一切大小乘教法所攝境界由宿住隨念智力悟入一切資糧前生所集聖道因緣是名資糧由死生智力悟入一切當來功能性由漏盡智力悟入一切三界出離由如是悟入已隨其所應宣說解脫出世聖道此十名力者善能降伏諸魔故善能記別一切問論故降伏諸魔者由此十力能降伏蘊魔煩惱魔天魔死魔爲最勝故雖斷所知障亦不能爲礙故名最勝記別一切問論者謂於處非處乃至漏盡一切處所有問論記別無滯礙故無畏作何業謂處大衆中自正建立我爲大師摧伏一切邪難外道大師者自利利他衆德圓滿故摧伏邪難外道者謂能摧伏於如來所說成等正覺永斷諸漏障道法中邪

難外道故
念住作何業謂能不染汙攝御大衆由於恭敬聽聞等無愛恚等諸煩惱故
不護作何業謂能無間斷教授教誡所化徒衆由無藏護自過慮顯彰故
無忘失法作何業謂能不捨離一切佛事所以者何由此於諸有情現前應利益事能無放逸不越一剎那故
永斷習氣作何業謂離諸煩惱亦不顯現似諸煩惱所作事業非如阿羅漢苾芻猶現誤失等事
大悲作何業謂日夜六時遍觀世間誰減誰退誰增誰進如是等種種觀察
不共佛法作何業謂由身語意業清淨以得不退若行若住映蔽一切聲聞獨覺如此諸句依前所說於不共三業清淨具足等相如應配釋
一切種妙智作何業謂能絕一切有情一切疑網令正法眼長時得住由此有情未成熟者令成熟已成熟者令解脫絕疑網者於一切處智無礙故令正法眼得久住者於彼彼時方為斷所化有情疑惑宣說種種法門差別諸結集者次第結集令不滅故依此法眼未成熟有情令速成熟已成熟者速令解脫
復次於諸現觀位證得後後勝品道時捨前所得下劣品道如證得此果所攝道時即捨此向所攝道以不復現前故又即此時集斷作證由得果時永斷此所治種類煩惱品麤重令無餘故證得勝品轉依故
復次於無餘涅槃界聲聞獨覺一切聖道由

頓捨所捨非諸菩薩是故唯說諸菩薩爲無盡善根者無盡功德者頓捨所捨者是究竟不現行捨義非諸菩薩所得聖道有如是捨爲欲利益一切有情皆得涅槃故由此因緣無盡慧經等說諸菩薩爲無盡善根者無盡功德者

復次何故建立諸無記事由彼所問不如理故何故所問不如理耶遠離因果染淨所應思處故此中顯示如來於諸外道所問世間常無常等事中建立十四不可記事由彼所問不如正理能引無義利故何等問論能引義利謂依四聖諦所有問論由此問論因果染淨應思處所攝故

復次何緣菩薩已入菩薩超昇離生位而非預流耶由得不住道一向預流行不成就故何緣亦非一來耶故受諸有無量生故何緣亦非不還耶安住靜慮還生欲界故又諸菩薩已得諦現觀於十地修道位唯修所知障對治道非煩惱障對治道若得菩提時頓斷煩惱障及所知障頓成阿羅漢及如來此諸菩薩雖未永斷煩惱然此煩惱猶如呪藥所伏諸毒不起一切煩惱過失一切地中如阿羅漢已斷煩惱

復次諸菩薩於所知境應修善巧於諸方便應修善巧於虛妄分別應修善巧於無分別應修善巧於時時中應修練根所知境者略有六種一迷亂二迷亂所依三不迷亂所依四迷亂不迷亂五不迷亂六不迷亂等流迷亂者謂能取所取執迷亂所依者謂聖智所行唯有行相虛妄分別爲體由有此故一切

愚夫迷亂執轉不迷亂所依者謂眞如是無分別智所依處故迷亂不迷亂者謂隨順出世智所有聞慧等諸善法分別所知境故隨順無分別智故不迷亂者謂無分別智不迷亂等流者謂聖道後所得善法

方便善巧者略有四種一成熟有情善巧二圓滿佛法善巧三速證通慧善巧四道無斷善巧成熟有情善巧者謂四攝事由攝受彼令處善法故圓滿佛法善巧者謂慧波羅蜜多如經言若菩薩摩訶薩欲得圓滿施波羅蜜多乃至一切種妙智性當學般若波羅蜜多故速證通慧善巧者謂日夜六時發露諸惡隨喜功德勸請諸佛迴向善根等廣說如聖者彌勒所問經道無斷善巧者謂無住處涅槃由此數數究竟無斷周遍十方一切世界隨所應化示現一切佛菩薩行

虛妄分別者略有十種謂根本分別相分別相顯現分別相變異分別相顯現變異分別他引分別不如理分別如理分別執著分別散亂分別根本分別者謂阿賴耶識是一切分別種子故相分別者謂身所居處所受用識是所取相故彼復如其次第以諸色根器世界色等境界爲相相顯現分別者謂六識身及意如前所說所取相而顯現故相變異分別者謂如前所說身等相變異生起相顯現變異分別者謂如前所說眼識等相顯現於苦樂等位差別生起他引分別者謂敎法所攝名句文身相此復二種一惡說法律爲體二善說法律爲體由此增上力如其次第引二作意所攝謂不如理分別如理分別執

著分別者謂不如理分別所起六十二見所攝所有分別散亂分別者謂如理分別所起無性等執爲相所有分別此復十種謂無性分別有性分別增益分別損減分別一性分別異性分別自性分別差別分別隨名義分別隨義名分別如是十種分別依般若波羅蜜多初分宣說如經言舍利子是菩薩實有菩薩正不隨觀菩薩正不隨觀菩薩名正不隨觀般若波羅蜜多正不隨觀菩提正不隨觀行正不隨觀不行所以者何名自性空非空性色自性空非空性乃至識自性空非空非空性何以故此色空性非即色亦不離色別有空性色即是空性空性即是色乃至識亦爾何以故此唯有名所謂此是菩薩名此是菩薩此是般若波羅蜜多此是菩提此是色乃至此是識由彼自性無生無滅無染無淨菩薩行般若波羅蜜多時正不隨觀生乃至正不隨觀淨何以故於所計度彼彼諸法假立客名由隨客名而起言說隨如是如是言說起如是如是執著菩薩於如是一切名正不隨觀正不隨觀故不生執著於此經中爲對治無性分別故說如是言是菩薩實有菩薩如是等由實有言是有性義故爲對治有性分別故說如是言正不隨觀菩薩乃至正不隨觀不行由遣補特伽羅及法二性故爲對治增益分別故說如是言所以者何名自性空由遣不實遍計所執自性故爲對治損減分別故說如是言非空性由於此名遍計所執自性遠離性一切時有故爲對治一性分別故說如是言此色空性非即色乃至

此識空性非即識由自性異故所以者何色等是遍計所執自性空性是圓成實自性故爲對治異性分別故說如是言亦不離色別有空性乃至空性即是識由遍計所執自性無相故離彼彼無性不可得故爲對治自性分別故說如是言此唯有名所謂此是色乃至此是識等由離能詮無有決定所詮自性故爲對治差別分別故說如是言由彼自性無生乃至正不隨觀淨由遣生等差別相故爲對治隨名義分別故說如是言於所計度彼彼諸法假立客名由隨客名而起言說如是等爲對治隨義名分別故說如是言菩薩於如是一切名正不隨觀正不隨觀故不生執著由隨義於名不見不執故無分別者略有三種一知足無分別二無顛倒無分別三無戲論無分別如此三種異生聲聞菩薩如次第應知由諸異生隨於一無常等法性究竟思已便生喜足謂是事必然更無異望是名知足無分別爾時一切尋思分別皆止息故由諸聲聞於諸蘊中爲對治常等顛倒故如理觀察唯有色等法時便得出世間智通達無我性是名無顛倒無分別由諸菩薩知色等法唯戲論已遂能除泯一切法相得最極寂靜出世間智通達遍滿眞如是名無戲論無分別此無分別智復離五相謂非無作意故非超過故非寂止故非自性故非於所緣作加行故名無分別所以者何若無作意故名無分別熟眠醉等應是無分別智由彼不思惟諸法相故若超過故名無分別從第二靜慮已上一切地應是無分別智由彼超

過尋伺故若爾三界心心法是分別體言即爲相違若寂止故名無分別滅受想定應是無分別智分別心心法於彼寂止故若爾智亦應無若自性故名無分別色等應是無分別智彼非分別自性故若於所緣作加行故名無分別即分別性應是無分別智若謂此是無分別此加行相即分別相故是故無分別智非彼五相若爾當云何觀無戲論無分別相謂於所緣不起加行此復云何若諸菩薩遇隨順教觀察諸法若性若相皆不眞實由此觀察串習力所持故不由加行於如實無戲論界一切法眞如中內心寂定如是乃名無戲論無分別智

復次若諸菩薩性是利根云何復令修練根耶謂令依利耎根引發利中根復依利中根引發利利根故前已說一切菩薩性是利根而復說於時時中應修練根者由於自種類復有耎等三品後後相引發故說名練根若異此者諸利根種性補特伽羅應根唯一品諸菩薩等根品差別應不可得然有何得是故利根復有差別

大乘阿毗達磨雜集論卷第十四

大乘阿毗達磨雜集論卷第十五

安慧菩薩糅

唐三藏法師玄奘奉　詔譯

決擇分中論品第四之一

云何論決擇略說有七種謂義決擇釋決擇分別顯示決擇等論決擇攝決擇論軌決擇祕密決擇

義決擇者謂依六義而起決擇何等六義謂自性義因義果義業義相應義轉義自性義者謂遍計所執等三自性因義者謂三因一生因二轉因三成因生因者謂因等四緣由此能生諸有爲故轉因者謂由此次第彼法轉如無明緣行等乃至集滅由此次第染淨轉故成因者謂現量可得不可得等正說所攝由此能成立先所未了所成義故果義者謂五果何等爲五一異熟果二等流果三增上果四士用果五離繫果異熟果者謂阿賴耶識等等流果者謂前生諸善法所起自相續後諸善法增上果者謂一切有情共業增上力所感器世間士用果者謂稼穡等離繫果者謂由聖道隨眠永滅業義者謂五種業一取受業二作用業三加行業四轉變業五證得業此五業義如前業染中釋相應義者謂五種相應何等爲五一聚結相應二隨逐相應三連綴相應四分位相應五轉變相應聚結相應者謂於舍等有木石等隨逐相應者謂隨眠等因由有此故雖煩惱等不現行而說與彼相應連綴相應者謂親屬等展轉相應分位相應者謂攝受益等相續分位由此分位現前說名與樂相應乃至與不苦

不樂相應故轉變相應者謂客塵煩惱等現前由有此故說與貪等信等相應轉義者謂五種轉一相轉二安住轉三顛倒轉四不顛倒轉五差別轉相轉者謂生等三有為相由彼三相差別轉故安住轉者謂所持法住能持中而轉故顛倒轉者謂雜染法不如實轉故不顛倒轉者謂清淨法如實轉故差別轉者謂一切行過去未來現在內外等差別轉故

釋決擇者謂能解釋諸經宗要開發彼義故此復云何略有六種謂所遍知事所遍知義遍知因緣遍知自性遍知果彼證受由此六義隨其所應遍釋諸經故名釋決擇所遍知事謂蘊等所遍知義謂無常等遍知因緣謂淨尸羅守根門等遍知自性謂菩提分法遍知果謂解脫彼證受謂解脫智見又十四門辯釋決擇何等十四謂攝釋門攝事門總別分門後後開引門遮止門轉變字門壞不壞門安立數取趣門安立差別門理趣門遍知等門力無力門別別引門引發門攝釋門者謂若於是處宣說諸經緣起所以句義次第意樂釋難攝事門者謂若於是處約學事聖諦事等辯釋諸經如說諸惡者莫作諸善者奉行善調伏自心是諸佛聖教此伽他中依三學說如是等總別分門者謂若處顯示先以一句總標後以餘句別釋如十二暇總集經中先自圓淨後他圓淨二句後如其次第五句五句別釋如是等後後開引門者謂若處顯示能為後後開引所依故此諸法如是次第說如信等五根先後次第必先信受乃

發精進發精進已然後念住旣念住已心得安定心安定已方如實知如是等遮止門者謂若處顯示依止此事遮止此事如斤柯喻經中依止漏盡遮止四種補特伽羅一處正法外二處正法中但得聞思便生喜足三於修慧中心生怯弱四資糧未滿告諸比丘我知我見我說漏盡如是等一段經文遮止第一不勤精進修習觀行者遮止第二說斤柯喻遮止第三說船筏喻遮止第四轉變字門者謂若處顯示轉餘顯了字義變成餘義如不信不知因等伽他後當說壞不壞門者謂若處顯示失壞不失壞彼二方便彼二差別如善生經說失壞者謂染著內外依事自依事五取蘊爲相外依事田宅妻子等爲相不失壞者謂遠離此二種染著失壞方便者謂不出家雖復出家而行放逸不得漏盡與此相違是無失壞方便佛告善生族姓子有二種事俱爲美妙若落髮鬚乃至趣於非家若盡諸漏乃至自稱不受後有者此正顯不失壞及彼方便兼顯失壞及彼方便由與此相相違故不失壞差別者如伽他中顯謂諸比丘美妙寂靜離諸漏此顯出家及漏盡爲顯漏盡復說餘句謂離欲繫縛無執受涅槃任持最後身摧伏魔所使者此顯由世間道離欲由出世道永斷順下分結永斷順上分結永斷內依事此則略說因盡果盡亦兼顯失壞差別由與此相相違故安立數取趣門者謂若處顯示依爾所補特伽羅說如是言如水喻經中依二數取趣說三種四種差別言何等爲二謂異生及見諦異生差別有三謂

無白法少白法多白法見諦差別有四謂住四果三有學一無學安立差別門者謂若處顯示四句等所問義如無常經說若正觀者一切觀色耶設觀色者一切正觀耶應作四句初句謂於受等四蘊無有常淨樂我顛倒增益又觀彼爲應知應斷第二句謂於色蘊有常淨樂我顛倒增益又觀彼爲不應知不應斷第三句謂於色蘊無有常淨樂我顛倒增益又觀彼爲應知應斷第四句謂於受等四蘊有常淨樂我顛倒增益又觀彼爲不應知不應斷如因色作四句如是因受等一切處應廣說乃至說言若所作已辦者一切自謂不受後有耶設自謂不受後有者一切所作已辦耶此應作四句初句謂諸異生乃至命終恒行妙行第二句謂斷見者第三句謂無學第四句謂除上爾所相理趣門者謂若處顯示六理趣義何等爲六一眞義理趣二證得理趣三教導理趣四離二邊理趣五不思議理趣六意樂理趣如是六種前三如其次第應隨後三決了如愛味經中佛告諸比丘於色有味乃至廣說此中顯示由遠離增益損減二邊理趣決了眞義理趣有味有患有出離者顯離損減邊於色乃至於識者顯離增益邊由顯示染汙清淨唯依諸蘊不依我故乃至告諸比丘我自證知由此故乃至已證覺無上正等菩提者顯由不思議理趣決了證得理趣此顯眞證內自所受故如是一切經皆是教導理趣應隨意趣理趣決了謂依所遍知事所遍知義遍知遍知果彼證受意樂說此經所遍知事者謂色等所遍知

義者謂有味等由此差別義遍知色等事故遍知者謂於五取蘊由如是三轉如實遍智遍知果者謂從此諸天世間乃至并天人皆得解脱乃至極解脱彼證受者謂自證知我已證覺無上正等菩提遍知等門者謂若處顯示依眞實相宣說遍知相義永斷相義作證相義修習相義屬此眞實相等品類差別相義能依所依相即相義遍知等障礙法相義遍知等隨順法相義於不遍知等及遍知等過失功德相義此亦如愛味經廣說眞實相者謂取蘊所攝苦諦相遍知相者謂即於此有味等如實智永斷相作證相者謂從一切世間得解脱由永斷諸障證得轉依故修習相者謂離顛倒心多修習住品類差別相者眞實相有五種差別謂色乃至識遍知相有三種差別謂味由味故乃至出離由出離故如實知永斷相作相證各有二種差別謂煩惱解脱若解脱從此諸天世間乃至并天人皆得解脱者顯煩惱解脱爲顯此差別義故次說出離言何以故由餘經言出離云何謂若於是處貪欲永滅貪欲永斷超過貪欲故如是由能生未來若煩惱得離繫故若亦解脱爲顯此差別義故次說離繫縛極解脱修習相有二種差別謂見道修道離顛倒心者顯示見道多修習住者顯示修道能依所依相屬相者謂顯示眞實相等爲後後所依性遍知等障礙法相者謂如是三轉不如實知遍知等隨順法相者謂觀察如所安立色等法中味等相於不遍知等過失相者謂不解脱乃至不證覺無上正等菩提與此相違

名於遍知等功德相力無力門者謂若處顯示諸一一句皆有功能若不說一句義即不了如緣起經說此有故彼有此生故彼生所謂無明緣行等如是諸句一一皆有功能如前緣起相中說別別引門者謂若處顯示先標經一句後以無量義門廣釋如經言若比丘成就六法尚能口風吹碎高廣大雪山王況無明死屍何等爲六若諸比丘心生善巧乃至方便善巧云何比丘心生善巧所謂比丘離欲惡不善法乃至第四靜慮具足住如是比丘心生善巧云何比丘心住善巧所謂比丘善修習故所有順退分靜慮轉爲順住分如是比丘心住善巧云何比丘心起善巧所謂比丘善修習故所有順住分靜慮轉爲順勝進分如是比丘心起善巧云何比丘生長善巧所謂比丘未生善法方便令生乃至廣說二正斷如是比丘生長善巧云何比丘損減善巧所謂比丘已生惡法方便令斷乃至廣說二正斷如是比丘損減善巧云何比丘方便善巧所謂比丘欲三摩地斷行成就修如意足乃至廣說四如意足如是比丘方便善巧引發門者謂若處顯示一一句中宣說四句是一一句復分四句如是展轉無邊引發如引佛經言諸菩薩有四種淨修菩提法一者善修空性二者於諸衆生心無罣礙三者常攝利益諸菩薩衆四者以無染心廣開法施如是四法於自利利他門淨修菩提爲欲對治四種所治障故何等爲四一貪著定味二瞋恚三慢四愛著利養又有差別初顯煩惱斷對治餘顯遠離下劣乘由諸菩薩

三種因緣遠下劣乘一攝受一切有情二已入法者令成熟三未入法者令入正法又有差别初顯智資糧餘顯福資糧此三差别者攝受成熟令入三門各能生長勝品福故又由二緣差别一由意樂謂慈心俱二由正行謂說證敎二行又諸菩薩成就四法能修空性一者於內心無動揺二者信解擇力所持三者於一切法如實通達四者解脫一切障如是四法顯修所依及修差别以何爲依謂靜慮波羅蜜多云何修差别一由異生道謂聞思力所持二由學道謂達諸法實性三由無學道謂脫一切障又諸菩薩成就四法於諸有情心無罣礙一者修慈二者不毀正行三者不分别相四者堪忍劬勞如是四法顯所依及無罣礙心差别誰爲所依謂過去生所修慈云何無罣礙心差别謂於住邪行所心無違毀於怨家所不分别怨相爲利益他精勤無懈又諸菩薩成就四法常能攝益諸菩薩衆一者不自稱量二者正敎誨轉三者柔和易可共住四者精勤承事供養如是四法顯示所依及攝益差别何等爲依謂摧伏憍慢云何攝益差别謂後所說三句於劣等勝三種菩薩所知如其次第又諸菩薩成就四法能無染心廣開法施一者善達障難二者善能除遣愚癡沉沒三者歡喜攝受四者愛樂爲依怙法如是四法顯示所依及廣開法施差别何等爲依謂善通達利養恭敬是障難法云何廣開法施差别謂示現教導讃勵慶喜示現者於愚癡沉没教導讃勵者於著放逸自輕下劣慶喜者於正行圓滿由性

愛樂法故如是前四句中一一句復引發四句差別如是等名引發門

分別顯示決擇者謂於如所說蘊等法中隨其所應作一行順前句順後句二句三句四句述可句遮止句等一行者即問論法謂以一法與餘法一一互相問已除此法更以第二法與餘法互相問耶如是一一問一切法如有問言若成就眼處亦色處耶設成就色處亦眼處耶此應作順前句答若成就眼處亦耳處耶此應作四句答如是乃至對意處如理應說若成就眼處亦法處耶此亦應作順前句答若成就色處亦眼處耶設成就眼處亦色處耶此應作順後句答若成就色處亦耳處耶此亦應作順後句答如是乃至對法處如理應說若成就耳處亦眼處耶此應作四句答如是乃至對法處如理應說順前句如是一一次第漸減諸處更互如理應說如是

作四句答如是乃至對法處如理應說順前句者謂於諸法中隨取二法更互相問依止前法以答所問如有問言若智亦所知耶設所知亦智耶此應作順前句答諸智亦所知有所知非智謂餘法順後句者謂即二法展轉相問依止後法以答所問如有問言若所取亦能取耶設能取亦所取耶此應作順後句答諸能取亦所取有所取非能取謂色等五境及法處除相應二句者謂於所問應二句者謂於所問應二句答不得有餘如有依蘊建立依界建立而發問言若蘊數亦界數耶設界數亦蘊數耶此應作二句答或蘊數非界數謂色蘊識蘊何以故無有一界全攝色蘊相或全攝識蘊相故或界數非蘊數謂法

界三句者謂於所問唯三句答如有問言若蘊數亦處數耶設處數亦蘊數耶此應三句答或蘊數非處數謂色蘊或處數非蘊數謂法處或蘊數亦處數謂識蘊意處俱非數者於蘊處中決定不有四句者謂於所問作四句答如有問言若成就眼根亦耳根耶設成就耳根亦眼根耶應四句答初句謂聾者眼根已生不捨第二句謂盲者耳根已生不捨第三句謂眼耳根已生不捨第四句除上爾所相述可句者謂於所問順爾而答以如是言述可所問如有問言諸無常者皆是行耶設當是行皆無常耶應述可答所問如是遮止句者謂於所問不爾而答以不爾言遮止所問如有問言蘊外諸行幾諦攝耶應遮止答蘊外無行

等論決擇者謂依八何八若之詞問答決擇一切眞僞八何詞者且如問言何誰無所得謂已得般若波羅蜜多菩薩摩訶薩何所無所得謂所取相能取相用何無所得謂用般若波羅蜜多爲何無所得謂爲救脫一切有情令住無上正等菩提由何無所得謂由遇佛出世聽聞正法如理作意法隨法行何之無所得謂一切法之無所得於何無所得謂於勝解行地乃至第十菩薩地幾何無所得謂十一種一已生已滅二未生三現前四因力所生五善友力所生六一切法無所得七空性無所得八有我慢九無我慢十未具資糧十一已具資糧如是十一無所得隨所有過去未來現在若內若外若麤若細若劣若勝若遠若近次第應知如何詞若詞亦爾謂

若能無所得若所無所得若用無所得若爲無所得若由無所得若彼無所得若於無所得若爾所無所得如是一切處盡當知復有四種等論決擇道理謂能破能立能斷能覺能破者謂遮破他宗言彼惡説非爲善事能立者謂建立自宗言此善説眞爲善事能斷者謂能決種種他所生疑能覺者謂開曉愚情令解妙義復有五種等論決擇道理謂如頌言

自性所依識　清淨方便等　當知五各六

觀所知諸法

自性等六者一自性二因三境界四行相五等無間六增上所依等六者一所依二依三攝四相應五成就六雜染識等六者一識二受三想四作意五智六遍知清淨等六者一清淨二詞三出離四甚深五解脱門六入一切法方便等六者一方便二通達三修四修圓證五空竟六引發自性有四種謂實自性假自性世俗自性勝義自性因有四種謂生因成因轉因還因境界有七種謂有四相境有分別境對治境安住境增益境損減境自在境行相有五種謂分析行相差別行相正解行相觀察行相作隨作行相等無間有九種謂自類等無間異類等無間三摩鉢底等無間退等無間生等無間隣次等無間隔越等無間起等無間滅等無間增上有七種謂取增上生增上住增上受用雜染增上清淨增上田增上執受增上所依有八種謂界所依趣所依洲渚所依村田所依補特伽羅所依無病所依尸羅所依莊嚴所依依有五種

謂衆具依善友依法依作意依三摩鉢底依攝有十一種謂界攝相攝種類攝分位攝助伴攝時攝方攝具分攝一分攝更互攝勝義攝相應有十種謂他性相應不相違相應遍行相應不遍行相應所治相應能治相應曾習相應未曾習相應下劣相應廣大相應成就有三種謂種子成就自在成就現行成就雜染有四種謂煩惱雜染業雜染生雜染障雜染識有六種謂眼識耳鼻舌身意識受有三種謂苦樂不苦不樂想有二十種謂無常想無常苦想苦無我想猒離食想一切世間不可樂想過患想斷想離欲想滅想死想不淨想青瘀想膿爛想破壞想膖脹想食噉想血塗想離散想骨鏁想空觀想作意有七種謂了想作意勝解作意遠離作意攝樂作意觀察作意方便究竟作意方便究竟果作意智有十種謂法智類智世俗智他心智苦智集智滅智道智盡智無生智遍知有九種謂欲繫見苦集所斷斷遍知色無色繫見苦集所斷斷遍知欲繫見滅所斷斷遍知色無色繫見滅所斷斷遍知欲繫見道所斷斷遍知色無色繫見道所斷斷遍知順下分結斷斷遍知色愛盡遍知無色愛盡遍知清淨有七種謂戒清淨心清淨見清淨度疑清淨道非道智見清淨行智見清淨行斷智見清淨詞有八種謂八何詞八若詞出離有六種謂世間出離聲聞出離獨覺出離大乘出離不畢竟出離畢竟出離甚深有十種謂相甚深雜染甚深清淨甚深緣起甚深業甚深智甚深生甚深菩提甚深佛甚深教甚深解脫門有

三種謂空無願無相入一切法有八種謂一切法欲爲根本作意所生觸所集起受所引攝定爲上首慧爲最勝解脱爲堅固出離爲後邊方便有七種謂作持方便瑜伽方便相方便決擇方便隔越方便隣次方便隣次隔越方便通達有五種謂有相文字通達所攝能攝通達遲通達速通達法性通達修有四種謂得修習修除去修對治修圓證有四種謂果圓證離欲圓證根滿足圓證功德圓證究竟有六種謂智究竟斷究竟畢竟究竟不畢竟究竟下劣究竟廣大究竟引發有二十種謂無量引發乃至一切種妙智引發

大乘阿毗達磨雜集論卷第十五

音釋

稼穡　稼居訝切穡所力切種曰稼斂曰穡

膖脹　膖匹絳切脹知亮切

鏁　蘇果切與鎖同

大乘阿毗達磨雜集論卷第十六

安慧菩薩糅
唐三藏法師玄奘奉詔譯

決擇分中論品第四之二

等論決擇之餘

實自性者謂諸法實有性假自性者謂諸法假有性世俗自性者謂諸法世俗有性勝義自性者謂諸法勝義有性生因者謂因等四緣成因者謂三量一現量二比量三聲量轉因者謂順緣起還因者謂逆緣起有相境者謂眼等五識所緣色等五境由緣此所生唯有無分別相故有分別境者謂意識所緣境由緣此境有分別生故對治境者謂緣此境弃捨雜染由能對治故安住境者謂緣此境能生聖梵天住由衆聖所住故增益境者謂緣此境能轉勝進是增勝因故損減境者謂緣此境能入無想定滅盡定是損減心心法因故自在境者謂緣此境發神通等勝品功德是自在因故分析行相者謂種種品類分析諸法如有色無色有見無見如是等差別行相者謂諸法差別義如一信相或名心淨或名喜樂或名忍可如是等正解行相者謂以種種行相正解所緣境如了別行相名識取像行相名想領納行相名受如是等觀察行相者謂十六行即無常等四因等四滅等四道等四或世俗六行謂麤行障行苦行靜行妙行離行作隨作行相者謂作所作已復更隨作如由此行善守護已復更起餘隨守護行自類等無間者謂貪無間還復生貪瞋等亦爾各別種類等無間生故異類等無間

者謂貪無間瞋等生欲界無間色界生色界無間無色界生如是等三摩鉢底等無間者謂三摩鉢底無間相生如是欲界善無間入初靜慮初靜慮無間還生欲界如是於第二靜慮等及無色定如理應知退等無間者謂從靜慮等退時無間所生起生無間者謂受生時無間所生如從欲界無間生色界等隣次等無間者謂諸心心法無間次第生於其中間心無斷絶故隔越等無間者謂起滅定等時前生心心法望後生心心法中間隔越故起等無間者謂若此法無間彼法次第生滅等無間者謂此法無間彼法次第滅如心心法無間滅已或入滅盡定或入無想定等或入無餘涅槃界取增上者謂眼等根望能取境界有增上力故生增上者謂男女根望生胎孕有增上力故住增上者謂命根望身等住有增上力故受用雜染增上者謂五受根望所受用有增上力故又爲貪等所隨眠故謂樂貪所隨眠苦瞋所隨眠不苦不樂癡所隨眠清淨增上者謂信等五根未知欲知等三根望世出世清淨法有增上力故由增上者謂共業望器世間生於有增上有增上力故執受增上者謂四大種望所造色界所依者謂欲界等所攝身趣所依者謂五趣所攝身洲渚所依者贍部洲等村田所依者謂若依此村田而有即用此爲所依補特伽羅所依者謂若依此補特伽羅而有即用此爲所依無病所依者謂若依無漏病而有即用此爲所依尸羅所依者謂若依尸羅而有即用此爲所依莊嚴所依者謂若依彼沙門莊

嚴諸功德生即用彼爲所依衆具所依者謂四依即衣服等善友依者謂若依此善等生起法依者謂契經等十二分教作意依者謂七種作意即了相作意等三摩鉢底依者謂七依定如經言我說依初靜慮能盡諸漏乃至依無所有處亦爾界攝者謂諸界種子由此能攝種所生法相攝者謂諸法自相還能自攝種類攝者謂約色種類有十色處色藴所攝如是等分位攝者謂順樂受等分位所攝助伴攝者謂色五藴所攝彼眷屬故如是等時攝者謂過去等攝過去等方攝者謂於此方所有藴等即此方攝具分攝者謂欲色無色無漏諸色攝一切色一分攝者謂眼根攝色藴如是等更互攝者謂藴界處更互相攝勝義攝者謂諸法無常苦不淨空無我眞如所攝他性相應者謂與他性相應非巳性不相違相應者謂雖與他性相應然不相違非相違如貪與瞋樂與苦如是等遍行相應者謂觸受想思作意於一切心無明我慢我愛薩迦耶見此四煩惱於染汙意不遍行相應謂除遍行所餘貪等信等所治相應者謂諸煩惱更互相應能治相應者謂對治道所攝善法更互相應曾習相應者謂除出世間及出世後所得法餘相應法未曾習相應者謂前所除諸相應法下劣相應者謂聲聞獨覺乘所攝諸相應法廣大相應者謂諸佛菩薩所有相應法成就雜染識等乃至七種清淨巳說其相不復重釋八何詞者謂何能信何所信用何信爲何信由何信何之信於何信幾何信八若詞者謂若能信若所信若用

信若爲信若由信若彼信若於信若爾所信如是等無量法門皆有八種不畢竟出離者謂由世間道畢竟出離者謂由出世間道前四易解故不重釋相甚深者謂三自性雜染甚深者謂眞如云何染而不染清淨甚深者謂即眞如云何淨而不淨緣起甚深者謂無有法於所生起有實作用然彼諸法種種生起如是等又實無我似我顯現業甚深者謂有業有果報而作者不可得智甚深者謂無分別智云何此智無有分別而能分明觀眞如性生甚深者謂諸菩薩不由業煩惱力而示現受生菩提甚深者謂於無漏界中諸佛菩提不可建立一性無量相續所證故不可建立種種性所依無差別故諸佛甚深者謂於一大集會中有無量無邊諸佛世尊種種身種種意樂然不謂有自他差別又化身佛不住佛相而能造作種種佛事教甚深者謂於大乘教中有種種秘密意樂差別三解脫門及一切法欲爲根本等已說其相不復重釋任持方便者謂於資粮所有方便瑜伽方便者謂奢摩他毗鉢舍那相方便者謂於止舉捨相中所有方便決擇方便者謂於順決擇分中所有方便隔越方便者謂即任持方便隣次方便者謂即決擇方便隣次隔越方便者謂即瑜伽及相二種方便於任順決擇分中名隣次於任持方便中名隔越去聖道遠故通達修圓證餘處已說故不重釋智究竟者謂盡無生智斷究竟者謂一切煩惱無餘永斷畢竟究竟者謂由出世間道不畢竟究竟者謂由世間道下劣究竟者謂聲聞獨

覺廣大究竟者謂諸佛菩薩菩薩究竟者謂於最後位諸佛究竟者謂無障智生時猶如百千俱胝等日一時出現二十種引發前巳廣說攝決擇者謂由十處攝諸決擇何等十處謂成所作決擇趣入決擇勝解決擇道理決擇論決擇通達決擇清淨決擇引發決擇句差別決擇不由功用暫作意時一切義成決擇成所作決擇者謂能決擇成辦世間種種養命方便等趣入決擇者謂能觀察我於三乘當入何乘云何令他亦得趣入勝解決擇者謂由聞慧如所聞教起勝信解道理決擇者謂由思慧稱量前後所說意趣論決擇者謂如所聞思建立問論道理爲令展轉受用法樂通達決擇者謂見道能通達諦理故清淨決擇者謂修道以能無餘淨諸煩惱故

引發決擇者謂勝進道以能引發勝功德故句差別決擇者謂以二三四句等差別引發門演說無邊法義差別故不由功用暫作意時一切義成決擇者謂如來智離先功用於一切義暫作意時無著無礙智見轉故論軌決擇者略有七種一論體二論處三論依四論莊嚴五論負六論出離七論多所作法於此七門方便善巧名論軌決擇論體者復有六種一言論二尚論三諍論四毀論五順論六教論言論者謂一切世間語言尚論者謂諸世間所隨聞論世智所尚故諍論者謂互相違反所立言論毀論者謂更相憤怒發麤惡言順論者謂隨順清淨智見所有決擇言論教論者謂教導有情心未定者令其心定心巳定者令得解脫所有言論論處者

或於王家或於執理家或對淳質堪爲量者或對善伴或對善解法義沙門婆羅門等而起論端於王家者謂若於是處王自降臨執理家者謂若是處處斷王事淳質堪爲量者謂商人等善伴者謂於伴侶中立論者敵論者不越其言善解法義沙門婆羅門等者謂於彼彼論中善通達文義論依者謂依此立論略有二種一所成立二能成立所成立有二一自性二差別能成立有八種一立宗二立因三立喻四合五結六現量七比量八聖教量所成立自性者謂我自性法自性若有若無所成立差別者謂我差別法差別若一切遍若非一切遍若常若無常若有色若無色如是等無量差別立宗者謂以所應成自所許義宣示於他令彼解了所以者何若不

言以所應成者自宗已成而說示他應名立宗若不言自所許義者說示他宗所應成義應名立宗若不言他者獨唱此言應名立宗若不言宣示者以身表示此義應名立宗若不言令他解了者聽者未解此義應名立宗若如所安立無一切過量故建立我法自性若有若無我法差別遍不遍等具足前相是名立宗立因者謂即於所成未顯了義正說現量可得不可得等信解之相信解相者是信解因義所以者何由正宣說現量可得不可得等相故於所應成未顯了義信解得生是故正說彼相乃名立因現量可得不可得者謂依自體及相貌說立喻者謂以所見邊與未所見邊和會正說所見邊者謂已顯了分未所見邊者謂未顯了分以顯了分顯未

了分今義平等所有正說名立喻合者爲引所餘此種類義今就此法正說理趣謂由三分成立如前所成義已復爲成立餘此種類所成義故遂引彼義今就此法正說道理是名合結者謂到究竟趣所有正說由此道理極善成就是故此事決定無異結會究竟是名結已說立宗等相今當就事略顯如無我論者即於此事對我論者先說諸法無我此言是立宗次說若於蘊施設四過可得故此言是立因所以者何若於諸蘊施設實我者此所計我爲即蘊相爲於蘊中爲於餘處爲不屬蘊而施設耶若即蘊相而施設者蘊不自在從衆緣生是生滅法若即彼相我不成就是名初過若於蘊中而施設者所依諸蘊既是無常能依之我亦應無常是第二過若離蘊於餘處施設者我無所因我亦無用是第三過若不屬蘊而施設者我應獨存自性解脱更求解脱唐捐其功是第四過次說如於現在施設過去此言是立喻所以者何若同現在相施設實有過去者此所計過去爲即現在相爲於現在中爲於餘處爲不待現在而施設耶若即現在相而施設者已生未滅是現在相過去法體亦應已生未滅爲相是初過若於現在中施設者於未滅中施設滅體不相應故不應道理是第二過若離現在於餘處施設者除現在外餘實有爲事少分亦不可得云何於彼施設是第三過若不待現在而施設者亦應施設無爲爲過去世是第四過然過去世相滅壞故無相義成若同現在施設即成四過是故過去相不成就

諸法無我亦爾若於蘊施設即四過可得故無我義成次說如是遮破我顛倒已即由此道理常等亦無此言是合後說由此道理是故五蘊皆是無常乃至無我此言是結現量者謂自正明了無迷亂義自正義言顯自正取義如由眼正取色等此言爲簡世間現所得瓶等事共許爲現量所得性由彼是假故非現量所得明了言爲簡由有障等不可得因故不現前境無迷亂言爲簡旋火爲輪幻陽燄等比量者謂現餘信解此云何謂除現量所得餘不現事決定俱轉先見成就今現見彼一分時於所餘分正信解生謂彼於此決定當有由俱轉故如遠見煙知彼有火是名現量爲先比量聖教量者謂不違二量之教此云何謂所有教現量比量皆不相違決無移轉定可信受故名聖教量論莊嚴者謂依論正理而發論端深爲善美名論莊嚴此復六種一善自他宗二言音圓滿三無畏四辯才五敦肅六應供善自他宗者謂於自宗他宗若文若義前後無間淳熟明解言音圓滿者謂善解聲論方起論端離當所說言音過失所發言音無雜亂等無畏者謂處大衆中雖爲無量僻執英俊結謀圍繞所發言詞坦然無畏辯才者謂言詞無滯敦肅者謂言無卒暴觀敵論者言詞究竟方乃發言應供者謂立性賢和發言溫善方便隨順敵論者心論負者謂捨言言屈言過由此三種諸立論者墮在負處受他屈伏捨言者謂自發言稱已論失稱他論德謂我不善汝爲善等言屈者謂假託餘事方便而退或說外事而捨

本宗或現忿怒憍慢覆藏等如經廣說假託餘事方便退者謂託餘事亂所說義如經說長老闡鐸迦與諸外道共論或毀已立宗或立宗已毀言過者略有九種一雜亂二麤獷三不辯了四無限量五非義相應六不應時七不決定八不顯了九不相續雜亂者謂捨所論事廣設異言麤獷者謂憤發卒暴言詞躁急不辯了者謂所說法義衆及敵論所不領悟無限量者謂言詞重疊所說義理或增或減非義相應者略有五種一無義二違義三損益理四與所成等五招集過難義不可得故義不相應故不決定故能成道理復須成故一切言論非理非諦所隨逐故不應時者謂所應說前後不次不決定者謂立已復毀毀而復立速疾轉換難可了知不顯了者謂越闡陀論相不領而答或典或俗言詞雜亂不相續者謂於中間言詞斷絶論出離者謂觀察德失令論出離或復不作恐墮負處故不興論設復興起能善究竟又若知敵論非法器時衆無德自無善巧不應興論若知敵論是法器時衆有德自有善巧方可興論敵論非法器者謂彼不能出不善處安置善處時衆無德者謂不淳質樂僻執有偏黨等自無善巧者謂於論體乃至論莊嚴中不善通達與此相違名敵論者是法器等論多所作法者謂略有三種將興論端定所須法何等爲三一善達自他宗由此堪能遍與談論遍於言事而興論故二無畏由此堪能處一切衆而興論端三辯才由此堪能於諸問難皆善辯答復次若欲自求利益安樂於諸論

執應善通達不應與他而興諍論如薄伽梵於大乘阿毗達磨經中說如是言若諸菩薩欲勤精進修諸善品欲行眞實法隨法行欲善攝益一切有情欲得速證阿耨多羅三藐三菩提者當正觀察十二處法不應與他共興諍論何等十二一者宣說證無上義微妙法時其信解者甚爲難得二者作受教心而請問者甚爲難得三者時衆賢善觀察得失甚爲難得四者凡所興論能離六失甚爲難得何等爲六謂執著邪宗失矯亂語失所作語言不應時失言退屈失麤惡語失心恚怒失五者凡興論時不懷獷毒甚爲難得六者凡興論時善護他心甚爲難得七者凡興論時善護定心甚爲難得八者凡興論時欲令已劣他得勝心甚爲難得九者已劣他勝心不煩惱甚爲難得十者心已煩惱得安隱住甚爲難得十一者既不安住常修善法甚爲難得十二者於諸善法既不恒修心未得定能速得定心已得定能速解脫甚爲難得於此經中已說欲勤精進修諸善品何故復言欲行眞實法隨法行爲顯意樂清淨故所以者何不爲利養恭敬等事修聞思等諸善品故欲善攝益有情者爲別聲聞等行由諸菩薩以利他行爲最勝故如是菩薩自利利他行具足已速證無上正等菩提又此經中諸句義意謂興論時大乘法性無上甚深若無諍心解尚爲難況爲諍競凡興諍論雖起請問無心求解但求過失又傍證者心不賢直不善宗門樂著僻執凡所言論多具六失所以者何凡興論時或有私心執著邪宗或矯

方便求他誤失或不待言竟便興亂語或敵論者言稱正理反相誹撥或作麤言惱敵論者及時衆心或復於彼自懷恚怒多具如是六種過失又興論時身心寂靜甚爲難得不寂靜故二事難成謂善護他心善護自心由此令他心得淨信於解脫處正勤方便令自心定又興論時多起此心云何令我得勝他墮負處若不遂心即懷熱惱由有此故不安樂住由此不能無間修善是故於彼增上證法有未得退

祕密決擇者謂說餘義名句文身隱密轉變更顯餘義如經言

逆害於父母　王及二多聞　誅國及隨行
是人說清淨

今此頌中詮表世間共可極重罪惡文字轉變密顯餘清淨義何等世間共可極重罪惡謂逆害尊人及大衆尊人有二一別二共共又二種一護世間二應供養別亦二種謂父及母護世間者謂王應供養者謂多聞梵志世間共許最清淨故若總殺害名逆尊人若誅國人及隨行畜生名害大衆顯此義者名詮表世間共可極重罪惡文字云何轉此文字密顯清淨義謂逆害父母等言轉變密顯永斷愛等餘義故所以者何若愛若業若有取識戒見二取眼等六處及所行境如其次第名母父等法相似故愛爲發因業爲生因由此能植習氣種子類世間父等由此二因令有取識流轉不絕於流轉時雖求解脫然由二種非方便法障解脫得謂妄計度清淨最勝戒見二取猶如世間多聞梵志恒妄計

著最勝清淨此有取識所依所緣六處境界猶如世間國及隨行若能永斷如是等法當知是人最爲清淨又如經說

不信不知恩　斷密無容處　恒食人所吐
是最上丈夫

今此頌中宣說世間極下劣義所有文字轉變密顯餘最上義世間下劣凡有四種謂意業下劣身業下劣語業下劣受用下劣意業下劣復有二種一者不信善生相違不信有後世等不行施等故二不知恩順生不善不顧徃恩違越世理起害毋等所有惡行故身業下劣者謂行竊盜攻牆密處最可輕賤活命業故語業下劣者謂妄語等最可輕賤於善衆中所不容故受用下劣者謂鬼犬烏等好食所吐故顯此義者名說世間極下劣義文字云何轉此文字顯無上義謂不信等言轉變密顯餘勝義故不信者謂解脫智見自現證故不知恩者謂涅槃智有爲名恩無爲非恩知非恩故名不知恩斷密者謂永斷後有續因煩惱故無容處者謂於當來諸趣苦處不復生故食吐者謂於現法中雖假資具力暫持身而於命財不生欣樂故若能如是是最上丈夫又如經說

覺不堅爲堅　善住於顛倒　極煩惱所惱
得最上菩提

此如前說然其體性謂諸菩薩依三摩地由見修二道證大菩提

又餘經說菩薩摩訶薩成就五法施波羅蜜多速得圓滿何等爲五一者增益慳悋法性二者於施有倦三者增惡乞求四者無暫少

施五者遠離於施增益慳恡法性者謂由永斷慳恡隨眠并彼習氣證得彼法性眞如轉依故於施有倦者謂爲修施誓受長時難行苦行故增惡乞求者謂欲其自取猒彼乞求故無暫少施者謂一切時一切物施故遠離於施者謂常遠離期報施等故又餘經說菩薩摩訶薩成就五法名梵行者成就第一清淨梵行何等爲五一者常求以欲離欲故一者捨斷欲法三者欲貪已生即便堅執四者怖治欲法五者二二數會成就第一清淨梵行者謂出世間道常求以欲離欲者謂即以此如實遍智永斷彼故此如實遍智者謂能通達此眞如智捨斷欲法者謂恒觀察捨斷非梵行方便欲貪已生即便堅執者謂於內欲貪已生即便堅執擯出於外怖治欲法者謂說欲過患怖諸有情立對治道拔濟一切二二數會者謂於染淨因果差別四眞諦中以世出世二道及奢摩他毗鉢舍那二道數數證會故

何故此論名爲大乘阿毗達磨集略有三義謂等所集故遍所集故正所集故由釋詞理以顯得名故爲此問等所集者謂證眞現觀諸大菩薩共結集故遍所集者謂遍攝一切大乘阿毗達磨經中諸思擇處故正所集者謂由無倒結集方便乃至證得佛菩提故

大乘阿毗達磨雜集論卷第十六

音釋

鐸達各切　獷古猛切惡也　擯必刃切斥也

中論

姚秦三藏法師鳩摩羅什譯

清刻龍藏佛說法變相圖

中論序

姚秦沙門釋僧叡撰

中論有五百偈龍樹菩薩之所造也以中爲名者照其實也以論爲稱者盡其言也實非名不悟故寄中以宣之言非釋不盡故假論以明之其實既宣其言既明於菩薩之行道場之照朗然懸解矣夫滯惑生於倒見三界以之而淪溺偏悟起於厭智耿介以之而致乖故知大覺在乎曠照小智纏乎隘心照之不曠則不足以夷有無一道俗知之不盡則未可以涉中途泯二際道俗之不夷二際之不泯菩薩之憂也是以龍樹大士折之以中道使惑趣之徒望玄指而一變括之以即化令玄悟之賓喪諮詢於朝徹蕩蕩焉眞可謂理夷路於沖階敞玄門於宇內扇慧風於陳

枚流甘露於枯悴者矣夫百梁之構興則鄙茅茨之仄陋覩斯論之宏曠則知偏悟之鄙倍幸哉此區之赤縣忽得移靈鷲以作鎮險陂之邊情乃蒙流光之餘惠而今後談道之賢始可與論實矣云天竺諸國敢預學者之流無不翫味斯論以爲喉衿其染翰申釋者甚亦不少所出者是天竺梵志名賓羅伽秦言青目之所釋也其人雖信解深法而辭不雅中其中乖闕煩重者法師皆裁而裨之於經通之理盡矣文或左右未盡善也百論治外以閑邪斯文袪内以流滯大智釋論之淵博十二門觀之精詣尋斯四者真若日月入懷無不朗然鑒徹矣予翫之味之不能釋手遂復忘其鄙拙託悟懷於一序并目品義題之於首豈期能釋耶蓋是欣自同之懷耳

中論卷第一

龍樹菩薩造

姚秦三藏法師鳩摩羅什譯

破因緣品第一

不生亦不滅　不常亦不斷　不一亦不異
不來亦不出　能說是因緣　善滅諸戲論
我稽首禮佛　諸說中第一

問曰何故造此論答曰有人言萬物從大自在天生有言從韋紐天生有言從和合生有言從時生有言從世性生有言從變化生有言從自然生有言從微塵生有如是謬墮於無因邪因斷常等邪見種種說我我所不知正法佛欲斷如是等諸邪見令知佛法故先於聲聞法中說十二因緣又爲已習行有大心堪受深法者以大乘法說因緣相所謂一切法不生不滅不一不異等畢竟空無所有如般若波羅蜜中說佛告須菩提菩薩坐道場時觀十二因緣如虛空不可盡佛滅度後後五百歲像法中人根轉鈍深著諸法求十二因緣五陰十二入十八界等決定相不知佛意但著文字聞大乘法中說畢竟空不知何因緣故空即生見疑若都畢竟空云何分別有罪福報應等如是則無世諦第一義諦取是空相而起貪著於畢竟空中生種種過龍樹菩薩爲是等故造此中論

不生亦不滅　不常亦不斷　不一亦不異
不來亦不出　能說是因緣　善滅諸戲論
我稽首禮佛　諸說中第一

以此二偈讚佛已則已略說第一義問曰諸法無量何故但以此八事破答曰法雖無量

略說八事則爲總破一切法不生者諸論師種種說生相或謂因果一或謂因果異或謂因中先有果或謂因中先無果或謂自體生或謂他生或謂共生或謂有生或謂無生如是等說生相皆不然此事後當廣說生相決定不可得故不生不滅者若無生何得有滅以無生無滅故餘六事亦無問曰不生不滅已總破一切法何故復說六事答曰爲成不生不滅義故有人不受不生不滅而信不常不斷若深求不常不斷即是不生不滅何以故法若實有則不應無先有今無是即爲斷若先有性是即爲常是故說不常不斷即入不生不滅義有人雖聞四種破諸法猶以四門成諸法是亦不然若一則無緣若異則無相續後當種種破是故復說不一不異有人雖聞六種破諸法猶以來出成諸法來者言諸法從自在天世性微塵等來出者還去至本處復次萬物無生何以故世間現見故世間眼見劫初穀不生何以故離劫初穀今穀不可得若離劫初穀有今穀者則應有生而實不爾是故不生問曰若不生則應滅答曰不滅何以故世間現見故世間眼見劫初穀不滅若滅今不應有穀而實有穀是故不滅問曰若不滅則應常答曰不常何以故世間現見故世間眼見萬物不常如穀芽時種則變壞是故不常問曰若不常則應斷答曰不斷何以故世間現見故世間眼見萬物不斷如從穀有芽是故不斷若斷不應相續問曰若爾者萬物是一答曰不一何以故世間現見故世間眼見萬物不一如穀不作芽芽不

作穀若穀作芽芽作穀者應是一而實不爾是故不一問曰若不一則應異答曰不異何以故世間現見故世間眼見萬物不異若異者何故分別穀芽穀莖穀葉不說樹芽樹莖樹葉是故不異問曰若不異應有來答曰無來何以故世間現見故世間眼見萬物不來如穀子中芽無所從來若來者芽應從餘處來如鳥來栖樹而實不爾是故不來問曰若不來應有出答曰不出何以故世間現見故世間眼見萬物不出若有出應見芽從穀出如蛇從穴出而實不爾是故不出問曰汝雖釋不生不滅義我欲聞造論者所說答曰

諸法不自生　亦不從他生　不共不無因
是故知無生

不自生者萬物無有從自體生必待衆因緣復次若從自體生則一法有二體一謂生二謂生者若離餘因從自體生者則無因無緣又生更有生生則無窮自無故他亦無何以故有自故有他若不從自生亦不從他生共生則有二過自生他生故若無因而有萬物者則爲是常是事不然無因則無果若無因有果者布施持戒等應墮地獄十惡五逆應當生天以無因故復次

如諸法自性　不在於緣中　以無自性故
他生亦復無

諸法性不在衆緣中但衆緣和合故得名字自性即是自體衆緣中無自性自性無故不自生自性無故他性亦無何以故因自性有他性他性於他亦是自性若破自性即破他性是故不應從他性生若破自性他性即破

共義無因則有大過有因尚可破何況無因
於四緣中生不可得是故不生問曰阿毗曇
人言諸法從四緣生云何言不生何謂四緣
因緣次第緣　緣緣增上緣　四緣生諸法
更無第五緣
一切所有緣皆攝在四緣以是四緣萬物得
生因緣名一切有爲法次第緣除過去現在
阿羅漢最後心心數法餘過去現在心心數
法緣緣增上緣一切法答曰
果爲從緣生　爲從非緣生　是緣爲有果
是緣爲無果
若謂有果是果爲從緣生爲從非緣生若謂
有緣是緣爲有果爲無果二俱不然何以故
因是法生果　是法名爲緣　若是果未生
何不名非緣
諸緣無決定何以故若果未生是時不名爲
緣但眼見從緣生果故名之爲緣緣成由於
果以果後緣先故若未有果何得名爲緣如
瓶以水土和合故有瓶生見瓶故知水土等
是瓶緣若瓶未生時何以不名水土等爲非
緣是故果不從緣生緣尚不生何況非緣復
次
果先於緣中　有無俱不可　先無爲誰緣
先有何用緣
緣中先非有果非無果若先有果不名爲緣
果先有故若先無果亦不名爲緣不生餘物
故問曰已總破一切因緣今欲聞一一破諸
緣答曰
若果非有生　亦復非無生　亦非有無生
何得言有緣

若緣能生果應有三種若有若無若有無如先偈中說緣中若先有果不應言生以先有故若先無果不應言生以先無故亦緣與無緣同故有無亦不生者有無名爲半有半無二俱有過又有與無相違無與有相違何得一法有二相如是三種求果生相不可得故云何言有因緣次第緣者

果若未生時　則不應有滅　滅法何能緣
故無次第緣

諸心心數法於三世中次第生現在心數法滅與未來作次第緣未來法未生與誰作次第緣若未來法已有即是生何用次第緣現在心心數法無有住時若不住何能爲次第緣若有住則非有爲法何以故一切有爲法常有滅相故若滅已則不能與作次第緣若言滅法猶有則是常若常則無罪福等若謂滅時能與作次第緣滅時半滅半未滅更無第三法名爲滅時又佛說一切有爲法念念滅無一念時住云何言現在法有欲滅未欲滅汝謂一念中無是欲滅未欲滅則破自法汝阿毗曇說有滅法有不滅法有欲滅法有不欲滅法欲滅法者現在法將欲滅未欲滅者除現在將欲滅法餘現在法及過去未來無爲法是名不欲滅法是故無次第緣緣緣者

如諸佛所說　眞實微妙法　於此無緣法
云何有緣緣

佛說大乘諸法若有色無色有形無形有漏無漏有爲無爲等諸法相入於法性一切皆空無相無緣譬如衆流入海同爲一味實法

可信隨宜所説不可為實是故無緣緣增上
緣者
諸法無自性　故無有有相　説有是事故
是事有不然
經說十二因緣是事有故是事有此則不然
何以故諸法從衆緣生故自無定性自無定
性故無有有相有相無故何得言是事有故
是事有是故無增上緣佛隨凡夫分別有無
故説緣復次
略廣因緣中　求果不可得　因緣中若無
云何從緣出
略者於和合因緣中無果廣者於一一緣中
亦無果若略廣因緣中無果云何言果從因
緣出復次
若謂緣無果　而從緣中出　是果何不從
非緣中而出
若因緣中求果不可得何故不從非緣出如
泥中無瓶何故不從乳中出復次
若果從緣生　是緣無自性　從無自性生
何得從緣生　果不從緣生　不從非緣生
以果無有故　緣非緣亦無
果從衆緣生是緣無自性若無自性則無法
無法何能生是故果不從緣生不從非緣生
者破緣故説非緣實無非緣法是故不從非
緣生若不從二生是則無果無果故緣非緣
亦無
破去來品第二
問曰世間眼見三時有作已去未去去時以
有作故當知有諸法答曰
已去無有去　未去亦無去　離已去未去

去時亦無去
已去無有去已去故若離去有去業是事不然未去亦無去未有去法故去時名半去半未去不離已去未去故問曰

動處則有去　此中有去時　非已去未去
是故去時去

隨有作業處是中應有去眼見去時中有作業已去中作業已滅未去中未有作業是故當知去時有去答曰

云何於去時　而當有去法　若離於去法
去時不可得

去時有去是事不然何以故離去法去時不可得若離去法有去時者應去時中有去如器中有果復次

若言去時去　是人則有咎　離去有去時
去時獨去故

若謂已去未去中無去去時實有去者是人則有咎若離去法有去時則不相因待何以故若説去時有去是則爲二而實不爾是故不得言離去有去時復次

若去時有去　則有二種去　一謂爲去時
二謂去時去

若謂去時有去是則有過所謂有二去一者因去有去時二者去時中有去問曰若有二去有何咎答曰

若有二去法　則有二去者　以離於去者
去法不可得

若有二去法則有二去者何以故因去法有去者故一人有二去二去者此則不然是故去時亦無去問曰離去者無去法可爾今三

時中定有去者答曰
若離於去者　去法不可得　以無去法故
何得有去者
若離於去者則去法不可得今云何於無去
法中言三時定有去者復次
去者則不去　不去者不去　離去不去者
無第三去者
無有去者何以故若有去者則有二種若去
者若不去者離是二無第三問曰若去者去
有何答答曰
若言去者去　云何有此義　若離於去法
去者不可得
若謂定有去者用去法是事不然何以故離
去法去者不可得故若離去者定有去法則
去者能用去法而實不爾復次

若去者有去　則有二種去　一謂去者去
二謂去法去
若言去者用去法則有二過於一去者中而
有二去一以去法成去者二以去者成去法
去者成已然後用去法是事不然是故先三
時中謂定有去者用去法是事不然復次
若謂去者去　是人則有咎　離去有去者
說去者有去
若人說去者能用去法是人則有咎離去法
有去者何以故說去者用去法是爲先有去
者後有去法是事不爾復次若決定有去有
去者應有初發而於三時求發不可得何以
故
已去中無發　未去中無發　去時中無發
何處當有發

何故三時中無發

未發無去時　亦無有已去　是二應有發
未去何有發　無去無未去　亦復無去時
一切無有發　何故而分別

若人未發則無去時亦無已去若有發當在二處去時已去中二俱不然未去時未有發故未去中何有發發無故無去無去故無去者何得有已去未去去時問曰若無去無去者應有住住者答曰

去者則不住　不去者不住　離去不去者
何有第三住

若有住有住者應去者住若不去者住若離此二應有第三住是皆不然去者不住去未息故與去相違名爲住不去者亦不住何以故因去法滅故有住無去則無住離去者不去者更無第三住者若有第三住者即在去者不去者中以是故不得言去者住復次

去者若當住　云何有此義　若當離於去
去者不可得

汝謂去者住是事不然何以故離去法去者不可得若去者在去相云何當有住去住相違故復次

去未去無住　去時亦無住　所有行止法
皆同於去義

若謂去者住是人應在去時已去未去中住三處皆無住是故汝言去者有住是則不然如破去住法行止亦如是行者如從穀子相續至芽莖葉等止者穀子滅故芽莖葉滅相續故名行斷故名止又如無明緣諸行乃至老死是名行無明滅故諸行等滅是名止問

曰汝雖種種門破去去者住住者而眼見有
去住答曰肉眼所見不可信若實有去去者
爲以一法成爲以二法成二俱有過何以故
去法即去者　是事則不然　去法異去者
是事亦不然
若去法去者一是則不然異亦不然問曰一
異有何咎答曰
若謂於去法　即爲是去者　作者及作業
是事則爲一　若謂於去法　有異於去者
離去者有去　離去有去者
如是二俱有過何以故若去法即是去者是
則錯亂破於因緣因去有去者因去者有去
又去名爲法去者名人人常去法無常若一
者則二俱應常二俱應無常一中有如是等
過若異者則相違未有去法應有去者未有
去者應有去法不相因待一法滅應一法在
異中有如是等過復次
去去者是二　若一異法成　二門俱不成
云何當有成
若去者去法有應以一法成應以異法成二
俱不可得先已說無第三法成若謂有成應
說因緣無去無去者今當更說
因去知去者　不能用是去　先無有去法
故無去者去
隨以何去法知去者是去者不能用是去法
何以故是去法未有時無有去者亦無去
時已去未去如先有人有城邑得有所趣去
法去者則不然去者因去法成去法因去者
成故復次
因去知去者　不能用異去　於一去者中

不得二去故
隨以何去法知去者是去者不能用異去法
何以故一去者中二去法不可得故復次
決定有去者　不能用三去　不決定去者
亦不用三去　去法定不定　去者不用三
是故去去者　所去處皆無
決定者名實有不因去法生去法名身動三
名未去已去去時若決定有去者離去法應
有去不應有住是故說決定有去者不能用
三去若去者不決定不決定名本實無以因
去法得名去者以無去法故不能用三去因
去法故有去者若先無去法則無去者云何
言不決定去者用三去如去者去法亦如是
若先離去者決定有去法則不因去者有去
法是故去者不能用三去法若決定無去法
去者何所用如是思惟觀察去法去者所去
處是法皆相因待因去法有去者因去者有
去法因是二法則有可去處不得言定有不
得言定無是故決定知三法虛妄空無所有
但有假名如幻如化

破六情品第三

問曰經中說有六情所謂
眼耳及鼻舌　身意等六情　此眼等六情
行色等六塵
此中眼爲內情色爲外塵眼能見色乃至意
爲內情法爲外塵意能知法答曰無也何以
故
是眼則不能　自見其已體　若不能自見
云何見餘物
是眼不能見自體何以故如燈能自照亦能

照他眼若是見相亦應自見亦應見他而實不爾是故偈中說若眼不自見何能見餘物問曰眼雖不能自見而能見他如火能燒他不能自燒答曰

火喻則不能　成於眼見法　去未去去時

已總答是事

汝雖作火喻不能成眼見法是事去來品中已答如已去中無去未去中無去去時中無去如是已燒未燒燒時俱無有燒如是已見未見見時俱無見相復次

見若未見時　則不名爲見　而言見能見

是事則不然

眼未對色則不能見爾時不名爲見因對色名爲見是故偈中說未見時無見云何以見能見復次二處俱無見法

見不能有見　非見亦不見　若已破於見

則爲破見者

見不能見先已說過故非見亦不見無見相故若無見相云何能見見法無故見者亦無何以故若離見有見者無目者亦應以餘情見若以見見則見中有見相見者無見相是故偈中說若已破於見則爲破見者復次

離見不離見　見者不可得　以無見者故

何有見可見

若有見見者則不成若無見見者亦不成見者無故云何有見可見若無見者誰能用見法分別外色是故偈中說以無見者故何有見可見復次

見可見無故　識等四法無　四取等諸緣

云何當得有

見可見法無故識觸受愛四法皆無以無愛故四取等十二因緣分亦無復次

耳鼻舌身意　聲及聞者等　當知如是義　皆同於上說

如見可見法空屬衆緣故無決定餘耳等五情聲等五塵當知亦同見可見法義同故不別說

破五陰品第四

問曰經說有五陰是事云何答曰

若離於色因　色則不可得　若當離於色　色因不可得

色因者如布因縷除縷則無布除布則無縷布如色縷如因問曰若離色因有色有何過答曰

離色因有色　是色則無因　無因而有色　是事則不然

如離縷有布布則無因無因而有法世間所無有問曰佛法外道法世間法中皆有無因法佛法有三無爲無爲常故無因外道法中虛空時方識微塵涅槃等世間法虛空時方等是三法無處不有故名爲常常故無因汝何以說無因法世間所無答曰此無因法但有言說思惟分別則皆無若法從因緣有不應言無因若無因緣則如我說問曰有二種因一者作因二者言說因是無因法無作因但有言說因令人知故答曰雖有言說因是事不然虛空如六種中破餘事後當破復次現事尚皆可破何況微塵等不可見法是故說無因法世間所無問曰若離色有色因有何過答曰

若離色有因　則是無果因　若言無果因
則無有是處
若除色果但有色因者即是無果因問曰若無果有因有何咎答曰無果有因世間所無何以故以果故名爲因若無果云何名因復次若因中無果者物何以不從非因生是事如破因緣品中說是故無有無果因復次
若已有色者　則不用色因　若無有色者
亦不用色因
二處有色因則不然若先因中有色不名爲色因若先因中無色亦不名爲色因問曰若二處俱不然但有無因色有何咎答曰
無因而有色　是事終不然　是故有智者
不應分別色
若因中有果因中無果此事尚不可何況無因有色是故言無因而有色是事終不然是故有智者不應分別色分別名凡夫以無明愛染貪著色然後以邪見生分別戲論說因中有果無果等今此中求色不可得是故不應分別復次
若果似於因　是事則不然　果若不似因
是事亦不然
若果與因相似是事不然因細果麤故因果色力等各異如布似縷則不名布縷多布一故不得言因果相似若因果不相似是亦不然如麻縷不成絹麤縷無細布是故不得言因果不相似二義不然故無色無色因
受陰及想陰　行陰識陰等　其餘一切法
皆同於色陰
四陰及一切法亦應如是思惟破今造論者

欲讚美空義故而說偈

若人有問者　離空而欲答　是則不成答
俱同於彼疑　若人有難問　離空說其過
是不成難問　俱同於彼疑

若人論義時各有所執離於空義而有問答者皆不成問答俱亦同疑如人言瓶是無常問者言何故無常答言從無常因生故此不名答何以故因緣中亦疑不知爲常爲無常是爲同彼所疑問者若欲說其過不依於空而說諸法無常則不名問難何以故汝因無常破我常我亦因常破汝無常若實無常則無業報眼耳等諸法念念滅亦無有分別有如是等過皆不成問難同彼所疑若依空破常者則無有過何以故此人不取空相故是故若欲問答常應依於空法何況欲求離苦寂滅相者

破六種品第五

問曰六種各有定相有定相故則有六種答曰

空相未有時　則無虛空法　若先有虛空
即爲是無相

若未有虛空相先有虛空法者虛空則無相何以故無色處名虛空相色是作法無常若色未生未生則無滅爾時無虛空相因色故有無色處無色處名虛空相問曰若無相有虛空有何咎答曰

是無相之法　一切處無有　於無相法中
相則無所相

若於常無常法中求無相法不可得如論者言是有是無云何知各有相故生住滅是有

爲相無生住滅是無爲相虛空若無相則無虛空若謂先無相後相來相者是亦不然若先無相則無法可相何以故

有相無相中　相則無所住　離有相無相
餘處亦不住

如有峯有角尾端有毛頸下垂壺是名牛相離是相則無牛若無牛是諸相無所住是故說於無相法中相則無所相有相中相亦不住先有相故如水相中火相不住先有自相故復次若無相中相住者則爲無因無因名爲無法而有相相可相常相因待故離有相無相更無第三處可相是故偈中說離有相無相餘處亦不住復次

相法無有故　可相法亦無　可相法無故
相法亦復無

相無所住故則無可相法可相法無故相法亦無何以故因相有可相因可相有相共相因待故

是故今無相　亦無有可相　離相可相已
更亦無有物

於因緣中本末推求相可相決定不可得是二不可得故一切法皆無一切法皆攝在相可相二法中或相爲可相或可相爲相如火以煙爲相煙亦復有相問曰若無有有應當有無答曰

若使無有有　云何當有無　有無既已無
知有無者誰

凡物若自壞若爲他壞名爲無無不自在從有而有是故言若使無有有云何當有無眼耳見聞尚不可得何況無物問曰以無有故

無亦無應當有知有無者答曰若有知者應
在有中應在無中有無旣破知亦同破
是故知虛空　非有亦非無　非相非可相
餘五同虛空
如虛空種種求相不可得餘五種亦如是問
曰虛空不在初不在後何以先破答曰地水
火風衆緣和合故易破識以若樂因緣故知
無常變異故易破虛空無如是相但凡夫悕
望爲有是故先破復次虛空能持四大四大
因緣有識是故先破根本餘者自破問曰世
間人盡見諸法是有是無汝何以獨與世間
相違言無所見答曰
淺智見諸法　若有若無相　是則不能見
滅見安隱法
若人未得道不見諸法實相愛見因緣故種
種戲論見法生時謂之爲有取相言有見法
滅時謂之爲斷取相言無智者見諸法生即
滅無見見諸法滅即滅有見是故於一切法
雖有所見皆如幻如夢乃至無漏道見尚滅
何況餘見是故若不見滅見安隱法者則見
有見無

破染染者品第六

問曰經說貪欲瞋恚愚癡是世間根本貪欲
有種種名初名愛次名著次名染次名婬欲
次名貪欲有如是等名字此是結使依止衆
生衆生名染者貪欲名染法有染法染者故
則有貪欲餘二亦如是有瞋則有瞋者有癡
則有癡者以此三毒因緣起三業三業因緣
起三界是故有一切法答曰經雖說有三毒
名字求實不可得何以故

若離於染法　先自有染者　因是染欲者
應生於染法　若無有染法　云何當有染
若有若無染　染者亦如是
若先定有染者則不更須染染者先已染故若先定無染者亦復不應起染要當先有染者然後起染若先無染者則無受染者染法亦如是若先離人定有染法此則無因云何得起似如無薪火若先定無法法則無染者是故偈中說若有若無染染者亦如是問曰若染法染者先後相待生是事不可者若一時生有何咎答曰
染者及染法　俱成則不然　染者染法俱
則無有相待
若染法染者一時成則不相待不因染者有染法不因染法有染者是二應常以無因成故若常則多過無有得解脫法復次今當以一異法破染法染者
染者染法一　一法云何合　染者染法異
異法云何合
染法染者若一法合若以異法合若一則無合何以故一法云何自合如指端不能自觸若以異法合是亦不可何以故以異成故若各成竟不須復合雖合猶異復次一異俱不可何以故
若一有合者　離伴應有合　若異有合者
離伴亦應合
若染染者一強名爲合者應離餘因緣而有染染者復次若一亦不應有染染者二名染是法染者是人若人法爲一是則大亂若染染者各異而言合者則不須餘因緣而有合

若異而有合者雖遠亦應合問曰一不合可
爾眼見異法共合答曰
若異而有合　染染者何事　是二相先異
然後說合相
若染染者先有決定異相而後合者是則不
合何以故是二相先已異而後強說合復次
若染及染者　先各成異相　既已成異相
云何而言合
若染染者先各成別相汝今何以強說合相
復次
異相無有成　是故汝欲合　合相竟無成
而復說異相
汝以染染者異相不成故復說合相合相中
有過染染者不成汝爲成合相故復說異相
汝自以爲定而所說不定何以故
異相不成故　合相則不成　於何異相中
而欲說合相
以此中染染者異相不成故合相亦不成汝
於何異相中而欲說合相復次
如是染染者　非合不合成　諸法亦如是
非合不合成
如染恚癡亦如是如三毒一切煩惱一切法
亦如是非先非後非合非散等因緣所成

中論卷第一

音釋

敞楚兩切敞豁也　仄阻力切仄陋卑隘也　險陂陂彼義切不平曰險不正曰陂　裨班糜切裨補也　紐女九切

中論卷第二

龍　樹　菩　薩　造

姚秦三藏法師鳩摩羅什譯

觀三相品第七

問曰經說有爲法有三相生住滅萬物以生法生以住法住以滅法滅是故有諸法答曰

不爾何以故三相無決定故是三相爲是有爲能作有爲相爲是無爲能作有爲相二俱

不然何以故

若生是有爲　則應有三相　若生是無爲

何名有爲相

若生是有爲應有三相生住滅是事不然何以故共相違故相違者生相應生法住相應住法滅相應滅法若法生時不應有住滅相違法一時則不然如明闇不俱以是故生不應是有爲法住滅相亦應如是問曰若生非有爲若是無爲有何咎答曰若生是無爲云何能與有爲法作相何以故無爲法無性故因滅有爲名無爲是故說不生不滅名無爲相更無自相是故無法不能爲法作相如兎角龜毛等不能爲法作相是故生非無爲住滅亦如是復次

三相若聚散　不能有所相　云何於一處

一時有三相

是生住滅相若一一能與有爲法作相若和合能與有爲法作相二俱不然何以故若謂一一者於一處中或有有相或有無相生時無住滅住時無生滅滅時無生住若和合者共相違法云何一時俱若謂三相更有三相者是亦不然何以故

若謂生住滅　更有有爲相　是即爲無窮
無即非有爲

若謂生住滅更有有爲相生更有生有住有滅如是三相復應更有相若爾則無窮若更無相是三相則不名有爲法亦不能爲有爲法作相問曰汝說三相爲無窮是事不然生住滅雖是有爲而非無窮何以故

生生之所生　生於彼本生　本生之所生
還生於生生

法生時通自體七法共生一法二生三住四滅五生生六住住七滅滅是七法中本生除自體能生六法生生能生本生本生能生生生是故三相雖是有爲而非無窮答曰

若謂是生生　能生於本生　生生從本生
何能生本生

若是生生能生本生者是生生則不名從本生生何以故是生生從本生生云何能生本生復次

若謂是本生　能生於生生　本生從彼生
何能生生生

若謂本生能生生生者是本生不名從生生生何以故是本生從生生生云何能生生生生生法應生本生而今生生不能生本生生生未有自體何能生本生是故本生不能生生生問曰是生生生時非先非後能生本生但生生生時能生本生答曰不然何以故

若生生生時　能生於本生　生生尚未有
何能生本生

若謂生生生時能生本生可爾而實未有是故生生生時不能生本生復次

若本生生時　能生於生生　本生尚未有
何能生生生
若謂是本生生時能生生生可爾而實未有
是故本生生時不能生生生問曰
如燈能自照　亦能照於彼　生法亦如是
自生亦生彼
如燈入於闇室等照諸物亦能自照生亦如
是能生於彼亦能自生答曰不然何以故
燈中自無闇　住處亦無闇　破闇乃名照
無闇則無照
燈體自無闇明所及處亦無闇明闇相違故
破闇故名照無闇則無照何得言燈自照亦
照彼問曰是燈非未生有照亦非生已有照
但生時能自照亦照彼答曰
云何燈生時　而能破於闇　此燈初生時
不能及於闇
燈生時名半生半未生燈體未成就云何能
破闇又燈不能及闇如人得賊乃名爲破若
謂燈雖不到闇而能破闇者是亦不然何以
故
燈若未及闇　而能破闇者　燈在於此間
則破一切闇
若燈有力不到闇而能破闇者此處然燈應
破一切處闇俱不及故復次燈不應自照照
彼何以故
若燈能自照　亦能照於彼　闇亦應自闇
亦能闇於彼
若燈與闇相違故能自照亦照於彼闇與燈
相違故亦應自蔽蔽彼若闇與燈相違不能
自蔽蔽彼燈與闇相違亦不應自照亦照彼

是故燈喻非也破生因緣未盡故今當更說
此生若未生　云何能自生　若生已自生
生已何用生
是生自生時爲生已生爲未生生若未生生則是無法無法何能自生若謂生已生則爲已成不須復生如已作不應更作若已生若未生是二俱不生故無生汝先說生如燈能自生亦生彼是事不然住滅亦如是復次
生非生已生　亦非未生生　生時亦不生
去來中已答
生名衆緣和合有生已生中無作故無生未生中無作故無生生時亦不然離生法生時不可得離生時生法不可得云何生時生是事去來中已答已生法不生何以故生已復生如是展轉則爲無窮如作已復作復次若生已更生者以何生法生若是生相未生而言生已生者則自違所說何以故生相未生而汝謂生若未生謂生者法或可生已而生或可未生而生汝先說生已生是則不定復次如燒已不應復燒去已不應復去如是等因緣故生已不應生不生法亦不生何以故法若未生則不與生緣和合若不與生緣和合則無法生若法未與生緣和合而生者應無作法而作無去法而去無染法而染無恚法而恚無癡法而癡如是則破世間法是故不生法不生復次若不生法生者世間未生法皆應生一切凡夫未生菩提今應生菩提不壞法阿羅漢無有煩惱今應生煩惱兎等無角今皆應生但是事不然是故不生法亦不生問曰不生法不生者以未有緣無作無

作者無時無方等故不生若有緣有作有作者有時有方等和合故不生法生是故若說一切不生法皆不生是事不爾答曰若法有緣有時有方等和合則生者先有亦不生先無亦不生有無亦不生三種先已破是故生亦不生不生亦不生生時亦不生何以故已生分不生未生分亦不生如先答復次若離生有生時者應生時生但離生無生時是故生時亦不生復次若言生時生者則有二生過一以生故名生時二以生時中生二皆不然無有二法云何有二生是故生時亦不生復次生法未發則無生時生時無故生何所依是故不得言生時生如是推求生已無生未生無生生時無生無生生故生不成生不成故住滅亦不成生住滅不成故有為法不成是故偈中說去未去去時中已答問曰我不定言生已生未生生生時生但衆緣和合故有生答曰汝雖有是說此則不然何以故

若謂生時生　是事已不成　云何衆緣合爾時而得生

生時生已種種因緣破汝今何以更說衆緣和合故有生若衆緣具足不具足皆與生同破復次

若法衆緣生　即是寂滅性　是故生生時是二俱寂滅

衆緣所生法無自性故寂滅寂滅名為無此無彼無相斷言語道滅諸戲論衆緣名如因縷有布因蒲有蓆若縷自有定相不應從麻出若布自有定相不應從縷出而實從縷有布從麻有縷是故縷亦無定性布亦無定性

如然可然因緣和合成無有自性可然無故然亦無然無故可然亦無一切法亦如是是故從衆緣生法無自性無自性故空如野馬無實是故偈中說生與生時二俱寂滅不應說生時生汝雖種種因緣欲成生相皆是戲論非寂滅相問曰定有三世别異未來世法得生因緣即生何故言無生答曰

若有未生法　說言有生者　此法先已有　更復何用生

若未來世中有未生法而生是法先已有何用更生有法不應更生問曰未來雖有非如現在相以現在相故說生答曰現在相未來中無若無云何言未來生法生若有不名未來應名現在現在不應更生二俱無生故不生復次汝謂生時生亦能生彼今當更說

若言生時生　是能有所生　何得更有生　而能生是生

若生生時能生彼是生誰復能生

若謂更有生　生生則無窮　離生生有生　法皆自能生

若生更有生生則無窮若是生更無生而自生者一切法亦皆能自生而實不爾復次

有法不應生　無亦不應生　有無亦不生　此義先已說

凡所有生爲有法有生爲無法有生爲有無法有生是皆不然是事先已說離此三事更無有生是故無生復次

若諸法滅時　是時不應生　法若不滅者　終無有是事

若法滅相是法不應生何以故二相相違故

一是滅相知法是滅二是生相知法是生二相相違法一時則不然是故滅相法不應生問曰若滅相法不應生不滅相法應生答曰一切有爲法念念滅故無不滅法離有爲無有決定無爲法無爲法但有名字是故說不滅法終無有是事問曰若法無生應有住答曰

不住法不住　住法亦不住　住時亦不住
無生云何住

住法亦不住何以故已有住故因去故有住若住法先有不應更住不住法亦不住無住相故住時亦不住離住不住更無住時是故住時亦不住如是一切處求住不可得故卽是無生若無生云何有住復次

若諸法滅時　是則不應住　法若不滅者
終無有是事

若法滅相欲滅是法無有住相何以故一法中有二相相違故一是欲滅二是住相一時一處有住滅相是事不然是故不得言滅相法有住問曰若法不滅應有住答曰無有不滅法何以故

所有一切法　皆是老死相　終不見有法
離老死有住

一切法生時無常常隨逐無常有二名老及死如是一切法常有老死故無住時復次

住不自相住　亦不異相住　如生不自生
亦不異相生

若有住法爲自相住爲他相住二俱不然若自相住則爲是常一切有爲法從衆緣生若住法自住則不名有爲住若自相住法亦應

自相住如眼不能自見住亦如是若異相住則住更有住是則無窮復次見異法生異相不得不因異法而有異相異相不定故因異相而住者是事不然問曰若無住應有滅答曰無何以故

法已滅不滅　未滅亦不滅　滅時亦不滅
無生何有滅

若法已滅則不滅以先滅故未滅亦不滅離滅相故滅時亦不滅離二更無滅時如是推求滅法即是無生無生何有滅復次

若法有住者　是則不應滅　法若不住者
是亦不應滅

若法定住則無有滅何以故猶有住相故若住法滅則有二相住相滅相是故不得言住中有滅如生死不得一時有若法無住亦無有滅何以故離住相故若離住相則無法無法云何滅復次

是法於是時　不於是時滅　是法於異時
不於異時滅

若法有滅相是法爲自相滅爲異相滅二俱不然何以故如乳不於乳時滅隨有乳時乳相定住故非乳時亦不滅若非乳不得言乳滅復次

如一切諸法　生相不可得　以無生相故
即亦無滅相

如先推求一切法生相不可得爾時即無滅相破生故無生無生云何有滅若汝意猶未已今當更説破滅因緣

若法是有者　是即無有滅　不應於一法
而有有無相

諸法有時推求滅相不可得何以故云何一
法中亦有亦無相　如光影不同處復次
若法是無者　是則無有滅　譬如第二頭
無故不可斷
不可斷復次
法若無者則無滅相如第二頭第三手無故
法不自相滅　他相亦不滅　如自相不生
他相亦不生
如先說生相生不自生亦不從他生若以自
體生是則不然一切物皆從衆緣生如指端
不能自觸如是生不能自生從他生亦不然
何以故生未有故不應從他生是生無生故
無自體自體無故他亦無是故從他生亦不
然滅法亦如是不自相滅不他相滅復次
生住滅不成　故無有有爲　有爲法無故
何得有無爲
汝先說有生住滅相故有有爲以有有爲故
有無爲今以理推求三相不可得云何得有
有爲如先說無有無相法有爲法無故何得
有無爲無爲相名不生不住不滅止有爲相
故名無爲相無爲自無別相因是三相有無
爲相如火爲熱相地爲堅相水爲冷相無爲
則不然問曰若是生住滅畢竟無者云何論
中得說名字答曰
如幻亦如夢　如乾闥婆城　所說生住滅
其相亦如是
生住滅相無有決定凡人貪著謂有決定諸
賢聖憐愍欲止其顛倒還以其所著名字爲
說語言雖同其心則異如是說生住滅相不
應有難如幻化所作不應責其所由不應

於中有憂喜想但應眼見而已如夢中所見不應求實如乾闥婆城日出時現而無有實但假爲名字不久則滅生住滅亦如是凡夫分别爲有智者推求則不可得

觀破作作者品第八

問曰現有作有作者有所用作法三事和合故有果報是故應有作者作業答曰上來品品中破一切法皆無有餘如破三相三相無故無有有爲有爲無故無無爲有爲無爲無故一切法盡無作作者若是有爲有爲中已破若是無爲無爲中已破不應復問汝著心深故而復更問今當復説

決定有作者　不作決定業　決定無作者
不作無定業

若先定有作者定有作業則不應作若先定無作者定無作業亦不應作何以故

決定業無作　是業無作者　定作者無作
作者亦無業

若先決定有作業不應更有作者又離作者應有作業但是事不然若先定有作者不應更有作業又離作業應有作者但是事不然是故決定作者決定作業不應有作業不決定作者不決定作業亦不應有作何以故本來無故有作者有作業尚不能作何況無作者無作業復次

若定有作者　亦定有作業　作者及作業
即墮於無因

若先定有作者定有作業汝謂作者有作即爲無因離作業有作者離作者有作業則不從因緣有問曰若不從因緣有作者有作業

有何答答曰

若墮於無因　則無因無果　無作無作者
無所用作法　若無作等法　則無有罪福
罪福等無故　罪福報亦無　若無罪福報
亦無大涅槃　諸可有所作　皆空無有果

若墮於無因一切法則無因無果能生法名爲因所生法名爲果是二即無是二無故無作無作者亦無所用作法亦無罪福罪福無故亦無罪福果報及大涅槃道是故不得從無因生問曰若作者不定而作不定業有何咎答曰一事無尚不能起作業何況二事都無譬如化人以虛空爲舍但有言說而無作者無作業問曰若無作者無作業不能有所作今有作者有作業應有作答曰

作者定不定　不能作二業　有無相違故
一處則無二

作者定不定不能作定不定業何以故有無相違故一處不應有二有是決定無是不決定一人一事云何有有無復次

有不能作無　無不能作有　若有作作者
其過如先說

若有作者而無業何能有所作若無作者而有業亦不能有所作何以故如先說有中若先有業作者復何所作若無業云何可得作如是則破罪福等因緣果報是故偈中說有不能作無無不能作有若有作作者其過如先說復次

作者不作定　亦不作不定　及定不定業
其過先已說

定業已破不定業亦破定不定業亦破今欲

一時總破故說是偈是故作者不能作三種業今三種作者亦不能作業何以故

作者定不定　亦定亦不定　不能作於業　其過先已說

作者定不定亦定亦不定不能作業何以故如先過三種過因緣此中應說如是一切處求作者作業皆不可得問曰若言無作無作者則復墮無因答曰是業從衆緣生假名爲有無有決定如汝所說何以故

因業有作者　因作者有業　成業義如是　更無有餘事

業先無決定無因人起業中業有作者作者亦無決定因有作業名爲作者二事和合故得成作作者若從和合生則無自性無自性故空空則無所生但隨凡夫憶想分別故說有作業有作者第一義中無作業無作者復次

如破作作者　受受者亦爾　及一切諸法　亦應如是破

如作作者不得相離不相離故不決定無決定故無自性受受者亦如是受名五陰身受者是人如是離人無五陰離五陰無人但從衆緣生如受受者餘一切法亦應如是破

破本住品第九

問曰有人言

眼耳等諸根　苦樂等諸法　誰有如是事　是則名本住　若無有本住　誰有眼等法　以是故當知　先已有本住

眼耳鼻舌身命等諸根名爲眼耳等根苦受樂受不苦不樂受想思憶念等心心數法名

爲苦樂等法有論師言先未有眼等法應有本住因是本住眼等諸根得增長若無本住身及眼耳諸根爲因何生而得增長答曰

若離眼等根　及苦樂等法　先有本住者

以何而可知

若離眼耳等根苦樂等法先有本住者以何可說以何可知如外法瓶衣等以眼等根得知内法以苦樂等根得知如經中說可壞是色相能受是受相能識是識相汝說離眼耳苦樂等先有本住者以何可知說有是法問曰有論師言出入息視眴壽命思惟苦樂憎愛動發等是神相若無有神云何有出入息等相是故當知離眼耳等根苦樂等法先有本住答曰是神若有應在身内如壁中有柱若在身外如人被鎧若在身内身則不可破壞神常在内故是故言神在身内但有言說虛妄無實若在身外覆身如鎧者身應不可見神細密覆故亦應不可破壞而今實見身壞是故當知離苦樂等先無餘法若謂斷臂時神縮在内不可斷者斷頭時亦應縮在内不應死而實有死是故知離苦樂等先有神者但有言說虛妄無實復次若言身大則神大身小則神小如燈大則明大燈小則明小者如是神則隨身不應常若隨身者身無則神亦無如燈滅則明滅若神無常則與眼耳苦樂等同是故當知離眼耳等先無别神復次如風狂病人不得自在不應作而作若有神是諸作主者云何言不得自在若風狂病不惱神者應離神别有所作如是種種推求離眼耳等根苦樂等法先無本住若必謂離

眼耳等根苦樂等法先有本住者無有是事
何以故若此是
若離眼耳等　而有本住者　亦應離本住
而有眼耳等
若本住離眼耳等根苦樂等法先有者今眼
耳等根苦樂等法亦應離本住而有問曰二
事相離可爾但使有本住答曰
以法知有人　以人知有法　離法何有人
離人何有法
法者眼耳苦樂等人者是本住汝謂以有法
故知有人以有人故知有法今離眼耳等法
何有人離人何有眼耳等法復次
一切眼等根　實無有本住　眼耳等諸根
異相而分別
若眼耳等諸根苦樂等諸法實無有本住因
眼緣色生眼識以和合因緣知有眼耳等諸
根不以本住故知是故偈中說一切眼耳等
根實無有本住眼耳等諸根各自能分別問
曰
若眼等諸根　無有本住者　眼等一一根
云何能知塵
若一切眼耳等諸根苦樂等諸法無本住者
今一一根云何能知塵眼耳等諸根無思惟
不應有知而實知塵當知離眼耳等諸根更
有能知塵者答曰若爾者爲一一根中各有
知者爲一知者在諸根中二俱有過何以故
見者即聞者　聞者即受者　如是等諸根
則應有本住
若見者即是聞者聞者即是受者則是一
神如是眼等諸根應先有本住色聲香等無

有定知者或可以眼聞聲如人在六向隨意
見聞若聞者見者是一於眼等根隨意見聞
但是事不然
若見聞各異　受者亦各異　見時亦應聞
如是則神多
若見者聞者受者各異若見者時亦應聞何
以故離見者有聞者故如是鼻舌身中神應
一時行若爾者人一而神多以一切根一時
知諸塵故而實不爾是故見者聞者受者不
應俱用復次
眼耳等諸根　苦樂等諸法　所從生諸大
彼大亦無神
若人言離眼耳等諸根苦樂等諸法別有本
住是事先已破今於眼耳等所因四大是大
中亦無本住問曰若眼耳等諸根苦樂等諸
法無有本住可爾眼耳等諸根苦樂等諸法
應有答曰
若眼耳等根　苦樂等諸法　無有本住者
眼等亦應無
若眼耳苦樂等諸法無有本住者誰有此眼
耳等何緣而有是故眼等亦無復次
眼等無本住　今後亦復無　以三世無故
無有無分別
思惟推求本住於眼等先無今後亦無若三
世無即是無生寂滅不應有難若無本住云
何有眼耳等如是問答戲論則滅戲論滅故
諸法則空
破然可然品第十
問曰應有受受者如然可然然是受者可然
是受所謂五陰答曰是事不爾何以故然可

然俱不成故然可然若以一法成若以二法
成二俱不成問曰且置一異法若言無然可
然今云何以一異相破如兎角龜毛無故不
可破世間眼見實有事而後可思惟如有金
然後可燒可鍛若無然可然不應以一異法
思惟若汝許有一異法當知有然可然若許
有者則爲已有答曰隨世俗法言說不應有
過然可然若說一若說異不名爲受若離世
俗言說則無所論若不說然可然云何能有
所破若無所說則義不可明如有論者欲破
有無必應言有無不以稱有無故而受有無
是以隨世間言說無咎若口有言便是受者
汝言破即爲自破然可然亦如是雖有言說
亦復不受是故以一異法思惟然可然二俱
不成何以故

若然是可然　作作者則一　若然異可然
離可然有然

然是火可然是薪作者是人作是業若然可
然一則作作者亦應一若作作者一則陶師
與瓶一作者是陶師作是瓶陶師非瓶瓶非
陶師云何爲一是以作作者不一故然可然
亦不一若謂一不可則應異是亦不然何以
故若然與可然異應離可然別有然分別
是可然是然處處離可然應有然而實不爾
是故異而不可得復次

如是常應然　不因可然生　則無然火功
亦名無作火

若然可然異則然不待可然而常然若常然
者則自住其體不待因緣人功則空人功者
將護火令然是功現有是故知火不異可然

復次若然異可然然即無作離可然火何所燒若爾者火則無作無作火無有是事問曰云何火不從因緣生人功亦空答曰

然不待可然　則不從緣生　火若常然者　人功則應空

然可然若異則不待可然有然若不待可然則無相因法是故不從因緣生復次若然異可然則應常然若常然者應離可然別見有然更不須人功何以故

若汝謂然時　名爲可然者　爾時但有薪　何物然可然

若謂先有薪燒時名可然者是事不爾若離然別有可然者云何言然時名可然復次

若異則不至　不至則不燒　不燒則不滅　不滅則常住

若然異可然則然不應至可然何以故不相待成故若然不相待成則自住其體何用可然是故不至若不至則不然可然何以故無有不至而能燒故若不然則無滅應常住自相是事不爾問曰

然與可然異　而能至可然　如此至彼人　彼人至此人

然與可然異而能至可然如男至於女如女至於男彼答曰

若謂然可然　二俱相離者　如是然則能　至於彼可然

若離然有可然若離可然有然各自成者如是則應然至可然而實不爾何以故離然無可然離可然無然故今離男有女離女有男是故汝喻非也喻不成故然不至可然問曰

然可然相待而有因可然有然因然有可然二法相待成答曰

若因可然然　因然有可然　先定有何法
而有然可然

若因可然而然成亦應因然可然成是中若先定有可然則因可然而然成若先定有然則因然可然成今若因可然而然成者則先有可然而後有然不應待然而有可然何以故可然在先然在後故若然不然可然是則可然不成又可然不在餘處離於然故若可然不成然亦不成若先然後有可然然亦有如是過是故然可然二俱不成復次

若因可然然　則然成復成　是爲可然中
則爲無有然

若欲因可然而成然則然成已復成何以故然自住於然中若然不自住其體從可然成者無有是事是故有是然從可然成今則然成復成有如是過復有可然無然過何以故可然離然自住其體故是故然可然相因待無有是事復次

若法因待成　是法還成待　今則無因待
亦無所成法

若法因待成是法還成本因待如是決定則無本因二事如因可然而成然還因於然而成可然是則二俱無定無定故不可得何以故

若法有待成　未成云何待　若成已有待
成已何用待

若法因待成是法先未成未成則無無則云何有因待若是法先已成先成何用因待是

二俱不相因待是故汝先說因然可然相待
成無有是事是故
因何然無然　不因亦無然　因然無可然
不因無可然
今因待可然然不成不因待可然然亦不成
可然亦如是因然不因然二俱不成是過先
已說復次
然不餘處來　然處亦無然　可然亦如是
餘如去來說
然不於餘方來入可然中可然中亦無然析
薪求然不可得故可然亦如是不從餘處來
入然中然中亦無可然如然已不然未然不
然然時不然是義如去來中說是故
若可然無然　離可然無然　然亦無可然
然中無可然
可然中無然可然不然何以故先已說作作
者一過故離可然無然有常然等過故然無
有可然然中無可然可然中無然以有異過
故三皆不成問曰何故說然可然答曰如因
可然有然如是因受有受者受名五陰受者
名人然可然不成故受受者亦不成何以故
以然可然法　說受受者法　及以說瓶衣
一切等諸法
如可然非然如是受非受者作作者一過故
又離受無受者異不可得故以異過故三皆
不成如受受者外瓶衣等一切法皆同上說
無生畢竟空是故
若人說有我　諸法各異相　當知如是人
不得佛法味
諸法從本已來無生畢竟寂滅相是故品末

說是偈若人說我相如犢子部衆說不得言色即是我不得言離色是我在第五不可說藏中如薩婆多部衆說諸法各各相是善是不善是無記道有漏無漏有爲無爲等別異如是等人不得諸法寂滅相以佛語作種種戲論

破本際品第十一

問曰無本際經說衆生往來生死本際不可得是中說有衆生有生死以何因緣故而作是說答曰

大聖之所說　本際不可得　生死無有始
亦復無有終

聖人有三種一者外道五神通二者阿羅漢辟支佛三者得神通大菩薩佛於三種中最上故言大聖佛所言說無不是實說生死無始何以故生死初後不可得是故言無始汝謂若無初後應有中者是亦不然何以故

若無有始終　中當云何有　是故於此中
先後共亦無

因中後故有初因初中故有後若無初無後云何有中生死中無初中後是故說先後共不可得何以故

若使先有生　後有老死者　不老死有生
不生有老死　若先有老死　而後有生者
是則爲無因　不生有老死

生死衆生若先生漸有老而後有死者則生無老死法應生有老死老死有生又不老死而生是亦不然又因生有老死若先老死後生則老死無因生在後故又不生何有老死若謂生老死先後不可得一時成者是亦有

過何以故
生及於老死　不得一時共　生時則有死
是二俱無因
若生老死一時則不然何以故生時即有死
故法應生時有死時無若生時有死是事不
然若一時生則無有相因如牛角一時出則
不相因是故
若使初後共　是皆不然者　何故而戲論
謂有生老死
思惟生老死三皆有過故即無生畢竟空而
今何故貪著戲論生老死謂有決定相復次
諸所有因果　及相可相法　受及受者等
所有一切法　非但於生死　本際不可得
如是一切法　本際皆亦無
一切法者所謂因果相可相受及受者等皆
無本際非但生死無本際以略開示故說生
死無本際

破苦品第十二

有說曰
自作及他作　共作無因作　如是說諸苦
於果則不然
有人言苦惱自作或言他作或言亦自作亦
他作或言無因作於果皆不然於果皆不然
者衆生以衆緣致苦猒苦欲求滅不知苦惱
實因緣有四種謬是故說於果皆不然何以
故
苦若自作者　則不從緣生　因有此陰故
而有彼陰生
若苦自作則不從衆緣生自名從自性生是
事不然何以故因前五陰有後五陰生是故

苦不得自作問曰若言此五陰作彼五陰者則是他作答曰是事不然何以故

若謂此五陰　異彼五陰者　如是則應言
從他而作苦

若此五陰與彼五陰異彼五陰與此五陰異者應從他作如縷與布異者應離縷有布若離縷無布者則布不異縷如是彼五陰異此五陰者則應離此五陰有彼五陰若離此五陰無彼五陰者則此五陰不異彼五陰是故不應言苦從他作問曰自作者是人人自作苦自受苦答曰

若人自作苦　離苦何有人　而謂於彼人
而能自作苦

若謂人自作苦者離五陰苦何處別有人而能自作苦應說是人而不可說是故苦非人自作若謂人不自作苦他人作苦與此人者是亦不然何以故

若苦他人作　而與此人者　若當離於苦
何有此人受

若他人作苦與此人者離五陰無有此人受復次

苦若彼人作　持與此人者　離苦何有人
而能授於此

若謂彼人作苦授與此人者離五陰苦何有彼人作苦持與此人若有應說其相復次

自作若不成　云何彼作苦　若彼人作苦
即亦名自作

種種因緣彼自作苦不成而言他作苦是亦不然何以故此彼相待故若彼作苦於彼亦名自作苦自作苦先已破汝受自作苦不成

故他作亦不成復次
苦不名自作　法不自作法　彼無有自體
何有彼作苦
自作苦不然何以故如刀不能自割如是法
不能自作法是故不能自作他作亦不然何
以故離苦無彼自性若離苦有彼自性者應
言彼作苦彼亦即是苦云何苦自作苦問曰
若自作他作不然應有共作答曰
若彼此苦成　應有共作苦　此彼尚無作
何況無因作
自作他作猶尚有過何況無因作無因多過
如破作作者品中說復次
非但說於苦　四種義不成　一切外萬物
四義亦不成
佛法中雖說五受陰爲苦有外道人謂苦受
爲苦是故說不但說於苦四種義不成外萬
物地水山木等一切法皆不成
破行品第十三
問曰
如佛經所說　虛誑妄取相　諸行妄取故
是名爲虛誑
佛經中說虛誑者即是妄取相第一實者所
謂涅槃非妄取相以是經說故當知有諸行
虛誑妄取相答曰
虛誑妄取者　是中何所取　佛說如是事
欲以示空義
若妄取相法是即虛誑者是諸行中爲何所
取佛如是說當知說空義問曰云何知一切
諸行皆是空義答曰一切諸行虛妄相故空
諸行生滅不住無自性故空諸行名五陰從

行生故是五陰皆虚妄無有定相何以故如嬰兒時色非匍匐時色匍匐時色非行時色行時色非童子時色童子時色非壯年時色壯年時色非老年時色如色念念不住故分别决定性不可得嬰兒色爲即是匍匐色乃至老年色爲異二俱有過何以故若嬰兒色即是匍匐色乃至老年色者如是則是一色皆爲嬰兒無有匍匐乃至老年又如泥團常是泥團終不作瓶何以故色常定故若嬰兒色異匍匐色者則嬰兒不作匍匐匍匐不作嬰兒何以故二色異故如是童子少年壯年老年色不應相續有失親屬法無父無子若爾者唯有嬰兒應得父餘則匍匐乃至老年不應有分是故二俱有過問曰色雖不定嬰兒色滅已相續更生乃至老年色無有如上過答曰嬰兒色相續生者爲滅已相續生爲不滅相續生若嬰兒色滅云何有相續以無因故如雖有薪可然火滅故無有相續若嬰兒色不滅而相續者則嬰兒色不滅常住本相亦無相續問曰我不說滅不滅故相續生但說不住相似生故言相續生答曰若爾者則有定色而更生如是應有千萬種色但是事不然如是亦無相續如是一切處求色無有定相但以世俗言說故有如芭蕉樹求實不可得但有皮葉如是智者求色陰念念滅更無實色可得不住色形色相相似次第生難可分別如燈燄分別定色不可得從是定色更有色生不可得是故色無性故空但以世俗言說故有受亦如是智者種種觀察次第相似故生滅難可别知如水流相續但以

覺故說三受在身是故當知受同色說想因名相生若離名相則不生是故佛說分別知名字相故名爲想非決定先有從衆緣生無定性無定性故如影隨形因形有影無形則無影影無決定若定有者離形應有影而實不爾是故從衆緣生無自性故不可得想亦如是但因外名相以世俗言說故有識因色聲香味觸等眼耳鼻舌身等生以眼等諸根別異故識有別異是識爲在色爲在眼爲在中間無有決定但生已識塵識此人識彼人知此人識爲即是知彼人識爲異是二難可分別如眼識耳識亦難分別以難分別故或言一或言異無有決定分別從衆緣生故眼等分別故空無自性如伎人含一珠出已復示人則生疑爲是本珠爲更有異識亦如是生已更生爲是本識爲是異識是故當知識不住故無自性虛誑如幻諸行亦如是諸行者身口意行有二種淨不淨何等爲不淨惱衆生貪著等名不淨不惱衆生實語不貪著等名淨或增或減淨行者在人中欲天色天無色天受果報已則減還作故名增不淨行者亦如是在地獄畜生餓鬼阿脩羅中受果報已則減還作故名增是故諸行有增有減故不住如人有病隨宜將適病則除愈若不將適病則還集諸行亦如是有增有減故不決定但以世諦俗言說故有因世諦故得見第一義諦所謂無明緣諸行從諸行有識著識著故有名色從名色有六入從六入有觸從觸有受從受有愛從愛有取從取有有從有有生從生有老死憂悲苦惱恩愛別苦怨

憎會苦等如是諸苦皆以行爲本佛以世諦故說若得第一義諦生眞智慧者則無明息無明息故諸行亦不集諸行不集故見諦所斷身見疑戒取等斷及思惟所斷貪恚色染無色染調戲無明亦斷以是斷故一一分滅所謂無明諸行識名色六入觸受愛取有生老死憂悲苦惱恩愛別苦怨憎會苦等皆滅以是滅故五陰身畢竟滅更無有餘唯但有空是故佛欲示空義故說諸行虛誑復次諸法無性故虛誑虛誑故空如偈說

諸法有異故　知皆是無性　無性法亦無
一切法空故

諸法無有性何以故諸法雖生不住自性是故無性如嬰兒定住自性者終不作匍匐乃至老年而嬰兒次第相續有異相現匍匐乃至老年是故說見諸法異相故知無性問曰若諸法無性即有無性法有何咎答曰若無性云何有法云何有相何以故無有根本故但爲破性故說無性是無性法若有者不名一切法空若一切法空云何有無性法問曰

諸法若無性　云何說嬰兒　乃至於老年
而有種種異

諸法若無性則無有異相而汝說有異相是故有諸法性若無諸法性云何有異相答曰

若諸法有性　云何而得異　若諸法無性
云何而有異

若諸法決定有性云何可得異性名決定有不可變異如眞金不可變又如闇性不變爲明明性不變爲闇復次

是法則無異　異法亦無異　如壯不作老

老亦不作壯

若法有異者則應有異相爲即是法異爲異法異是二不然若是法異則老應作老而老實不作老若異法異者老與壯異壯應作老而壯實不作老二俱有過問曰若是法即異有何咎如今眼見年少經日月歲數則老咎曰

若是法即異　乳應即是酪　離乳有何法
而能作於酪

若是法即異者乳應即是酪更不須因緣是事不然何以故乳與酪有種種異故乳不即是酪是故法不即異若謂異法爲異者是亦不然離乳更有何物爲酪如是思惟是法不異異法亦無異是故不應偏有所執問曰破是破異猶有空在空即是法答曰

若有不空法　則應有空法　實無不空法
何得有空法

若有不空法相因故應有空法而上來種種因緣破不空法不空法無故則無相待無相待故何有空法問曰汝說不空法無故空法亦無若爾者即是說空但無相待故不應有執若有對應有相待若無對則無相待相待無故則無相無相故則無執如是即爲說空答曰

大聖說空法　爲離諸見故　若復見有空
諸佛所不化

大聖爲破六十二諸見及無明愛等諸煩惱故說空若人於空復生見者是人不可化譬如有病須服藥可治若藥復爲病則不可治如火從薪出以水可滅若從水生爲用何滅

如空是水能滅諸煩惱火有人罪重貪著心深智慧淺故於空生見或謂有空或謂無空因有無還起煩惱若以空化此人者則言我人知是空若離空則無涅槃道如經說離空無相無作門得解脫者但有言說

中論卷第二

音釋

眴 舒閏切目動也

匍匐 匍薄胡切匐蒲墨切匍匐小兒以手行也

中論卷第三

龍樹菩薩造

姚秦三藏法師鳩摩羅什譯

破合品第十四八偈

說曰上破根品中說見所見見者皆不成此三事無異法故則無合無合義今當說問曰何故眼等三事無合答曰

見可見見者　是三各異方　如是三法異　終無有合時

見是眼根可見是色塵見者是我是三事各在異處終無合時異處者眼在身內色在外我者或言在身內或言遍一切處是故無合復次若謂有見法爲合而見不合而見二俱不然何以故若合而見者隨有塵處應有根有我但是事不然是故不合若不合而見者根我塵各在異處亦應有見而不見何以故如眼根在此不見遠處瓶是故二俱不見問曰我意根塵四事合故有知生能知瓶衣等萬物是故有見可見見者答曰是事根品中已破今當更說汝說四事合故知生是知爲見瓶衣等物已生爲未見而生若見已生者知則無用若未見而生者是則未合云何有知生若謂四事一時合而知生是亦不然若一時生則無相待何以故先有瓶次見後知生一時則無先後知無故見可見見者亦無如是諸法如幻如夢無有定相何得有合無合故空復次

染與於可染　染者亦復然　餘入餘煩惱　皆亦復如是

如見可見見者無合故染可染染者亦應無

合如說見可見見者三法則說聞可聞聞者
餘入等如說染可染染者則說瞋可瞋瞋者
餘煩惱等復次
異法當有合　見等無有異　異相不成故
見等云何合
凡物皆以異故有合而見等異相不可得是
故無合復次
非但可見等　異相不可得　所有一切法
皆亦無異相
非但見可見見者等三事異相不可得一切
法皆無異相問曰何故無有異相答曰
異因異有異　異離異無異　若法所因出
是法不異因
汝所謂異是異因異法故名為異離異法不
名為異何以故若法從衆緣生是法不異因
因壞異亦壞故如因梁椽等有舍舍不異梁
椽梁椽等壞舍亦壞故問曰若有定異法有
何咎答曰
若離從異異　應餘異有異　離從異無異
是故無有異
若離從異有異法者則應離異有異法而實
離從異無有異法是故無餘異如離五指異
有拳異者拳異應於瓶等異物有異今離五
指異拳異不可得是故拳異於瓶衣等無異
法問曰我經說異相不從衆緣生分別總相
故有異相因異相故有異法答曰
異中無異相　不異中亦無　無有異相故
則無此彼異
汝言分別總相故有異相因異相故有異法
若爾者異相從衆緣生如是即說衆緣法是

異相離異法不可得故異相因異法而有不能獨成今異法中無異相何以故先有異法故何用異相不異法中亦無異相何以故若異相在不異法中不名不異法若二處俱無即無異相異相無故此彼法亦無復次異法無故亦無合

是法不自合　異法亦不合　合者及合時
合法亦皆無

是法自體不合以一故如一指不自合異法亦不合以異故異事已成不須合故如是思惟合法不可得是故說合者合時合法皆不可得

觀有無品第十五（有十一偈）

問曰諸法各有性以有力用故如瓶有瓶性布有布性是性衆緣合時則出答曰

衆緣中有性　是事則不然　性從衆緣出
即名爲作法

若諸法有性不應從衆緣出何以故若從衆緣出即是作法無有定性問曰若諸法性衆緣作有何咎答曰

性若是作者　云何有此義　性名爲無作
不待異法成

如金雜銅則非眞金如是若有性則不須衆緣若從衆緣出當知無眞性又性若決定不應待他出非如長短彼此無定性故待他而有問曰諸法若無自性應有他性答曰

法若無自性　云何有他性　自性於他性
亦名爲他性

諸法性衆緣作故亦因待成故無自性若爾者他性於他亦是自性亦從衆緣生相待故

亦無無故云何言諸法從他性生他性亦是自性故問曰若離自性他性有諸法有何咎

答曰

離自性他性　何得更有法　若有自他性

諸法則得成

汝說離自性他性有法者是事不然若離自性他性則無有法何以故有自性他性法則成如瓶體是自性衣物是他性問曰若以自性他性破有者今應有無答曰

有若不成者　無云何可成　因有有法故

有壞名為無

若汝已受有不成者亦應受無亦無何以故有法壞敗故名無是無因有壞而有復次

若人見有無　見自性他性　如是則不見

佛法真實義

若人深著諸法必求有見若破自性則見他性若破他性則見有若破有則見無若破無則迷惑若利根著心薄者知滅諸見安隱故更不生四種戲論是人則見佛法真實義是故說上偈復次

佛能滅有無　於化迦旃延　經中之所說

離有亦離無

刪陀迦旃延經中佛為說正見義離有離無若諸法中少決定有者佛不應破有無若破有則人謂為無佛通達諸法相故說二俱無是故汝應捨有無見復次

若法實有性　後則不應無　性若有異相

是事終不然

若諸法決定有性終不應變異何以故若定在自性不應有異相如上真金喻今現見諸

法有異相故當知無有定相復次
若法實有性　云何而可異　若法實無性
云何而可異
若法定有性云何可變異若無性則無自體
云何可變異復次
定有則著常　定無則著斷　是故有智者
不應著有無
若法定有有相則終無無相是即爲常何以
故如說三世者未來中有法相是法來至現
在轉入過去不捨本相是則爲常又說因中
先有果是亦爲常若說定有無是無必先有
今無是則爲斷滅斷滅名無相續因由是二
見即遠離佛法問曰何故因有生常見因無
生斷見答曰
若法有定性　非無則是常　先有而今無
是則爲斷滅
若法性定有則是有相非無相終不應無若
無則非有即爲無先已說過故如是則墮常
見若法先有敗壞而無者是名斷滅何以故
有不應無故汝謂有無各有定相故若有斷
常見者則無罪福等破世間事是故應捨

觀縛解品第十六　十偈

問曰生死非都無根本於中應有衆生往來
若諸行往來汝以何因緣故說衆生及諸行
盡空無有往來答曰
諸行往來者　常不應往來　無常亦不應
衆生亦復然
諸行往來六道生死中者爲常相往來爲無
常相往來二俱不然若常相往來者則無生
死相續以決定故自性住故若以無常往來

者亦無徃來生死相續以不決定故無自性故若衆生故徃來者亦有如是過復次

若衆生徃來　陰界諸入中　五種求盡無

誰有徃來者

生死陰界入即是一義若衆生於此陰界入中徃來者是衆生於然可然品中五種品中五種求不可得誰於陰界入中而有徃來者復次

若從身至身　徃來即無身　若其無有身

則無有徃來

若衆生徃來爲有身徃來爲無身徃來二俱不然何以故若有身徃來從一身至一身如是則徃來者無身又若先已有身不應復從身至身若先無身則無有若無有云何有生死徃來問曰經說有涅槃滅一切苦是滅應諸行滅若衆生滅答曰二俱不然何以故

諸行若滅者　是事終不然　衆生若滅者

是事亦不然

汝說若諸行滅若衆生滅是事先已答諸行無有性衆生亦無種種推求生死徃來不可得是故諸行不滅衆生亦無滅問曰若爾者則無縛無解根本不可得故答曰

諸行生滅相　不縛亦不解　衆生如先說

不縛亦不解

汝謂諸行及衆生有縛解者是事不然諸行念念生滅故不應有縛解衆生先說五種推求不可得云何有縛解復次

若身名爲縛　有身則不縛　無身亦不縛

於何而有縛

若謂五陰身名爲縛若衆生先有五陰則不

應縛何以故一人有二身故無身亦不應縛
何以故若無身則無五陰無五陰則空云何
可縛如是第三更無所縛復次
若可縛先縛　則應縛可縛　而先實無縛
餘如去來答
若謂可縛先有縛則應縛可縛而實離可縛
先無縛是故不得言衆生有縛或言衆生是
可縛五陰是縛或言五陰中諸煩惱是縛餘
五陰是可縛是事不然何以故若離五陰先
有衆生者則應以五陰縛衆生而實離五陰
無别衆生若離五陰别有煩惱者則應以煩
惱縛五陰而實離五陰無别煩惱復次如去
來品中說已去不去未去不去去時不去如
是未縛不縛縛已不縛縛時不縛復次亦無
有解何以故

縛者無有解　不縛亦無解　縛時有解者
縛解則一時
縛者無有解何以故已縛故無縛亦無解何
以故無縛故若謂縛時有解則縛解一時是
事不然又縛解相違故問曰有人修道現入
涅槃得解脱云何言無答曰
若不受諸法　我當得涅槃　若人如是者
還爲受所縛
若人作是念我離受得涅槃是人即爲受所
縛復次
不離於生死　而别有涅槃　實相義如是
云何有分别
諸法實相第一義中不說離生死别有涅槃
如經說涅槃即生死生死即涅槃如是諸法
實相中云何言定是生死是涅槃

觀業品第十七 三十三偈

問曰汝雖種種破諸法而業決定有能令一切衆生受果報如經說一切衆生皆隨業而生惡者入地獄修福者生天行道者得涅槃是故一切法不應空所謂業者

人能降伏心　利益於衆生　是名爲慈善　二世果報種

人有三毒惱他故生行善者先自滅惡是故說降伏其心利益他人利益他者行布施持戒忍辱等不惱衆生是名利益他亦名慈善福德亦名今世後世樂果種子復次

大聖說二業　思與從思生　是業別相中　種種分別說

大聖略說業有二種一者思二者從思生是二業如阿毗曇中廣說

佛所說思者　所謂意業是　所從思生者　即是身口業

思是心數法諸心數法中能發起有所作故名業因是思故起外身口業雖因餘心心數法有所作但思爲所作本故說思爲業是業今當說相

身業及口業　作與無作業　如是四事中　亦善亦不善　從用生福德　罪生亦如是　及思爲七法　能了諸業相

口業者四種口業身業者三種身業是七種業有二種差別有作有不作作時名作業作已常隨逐生名無作業是二種有善不善不善名不止惡善名止惡復有從用生福德如施主施受者若受者受用施主得二種福一從施生二從用生如人以箭射人若箭殺一

人有二種罪一者從射生二者從殺生若射不殺射者但得射罪無殺罪是故偈中說罪福從用生如是名爲六種業第七名思是七種即是分别業相是業有今世後世果報是故決定有業有果報故諸法不應空答曰

業住至受報　是業即爲常　若滅即無常
云何生果報

業若住至受果報即爲是常是事不然何以故業是生滅相一念尚不住何況至果報若謂業滅滅則無云何能生果報問曰

如芽等相續　皆從種子生　從是而生果
離種無相續　從種有相續　從相續有果
先種後有果　不斷亦不常　如是從初心
心法相續生　從是而有果　離心無相續
從心有相續　從相續有果　先業後有果
不斷亦不常

如從穀有芽從芽有莖葉等相續從是相續而有果生離種無相續生是故從穀子有相續從相續有果先種後有果故不斷亦不常如穀種喻業果亦如是初心起罪福猶如穀種因是心餘心心數法相續生乃至果報先業後果故不斷亦不常若離業有果報則有斷常是善業因緣果報者所謂

能成福業者　是十白業道　二世五欲樂
即是白業報

白名善淨成福德因緣者從是十白業道生不殺不盜不邪婬不妄語不兩舌不惡口不無益語不嫉不恚不邪見是名爲善從身口意生是果報者得今世名利後世天人中貴處生布施恭敬等雖有種種福德略說則攝

在十善道中答曰
若如汝分別　其過則甚多　是故汝所說
於義則不然
若以業果報相續故以穀子爲喻者其過甚
多但此中不廣說汝說穀子喻者是喻不然
何以故穀子有觸有形可見有相續我思惟
是事尚未受此言況心及業無觸無形不可
見生滅不住欲以相續是事不然復次從穀
子有芽等相續者爲滅已相續爲不滅相續
若穀子滅已相續者則爲無因若穀子不滅
而相續者從是穀子常生諸穀若如是者一
穀子則生一切世間穀是事不然是故業果
報相續則不然問曰
今當復更說　順業果報義　諸佛辟支佛
賢聖所稱歎
所謂
不失法如券　業如負財物　此性則無記
分別有四種　見諦所不斷　但思惟所斷
以是不失法　諸業有果報　若見諦所斷
而業至相似　則得破業等　如是之過咎
一切諸行業　相似不相似　一界初受身
爾時報獨生　如是二種業　現世受果報
或言受報已　而業猶故在　若度果已滅
若死已而滅　於是中分別　有漏及無漏
不失法者當知如券業者如取物是不失法
欲界繫色界繫無色界繫亦不繫若分別善
不善無記無記中但是無記是無記義阿毗
曇中廣說見諦所不斷從一果至一果於中
思惟所斷是以諸業以不失法故果生若見
諦所斷者業至相似則得破業過是事阿毗

曇中廣說復次不失法者於一界諸業相似不相似初受身時果報獨生於現在身從業更生業是業有二種隨重而受報或有言是業受報已業猶在以不念念滅故若度果已滅若死已而滅者須陀洹等度果已而滅諸凡夫及阿羅漢死已而滅於此中分別有漏及無漏者從須陀洹等諸賢聖有漏無漏等應分別答曰是義俱不離斷常過是故亦不應受問曰若爾者則無業果報答曰

雖空亦不斷　雖有而不常　業果報不失
是名佛所說

此論所說義離於斷常何以故業畢竟空寂滅相自性離有何法可斷何法可失顛倒因緣故往來生死亦不常何以故若法從顛倒起則是虛妄無實無實故非常復次貪著顛倒不知實相故言業不失此是佛所說復次

諸業本不生　以無定性故　諸業亦不滅
以其不生故　若業有性者　是即名爲常
不作亦名業　常則不可作　若有不作業
不作而有罪　不斷於梵行　而有不淨過
是則破一切　世間語言法　作罪及作福
亦無有差別　若言業決定　而自有性者
受於果報已　而應更復受　若諸世間業
從於煩惱出　是煩惱非實　業當何有實

第一義中諸業不生何以故無性故以不生因緣故則不滅非以常故不滅若不爾者業性應決定有若業決定有性則爲是常若常則是不作業何以故常法不可作故復次若有不作業者則他人作罪此人受報又他人斷梵行而此人有罪則破世俗法若先有者

冬不應思爲春事春不應思爲夏事有如是等過復次作福及作罪者則無有別異起布施持戒等業名爲作福起殺盜等業名爲作罪若不作而有業則無分別復次是業若決定有性則一時受果報已復應更受是故汝說以不失法故有業報則有如是等過復次若業從煩惱起是煩惱無有決定但從憶想分別有若諸煩惱無實業云何有實何以故因無性故業亦無性問曰若諸煩惱及業無性不實今果報身現有應是實答曰

諸煩惱及業　是說身因緣　煩惱諸業空
何況於諸身

諸賢聖說煩惱及業是身因緣是中愛能生著業能作上中下好醜貴賤等果報今諸煩惱及業種種推求無有決定果隨因緣故問曰汝雖種種因緣破業及果報而經說有起業者起業者有故有業有果報如說

無明之所蔽　愛結之所縛　而於本作者
不異亦不一

無始經中說衆生爲無明所覆愛結所縛於無始生死中往來受種種苦樂今受者於先作者不卽是亦不異若卽是人作罪受牛形則人不作牛牛不作人若異則失業果報墮於斷滅是故受者於先作者不卽是亦不異

答曰

業不從緣生　不從非緣生　是故則無有
能起於業者　無業無作者　何有業生果
若其無有果　何有受果者

若無業無作業者何有從業生果報若無果

報云何有受果報者業有三種五陰中假名人是作者是業於善惡處生名爲果報若起業者尚無何況有業有果報及受果報者問曰汝雖種種破業果報及起業者而今現見衆生作業受果報是事云何答曰

如世尊神通　所作變化人　如是變化人
復變作化人　如初變化人　是名爲作者
變化人所作　是則名爲業　諸煩惱及業
作者及果報　皆如幻與夢　如燄亦如響

如佛神通力所作化人是化人復化作化人如化人無有實事但可眼見又化人口業說法身業布施等是業雖無實而可眼見如是生死身作者及業亦應如是知煩惱者名爲三毒分別有九十八使九結十纏六垢等無量諸煩惱業名爲身口意業今世後世分別有善不善無記苦報樂報不苦不樂報現報業生報業後報業如是等無量作者名爲能起諸煩惱業能受果報者果報名從善惡業生無記五陰如是等諸業皆空無性如幻如夢如響如燄

觀法品第十八偈十二

問曰若諸法盡畢竟空無生無滅是名諸法實相者云何入答曰滅我我所著故得一切法空無我慧名爲入問曰云何知諸法無我答曰

若我是五陰　我即爲生滅　若我異五陰
則非五陰相　若無有我者　何得有我所
滅我我所故　名得無我智　得無我智者
是則名實觀　得無我智者　是人爲希有
内外我我所　盡滅無有故　諸受即爲滅

受滅則身滅　業煩惱滅故　名之爲解脫
業煩惱非實　入空戲論滅　諸佛或說我
或說於無我　諸法實相中　無我無非我
諸法實相者　心行言語斷　無生亦無滅
寂滅如涅槃　一切實非實　亦實亦非實
非實非非實　是名諸佛法　自知不隨他
寂滅無戲論　無異無分別　是則名實相
若法從緣生　不即不異因　是故名實相
不斷亦不常　不一亦不異　不常亦不斷
是名諸世尊　教化甘露味　若佛不出世
佛法已滅盡　諸辟支佛智　從於遠離生

有人說神應有二種若五陰即是神若離五陰有神若五陰是神者神則生滅相如偈中說若神是五陰即是生滅相何以故生已壞敗故以生滅相故五陰是無常如五陰無常生滅二法亦是無常何以故生滅亦生已壞敗故無常神若是五陰五陰無常故神亦應無常生滅相但是事不然若離五陰有神神即無五陰相如偈中說若神異五陰則非五陰相而離五陰更無有法若離五陰有法者以何相何法而有若謂神如虛空離五陰而有者是亦不然何以故破六種品中已破虛空無有法名爲虛空若謂以有信故有神是事不然何以故信有四種一現事可信二名比知可信如見煙知有火三名譬喻可信如國無鍮石喻之如金四名賢聖所說故可信如說有地獄有天有鬱單越無有見者信聖人語故知是神於一切信中不可得現事中亦無比知中亦無何以故比知名先見故後比類而知如人先見火有煙後但見煙則知

有火神義不然誰能先見神與五陰合後見五陰知有神若謂有三種比知一者如本二者如殘三者共見如本名先見火有煙今見煙知如本有火如殘名如炊飯一粒熟知餘者皆熟共見名如眼見人從此去到彼亦見其去日亦如是從東方出至西方雖不見去以人有去相故知日亦有去如是苦樂憎愛覺知等亦應有所依如見人民知必依王是事皆不然何以故共相信先見人與去法合而至餘方後見日到餘方故知有去法無有先見五陰與神合後見五陰知有神是故共相比知中亦無神聖人所說中亦無神何以故聖人所說皆先眼見而後說又諸聖人說餘事可信故當知說地獄等亦可信而神不爾無有先見神而後說者是故於四信等諸信中求神不可得求神不可得故無是故離五陰無別神復次破根品中見見者可見破故神亦同破又眼見麤法尚不可得何況虛妄憶想等而有神是故知無我因有我故有我所若無我則無我所修習八聖道分滅我我所因緣故得無我無我所決定智慧又無我無我所者於第一義中亦不可得無我無我所者能眞見諸法凡夫人以我我所障慧眼故不能見實今聖人無我我所故諸煩惱亦滅諸煩惱滅故能見諸法實相內外我我所滅故諸受亦滅諸受滅故無量後身皆滅是名說無餘涅槃問曰有餘涅槃云何答曰諸煩惱及業滅故名心得解脫是諸煩惱業皆從憶想分別生無有實諸憶想分別皆從戲論生得諸法實相畢竟空諸戲論則滅是

名說有餘涅槃實相法如是諸佛以一切智觀衆生故種種爲說亦說有我亦說無我若心未熟者未有涅槃分不知畏罪爲是等故說有我又有得道者知諸法空但假名有我爲是等故說我無咎又有布施持戒等福德厭離生死苦惱畏涅槃永滅是故佛爲是等說無我諸法但因緣和合生時空生滅時空滅是故說無我但假名說有我又得道者知無我不墮斷滅故說無我無咎是故偈中說諸佛說有我亦說於無我若於眞實中不說我非我問曰若無我是實但以世俗故說有我有何咎答曰因破我法有無我我決定不可得況有無我若決定有無我則是斷滅生於貪著如般若中說菩薩有我亦非行無我亦非行問曰若不說我非我空不空佛法爲何所說答三佛說諸法實相實相中無語言道滅諸心行心以取相緣生以先世業果報故有不能實見諸法是故說心行滅問曰若諸凡夫心不能見實聖人心應能見實何以故說一切心行滅答曰諸法實相即是涅槃涅槃名滅是滅爲向涅槃故亦名爲滅若心是實何用空等解脫門諸禪定中何故以滅盡定爲第一又亦終歸無餘涅槃是故當知一切心行皆是虛妄虛妄故應滅諸法實相者出諸心數法無生無滅寂滅相如涅槃問曰經中說諸法先來寂滅相即是涅槃何以言如涅槃答曰著法者分別法有二種是世間是涅槃說涅槃是寂滅不說世間是寂滅此論中說一切法性空寂滅相爲著法者不解故以涅槃爲喻如汝說涅槃相空無相寂

滅無戲論一切世間法亦如是問曰若佛不說我非我諸心行滅言語道斷者云何令人知諸法實相答曰諸佛無量方便力諸法無決定相爲度衆生或說一切實或說一切不實或說一切實不實或說一切非實非不實一切實者推求諸法實性皆入第一義平等一相所謂無相如諸流異色異味入於大海則一色一味一切不實者諸法未入實相時各各分別觀皆無有實但衆緣合故有一切實不實者衆生有三品有上中下上者觀諸法相非實非不實中者觀諸法相一切實一切不實下者智力淺故觀諸法相少實少不實觀涅槃無爲法不壞故實觀生死有爲法虛僞故不實非實非不實者爲破實不實故說非實非不實問曰佛於餘處說離非有非無此中何以言非有非無是佛所說答曰餘處爲破四種貪著故說而此中於四句無戲論聞佛說則得道是故言非實非不實問曰知佛以是四句因緣說又得諸法實相者以何相可知又實相云何答曰若能不隨他不隨他者若外道雖現神力說是道是非道自信其心而不隨之乃至變身雖不知非佛善解實相故心不可迴此中無法可取可捨故名寂滅相寂滅相故不爲戲論所戲論戲論有二種一者愛論二者見論是中無此二戲論二戲論無故無憶想分別無分別異相是名實相問曰若諸法盡空將不墮斷滅耶又不生不滅或墮常耶答曰不然先說實相無戲論心相寂滅言語道斷汝今貪著取相於實法中見斷常過得實相者說諸法從衆緣

生不即是因亦不異因是故不斷不常若果
異因則是斷若不異因則是常問曰若如是
解有何等利答曰若行道者能通達如是義
則於一切法不一不異不斷不常若能如是
即得滅諸煩惱戲論得常樂涅槃是故說諸
佛以甘露味教化如世間言得天甘露漿則
無老病死無諸衰惱此實相法是眞甘露味
佛說實相有三種若得諸法實相滅諸煩惱
名爲聲聞法若生大慈發無上心名爲大乘
若佛不出世無有佛法時辟支佛因遠離生
智若佛度衆生已入無餘涅槃遺法滅盡先
世若有應得道少觀猒離因緣獨入山林遠
離憒閙得道名辟支佛

觀時品第十九 六偈

問曰應有時以因待故成因有過去時則有
未來現在時因現在時有過去未來時因未
來時有過去現在時上中下一異等法亦相
因待故有答曰

若因過去時　有未來現在　未來及現在
應在過去時

若因過去時有未來現在時者則過去時中
應有未來現在時何以故隨所因處有法成
是處應有是法如因燈有明成隨有燈處應
有明如是因過去時成未來現在時者則過
去時中應有未來現在時若過去時中有未
來現在時者則三時盡名過去時何以故未
來現在時在過去時中故若一切時盡過去
者則無未來現在時盡過去故若無未來現
在時亦應無過去時何以故過去時因未來
現在時故名過去時如因過去時成未來現

在時如是亦應因未來現在時成過去時今無未來現在時故過去時亦應無是故先說因過去時成未來現在時是事不然若謂過去時中無未來現在時而因過去時成未來現在時是事不然何以故

若過去時中　無未來現在　未來現在時　云何因過去

若未來現在時不在過去時中者云何因過去時成未來現在時何以故若三時各異相不應相因待成如瓶衣等物各自別成不相因待而今不因過去時則未來現在時不成不因現在時則過去未來時不成不因未來時則過去現在時不成汝先說過去時中雖無未來現在時而因過去時成未來現在時者是事不然問曰若不因過去時成未來現在時而有何咎答曰

不因過去時　則無未來時　亦無現在時　是故無二時

不因過去時則不成未來現在時何以故若不因過去時有現在時者於何處有現在時未來亦如是於何處有未來時是故不因過去時則無未來現在時如是相待有故實無有時

以如是義故　則知餘二時　上中下一異　是等法皆無

以如是義故當知餘未來現在亦應無及上中下一異等諸法亦皆無如因上有中下離上則無中下若離上有中下則不應相因待因一故有異因異故有一若一實有不應因異而有若異實有不應因一而有如是等諸

法亦應如是破問曰如有歲月日須臾等差
別故知有時答曰
時住不可得　時去亦叵得　時若不可得
云何說時相　因物故有時　離物何有時
物尚無所有　何況當有時
時若不住不應可得時住亦無若時不可得
云何說時相若無時相則無時因物生故則
名時若離物則無時上來種種因緣破諸物
無故何有時

觀因果品第二十 二十四偈

問曰衆因緣和合現有果生當知是果從衆
緣和合有答曰
若衆緣和合　而有果生者　和合中已有
何須和合生
若謂衆因緣和合有果生者是果則和合中
已有而從和合生者是事不然何以故果若
先有定體則不應從和合生問曰衆緣和合
中雖無果而果從衆緣生者有何咎答曰
若衆緣和合　是中無果者　云何從衆緣
和合而生果
若從衆緣和合則果生者若和合中無果而
從和合生是事不然何以故若物無自性是
物終不生復次
若衆緣和合　是中有果者　和合中應有
而實不可得
若從衆緣和合中有果者若色應可眼見若
非色應可意知而實和合中果不可得是故
和合中有果是事不然復次
若衆緣和合　是中無果者　是則衆緣中
與非因緣同

若衆緣和合中無果者則衆因緣即同非因
緣如乳是酪因緣若乳中無酪水中亦無酪
若乳中無酪則與水同不應言但從乳出是
故衆緣和合中無果者是事不然問曰因爲
果作因已滅而有因果生無如是咎答曰
若因與果因　作因已而滅　是因有二體
一與一則滅
若因與果作因已而滅者是因則有二體一
謂與因二謂滅因是事不然一法有二體故
是故因與果作因已而滅是事不然問曰若
謂因不與果作因已而滅亦有果生有何咎
答曰
若因不與果　作因已而滅　因滅而果生
是果則無因
若是因不與果作因已而滅者則因滅已而
果生是果則無因是事不然何以故現見一
切果無有無因者是故汝說因不與果作因
已而滅亦有果生者是事不然問曰衆緣合
時而有果生者有何咎答曰
若衆緣合時　而有果生者　生者及可生
則爲一時俱
若衆緣合時有果生者則生者可生即一時
俱但是事不爾何以故如父子不得一時生
是故汝說衆緣合時有果生者是事不然問
曰若先有果生而後衆緣合有何咎答曰
若先有果生　而後衆緣合　此即離因緣
名爲無因果
若衆緣未合而先有果生者是事不然是果
離因緣故則名無因果是故汝說衆緣未合
時先有果生者是事則不然問曰因滅變爲

果者有何咎答曰
若因變爲果　因即至於果　是則前生因
生已而復生
因有二種一者前生二者共生若因滅變爲
果果是前生因應還更生但是事不然何以
故已生物不應更生若謂是因即變爲果是
亦不然何以故若即是不名爲變若變不名
即是問曰因不盡滅但名字滅而因體變爲
果如泥團變爲瓶失泥團名而生瓶名答曰
泥團先滅而有瓶生不名爲變又泥團體不
獨生瓶瓮甕等皆從泥中出若泥團但有名
不應變爲瓶變名如乳變爲酪是故汝說因
名雖滅而變爲果是事不然問曰因雖滅失
而能生果是故有果無如是咎答曰
云何因滅失　而能生於果　又若因在果
云何因生果
若因滅失已云何能生果若因不滅而與果
合何能更生果問曰是因遍有果而果生答
曰
若因遍有果　更生何等果　因見不見果
是二俱不生
是因若不見果尚不應生果何況見若因自
不見果則不應生果何以故若不見果果則
不隨因又未有果云何生果若因先見果不
應復生果已有故復次
若言過去因　而於過去果　未來現在果
是則終不合　若言未來因　而於未來果
現在過去果　是則終不合　若言現在因
而於現在果　未來過去果　是則終不合
過去果不與過去未來現在因合未來果不

與未來現在過去因合現在果不與現在未來過去因合如是三種果終不與過去未來現在因合復次

若不和合者　因何能生果　若有和合者　因何能生果

若因果不和合則無果若無果云何因能生果若謂因果和合則因能生果者是亦不然何以故若果在因中則因中已有果云何而復生復次

若因空無果　因何能生果　若因不空果　因何能生果

若因無果者以無果故因空云何因生果如人不懷妊云何能生子若因先有果已有果故不應復生復次今當說果

果不空不生　果不空不滅　以果不空故　不生亦不滅　果空故不生　果空故不滅　以果是空故　不生亦不滅

果若不空不應生不應滅何以故果若因中先決定有更不須復生生無故無滅是故果不空故不生不滅若謂果空故有生滅是亦不然何以故果若空空名無所有云何當有生滅是故說果空故不生不滅復次今以一異破因果

因果是一者　是事終不然　因果若異者　是事亦不然　若因果是一　生及所生一　若因果是異　因則同非因　若果定有性　因為何所生　若果定無性　因為何所生　因不生果者　則無有因相　若無有因相　誰能有是果　若從衆因緣　而有和合法　和合自不生　云何能生果　是故果不從

緣合不合生　若無有果者　何處有合法
是衆緣和合法不能生自體自體無故云何
能生果是故果不從緣合生亦不從不合生
若無有果者何處有合法

觀成壞品第二十一 偈二十

問曰一切世間事現是壞敗相是故有壞答
曰
離成及共成　是中無有壞　離壞及共壞
是中亦無成
若有成若無成俱無壞若有壞若無壞俱無
成何以故
若離於成者　云何而有壞　如離生有死
是事則不然　成壞共有者　云何有成壞
如世間生死　一時則不然　若離於壞者
云何當有成　無常未曾有　不在諸法時

若離成壞不可得何以故若離成有壞者則
不因成有壞壞則無因又無成法而可壞成
名衆緣合壞名衆緣散若離成有壞者無成
誰當壞如無瓶不得言瓶壞是故離成無壞
若謂共成有壞是亦不然何以故法先別成
而後有合合法不離異若壞離異壞則無因
是故共成亦無壞若離壞共壞無有成者若
離壞有成成則爲常常是不壞相而實不見
有法常不壞相是故離壞無成若謂共壞有
成者是亦不然成壞相違云何一時有如人
有髮無髮不得一時俱成壞亦爾是故共壞
有成是事不然何以故若謂分別法者說成
中常有壞是事不然何以故若成中常有壞
則不應有住法而實有住是故若離壞共壞
不應有成復次

成壞共無成　離亦無有成　是二俱不可
云何當有成
若成壞共亦無成離亦無成若共成則二法
相違云何一時若離則無因二門俱不成云
何當有成若有應說問曰現有盡滅相法是
盡滅相法亦說盡亦說不盡如是則有成壞
答曰
盡則無有成　不盡亦無成　盡則無有壞
不盡亦無壞
諸法日夜中念念常滅盡過去如水流不住
是則名盡是事不可取不可說如野馬無決
定不可得如是滅盡無決定性可得云何可
得分別說有成是故言盡亦不成成無故亦
不應有壞是故說盡亦無有壞又念念生滅
常相續不斷故名不盡如是法決定常住不
斷云何可得分別說言今是成時是故說無
盡亦無成成無故無壞是故說不盡亦無壞
如是推求實事不可得故無成無壞問曰且
置成壞但令有法有何咎答曰
若離於成壞　是亦無有法　若當離於法
亦無有成壞
離成壞無法者若法無成無壞是法應或無
或常而世間無有常法汝說離成壞有法是
事不然問曰若離法但有生滅有何咎答曰
離法有成壞是亦不然何以故若離法誰成
誰壞是故離法有成壞是事不然復次
若法性空者　誰當有成壞　若性不空者
亦無有成壞
若諸法性空空何有成有壞若諸法性不空
不空則決定有亦不應有成壞復次

成壞若一者　是事則不然　成壞若異者
是事亦不然
推求成壞一則不可得何以故異相故種種分別故又成壞異亦不可得何以故無有別故亦無因故復次
若謂以現見　而有生滅者　則爲是癡妄
而見有生滅
若謂以眼見有生滅者云何以言說破是事不然何以故眼見生滅者則是愚癡顛倒故見諸法性空無決定如幻如夢但凡夫先世顛倒因緣得此眼今世憶想分別因緣故言眼見生滅第一義中實無生滅是事已於破相品中廣說復次
從法不生法　亦不生非法　從非法不生
法及於非法

從法不生法者若至若失二俱不然從法生法若至若失是則無因無因則墮斷常若以至從法生法是法至已而名爲生則爲是常又生已更生又亦無因生是事不然若以失從法生法者是則失因生者無因是故從失亦不生法從法不生非法者非法名無所有法名有云何從有相生無相是故從法不生非法從非法不生法者非法名爲無無云何生有若從無生有者是則無因無因則有大過是故不從非法生法不從非法生非法者非法名無所有云何從無所有生無所有如兎角不生龜毛是故不從非法生非法問曰法非法雖種種分別故無生但法應生法答曰
法不從自生　亦不從他生　不從自他生

云何而有生
法未生時無所有故又即自不生故是故法
不自生若法未生則亦無他無他故不得言
從他生又未生則無自無自亦無他不共亦
不生若三種不生云何從法有法生復次
若有所受法　即墮於斷常　當知所受法
若常若無常
受法者分別是善是不善常無常等是人必
墮若常見若斷見何以故所受法應有二種
若常若無常二俱不然何以故若常即墮常
邊若無常即墮斷邊問曰
所有受法者　不墮於斷常　因果相續故
不斷亦不常
有人雖信受分別說諸法而不墮斷常如經
說五陰無常苦空無我而不斷滅雖說罪福
無量劫數不失而不是常何以故是法因果
常生滅相續故往來不絕生滅故不常相續
故不斷答曰
若因果生滅　相續而不斷　滅更不生故
因即爲斷滅
若汝說諸法因果相續故不斷不常若滅法
已滅更不復生是則因斷若因斷云何有相
續以滅不生故復次
法住於自性　不應有有無　涅槃滅相續
則墮於斷滅
法決定在有相中爾時無無相如瓶定在瓶
相爾時無失壞相隨有瓶時無失壞相無瓶
時亦無失壞相何以故若無瓶則無所破以
是義故滅不可得離滅故亦無生何以故生
滅相因待故又有常等過故是故不應於一

法而有有無又汝先說因果生滅相續故雖受諸法不墮斷常是事不然何以故汝說因果相續故有三有相續滅相續名涅槃若爾者涅槃時應墮斷滅以滅三有相續故復次若初有滅者　則無有後有　初有若不滅亦無有後有

初有名今世有後有名未來世有若初有滅次有後有是即無因是事不然是故不得言初有滅有後有若初有不滅亦不應有後有何以故若初有未滅而有後有者是則一時有二有是事不然是故初有不滅無有後有

問曰後有不以初有滅生不以不滅生但滅時生答曰

若初有滅時　而後有生者　滅時是一有生時是一有

若初有滅時後有生者即二有一時俱一有是滅時一有是生時問曰滅時生時二有俱者則不然但現見初有滅後有生答曰

若言於生滅　而謂一時者　則於此陰死即於此陰生

若生時滅時一時無二有而謂初有滅時後有生者今應隨在何陰中死即於此陰生不應餘陰中生何以故死者即是生者故如是死生相違法不應一時一處是故汝先說滅時生時一時無二有但現見初有滅時後有生是事不然復次

三世中求有　相續不可得　若三世中無何有有相續

三有名欲有色有無色有無始生死中不得實智故常有三有相續今於三世中諦求不

可得若三世中無有當於何處有有相續當知有有相續皆從愚癡顛倒故有實中則無

中論卷第三

音釋

券 區願切契也 鍮 他侯切銅似金曰鍮 瓫 蒲奔切與盆同 甕 烏貢切罌也

中論卷第四

龍樹菩薩造

姚秦三藏法師鳩摩羅什譯

觀如來品第二十二　十六偈

問曰一切世中尊唯有如來正遍知號爲法王一切智人是則應有答曰今諦思惟若有應取若無何所取何以故如來

非陰非離陰　此彼不相在　如來不有陰　何處有如來

若如來實有者爲五陰是如來爲離五陰有如來爲如來中有五陰爲五陰中有如來爲如來有五陰是事皆不然五陰非是如來何以故生滅相故五陰生滅相若如來是五陰如來即是生滅相若生滅相者如來即有無常斷滅等過又受者受法則一受者是如來受法是五陰是事不然是故如來非是五陰離五陰亦無如來若離五陰有如來者不應有生滅相若爾者如來有常等過又眼等諸根不能見知但是事不然是故離五陰亦無如來如來中亦無五陰何以故若如來中有五陰如器中有果水中有魚者則爲有異若異者即有如上常等過是故如來中無五陰又五陰中無如來何以故若五陰中有如來如牀上有人器中有乳者如是則有別異如上說過是故五陰中無如來如來亦不有五陰何以故若如來有五陰如人有子如是則有別異若爾者有如上過是事不然是故如來不有五陰如是五種求不可得何等是如來問曰如是義求如來不可得而五陰和合有如來答曰

陰合有如來　則無有自性　若無有自性
云何因他有
若如來五陰和合故有即無自性何以故因
五陰和合有故問曰如來不以自性故有但
應因他性故有答曰若無自性云何因他性
有何以故他性亦無自性又無相待因故他
性不可得不可得故不名爲他復次
法若因他生　是即非有我　若法非我者
云何是如來
若法因衆縁生即無有我如因五指有拳是
拳無有自體如是因五陰名我是我即無自
體我有種種名或名衆生人天如來等若如
來因五陰有即無自性無自性故無我若無
我云何説名如來是故偈中説法若因他生
是即爲非我若法非我者云何是如來復次
若無有自性　云何有他性　離自性他性
何名爲如來
若無有自性他性亦不應有因自性故名他
性此無故彼亦無是故自性他性二俱無若
離自性他性誰爲如來復次
若不因五陰　先有如來者　以今受陰故
則説爲如來　今實不受陰　更無如來法
若以不受無　今當云何受　若其未有受
所受不名受　無有無受法　而名爲如來
若於一異中　如來不可得　五種求亦無
云何受中有　又所受五陰　不從自性有
若無自性者　云何有他性
若未受五陰先有如來者是如來今應受五
陰已作如來而實未受五陰時先無如來今
云何當受又不受五陰者五陰不名爲受無

有無受而名爲如來又如來一異中求不可得五陰中五種求亦不可得若爾者云何於五陰中說有如來又所受五陰不從自性有若謂從他性有若不從自性有云何從他性有何以故以無自性故又他性亦無復次

以如是義故　受空受者空　云何當以空
而說空如來

以是義思惟受及受者皆空若受空者云何以空受而說空如來問曰汝謂受空者受者空則定有空耶答曰不然何以故

空則不可說　非空不可說　共不共叵說
但以假名說

諸法空則不應說諸法不空亦不應說諸法空不空亦不應說非空非不空亦不應說何以故但破相違故以假名說如是正觀思惟諸法實相中不應以諸難爲難何以故

寂滅相中無　常無常等四　寂滅相中無
邊無邊等四

諸法實相如是微妙寂滅但因過去世起四種邪見世間有常世間無常世間常無常世間非常非無常寂滅中盡無何以故諸法實相畢竟清淨不可取空尚不受何況有四種見四種見皆因受生諸法實相無所因受四種見皆以自見爲貴他見爲賤諸法實相無有此彼是故說寂滅中無四種見如因過去世有四種見因未來世有四種見亦如是世間有邊世間無邊世間有邊無邊世間非有邊非無邊問曰若如是破如來者則無如來耶答曰

邪見深厚者　則說無如來　如來寂滅相

分別有亦非
邪見有二種一者破世間樂二者破涅槃道破世間樂者是麤邪見言無罪福無罪福報無如來等賢聖起是邪見捨善爲惡則破世間樂破涅槃道者貪著於我分別有無起善滅惡起善故得世間樂分別有無故不得涅槃是故若言無如來者是深厚邪見乃失世間樂何況涅槃若言有如來亦是邪見何以故如來寂滅相而種種分別故是故寂滅相中分別有如來亦爲非
如是性空中　思惟亦不可　如來滅度後　分別於有無
諸法實相性空故不應於如來滅後思惟若有若無若有無如來從本已來畢竟空何況滅後
如來過戲論　而人生戲論　戲論破慧眼　是皆不見佛
戲論名憶念取相分別此彼言佛滅不滅等是人爲戲論覆慧眼故不能見如來法身此如來品中初中後思惟如來定性不可得是故偈說
如來所有性　即是世間性　如來無有性　世間亦無性
此品中思量推求如來性即是一切世間性問曰何等是如來性答曰如來無有性同世間無有性
觀顛倒品第二十三
問曰
從憶想分別　生於貪恚癡　淨不淨顛倒　皆從衆緣生

經說因淨不淨顛倒憶想分別生貪恚癡是
故當知有貪恚癡答曰
若因淨不淨　顛倒生三毒　三毒即無性
故煩惱無實
若諸煩惱因淨不淨顛倒憶想分別生即無
自性是故諸煩惱無實復次
我法有以無　是事終不成　無我諸煩惱
有無亦不成
我無有因緣若有若無而可成今無我諸煩
惱云何以有無而可成何以故
誰有此煩惱　是即爲不成　若離是而有
煩惱則無屬
煩惱名爲能惱他惱他者應是衆生是衆生
於一切處推求不可得若謂離衆生但有煩
惱是煩惱則無所屬若謂雖無我而煩惱屬
心是事亦不然何以故
如身見五種　求之不可得　煩惱於垢心
五求亦不得
如身見五陰中五種求不可得諸煩惱亦於
垢心中五種求不可得又垢心於煩惱中五
種求亦不可得復次
淨不淨顛倒　是則無自性　云何因此二
而生諸煩惱
淨不淨顛倒者顛倒名虛妄若虛妄即無自
性無自性則無顛倒若無顛倒云何因顛倒
起諸煩惱問曰
色聲香味觸　及法爲六種　如是之六種
是三毒根本
是六入三毒根本因此六入生淨不淨顛倒
因淨不淨顛倒生貪恚癡答曰

色聲香味觸　及法體六種　皆空如燄夢
如乾闥婆城　如是六種中　何有淨不淨
猶如幻化人　亦如鏡中像

色聲香味觸法自體未與心和合時空無所有如燄如夢如化人如鏡中像但誑惑於心無有定相如是六入中何有淨不淨復次

不因於淨相　則無有不淨　因淨有不淨
是故無不淨

若不因於淨先無有不淨因何而說不淨是故無不淨復次

不因於不淨　則亦無有淨　因不淨有淨
是故無有淨

若不因不淨先無有淨因何而說淨是故無有淨復次

若無有淨者　何由而有貪　若無有不淨
何由而有恚

無淨不淨故則不生貪恚問曰經說常等四顛倒若無常中見常是名顛倒若無常中見無常此非顛倒餘三顛倒亦如是有顛倒故顛倒者亦應有何以言都無答曰

於無常著常　是則名顛倒　空中無有常
何處有常倒

若於無常中著常名爲顛倒諸法性空中無有常是中何處有常顛倒餘三亦如是復次

若於無常中　著無常非倒　空中無無常
何有非顛倒

若著無常言是無常不名爲顛倒者諸法性空中無無常無常無故誰爲非顛倒餘三亦如是復次

可著著者著　及所用著法　是皆寂滅相

云何而有著
可著名物著者名作者著名業所用著法名所用事是皆性空寂滅相如如來品中所說是故無有著復次
若無有著法　言邪是顛倒　言正不顛倒
誰有如是事
著名憶想分別此彼有無等若無有此著法誰爲邪顛倒誰爲正不顛倒復次
有倒不生倒　無倒不生倒　倒者不生倒
不倒亦不倒　若於顛倒時　亦不生顛倒
汝可自觀察　誰生於顛倒
已顛倒者則更不生顛倒已顛倒故不顛倒者亦不顛倒無有顛倒故顛倒時亦無顛倒有二過故汝今除憍慢心善自觀察誰爲顛倒者復次
諸顛倒不生　云何有此義　無有顛倒故
何有顛倒者
顛倒種種因緣破故墮在不生彼貪著不生謂不生是顛倒實相是故偈說云何名不生爲顛倒乃至無漏法尚不名爲不生相何況顛倒是不生相顛倒無故何有顛倒者因顛倒有顛倒者復次
我若常樂淨　而是實有者　是常樂我淨
則非是顛倒
我若常樂淨是四實有性故我是常樂淨則非顛倒何以故定有實事故云何言顛倒若謂常樂我淨是四無者無常苦無我不淨是四應實有不名顛倒顛倒相違故若不顛倒是事不然何以故
若我常樂淨　而實無有者　無常苦不淨

是則亦應無

若我常樂淨　是四實無實　無故無常等　四事亦不應有　何以故　無相因待故　復次

如是顛倒滅　無明則亦滅　以無明滅故　諸行等亦滅

如是者如其義　滅諸顛倒故　十二因緣根本無明亦滅　無明滅故　三種行業乃至老死等皆滅　復次

若煩惱性實　而有所屬者　云何當可斷　誰能斷其性

若諸煩惱即是顛倒　而實有性者　云何可斷　誰能斷其性　若謂諸煩惱皆虛妄無性　而可斷者　是亦不然　何以故

若煩惱虛妄　無性無屬者　云何當可斷　誰能斷無性

若諸煩惱虛妄無性　則無所屬　云何可斷　誰能斷無性法

觀四諦品第二十四　四十偈

問曰　破四顛倒　通達四諦　得四沙門果

若一切皆空　無生亦無滅　如是則無有　四聖諦之法　以無四諦故　見苦與斷集　證滅及修道　如是事皆無　以是事無故　則無有四果　無有四果故　得向者亦無　若無八賢聖　則無有僧寶　以無四諦故　亦無有法寶　以無法僧寶　亦無有佛寶　如是說空者　是則破三寶

若一切世間皆空無所有者　即應無生無滅　以無生無滅故　則無四聖諦　何以故　從集諦生苦諦　集諦是因　苦諦是果　滅苦集諦名為滅諦　能至滅諦名為道諦　道諦是因　滅諦是

果如是四諦有因有果若無生無滅則無四諦四諦無故則無見苦斷集證滅修道見苦斷集證滅修道無故則無四沙門果四沙門果無故則無四向四得者若無此八賢聖則無僧寶又四聖諦無故法寶亦無若無法寶僧寶者云何有佛得法名爲佛無法何有佛汝說諸法皆空則壞三寶復次

空法壞因果　亦壞於罪福　亦復悉毀壞
一切世俗法

若受空法者則破罪福及罪福果報亦破世俗法有如是等諸過故諸法不應空答曰

汝今實不能　知空空因緣　及知於空義
是故自生惱

汝不解云何是空相以何因緣說空亦不解空義不能如實知故生如是疑難復次

諸佛依二諦　爲衆生說法　一以世俗諦
二第一義諦　若人不能知　分別於二諦
則於深佛法　不知眞實義

世俗諦者一切法性空而世間顛倒故生虛妄法於世間是實諸賢聖眞知顛倒性故知一切法皆空無生於聖人是第一義諦名爲實諸佛依是二諦而爲衆生說法若人不能如實分別二諦則於甚深佛法不知實義若謂一切法不生是第一義諦不須第二俗諦者是亦不然何以故

若不依俗諦　不得第一義　不得第一義
則不得涅槃

第一義皆因言說言說是世俗是故若不依世俗第一義則不可說若不得第一義云何得至涅槃是故諸法雖無生而有二諦復次

不能正觀空　鈍根則自害　如不善呪術
不善捉毒蛇
若人鈍根不善解空法於空有失而生邪見
知爲利捉毒蛇不能善捉及爲所害又如呪
術欲有所作不能善成則還自害鈍根觀空
法亦復如是復次
世尊知是法　甚深微妙相　非鈍根所及
是故不欲說
世尊以法甚深微妙非鈍根所解是故不欲
說復次
汝謂我著空　而爲我生過　汝今所說過
於空則無有
汝謂我著空故爲我生過我所說性空空亦
空無如是過復次
以有空義故　一切法得成　若無空義者
一切則不成
以有空義故一切世間出世間法皆悉成就
若無空義則皆不成就復次
汝今自有過　而以迴向我　如人乘馬者
自忘於所乘
汝於有法中有過不能自覺而於空中見過
如人乘馬而忘其所乘何以故
若汝見諸法　決定有性者　即爲見諸法
無因亦無緣
汝說諸法有定性若爾者則見諸法無因無
緣何以故若法決定有性則應不生不滅如
是法何用因緣若諸法從因緣生則無有性
是故諸法決定有性則無因緣若謂諸法決
定住自性是則不然何以故
即爲破因果　作作者作法　亦復壞一切

萬物之生滅
諸法有定性則無因果等諸事如偈說
衆因緣生法　我說即是無　亦爲是假名
亦是中道義　未曾有一法　不從因緣生
是故一切法　無不是空者
衆因緣生法我說即是空何以故衆緣具足
和合而物生是物屬衆因緣故無自性無自
性故空空亦復空但爲引導衆生故以假名
說離有無二邊故名爲中道是法無性故不
得言有亦無空故不得言無若法有性相則
不待衆緣而有若不待衆緣則無法是故無
有不空法汝上所說空法有過者此過今還
在汝何以故
若一切不空　則無有生滅　如是則無有
四聖諦之法
若一切法各各有性不空者則無有生滅無
生滅故則無四聖諦法何以故
苦不從緣生　云何當有苦　無常是苦義
定性無無常
苦不從緣生故則無苦何以故經說無常是
苦義若苦有定性云何有無常以不捨自性
故復次
若苦有定性　何故從集生　是故無有集
以破空義故
若苦定有性者則不應更生先已有故若爾
者則無集諦以壞空義故復次
苦若有定性　則不應有滅　汝著定性故
即破於滅諦
苦若有定性者則不應滅何以故性則無失
故復次

苦若定有性　則無有修道　若道可修習
即無有定性
法若定有則無有修道何以故若法實者則
是常常則不可增益若道可修道則無有定
性復次
若無有苦諦　及無集滅諦　所可滅苦道
竟爲何所至
諸法若先定有性則無苦集滅諦今滅苦道
竟爲至何滅苦處復次
若苦定有性　先來所不見　於今云何見
其性不異故
若先凡夫時不能見苦性今亦不應見何以
故不見性定故復次
如見苦不然　斷集及證滅　修道及四果
是亦皆不然

如苦諦性先不可見者後亦不應見如是亦
不應有斷集滅證修道何以故是集性先來
不斷今亦不應斷性不可斷故滅先來不證
今亦不應證先來不證故道先來不修今亦
不應修先來不修故是故四聖諦見斷證修
四種行皆不應有四種行無故四道果亦無
何以故
是四道果性　先來不可得　諸法性若定
今云何可得
諸法若有定性四沙門果先來未得今云何
可得若可得者性則無定復次
若無有四果　則無得向者　以無八聖故
則無有僧寶
無四沙門果故則無得果向果者無八賢聖
故則無有僧寶而經說八賢聖名爲僧寶復

次

無四聖諦故　亦無有法寶　無法寶僧寶

云何有佛寶

行四聖諦得涅槃法若無四諦則無法寶若無二寶云何當有佛寶汝以如是因緣說諸法定性則壞三寶問曰汝雖破諸法究竟道阿耨多羅三藐三菩提應有因是道故名爲佛答曰

汝說則不因　菩提而有佛　亦復不因佛

而有於菩提

汝說諸法有定性者則不應因菩提有佛因佛道有菩提是二性常定故復次

雖復勤精進　修行菩提道　若先非佛性

不應得成佛

以先無性故如鐵無金性雖復種種鍛鍊終不成金復次

若諸法不空　無作罪福者　不空何所作

以其性定故

若諸法不空終無有人作罪福者何以故罪福性先已有故又無作作者故復次

汝於罪福中　不生果報者　是則離罪福

而有諸果報

汝於罪福因緣中皆無果報者則應離罪福因緣而有果報何以故果報不待因出故問曰離罪福可無善惡果報但從罪福有善惡果報答曰

若謂從罪福　而生果報者　果從罪福生

云何言不空

若離罪福無善惡果云何言果不空若爾離作作者則無罪福汝先說諸法不空是事不

然復次
汝破一切法　諸因緣空義　則破於世俗
諸餘所有法
汝若破衆因緣法第一空義者則破一切世
俗法何以故
若破於空義　即應無所作　無作而有作
不作名作者
若破空義則一切果皆無作無因又不作而
作又一切作者不應有所作又離作者應有
業有果報有受者但是事皆不然是故不應
破空復次
若有決定性　世間種種相　則不生不滅
常住而不壞
若諸法有定性則世間種種相天人畜生萬
物皆應不生不滅常住不壞何以故有實性
不可變異故而現見萬物各有變異相生滅
變易是故不應有定性復次
若無有空者　未得不應得　亦無斷煩惱
亦無苦盡事
若無有空法者則世間出世間所有功德未
得者皆不應有得亦不應有斷煩惱者亦無
苦盡何以故以性定故
是故經中說　若見因緣法　則爲能見佛
見苦集滅道
若人見一切法從衆緣生是人則能見佛法
身增益智慧能見四聖諦苦集滅道見四聖
諦得四果滅諸苦惱是故不應破空義若破
空義則破因緣法破因緣法則破三寶若破
三寶則爲自破
觀涅槃品第二十五二十四偈

問曰

若一切法空　無生無滅者　何斷何所滅

而稱爲涅槃

若一切法空則無生無滅無生無滅者何所

斷何所滅名爲涅槃是故一切法不應空以

諸法不空故斷諸煩惱滅五陰名爲涅槃答

曰

若諸法不空　則無生無滅　何斷何所滅

而稱爲涅槃

若一切世間不空則無生無滅何所斷何所

滅而名爲涅槃是故有無二門非至涅槃所

名涅槃者

無得亦無至　不斷亦不常　不生亦不滅

是說名涅槃

無得者於行於果無所得無至者無處可至

不斷者五陰先來畢竟空故得道入無餘涅

槃時亦無所斷不常者若有法可得分別者

則名爲常涅槃寂滅無法可分別故不名爲

常生滅亦爾如是相者名爲涅槃復次經說

涅槃非有非無非有無非非有非非無一切

法不受內寂滅名涅槃何以故

涅槃不名有　有則老死相　終無有有法

離於老死相

眼見一切萬物皆生滅故是老死相涅槃若

是有則應有老死相但是事不然是故涅槃

不名有又不見離生滅老死別有定法若涅

槃是有即應有生滅老死相以離老死相故

名爲涅槃復次

若涅槃是有　涅槃即有爲　終無有一法

而是無爲者

涅槃非是有何以故一切萬物從衆緣生皆是有爲無有一法名爲無爲者雖常法假名無爲以理推之無常法尚不有何況常法不可得見不可得者復次

若涅槃是有　云何名無受　無有不從受而名爲法者

若謂涅槃是有法者經則不應說無受是涅槃何以故無有法不受而有是故涅槃非有問曰若有非涅槃者無應是涅槃耶答曰

有尚非涅槃　何況於無耶　涅槃無有有何處當有無

若有非涅槃無云何是涅槃何以故因有故有無若無有云何有無如經說先有今無則名無涅槃則不爾何以故非有法變爲無故是故無亦不作涅槃復次

若無是涅槃　云何名不受　未曾有不受而名爲無法

若謂無是涅槃經則不應說不受名涅槃何以故無有不受而名無法是故知涅槃非無問曰若涅槃非有非無者何等是涅槃答曰

受諸因緣故　輪轉生死中　不受諸因緣是名爲涅槃

不如實知顚倒故因五受陰往來生死如實知顚倒故則不復受因五受陰往來生死無性五陰不復相續故說名涅槃復次

如佛經中說　斷有斷非有　是故知涅槃非有亦非無

有名三有非有名三有斷滅佛說斷此二事故當知涅槃非有亦非無問曰若有若無非涅槃者今有無共合是涅槃耶答曰

若謂於有無　合爲涅槃者　有無即解脱
是事則不然
若謂有無合爲涅槃者即有無二事合爲解脱是事不然何以故有無二事相違云何一處有復次
若謂於有無　合爲涅槃者　涅槃非無受
是二從受生
若有無合爲涅槃者經不應說涅槃名無受何以故有無二事從受生相因而有是故有無二事不得合爲涅槃復次
有無共合成　云何名涅槃　涅槃名無爲
有無是有爲
有無二事共合不得名涅槃涅槃名無爲有無是有爲是故有無非是涅槃復次
有無二事共　云何是涅槃　是二不同處
如明暗不俱
有無二事不得名涅槃何以故有無相違一處不可得如明暗不俱是故有時無無無時無有云何有無共合而名爲涅槃問曰若有無共合非涅槃者今非有非無應是涅槃答曰
若非有非無　名之爲涅槃　此非有非無
以何而分別
若涅槃非有非無者此非有非無因何而分別是故非有非無是涅槃者是事不然復次
分別非有無　如是名涅槃　若有無成者
非有非無成
汝分別非有非無是涅槃者是事不然何以故若有無成者然後非有非無成有相違名無無相違名有是有無第三句中已破有無

無故云何有非有非無是故涅槃非非有非
非無復次
如來滅度後　不言有與無　亦不言有無
非有及非無　如來現在時　不言有與無
亦不言有無　非有及非無
若如來滅後若現在有如來亦不受無如來
亦不受亦有如來亦無如來亦不受非有如
來非無如來亦不受以不受故不應分別涅
槃有無等離如來誰當得涅槃何時何處以
何法說涅槃是故一切時一切種求涅槃相
不可得復次
涅槃與世間　無有少分別　世間與涅槃
亦無少分別
五陰相續往來因緣故說名世間五陰性畢
竟空無受寂滅此義先已說以一切法不生

不滅故世間與涅槃無有分別涅槃與世間
亦無分別復次
涅槃之實際　及與世間際　如是二際者
無毫釐差別
究竟推求世間涅槃實際無生際以平等不
可得故無毫釐差別復次
滅後有無等　有邊等常等　諸見依涅槃
未來過去世
如來滅後有如來無如來亦有如來亦無如
來非有如來非無如來世間有邊世間無邊
世間亦有邊亦無邊世間非有邊非無邊世
間常世間無常世間亦常亦無常世間非有
常非無常此三種十二見如來滅後有無等
四見依涅槃起世間有邊無邊等四見依未
來世起世間常無常等四見依過去世起如

來滅後有無等不可得涅槃亦如是如世間前際後際有邊無邊有常無常等不可得涅槃亦如是是故說世間涅槃等無有異復次

一切法空故　何有邊無邊　亦邊亦無邊
非有非無邊　何者爲一異　何有常無常
亦常亦無常　非常非無常　諸法不可得
滅一切戲論　無人亦無處　佛亦無所說

一切法一切時一切種從衆緣生故異竟空故無自性如是法中何者是有邊誰爲有邊何者是無邊亦有邊亦無邊非有邊非無邊誰爲非有邊非無邊何者是常誰爲有常何者是無常常無常非常非無常誰爲非常非無常何者身即是神何者身異於神如是等六十二邪見於畢竟空中皆不可得諸有所得皆息戲論皆滅戲論滅故通達諸法實相得安隱道從因緣品來分別推求諸法有亦無無亦無有無亦無非有非無亦無是名諸法實相亦名如法性實際涅槃是故如來無時無處爲人說涅槃定相是故說諸有所得皆息戲論皆滅

觀十二因緣品第二十六 九偈

問曰汝以摩訶衍說第一義道我今欲聞說聲聞法入第一義道答曰

衆生癡所覆　爲後起三行　以起是行故
隨行入六趣　以諸行因緣　識受六道身
以有識著故　增長於名色　名色增長故
因而生六入　情塵識和合　以生於六觸
因於六觸故　即生於三受　以因三受故
而生於渴愛　因愛有四取　因取故有有
若取者不取　則解脫無有　從有而有生

從生有老死　從老死故有　憂悲諸苦惱
如是等諸事　皆從生而有　但以是因緣
而集大苦陰　是謂爲生死　諸行之根本
無明者所造　智者所不爲　以是事滅故
是事則不生　但是苦陰聚　如是而正滅

凡夫爲無明所盲故以身口意業爲後身起六趣諸行隨所起行有上中下識入六趣隨行受身以識著因緣故有名色集名色集故有六入六入因緣故有六觸六觸因緣故有三受三受因緣故生渴愛渴愛因緣故有四取四取取時以身口意業起罪福令後三有相續從有而有生從生而有老死從老死有憂悲苦惱種種衆患但有大苦陰集是故知凡夫無智起此生死諸行根本智者所不起以如實見故則無明滅無明滅故諸行亦滅以因滅故果亦滅如是修習觀十二因緣生滅智故是事滅是事滅故乃至生老死憂悲大苦陰皆如實正滅正滅者畢竟滅是十二因緣生滅義如阿毗曇修多羅中廣說

觀邪見品第二十七 五十一偈

問曰已聞大乘法破邪見今欲聞聲聞法破邪見答曰

我於過去世　爲有爲是無　世間常等見
皆依過去世　我於未來世　爲作爲無作
有邊等諸見　皆依未來世

我於過去世爲有爲無爲有無爲非有非無即名常等諸見依過去世我於未來世爲作爲不作爲作不作爲非作非不作是名邊無邊等諸邪見依未來世如是等諸邪見何因緣故名爲邪見是事今當說

過去世有我　是事不可得　過去世中我
不作今日我　若謂我即是　而身有異相
若當離於身　何處別有我　離身無有我
是事爲已成　若謂身即我　若都無有我
但身不爲我　身相生滅故　云何當以受
而作於受者　若離身有我　是事則不然
無受而有我　而實不可得　今我不離受
亦不但是受　非無受非無　此即決定義

我於過去世有者是事則不然何以故先世中我不即作今我有常過故若常則有無量過何以故如人修福因緣故作天然後作人若先世我即是今世我者天即是人又人以罪業因緣故作旃陀羅後作婆羅門若先世我即是今我者旃陀羅即是婆羅門譬如舍衛國婆羅門名提違到王舍城亦名提違不以至王舍城故爲異若先爲天後作人則天即是人旃陀羅即是婆羅門但是事不然何以故天不即是人旃陀羅不即是婆羅門有此等常過故若謂先世我不作今我如人浣衣時名爲浣者刈時名爲刈者而浣者與刈者雖不異而浣者不即是刈者如是我受天身名爲天我受人身名爲人我不異而身有異者是事不然何以故若即是人者不應言天作人今浣者於刈者爲異爲不異若不異浣者應即是刈者如是先世天即是人旃陀羅即是婆羅門者我亦有常過若異者浣者即不作刈者如是天不作人我亦無常無常則無我相是故不得言即是問曰我即是但因受故分別是天是人受名五陰身以業因緣故分別是天是人是旃陀羅是婆羅門而

我實非天非人非旃陀羅非婆羅門是故無如是過答曰是事不然何以故若身作天作人作旃陀羅作婆羅門非是我者則離身別有我今罪福生死往來皆是身非是我罪因緣故墮三惡道福因緣故生三善道若苦樂瞋喜憂怖等皆是身非我者何用我爲如治俗人罪不預出家人五陰因緣相續罪福不失故有解脫若皆是身非我者何用我爲問曰罪福等依止於我我有所知身無所知故知者應是我起業因緣罪福是作法當知應有作者作者是我身是我所用亦是我所住處譬如舍主以草木泥墼等治舍自爲身故隨所用治舍有好惡我亦如是隨作善惡等得好醜身六道生死皆我所作是故罪福之身皆屬於我譬如舍但屬舍主不屬他人答曰是喻不然何以故舍主有形有觸有力故能持舍汝所說我無形無觸故無作力自無作力亦不能使他作若世間有一法無形無觸能有所作者我則可信受知有作者但是事不然若我是作者則人不應自作苦事若是念者可貪樂事不應忘失若我不作苦而苦強生者餘一切皆亦自生非我所作若見者是我眼能見色眼應是我若眼見而非我則違先言見者是我若見者是我我則不應得聞聲等諸塵何以故眼是見者不能得聞聲等諸塵故是故我是見者是事不然若謂如刈者用鎌刈草我亦如是以手等能有所作者是喻不然何以故今離鎌別有刈者而離身心諸根無別作者若謂作者雖非眼耳等所得亦有作者則石女兒能有所作如是

一切諸根皆應無我若謂右眼見物而左眼識當知别有見者是事不然今右手習作左手不能是故無别作者若别有作者右手所習左手亦應能而實不能是故更無作者復次有我作者言見他食果口中涎出是爲我相是事不然何以故是念力故非是我力又亦即是破我因緣人在衆中愧於涎出而涎强出不得自在當知無我復次若有顛倒過罪先世是父今世爲子是父子我一但身有異如從一舍至一舍父故是父不以入異舍故便有異若有我是二應一如是則有大過若謂無我五陰相續中亦有是過是事不然何以故五陰雖相續或時有用或時無用如蒲萄漿持戒者應飲蒲萄酒不應飲若變爲苦酒還復應飲五陰相續亦如是有用有不用若始終一我有如是過五陰相續無如是過但五陰和合故假名爲我無有決定如樑椽和合有舍離樑椽無别舍如是五陰和合故有我若離五陰實無别我是故我但有假名無有定實汝先説離受别有受者以受分别受者是天是人是皆不然當知但有受無别受者若謂離受别有我是事不然若離受有我云何可得説是我相若無相可説則離受無我若謂離身無我但身是我是亦不然何以故身有生滅相我則不爾復次云何以受即名受者若謂離受有受者是事亦不然若不受五陰而有受者應離五陰别有受者眼等根可得而實不可得是故我不離受不即是受亦非無受亦復非無此是定義是故當知過去世有我者是事不然何以故

過去我不作　是事則不然　過去世中我
異今亦不然　若謂有異者　離彼應有今
我住過去世　而今我自生　如是則斷滅
失於業果報　彼作而此受　有如是等過
先無而今有　此中亦有過　我則是作法
亦爲是無因
過去世中我不作今我是事不然何以故過
去世中我與今我不異若今我與過去世我
異者應離彼我而有今我又過去世我亦應
住彼此身自更生若爾者即墮斷邊失諸業
果報又彼人作罪此人受報有如是等無量
過又是我應先無而今有是亦有過我則是
作法亦是無因生是故過去我不作今我是
事不然復次
如過去世中　有我無我見　若共若不共
是事皆不然
如是推求過去世中邪見有無亦有亦無非
有非無是諸邪見先說因緣過故是皆不然
我於未來世　爲作爲不作　如是之見者
皆同過去世
我於未來世中爲作爲不作如是四句如過
去世中過咎應在此中說復次
若天即是人　則墮於常邊　天則爲無生
常法不生故
若天即是人是則爲常若天不生人中云何
名爲人常法不生故是故常亦不然復次
若天異於人　是即爲無常　若天異人者
是則無相續
若天與人異則爲無常無常則爲斷滅等過
如先說過若天與人異則無相續若有相續

不得言異復次

若半天半人　則墮於二邊　常及於無常
是事則不然

若衆生半身是天半身是人若爾則爲常無常半天是常半人是無常但是事不然何以故一身有二相過故復次

若常及無常　是二俱成者　如是則應成
非常非無常

若常無常二俱成者然後成非常非無常與常無常相違故今實常無常不成是故非常非無常亦不成復次今生死無始是亦不然何以故

法若定有來　及定有去者　生死則無始
而實無此事

法若決定有所從來有所從去者生死則應無始是法以智慧推求不得有所從來有所從去是故生死無始是事不然復次

今若無有常　云何有無常　亦常亦無常
非常非無常

若爾者以智慧推求無法可得常者誰當有無常因常有無常故若二俱無者云何有亦有常亦無常若無有常無常云何有非有常非無常因亦有常亦無常故有非有常非無常是故依止過去世常等四句不可得有邊無邊等四句依止未來世是事不可得今當說何以故

若世間有邊　云何有後世　若世間無邊
云何有後世

若世間有邊不應有後世而今實有後世是故世間有邊不然若世間無邊亦不應有後

世而實有後世是故世間無邊亦不然復次
是二邊不可得何以故
五陰常相續　猶若如燈燄　以是故世間
不應邊無邊
從五陰復生五陰是五陰次第相續如衆緣
和合有燈燄若衆緣不盡燈則不滅若盡則
滅是故不得說世間有邊無邊復次
若先五陰壞　不因是五陰　更生後五陰
世間則有邊　若先陰不壞　亦不因是陰
而生後五陰　世間則無邊
若先五陰壞不因是五陰更生後五陰如是
則世間有邊若先五陰滅已更不生餘五陰
是名爲邊邊名末後身若先五陰不壞不因
是五陰而生後五陰世間則無邊是則爲常
而實不爾是故世間無邊是事不然世間有

二種國土世間衆生世間此是衆生世間復
次如四百觀中說
眞法及說者　聽者難得故　如是則生死
非有邊無邊
不得眞法因緣故生死往來無有邊或時得
聞眞法得道故不得言無邊今當更破亦有
邊亦無邊
若世半有邊　世間半無邊　是則亦有邊
亦無邊不然
若世間半有邊半無邊則應是亦有邊亦無
邊若爾者則一法二相是事不然何以故
彼受五陰者　云何一分破　一分而不破
是事則不然　受亦復如是　云何一分破
一分而不破　是事亦不然
受五陰者云何一分破一分不破是事不得

亦常亦無常受亦如是云何一分破一分不破常無常二相過故是故世間亦有邊亦無邊是則不然今當破非有邊非無邊見

若亦有無邊　是二得成者　非有非無邊　是則亦應成

與有邊相違故有無邊如長相違有短與有無相違則有亦有亦無與亦有亦無相違故則有非有非無若亦有邊亦無邊定成者應有非有邊非無邊何以故因相待故上已破亦有邊亦無邊第三句今云何當有非有邊非無邊以無相待故如是推求依止未來世有邊無邊等四見皆不可得復次

一切法空故　世間常等見　何處於何時　誰起是諸見

上已聲聞法破諸見今此大乘法中說諸法從本已來畢竟空性如是空性法中無人無法不應生邪見正見處名土地時名日月歲數誰名爲人是名諸見體若有常無常等決定見者應當有人出生此見破我故無人生是見應有處所色法現見尚可破何況時方若有諸見者應有定實若定則不應破上來已種種因緣破是故當知見無定體云何得生如偈說何處何時誰起是見

瞿曇大聖主　憐愍說是法　悉斷一切見　我今稽首禮

一切見者略說則有五見廣說則六十二見爲斷是諸見故說法大聖主瞿曇是無量無邊不可思議智慧者是故我稽首禮

中論卷第四

音釋

鍛鍊鍛都玩切練郎甸切浣胡管切濯垢也刈倪祭切割也墼古歷切土軌也鎌力塩切鍥也

十住毗婆沙論

姚秦三藏法師鳩摩羅什譯

清刻龍藏佛說法變相圖

十住毗婆沙論卷第一

龍樹菩薩造

姚秦三藏法師鳩摩羅什譯

序品第一

敬禮一切佛　無上之大道　及諸菩薩衆
堅心住十地　聲聞辟支佛　無我我所者
今解十地義　隨順佛所說

問曰汝欲解菩薩十地義以何因緣故說答曰地獄畜生餓鬼人天阿修羅六趣險難恐怖大畏是衆生生死大海旋流洄澓隨業往來是其濤波涕淚乳汁流汗膿血是惡水聚瘡癩乾枯嘔血淋瀝上氣熱病癰疽癱漏吐逆脹滿如是等種種惡病爲惡羅剎憂悲苦惱爲水嬈動啼哭悲號爲波浪聲苦惱諸受以爲沃燋死爲崖岸無能越者諸結煩惱有

漏業風鼓扇不定諸四顛倒以爲欺誑愚癡無明爲大黑闇隨愛凡夫無始已來常行其中如是往來生死大海未曾有得到於彼岸或有到者兼能濟渡無量衆生以是因緣說菩薩十住義問曰若人不能修行菩薩十地不得度生死大海耶答曰有若人行聲聞辟支佛乘者是人得度生死大海若人欲以無上大乘度生死大海者是人必當具足修行十地問曰行聲聞辟支佛乘者幾時得度生死大海答曰行聲聞乘者或以一世得度或以二世或過是數隨根利鈍又以先世宿行因緣行辟支佛乘者或以七世得度或以八世若行大乘者或一恒河沙大劫或二三四五十百千萬世或過是數然後乃得具足修行菩薩十地而成佛道亦隨根之利鈍又以先世宿行因緣問曰聲聞辟支佛佛俱到彼岸於解脫中有差別不答曰是事應當分別於諸煩惱得解脫是中無差別因是解脫入無餘涅槃是中亦無差別無有相故但諸佛甚深禪定障解脫一切法障解脫於諸聲聞辟支佛有差別非說所盡亦不可以譬喻爲比問曰三乘所學皆爲無餘涅槃若無餘涅槃中無差別者我等何用於恒河沙等大劫往來生死具足十地不如以聲聞辟支佛乘速滅諸苦答曰是語弱劣非是大悲有益之言若諸菩薩効汝小心無慈愍意不能精勤修十地者諸聲聞辟支佛何由得度亦復無有二乘差別所以者何一切聲聞辟支佛皆由佛出若無諸佛何由而出若不修十地何有諸佛若無諸佛亦無法僧是故汝所說者

則斷三寶種非是大人有智之言不可聽察所以者何世間有四種人一者自利二者利彼三者共利四者不共利是中共利者能行慈悲饒益於他名爲上人如說

世間可愍傷　常背於自利　一心求富樂
墮於邪見網　常懷於死畏　流轉六道中
大悲諸菩薩　能拯爲希有　衆生死至時
無能救護者　没在深黑闇　煩惱網所縛
若有能發行　大悲之心者　荷負衆生故
爲之作重任　若人決定心　獨受諸勤苦
所獲安隱果　而與一切共　諸佛所稱歎
第一最上人　亦是希有者　功德之大藏
世間有常言　家不生惡子　但能成己利
不能利於人　若生於善子　能利於人者
是則如滿月　照明於其家　有諸福德人
以種種因緣　饒益如大海　又亦如大地
無求於世間　以慈愍故住　此人生爲貴
壽命第一最

如是聲聞辟支佛佛煩惱解脫雖無差別以度無量衆生久住生死多所利益具足菩薩十地故有大差別問曰佛有大悲汝爲弟子種種稱讚慈愍衆生誠如所說汝以種種因緣明了分別開悟引導行慈悲者聞則心淨我甚欣悅汝先偈說十地之義願爲解釋答曰敬名恭敬心禮名曲身接足一切諸佛者三世十方佛無上大道者一切諸法如實知見通達無餘更無勝者故曰無上大人所行故曰大道菩薩衆者爲無上道發心名曰菩薩問曰但發心便是菩薩耶答曰何有但發心而爲菩薩若人發心必能成無上道乃名

菩薩或有但發心亦名菩薩何以故若離初發心則不成無上道如大經說新發意者名爲菩薩猶如比丘雖未得道亦名道人是名字菩薩漸漸修習轉成實法後釋歡喜地中當廣說如實菩薩相衆者從初發心至金剛無礙解脱道於其中間過去未來現在菩薩名之爲衆堅心者心如須彌山王不可沮壞亦如大地不可傾動住十地者歡喜等十地後當廣說問曰若菩薩更有殊勝功德何故但稱堅心答曰菩薩有堅心功德能成大業不墮二乘輭心者怖畏生死自念何爲久在生死受諸苦惱不如疾以聲聞辟支佛乘速滅諸苦又輭心者於活地獄黑繩地獄衆合地獄叫喚地獄大叫喚地獄燒炙地獄大燒炙地獄無間大地獄及眷屬炭火地獄沸屎地獄燒林地獄劒樹地獄刀道地獄銅橛地獄刺棘地獄醎河地獄其中斧鉞刀矟矛戟弓箭鐵剗椎棒鐵槍蒺藜刀劒鐵網鐵杵鐵輪以如是等治罪器物斬斫割刺打棒剥裂繫縛枷鎖燒煮拷掠磨碎其身擣令爛熟狐狗虎狼師子惡獸競來齷掣食噉其身烏鵄鵰鷲鐵嘴所啄惡鬼驅逼令緣劒樹上下火山以鐵火車加其頸領以熱鐵杖而隨捶之千釘釘身剗刀刮削入黑闇中熢焞臭處熱鐵鍱身𮃎割其肉剥其身皮還繫手足鑊湯涌沸炮煮其身鐵棒棒頭腦壞眼出貫著鐵鏟舉體火然血流澆地或没屎河行於刀劒槍刺惡道自然刀劒從空而下猶如駛雨割截支體辛酸苦臭穢惡之河浸漬其身肌肉爛壞舉身墮落唯有骨在獄卒牽挽蹴蹹搥

撲有如是等無量苦毒壽命極長求死不得若見若聞如是之事何得不怖求聲聞辟支佛乘又於寒冰地獄頞浮陀地獄尼羅浮陀地獄阿波波地獄阿羅羅地獄阿睺睺地獄青蓮華地獄白蓮華地獄雜色蓮華地獄紅蓮華地獄赤蓮華地獄常在幽闇大怖畏處謗毀賢聖生在其中形如屋舍山陵塠阜麤惡冷風聲猛可畏悲激吹身如轉枯草肌肉墮落猶如冬葉凍剅瘡痍膿血流出身體不淨臭處難忍寒風切冽苦毒辛酸唯有憂悲啼哭更無餘心號咷煢獨無所依恃斯罪皆由誹謗賢聖其輭心者見聞此事何得不怖求聲聞辟支佛乘又於畜生猪狗野干猫狸狖鼠獼猴猳玃虎狼師子兕豹熊羆象馬牛羊蜈蚣蚰蜒蚖蛇蝮蠍黿鼉魚鼈蛟虬螺蜂烏鵲鵄梟鷹鷂之類如是鳥獸共相殘害又弶網伺捕屠割不一生則羇絆穿鼻絡首負重捶杖鉤刺其身皮肉破裂痛不可忍煙熏火燒苦毒萬端死則剝皮食噉其肉有如是等無量苦痛其輭心者聞見此事何得不怖求聲聞辟支佛乘又於鍼頸餓鬼火口餓鬼大癭餓鬼食吐餓鬼食盪滌餓鬼食膿餓鬼食屎尿餓鬼浮陀鬼鳩槃茶鬼夜叉鬼羅刹鬼毗舍闍鬼富單那鬼迦羅富單那鬼等諸鬼鬚髮蓬亂長爪大鼻身中多蟲臭穢可畏衆惱所切常有慳嫉飢渴苦患未曾得食得不能咽常求膿血屎尿洟唾盪滌不淨有力者奪而不得食裸形無衣寒熱倍甚惡風吹身宛轉苦痛蚊蝱毒蟲唼食其體腹中飢熱常如火然其輭心者見聞此事何得不怖求

聲聞辟支佛乘又於人中恩愛別苦怨憎會苦老病死苦貧窮求苦有如是等無量衆苦及諸天阿脩羅退没時苦其輭心者見此諸苦何得不怖求聲聞辟支佛乘若堅心者見地獄畜生餓鬼天人阿脩羅中受諸苦惱生大悲心無有怖畏作是願言是諸衆生深入衰惱無有救護無所歸依我得滅度當度此等以大悲心勤行精進不久得成所願是故我說菩薩諸功德中堅心第一復次菩薩有八法能集一切功德一者大悲二者堅心三者智慧四者方便五者不放逸六者勤精進七者常攝念八者善知識是故初發心者疾行八法如救頭然然後當修諸餘功德又依此八法故有一切聲聞衆四雙八輩所謂須陀洹向須陀洹等辟支佛無我我所者世間無佛無佛法時有得道者名辟支佛諸賢聖離我我所貪著故名爲無我我所者今解十住地義隨順佛所說者十地經中次第說今當隨次具解問曰汝所說者不異於經經義已成何須更說爲欲自現所能求名利耶答曰

我不爲自現　莊嚴於文辭　亦不貪利養
而造於此論

問曰若不爾者何以造此論答曰

我爲欲慈悲　饒益於衆生　不以饒因緣
而造於此論

見衆生於六道受苦無有救護爲欲度此等故以智慧力而造此論不爲自現智力求於名利亦無嫉妒自高之心求於供義問曰慈愍饒益衆生事經中已說何須復解徒自疲

苦答曰

有但見佛經　通達第一義　有得善解釋
而解實義者

有利根深智之人聞佛所說諸深經即能通達第一義所謂深經者即是菩薩十地第一義者即是十地如實義有諸論師有慈悲心隨佛所說造作論議莊校辭句有人因是而得通達十地義者如說

有人好文飾　莊嚴章句者　有好於偈頌
有好雜句者　有好於譬喻　因緣而得解
所好各不同　我隨而不捨

章句名莊嚴句義不爲偈頌得名義趣言辭在諸句中或四言五言七言等偈有二種一者四句偈名爲波蕪（道遮切）二者六句偈名祇夜雜句者名直說語言譬喻者以人不解深義故假喻令解喻有或實或假因緣者推尋所由隨其所好而不捨之問曰衆生自所樂不同於汝何事答曰我發無上道心故不捨一切隨力饒益或以財或以法如說

若有大智人　得聞如是經　不復須解釋
則解十地義

若有福德利根者但直聞是十地經即解其義不須解釋不爲是人而造此論問曰云何爲善人答曰若聞佛語即能自解如丈夫能服苦藥小兒則以蜜和善人者略說有十法何等爲十一者信二者精進三者念四者定五者善身業六者善口業七者善意業八者無貪九者無恚十者無癡如說

若人以經文　難可得讀誦　若作毗婆沙
於此人大益

若人鈍根懈慢以經文難故不能讀誦難者文多難誦難說難語若有好樂莊嚴語言雜飾譬喻諸偈頌等爲利益此等故造此論是故汝先說但佛經便足利益衆生何須解釋者是語不然如說

思惟造此論　深發於善心　以然此法故無比供養佛

我造此論時思惟分別多念三寶及菩薩衆又念布施持戒忍辱精進禪定智慧故深發善心則是自利又演說照明此正法故名爲無比供養諸佛則是利他如說

說法然法燈　建立於法幢　此幢是賢聖妙法之印相　我今造此論　諦捨及滅慧是四功德處　自然而修集

今造此論是四種功德自然修集是故心無有倦諦者一切眞實名之爲諦一切實中佛語爲眞實不變壞故我解說此佛法即集諦處捨名布施施有二種法施財施二種施中法施爲勝如佛告諸比丘一當法施二當財施二施之中法施爲勝是故我法施時即集捨處我若說十地義時無有身口意惡業又亦不起欲恚癡念及諸餘結障此罪故即名集滅處爲他解說法得大智報以是說法故即集慧處如是造此論集此四功德處復次

我說十地論　其心得清淨　深貪是心故精勤而不倦　若人聞受持　心又清淨者

我亦深樂此　一心造此論

此二偈其義已顯不須復說但以自心他心清淨故造此十地義清淨心至所應至處得大果報如佛語迦留陀夷勿恨阿難若我不

記阿難於我滅後作阿羅漢者以是清淨心業因緣故當於他化自在天七返爲王如經中廣說

入初地品第二

問曰汝說此語開悟我心甚以欣悅今解十地必多所利益何等爲十答曰

此中十地法　去來今諸佛　爲諸佛子故
已說今當說　初地名歡喜　第二離垢地
三名爲明地　第四名燄地　五名難勝地
六名現前地　第七深遠地　第八不動地
九名善慧地　十名法雲地　分別十地相
次後當廣說

此中者大乘義中十者數法地者菩薩善根階級住處諸佛者十方三世諸如來說者開示解釋諸佛子者諸佛眞實子諸菩薩是是故菩薩名爲佛子過去未來現在諸佛皆說此十地是故言已說今說當說菩薩在初地始得善法味心多歡喜名歡喜地第二地中行十善道離諸垢故名離垢地第三地中廣博多學爲衆說法能作照明故名爲明地第四地中布施持戒多聞轉增威德熾盛故名爲燄地第五地中功德力盛一切諸魔不能壞故名難勝地第六地中障魔事已諸菩薩道法皆現在前故名現前地第七地中去三界遠近法王位故名深遠地第八地中若天魔梵沙門婆羅門無能動其願故名不動地第九地中其慧轉明調柔增上故名善慧地第十地中菩薩於十方無量世界能一時雨法雨如劫燒已普澍大雨名法雲地問曰已聞十地名今云何入初地得地相貌及修習

地答曰

若厚種善根　善行於諸行　善集諸資用
善供養諸佛　善知識所護　具足於深心
悲心念衆生　信解無上法　具此八法已
當自發願言　我得自度已　當復度衆生
爲得十力故　入於必定聚　則生如來家
無有諸過咎　即轉世間道　入出世上道
是以得初地　此地名歡喜

厚種善根者如法修集諸功德名爲厚種善根善根者不貪不恚不癡一切善法從此三生故名爲善根如一切惡法皆從貪恚癡生是故此三名不善根阿毗曇中種種分別欲界繫色界繫無色界繫不繫合爲十二有心相應有心不相應合二十四此中無漏善根得阿耨多羅三藐三菩提時修集餘九菩薩地中修集又未發心時亦修集或一心中有三或一心中有六或一心中有九或一心中有十二或但集心相應不集心不相應或集心不相應不集心相應或集心相應亦心不相應或不集心相應心不相應是諸善根分別如阿毗曇中廣說此中善根爲衆生求無上道故所行諸善法皆名善根能生薩婆若智故名爲善根行於諸行者善行名清淨諸行名持戒清淨持戒次第而行是持戒與七法和合故爲善行何等爲七一慚二愧三多聞四精進五念六慧七淨命淨身口業行此七法具持諸戒是名善行諸行又經說諸禪爲行處是故得禪者名爲善行諸行此論中不必以禪乃得發心所以者何佛在世時無量衆生皆亦發心不必有禪又白衣在家亦

名爲善行善集資用者上偈中所說厚種善根善行諸行多供養佛善知識護具足深心悲念衆生信解上法是名資用又本行善法必應修行善根亦名資用所謂布施忍辱質直不諂心柔和同止樂無慍恨性殫盡不隱過不偏執不很戾不諍訟不自恃不放逸捨憍慢離矯異不讚身堪忍事決定心能果敢受不捨易教授少欲知足樂於獨處如是等諸法隨行已漸能具足殊勝功德是法未堅牢故名爲本行若離是法不能進得勝妙功德是故此本行法與八法和合故爲初地資用善親近諸佛者若菩薩世世如法常多供養諸佛供養有二種一者善聽大乘正法若廣若略二者四事供養恭敬禮侍等具此二法供養諸佛名爲善供養諸佛善知識者菩薩雖有四種善知識此中所說能教入大乘具諸波羅蜜能令住十地者所謂諸佛菩薩及諸聲聞能示教利喜大乘之法令不退轉守護者常能慈愍教誨令得增長善根是名守護具足深心者深樂佛乘無上大乘一切智乘名爲具足深心問曰無盡意菩薩於和合品中告舍利弗諸菩薩所有發心皆名深心從一地至一地故名爲趣心增益功德故名爲過心得無上事故名爲頂心攝取上法故名爲上心現前得諸佛法故名爲現前心集利益法故名爲緣心通達一切法故名爲度心所願不倦故名爲決定心滿所願故名爲喜心身自成辦故名無侶心離敗壞相故名調和心無諸惡故名爲善心遠離惡人故名不雜心以頭施故名難捨心救破戒人故

名持難戒心能受下劣加惡故名難忍心得涅槃能捨故名難精進心不貪禪故名難禪定心助道善根無猒足故名難慧心能成一切事故名度諸行心智慧善思惟故名離慢大慢我慢心不望報故是一切衆生福田心觀諸佛深法故名無畏心不障礙故名增功德心常發精進故名無盡心能荷受重擔故名不悶心又深心義者等念衆生普慈一切供養賢善悲念惡人尊敬師長救無救者無歸作歸無洲作洲無究竟者爲作究竟無有侶者能爲作侶於曲人中行質直心敗壞人中行眞正心諛諂人中行無諂心不知恩中行於知恩不知作中而行知作無利益中能行利益邪衆生中行於正行憍慢人中行無慢行不隨教中而不慍恚罪衆生中常作守護衆生所有過不見其失供養福田隨順教誨受化不難阿練若處一心精進不求利養不惜身命復次内心清淨故無有詐惑善口業故不自稱歎知止足故不行威迫心無垢故行於柔和集善根故能入生死爲衆生故忍一切苦菩薩有如是等深心相不可窮盡汝今但說深心相何得不少答曰不少也無盡意總一切深心相在一處說而此中分布諸地此十住經地地別說深心相是故菩薩隨諸地中皆得深心深心之義即在其地令初地中說二深心一者發大願二者在必定地是故當知隨在十地善說深心汝說何得不少是事不然悲心於衆生者成就悲故名爲悲者何謂爲悲悼愍衆生救濟苦難信解諸上法者於諸佛法信力通達發願我得自

度已當度衆生者一切諸佛法願爲其本離願則不成是故發願問曰何故不言我當度衆生而言自得度已當度衆生答曰自未得度不能度彼如人自没於泥何能拯拔餘人又如爲水所漂不能濟溺是故説我度已當度彼如説

若人自度畏　能度歸依者　自未度疑悔
何能度所歸　若人自不善　不能令人善
若不自寂滅　安能令人寂

是故先自善寂而後化人又如法句偈説

若能自安身　在於善處者　然後安餘人
自同於所利

凡物皆先自利後能利人何以故如説

若自成已利　乃能利於彼　自捨欲利他
失利後憂悔

是故説自度已當度衆生問曰得何利故能成此事入必定地又以何心能發是願答曰得佛十力能成此事入必定地能發是願問曰何等是佛十力答曰佛悉了達一切法因果名爲初力如實知去來今所起業果報處名爲二力如實知諸禪定三昧分別垢淨入出相名爲三力如實知衆生諸根利鈍名爲四力如實知衆生所樂不同名爲五力如實知世間種種異性名爲六力如實知至一切處道名爲七力如實知宿命事名爲八力如實知生死事名爲九力如實知漏盡事名爲十力爲得是佛十力故大心發願即入必定聚問曰凡初發心皆有如是相耶答曰或有人説初發心便有如是相而實不爾何以故是事應分別不應定答所以者何一切菩薩

初發心時不應恐入於必定或有初發心時即入必定或有漸修功德如釋迦牟尼佛初發心時不入必定後修集功德值然燈佛得入必定是故汝說一切菩薩初發心便入必定是爲邪論問曰若是邪論者何故汝說以是心入必定答曰有菩薩初發心即入必定以是心能得初地因是人故說初發心入必定中問曰是菩薩初心釋迦牟尼佛初發心是心云何答曰是心不雜一切煩惱是心相續不貪異乘是心堅牢一切外道無能勝者是心一切衆魔不能破壞是心爲常能集善根是心能知有爲無爲是心無動能攝佛法是心無覆離諸邪行是心安住不可動故是心無比無相違故是心如金剛通達諸法故是心不盡集無量福德故是心平等等等一切衆生故是心無高下無差別故是心清淨性無垢故是心離垢慧照明故是心無垢不捨深心故是心爲廣慈如虛空故是心爲大受一切衆生故是心無礙至無障智故是心徧到不斷大悲故是心不斷能正迴向故是心衆所趣向智者所讃故是心可觀小乘瞻仰故是心難見一切衆生不能覩故是心難破能善入佛法故是心爲住一切樂具所住處故是心莊嚴福德資用故是心選擇智慧資用故是心淳厚以布施爲資用故是心大願持戒資用故是心難沮忍辱資用故是心難勝精進資用故是心寂滅禪定資用故是心無惱害智慧資用故是心無瞋礙慈心深故是心根深悲心厚故是心悅樂喜心厚故是心苦樂不動捨心厚故是心護念諸佛神力

故是心相續三寶不斷故如是等無量功德莊嚴初必定心如無盡意品中廣說是心不雜一切煩惱者見諦思惟所斷二百九十四煩惱不與心和合故名爲不雜是心相續不貪異乘者從初心相續來不貪聲聞辟支佛乘但爲阿耨多羅三藐三菩提故名爲相續不貪異乘如是等四十句論應如是知問曰汝說是心常一切有爲法皆無常如法印經中說行者觀世間空無有常而不變壞是事何得不相違耶答曰汝於是義不得正理故作此難是中不說心爲常此中雖口說常常義名必定初心生必能常集諸善根不休不息故名爲常生如來家者如來家則是佛家如來者如名爲實來名爲至至眞實中故名爲如來何等眞實所謂涅槃不虛誑故是名如實如經中說佛告比丘第一聖諦無有虛誑涅槃是也復次如名不壞相所謂諸法實相是來名智慧到實相中通達其義故名爲如來復次空無相無作名爲如諸佛來至三解脫門亦令衆生到此門故名爲如來復次如名四諦以一切種見四諦故名爲如來復次如名六波羅蜜所謂布施持戒忍辱精進禪定智慧以是六法來至佛地故名爲如來復次諦捨滅慧四功德處名爲如以是四法來至佛地故名爲如來復次一切佛法名爲如以是來至諸佛故名爲如來復次一切菩薩地喜淨明燄難勝現前深遠不動善慧法雲名爲如諸菩薩以是十地來至阿耨多羅三藐三菩提故名爲如來又以如實八聖道分來故名爲如來復次權智二足來至佛故

名爲如來如去不還故名爲如來如來者所謂十方三世諸佛是是諸佛家名爲如來家今是菩薩行如來道相續不斷故名爲生如來家又是菩薩必成如來故名爲生如來家譬如生轉輪聖王家有轉輪聖王相是人必作轉輪聖王是菩薩亦如是生如來家發是心故必成如來是名生如來家如來家者有人言是四功德處所謂諦捨滅慧諸如來從此中生故名爲如來家有人言般若波羅蜜及方便是如來家如助道經中說

智度無極母　善權方便父　生故名爲父養育故名母

一切世間以父母爲家是二似父母故名之爲家有人言善慧名諸佛家從是二法出生諸佛是二則是一切善法之根本如經中說

是二法俱行能成正法善是父慧是母是二和合名爲諸佛家如說

菩薩善法父　智慧以爲母　一切諸如來皆從是二生

有人言般舟三昧及大悲名諸佛家從此二法生諸如來此中般舟三昧爲父大悲爲母復次般舟三昧是父無生法忍是母如助菩提中說

般舟三昧父　大悲無生母　一切諸如來從是二法生

家無過咎者家清淨故清淨者六波羅蜜四功德處方便般若波羅蜜善慧般舟三昧大悲諸忍是諸法清淨無有過故名家清淨是菩薩以此諸法爲家故無有過咎轉於過咎轉於世間道入出世上道者世間道名即是

凡夫所行道轉名休息凡夫道者不能究竟至涅槃常往來生死是名凡夫道出世間者因是道得出三界故名出世間道上者妙故名為上入者正行道故名為入以是心入初地名歡喜地問曰初地何故名為歡喜答曰

如得於初果　究竟至涅槃　菩薩得是地
心常多歡喜　自然得增長　諸佛如來種
是故如此人　得名賢善者

如得初果者如人得須陀洹善閉三惡道門見法入法得法住堅牢法不可傾動究竟至涅槃斷見諦所斷法故心大歡喜設使睡眠嬾惰不至二十九有如以一毛為百分以一分毛分取大海水若二三滴苦已滅者如大海水餘未滅者如二三滴心大歡喜菩薩如是得初地已名生如來家一切天龍夜叉乾闥婆阿脩羅迦樓羅緊那羅摩睺羅伽天王梵王沙門婆羅門一切聲聞辟支佛等所共供養恭敬何以故是家無有過咎故轉世間道入出世間道但樂敬佛得四功德處得六波羅蜜果報滋味不斷諸佛種故心大歡喜是菩薩所有餘苦如二三水滴雖百千億劫得阿耨多羅三藐三菩提於無始生死苦如二三水滴所可滅苦如大海水是故此地名為歡喜

十住毗婆沙論卷第一

音釋

洄澓（洄胡瑰切澓房六切洄澓水漩流也）嘔（於口切吐也）瘭疽（瘭布遥切疽千余切）橛（其月切）鉞（王月切大斧也）矟（所角切矛屬）剗（楚限切與鏠同）齇掣（齇莊加切齒不正也掣天列切挽也）觜（即委切鳥喙也）熢㶿（熢部紅切㶿蒲沒切熢㶿烟起貌）鍱（弋涉切）臠（力兗切塊切肉也）

炮蒲交切烹炮也
鏟楚限切
漬疾智切浸也
抴羊列切拖也
蹴踰蹴子六切踐也踰達合切躐也
頞阿葛切
剅當侯切小裂也又穿也
煢渠營切孤獨也
犹余救切獸名似猴
玃居縛切大猨也
兕序姊切獸名似牛一角
虬渠幽切無角龍也
蜯步項切蛤屬
弶其亮切兔網也
羈居宜切繫也
絆博漫切繫也
鍼諸深切與針同
癭於丙切頸瘤
唼作答切與咂同
慍紆問切恚也
殫多寒切竭也
很戾很戶懇切很戾不聽從也

十住毗婆沙論卷第二

龍樹菩薩造

姚秦三藏法師鳩摩羅什譯

地相品第三

問曰得初地菩薩有何相貌答曰

菩薩在初地　多所能堪受　不好於諍訟
其心多喜悅　常樂於清淨　悲心愍衆生
無有瞋恚心　多行是七事

菩薩若得初地即有是七相能堪受者能爲難事修集無量福德善根於無量恒河沙劫往來生死教堅心難化惡衆生心不退沒能堪受如是等事故名爲堪忍無諍訟者雖能成大事而不與人諍競共相違返喜者能令身得柔輭心得安隱悅者於轉上法中心得踊悅清淨者離諸煩惱垢濁有人言信解名爲清淨有人言堅固信名爲清淨是清淨心於佛法僧寶於苦集滅道諦於六波羅蜜於菩薩十地於空無相無作法略而言之一切深經諸菩薩及其所行一切佛法悉皆心信清淨悲者於衆生憐愍救護是悲漸漸增長而成大悲有人言在菩薩心名爲悲悲及衆生名爲大悲大悲以十因緣生如第三地中廣說不瞋者菩薩結未斷故多行善心少於瞋恨如是菩薩在於初地心不畏沒故名爲能有堪忍樂寂滅故名爲不好諍訟得順阿耨多羅三藐三菩提大悲故名爲心多喜離諸煩惱垢濁故於佛法僧寶諸菩薩所心常清淨心安隱無患故名爲心悅深愍衆生故名爲悲心常樂慈行故名爲不瞋是菩薩在初地相貌問曰何故不說菩薩於初地中有

此七事而言多答曰是菩薩漏未盡故或時懈怠於此七事中暫有廢退以其多行故說爲多於初地中已得是法後諸地中轉轉增益問曰初歡喜地菩薩在此地中名多歡喜爲得諸功德故歡喜爲地法應歡喜以何而歡喜答曰

常念於諸佛 及諸佛大法 必定希有行
是故多歡喜

如是等歡喜因緣故菩薩在初地中心多歡喜念諸佛者念然燈等過去諸佛阿彌陀等現在諸佛彌勒等將來諸佛常念如是諸佛世尊如現在前三界第一無能勝者是故多歡喜念諸佛大法者略說諸佛四十不共法一自在飛行隨意二自在變化無邊三自在所聞無礙四自在以無量種門知一切衆生心如是等法後當廣說念必定諸菩薩者若菩薩得阿耨多羅三藐三菩提記入法位得無生法忍千萬億數魔之軍衆不能壞亂得大悲心成大人法不惜身命爲得菩提勤行精進是名念必定菩薩念希有行者念必定菩薩第一希有行令心歡喜一切凡夫所不能及一切聲聞辟支佛所不能行開示佛法無礙解脫及薩婆若智又念十地諸所行法名爲心多歡喜是故菩薩得入初地名爲歡喜問曰有凡夫人未發無上道心或有發心者未得歡喜地是人念諸佛及諸佛大法念必定菩薩及希有行亦得歡喜得初地菩薩歡喜與此人有何差別答曰

菩薩得初地 其心多歡喜 諸佛無量德
我亦定當得

得初地必定菩薩念諸佛有無量功德我當必得如是之事何以故我已得此初地入必定中餘者無有是心是故初地菩薩多生歡喜餘者不爾何以故餘者雖念諸佛不能作是念我必當作佛譬如轉輪聖子生轉輪王家成就轉輪王相念過去轉輪王功德尊貴作是念我今亦有是相亦當得是豪富尊貴心大歡喜若無轉輪王相者無如是喜必定菩薩若念諸佛及諸佛大功德威儀尊貴我有是相必當作佛即大歡喜餘者無有是事定心者深入佛法心不可動復次菩薩在初地念諸佛時作是思惟我亦不久當作利益諸世間者及念佛法我亦當得相好嚴身成就諸佛不共法隨諸衆生所種善根心力大小而為說法又我已得善法滋味不久當如必定菩薩遊諸神通又念必定菩薩所行之道一切世間所不能信我亦當行如是念已心多歡喜餘者不爾何以故是菩薩入初地故其心決定願不移動求所應求譬如香象所作唯有香象能作餘獸不能是故汝所說者是事不然復次菩薩得初地無諸怖畏故心多歡喜若怖畏者心則不喜問曰菩薩無何等怖畏答曰

無有不活畏　死畏惡道畏　大衆威德畏
惡名毀呰畏　繫閉桎梏畏　拷掠刑戮畏
無我我所畏　何有是諸畏

問曰菩薩何故住初地無不活畏答曰有大威德故能堪受故大智慧故知止足故作是念我多修福德有福之人衣服飲食所須之物自然即至如昔劫初大人群臣士民請以

為王若薄福德者雖生王家以身力自營衣食尚不充足何況國土菩薩作是念我多修福德如劫初王自然登位我亦如是亦當復得如是事故不應有不活畏復次人雖薄福有堪受力勤修方便能生衣食如經說以三因緣得有財物一者現世自作方便二者他力作與三者福德因緣我能堪受難成之事現世亦有方便力故不應有不活畏有智之人少設方便能得自活能求佛道佛智慧分令已有之是智慧利能得自活也不應有不活畏復次菩薩作是念我住世間世間有利衰毀譽稱譏苦樂如是八事何得無也不應以不得故有不活畏復次是菩薩以知足故好醜美惡隨得而安不應有不活畏若不知足者設得滿世間財物意猶不足如說

若有貧窮者　但求於衣食　既得衣食已
復求美好者　既得美好者　復求於尊貴
既得尊貴已　求王一切地　設得盡王地
復求為天王　世間貪欲者　不可以財滿

若知足之人得少財物今世後世能成其利是菩薩樂布施故具足智慧故多能發起不貪善根若不樂施者多作衆惡以慳貪愚癡因緣故增益慳貪不善根無猒足法屬於慳貪是故菩薩多發不貪善根故知足知足故無不活畏復次無死畏者多作福德故念念死故不得免故無始世界習受死法故多修習空故菩薩作是念若人不修福德則畏於死自恐後世墮惡道故我多集諸福德死便生於勝處是故不應畏死如說

待死如愛客　去如至大會　多集福德故

捨命時無畏

復作是念死名隨所受身末後心滅爲死若心滅爲死者心念念滅故皆應是死若畏死者心念念滅皆應有畏非但畏末後心滅亦應當畏前心盡滅何以故前後心滅無有差別故若謂畏墮惡道故畏末後心滅者福德之人不應畏墮惡道如先說我當受念念滅故於末後心滅不應有死畏復作是念我於無始世界往來生死受無量無邊阿僧祇死法無有處所能免死者佛說生死無始若人於一劫中死已積骨高於雪山如是諸死不爲自利不爲利他我今發無上道願爲欲自利亦爲利他故勤心行道有大利故云何驚畏如是菩薩即捨死畏復次作是念今此死法必當應受無有免者何以故劫初諸大王頂生喜見照明王等有三十二大人相莊嚴其身七寶導從天人敬愛王四天下常行十善道是諸大王皆歸於死復有蛇提羅諸小轉輪王自以威力王閻浮提身色端正猶如天人於色聲香味觸自恣無乏所向皆伏無有退却善通射術是諸王等霸王天下人民眷屬皆不免死又諸仙聖迦葉憍瞿摩等行諸苦行得五神通造作經書皆不免死又諸佛辟支佛阿羅漢心得自在離垢得道皆爲死法之所磨滅一切衆生無能過者我發無上道心不應畏死又爲破死畏故發心精進自除死畏亦除於他是故發心行道云何於死而生驚畏菩薩如是思惟無常即除死畏復次菩薩常修習空法故不應畏死如說

離死者無死　離死無死者　因死有死者

因死者有死　死成成死者　死先未成時
無有決定相　無死無成者　離死有死者
死者應自成　而實離於死　無有死者成
而世間分別　是死是死者　不知死去來
是故終不免　以是等因緣　觀於諸法相
其心無有異　終不畏於死

無惡道畏者菩薩常修福德故不畏墮惡道作是念罪人墮惡道非是福德者我乃至一念中不令諸惡得入而於身口意常起清淨業是故我得無量無邊功德成就如是大功德聚云何畏墮惡道復次菩薩一發心爲利安一切衆生故大慈悲所護故住四功德處得無量功德度一切惡道何以故是心勝一切聲聞辟支佛如淨毗尼經中迦葉白佛言希有世尊善說世尊以是薩婆若心能勝一切聲聞辟支佛我成就如是大功德住如是大法云何當畏墮惡道復作是念我無始巳來往來生死墮諸惡道受無量苦不爲自利亦不利他我今發無上大願爲欲自利亦爲利他先來墮惡道無所利益今爲利益衆生故設墮惡道不應有畏復次實行菩薩發如是心假令我於阿鼻地獄一劫受苦然後得出能令一人生一善心積集如是無量善心堪任受化令發三乘如是教恒河沙等衆生聲聞乘恒河沙等衆生辟支佛乘恒河沙等衆生發大乘然後我當得阿耨多羅三藐三菩提心尚不應退没何況我今修集無量無邊功德遠離惡道菩薩如是思惟何得有惡道畏復次如叫喚地獄經中說菩薩答魔言

我以布施故　墮在叫喚獄　所受我施者

皆生於天上　若爾猶尚應　常行於布施
衆生在天上　我受叫喚苦
菩薩如是等種種因緣能遮惡道畏無有大
衆畏者成就聞慧思慧修慧故又離諸論過
咎故是菩薩建立語端所說無失能以因緣
譬喻結句不多不少無有疑惑言無非義無
有諂誑質直柔和種種莊嚴易解易持義趣
次序能顯己事能破他論離四邪因具四大
因如是等莊嚴言辭大衆中說無有所畏無
惡名畏訶罵畏者不貪利養故身口意行清
淨故無有繫閉桎梏拷掠畏者無有罪故慈
愍一切衆生故忍受一切衆苦惱故依止業
果報故我先自作今還受報是菩薩以如是
等因緣故無有不活等畏復次樂觀一切法
無我是故無一切怖畏一切怖畏皆從我見
生我見皆是諸衰憂苦之根本相是菩薩利
智慧故如實深入諸法實相故則無有我我
無故何從有怖畏問曰是菩薩云何無有我
心答曰樂空法故菩薩觀身離我我所故如
說

我心因我所　我所因我生　是故我我所
二性俱是空　我則是主義　我所是主物
若無有主者　主所物亦無　若無主所物
則亦無有主　我即是我見　我物我所見
實觀故無我　我無無非我　因受生受者
無受無受者　離受者無受　云何因受成
若受者成受　受則爲不成　以受不成故
不能成受者　以受者空故　不得言是我
以受是空故　不得言我所　是故我非我
亦我亦非我　非我非無我　是皆爲邪論

我所非我所　亦我非我所　非我非我所
是亦爲邪論
菩薩如是常樂修空無我故離諸怖畏所以
者何空無我法能離諸怖畏是故菩薩在歡
喜地有如是等相貌
淨地品第四
問曰菩薩已得初地應云何修治答曰
信力轉增上　深行大悲心　慈愍衆生類
修善心無倦　喜樂諸妙法　常近善知識
慙愧及恭敬　柔輭和其心　樂觀法無著
一心求多聞　不貪於利養　離姧欺諂誑
不汙諸佛家　不毀戒欺佛　深樂薩婆若
不動如大山　常樂修習行　轉上之妙法
樂出世間法　不樂世間法　即治歡喜地
難治而能治　是故常一心　勤行此諸法
菩薩能成就　如是上妙法　是則爲安住
菩薩初地中
菩薩以是二十七法淨治初地信力轉增上
者信名有所聞見必受無疑增上名殊勝問
曰有二種增上一者多二者勝今說何者答
曰此中二事俱說菩薩入初地得諸功德味
故信力轉增以是信力籌量諸佛功德無量
深妙能信受是故此心亦多亦勝深行大悲
者愍念衆生徹入骨髓故名爲深爲一切衆
生求佛道故名爲大慈心者常求利事安隱
衆生慈有三種後當廣說修善心無倦者善
法名可親近修習能與愛果修如是法時心
不懈惰善法因緣名四攝法十善道六波羅
蜜菩薩十地等及諸功德喜樂妙法者常思
惟修習深得法味久則生樂如人在華林與

愛色相娛樂常近善知識者菩薩有四種善知識後當廣說此中善知識者諸佛菩薩是常以正心親近能令歡悅慙愧名爲喜羞恥恭敬名念其功德尊重其人柔輭名其心和悅同止安樂樂觀法者法名五陰十二入十八界空無相無作等以正憶念常觀此法無著者著名心歸趣三有是衆生所歸有人言五欲諸邪見是所歸趣何以故衆生心常繫著故菩薩利智心無貪著一心名貴重佛法心無餘想求多聞者佛說九部經能盡推尋修學明了若少不盡不貪利養者利名得飲食財物等養名恭敬禮拜施設牀座迎來送去菩薩應以是事施與衆生不自貪著詐欺名斗秤邪僞衣物不眞諂名心不端直誑名五邪命法一名矯異二名自親三名激動四

名抑揚五名因利求利矯異者有人貪求利養故若作阿練若著納衣若常乞食若一坐食若常坐若中後不飲漿受如是等頭陀行作是念他作是行得供養恭敬我作是行或亦得之爲利養故改易威儀名爲矯異自親者有人貪利養故詣檀越家語言如我父母兄弟姊妹親戚無異若有所須我能相與欲有所作我能爲作我不計遠近能來問訊我住此者正相爲耳爲求供養貪著檀越能以口辭牽引人心如是等名爲自親激動者有人不計貪罪欲得財物作得物相如是言是鉢好若衣好若戶鉤好若尼師壇好若我得者則能受用又言隨意能施此人難得又至檀越家作是言汝家羹飯餅肉香美衣服復好常供養我以親舊必當見與如是示現貪

相是名激動抑揚者有人貪利養故語檀越言汝極慳惜尚不能與父母兄弟姊妹妻子親戚誰能得汝物者檀越媿恥俛仰施與又至餘家作是言汝有福德受人身不空阿羅漢常入出汝家汝與坐起語言作是念想檀越或生是心更無餘人入出我家必謂我是名爲抑揚因利求利者有人以衣若鉢若僧伽梨若尼師壇等資生之物持示人言若王王等及餘貴人與我是物作是念檀越或能生心彼諸王貴人尚能供養況我不與是人因以此利更求餘利故名因利求利是故應當遠離如此諂僞不汙諸佛家者何等爲汙諸佛家有人言若人發求無上道心已後迴向聲聞辟支佛道不能住世繼三寶種是名汙諸佛家是義不然何以故是人能度生死

又得諸無漏根力覺道亦是佛子云何言汙諸佛家如經說佛告比丘汝是我子從我心生口生得法分者又聲聞人言諦捨滅慧處名諸佛家何以故從是四事出生諸佛故若汙此四法名汙諸佛家是故若人虛妄慳會狂亂愚癡是汙佛家若正行此四則不汙諸佛家有人言六波羅蜜是諸佛家從此生諸佛故若違此六事是汙佛家有人言般若波羅蜜是諸佛母方便爲父是名諸佛家以此二法出生諸佛若違此法是汙佛家復次偈中自說汙不汙相所謂不毁戒不欺佛若受佛戒不能護持則欺諸佛是汙佛家何以故受戒時生佛家中破戒則欺諸佛名汙佛家問曰必定菩薩有破戒耶答曰不斷煩惱是事可畏未久入必定菩薩或有破戒如大勝

佛法中謗難陀故破戒我說此事猶以爲畏但以經有此說信佛語故心則信受若受戒不破不欺諸佛名爲不汙佛家復次戒名三學戒學心學慧學破此學名汙佛家如法受戒而後毀破名爲欺佛如是二句各有義趣欺佛者空自發願不如說行欺誑衆生是名欺佛復次一切法中不如說行名爲欺佛堅住薩婆若不動如太山者是菩薩一切發願求薩婆若種種因緣乃至大地獄苦心不移動如須彌山王吹不可動常修轉上法者從初發心常求索勝法入初地中更修上法如是展轉心無猒足樂出世間法不樂世間法者世間法名隨順世事增長生死六趣三有五陰十二入十八界十二因緣諸煩惱有漏業等出世間法名隨所用法能出三界所謂五根五力七覺八道四念處四正勤四如意足空無相無作解脫門戒律儀多聞無貪恚癡根善猒離心不放逸等是菩薩利根故不樂世間虛妄法但樂出世間眞實法即治歡喜地難治而能治者治名通達無礙如人破竹初節爲難餘者皆易初地難治治已餘皆自易何以故菩薩在初地勢力未足善根未厚修習善法未久故眼等諸根猶隨諸塵心未調伏是故諸煩惱猶能爲患如人勢力未足逆水則難又此地中魔及魔民多爲障礙故以方便力勤行精進是故此地名爲難治如是信力轉增上爲首不樂世間法爲後修此二十七法治菩薩初歡喜地是故說菩薩應常修行此法修行名一心不放逸常行常觀除諸過惡故名爲治如人所行道路治令

清淨是諸法不但修治初地一切諸地皆以此法問曰汝已說初地方便及淨治法菩薩云何安住而不退失答曰常行成就如是信力轉增上等法名爲安住初地菩提名上道薩埵名深心深樂菩提故名爲菩提薩埵復次衆生名薩埵爲衆生修集菩提故名菩提薩埵上法者信等法能令人成佛故名爲上法

釋願品第五

已說入初地方便及淨治法菩薩因願故得入諸地又成就信力增上等功德故安住其地今當分別此願

願供養奉給　恭敬一切佛　願皆守護持
一切諸佛法

此是諸菩薩初願從初發心乃至得阿耨多羅三藐三菩提於其中間所有諸佛盡當供養奉給恭敬供養名華香瓔珞旛蓋燈明起塔廟等奉給名衣服卧具所須之物恭敬稱名尊重禮拜迎來送去合掌親侍復次以小乘法教化衆生名爲供養以辟支佛法教化衆生名爲奉給以大乘法教化衆生名爲恭敬是第一願護持一切諸佛法者菩薩作是念一切過去未來現在十方三世諸佛法我應守護問曰過去諸佛已滅法亦隨滅未來諸佛未出法亦未有尚無初轉法輪何況餘法云何當得守護正可守護現在諸佛法以諸佛現在故答曰過去未來現在諸佛法皆是一體一相是故若守護一佛法則爲守護三世諸佛法如經說佛告諸比丘毗婆尸佛法出家受戒著衣持鉢禪定智慧說法教化

亦如我也是故汝難不然是第二願也復次
諸佛從兜率　退來在世間　乃至教化訖
永入無餘界　處胎及生時　出家趣道場
降魔成佛道　初轉妙法輪　奉迎諸如來
又於餘時中　願我悉當得　盡心而供養
諸佛始從兜率天上退下世間終至無餘涅
槃於其中間入胎中時大設供養乃至生時
出家趣道場降魔王成佛道轉法輪奉迎如
來餘時者現大神通人天大會廣度衆生爾
時當以華香旛蓋妓樂歌頌稱讚出家受法
如說修行以第一供養之具供養諸佛是第
三願復次
願教化衆生　令悉入諸道
教名教化他以善法化名遠離惡法我當以
此二法令無量阿僧祇衆生住聲聞辟支佛
道是第四願復次
願一切衆生　成就佛菩提　有人向聲聞
辟支佛道者
是人修集聲聞辟支佛法未入法位我當教
化令趣佛道有人不向聲聞辟支佛道我當
教化令向無上佛道有人向無上佛道者我
當示教利喜令其功德轉更增益如是教化
一切衆生是第五願復次
願使一切法　信解入平等
一切法者凡所有法度法非度法攝覺意法
非攝覺意法助道法非助道法聖道所攝法
非聖道所攝法應修法不應修法應近法不
應近法應生法不應生法生法不生法現在
法非現在法因緣生法非因緣生法因緣法
非因緣法從思惟生法不從思惟生法麤法

細法受法不受法内法外法内入所攝法非
内入所攝法外入所攝法非外入所攝法五
陰所攝法非五陰所攝法五受陰所攝法非
五受陰所攝法四諦所攝法非四諦所攝法
助世法非助世法依貪法依出法顛倒法非
顛倒法變法非變法悔法非悔法大法小法
受處法非受處法可斷法不可斷法知見法
非知見法有漏法無漏法有繫法無繫法有
淨法無淨法有上法無上法有覺法無覺法
有觀法無觀法可喜法非可喜法相應法不
相應法有分别法無分别法行法無行法有
縁法無縁法有次第法無次第法可見法不
可見法有對法無對法可見有對法不可見
無對法有相法無相法可行法不可行法有
爲法無爲法險法非險法有本法無本法有

出法無出法衆生法非衆生法苦者法非苦
者法惱法非惱法有法非有法逆法非逆法
樂報法非樂報法苦報法非苦報法憶生法
非憶生法智首行法非智首行法信首行法
非信首行法思惟首行法非思惟首行法願
首行法非願首行法色法非色法教法非教
法變化法非變化法如意遊行法非如意遊
行法欲本法非欲本法因善法非因善法因
善根法非因善根法定法非定法身法非身
法口法非口法意法非意法有對觸生法非
有對觸生法意觸生法非意觸生法惡法非
惡法善法非善法能生法非能生法念念滅
法非念念滅法攝聚法非攝聚法明分法非
明分法因法非因法縁法非縁法因縁法非
因縁法因生法非因生法有因法非有因法

一法異法滅法非滅法攝根法非攝根法共心法非共心法心法非心法心數法非心數法共觸五法非共觸五法共得十六法非共得十六法細法麤法迴向法非迴向法善法不善法無記法見諦所斷法思惟所斷法不斷法學法無學法非學非無學法等無量千萬種諸法皆令入空無相無作門平等無二以信解力故是第六願

十住毗婆沙論卷第二

音釋

桎梏 桎職日切足械也 梏姑沃切手械也 拷掠 拷苦浩切擊也 掠力仗切笞也

十住毗婆沙論卷第三

龍樹菩薩造

姚秦三藏法師鳩摩羅什譯

釋願品第五之餘

復次

願淨佛土故　滅除諸雜惡

殺生偷盜邪婬妄語兩舌惡口綺語貪恚邪命飲酒等有如是惡名爲不淨復次國土中有地獄畜生餓鬼等諸惡道名爲不淨復次衆生無信懈怠亂心愚癡諂曲慳嫉忿恨重邪見慢憍慢大慢我慢邪慢矯異自親激動抑揚因利求利貴於世樂放逸自恣多欲惡欲邪貪邪婬不識父母沙門婆羅門不忍辱破威儀難與語邪覺觀貪欲瞋恚睡眠調戲疑悔所覆蔽名爲不淨復次惡鳥獸多怨賊無水漿飢饉災疫人畏非人畏內反逆外多賊寇若多雨若亢旱諸衰惱小劫盡諸苦惱等名爲不淨復次衆生短命惡色無力多諸憂苦少膽幹多疾病少威力少眷屬惡眷屬易壞眷屬小居家卑劣邪出家名爲不淨復次僧佉榆伽優樓迦王那波羅他毗佉那瓶沙王那吉略仙人象仙人斷婬人上弟子行者放羊者大心者忍辱者喬曇摩鳩蘭陀磨活人者度人者緣水者婆羅沙伽那頗羅墮闍著衣者無衣者韋索衣者皮衣者草衣者著下衣者角鵄毛衣者木皮衣者三洗者隨順者事梵王者事究摩羅者事毗舍闍者事金翅鳥者事乾闥婆者事閻羅王者事毗沙門王者事密迹神者事浮陀神者事龍者裸形沙門白衣沙門染衣沙門末迦梨沙門毗

羅哆子者迦旃延尼犍子者薩耆遮子者持牛戒者鹿戒者狗戒者馬戒者象戒者乞戒者究摩羅戒者諸天戒者上戒者婬欲戒者淨潔戒者火戒者說色滅涅槃者說聲滅涅槃者說香滅涅槃者說味滅涅槃者說觸滅涅槃者說覺觀滅涅槃者說苦滅涅槃者說苦樂滅涅槃者水衣爲髮者水淨者食淨者生淨者執杵臼者打石者喜洗者浮沒者空地住者卧刺棘者世性者大者我者色等者聲等者香等者味等者觸等者地知者水知者火知者風知者虛空知者和合知者變知者眼知者耳知者鼻知者舌知者身知者意知者神知者如是等在家出家種種邪見邪行名爲不淨復次其地高下坑坎堆阜榛叢刺棘多所妨礙塵土坌穢泥潦臼陷惡山嶮巖屈曲隈障重嶺隔塞峻峭難上鹹鹵乾燥沙礫瓦石衆果少味色香不具藥草不良勢力薄少有妙色聲香味觸園林樓閣流水浴池小山土嶺登緣遠望娛樂之處皆悉尠少郡縣聚落不相接近地多丘荒人民希少多見無福貧窮下劣諸城宰牧大官貴人諸賈客主巧匠工師學讀之人亦復甚少飲食衣服卧具醫藥便身之具甚爲難得雖得非妙名爲不淨不淨略說有二種一以衆生因緣二以行業因緣衆生因緣者衆生過惡故行業因緣者諸行過惡故此二事上已說轉此二事則有衆生功德行業功德此二功德名爲淨土是淨國土當知隨諸菩薩本願因緣諸菩薩能行種種大精進故所願無量不可說盡是故今但略說開示事端其餘諸事應

如是知略說淨土相所謂善得阿耨多羅三藐三菩提佛功德力法具足聲聞具足菩提樹具足世界莊嚴衆生善利可度者多大衆集會佛力具足善得菩提者以十事莊嚴一離諸苦行二無猒劣心三速疾得四無求外道師五菩薩具足六無有魔怨七無諸留難八諸天大會九希有事具足十時具足離諸苦行者若菩薩爲阿耨多羅三藐三菩提出家不行諸苦行所謂若四日若六日若八日若半月若一月乃至食一麻一米一果或但飲水或但服氣不以如是苦行求道安坐道場而成佛道無猒劣心者若菩薩少得猒離心即時出家速疾得者若菩薩出家已即得阿耨多羅三藐三菩提不求外道師者若菩薩出家已時有外道大師有名稱者不往諮求汝等說何法論何事以何爲利亦不於四方求索菩薩具足者菩薩欲成佛道時三千大千世界中諸菩薩及他方諸菩薩各持供養具來圍遶已待佛成道放大光明各共供養從佛聞法皆是不退轉一生補處無魔怨者若菩薩垂成佛時無有魔軍能來破者無諸留難者菩薩垂成佛時乃至無有毫釐煩惱來入其心於大衆集會者若菩薩垂成佛時四天王諸天忉利諸天夜摩天兜率陀天化樂天他化自在天梵天乃至阿迦膩吒天諸龍神夜叉乾闥婆阿修羅迦樓羅緊那羅摩睺羅伽等一切諸神十方無量世界各持第一上妙供養之具來供養菩薩名爲大衆集會又聲聞人言十世界諸天盡來名爲諸天大會希有行具足者若菩薩得佛時地六

種震動十方無量三千大千世界諸魔王宮殿皆變壞無色光不復現無量須彌山皆悉動摇無量大海皆悉振蕩一切世界出非時華雨栴檀末香及諸天名華等諸希有事時具足者時無疾疫飢饉刀兵流離逃迸雨澤隨時無諸灾蝗諸國王等如法治化人民安樂壽命延長無有怨賊諸惡鳥獸毒蟲鬼神惱害衆生佛功德力者一切去來今佛威力功德智慧無量深法等無差別但隨諸佛本願因縁或有壽命無量或有見者即得必定聞名者亦得必定女人見者即成男子身若聞名者亦轉女身或有聞名者即得往生或有無量光明衆生遇者離諸障蓋或以光明即入必定或以光明滅一切苦惱無量壽命者壽命無量劫過諸筭數一劫百劫千劫萬劫億劫百千萬億那由他阿僧祇劫如是久住爲利益憐愍衆生故一切諸佛雖力能無量壽以本願故有久住世者有不久住者見時得入必定者有衆生見佛即住阿耨多羅三藐三菩提阿惟越致地何以故是諸衆生見佛身者心大歡喜清淨悦樂其心即攝得如是菩薩三昧以是三昧力通達諸法實相能直入阿耨多羅三藐三菩提必定地是諸衆生長夜深心種見佛入必定善根以大悲心爲首善妙清淨爲通達一切佛法故爲度一切衆生故是善根成就時至是故得值此佛又以諸佛本願因縁二事和合故此事得成聞佛名入必定者佛有本願若聞我名者即入必定如見佛聞亦如是女人見佛得轉女形者若有一心求轉女形深自猒患有信

解力誓願男身如是女人得見佛者即轉女形若女人無有如是業因緣又女身業未盡不得值如是佛女人聞佛名轉女形者此事因緣如見佛經中說聞佛名得往生者若人信解力多諸善根成就業障礙已盡如是之人得聞佛名又是諸佛本願因緣便得往生無量光明者一切佛光明所照隨意遠近此說無量者是其常光常光明不可以由旬里數以爲限量徧滿東方若干百千萬億由旬不可得量南西北方四維上下亦復如是但知其無量而莫知邊際遇光明得除諸蓋者是諸佛本願力所致貪欲瞋恚睡眠調悔疑除此障蓋衆生遇光即能念佛念佛因緣故念法念法故諸蓋得除光明觸身苦惱皆滅者若衆生墮地獄畜生餓鬼非人趣中多諸苦惱以佛本願神通之力光觸其身即得離苦法具足者一切諸佛法悉皆具足無有具足不具足者諸佛說法同故法俱具足但以本願因緣故差別不同或有久住不久住耳何謂法具足法有略說有廣說有略廣說有具足聲聞乘有具足辟支佛乘有具足大乘以諸神通力守護令不爲外道所壞不爲諸魔所破久住於世略說者以少言辭包含多義利根之人聞則開悟廣說者於一事一義種種因緣爲諸鈍根樂分別者敷演解說若略廣說者亦以一言包舉廣義又亦種種演散一義有具足聲聞乘具足辟支佛乘具足大乘者此義後當說神力護法者以佛神力護念是法以諸佛印印之諸佛印者所謂四大因離四黑因不爲外道所壞者一切沙門

婆羅門外道論師所有邪見說生滅味患出又覺一切善說破壞因緣不爲一切魔所壞者諸佛有無量無邊功德智慧方便神通力故魔雖有力而不能壞又諸菩薩力故魔不能壞法久住者若一劫若減一劫若過是數百劫千劫萬劫十萬劫百萬劫千萬劫萬萬劫無量千萬億那由他阿僧祇劫乃至無量無邊劫聲聞具足者一切諸佛悉皆具足聲聞僧但諸佛本願因緣故有少多差別何謂具足所謂如來聲聞衆具足持戒禪定智慧解脫解脫知見同等清淨悉是利根利益者諸菩薩形色嚴淨具足持戒者遠離殺生偷盜邪婬妄語兩舌惡口綺語飲酒邪命等諸惡法又毗尼所制皆悉遠離又能成就無漏戒故具足禪定者四禪四無量心四無色定八解脫八背捨八勝處十一切入等及得無漏諸禪定故具足智慧者成就四種智慧從多聞生從思惟生從修集生從先世業因緣果報生具足解脫者於一切煩惱得解脫又於一切障礙得解脫具足解脫知見者知名識其事見名明了其事於解脫中了了知見無疑又知名盡智見名見四諦同等者諸入須陀洹果悉皆同等乃至阿羅漢亦如是清淨者成就三種清淨身清淨口清淨意清淨利智者但聞少語能廣解了通達義趣略能作廣廣能作略義理微隱能令易解利益菩薩者念諸菩薩乃至初發心者亦不輕慢深愛敬故常開示善惡爲說佛道方便因緣形色嚴淨者身體姝美姿容具足兼有相好見者歡悅如辟支佛行來進止坐卧寤寐飲食

澡浴著衣持鉢威儀庠序無所闕少若人見者心則清淨菩提樹具足者所有大樹娑羅樹多羅樹提羅迦樹多摩羅樹婆求羅樹瞻蔔樹阿輸迦樹娑訶迦羅樹分那摩樹那迦樹尸梨沙樹涅劬陀樹阿輸陀樹波勒叉樹優曇鉢羅樹等於此諸大樹中隨取一樹在平地者高廣具足根莖枝葉滋潤茂盛華色鮮明無有傷缺其樹擧高五十由旬端直平澤無有盤節皮膚細輭色白鮮淨無有刺礙内不朽腐又不空中不爲蟲蠍之所傷齧其根深固連編相次其華嚴飾如鬘瓔珞枝葉欝茂猶如圓蓋次第分布功殊人造其葉青鮮猶如寶色枝無絞戾萎黄枯葉無有蟲蛾蚑蛸蟲蟻其下清淨布諸金沙種種光明周帀照曜栴檀香水以灑其地平坦柔輭清涼快樂牛頭栴檀細末布上諸天常雨曼陀羅華燒黑沉香芬馨流溢五色天繒參羅垂列清風微動猗靡隨順鳥獸遊側寂然無聲其樹左右天常雨華衆妙雜色自然間錯垂以爲纓猶如龍身身上往往懸以金色華貫四面大枝垂寶羅網衆寶莊嚴猶紫金山巍巍姝妙如帝釋幢斯由菩薩百千萬億阿僧祇劫修集善行功德所致種種妙寶化爲師子王四師子頂上有廣大寶牀敷諸天繒四天王天忉利諸天夜摩天兜率陀天化樂天他化自在天梵天乃至阿迦膩吒天乘瑠璃硨磲碼碯大青寶帝青寶金剛玻瓈衆寶宫殿其色無比光明遠照俱集寶樹圍遶供養又十方無量世界諸菩薩衆俱隨本所願備諸供具雨衆寶物華香旛蓋種種妓樂等是名

具足菩提樹世間莊嚴者菩薩觀察十方清淨國土最上妙者而發大願我當修集功德所得國土復勝於此第一無比衆生善利者衆生端正無諸疾患無有老病壽命無量阿僧祇劫悉皆化生身無衆穢具足三十二相光明無量煩惱微薄易可化度可度具足者一坐說法恒河沙衆生同時得度自有餘佛演說法時度一人二人是諸衆生宿種善根結使微薄聞說即悟大衆集會者有佛大會滿一由旬或十由旬有百千萬億由旬有滿三千大千世界此中大集會者十方恒河沙世界以爲大會又其會中但是福德之人及諸天八部初地菩薩乃至十住悉共集會唯除諸佛佛力具足者諸佛所行四十不共法是一一法所行處一切無量無邊是第七願復次

俱行於一事　願無有怨競

若菩薩所作福德若布施持戒忍辱精進禪定智慧若諦捨滅慧四功德處若因諸大願求佛道時應作是願若有餘人同我行此六波羅蜜四功德處求佛道者願我以此福德因緣不於餘人而生怨競何以故同行一事諸有智者說有怨相世間亦復現有此事除此過故發是大願是第八願復次

願行菩薩道　轉不退轉輪　令除諸煩惱

得入信清淨

輪者法輪不退轉者無人能壞菩薩應如是發願我當如說行道必轉不退法輪轉此法輪除諸衆生三毒煩惱轉捨生死入佛法衆苦集滅道中使得清淨是第九願復次

願一切世界　皆示成菩提
隨諸世界應有佛事處盡於其中示得阿耨多羅三藐三菩提安樂一切衆生故滅度一切衆生故以阿耨多羅三藐三菩提大故獨說其餘入胎出胎生長在家出家受戒苦行降伏魔衆梵王勸請及轉法輪大衆集會廣度衆生現大神力示大滅度如此諸事悉皆如是應作是知有如是無量力能利無量無邊衆生不應但於一國示成佛道有人言於一佛國所有四天下諸閻浮提是一佛土過此以外唯佛能知而實不爾是第十願復次
如是諸菩薩　十大願爲首　廣大如虛空
盡於未來際　及餘無量願　亦各分別說
願名心所貪樂求欲必成十者有十種門廣大如虛空者願所緣方如所有虛空處願亦如是盡未來際者願時所住盡一切衆生未來生死際有人言阿耨多羅三藐三菩提是未來世生死際若諸佛入無餘涅槃是生死後際菩薩志願無盡而實成佛則止一切十方世界諸大菩薩皆有是願餘無量願者諸菩薩成就無量希有功德故諸所有願不可盡說復次
菩薩發如是　十大願究竟
是十大願有十究竟事何等爲十答曰
衆生性世性　虛空性法性　涅槃佛生性
諸佛智性竟　一切心所緣　諸佛行處智
世間法智轉　是名十究竟
初衆生性竟二世間性竟三虛空性竟四法性竟五涅槃性竟六佛生性竟七諸佛智性竟八一切心所緣竟九諸佛行處智竟十世

間法智轉竟是名十究竟問曰汝言竟何者
爲竟此義應分別答曰
衆生性若竟　我願亦復竟　如衆生等竟
如是諸願竟　竟義名無竟　我善根無竟
衆生性竟者若衆生都盡滅我願便應息隨
世間性盡虚空性盡諸法性盡涅槃性盡諸
佛生性盡諸佛智性盡一切衆生心所緣性
盡入佛法智性盡世間轉法轉智轉盡我此
十願爾乃盡息但是衆生性等十事實不盡
我是福德善根亦不盡不息不息義者無量
無邊不可思議過諸筭數名爲不息如此三
千大千世界十方無量無邊過諸筭數故名
爲世間無邊是諸世界中三界六趣衆生無
邊故名爲衆生性無邊是一切世界中内外
二種虚空性無邊故名爲虚空性無邊是諸
世界中欲色無色無漏性所攝有爲法無邊
故名爲法性無邊若一切衆生滅度涅槃性
不增不減是故涅槃性無邊若過去十方諸
佛無量無邊今現在十方諸佛亦無量無邊
未來十方世界諸佛亦無量無邊是故佛生
性無邊諸佛智無量不可稱不可量無等無
等等無對無比故諸佛智性亦無量無邊如
佛告阿難是聲聞人諸佛智無量是故諸佛
智性無量無邊於過去世一一衆生無量無
邊心是諸心皆有緣生未來世亦如是現在
世一切衆生心亦無量無邊皆有緣生是故
心所緣亦無量無邊諸佛力略說有四十不
共法是四十不共法一一法行處無量無邊
行處無量無邊故智亦無量無邊是故說佛
行處智無量無邊世間轉法轉智轉者轉名

以此法有所轉世間者世間有二種國土世間衆生世間此中説衆生世間諸佛及諸菩薩以無量無邊方便力引導衆生法轉者以無量無邊善根福德攝取諸佛法智轉者無量諸善法六波羅蜜十地等攝取佛智是故智轉無量無邊此三同轉故合爲一願是菩薩一一願牢堅故成是十無盡願方如虚空時如未來際如是以略説廣説解是十願究竟

發菩提心品第六

問曰初發心是諸願根本云何爲初發心答曰

初發菩提心　或三四因縁
衆生初發菩提心或以三因縁或以四因縁如是和合有七因縁發阿耨多羅三藐三菩提心問曰何等爲七答曰

一者諸如來　令發菩提心　二見法欲壞
守護故發心　三於衆生中　大悲而發心
四或有菩薩　教發菩提心　五見菩薩行
亦隨而發心　或因布施已　而發菩提心
或見佛身相　歡喜而發心　以是七因縁
而發菩提心

佛令發心者佛以佛眼觀衆生知其善根淳熟堪任能得阿耨多羅三藐三菩提如是人者佛教令發心作是言善男子來今可發心當度苦惱衆生或復有人生在惡世見法欲壞爲守護故發心作是念咄哉從無量無邊百千萬億阿僧祇劫來唯有一人二處行出三界四聖諦大導師知五種法藏脱於六道有七種正法大寶深行八解脱以九部經教

化有十大力說十一種功德善轉十二因緣相續說十三助聖道法有十四覺意大寶除十五種貪欲并得十六心無礙解脱出十六地獄衆生及身十七具足十八不共法善分別十九住果人善知分別學人阿羅漢辟支佛諸佛二十根是大悲心者是大將主大衆主大醫王大導師大船師久乃得是法行難行苦行乃得是法而今欲壞我當發阿耨多羅三藐三菩提心厚種善根得成佛道令法久住無數阿僧祇劫又行菩薩道時護持無量諸佛法故勤行精進或復有人見衆生苦惱可愍無救無歸無所依止流轉生死險難惡道有大怨賊諸惡蟲獸生死恐怖諸惡鬼等常有憂悲苦惱刺棘恩愛別離怨會深坑喜樂之水甚爲難得大寒大熱獨行其中曠絶無蔭難得度脱衆生於中多諸怖畏無有救護將導之者見如是衆生入此生死險惡道中受諸苦惱以大悲故發阿耨多羅三藐三菩提心作是言我當爲無救作救無歸作歸無依作依我得度已當度衆生我得脱已當脱衆生我得安已當安衆生復有人但從人聞以信樂心等發無上道心作是念我常修善法不斷絶故或墮必定得無生法忍集諸功德善根淳熟故或值諸佛或值大菩薩能知衆生諸根利鈍深心本末性欲差別善知方便爲般若波羅蜜所護能作佛事者知我發願善根成熟故令住必定若無生忍法是諸菩薩在第七第八第九第十地如佛善知衆生心力教令發心不以但有信樂力等教令發心復有人見餘菩薩行道修諸善根

大悲所護具足方便教化衆生不惜身命多所利益廣博多聞世間奇特人中標勝疲苦衆生爲作蔭覆安住布施持戒忍辱精進禪定智慧慚愧質直柔輭調和其心清淨深樂善法見如是人而作是念是人所行我亦應行所修願行我亦應修我爲得是法故當發是願作是念已發無上道心復有人行大布施施佛及僧或但施佛以飲食衣服等是人因是布施念過去諸菩薩能行施者韋藍摩韋首多羅薩婆檀尸毗王等即發菩提心以此施福迴向阿耨多羅三藐三菩提復有人若見若聞佛三十二相足下平手足輪指網縵手足柔輭七處滿纖長指足跟廣身牖直足趺高平毛上旋伊泥蹲臂長過膝陰馬藏身金色皮輭薄一一孔一毛生眉間白毫上身如師子肩圓大腋下滿得知妙味身方如尼拘樓陀樹頂有肉髻廣長舌梵音聲師子頰四十齒齊白密緻眼睛紺青色睫如牛王等相心則歡喜作是念我亦當得如是相如是相人所得諸法我亦當得即發阿耨多羅三藐三菩提心以是七因緣發菩提心問曰汝說七因緣發菩提心爲皆當成有成有不成答曰是不必盡成或有成有不成問曰若爾者應解說答曰

於七發心中　佛教令發心　護法故發心
憐愍故發心　如是三心者　必定得成就
其餘四心者　不必皆成就

是七心中佛觀其根本教令發心必得成以不空言故若爲尊重佛法爲欲守護若於衆生有大悲心如是三心必得成就根本深故

餘菩薩教令發心見菩薩所行發心因大布施發心若見若聞佛相發心是四心多不成或有成者根本微弱故

調伏心品第七

問曰如上品說三發心必成餘四不必成云何為成云何不成答曰若菩薩發菩提心行失菩提心法是則不成若行不失菩提心法是則必成是故偈說

菩薩應遠離　失菩提心法　應一心修行
不失菩提法

遠離名除滅惡法不令入心若入疾滅失名若今世若後世忘菩提心不復隨順修行應遠離如是法若不失菩提法不忘菩提心應常一心勤行問曰何等法失菩提心答曰

一不敬重法　二有憍慢心　三妄語無實
四不敬知識

有是四法者若於今世死時若次後世則忘失菩提心不能自知我是菩薩不復願菩薩行法不復在前不恭敬法者法名諸佛所說上中下乘取要言之是諸佛如來所用教法於此法中不恭敬供養尊重讚歎不生希有想難得想實物想滿願想是法能失菩提心慢心者自高其心未得謂得未證謂證空無相無願若無生忍法若六波羅蜜若菩薩十地如是等及諸餘從修生者於此法中未得謂得妄語者有屬突吉羅有屬波夜提有屬偷蘭遮有屬僧伽婆尸沙有屬波羅夷或有人言有第六妄語是妄語心生懺悔上五妄語初輕後重第六者最輕屬波羅夷者自無過人法若口言若形示趣以方便現有此德

屬僧伽婆尸沙者若口言若形示於彼比丘四事中以一一有根無根事謗屬偷蘭遮者欲以有根無根事謗而說不成屬波夜提者以無根僧伽婆尸沙事謗屬突吉羅者除入四種罪餘妄語是自心除滅者若說戒時自知有小罪不得向他說即自心悔問曰是妄語者但在比丘不在白衣而此論通在家出家答曰凡知事實爾而異知說者此論中說是總相妄語以有衆生分別故事分別故時分別故五衆罪分別故住處分別故則有輕重雖輕妄語習久則重重能失菩提心衆生分別者斷善根邪見者及餘深煩惱者是則爲重事分別者若說過人法破僧是時分別者出家人妄語則重五衆罪分別者如波羅夷僧伽婆尸沙罪則重住處分別者僧中妄語若證時則重不恭敬善知識者不生恭敬畏難想多行此四法則失菩提心問曰但是四法能失菩提心更有餘法答曰

悋惜最要法　貪樂於小乘　謗毀諸菩薩
輕賤坐禪者

悋惜要法者師所知甚深難得之義多所利者貪著利養恐與己等故祕惜不說貪樂小乘者不得大乘滋味故貪樂二乘謗諸菩薩者無罪而言有罪名爲謗菩薩義先已說此人無過而妄加其罪若實有罪而論說者此雖有罪比前爲輕何以故經說諸菩薩若實有罪若無有罪皆不應說輕賤坐禪者若在家出家爲斷諸煩惱故勤行精進若遮一切煩惱集助佛道法此人或不善論議或無才辯或無重威德無知之人而輕賤之則得重

罪復次

若於善知識　其心懷結恨　亦有諂曲心

貪諸利養等

善知識義先已說於此教化說法者生嫌恨心如嫌父母得重罪諂者心佞媚曲者身口業現有所作貪利養等者貪著利樂稱譽以此法壞質直心故不能深起善根如惡色染衣更不受好色復次

不覺諸魔事　菩提心劣弱　業障及法障

亦失菩提心

不覺魔事者若不知諸魔事則不能制伏若不制伏則失菩提心問曰何等是諸魔事答曰說應布施持戒忍辱精進禪定智慧波羅蜜時及說大乘所攝深義時不疾樂說若樂說於其中間餘緣散亂若書讀解說論議聽受等憍慢自大其心散亂緣想餘事妄念戲笑互相譏論兩不和合不能通達實義從座而去作是念我於此中無有受記心不清淨亦不說我城邑聚落居家生處是故不欲聞法不得滋味從座而去捨大乘所說諸波羅蜜及於聲聞辟支佛自調度經中求薩婆若若書讀解說聽受等時欲樂說餘種種事破散般若波羅蜜所謂說方國聚落城邑園林師事賊事兵甲器仗憎愛苦樂父母兄弟男女妻子衣服飲食卧具醫藥資生之物心則散亂失般若波羅蜜又說貪恚癡怨家親屬好時惡時歌舞妓樂憂愁戲笑經書文頌往世古事國主帝王地水火風五欲富貴及利養等世間諸事令心喜悅若魔化作比丘比丘尼形以聲聞辟支佛經因緣令得而作是

言汝應習學是經捨本所習聽法之人不樂聽受說法者其心懈怠各有餘緣聽者須法而說者欲至餘方說者樂說而聽者欲至餘方說者多欲貪諸利養聽者無有與心聽者信心樂欲聞法而說者不樂爲說說者樂說聽者不樂或時有說地獄諸苦不如此身盡苦早取涅槃是最爲利說畜生無量苦惱餓鬼阿修羅種種過惡說諸生死多有憂患汝於此身早取涅槃是最爲利又稱讚世間尊貴富樂稱讚色無色界功德快善生此中者是爲大利稱讚須陀洹乃至阿羅漢果功德之利汝於此身證此諸果是汝大利或說法者樂於眷屬聽法者不欲隨從說法者欲至飢亂不安隱國土語聽者言汝今何用隨我至此諸國即生猒懈而不隨逐說法者貴敬檀越數行問訊使聽法者不得聽受於深法中令生疑惑此非諸佛所說經法我所說者是佛經法若菩薩能行是法得證實際如是等種種因緣兩不和合當知是等悉是魔事取要言之於一切善法有障礙者皆是魔事菩提心劣弱者諸煩惱有力故道心劣弱無有勢力於阿耨多羅三藐三菩提志願永絕業障者雖有種種業障此中說能令求大乘人退轉者是法障者樂行不善法惡空無相無願及諸波羅蜜等諸深妙法如是四法能失菩提心復次

許施師而誑　其罪甚深重　人無有疑悔　強令生疑悔　信樂大乘者　深加重瞋恚　訶罵說惡名　處處廣流布　於諸共事中　心多行諂曲　如此四黑法　則失菩提心

施師不與者應施師物若許若未許而後不與若與非時與非處與不如法與此是世間外道法佛法中從師得經法若有財物供養法故則以與師若無無咎無有疑悔令生疑悔者此人實不破戒有少罪相而言大罪若破正命威儀若破正見皆令生疑悔瞋大乘人者有人乘大乘無上乘如來乘大人乘一切智人乘乃至初發心者於此人中深生瞋恚訶罵譏謗說其惡名令廣流布共事諂曲心者於和尚阿闍梨諸善知識所不以直心親近習行曲心故乃至未曾所識亦行諂曲四黑法者黑名垢穢不淨能失菩提心如說轉此五四法　世世善修行　如是則不失無上菩提心

五四合為二十法是失菩提心轉此法修習行世世不忘阿耨多羅三藐三菩提心轉者轉上五四法所謂恭敬法破慢心遠離妄語深尊重善知識餘應如是知問曰以何等法世世增長菩提願又後復能更發大願答曰

乃至失身命　轉輪聖王位　於此尚不應妄語行諂曲　能令諸世間　一切衆生類於諸菩薩衆　而生恭敬心　若有人能行如是之善法　世世得增長　無上菩提願

菩薩以是法世世增長菩提願又後能生清淨大願若以實語故死失轉輪王位及失天王位猶應實說不應妄語況小因緣而不實語又於眷屬及諸外人離於諂曲又從初發心已來一切菩薩生恭敬心尊重稱讚如佛無異又當隨力令作大乘

十住毗婆沙論卷第三

音釋

儜（尼耕切弱也）巉（鉏咸切巉巖高也）尠（息淺切少也）跟（古痕切足踵也）傭（丑容切均直也）踹（乳兗切腓腸也）緻（直利切密也）睫（即涉切目旁毛也）

十住毗婆沙論卷第四

龍樹菩薩造

姚秦三藏法師鳩摩羅什譯

阿惟越致相品第八

問曰是諸菩薩有二種一惟越致二阿惟越致應説其相是惟越致是阿惟越致荅曰

等心於衆生　不嫉他利養　乃至失身命　不說法師過　信樂深妙法　不貪於恭敬　具足此五法　是阿惟越致

等心衆生者衆生六道所攝於上中下心無差別是名阿惟越致問曰如說於諸佛菩薩應生第一敬心餘則不爾又言親近諸佛菩薩恭敬供養餘亦不爾云何言於一切衆生等心無二荅曰說各有義不應疑難於衆生等心者若有衆生視菩薩如怨賊有視如父母有視如中人於此三種衆生中等心利益欲度脫故無有差別是故汝不應致難不嫉他利養者若他得衣服飲食卧具醫藥房舍産業金銀珍寶封邑聚落國城男女等於此施中不生嫉妬又不懷恨而心欣悅不說法師過失若有人說應大乘空無相無作法若六波羅蜜若四功德處若菩薩十地等諸大乘法乃至失命因緣尚不出其過惡何況加諸惡事信樂深妙法者深法者空無相無願及諸深經如般若波羅蜜菩薩藏等於此法一心信樂無所疑惑於餘事中無如是樂於深經中得滋味故不貪恭敬者通達諸法實相故於名譽毀辱利與不利等無有異具此五法者如上所說於阿耨多羅三藐三菩提不退轉不懈廢是名阿惟越致與此相違名

惟越致是惟越致菩薩有二種或敗壞者或漸漸轉進得阿惟越致問曰所說敗壞者其相云何答曰

若無有志幹　好樂下劣法　深著名利養

其心不端直　悋護於他家　不信樂空法

但貴諸言說　是名敗壞相

無有志幹者顏貌無色威德淺薄問曰非以身相威德是阿惟越致相而作是說是何謂耶答曰斯言有謂不應致疑我說內有功德故身有威德不但說身色顏貌端正而已志幹者所謂威德勢力若有人能修集善法除滅惡法於此事中有力名爲志幹雖復身若天王光如日月若不能修集善法除滅惡法者名爲無志幹也雖復身色醜陋形如餓鬼能修善除惡乃名有志幹耳是故汝難非也好樂下劣法者除佛乘已餘乘比於佛乘小劣不如故名爲下非以惡也其餘惡事亦名爲下二乘所得於佛爲下耳但出世間入無餘涅槃故不名爲惡是故若人遠離佛乘信樂二乘是爲樂下法是人雖樂上事以信樂二乘遠離大乘故亦名樂下法復次下名惡事所謂五欲又斷常等六十二見一切外道論議一切增長生死是爲下法行此法故名爲樂下法深著名利者於布施財利供養稱讃事中深心繫念善爲方便不得清淨法味故貪樂此事心不端直者其性諂曲喜行欺誑悋護他家者是人隨所入家見有餘人得利養恭敬讃歎即生嫉妬憂愁不悅心不清淨計我深故貪著利養生嫉妬心嫌恨檀越不信樂空法者諸佛三種說空法所謂三解

脫門於此空法不信不樂不以爲貴心不通達故但貴言說者但樂言辭不能如說修行但有口說不能信解諸法得其趣味是名敗壞相若人發菩提心有如是相者當知是敗壞菩薩敗壞名不調順譬如最弊惡馬名爲敗壞但有馬名無有馬用敗壞菩薩亦如是但有空名無有實行若人不欲作敗壞菩薩者當除惡法隨法受名問曰汝說在惟越致地中有二種菩薩一者敗壞菩薩二者漸漸精進後得阿惟越致敗壞菩薩已解說漸漸精進後得阿惟越致者今可解說答曰

菩薩不得我　亦不得衆生　不分別說法
亦不得菩提　不以相見佛　以此五功德
得名大菩薩　成阿惟越致

菩薩行此五功德直至阿惟越致不得我者離我著故是菩薩於內外五陰十二入十八界中求我不可得作是念

若陰是我者　我即生滅相　云何當以受
而即作受者　若離陰有我　陰外應可得
云何當以受　而異於受者　若我有五陰
我即離五陰　如世閒常言　牛異於牛主
異物共合故　此事名爲有　是故我有陰
我即異於陰　若陰中有我　如房中有人
如牀上聽者　我應異於陰　若我中有陰
如器中有果　如乳中有蠅　陰則異於我
如可然非然　不離可然然　然無有可然
然可然中無　我非陰離陰　我亦無有陰
五陰中無我　我中無五陰　如是染染者
煩惱煩惱者　一切瓶衣等　皆當如是知
若說我有定　及諸法異相　當知如是人

不得佛法味
菩薩如是思惟即離我見遠離我見故則不得我不得衆生者衆生名異於菩薩者離貪我見故作是念若他人實有我者彼可爲他因有我故以彼爲他而實求我不可得彼亦不可得故無彼亦無我是故菩薩亦不得彼不分別說法者是菩薩信解一切法不二故無差別故一相故作是念一切法皆從邪憶想分別生虛妄欺誑是菩薩滅諸分別無諸衰惱即入無上第一義因緣法不隨他慧

實性則非有　亦復非是無　非亦有亦無
非非有非無　亦非有文字　亦不離文字
如是實義者　終不可得說　言者可言言
是皆寂滅相　若性寂滅者　非有亦非無
爲欲說何事　爲以何言說　云何有智者
而與言者言　若諸法性空　諸法即無性
隨以何法空　是法不可說　不得不有言
假言以說空　實義亦非空　亦復非不空
亦非空不空　非非空不空　非虛亦不實
非說非不說　而實無所有　亦非無所有
是爲悉捨離　諸所有分別　因及從因生
如是一切法　皆是寂滅相　無取亦無捨
無灰衣不淨　灰亦還汙衣　非言不宣實
言說則有過

菩薩如是觀信解通達於說法中無所分別不得菩提者是菩薩信解空法故如凡夫所得菩提不如是得作是念

佛不得菩提　非佛亦不得　諸果及餘法
皆亦復如是　有佛有菩提　佛得即爲常
無佛無菩提　不得即斷滅　離佛無菩提

離菩提無佛　若二異不成　云何有和合
凡諸一切法　以異故有合　菩提不異佛
是故二無合　佛及與菩提　異共俱不成
離二更無三　云何而得成　是故佛寂滅
菩提亦寂滅　是二寂滅故　一切皆寂滅

不以相見佛者是菩薩信解通達無相法作是念

一切若無相　一切即有相　寂滅是無相
即爲是有相　若觀無相法　無相即爲相
若言修無相　即非修無相　若捨諸貪著
名之爲無相　取是捨貪相　則爲無解脫
凡以有取故　因取而有捨　誰取取何事
名之以爲捨　取者所用取　及以可取法
共離俱不有　是皆名寂滅　若法相因成
是即爲無性　若無有性者　此即無有相
若法無有性　此即無相者　云何言無性
即爲是無相　若用有與無　亦遮亦應聽
雖言心不著　是則無有過　何處先有法
而後不滅者　何處先有然　而後有滅者
是有相寂滅　同無相寂滅　是故寂滅語
及寂滅語者　先亦非寂滅　亦非不寂滅
亦非寂不寂　非非寂不寂

是菩薩如是通達無相慧故無有疑悔不以色相見佛不以受想行識相見佛問曰云何不以色相見佛不以受想行識相見佛答曰非色是佛非受想行識是佛非離色有佛非離受想行識有佛非佛有色非佛有受想行識非色中有佛非受想行識中有佛非佛中有色非佛中有受想行識菩薩於此五種中不取相得至阿惟越致地問曰已知得此法

是阿惟越致阿惟越致有何相貌答曰
般若已廣說　阿惟越致相
若菩薩觀凡夫地聲聞地辟支佛地佛地不二不分別無有疑悔當知是阿惟越致阿惟越致有所言說皆有利益不觀他人長短好醜不希望外道沙門有所言說應知即知應見便見不禮事餘天不以華香旛蓋供養不宗事餘師不墮惡道不受女身常自修十善道亦教他令行常以善法示教利喜乃至夢中不捨十善道不行十不善道身口意業所種善根皆爲安樂度脫衆生所得果報與衆生共若聞深法不生疑悔少於語言利安語和悅語柔輭語少於眠睡行來進止心不散亂威儀詳雅憶念堅固身無諸蟲衣服卧具淨潔無垢身心清淨閑靜少事心不諂曲不懷慳嫉不貴利養衣服飲食卧具醫藥資生之物於深法中無所諍競一心聽法常欲在前以此福德具足諸波羅蜜於世技術與衆殊絶觀一切法皆順法性乃至惡魔變現八大地獄化作菩薩而語之言汝若不捨菩提心者當生此中見是怖畏而心不捨惡魔復言摩訶衍經非佛所說聞是語時心無有異常依法相不隨於他於生死苦惱而無驚畏聞有菩薩於阿僧祇劫修集善根而退轉者其心不沒又聞菩薩退爲阿羅漢得諸禪定說法度人心亦不退常能覺知一切魔事若聞薩婆若空大乘十地亦空可度衆生亦空諸法無所有亦如虛空若聞如是惑亂其心欲令退轉疲猒懈廢而是菩薩倍加精進深行慈悲意若欲入初禪第二第三第四禪而

不隨禪生還起欲界法除破憍慢不貴稱讃心無瞋癡若在居家不染著五欲以猒離心受如病服藥不以邪命自活不以自活因緣惱亂於他但爲衆生得安樂故處在居家密迹金剛常隨侍衛人及非人不能壞亂諸根具足無所缺少不爲呪術惡藥伏人害物不好鬬諍不自高身卑下他人不占相吉凶不樂說衆事所謂帝王臣民國土疆界戰鬬器仗衣物酒食女人事古昔事大海中事如是等事悉不樂說不往觀聽歌舞妓樂但樂說應諸波羅蜜義樂說應諸波羅蜜法令得增益離諸鬬訟常願見佛聞他方現在有佛願欲往生常生中國終不自疑我是阿惟越致非阿惟越致決定自知是阿惟越致種種魔事覺而不隨乃至轉身不生聲聞辟支佛心乃至惡魔現作佛身語言汝應證阿羅漢我今爲汝說法即於此中成阿羅漢亦不信受爲護法故不惜身命常行精進若說法時無有疑難無有闕失如是等事名阿惟越致相能成就此相者當知是阿惟越致或有未具足者何者是未久入阿惟越致地者隨後諸地修集善根隨善根轉深故得是阿惟越致相

易行品第九

問曰是阿惟越致菩薩初事如先說至阿惟越致地者行諸難行久乃可得或墮聲聞辟支佛地若爾者是大衰患如助道法中說

若墮聲聞地　及辟支佛地　是名菩薩死
則失一切利　若墮於地獄　不生如是畏
若墮二乘地　則爲大怖畏　墮於地獄中

畢竟得至佛　若墮二乘地　畢竟遮佛道
佛自於經中　解說如是事　如人貪壽者
斬首則大畏　菩薩亦如是　若於聲聞地
及辟支佛地　應生大怖畏
是故若諸佛所說有易行道疾得至阿惟越致地方便者願爲說之答曰如汝所說是儜弱怯劣無有大心非是丈夫志幹之言也何以故若人發願欲求阿耨多羅三藐三菩提未得阿惟越致於其中間應不惜身命晝夜精進如救頭然如助道中說
菩薩未得至　阿惟越致地　應常勤精進
猶如救頭然　荷負於重擔　爲求菩提故
常應勤精進　不生懈怠心　若求聲聞乘
辟支佛乘者　但爲成已利　常應勤精進
何況於菩薩　自度亦度彼　於此二乘人
億倍應精進
行大乘者佛如是說發願求佛道重於舉三千大千世界汝言阿惟越致地是法甚難久乃可得若有易行道疾得至阿惟越致地者是乃怯弱下劣之言非是大人志幹之說汝若必欲聞此方便今當說之佛法有無量門如世間道有難有易陸道步行則苦水道乘船則樂菩薩道亦如是或有勤行精進或有以信方便易行疾至阿惟越致者如偈說
東方善德佛　南栴檀德佛　西無量明佛
北方相德佛　東南無憂德　西南寶施佛
西北華德佛　東北三乘行　下方明德佛
上方廣衆德　如是諸世尊　今現在十方
若人疾欲至　不退轉地者　應以恭敬心
執持稱名號

若菩薩欲於此身得至阿惟越致地成阿耨多羅三藐三菩提者應當念是十方諸佛稱其名號如寶月童子所問經阿惟越致品中說佛告寶月東方去此過無量無邊不可思議恒河沙等佛土有世界名無憂其地平坦七寶合成紫磨金縷交絡道界寶樹羅列以爲莊嚴無有地獄畜生餓鬼阿脩羅道及諸難處清淨無穢無有沙礫瓦石山陵堆阜深坑幽壑天常雨華以布其地時世有佛號曰善德如來應正徧知明行足善逝世間解無上士調御丈夫天人師佛世尊大菩薩衆恭敬圍遶身相光色如然大金山如大珍寶聚爲諸大衆演說正法初中後善有辭有義所說不雜具足清淨如實不失何謂不失不失地水火風不失欲界色界無色界不失色受想行識寶月是佛成道已來過六十億劫又其佛國晝夜無異但以此間閻浮提日月歲數說彼劫壽其佛光明常照世界於一說法令無量無邊千萬億阿僧祇衆生住無生法忍倍此人數得住初忍第二第三忍寶月其佛本願力故若有他方衆生於先佛所種諸善根是佛但以光明觸身即得無生法忍寶月若善男子善女人聞是佛名能信受者即不退阿耨多羅三藐三菩提餘九佛事皆亦如是今當解說諸佛名號及國土名號善德者其德淳善但有安樂非如諸天龍神福德或惱衆生栴檀德者南方去此無量無邊恒河沙等佛土有世界名歡喜佛號栴檀德今現在說法譬如栴檀香而清涼彼佛名稱遠聞如香流布滅除衆生三毒火熱令得清涼

無量明佛者西方去此無量無邊恒河沙等佛土有世界名善解佛號無量明今現在說法其佛身光及智慧明照無量無邊相德佛者北方去此無量無邊恒河沙等佛土有世界名不可動佛名相德今現在說法其佛福德高顯猶如幢相無憂德者東南方去此無量無邊恒河沙等佛土有世界名月明佛號無憂德今現在說法其佛神德令諸天人無有憂愁寶施佛者西南方去此無量無邊恒河沙等佛土有世界名衆相佛號寶施今現在說法其佛以諸無漏根力覺道等寶常施衆生華德佛者西北方去此無量無邊恒河沙等佛土有世界名衆音佛號華德今現在說法其佛色身猶如妙華其德無量三乘行佛者東北方去此無量無邊恒河沙等佛土有世界名安隱佛號三乘行今現在說法其佛常說聲聞行辟支佛行諸菩薩行有人言說上中下精進故號爲三乘行明德佛者下方去此無量無邊恒河沙等佛土有世界名廣大佛號明德今現在說法明名身明智慧明寶樹光明是三種明常照世間廣衆德者上方去此無量無邊恒河沙等佛土有世界名衆月佛號廣衆德今現在說法其佛弟子福德廣大故號廣衆德是十方佛善德爲初廣衆德爲後若人一心稱其名號即得不退於阿耨多羅三藐三菩提如此偈說

若有人得聞　說是諸佛名　即得無量德
如爲寶月說　我禮是諸佛　今現在十方
其有稱名者　即得不退轉　東方無憂界
其佛號善德　色相如金山　名聞無邊際

若人聞名者 即得不退轉 我今合掌禮
願悉除憂惱 南方歡喜界 佛號栴檀德
面淨如滿月 光明無有量 能滅諸衆生
三毒之熱惱 聞名得不退 是故稽首禮
西方善世界 佛號無量明 身光智慧明
所照無邊際 其有聞名者 即得不退轉
我今稽首禮 願盡生死際 北方無動界
佛號爲相德 身具衆相好 而以自莊嚴
摧破魔怨衆 善化諸天人 聞名得不退
是故稽首禮 東南月明界 有佛號無憂
光明踰日月 遇者滅憂惱 常爲衆說法
除諸內外苦 十方佛稱讚 是故稽首禮
西南衆相界 佛號爲寶施 常以諸法寶
廣施於一切 諸天頭面禮 寶冠在足下
我今以五體 歸命寶施尊 西北衆音界
佛號爲華德 世界衆寶樹 演出妙法音
常以七覺華 莊嚴於衆生 白毫相如月
我今頭面禮 東北安隱界 諸寶所合成
佛號三乘行 無量相嚴身 智慧光無量
能破無明闇 衆生無憂惱 是故稽首禮
上方衆月界 衆寶所莊嚴 大德聲聞衆
菩薩無有量 諸聖中師子 號曰廣衆德
諸魔所怖畏 是故稽首禮 下方廣世界
佛號爲明德 身相妙超絶 閻浮檀金山
常以智慧日 開諸善根華 寶土甚廣大
我遙稽首禮 過去無數劫 有佛號海德
是諸現在佛 皆從彼發願 壽命無有量
光明照無極 國土甚清淨 聞名定作佛
今現在十方 具足成十力 是故稽首禮
人天中最尊

問曰但聞是十佛名號執持在心便得不退阿耨多羅三藐三菩提爲更有餘佛餘菩薩名得至阿惟越致耶答曰阿彌陀等佛及諸大菩薩稱名一心念　亦得不退轉

更有阿彌陀等諸佛亦應恭敬禮拜稱其名號今當具説無量壽佛世自在王佛師子意佛法意佛梵相佛世相佛世妙佛慈悲佛世王佛人王佛月德佛寶德佛相德佛大相佛殊蓋佛師子鬘佛破無明佛智華佛多摩羅跋栴檀香佛持大功德佛雨七寶佛超勇佛離瞋恨佛大莊嚴佛無相佛寶藏佛德頂佛多伽羅香佛栴檀香佛蓮華香佛莊嚴道路佛龍蓋佛雨華佛散華佛華光明佛日音聲佛蔽日月佛瑠璃藏佛梵音佛淨明佛金藏佛須彌頂佛山王佛音聲自在佛淨眼佛月明佛如須彌山佛日月佛得衆佛華王佛梵音説佛世主佛師子行佛妙法意師子吼佛珠寶蓋珊瑚色佛破癡愛闇佛水月佛衆華佛開智慧佛持雜寶佛菩提佛華超出佛眞瑠璃明佛蔽日明佛持大功德佛得正慧佛勇健佛離諂曲佛除惡根栽佛大香佛道歎佛水光佛海雲慧遊佛德頂華佛華莊嚴佛日音聲佛月勝佛瑠璃佛梵聲佛光明佛金藏佛山頂佛山王佛音王佛龍勝佛無染佛淨面佛月面佛如須彌佛栴檀香佛威勢佛然燈佛難勝佛寶德佛喜音佛光明佛龍勝佛離垢明佛師子佛王王佛力勝佛華園佛無畏明佛香頂佛普賢佛普華佛寶相佛是諸佛世尊現在十方清淨世界皆稱名憶念

阿彌陀佛本願如是若人念我稱名自歸即入必定得阿耨多羅三藐三菩提是故常應憶念以偈稱讚

無量光明慧　身如真金山　我今身口意
合掌稽首禮　金色妙光明　普流諸世界
隨物示其色　是故稽首禮　若人命終時
得生彼國者　即具無量德　是故我歸命
人能念是佛　無量力功德　即時入必定
是故我常念　彼國人命終　設應受諸苦
不墮惡地獄　是故歸命禮　若人生彼國
終不墮三趣　及與阿修羅　我今歸命禮
人天身相同　猶如金山頂　諸勝所歸處
是故頭面禮　其有生彼國　具天眼耳通
十方普無礙　稽首聖中尊　其國諸衆生
神變及心通　亦具宿命智　是故歸命禮
生彼國土者　無我無我所　不生彼此心
是故稽首禮　超出三界獄　目如蓮華葉
聲聞衆無量　是故稽首禮　彼國諸衆生
其性皆柔和　自然行十善　稽首衆聖主
從善生淨明　無量無邊數　二足中第一
是故我歸命　若人願作佛　心念阿彌陀
應時爲現身　是故我歸命　彼佛本願力
十方諸菩薩　來供養聽法　是故我稽首
彼土諸菩薩　具足諸相好　以自莊嚴身
我今歸命禮　彼諸大菩薩　日日於三時
供養十方佛　是故稽首禮　若人種善根
疑則華不開　信心清淨者　華開則見佛
十方現在佛　以種種因緣　歎彼佛功德
我今歸命禮　其土具嚴飾　殊彼諸天宮
功德甚深厚　是故禮佛足　佛足千輻輪

柔輭蓮華色　見者皆歡喜　頭面禮佛足
眉間白毫光　猶如清淨月　增益面光色
頭面禮佛足　本求佛道時　行諸奇妙事
如諸經所說　頭面稽首禮　彼佛所言說
破除諸罪根　美言多所益　我今稽首禮
以此美言說　救諸著樂病　已度今猶度
是故稽首禮　人天中最尊　諸天頭面禮
七寶冠摩尼　是故我歸命　一切賢聖衆
及諸人天衆　咸皆共歸命　是故我亦禮
乘彼入道船　能度難度海　自度亦度彼
我禮自在者　諸佛無量劫　讚揚其功德
猶尚不能盡　歸命清淨人　我今亦如是
稱讚無量德　以是福因緣　願佛常念我
我於今先世　福德若大小　願我於佛所
心常得清淨　以此福因緣　所獲上妙德
願諸衆生類　皆亦悉當得

又亦應念毗婆尸佛尸棄佛毗首婆佛拘樓珊提佛迦那迦牟尼佛迦葉佛釋迦牟尼佛及未來世彌勒佛皆應憶念禮拜以偈稱讚

毗婆尸世尊　無憂道樹下　成就一切智
微妙諸功德　正觀於世間　其心得解脱
我今以五體　歸命無上尊　尸棄佛世尊
在於邠陀利　道場樹下坐　成就於菩提
身色無有比　如然紫金山　我今自歸命
三界無上尊　毗首婆世尊　坐娑羅樹下
自然得通達　一切妙智慧　於諸人天中
第一無有上　是故我歸命　一切最勝尊
迦求村大佛　得阿耨多羅　三藐三菩提
尸利沙樹下　成就大智慧　永脱於生死
我今歸命禮　第一無比尊　迦那含牟尼

大聖無上尊　優曇鉢樹下　成就得佛道
通達一切法　無量無有邊　是故我歸命
第一無上尊　迦葉佛世尊　眼如雙蓮華
尼拘樓陀樹　於下成佛道　三界無所畏
行步如象王　我今自歸命　稽首無極尊
釋迦牟尼佛　阿輸陀樹下　降伏魔怨敵
成就無上道　面貌如滿月　清淨無瑕塵
我今稽首禮　勇猛第一尊　當來彌勒佛
那伽樹下坐　成就曠大心　自然得佛道
功德甚堅牢　莫能有勝者　是故我自歸
無比妙法王
復有德勝佛普明佛勝敵佛王相佛相王佛
無量功德明自在王佛藥王無礙佛寶遊行
佛寶華佛安住佛山王佛亦應憶念恭敬禮
拜以偈稱讃

無勝世界中　有佛號德勝　我今稽首禮
及法寶僧寶　隨意喜世界　有佛號普明
我今自歸命　及法寶僧寶　普賢世界中
有佛號勝敵　我今歸命禮　及法寶僧寶
善淨集世界　佛號王幢相　我今稽首禮
及法寶僧寶　離垢集世界　無量功德明
自在於十方　是故稽首禮　不誑世界中
無礙藥王佛　我今頭面禮　及法寶僧寶
金集世界中　佛號寶遊行　我今頭面禮
及法寶僧寶　美音界寶華　安立山王佛
我今頭面禮　及法寶僧寶　今是諸如來
住在東方界　我以恭敬心　稱揚歸命禮
唯願諸如來　深加以慈愍　現身在我前
皆令自得見
復次過去未來現在諸佛盡應總念恭敬禮

拜以偈稱讃
過去世諸佛　降伏衆魔怨　以大智慧力
廣利於衆生　彼時諸衆生　盡心皆供養
恭敬而稱揚　是故頭面禮　現在十方界
不可計諸佛　其數過恒沙　無量無有邊
慈愍諸衆生　常轉妙法輪　是故我恭敬
歸命稽首禮　未來世諸佛　身色如金山
光明無有量　衆相自莊嚴　出世度衆生
當入於涅槃　如是諸世尊　我今頭面禮
復應憶念諸大菩薩善意菩薩善眼菩薩聞月菩薩尸毗王菩薩一切勝菩薩知大地菩薩大藥菩薩鳩舍菩薩阿離念彌菩薩頂生王菩薩喜見菩薩鬱多羅菩薩和和檀菩薩長壽王菩薩羼提菩薩韋藍菩薩睒菩薩月蓋菩薩明首菩薩法首菩薩法利菩薩彌勒菩薩復有金剛藏菩薩金剛首菩薩無垢藏菩薩無垢稱菩薩除疑菩薩無垢德菩薩網明菩薩無量明菩薩大明菩薩無盡意菩薩意王菩薩無邊意菩薩日音菩薩月音菩薩美音菩薩美音聲菩薩大音聲菩薩堅精進菩薩常堅菩薩堅發菩薩堅莊菩薩常悲菩薩常不輕菩薩法上菩薩法意菩薩法喜菩薩法首菩薩法積菩薩發精進菩薩智慧菩薩淨威德菩薩那羅延菩薩善思惟菩薩法思惟菩薩跋陀婆羅菩薩法益菩薩高德菩薩師子遊行菩薩喜根菩薩上實月菩薩不虛德菩薩龍德菩薩文殊師利菩薩妙音菩薩雲音菩薩勝意菩薩照明菩薩勇衆菩薩勝衆菩薩威儀菩薩師子意菩薩上意菩薩益意菩薩增益菩薩寶明菩薩慧頂菩薩樂

說項菩薩有德菩薩觀世自在王菩薩陀羅尼自在王菩薩大自在王菩薩無憂德菩薩不虛見菩薩離惡道菩薩一切勇健菩薩破闇菩薩功德寶菩薩華威德菩薩金瓔珞明德菩薩離諸陰蓋菩薩心無礙菩薩一切行淨菩薩等見菩薩不等見菩薩三昧遊戲菩薩法自在菩薩法相菩薩明莊嚴菩薩大莊嚴菩薩寶項菩薩寶印手菩薩常舉手菩薩常下手菩薩常慘菩薩常喜菩薩喜王菩薩得辯才音聲菩薩虛空雷音菩薩持寶炬菩薩勇施菩薩帝網菩薩馬光菩薩空無礙菩薩寶勝菩薩天王菩薩破魔菩薩電德菩薩自在菩薩頂相菩薩出過菩薩師子吼菩薩雲蔭菩薩能勝菩薩山相幢王菩薩香象菩薩大香象菩薩白香象菩薩常精進菩薩不休息菩薩妙生菩薩華莊嚴菩薩觀世音菩薩得大勢菩薩水王菩薩山王菩薩帝網菩薩寶施菩薩破魔菩薩莊嚴國土菩薩金髻菩薩珠髻菩薩如是等諸大菩薩皆應憶念恭敬禮拜求阿惟越致也

十住毗婆沙論卷第四

音釋

邠（甲民切）睒（失冉切）

十住毗婆沙論卷第五

龍樹菩薩造

姚秦三藏法師鳩摩羅什譯

除業品第十

問曰但憶念阿彌陀等諸佛及念餘菩薩得阿惟越致更有餘方便耶答曰求阿惟越致地者非但憶念稱名禮敬而已復應於諸佛所懺悔勸請隨喜迴向問曰是事何謂答曰

十方無量佛　所知無不盡　我今悉於前
發露諸黑惡　三三合九種　從三煩惱起
今身若先身　是罪盡懺悔　於三惡道中
若應受業報　願於今身償　不入惡道受

十方諸佛者現在一切諸佛命根成就未入涅槃十方名四方四維上下佛名所應知事悉知無餘發露者於諸佛所發露一切罪無所覆藏後不復作如堤防水黒惡者無智慧明故多犯衆惡若不善法若隱没無記三三種者身口意生惡現報生報後報自作教他作隨喜作從三種煩惱起三種煩惱謂欲界繫色界繫無色界繫若助貪欲煩惱若助瞋恚煩惱若助愚癡煩惱若上煩惱若中煩惱若下煩惱今身先身盡懺悔者今世先世所作衆惡盡悔無餘地獄者八種熱地獄十種寒氷地獄畜生者若地生若水生若無足若二足若多足餓鬼者食唾食吐蕩滌汁食膿血屎尿等若我業應於此三惡道受者願令是罪此身現受若後身受莫於地獄餓鬼畜生中受復次佛自說懺悔法若菩薩欲懺悔罪應作是言我於今現在十方世界中諸佛得阿耨多羅三藐三菩提轉法輪雨法雨擊

法鼓吹法螺建法幢以法布施滿足衆生多所利益多所安隱憐愍世間饒益天人我今以身口意頭面禮現在諸佛足諸佛知者見者世間眼世間燈我於無始生死已來所起罪業爲貪欲瞋恚愚癡所逼故或不識佛不識法不識僧或不識罪福或身口意多作衆惡或以惡心出佛身血或毀滅正法故壞衆僧殺眞人阿羅漢或自行十不善道或教他令行或復隨喜若於衆生有不愛語若以斗稱欺誑侵人以諸邪行惱亂衆生或不孝父母或盜塔物及四方僧物佛所說經戒或有毀破違逆和尚阿闍梨若人發聲聞乘辟支佛乘發大乘者惡言毀辱輕賤嫌恨慳嫉覆心故於諸尊所或起惡口或說是法非法說非法是法今以是罪於現在諸佛知者見者證者所盡皆發露不敢覆藏從今已後不敢復作若我有罪應墮地獄畜生餓鬼阿脩羅中不值三尊生在諸難願以此罪今世現受如過去諸菩薩求佛道者懺悔惡業罪我亦如是發露懺悔不敢覆藏後不復作若今諸菩薩求佛道者懺悔惡業罪我亦如是發露懺悔不敢覆藏後不復作如未來諸菩薩求佛道者懺悔惡業罪我亦如是發露懺悔不敢覆藏後不復作如過去未來現在諸菩薩求佛道者懺悔惡業罪已懺悔今懺悔當懺悔我亦如是懺悔惡業罪不敢覆藏後不復作問曰汝已說懺悔法云何爲勸請答曰

十方一切佛　現在成道者　我請轉法輪
安樂諸衆生　十方一切佛　若欲捨壽命
我今頭面禮　勸請令久住

轉法輪者說四聖諦義三轉十二相是苦諦是苦集是苦滅是至苦滅道是名一轉四相是苦諦應知是苦集應斷是苦滅應證是至苦滅道應修是名第二轉四相是苦諦知已是苦集斷已是苦滅證已是至苦滅道修已是名第三轉四相四相者四諦中生眼智明覺有入聲聞乘辟支佛乘大乘是名法輪解脫是三乘義名爲轉法輪安樂諸衆生者五欲樂不名爲安樂爲令世後世得清淨安隱入於三乘是名安樂是人勸請諸佛轉法輪令諸衆生受涅槃樂若未得涅槃令受世間樂是故說安樂壽者受業報因緣故命根相續得住如變化所作隨心業而住心業止則滅勸請名至誠求願諸佛觀諸衆生巨細無異是故求請望得從願莫捨壽命住無量阿僧祇劫度脫衆生復次佛自說勸請法菩薩應作是言我禮現在十方諸佛始得阿耨多羅三藐三菩提未轉法輪我今求請願轉法輪擊法鼓吹法螺建法幢設大法祠然大法炬以是法施滿足衆生多所利益多所安樂憐愍世間饒益天人是故我今勸請是名勸請諸佛轉法輪久住者亦應言現在十方諸佛欲捨壽命我請久住多所利益多所安樂憐愍世間饒益天人問曰汝已說懺悔勸請云何名爲隨喜答曰

所有布施福　持戒修禪行　從身口意生

去來今所有　習行三乘人　具足三乘者

一切凡夫福　皆隨而歡喜

布施福者從捨慳法生持戒福者能伏身口業生禪行者諸禪定是從身口生者因身口

布施持戒迎來送去等因意生者禪定慈悲等去來今所有者一切衆生三世福德行三乘者求聲聞乘辟支佛乘大乘具足三乘者成就阿羅漢乘辟支佛乘佛乘一切者皆盡無餘凡夫者未得四諦者是福德者有二種業善及不隱没無記業是隨喜者他人作福心生歡喜稱以爲善問曰汝以説懺悔勸請隨喜云何爲迴向答曰

我所有福德　一切皆和合　爲諸衆生故
正迴向佛道

我者已身所有福德者若從身生若從口生若從意生若因布施生若因持戒生若因修禪生若因隨喜生若因勸請生如是等及餘所有善皆名所有福德一切和合者心念諸福德合集稱量知其廣大諸衆生者三界衆生正者如諸佛迴向如眞實迴向菩提迴向菩提者迴諸福德向阿耨多羅三藐三菩提又隨喜迴向此二事佛亦自説有菩薩摩訶薩欲隨喜迴向應念諸佛斷三界相續道滅諸戲論乾煩惱淤泥滅諸刺棘除諸重擔逮得已利正智解脱心得自在盡諸有結無量無邊不可思議阿僧祇十方世界一一世界中亦無量無邊不可思議阿僧祇諸佛出已滅度從初發心乃至得佛入無餘涅槃至遺法未盡於其中間是諸佛所有善根福德應六波羅蜜及所授辟支佛記所有善根又聲聞人善根若布施持戒修禪及學無學無漏善根及諸戒品定品慧品解脱品解脱知見品大慈大悲等無量功德及諸佛有所説法於此法中有人信解受學得此法利是諸人

等所有善根於此法中及凡夫所種善根及諸天龍夜叉乾闥婆阿脩羅迦樓羅緊那羅摩睺羅伽得聞法已生諸善心乃至畜生聞法生諸善心及諸佛欲入涅槃時衆生所種善根是諸善根福德一切和合稱量使無遺餘以最上最妙最勝無上無等無等等隨喜隨喜已以是隨喜所生福德迴向阿耨多羅三藐三菩提未來現在諸佛亦如是是三世諸佛福德及因諸佛所生福德心皆隨喜迴向阿耨多羅三藐三菩提是故偈說

罪應如是懺　勸請隨喜福　迴向無上道
皆亦應如是　如諸佛所知　我悔罪勸請
隨喜及迴向　皆亦復如是

無始世界來有無量遮佛道罪應於十方諸佛前懺悔勸請諸佛隨喜迴向如佛所知所見所許懺悔我亦如是懺悔勸請諸佛隨喜迴向若如是懺悔勸請隨喜迴向是名正迴向問曰云何名爲諸佛所知所見所許懺悔勸請隨喜迴向答曰懺悔勸請如先說隨喜迴向如大品經中須菩提白佛言世尊所說菩薩於過去未來現在一切諸佛及諸弟子一切衆生所有福德善根盡和合稱量以最上隨喜世尊云何名爲最上隨喜佛告須菩提若菩薩於過去未來現在諸法不取不念不見不得不分別而能如是思惟是諸法皆從憶想分別衆緣和合有一切法實不生無所從來是中乃至無有一法已生今生當生亦無已滅今滅當滅諸法相如是我順諸法相隨喜隨喜已亦隨諸法實相迴向阿耨多羅三藐三菩提是名最上隨喜迴向復次須

菩提求佛道善男子善女人不欲謗佛者應以善根如是迴向應作是念如諸佛心佛智佛眼知見是善根福德本末體相從何而有我亦如是隨諸佛知見隨喜如諸佛所許我亦如是以善根迴向若菩薩如是迴向則不謗諸佛亦無過咎深心信解如實迴向是名大迴向具足迴向復次須菩提善男子善女人以諸善根福德應如是迴向如諸賢聖戒品定品慧品解脫品解脫知見品不繫欲界不繫色界不繫無色界不在過去不在未來不在現在以不繫三界故是迴向亦如是不繫所迴向處亦不繫若菩薩能如是得心信解如實是名不失迴向無毒迴向法性迴向若菩薩於此迴向取相貪著是名邪迴向是故諸菩薩摩訶薩應如諸佛所知法相以是法相迴向能至阿耨多羅三藐三菩提是名正迴向

分别功德品第十一

問曰懺悔勸請隨喜迴向應云何作晝夜中幾時行答曰

以右膝著地　偏袒於右肩　合掌恭敬心

晝夜各三時

以恭敬相故右膝著地偏袒右肩合掌是事應初夜一時禮一切佛懺悔勸請隨喜迴向中夜後夜皆亦如是於日初分日中分日後分亦如是一日一夜合為六時一心念諸佛如現在前問曰作是行已得何果報答曰

若於一時行　福德有形者　恒河沙世界

乃自不容受

若於一時中行此事者所得福德若有形恒

河沙等無量無邊不可思議三千大千世界所不容受如三支經除罪業品中說佛告舍利弗若善男子善女人以滿恒河沙等三千大千世界七寶布施諸佛若復有人勸請諸佛轉法輪此福爲勝又於般若波羅蜜隨喜迴向品中說善哉善哉須菩提汝能爲佛事與諸菩薩說迴向法若菩薩作是念如諸佛知見是善根福德本末體相何因緣故有我亦如是隨佛所知所見迴向是人得福多譬如恒河沙等三千大千世界中衆生皆成就十善道菩薩迴向福德最上最妙最勝無比無等無等等須菩提置是恒河沙等三千大千世界衆生成就十善道若恒河沙等三千大千世界衆生皆得四禪其福比此亦復最上最妙最勝四無量心四無色定五神通得須陀洹果斯陀含果阿那含果阿羅漢果辟支佛道亦如是如法迴向福德最上最妙最勝須菩提置此恒河沙等三千大千世界衆生皆作辟支佛若有恒河沙等三千大千世界衆生皆發阿耨多羅三藐三菩提心復有恒河沙等三千大千世界衆生其一菩薩以取相心供養是諸衆生衣服飲食卧具醫藥於恒河沙等劫以一切樂具供養恭敬尊重讚歎一一菩薩皆亦如是須菩提於意云何是諸菩薩以此因緣得福多不甚多世尊如是福德筭數譬喻所不能及若是福德有形恒河沙等世界所不能受佛告須菩提善哉善哉須菩提是菩薩爲般若波羅蜜守護以善根隨法性迴向所得福德先諸菩薩取相布施福德百分不及一千分萬分百千萬億

分乃至筭數譬喻所不能及何以故先諸菩薩取相分別布施皆是有量有數又般若波羅蜜迴向品中說佛告淨居天子置此恒河沙等三千大千世界衆生皆發阿耨多羅三藐三菩提心餘恒河沙等三千大千世界衆生一一菩薩以取相心供養是諸衆生衣服飲食卧具醫藥資生之物隨意供養於恒河沙等劫諸天子若是恒河沙等三千大千世界衆生發阿耨多羅三藐三菩提心餘恒河沙等三千大千世界中衆生皆亦發阿耨多羅三藐三菩提心其一菩薩供養是諸菩薩衣服飲食卧具醫藥資生之物於恒河沙等劫是布施取相分別如是諸菩薩各於恒河沙等劫供養是諸菩薩衣服飲食卧具醫藥資生之物隨意供養恭敬尊重讃歎皆是取相布施若菩薩爲般若波羅蜜所護過去未來現在諸佛戒品定品慧品解脫品解脫知見品及聲聞五品及諸凡人於中種善根已種今種當種盡和合稱量使無遺餘最上最妙最勝無等無等等不可思議隨喜福德迴向阿耨多羅三藐三菩提作是念我是福德能至佛道是福德於先取相福德百分不及一千萬分萬億分乃至筭數譬喻所不能及何以故是諸菩薩取相分別布施故復有恒河沙等三千大千世界衆生皆發阿耨多羅三藐三菩提心身行善業口行善業意行善業復有恒河沙等三千大千世界衆生皆發阿耨多羅三藐三菩提心若人於恒河沙等劫惡口駡詈皆能忍受於恒河沙等劫身心精進除諸懈怠攝心禪定無諸亂想而皆取

相不如菩薩如法性迴向其福爲勝是故如汝先說作如是事得何等利者得如是大福德聚是故若人欲得如是無量無邊不可思議福德聚者應行是懺悔勸請隨喜迴向不惜身命利養名聞於晝夜中常應勤行問曰汝但說勸請隨喜迴向中福德何故不說懺悔中福德耶答曰於諸福德中懺悔福德最大除業障罪故得善行菩薩道行勸請隨喜迴向與空無相無願和合無異復次懺悔如如意珠隨願皆得如佛說若人欲於婆羅門大姓中生刹利大姓中生居士大家中生應如是懺悔罪業無所覆藏後不更作若有人欲生四天王天上忉利天上夜摩天上兜率陀天上化樂天上他化自在天上亦應如是懺悔罪業無所覆藏後不更作若人欲生梵世乃至非想非非想處是人亦應如是懺悔罪業無所覆藏後不更作若人欲得須陀洹果斯陀含果阿那含果阿羅漢果亦應如是懺悔罪業若人欲得三明六神通聲聞道中自在力盡聲聞功德彼岸亦應如是懺悔罪業若人欲得辟支佛道亦應如是懺悔罪業若人欲得一切智慧不可思議智慧無礙智慧無上智慧亦應如是懺悔罪業無所覆藏後不更作是故當知懺悔有大果報

問曰汝言懺悔除業障罪餘經中說佛告阿難故作業必當受報又阿毗曇中說諸業因緣不空果報不失不滅又經說衆生皆屬業皆從業有依止於業衆生隨業各自受報若現報若生報若後報又業報經中閻羅王爲衆生說言咄衆生汝此罪非父母作天作沙門婆羅

門作汝自作自應受報又賢聖偈中說

實法如金剛　業力將無勝　今我已得道

而受惡業報

又佛自說

大海諸石山　丘陵樹林木　地水火風等

日月諸星宿　若至劫燒時　皆盡無有餘

業於無量劫　常在而不失　汝遇具相者

一切智人師　先所造罪業　已償其果報

今雖得值佛　垢盡證聖果　以餘因緣故

木刺猶在身

是故不應言懺悔除業罪答曰我不言懺悔則罪業滅盡無有果報我言懺悔罪則輕薄於少時受是故懺悔偈中說若應墮三惡道願人身中受又如來智印經中說佛告彌勒諸菩薩深心愛樂阿耨多羅三藐三菩提者有罪應在惡道受報是罪輕微後世受惡形或多疾病無有威德生下賤家貧窮家邪見家邪業自活家生違意處多憂愁處國土破壞聚落破壞居家破壞所愛破壞不遇善知識常不聞法不得利養若得麤弊常不自供能令下賤之所信敬於諸大人不得信敬修集諸福時多有障礙不得成就諸根闇鈍習禪意亂不得無漏覺意功德不知經法隨宜所趣乃至惡夢償惡道報又佛說人有小罪今世可受報是罪轉多便墮地獄云何是人今世小罪轉多而墮地獄有人不修身不修戒不修心不修慧無有大意是人小罪便墮地獄云何是人有罪今世應受報罪不增長不入地獄有人修身修戒修心修慧有大志意心無拘礙如是人有罪不復增長今世現

受譬如人以小器盛水著一升鹽則不可飲
若復有人以一升鹽投於大海尚不覺鹽味
何况叵飲何以故水多鹽少故罪亦如是偈
說
升鹽投大海　其味無有異　若投小器水
鹹苦不可飲　如人大積福　而有少罪惡
不墮於惡道　餘緣而輕受　又人薄福德
而有少罪惡　心志狹小故　罪令墮惡道
若人火勢弱　食少難消食　此人雖不死
其身受大苦　若人身勢強　食少難消食
此人終不死　但受輕微苦　善福慧大弱
而有少惡罪　是罪無救者　能令墮地獄
大慧福德者　雖有罪惡事　不令墮地獄
現身而輕受　譬如鴦崛魔　多殺於人衆
又欲害母佛　得阿羅漢道

今世輕受又如阿闍世害得道父王以佛及
文殊師利因緣故重罪輕受又如人毒蛇生
時兩血後漸長大意欲殺人眼看即死若以
氣噓亦死是故時人號爲氣噓是人命終時
舍利弗往至其所心中瞋恚眼看不死噓亦
不死舍利弗身色方更光顯心即清淨上下
七觀以是因緣命終之後七返生天上七返
生人中於後人壽四萬歲時當得辟支佛道
身黄金色時人謂是金聚來欲斫取即命終
涅槃又如阿輸伽王以兵伏閻浮提殺萬八
千宫人先世施佛土故造八萬塔常於大阿
羅漢所聽受經法後得須陀洹道即人身輕
償如是等罪多行福德志意曠大集諸功德
故不墮惡道是故汝先難若懺悔罪業則滅
盡無有果報者是語不然復次若言罪不可

滅者毗尼中佛說懺悔除罪則不可信是事不然是故業障罪應懺悔

分別布施品第十二

菩薩能行如是懺悔勸請隨喜迴向

福德力轉增　心亦益柔輭　即信佛功德
及菩薩大行

是菩薩以懺悔勸請隨喜迴向故福力轉增心調柔輭於諸佛無量功德清淨第一凡夫所不信而能信受及諸大菩薩清淨大行希有難事亦能信受復次

苦惱諸衆生　無是深淨法　於此生愍傷
而發深悲心

若菩薩信諸佛菩薩無量甚深清淨第一功德已愍傷諸衆生無此功德但以諸邪見受種種苦惱故深生悲心

念是諸衆生　没在苦惱泥　我當救拔之
令在安隱處

是菩薩得悲心已作是念是諸衆生常爲貪恚癡所病以身心受諸苦惱我當拔濟使離身心苦惱深泥畢竟無生老病死患得住安隱涅槃樂處是故於此苦惱衆生生深悲心以悲心故爲求隨意使得安樂則名慈心

若菩薩如是　深隨慈悲心　斷所有貪惜
爲施勤精進

菩薩是求佛道度苦惱衆生念者隨名隨順慈悲不隨餘心深慈名徧諸衆生念徹骨髓所有名一切内外所有金銀珍寶國城妻子等貪名欲得無猒惜名愛著不欲與他斷名離此二惡如是則開檀波羅蜜門是故常應一心勤行無令放逸何以故菩薩作是念我

今隨所能作利益衆生發堅固施心
所有一切物　有命若無命　轉輪天王位
無求而不與　乃至於男女　族姓好妻妾
年少甚端嚴　巧便能事人　恭順心柔和
愛念情甚至　惜之過壽命　求者皆能與
乃至身血肉　骨髓及手足　頭目耳鼻等
及身皆能與
是菩薩定心布施凡所求物若有命若無命
無有乞而不與無命物者金銀珍寶乃至轉
輪聖王位天王位有命物者男女貴姓好家
年少妻妾端嚴柔和恭敬善順愛惜之至過
於身命而能施人如一切施菩薩所有外物
及妻子等皆能施與是菩薩乃至自身肉血
頭目手足耳鼻割肉出骨破骨出髓如薩陀
波崙或舉身施與一切所愛無過身者亦能
施與如薩和檀如菩薩爲免以身施與仙人
如尸毗王以身代鴿問曰是菩薩爲分別知
布施及布施果報故以難事施爲但以慈悲
心所發故施答曰
如是布施者　則得如是報　內以支節等
幷及諸外物
內物名頭目手足等外物名妻子金銀寶物
等是菩薩如實知施是得是報各各分別又
信諸經所說或以天眼得知問曰汝先說知
以身支節布施及外物布施所得果報今可
說所得果報答曰寶頂經中無盡意菩薩第
三十品檀波羅蜜義中說菩薩立願須食者
施食令我得五事報一者得壽命二者得瞻
三者得樂四者得力五者得色須漿與漿者
先於人中得香美飲後得除諸煩惱渴愛須

乘與乘則得隨意樂報成就曰如意足後得三乘道須衣與衣則得慙愧衣報須燈明與燈明則得佛眼光明須妓樂與妓樂則得具足天耳須末香塗香與末香塗香則得身無臭穢須汁與汁則得味味相報須房舍與房舍則得與一切衆生作歸依救護施資生之具者則得助菩提功德施醫藥者則得無老病死常樂安隱施奴婢者則得自在隨意具足智慧施金銀珊瑚硨磲碼碯者則得具足三十二相施種種雜物莊嚴其身得八十隨形好施象馬車者則得具足大乘施園林者則得具足禪定樂施男女者得所受阿耨多羅三藐三菩提施倉穀寶藏者則得具足法藏施以一國土一閻浮提四天下王位者則得道場自在法王施諸戲樂具者則得法樂以足施者則得法足能到道場以手施者則得寶手能施一切以耳鼻施者則得具足身體以眼施者則得具足無礙法眼以頭施者則得三界特尊一切智慧以血肉施者令諸衆生得堅固行以髓施者得金剛身無能壞者如是開施門果報餘施果報亦應知以卧具施者得三乘安隱解脫以牀坐處施者則得菩提樹下道場不可壞處以妻施者爲得法喜娛樂故以道施者爲生死失道衆生得入正道故以筏施者爲得度欲流有流見流無明流故以骨施者爲得戒堅定堅慧堅解脫堅解脫知見堅衆生堅故以眷屬施者爲得成就無量無邊阿僧祇福德天人眷屬同心清淨不可沮壞故以善哉施者爲得說法時天龍夜叉乾闥婆沙門婆羅門歡喜稱讚

故以經卷施者爲得九部經乆住無量時故以法施者爲得通達一切法故集一切功德故是菩薩如是樂行布施知布施清淨知布施果報所得多少是故

非法財施等　乃至智訶施　無有如是施
但合空等施

非法者惡行所得財財名資生之物取要言之以惡業得財物施菩薩如此布施不清淨故如是等諸餘非法施乃至智所訶施不爲此事菩薩行布施唯與空智慧等種種功德和合問曰所說非法得財施等及空智慧等和合施此二施應廣分別答曰是二施無盡意菩薩會品中檀波羅蜜中說初分別布施功德所謂諸菩薩無非法求財施無熱惱衆生施無恐畏施無著故施無請而不施無不如所許施無悋好以不好施無不深心施無諂曲施無假僞施無損果施無邪心施無癡心施無雜心施無不信解施無疲猒施無親附施無以承望已施無求福田者施無輕一切衆生非福田者施無持戒毀戒高下心施無求名聞施無自高心施無卑他施無懊惜施無悔心施無急喚故施無惡賤施無自然法施無求果報施無瞋恚施無令人渴乏施無惱求者施無輕弄彼施無欺誑施無顰面施無擲與施無不一心施無不自手施無不常施無休息施無斷絶施無競勝施無輕少物施無隨自恣而以輕物施無不稱力施無非福田施無於少物劣弱心施無恃多物憍心施無邪行施無樂受生施無恃色族富貴施無求生四王釋梵天上施無求聲聞辟支

佛乘施無求國王王子施無限一世施無猒足施無不迴向薩婆若施無不淨施無非時施無刀毒施無惱弄衆生施無智者所訶施如是開示施門餘不淨施亦應當知所謂諸菩薩無應棄物施無憎惡涅槃施無豐饒易得物施無置恩施無報恩施無求反報施無求守護施無求吉施無慢心施無家法施無因得即施無不終身施無垢心施無遊戲施無以善知識故施無輕施無遊逸施無因失施無以讃已故施無以訶罵故施無以呪願故施無以稱希有事故施無以明已信故施無以畏故施無誑施無求眷屬施無不唱導施無引衆施無不信施無無因緣施無隨意施無現奇特施無自稱讃施無不隨所求施無爲伏彼施無不愛施無不任用物施無不恭敬施無下施無以恠相故施無抑挫施無挾勢得物施無不清淨心施無疑心施無破求者心施無禁忌物施無分別施無以酒施無以兵仗施無奪彼物施無令人生疑心施無以親近故施無說彼過咎施無隨所愛施無瞋施無癡施無戲論施無不爲菩提施問曰非法求財施乃至不爲菩提施菩薩爲有爲無若盡無者則有過咎不求福田於衆生無差別心亦無知恩報恩亦無家法國法施若有者何以皆言無答曰是非法得財施乃至不爲菩提施菩薩不必盡無或時有是布施檀波羅蜜所不攝不能具足檀波羅蜜故言無空等功德和合施者如無盡意菩薩經檀波羅蜜品中說菩薩布施與空心合故不盡是施無相修故不盡是施無願守護故不

盡是施善根所攝故不盡是施隨解脱相故不盡是施能破一切魔故不盡是施不離煩惱故不盡是施得轉勝利故不盡是施決定心故不盡是施集助菩提法故不盡是施正迴向故不盡是施得道場解脱果故不盡是施無邊故不盡是施不可盡故不盡是施不斷故不盡是施廣大故不盡是施不可壞故不盡是施不可勝故不盡是施至一切智慧故不盡是施斷非法求財施等垢成就空等諸功德故不盡非法求財施等是施垢施與垢合是不淨施與空等功德合是淨復次是施淨不淨今當更說經說施有四種有施於施者是淨不於受者淨有施於受者是淨不於施者淨有施於施者淨亦於受者淨有施不於施者淨亦不於受者淨若施者成就善

身口意業受者成就惡身口意業是名於施者淨不於受者淨若施者成就惡身口意業受者成就善身口意業是名於受者淨不於施者淨若施者成就善身口意業受者亦成就善身口意業是名於施者淨於受者亦淨若施者成就不善身口意業受者亦成就不善身口意業是名不於施者淨亦不於受者淨貪欲瞋恚愚癡若斷若不斷亦應如是分別復次四種布施中有淨不淨一從施者淨二從受者淨三共淨是名淨一不從施者淨二不從受者淨三不共淨是名不淨是中施者有功德故從施者施得淨以受者有功德故從受者施者施得淨以施者受者有功德故從施者受者施得淨施者有罪故從施者施不淨受者有罪故從受者施不淨施者有

罪受者有罪故從施者受者施不淨施者功德受者功德施者罪受者罪先巳說問曰汝說此四種施中菩薩行何施答曰

四種布施中　行二種淨施　不求於名利

及以求果報

是布施有四種三淨三不淨不淨盡不行淨中應行二淨一者施者淨不於受者淨二者共淨於此二淨施中應常精進何以故是菩薩不期果報故若期果報者則求受者清淨淨名受者功德莊嚴其心清淨不淨名施者有慳惜心如佛說慳爲施垢餘煩惱雖爲不淨慳最爲重問曰若菩薩於施者淨及共淨淨應勤行此二施慳爲施者垢亦是施大垢若菩薩未離欲未能斷慳云何能行此二種淨施答曰

若物能起慳　則不畜此物

菩薩若於有命無命物知生慳心者則不畜此物是故有所施皆無悋惜問曰外物可不畜身當云何答曰

常爲利衆生　解身如藥樹

爲利益衆生故信解身如藥樹如藥樹衆生有用根莖枝葉華實等各得差病隨意而取無有遮護菩薩亦如是爲利衆生故能自捨身作是念若衆生取我頭目手足支節脊腹髀髆耳鼻齒舌血肉骨髓等隨其所須皆能與之或舉身盡施如是降伏其心修集善根爲方便所護行檀波羅蜜

十住毗婆沙論卷第五

音釋

顊 足米切傾頭也 差病 差楚懈切與瘥同 脊 資昔切背呂也 髀膞 髀部禮切股也膞伯各切肩膞也

十住毗婆沙論卷第六

龍　樹　菩　薩　造
姚秦三藏法師鳩摩羅什譯

分別布施品第十二之餘

總相別相施　皆悉能迴向

是菩薩能以二種施能知二種迴向一爲總相二爲別相總相迴向者有所施皆迴向阿耨多羅三藐三菩提別相施者如布施果報中說復次總相迴向者爲安樂利益一切衆生別相迴向者無信衆生令得信故破戒者得持戒故少聞者得多聞故懈怠者得精進故散亂心者得禪定故愚癡衆生得智慧故慳者得捨心故如是等種種別相復次總相迴向者以六波羅蜜迴向阿耨多羅三藐三菩提別相迴向者施外物時願諸衆生得大最樂支節布施時願諸衆生具足佛身問曰布施有幾種迴向幾種不迴向答曰一爲淨四事迴向一三種不迴向一菩薩布施爲清淨四事故迴向三種不迴向不爲得王故迴向不爲得欲樂故迴向不爲得聲聞辟支佛地故迴向不爲得王故迴向者遮王則并遮一切貴人力勢自在者不爲得欲樂迴向者除上貴人餘受富樂五欲自娛者不爲得聲聞辟支佛迴向者遮因小乘入無餘涅槃令得安住大乘久後乃得無餘涅槃爲四淨迴向者菩薩所施爲清淨佛土故迴向爲清淨菩提故迴向爲清淨教化衆生故迴向爲淨薩婆若故迴向菩薩應如是方便迴向無令布施損減使得勢力問曰以何法令布施損減以何法令布施增益答曰

若施不迴向　亦無有方便　求生於下處
親近惡知識　如是布施者　是則爲損減
若布施不迴向阿耨多羅三藐三菩提隨逐世間樂故求生下處無有方便能出布施禪定果報自在所生親近障礙大乘知識以是四法則布施損減

離四施得增　又應三心施　菩提順佛語
亦不求果報

離此四法布施則得增益一迴向阿耨多羅三藐三菩提二有方便迴向三求法王處四親近善知識又應以三法心而行布施一者憐愍一切衆生故以菩提心行施二者不遠佛法而行布施三者不求果報而行布施復次菩薩爲得三法故行布施一者佛法二者說法三者令諸衆生住無上樂又欲求二法行布施者一者大富二者具足檀波羅蜜何以故若菩薩大富則離貧苦不取他財不求息利無有債主不憂償債多財富足能自衣食有能惠施利益親族及善知識眷屬安樂其家豐饒常如節會心常歡悅能大施與眷屬不輕人所敬仰言皆信受衆所依附人來師仰入衆無畏常好洗浴名香塗身著好新衣具足莊嚴見諸好色聽好音聲聞諸妙香常食最上美味細觸怨賊難壞善知識歡喜是於人身得善果報人所欽慕常稱吉善忘其醜惡雖生下賤有大人相雖無巧言成巧言者雖不多聞成多聞者雖少智慧成智慧者若先端正倍復殊勝若先大家倍復尊貴若先巧言倍復巧言若先多聞倍復多聞若先智慧倍復有智所可坐卧貴價寶牀寤寐

安隱侍衛具足衆寶爲舍極意遊戲其身貴重須諸經書應意即得勢位隨意親近王易諸貴貴人所念諸醫自往常有親信消息所宜有疾輕微若病易差遠離今世後世怖畏畢竟永離不活怖畏常有救護多有人衆諸親近者自謂多福爲同意者深自欣慶有少施恩得大酬報若加小惡得大殃禍族姓女人少年端正具足莊嚴自求給侍諸有諸利悉來歸已若作惡事事轉輕微少有施作即獲大利多善知識怨憎轉少蛇蚖毒藥放逸惡人如是等事不得妄近諸愛敬事皆悉歸趣若獲利時衆人代喜若有衰惱人皆憂慼衆共示導競以善告令遠非法安住善法所施業大見莫不歡若與同心則以爲足不期世間富貴榮利假使居位人思匡助除其衰惱見他富貴無所希尚人詠其德不揚其過離小人名得大人號無不足色視他顏貌不作矯異若作婆羅門於天寺中大獲果報讚諸經書得其實利得而能施若是刹利所習成就善射音聲善能貫練治世典籍能得果報若是田舍播植如意若是賫賈能獲其利若是首陀羅所作事業多得如意問曰汝先說菩薩不以求果報心施又復不爲豪貴故施而今說求大富故布施是語得無自相違答曰不相違也若自爲身求富受樂是故說不應求富今說求富但爲利益衆生是故說爲欲大施故求富不爲身已求富受樂是則果中說因若菩薩不得富雖信樂布施無財可與是故汝不應作難復次斷二法故應行布施何等爲二一者慳二者貪此二法最爲

施垢又得二法故行布施所謂盡智無生智又增益三種慧一者自利慧二者本慧三者多聞慧有人言增長二法故應行施一善二慧略說菩薩應行四種施攝一切善法一者等心施二者無對施三者迴向菩提施四者具足善寂滅心施菩薩如是具檀波羅蜜故勤行財施

分別法施品第十三

菩薩於財施應如是修學又應修學法施如說

衆施法施最　智者應修行

一切布施中第一最上最妙所謂法施是施智者所應行問曰何故但言智者應行法施答曰不智者若行法施即說黒論說黒論故自失利亦失他利問曰何謂黒論答曰佛欲滅度時告阿難從今日後依修多羅莫依人阿難云何名依修多羅不依人有比丘來作是言我現從佛聞現從佛受是法是善是佛所教是比丘語莫受莫捨審諦聽已應以經律檢其所說若不入修多羅不入毗尼又復違逆諸法相義應報是比丘言是法或非佛所說或長老謬受何以故是法不入修多羅不入毗尼又復違逆諸法相義是則非法非善非佛所教如是知已即應除却復有比丘來作是言彼住處有大衆有明經上座善說戒律我現從彼聞現從彼受是法是善是佛所教是比丘語莫受莫捨審諦聽已應以經律檢其所說若不入修多羅不入毗尼又復違逆諸法相義應報是比丘言長老彼比丘僧法相善相或作非法非善說或長老謬受

何以故是法不入修多羅不入毗尼又復違逆諸法相義是則非法非善非佛所教如是知已即應除却復有比丘來作是言彼住處中多諸比丘持修多羅持毗尼持摩多羅迦我現從彼聞現從彼受是法是善是佛所教是比丘語莫受莫捨審諦聽已應以經律檢其所說若不入修多羅不入毗尼又復違逆諸法相義應報是比丘言長老彼比丘僧法相義相或作非法非善說或長老謬受何以故是法不入修多羅不入毗尼又復違逆諸法相義是則非法非善非佛所教如是知已即應除却復有比丘來作是言彼住處中有長老比丘多知多識人所尊重我現從彼聞現從彼受是法是善是佛所教是比丘語莫受莫捨審諦聽已應以經律檢其所說若不入修多羅不入毗尼又復違逆諸法相義應報是比丘言長老彼諸比丘法相善相或作非法非善說或長老謬受何以故是法不入修多羅不入毗尼又復違逆諸法相義是則非法非善非佛所教如是知已即應除却是四名黑論是故言智者不依黑論而行清白法施問曰云何知諸施中法施第一答曰經說有二施法施財施二施之中法施爲上復次

決定王經中　讚說法功德　及說法儀式
應常修習行

若菩薩欲以法施衆生者應如決定王大乘經中稱讚法師功德及說法儀式隨順修學謂說法者應行四法何等爲四一者廣博多學能持一切言辭章句二者決定善知世間

出世間諸法生滅相三者得禪定智慧於諸經法隨順無諍四者不增不損如所說行說法者處師子座復有四法何等爲四一者欲昇高座先應恭敬禮拜大衆然後昇座二者衆有女人應觀不淨三者威儀視瞻有大人相敷演法音顏色和悅人皆信受不說外道經書心無怯畏四者於惡言問難當行忍辱處師子座復有四法何等爲四一者於諸衆生生饒益想二者於諸衆生不生我想三者於諸文字不生法想四者願諸衆生從我聞法者於阿耨多羅三藐三菩提而不退轉處師子座復有四法何等爲四一者善能安住陁羅尼門深信樂法二者善得般舟三昧勤行精進持戒清淨三者不樂一切生處不貪利養不求果報四者於三解脱心無有疑又能善起諸深三昧具足威儀憶念堅固有念安慧不調戲不輕躁不無羞不癡亂言無錯謬守護諸根不貪美味善攝手足所念不忘樂行頭陀分別世間出世間法心無疑悔言辭章句不可窮盡爲諸聽者求安隱利不求他過有如是法應處師子座復有四法一不自輕身二不輕聽者三不輕所說四不爲利養佛告阿難說法者應說何法阿難所可說法不可示不可說無相無爲世尊法若爾者云何可說阿難是法甚深如來以四相方便而爲演說一以音聲二以名字三以語言四以義理又以四因緣而爲說法一者爲度應度衆生二者但說色受想行識名字三者以種種文辭章句利益衆生四者雖說名字而亦不得譬如鉢油清淨無垢於中觀者自見

面相阿難汝若見若聞智慧男子若持戒女人若聖弟子能作是說我於鉢油見實人不世尊我不聞不見智慧男子持戒女人若聖弟子能作是言我於鉢油見眞實人何以故智者先知鉢油非有何況有人但以假名說言油鉢而見人相阿難如來亦復如是但以名字假有所說阿難如來以四因緣而爲說法衆生聞者心得安樂種涅槃因如來說法音聲徧滿十方世界衆生聞者心得歡喜離諸惡趣主兜術天如來聲中無男無女男不取女相女不取男相如來音者不惱衆生不壞諸法但爲示現音聲之性說法者應習行是事應隨所行而爲法施施者受者所得果報後當廣說

歸命相品第十四

上已解說財施法施今更分別

白衣在家者　應多行財施　餘諸善行法

今當復解說

是二施中在家之人當行財施出家之人當行法施何以故在家法施不及出家以聽受法者於在家人信心淺薄故又在家之人多有財物出家之人於諸經法讀誦通利爲人解說在衆無畏非在家者之所能及又使聽者起恭敬心不及出家又若欲說法降伏人心不及出家如說

先自修行法　然後教餘人　乃可作是言

汝隨我所行

是事出家者所宜非在家者所行又說

身自行不善　安能令彼善　自不得寂滅

何能令人寂　是故身自善　能令彼行善

自身得寂滅　能令人得寂

善法寂滅是出家者之所應行又出家之人於聽法者恭敬心勝又出家之人若行財施則妨餘善又妨行遠離阿練若處空閑林澤出家之人若樂財施悉妨修行如是等事若行財施必至聚落與白衣從事多有言說若不從事無由得財若出入聚落見聞聲色諸根難攝發起三毒又於持戒忍辱精進禪定智慧心薄又與白衣從事利養垢染發起愛恚慳嫉煩惱唯以思惟力而自抑制心志弱者或不自制或乃致死或得死等諸惱苦患貪著五欲捨戒還俗故名爲死或能反戒多起重罪是名死等諸惱苦患以是因緣故於出家者稱歎法施於在家者稱歎財施如是廣說在家菩薩所行財施餘諸善行今當說之發心菩薩先應歸依佛歸依法歸依僧從三歸依得功德皆應迴向阿耨多羅三藐三菩提復次

歸依佛法僧　菩薩所應知

菩薩應當如實善解歸依佛歸依法歸依僧

問曰云何名爲歸依佛答曰

不捨菩提心　不壞所受法　不離大悲心

不貪樂餘乘　如是則名爲　如實歸依佛

菩提心者發心求佛不休不息不捨是心不壞所受法者諸菩薩各愛所樂善法戒行是行應行是不應作若應諸波羅蜜若應四功德處如是等種種善法爲利益衆生故受持修行不令毀缺大悲心者欲度苦惱衆生爲求佛道乃至夢中亦不離大悲不貪餘乘者深信樂佛道故不貪聲聞辟支佛乘有是法

故當知如實歸依佛問曰云何名爲歸依法
答曰
親近說法者　一心聽受法　念持而演說
名爲歸依法
說法者於佛深法解說敷演開示善惡斷諸
疑惑常數親近往至其所供養恭敬一心聽
受以憶念力執持不忘思惟籌量隨順義趣
然後爲人如知演說以是法施功德迴向佛
道是名歸依法問曰云何名爲歸依僧答曰
若諸聲聞人　未入法位者　令發無上心
使得佛十力　先以財施攝　後乃以法施
深信依果僧　不分別貴衆　求聲聞功德
而不證解脫　是名歸依僧　又應念三事
聲聞人者成聲聞乘未入法位者於聲聞道
未得必定能令此人發佛道心而得十力若
入法位者終不可令發無上心設或發心亦
不成就如般若波羅蜜中尊者須菩提所說
已入正法位不能發無上心何以故是人於
生死已作障隔不復往來生死發無上心先
以財施攝者以衣服飲食卧具醫藥所須之
物攝出家者以衣服飲食卧具醫藥雜香塗
香攝在家者以攝因緣生親愛心所言信受
然後法施令發無上道心果僧者四向四果
衆者於佛法中受出家相具持諸戒未有果
向不分別如是僧以離恩愛奴故名爲貴僧
信樂空無相無願而不分別戲論依止是僧
名爲歸依僧求聲聞功德而不證解脫者知
是僧持戒具足禪定具足智慧具足解脫具
足解脫知見具足三明六通心得自在有大
威德捨世間樂出魔境界利譽稱樂不以爲

喜衰毀譏苦不以爲憂常行六捨得八解脱
隨佛所教有行道者有解脱者行一道者破
二種煩惱善知三界善通四諦善除五蓋安
住六和敬法具足七不退法八大人覺捨離
地結得聲聞十種力成就如是諸功德僧者
名爲佛弟子衆求如是功德不求其解脱何
以故深心信樂佛無礙解脱故是名歸依僧
復次若聞章句文字法即得念實相法名爲
歸命法若見聲聞僧即念發菩提心諸菩薩
衆是名歸依僧見佛形像即念眞佛是名歸
依佛問曰云何名爲念眞佛答曰如無盡意
菩薩經中説念佛三昧義念眞佛者不以色
不以相不以生不以姓不以家不以過去未
來現在不以五陰十二入十八界不以見聞
覺知不以心意識不以戲論行不以生滅住
不以取捨不以憶念分別不以法相不以自
相不以一相不以異相不以心緣數不以内
外不以取相覺觀不以入出不以形色相貌
不以所行威儀不以持戒禪定智慧解脱解
脱知見不以十力四無所畏諸法如實念佛
者無量不可思議無行無知無我我所無憶
無念不分別五陰十二入十八界無形無礙
無發無住無非住不住色不住受想行識不
住眼色不住眼識不住耳聲不住耳識不住
鼻香不住鼻識不住舌味不住舌識不住身
觸不住身識不住意法不住意識不住一切
諸緣不起一切諸相不生一切動念憶想分
別等不生見聞覺知隨行一切正解脱相心
不相續滅諸分別破諸愛恚壞諸因相除斷
先際後際中際究暢明了無有彼此無動故

無喜不受味故無樂本相寂滅故無熱心無所營故解脫相無色故無身不受故無受無想故無結無行故無爲無知故無識無取故不行不捨故非不行無處故無住空故無來不生故無去一切憶念心心數法及餘諸法不貪不著不取不受不然不滅先來不生無有生相攝在法性過眼色虛空道如是相名爲眞念佛又念法者佛法是善說得今世報無有定時可得觀察善將至道智者內知初中後善言善義善淳善無雜具足清淨能斷貪欲能斷瞋恚能斷愚癡能除慢心能除諸見能除疑悔能除憍貴能除諸渴破所歸趣斷相續道盡愛離欲寂滅涅槃如是相名爲念法以空無相無願不生不滅畢竟寂滅無比無示如念佛義中說又念法有三種從佛法是善說至具足清淨名爲道能斷貪欲至寂滅涅槃名爲涅槃空等至無比無示名爲法體又念僧者如先說僧功德念是三寶得決定心以如是念求於佛道而行布施是名歸依佛爲守護法而行布施是名歸依法以是布施起迴向心成佛道時攝菩薩聲聞僧是名歸依僧

五戒品第十五

如是在家菩薩能修善人業遠離惡人業如說

修起善人業　如法集財用　堪則爲重任不堪則不受

善人業者略說善人業自住善利亦能利人惡人業者自陷衰惱令人衰惱如法集財用者不殺不盜不詐欺人以力集財如法用之

供養三寶濟恤老病等堪受能行者則爲重任不堪行者則不受若菩薩於今世事及後世事若自利若利他如先所說必能成立若知不堪行者此則不受復次

世法無憂喜　能捨於自利　常勤行他利
深知恩倍報

世間法者利衰毀譽稱譏苦樂於此法中心無憂喜捨自利勤行他利者菩薩乃至未曾知識無因無緣者所作善行捨置自利助成彼善問曰捨自利勤行他利此事不然如佛說雖大利人不應自捨己利如說捨一人以成一家捨一家以成一聚落捨一聚落成一國土捨一國土以成己身捨己身以爲正法

先自成己利　然後乃利人　捨己利利人
後則生憂悔　捨自利利人　自謂爲智慧
此於世間中　最爲第一癡

答曰於世間中爲他求利猶稱爲善以爲堅心況菩薩所行出過世間若利他者即是自利如說

菩薩於他事　心意不劣弱　發菩提心者
他利即自利

此義初品中已廣說是故汝語不然深知恩倍報者若人於菩薩所作好事應當厚報又深知其恩此是善人相復次

貧者施以財　畏者施無畏　如是等功德
乃至於堅牢

施貧以財者有人先世不種福德令無方便資生儉少如是之人隨力給恤施無畏者於種種諸怖畏若怨賊怖畏飢餓怖畏水火寒熱等菩薩於此衆怖畏中教喻諸人安隱歡

悅令無怖畏如是功德最堅牢最在後者於諸憂者爲除其憂於無力者而行忍辱離慢大慢等於諸所尊深加恭敬於多聞者常行親近於智慧者諮問善惡自於所行常行正見於諸衆生不諂不曲不作假愛求善無猒多聞無量諸所施作堅心成就常與善人而共從事於惡人中生大悲心於善知識非善知識皆作堅固善知識相等心衆生不悋要法如所聞者爲人演說諸所聞法得其趣味於諸五欲戲樂事中生無常想於妻子所生地獄想於資生物所生疲苦想於産業事生憂惱想於諸所求破善根想於居家中生牢獄想親族知識生獄卒想日夜思量得何利想於不牢身得牢身想於不堅財生堅財想

復次

在家法五戒　心應堅牢住

在家菩薩以三自歸行上諸功德應堅住五戒五戒是總在家之法應離殺心慈愍衆生知自止足不貪他物乃至一草非與不取離於邪婬猒惡房内防遠外色目不邪視常觀惡露生猒離想了知五欲究竟皆苦若念妻欲亦應除捨常觀不淨心懷怖畏結使所逼離欲不著常知世間爲苦無我應發是願我於何時心中當得不生欲想況復身行遠離妄語樂行實語不欺於人心口相應有念安慧如見聞覺知而爲人說以法自處乃至失命言不詭異酒是放逸衆惡之本常應遠離不過於口不狂亂不迷醉不輕躁不驚怖不無羞不戲調常能一心籌量好醜是菩薩或時樂捨一切而作是念須食與食須飲與飲

若以酒施應生是念今是行檀波羅蜜時隨所須與後當方便教使離酒得念智慧令不放逸何以故檀波羅蜜法悉滿人願在家菩薩以酒施者是則無罪以是五戒福德迴向阿耨多羅三藐三菩提護持五戒如護重寶如自護命問曰是菩薩但應護持五戒不護持諸餘善業耶答曰

菩薩應堅住　總相五戒中　餘身口意業

悉亦復應行

在家五戒已說其義受此五戒應堅牢住及餘三種善業亦應修行復次在家菩薩所應行法

隨應利衆生　說法而教化

是菩薩於諸衆生隨有所乏皆能施與若在國土城郭聚落林間樹下是中衆生隨所利益說法教化所謂不信者爲說信法不恭敬者爲說禮節爲少聞者說多聞法爲慳貪者說布施法爲瞋恚者說和忍法爲懈怠者說精進法爲亂意者說正念處爲愚癡者解說智慧復次

隨諸所乏者　皆亦應給足

諸衆生有所乏少皆應給足有人雖富猶有不足乃至國王亦應有所乏是故先雖說貧窮者施財今更說隨所乏少而給足之復次

諸有惡衆生　種種加惱事　諂曲懷憍逸

惡罵輕欺誑　背恩無反復　癡弊難開化

菩薩心慜傷　勇猛加精進

諸惡衆生以種種惡事侵嬈菩薩菩薩於此心無懈猒不應作是念如是惡人誰能調伏誰能教化誰能勸勉令度生死究竟涅槃誰

能與此往來生死誰能與此和合同事諸惡無理誰能忍之我意止息不復共事我悉捨遠不復共事亦復不能與之和合是惡中之惡無有反復何用此等而共從事菩薩知見衆生惡罪難除應還作是念是等惡人非少精進能得令住如所樂法爲是等故我當加心勉力勤行億倍精進後得大力乃能化此惡中之惡難悟衆生如大醫王以小因緣便能療治衆生重病菩薩如是除煩惱病令住隨意所樂功德我於重罪大惡衆生倍應憐愍起深大悲如彼良醫多有慈心療治衆病其病重者深生憐愍勤作方便爲求良藥菩薩如是於諸衆生煩惱病者悉應憐愍於惡中之惡煩惱重者深生慈愍勤於方便加心療治何以故

菩薩隨所住　不開化衆生　令墮三惡道　深致諸佛責

菩薩隨所住國土城邑聚落山間樹下力能饒益教化衆生而懈猒嫌恨貪著世樂不能開化令墮惡道是菩薩即爲十方現在諸佛深所訶責甚可慙恥云何以小因緣而捨大事是故菩薩不欲諸佛所訶責於種種諂曲重惡衆生心不應沒隨力饒益應以諸方便勤心開化譬如猛將將兵多所傷損王則深責以諸兵衆無所知故是以王不責之

十住毗婆沙論卷第六

十住毗婆沙論卷第七

龍樹菩薩造
姚秦三藏法師鳩摩羅什譯

知家過患品第十六

菩薩如是學應知家過惡何以故若知過惡或捨家入道又化餘人令知家過出家入道問曰家過云何答曰如經中說佛告郁伽羅家是破諸善根家是深棘刺林難得自出家是壞清白法家是諸惡覺觀住處家是弊惡不調凡夫住處家是一切不善所行住處家是惡人所聚會處家是貪欲瞋恚愚癡住處家是一切苦惱住處家是消盡先世諸善根處凡夫住此家中不應作而作不應說而說不應行而行在此中住輕慢父母及諸師長不敬諸尊福田沙門婆羅門家是貪愛憂悲苦惱衆患因緣家是惡口罵詈苦切刀杖繫縛拷掠割截之所住處未種善根不種已種能壞能令凡夫在此貪欲因緣而墮惡道瞋恚因緣愚癡因緣而墮惡道怖畏因緣而墮惡道家是不持戒品捨離定品不觀慧品不得解脫品不生解脫知見品於此家中生父母愛兄弟妻子眷屬車馬增長貪求無有猒足家是難滿如海吞流家是無足如火焚薪家是無息覺觀相續如空中風家是後有惡如美食有毒家是苦性如怨詐親家是障礙能妨聖道家是鬪亂種種因緣共相違諍家是多瞋訶責好醜家是無常雖久失壞家是衆苦求衣食等方便守護家是多疑處猶如怨賊家是無我顛倒貪著假名爲有家是技人雖以種種文飾莊嚴現爲貴人須臾不久

莊嚴還作貧賤家是變異會必離散家如幻假借和合無有實事家如夢一切富貴久則還失家如朝露須臾滅失家如蜜渧其味甚少家如棘叢受五欲味惡刺傷人家是鐵觜蟲不善覺觀常唼食人家汙淨命多行欺誑家是憂愁心多濁亂家是衆共王賊水火怨親所壞家是多病多諸錯謬如是長者在家菩薩應當如是善知家過復次

菩薩應當知　在家之過惡　親近於布施持戒善好喜　若見諸乞人　應生五三想

在家菩薩應如是知家過患當行布施持戒善好布施名捨貪心持戒名身口業清淨善名善攝諸根好喜名同上歡喜五三想名見乞兒應生五三想初三者善知識想轉身大富想埤助菩提想又有三想折伏慳貪想捨一切想貪求一切智慧想又有三想隨如來教想不求果報想降伏魔想又有三想見來求者生眷屬想不捨攝法想捨邪受想又有三想離欲想修慈想無癡想今當解第五三想菩薩因來求者令三毒折薄捨所施物生離欲想於求者與樂因緣故瞋恨心薄名修慈想是布施迴向無上道則癡心薄是名不癡想餘想義應如是知復次

菩薩因求者　具六波羅蜜　以是因緣故見求應大喜

六波羅蜜者布施持戒忍辱精進禪定智慧以因求者能得具足以是利故菩薩遥見求者心大歡喜作是念行福田自然而至我因此人得具足六波羅蜜所以者何若於所施物心不貪惜是名檀波羅蜜爲阿耨多羅三

藐三菩提施與是名尸羅波羅蜜若不瞋乞者是名羼提波羅蜜當行施時不慮空匱心不退沒是名毗梨耶波羅蜜若與乞者若自與時心定不悔是名禪波羅蜜以不得一切法而行布施不求果報如賢聖無所著以是布施迴向阿耨多羅三藐三菩提是名般若波羅蜜復次

所施物果報　種種皆能知　慳惜在家者
亦知種種過

物施所獲功德利物慳惜在家所有過惡菩薩於此皆悉了知問曰若施得何功德若惜在家有何過咎答曰菩薩以真智慧如是知施與已是我物在家者非我物物施已則堅牢在家者不堅牢物施已後世樂在家少時樂物施已不憂守護在家者有守護若物施已愛心薄在家者增長愛物施已無我所在家者是我所物施已無所屬在家者有所屬物施已無所畏在家者多所畏物施已助菩提道在家者助魔道物施已無有盡在家則有盡物施已從得樂在家從得苦捨已捨煩惱在家增煩惱施已得大富樂在家不得大富樂施已大人業在家小人業施已諸佛所歎在家愚癡所讚復次

於妻子眷屬　及與善知識　財施及畜生
應生幻化想　一切諸行業　是則爲幻師

在家菩薩於妻子等應生幻化想如幻化事但誑人自行業是幻主妻子等事不久則滅如經說佛告諸比丘諸行如幻化誑惑愚人無有實事當知因業故有業盡則滅是故如幻作是念

我非彼所有　彼非我所有　彼我皆屬業隨業因緣有　如是正思惟　不應起惡業父母妻子親里知識奴婢僮僕等不能為我作救作歸作趣非我非我所五陰十二入十八界尚非我非我所何況父母妻子等我亦不能為彼作救作歸作趣我亦屬業隨業所受彼亦屬業隨業所受好惡果報如是三種籌量一有義趣二見經說三見現事不應為父母妻子等起身口意毫釐惡業復次

菩薩於妻所　應生三三想　亦復有三三

又復有三三

在家菩薩應生諸三想所謂三者妻是無常想失想壞想又有三想是戲笑伴非後世伴是共食伴非受業果報伴是樂時伴非苦時伴又有三想是不淨想臭穢想可猒想又有三想是怨家想惱害想相違想又有三想羅刹想毗舍闍鬼想醜陋想又有三想入地獄想入畜生想入餓鬼想又有三想重擔想減想屬畏想又有三想非我想無定屬想假借想又有三想因起身惡業想起口惡業想起意惡業想又有三想欲覺處想瞋覺處想惱覺處想又有三想枷杻想鎖械想縛繫想復有三想遮持戒想遮禪定想遮智慧想復有三想坑想羅網想圍合想復有三想灾害想疾病想衰惱想復有三想罪想黑身想灾雹想復有三想病想老想死想復有三想魔想魔處想相畏想復有三想憂愁想懊惱想啼哭想復有三想大豺狼想大摩竭魚想大猫狸想復有三想黑毒蛇想鱣魚想奪勢力想復有三想無救想無歸想無捨想復有三想

失想退想疲極想復有三想賊想獄卒想地獄卒想復有三想留想縛想結想復有三想泥想流想漂想復有三想械想鎖想黐黏想復有三想猛火聚想刀輪想草炬想復有三想無利想刺棘想惡毒想復有三想淩上想覆映想貪著想復有三想恨想鞭杖想刀矟想復有三想忿恚想諍訟想持棒想復有三想怨憎會想離愛想鬧想取要言之是一切臭惡不淨想一切衰濁想是一切不善根想是故在家菩薩於妻子見如是想應生猒離心出家修善爲善若不能出家不應於妻起諸惡業復次

若於子偏愛　即以智力捨　因子行平等
普慈諸衆生

在家菩薩若自知於子愛心偏多即以智力思惟捨離智力者應如是念菩薩平等心乃有阿耨多羅三藐三菩提高下心者則無菩提是阿耨多羅三藐三菩提從一相無相得不從別異相得我今求阿耨多羅三藐三菩提若於子所愛心偏多即有高下不名平等即是別相非是一相若如是者去阿耨多羅三藐三菩提則爲甚遠是故我不應於子偏生愛心爾時於子應生三想一於我爲賊佛說等慈破令不等愛心偏多故二爲賊害因是子故破諸善根遮正智命三我因是子逆道中行不行順道即時因子於諸衆生等行慈心應作是念子從餘處來我亦從餘處來子至異處我去異處我不知彼去處彼不知我去處彼不知我來處我不知彼來處是子非我所有何爲無故橫生愛縛如說

彼我不相知　所來所去處　彼我云何親
而生我所心
復次無始生死中一切衆生曾爲我子我亦
曾爲彼子有爲法中無有決定此是我子彼
是他子何以故衆生於六道中轉輪互爲父
子如説
無明蔽慧眼　數數生死中　往來多所作
更互爲父子　貪著世間樂　不知有勝事
怨數爲知識　知識數爲怨
是故我方便莫生憎愛心何以故若有善知
識常種種求利益若有怨賊常種種生無益
想有此憎愛心則不得通達諸法平等想心
高下者死後生邪處正行者生正行處是故
我不應行邪行於衆生行平等當得平等薩
婆若

入寺品第十七

如是在家菩薩不應於諸事中以貪著心我
我所心何以故隨所貪著難捨之物法應施
與若能施與則除此過菩薩如是無有貪著
慳惜之心可以處家問曰在家菩薩或有貪
惜愛著之物有來求者此應云何答曰
於所貪著物　有來求索者　當自勸喻心
即施勿慳惜
菩薩所貪惜物若有乞人急從求索汝以此
物施與我者速得成佛菩薩即時應自勸喻
而施與之如是思惟若我今者不捨此物此
物必當遠離於我設至死時不隨我去此物
則是遠離之相今爲阿耨多羅三藐三菩提
具足檀波羅蜜故施與後至死時心無有悔
經説不悔心死必生善處是得大利云何不

捨如是自勸猶貪惜者應辭謝乞者言
我今是新學　善根未成就　心未得自在
願後當相與
應辭謝乞者言勿生瞋恨我新發意善根未具於菩薩行法未得勢力是以未能捨於此物後得勢力善根成就心得堅固當以相與
復次
若衆不和合　斷於經法事　菩薩應隨力
方便令不絶
衆僧或以事緣諍競乖散法事有廢在家菩薩應勤心方便彼此之間心無所偏若以財物若以言說禮敬求請令還和合或以乏少衣食因緣或邪見者横作障礙或說法者欲求利養或聽法者心不恭敬在家菩薩於此事中隨宜方便若以財物若以言說下意求請使法事不廢法事不廢者是爲然佛法燈供養十方三世諸佛復次
齋日受八戒　親近淨戒者　以戒善因緣
深心行愛敬
齋日者月八日十四日十五日二十三日二十九日三十日及遮三忌三忌者十五日爲一忌從冬至後四十五日此諸惡日多有鬼神侵尅縱暴世人爲守護日故過中不食佛因教令受一日戒既得福德諸天來下觀察世間見之歡喜則便護念在家菩薩於諸小事猶尚增益何況先有此齋而不隨順是故應行一日齋法既得自利亦能利人問曰齋法云何答曰應作是言如諸聖人常離殺生棄捨刀仗常無瞋恚有慙愧心慈悲衆生我某甲今一日一夜遠離殺生棄捨刀仗無有

瞋恚有慚愧心慈悲衆生以如是法隨學聖人如諸聖人常離不與取身行清淨受而知足我今一日一夜遠離劫盜不與取求受清淨自活以如是法隨學聖人如諸聖人常斷婬佚遠離世樂我今一日一夜除斷婬佚遠離世樂淨修梵行以如是法隨學聖人如諸聖人常離妄語眞實語正直語我今一日一夜遠離妄語眞實語正直語以如是法隨學聖人如諸聖人常遠離酒酒是放逸處我今一日一夜遠離於酒以如是法隨學聖人如諸聖人常遠離歌舞作樂華香瓔珞嚴身之具我今一日一夜遠離歌舞作樂華香瓔珞嚴身之具以如是法隨學聖人如諸聖人常遠離高廣大牀處在小榻草蓐爲座我今一日一夜遠離高廣大牀處在小榻草蓐爲座以如是法隨學聖人如諸聖人常過中不食遠離非時行非時食我今一日一夜過中不食遠離非時行非時食以如是法隨學聖人如說

殺盜婬妄語　飮酒及華香　瓔珞歌舞等
高牀過中食　聖人所捨離　我今亦如是
以此福因緣　一切共成佛

親近持淨戒比丘者在家菩薩應親近諸比丘盡能護持清淨禁戒成就功德防遠衆惡者以戒善因緣者又應親近持戒比丘身口業淨心行直善無衆惡者深心愛敬者於上直心善行持戒比丘成就諸功德者應生最上恭敬深心愛樂問曰在家菩薩若於持戒比丘成就功德生愛敬心者應於破戒比丘生輕恚心耶答曰

若見破戒者　不應起輕恚

在家菩薩若見破戒雜行比丘威儀不具所行穢濁覆藏瑕玼無有梵行自稱梵行於此比丘不應輕慢有瞋恚心問曰若不瞋恨應生何心答曰

應生憐愍心　訶責諸煩惱

在家菩薩若見破戒比丘不應生瞋恨輕慢應生憐愍利益之心作是念咄哉此人遇佛妙法得離地獄畜生餓鬼色無色界邊地生處諸根具足不聾瘂不頑鈍值佛妙法別識好醜心存正見解知義理人身難得如大海中有一眼龜頭入板孔生在人中倍難於此既聞佛法能滅諸惡度諸苦惱得至正智捨諸資生所有多少永割親族無所顧戀若生凡庶或在種姓信佛語故能捨出家常聞破戒之罪所謂自賤其身智所訶責惡名流布常懷疑悔死墮惡道得聞此事而猶破戒行十善道乃得人身而不能如法善用以自利益咄哉三毒其力甚惡常淩衆生難得捨離諸佛種種訶罵煩惱惡賊惡行如實有理如是思惟不應輕賤破戒之人又作是念若我不能都離瞋恚輕慢心者應自思惟佛法無量猶如大海或有開通而我不知如大乘決定王經中佛告阿難或有比丘根鈍闇塞心不明了不達諸法相常念有想無想法中而取有想生男女想生罪礙想生垢想淨想生如是想者名爲鈍根心不明了則爲有罪阿難若人一切法中不能善解名爲不了一切諸法從初以來本體性相常不可得是人不知如是之事生是諸想則與外道無有差別

阿難我所說法皆有開通明了清淨此中無罪亦無罪者阿難罪名疑悔愚癡闇冥罪者名生衆生想我想命想人想皆因身見名爲罪者於我法中無如此人若我法中定實有我衆生命人身見等者不言我法有開非是不開我法從本已來常清淨明了復次阿難若決定有罪有罪者則身即是神即墮常見則無佛道若身異於神即墮斷見亦無佛道如是六十二見皆可是菩提但是事不然是故阿難我於大衆中師子吼說而無所畏言我法有開非不有開從本以來常清淨明了阿難若罪定有則畢竟無涅槃我則不言我法有開阿難我法實從本以來清淨明了是故我弟子降心安隱無有疑悔無諸罪惡清淨行道菩薩應如是思惟不應瞋恚破戒者

又作是念是戒必定得住阿耨多羅三藐三菩提何以故曾聞必定菩薩有起罪者如過去十萬劫有菩薩誹謗漏盡阿羅漢名爲阿羅漢又聞必定菩薩於此劫前三十一劫以牟刺須陀洹又此賢劫中聞有菩薩誹謗拘樓孫佛言何有禿人而當得道如是等衆生難可得知是故我於此事何用知爲得失好惡彼自作自受何預於我我今若欲實知彼事或自傷害籌量衆生佛所不許如經中說佛告阿難若人籌量於他即自傷身唯我可得籌量衆生與我等者亦應籌量如說

有瓶盖亦空　無盖亦復空　有瓶盖亦滿
無盖亦復滿　當知諸世間　有此四種人
威儀及功德　有無亦如是　若非一切智
何能籌量人　寧以見威儀　而便知其德

正智有善心　名爲賢人相　但見外威儀
何由知其内　内有功德慧　外現無威德
遊行無知者　如以灰覆火　若以外量内
而生輕賤心　敗身及善根　命終墮惡道
外詐現威儀　遊行似賢聖　但有口言說
如雷而無雨　諸心所行處　錯謬難得知
是故諸衆生　不可妄度量　唯有一切智
悉知諸心心　微密所行處　是故量衆生
佛言與我等　乃能量衆生　若佛如是說
誰能籌量人　若見外威儀　稱量其内德
自敗其善根　如水自崩岸　若於此錯謬
則起大業障　是故於此人　不應起輕賤

是故在家菩薩不應於破戒人起輕慢瞋恚又持戒破戒白衣之人不與同住何由得知我若欲於此事分別明了者則起罪障罪障因緣故於千萬劫受諸苦分如無行經中說又大乘經中佛告郁伽羅長者如是在家菩薩應於破戒比丘生憐愍心是人垢行惡行不善何以故是人被如來善寂滅聖主法衣自不善輒不能調伏諸根行敗壞行又佛經中說不輕未學此非人罪是煩惱罪此人以是煩惱起不善事又佛法有開是人或能自除過罪正念因緣得入法位若入必定在於阿耨多羅三藐三菩提又如佛言唯有智慧可破煩惱又復說言不應妄稱量人若稱量者則爲自傷唯佛智慧乃能明了如此事者非我所知即於破戒人中不生瞋恚輕慢之心復次

菩薩若入寺　應行諸威儀　恭敬而禮拜
供養諸比丘

是在家菩薩若入佛寺初欲入時於寺門外五體投地應作是念此是善人住處是空行者住處無相行者住處無願行者住處此是行慈悲喜捨者住處此是正行正念者住處若見諸比丘威儀具足視瞻安詳攝持衣鉢坐卧行止寤寐飯食言說寂默容儀進止皆可觀察若見比丘修行四念聖所行處持戒清淨誦讀經法精思坐禪見已恭肅敬心禮拜親近問訊應作是念

若我恒沙劫　常於天祀中　大施不休廢
不如一出家

是菩薩爾時應作是念我如法求財於恒河沙等劫常行大施是諸施福猶尚不如發心出家何況有實何以故在家則有無量過惡出家能成無量功德在家則憒閙出家則閑靜在家則屬垢出家則無屬在家是惡行處出家是善行處在家則染諸塵垢出家則離諸塵垢在家則没五欲泥出家則出五欲泥在家難得淨命出家易得淨命在家則多怨賊出家則無怨賊在家則多惱礙出家則無惱礙在家是憂處出家是喜處在家是惡道門出家是利益門在家是繫縛出家是解脫在家則雜畏出家則無畏在家有鞭杖出家無鞭杖在家有刀稍出家無刀稍在家有悔熱出家無悔熱在家多求故苦出家無求故樂在家則戲調出家則寂滅在家是可愍出家無可愍在家則愁悴出家無愁悴在家則甲下出家則高顯在家則熾然出家則寂滅在家則爲他出家則自爲在家少勢力出家多勢力在家隨順垢門出家隨順淨門在家

增刺棘出家破刺棘在家成就小法出家成就大法在家作不善出家則修善在家則有悔出家則無悔在家增淚乳血海出家竭淚乳血海在家則爲諸佛辟支佛聲聞所訶賤出家則爲諸佛辟支佛聲聞所稱歎在家則不知足出家則知足在家則魔喜出家則魔憂在家後有衰出家後無衰在家則易破出家則難破在家是奴僕出家則爲主在家永在生死出家究竟涅槃在家則墮坑出家則出坑在家則黑闇出家則明顯在家不能降伏諸根出家則能降伏諸根在家則慠誕出家則謙遜在家則鄙陋出家則尊貴在家有所由出家無所由在家則多務出家則少務在家則果小出家則果大在家則諂曲出家則質直在家則多憂出家則多喜在家如箭

在身出家如身離箭在家則有病出家則病愈在家行惡法故速老出家行善法故少壯在家放逸爲死出家有智慧命在家則欺誑出家則真實在家則多求出家則少求在家則飲雜毒漿出家則飲甘露漿在家多侵害出家無侵害在家則衰耗出家無衰耗在家如毒樹果出家如甘露果在家則怨憎和合出家則離怨憎會苦在家則愛別離苦出家則親愛和合在家則癡重出家則癡輕在家則失淨行出家則得淨行在家則破深心出家則成深心在家則無救出家則有救在家則孤窮出家不孤窮在家則無舍出家則有舍在家則無歸出家則有歸在家則多瞋出家則多慈在家則重擔出家則捨擔在家則事務無盡出家則無有事務在家則罪會出

家則福會在家則苦惱出家則無苦惱在家則有熱出家則無熱在家則有諍出家則無諍在家則染著出家無染著在家有我慢出家無我慢在家貴財物出家貴功德在家有災害出家滅災害在家則減失出家則增益在家則易得出家則難遇千萬劫中時乃一得在家則易行出家則難行在家則順流出家則逆流在家則漂流出家則乘筏在家則爲煩惱所漂出家則有橋梁自度在家是此岸出家是彼岸在家則纏縛出家離纏縛在家懷結恨出家離結恨在家隨官法出家隨佛法在家有事故出家無事故在家有苦果出家有樂果在家則輕躁出家則威重在家伴易得出家伴難得在家以婦爲伴出家堅心爲伴在家則入圍出家則解圍在家則以侵惱他爲貴出家則以利益他爲貴在家則貴財施出家則貴法施在家則持魔幢出家則持佛幢在家則有歸處出家壞諸歸處在家增長身出家則離身在家入深榛出家出深榛復次

又於出家者　心應深貪慕

是在家菩薩如是思惟出家功德於出家者心應貪慕我何時當得出家得有如是功德我何時當得出家次第具行沙門法則說戒布薩安居自恣次第而坐我何時當得聖人所著戒定慧解脫解脫知見熏修法衣何時當得持聖人相何時當得閑林靜住何時當得持鉢乞食得與不得若多若少若美若惡若冷若熱次第而受趣以支身如塗瘡膏車何時當得於世八法心無憂喜何時當得闕

閉六情如縶狗鹿魚蛇猴鳥狗樂聚落鹿樂止澤魚樂池沼蛇好穴處猴樂深林鳥依虛空眼耳鼻舌身意常樂色聲香味觸法非是凡夫淺智弱志所能降伏唯有智慧堅心正念乃能摧伏六情冦賊不令爲患自在無畏何時當得樂欲坐禪誦讀經法樂斷煩惱樂修善法樂著弊衣趣足障體念昔在俗多行放逸今得自利又利他故當勤精進何時當得隨順菩薩所行道法何時當得亦爲世間作無上福田何時當得離恩愛奴何時當得脫是家獄如說

禮敬諸塔寺　因佛生三心

是在家菩薩既巳慕尚出家若入塔寺敬禮佛時應生三心何等爲三我當何時得於天龍夜叉乾闥婆阿修羅迦樓羅緊那羅摩睺羅伽人非人中受諸供養何時當得神力舍利流布世間利益衆生我今深心行大精進當得阿耨多羅三藐三菩提我作佛巳入無餘涅槃復次

詣諸比丘時　隨所行奉事　黙然順所誨　濟乏無所惜

是在家菩薩敬禮塔巳求造諸比丘說法者所持律者讀修多羅者讀摩多羅迦者讀菩薩藏者作阿練若者著納衣者乞食者一食者常坐者過中不飲漿者但三衣者著褐衣者隨敷坐者在樹下者在塚間者在空地者少欲者知足者遠離者坐禪者勸化者應各隨諸比丘所行奉事若至讀阿毗曇者所隨其所說諸法性相相應不相應等請問所疑問巳習學若遇持律者應當請問起罪因緣

罪之輕重滅罪之法及阿婆陀那事問已修學已習學若遇讀修多羅者應當請問諸阿含諸部中義習學多聞若遇讀摩多羅迦應利衆經憂陀那波羅蜜延法句者應當學習如是等經若遇讀菩薩藏者應當請問六波羅蜜及方便事問已修學若遇阿練若應學其遠離法若遇坐禪者應學其坐禪法餘諸比丘亦應如是隨其所行請問其學無所違逆攝護口者諂諸比丘應善攝口安詳默然觀時觀土隨事思惟心不錯亂少於語言又於說法者所諸比丘等隨所乏少若衣若鉢若尼師壇資生之物隨力而施無所遺惜所以者何菩薩尚應施諸惡人何況比丘有功德者乃至身肉猶當不惜況復外物助道因緣復次

若行布施時　莫生他煩惱

行布施時若與一人一人不得便生恚惱應善籌量而行布施勿使他人生於恚惱何以故

將護凡夫心　應勝阿羅漢

是在家菩薩施諸比丘衣服飲食醫藥卧具供養迎送敬禮親近將護凡夫心應勝將護阿羅漢何以故諸阿羅漢於利衰毀譽稱譏苦樂心無有異凡夫有愛恚慳嫉故能起罪業以是罪業墮在地獄畜生餓鬼是故應深將護凡夫菩薩事者皆爲利益一切衆生布施非爲自樂不爲自得後世果報非如市易復次

因以財施故　可以法施攝　隨所欲利益
教發無上心

是在家菩薩爲自利故隨所利益比丘若以衣施若以鉢施如是等種種餘財物施如是比丘未入法位未得道果應勸令發阿耨多羅三藐三菩提願何以故因財施攝故得以法施攝或於所施檀越有愛敬心信受其語

復次

爲欲護持法　捨命而不惜　療治病比丘
乃至以身施

是在家菩薩爲欲護持法故乃至自捨身命勤行精進摧破九十六種外道及諸魔民憎嫉佛法者佛弟子中或有邪行詭異佛法如是之人如法摧破名爲護持法又應於諸多聞說法者加信敬心四事供養亦名護持法若自讀誦解說書寫修多羅毗尼阿毗曇摩多羅迦菩薩藏者亦教他人讀誦解說書寫以是因緣法得久住利益一切在家出家稱揚歎說法久住利若法疾滅說有過惡又念如來久遠已來行菩薩道行諸難行乃得是法以是因緣於諸在家出家勤心精進示教利喜若令得道若令入阿惟越致略說護法因緣令得一切安樂之具亦復自能如說修行皆名護持法復次是在家菩薩法若有病比丘應須療治是菩薩乃至捨身爲治其病而不愛惜是最爲要出家之人應於在家求此要事所謂身自瞻視疾病供給醫藥復次

決定心布施　施已而無悔

是菩薩若爲護持正法若爲瞻視病人應時供施心無有悔是名清淨施若不求果報不分別是應受是不應受但以憐愍利益心與是名清淨施如說

若人悲心施　是名清淨施　不言是福田
不言非福田　若人行布施　無所爲故與
若人爲果報　是名爲出息　是故說施已
心無有悔恨　乃至微小福　皆向無上道
以是布施因緣所得福德皆應迴向阿耨多羅三藐三菩提不求今世後世利樂及小乘果但爲衆生求阿耨多羅三藐三菩提如我先說在家菩薩餘行當說者今已說竟皆於大乘經中處處抄集隨順經法菩薩住是行中疾得阿耨多羅三藐三菩提第二地中多說出家菩薩所行在家出家菩薩共行今當復說

十住毗婆沙論卷第七

音釋

埤　頻彌切增也　鱣　張連切魚名　黐黏　黐丑知切黏女廉切黐黏相著固合也　縶　陟立切縶絆也　鏚　徒結切鐵利也

十住毗婆沙論卷第八

龍樹菩薩造

姚秦三藏法師鳩摩羅什譯

共行品第十八

問曰汝言當説在家出家菩薩共行法今可説之答曰忍辱法施法忍思惟不曲法尊重法不障法供養法信解修空不貪嫉隨所説行燈明施妓樂施乘施正願攝法思量利安衆生等心於一切此是在家出家共行要法是故偈説

行忍身端嚴　法施知宿命　法忍得總持
思惟獲智慧　於諸法不曲　常得正憶念

行忍得端嚴者能忍惡言罵詈呪誓繫縛刀杖拷掠搒笞心不動異悉能堪受如是忍辱所獲果報生於人天常得端正後成佛時相好無比法施知宿命者行法施者能知過去無量劫事法施名爲種種分別聲聞乘辟支佛乘佛乘解説義理法施果報雖有三十五要者知宿命説法因緣斷人所疑是故得知宿命法忍得總持者法名應空無相無願應六波羅蜜菩薩諸地一切菩薩所行之法曉了明解心能忍持名爲法忍行是忍者則得總持總持名爲如所聞經如所讀誦其中義趣乃至百千萬劫終不忘失思惟得智慧者思惟名爲籌量善法分別義趣是故能得今世後世利益不曲心得正念者不曲名爲質直無諂修行此法則於一切法中得堅固念復次

重法法則堅　不障得守護　供養法值佛
信解捨諸難

重法則堅者若人尊重恭敬於法法則堅固堅法名爲所受持習學之法自然牢堅不可動轉後成佛時多有菩薩聲聞弟子住是堅固法無能障其所受法者又堅名爲法得久住不障得守護者若人說法及人聽法不橫與作障礙之事後成佛時諸天世人共守護法未得佛道常能護持諸佛正法諸佛滅後守護遺法乃能至於後佛出世以是因緣菩薩聲聞皆應盡心善守護法供養法値佛者供養名爲恭敬諸法法施法會敬心供養說法之人施法座起立禪坊莊校嚴飾講法之處如是深心愛樂供養法因緣故得値諸佛以信解捨諸難者信名於諸善法深生欲樂以是法故得離八難解者能滅諸罪能於諸善法中以心力故隨意而解如十一切入隨意所解若人多有信解力者能滅無始生死已來無量罪惡如先悔過品中說復次

修空不放逸　不貪得成利　隨說滅煩惱　燈施得天眼

修空不放逸者修有二種得修行修修空力故信有爲法皆是虛誑亦不住空諸法無定是故常自攝斂心不放逸不貪得成利者貪名於他物中生貪取心若除是事所求皆成所願皆滿隨說滅煩惱者隨有所說身即行之則斷煩惱於諸事中皆如說行世世已來諸煩惱氣常熏其心則皆除滅轉諸煩惱惡氣習性燈施得天眼者若人然燈供養佛聲聞辟支佛及塔像舍利以是因緣得天眼報復次

樂施天耳報　乘施獲神足　以正願淨土

攝法得具僧

樂施得天耳報者於大法會作諸音樂供養於佛得天耳報乘施得神足者乘名輦轝象馬等乘復有人言以履屣等施亦得神足以

正願淨土者隨以所願取清淨土若金銀玻瓈珊瑚琥珀硨磲碼碯無量衆寶清淨國土

攝法得具僧者若菩薩具足行四攝法得具足僧以布施愛語利益同事攝取衆生故後成佛時得清淨具足無量菩薩僧及聲聞僧如阿彌陀佛有二種僧清淨具足願具足者如先十願中說復次

利益衆生故　一切所愛敬　平等心無二得爲最勝者

若菩薩以身口意業有所作皆爲利益安樂衆生是故衆生皆悉敬愛若菩薩於諸衆生怨親中人行平等心不捨一切衆生以是業報得爲最勝勝名能勝貪欲瞋恚愚癡一切煩惱惡法故名爲佛問曰人皆俱有眼耳鼻口等無有異云何得知是佛答曰佛有三十二大人相有是相者當知是佛在家出家應當分別了知三十二相是相以何法得是相以何業得是相是業亦應當知何以故欲得功德當知是相欲得是相當知是業問曰如此事者於何得解答曰

於法相品中　一相三分別

阿毗曇三十二相品中一一相有三種分別悉應當知問曰云何爲一一相有三種分別答曰一說相體二說相果三說得相業手足輪相等先已說轉輪聖王亦有是相諸菩薩亦有是相餘人亦有但不如耳手足輪者手

足掌中有千輻輪具足明了如印文現足安住不動名足安立相縵網輭薄猶如鵝王畫文明了如眞金縷故名手足網相柔輭猶如兜羅樹綿如嬰兒體其色紅赤勝餘身分名爲手足柔輭相手掌足下頭上兩腋七處俱滿故名七處滿相脩指纖傭故名長指相足跟長廣故名足跟廣相身長七肘不曲故名身直大相足上隆起故名足趺高相毛上向右旋故名毛上旋相傭膞漸麤如伊泥鹿膞故名鹿膞相平立兩手摩膝故名長臂相如寶馬寶象陰不現故名陰藏相第一金色光明故名金色相皮輭如成鍊金不受塵垢故名皮薄細密相一一孔一毛生故名一一毛相眉間白毫光如珂雪故爲白毛相如師子前身廣厚得所故名師子上身相肩圓大故名肩圓大相腋下平滿故名腋下滿相舌根不爲風寒熱所壞故善分別諸味餘人不爾故名知味味相身縱廣等如尼俱樓樹故名圓身相肉髻團圓髮右上旋故名肉髻相舌如赤蓮華廣長而薄故名廣長舌相聲如梵王迦陵頻伽鳥故名梵音相頰圓廣如鏡故名師子頰相齒白如珂雪如君坻華故名齒白相平齊不參差故名齒齊相齒密緻不踈故名具足齒相齒上下相當故名四十齒相眼白黑分明淨無赤脉故名紺青眼相睫不交亂上下俱眴不長不短故名爲牛王睫相於諸所尊迎送恭敬於塔寺中大法會處說法處供給人使故得手足輪相有是相故在家作轉輪聖王多得人民出家學道多得徒衆所受諸法堅持不捨故得安立足相有是

相故無能傾動常修四攝法布施愛語利益同事故得手足網縵相有是相故速攝人衆以諸香甘美軟飲食供施於人及諸所尊供給所須故得手足柔軟相及七處隆滿相有是相故多得香甘美軟飲食救免應死及增壽命又受不殺戒故得纖長指相足跟滿相身大直相有是相故壽命長遠所受善法增益不失故得足趺高毛上向右旋相有是相故得諸功德不退失能以技藝及諸經書教授不惜及履屣等施故得伊泥鹿蹲相有是相故諸所修學疾得如意有來求索無所遺惜故得臑長臂相有是相故能得勢力能大布施能善調力不令衆生親里遠離若有乖離還令和合故得陰藏相有是相故多得弟子以好淨潔衣服卧具樓閣房舍施故得金色相及皮膚薄相有是相故得好淨潔衣服卧具樓閣房舍隨所應供養和尚阿闍梨父母兄弟及所尊重善能衛護故得一一孔一毛生毛右旋相白毫莊嚴面相有是相故無與等者慙愧語隨順語愛語故得上身如師子相肩圓大相有是相故見者樂視無有猒足供給疾病醫藥飲食身自看視故得腋下滿相得味味相有是相故身少疾病布施園林甘果橋梁茂樹池井飲食華香瓔珞房舍起塔福舍等及共衆施時能出多物故得身如尼俱樓樹相及肉髻相有是相故得尊貴自在長夜修習實語軟語故得廣長舌相梵音聲相有是相故得五功德音聲五功德音聲者易解聲聽者無猒聲深遠聲悦耳聲不散聲長夜實語不綺語故得師子頰相有是

相故言必信受初既供養後不輕慢隨意供給故得齒白相齒齊相有是相故得清淨和順同心眷屬長夜實語不讒謗故得四十齒相齒密緻相有是相故眷屬和同不可沮壞深心愛念和顏視衆生無愛恚癡故得紺青眼相睫如牛王相有是相故一切見者無不愛敬

四法品第十九

如所說得三十二相諸業菩薩應一心修習修如此三十二相業以慧爲本是故

退失慧四法　菩薩應遠離　得慧四種法
應常修習行

有四法能退失慧菩薩所應遠離復有四得慧法應常修習何等四法失慧一不敬法及說法者二於要法秘匿悋惜三樂法者爲作障礙壞其聽心四懷憍慢自高卑人何等四法得慧一恭敬法及說法者二如所聞法及所讀誦爲他人說其心清淨不求利養三知從多聞得智慧故勤求不息如救頭然四如所聞法受持不忘貴如說行不貴言說是爲四若人不壞諸善根者是人能捨失慧四法能行得慧四法是故求增益智慧者如偈說

食善根四法　菩薩應遠離　增善根四法
菩薩應修習

何等是侵食善根四法一懷憍慢貪求世事二著利養出入諸家三起憎嫉謗諸菩薩四未聞經聞不信受何等是增長善根四法一所未聞經求之無猒所謂六波羅蜜菩薩藏二於衆生除憍慢心謙遜下下三如法得財趣足而已離諸邪命樂行四聖種行四於他

罪若實不實無有刺譏不求人短若於法中有所不達心不違逆以佛爲證佛是一切智其法無量隨宜而說非我所知如是增益善根四法非諂曲者所能成就是故　應常修習行菩薩應遠離　諂曲相四法

直心相四法

在家出家菩薩應遠離四諂曲法如曲木在稠林難可得出如世間有佛弟子雖入佛法不能得出生死深林何等爲四一於佛法懷疑不信無有定心二於衆生憍慢瞋恨三於他利心生貪嫉四毀謗菩薩惡聲流布是爲四何等是四直心相一者有罪即時發露無所隱藏悔過除滅行無悔道二者若以實語失於王位及諸財寶猶不妄語口未曾說輕人之言三者若人惡口罵詈輕賤譏謗繫閉鞭杖拷掠等罪但怨前身不咎於他信業果報心無恚恨四者安住信功德中諸佛妙法甚難信解心清淨故皆能信受敗壞菩薩行四諂曲調和菩薩有四直行是故菩薩欲不行諂曲相欲行直心如說

應捨離四種　敗壞菩薩法　應修習四種調和菩薩法

云何名爲四敗壞菩薩法一多聞而戲調不隨法行二於教化而生戲論不敬順和尚阿闍梨三者不能消人信施毀壞防制而受供養四者不敬柔善菩薩心懷憍慢是爲四云何名爲四調和菩薩法一常樂聞所未聞法聞已能如所說行依法依義依如說行二隨順義趣不惑言辭調和易化於師事中用意施作三不失戒定清淨活命四於諸調和菩

薩生恭敬心隨順情重破憍慢心求其功德
復次菩薩有四種錯謬常於此中求菩薩短
是名敗壞菩薩若能親近四種善道是名調
和菩薩如偈說
菩薩應遠離　四種菩薩謬　菩薩應修習
四種菩薩道
何謂菩薩四種錯謬一於非器衆生說甚深
法是名錯謬二樂深大法者爲說小乘是名
錯謬三於正行道者持戒善心輕慢不敬是
名錯謬四於未成就者未可信而信攝破戒
惡人以爲親善是名錯謬何等爲四種菩薩
道一於一切衆生行平等心二以善法教化
一切三等爲一切衆生說法四以正行行於
一切衆生若常行菩薩四種錯謬不樂思惟
諸法不勤修習善法門是像菩薩是故

諸菩薩法中　四種像菩薩　佛說如是法
一一應遠離
何等爲四一貪重利養不貴於法二但爲名
譽不求功德三求欲自樂不念衆生四貪樂
眷屬不樂遠離是爲四問曰像菩薩法云何
可捨答曰若菩薩應修菩薩初行功德是則
能離像菩薩法是故菩薩若欲離像菩薩法
如偈說
初行四功德　精勤令得生　生已令增長
增長已當護
何等爲四一者信解空法亦信業果報二者
樂無我法而於一切衆生生大悲心三者心
在涅槃而行在生死四者布施爲欲成就衆
生而不求果報若人欲生菩薩初行四功德
增長守護者當親近善知識如偈說

菩薩當親近　四種善知識　亦應當遠離
四種惡知識

菩薩愛樂阿耨多羅三藐三菩提者應當親近恭敬供養四種善知識當深遠離四種惡知識何等爲四種善知識一於來求者生賢友想以能助成無上道故二於説法者生善知識想以能助成多聞智慧故三稱讃出家者生善知識想以能助成一切善根故四於諸佛世尊生善知識想以能助成一切佛法故何等爲四種惡知識一求辟支佛乘心樂少欲少事二求聲聞乘比丘樂坐禪者三好讀外道路伽耶經莊嚴文頌巧問答者四所親近者得世間利不得法利是故菩薩應親近四善知識遠離四惡知識若菩薩能遠離四惡知識親近四善知識者則得四廣大藏過一切魔事法能生無量福德盡能攝取一切善法問曰何等是菩薩廣大藏法何等是能過一切魔事法何等是能生無量福德法何等是能攝取一切善法答曰

諸菩薩有四　廣大藏妙法　四攝諸善法
菩提心爲先

何等爲四一得值佛二得聞六波羅蜜三於説法者心無瞋礙四以不放逸心樂住阿練若處是爲四大藏能過一切魔者有四法何等四一不捨菩提心二於一切衆生心無瞋礙三覺知一切諸見四於諸菩薩心無憍慢是爲四得無量福德法復有四法何等爲四一於法施無所希求二於破戒惡人生大悲心三於教衆生中發無上菩提四於下劣衆生而行忍辱是爲四攝一切善法者有四法

何等爲四一於空閑不現矯異常行二行四攝不求恩報三不惜身命護持正法四種諸善根時以菩提心爲先是爲四是一一四法皆應廣解於文煩多故不廣説今如佛所説以偈略解若菩薩欲得諸菩薩藏欲過一切魔事欲攝一切善法者皆當遠離

二空繫二縛　二障二垢法　二瘡及二坑

二燒二病法

若菩薩欲得諸菩薩藏等功德者應當遠離是諸二法何等爲二虛空繫法一貪著應路伽耶等經二嚴飾衣鉢二縛者一著諸見縛二貪利縛二障法者一親近白衣二踈遠善人二垢法者一忍受諸煩惱二樂諸檀越知識二瘡法者一見他人過二自藏其過二坑法者一毀壞正法二破戒受供二燒法者一以穢濁心而著袈裟二受淨戒者供給出家之人有二病難治一增上慢人自謂能降伏心二求大乘者沮壞其意若菩薩遠離如是等法更有疾得阿耨多羅三藐三菩提法則能疾得又得諸佛辟支佛阿羅漢之所稱歎問曰何等法是疾得阿耨多羅三藐三菩提法何等是諸佛辟支佛阿羅漢之所稱歎答曰

能行四諦相　疾得佛菩提　及行四法者

三聖所稱歎

何等爲四諦相一求一切善法故勤行精進二若聽受讀誦經法如所説行三猒離三界如殺人處常求勉出四爲利益安樂一切衆生故自利其心諦名真實不誑得阿耨多羅三藐三菩提故名爲不虛復有四法爲三聖

稱歎何等爲四一乃至失命不爲惡事二常行法施三受法常一其心四若生染心即能正觀染心起染因緣是染根者何名爲染何者是染於何事起誰生是染如是正憶念知虛妄無實無有決定信解諸法空故無有法無所有法故如是正觀染因緣故不起諸惡業餘一切煩惱亦如是觀菩薩得是大人所稱歎法離諸惡煩惱業故心則具足捨心者如說

具足捨於心　求世出世利　求此諸利時
心無有猒倦

是菩薩具足捨法欲行法施行財施利益衆生故若求世間出世間諸利未得時心無疲懈世間利者善解世間經書技藝方術巧便等出世間利者說諸無漏根力覺道法如說

如是求二利　心無有疲懈　以無疲懈故
能得諸深法　因從求經書　而能得智慧
具足知世間　最上第一法

無疲懈者疲懈名猒惡所學若無猒惡則心無疲倦若無疲倦則求諸經藝醫方技術禮儀法則皆無疲倦無疲倦故則得智慧具足深知世間宜法世間法者方俗所宜隨世間心世間治法皆悉能知是故能知上中下衆生隨宜而引導善解世間事深有慙愧心隨宜引導者於上中下者各有所宜慙愧者自恥所行名爲慙因他生恥名爲愧有人以自作而羞見他而愧世間法中愧爲先用如經說二清白法護持世間所謂慙愧如偈說

隨人有愧時　知法知罪福　無愧善人遠
無惡而不作

問曰何故慇懃教菩薩善知世間宜法答曰菩薩若知世間法者則於衆生易相悅入化導其心令住大乘若不知世法乃至不能教化一人是故世間法者則是教化衆生方便之道菩薩如是知世間法具足慙愧心如說

加惡而敬養　何況利已者　有愧有恭敬
不輕笑善者

是菩薩愧心多故於諸惡人常能恭敬供養迎送問訊何況善人能利於我有功德者有愧恭敬二心故於諸賢善少知識者而不輕慢作是念有功德者自隱於世如灰覆火鄙薄世法不應輕賤若我以小因緣而輕賤者即便得罪復次

凡諸有所作　雖難能究竟　則於世間中
亦是不退相

是菩薩凡有所作若起塔寺若設大會若救罪人如是等一切世間諸難事中心無廢退所造未成要以種種諸方便力身口心力令得成就不但佛法有不退轉世間事中亦有不退轉相問曰以何因緣能成此事答曰有堪忍力者則能究竟如說

得大堪忍力　深供養諸佛　隨佛所教化
皆悉能受持

菩薩得堪忍力故以是力於諸佛供養敬禮隨宜供奉衣服飲食等又佛教化若持戒禪定若降伏心意若實觀諸法於是事中用堪任力如人得利刀宜應有益中用不於無益中用如說

以信悲慈捨　堪受無疲倦　又能知義趣
引導衆生心　愧堪受第一　深供養諸佛

住佛所說中　正行此十法

能淨治初地是則菩薩道若菩薩以信爲始後住佛教則能淨治初地是十法中以信爲初信名於諸佛法因緣中心得決定又加好樂何以故是菩薩心性清淨故得深根信力有信力故於衆生中而生悲心作是念一切諸佛法以大悲爲本我今一心好樂佛法是故於衆生中應生悲心此悲漸增則成大悲得大悲故於衆生中則生慈心作是念我應隨力利益衆生則成實悲行慈利衆生時即能行捨内外所有皆能施與作是念如我是物爲欲利益安樂衆生則成實慈又諸衆生信受我語爲欲行捨求利財物故堪受種種諸苦惱事作是念若有疲猒則於世間技藝經書佃作工巧諸求財利因緣則無所獲是故應於世間技藝經書等無有疲猒以堪受故能知義趣作是念世間經書以義爲味若人善知經書義味則於世法悉能通了能通了故則能引導上中下衆生作是念若人無有慙愧則不能令衆生歡喜爲令喜故當行慙愧作是念若無堪受則不成世間出世間利有堪受故則能引導一切衆生皆令歡喜心歡喜故信受我語以信受故勤行方便而作唱導作是念若衆生供養佛者則多所利益欲令衆生供養佛故即自一心供養於佛及形像舍利衆生信受則便隨效供養於佛種人天因緣住於三乘菩薩如是次行十法則能淨治初地

念佛品第二十

菩薩於初地究盡所行處自以善根力能見

數百佛菩薩如是調伏其心深愛佛道如所聞初地行具足究竟自以善根福德力故能見十方現在諸佛皆在目前問曰但以善根福德力故得見諸佛爲更有餘法耶答曰佛爲跋陀婆　所說深三昧　得是三昧寶能得見諸佛

跋陀婆羅是在家菩薩能行頭陀佛爲是菩薩說般舟經般舟三昧名見諸佛現前菩薩得是大寶三昧雖未得天眼天耳而能得見十方諸佛亦聞諸佛所說經法問曰是三昧者當以何道可得答曰

當念於諸佛　處在大衆中　三十二相具八十好嚴身

行者以是三昧念諸佛三十二相八十種好莊嚴其身比丘親近諸天供養爲諸大衆恭敬圍遶專心憶念取諸佛相又念諸佛是大願者成就大悲而不斷絶具足大慈深安衆生行於大喜滿一切願行於捨心捨離憎愛不捨衆生行於諦處常不欺誑行於捨處淨除慳垢行於善處其心善寂行於慧處得大智慧具行檀波羅蜜爲法施主具行尸羅波羅蜜戒行清淨具行羼提波羅蜜能忍如地具行毗梨耶波羅蜜精進超絶具行禪波羅蜜滅諸定障具行般若波羅蜜破智慧障礙手足輪相能轉法輪足安立相安住諸法手足網縵相滅諸煩惱七處滿相諸功德滿手足柔輭相說柔和法纖長指相長夜修集諸善妙法足跟廣相眼廣學廣大直身相說大直道足趺高相一切中毫毛上旋相能令衆生住上妙法伊尼鹿蹲相蹲膞漸麤臂長過

膝相譬如金鋌陰馬藏相有法寶藏身金色相有無量色皮細薄相說細妙法一一毛相示一相法白毫莊嚴面相樂觀佛面無猒師子上身相如師子無畏肩圓大相善分別五陰腋下滿相滿大善根得味味相具足寂滅味方身相破生死界肉髻相頭未嘗低敬舌大相色如眞珊瑚能自覆面梵音相身相至梵天師子頰車相肩廣相能破外道齒齊相行清白緻齒平等相平等心於一切衆生齒密緻相離諸貪著四十齒相具足四十不共法紺青眼相慈心視衆生牛王睫相睫長不亂得希有色樂見無猒以此三十二相莊嚴其身八十種好間錯映發福德具足威力殊絶名聞流布戒香塗身世法所不動諸煩惱所不染惡言所不汙遊戲諸神通諸佛如是威力猛盛無敢當者以慧說法如師子吼如意自在以精進力破諸癡闇以大光明普照天地諸問答中最無有上一切仰瞻無下觀者常以慈心觀察衆生念如大海定如須彌忍辱如地增長衆生所種福德如水滋潤能生衆生諸善根力如風開發成就衆生如火熟物智慧無邊猶如虛空普雨大法如大密雲不染世法猶如蓮華能破外道如師子搏鹿能舉重擔如大象王能導大衆如大牛王眷屬清淨如轉輪王世間最上如大梵王可愛可樂如清天明月普照能然猶如朗日與諸衆生安樂因緣猶如仁父憐愍衆生隨宜將護猶如慈母所行清淨如天眞金有大勢力如天帝釋勤利世間如護世主治煩惱病猶如醫王救諸衰患猶如親族積諸功德如

大庫藏其戒無量其定無邊其慧無稱解脱無等解脱知見無等等於一切事最無有比一切世間最無上故名第一人成大法故名爲大法人如是菩薩以大人相念觀諸佛是諸佛者於無量無邊百千萬億不可思議不可計劫修習功德善能守護身口意業於過去未來現在無爲不可説五藏法中悉斷諸疑定答分別答反問答置答於四問答無有錯謬善説根力覺道念處正勤如意三十七助道法善能分別無明諸行識名色六入觸受愛取有生老死因果於眼色耳聲鼻香舌味身觸意法無所繫著善説九部經法修多羅祇夜授記伽陀優陀那尼陀那毗佛略未曾有論議如是諸經不爲貪欲瞋恚愚癡憍慢身見邊見邪見見取戒取疑諸使所使不爲無信無慚愧諂曲戲調放逸懈怠睡眠瞋恨慳嫉諸惱所侵知見苦斷集證滅修道可去已去可見已見所作已辦盡破怨賊具足諸願是世間尊是世間父是世間主是善來善去善意善寂善滅善解脱者在無量無邊十方恒河沙等世間中住如現在前菩薩又應以八十種好念觀諸佛甲色鮮赤行清白法甲隆而大生在大家甲色潤澤深愛衆生指圓纖長其行深遠指肉充滿善根充滿指漸次而長次第集諸佛法脉覆不見不覆身口意命脉無麤結破煩惱結踌平不現不隱藏法足不邪曲度脱邪衆行如師子是人中師子行如象王是人象王行如鵝王高飛如鴻行如牛王人中最尊行時右旋善説正道身行不傴曲心常不曲身堅而直讃堅牢戒

身漸次大次第說法普身諸分大而端嚴善能解說大妙功德身相具足具足法者足步間等等心衆生其身淨潔三業清淨身膚細軟心性自軟身離塵垢善見離垢身不縮没心常不没身無邊量善根無量肌肉緊密永斷後身支節分明善說十二因緣分別明了身色無闇知見無闇腹圓周滿弟子行具腹淨鮮潔善能了知生死過惡腹不高出破憍慢心腹平不現說平等法齊圓而深通甚深法齊畫右旋弟子順教身徧端嚴弟子徧淨威儀鮮潔心淨無比身無點子無黑印法手軟勝兜羅綿受化者身輕如毛手畫文深威儀深重手畫文長觀受法者長遠後事手畫潤澤捨親愛潤得大道果面貌不長結戒有開脣赤如頻婆果見一切世間如鏡中像舌柔而軟先以軟語廣度衆生舌薄而廣功德純厚舌赤如染染凡夫心難解佛法令解聲如雷震不畏雷聲其聲和柔說柔軟法四牙圓直說直道法四牙俱利度利根者四牙鮮白清白第一四牙齊等住戒平地牙漸次細漸次說四諦法鼻高隆直住智高山鼻中清淨弟子清白眼廣而長智慧廣遠睞不希䟽善擇衆生眼白黑淨鮮如青蓮華葉天人婇女以好眼敬禮眉高而長名聞遠流眉毛潤澤善知軟法耳等相似聞法者等耳根不壞度不壞心衆生額平而好善離諸見額廣無妨廣破外道頭分具足善具大願髮色如黑蜂轉五欲樂髮厚而緻結使以盡美髮柔懦軟利智智者能知法味髮不散亂言常不亂髮潤而澤常無麤言髮有美香以七覺意香

華隨宜化導髮中有德字安字喜字手足中亦有德字安字喜字菩薩如是應念諸佛處在大衆講説正法坐師子座其座以瑠璃雜寳爲脚以眞珊瑚妙赤眞珠以爲几金薄帷帳柔輭滑澤種種天衣以爲敷具有寳師子赤金爲身琥珀爲眼硨磲爲尾珊瑚爲舌白金剛爲四牙眞白銀爲髮毛髮長廣具足其牀在此四師子上大象王牙以爲凭几其承足几衆寳所成爲諸天龍夜叉乾闥婆阿脩羅迦樓羅緊那羅摩睺羅伽之所敬禮諸佛如是在此牀上著竭支泥洹僧不高不下覆身三分周帀齊整著淺色袈裟條數分明不高不下亦不參差處八部大聖莊嚴衆中人天大會龍金翅鳥俱共聽法心無瞋恚一切大衆深心慚愧敬愛於佛皆共一心聽佛所説受持思惟如所説行專心聽受心清淨故能障諸蓋一切大衆瞻仰如來無有猒足衣毛皆竪泣淚心熱或有大喜有如是者則知其人心得清淨寂默湛然如入禪定無愛無恚心無餘縁有大悲相慈愍衆生欲救一切心不諂曲寂滅清淨分別好醜有大志量不没不縮不高不下佛悉瞻見處在如是大衆説法易解易了樂聞無猒音深不散柔輭悦耳從齊而出咽喉舌根鼻頞上齶齒脣氣激變成音句柔輭悦耳如大密雲雷聲隱震如大海中猛風激浪如大梵天音聲引導可度衆生離眉眼脣可訶語法言不闕少又不煩重所説無疑言必利益無有誑語可破語等離如是過遠近等聞四種問難隨意能答開示四諦令得四果建立義端因縁結句語言

法則皆悉具足種種所說事義易了所宣分明事不隱曲言不卒疾又不遲緩始終相稱無能難者以如是語敷演說法初中後善有義有利唯法具足能令衆生得今世報無有時節可得嘗試能滿所願深妙智者以內可知能滅衆生三毒猛火能除一切身口意罪善能開示戒定慧品初以名字後令知義而生歡喜從喜生樂從樂生定從定生如實知從實知生猒離從猒離滅結使滅結使故得解脫如是能令此法次第善能開示諦捨滅慧四處能示衆生令滿布施持戒忍辱精進禪定智慧波羅蜜能令衆生次第得至喜地淨地明地燄地難勝現前深遠不動善慧法雲能分別聲聞乘辟支佛乘大乘能令證須陀洹斯陀含阿那含阿羅漢果能令成就人天之中所有富樂是爲一切第一利益諸功德藏如是正心憶念諸佛在閑靜處除却貪欲瞋恚睡眠疑悔調戲一心專念不生障礙失定之心以如是心專念諸佛若心沒當起若散當攝并見大衆常如現前未入定時常應稱讚相好二事以偈歎佛令心調習如此偈說

世尊諸相好　何業因緣得　我以相及業
稱讚於大聖　足相千輻輪　清淨眷屬施
以是因緣故　賢聖衆圍遶　足下安立相
受善持不失　是故魔軍衆　不能得毀壞
手足指網縵　身相紫金色　善行攝法故
大衆自然伏　手足極柔輭　身相七處滿
隨意食施故　多得自然供　長指廣脚跟
身牗大直相　離殺因緣故　乃至於劫壽

毛上向右旋　足趺隆高相　常進諸善事
故得不退法　伊尼鹿蹲相　常樂讀誦經
爲人說法故　疾得無上道　脩臂下過膝
一切所有物　來者無悋惜　隨意化導人
陰藏功德藏　善和離散故　多得人天衆
淨慧眼爲子　薄皮耀金光　妙衣堂閣施
故多得妙衣　清淨房樓觀　一孔一毛生
眉間白毫峙　常爲最上護　故於三界尊
身上如師子　兩肩圓而端　常行仁愛語
無有違反者　腋滿知味相　病施醫藥故
人天皆敬愛　身無有疾患　身圓肉髻相
和悅心施福　勸化剛強者　法王中自在
迦陵頻伽音　廣舌聲如梵　所言常輭實
得大聖八音　先加以思慮　後言必有實
故得師子相　見者皆信伏　齒白齊密相
所曾供養者　後常不輕故　眷屬心和同
上下四十齒　密緻不疏漏　無讒不妄語
徒衆不可破　眼黒青白明　睫相如牛王
慈心和視故　觀者無猒足　雖轉輪聖王
典主四天下　有是諸相好　光明不如佛
我所稱歎說　諸相好功德　願令一切人
心淨常安樂

菩薩又應以八十種好念諸佛如此偈說

諸佛有妙好　八十莊嚴身　汝等應歡喜
一心聽我說　世尊圓纖指　其甲紫紅色
隆高有潤澤　所有無有量　膝平踝不現
雙足無邪曲　行如師子王　威望無等比
行時身右旋　安庠有儀雅　方身分次第
端嚴可愛樂　身堅柔懦輭　支節甚分明
行時不逶迤　諸根悉充滿　肌體極密緻

鮮明甚清淨　身形甚端雅　無有可訶處
腹圓不高現　臍深而無孔　其文右向旋
威儀甚清淨　身無有疵點　手足極柔軟
其文深且長　修直有潤色　舌薄面不長
牙白圓纖利　脣色頻婆果　音深若鴻王
鼻隆眼明淨　睫緻而不亂　眉高毛柔軟
端直不邪曲　眉毛齊而整　善知諸法過
眉毛色潤澤　善度潤衆生　耳滿長而等
不壞甚可愛　額廣而齊整　頭相皆具足
髮緻而不亂　如黒蜂王色　清淨而香潔
中有三種相
是名八十種好以此八十種好閒雜莊嚴三
十二相若人不念三十二相八十種好讚歎
佛身者是則永失今世後世利樂因縁
十住毗婆沙論卷第八

音釋

搒蒲庚切擊也　坻陳尼切　鋌侍鼎切金銀鋌也　懦奴卧切弱也　輭乳兗切　⿰齒虎五各切與齶同　踝戶瓦切足骨也

十住毗婆沙論卷第九

龍樹菩薩造

姚秦三藏法師鳩摩羅什譯

四十不共法品第二十一

菩薩如是以三十二相八十種好念佛生身已今應念佛諸功德法所謂

又應以四十　不共法念佛　諸佛是法身　非但肉身故

諸佛雖有無量諸法不與餘人共者有四十法若人念者則得歡喜何以故諸佛非是色身是法身故如經說汝不應但以色身觀佛當以法觀四十不共法者一者飛行自在二者變化無量三者聖如意無邊四聞聲自在五無量智力知他心六心得自在七常在安慧處八常不妄誤九得金剛三昧力十善知不定事十一善知無色定事十二具足通達諸永滅事十三善知心不相應無色法十四大勢波羅蜜十五無礙波羅蜜十六一切問答及受記具足答波羅蜜十七具足三輪說法十八所說不空十九所說無謬失二十無能害者二十一諸賢聖中大將二十二四不守護二十九四無所畏三十九佛十種力四十無礙解脫是爲四十不共之法今當廣說飛行自在者諸佛飛行如意自在如意滿足速疾無礙所以者何佛若欲於虛空先舉一足次舉一足即能如意若欲舉足躡虛空去若欲住立不動而去即能得去若結跏趺安坐而去亦能得去若欲安卧而去亦復能去若欲於青瑠璃莖眞珊瑚葉黃金爲鬚如意珠臺無量園遶如日初出是寶蓮華徧於空

中蹈上而去若欲如日月宮殿帝釋勝殿夜摩天兜率陀天化樂天他化自在天諸梵王等宮殿隨意化作如彼宮殿坐中而去即能成辦若更以餘種種因緣隨意能去是故說言隨諸所願皆能滿足是故諸佛能以一步過恒河沙等三千大千世界有人言佛能一念頃過若干國土有人言若知佛一步一念能如是去即可得量經中說諸佛力無量是故當知諸佛虛空飛行自在無量無邊何以故若大聲聞弟子神通自在以一念頃能過百億閻浮提瞿陀尼弗婆提欝多羅越四大天王忉利天夜摩天兜率陀天化樂天他化自在天梵天一瞬中過若干念積此諸念以成一日七日一月一歲乃至百歲一日過五十三億二百九十六萬六千三千大千世界如是聲聞人百歲所過佛一念能過復次假令恒河中沙一沙爲一河有大聲聞神通第一壽命如是諸恒河沙大劫於一念中過若干世界積如是念以爲日月歲數以自在力盡是諸大劫數所過國土佛能一念中過諸佛飛行自在如是速疾於一切鐵圍山十寶山四天處忉利天處夜摩兜率陀化樂他化自在梵世梵衆大梵少光無量光光音少淨無量淨徧淨廣果無想不廣不惱喜見妙見阿迦尼吒天如是諸處大風大水劫盡火等及諸天龍夜叉乾闥婆阿脩羅迦樓羅緊那羅摩睺羅伽諸天魔及梵沙門婆羅門及得諸神通者不能爲礙是故說飛行無礙又飛行自在如意所作出没於地能過石壁諸山障礙等佛於此事勝諸聖人又佛能以常身

立至梵天聲聞人所不能及有如是等差別變化自在者變化事中有無量力餘聖變化有量有邊諸佛變化無量無邊餘聖於一念中變化一身佛以一念隨意變化有無量事如大神通經中說佛從臍中出蓮華上有化佛次第徧滿上至阿迦尼吒天諸佛變化所作衆事種種色種種形皆以一念又聲聞人能於千國土內變化諸佛能於無量無邊國土變化自在又能倍是諸佛得堅固變化三昧又諸佛變化能過恒沙世界皆從一身出復次佛能普於十方無量無邊世界現生受身墮地行七步出家學道破魔軍衆得道轉法輪如是等事皆以一念作之是諸化佛皆亦復能施作佛事如是等諸佛所變化事無量無邊又於聖如意中有無量力聖如意者所謂從身放光光猶猛火又出諸雨變化壽命隨意長短於一念頃能至梵天能變諸物隨意自在能動大地光明能照無量世界而不斷絕聖如意者不與凡夫等故無有量故過諸量故諸凡夫等雖變化諸物少不足言聲聞人能裂千國土還使令合能令壽命若至一劫若減一劫還能令短短已復能令長於一念中能至千國土梵世界能於千國土隨意變化能動千國土能身出光明相續不絕照千國土設使身滅能留神力變化如本於千國土小辟支佛能於萬國土萬種變化中辟支佛能於百萬國土百萬種變化大辟支佛能於三千大千國土變化如上諸佛世尊能過諸恒河沙世界筭數變化身出水火能抹恒河沙等世界令如微塵又能還合能

住壽命無量劫數還能令少少已還能令長能於無量時住變化隨意能以一念至無量無邊恒河沙等世界能以常身立至梵世又能變化無量無邊阿僧祇世界皆令作金或令作銀瑠璃珊瑚硨磲碼碯取要言之能令作無量寶物隨意所作又復能變恒河沙等世界大海水皆使爲乳酥油酪蜜隨意而成又能以一念變諸山皆是眞金過諸筭數不可稱計又能震動無量無邊世界一切欲界色界諸天宮殿又以一念能令若干金色光明徧照如是無量世界日月光明及欲色界諸天宮殿光明皆令不現雖滅度後能於如是諸世界中隨意久近流布神力常不斷絶聞聲自在者諸佛所聞聲中隨意自在若無量百千萬億妓樂同時俱作若無量百千萬億衆生一時發言若遠若近隨意能聞假令恒河沙等三千大千世界所有衆生同時俱作若千百千萬種妓樂徧滿世界復有恒河沙等世界衆生同時以梵音徧滿一切世界諸佛若欲於中聞一音聲隨意得聞餘者不聞聲聞所應聞者若有大神力障者不能得聞諸佛所聞音聲雖有大神力障亦能得聞聲聞能聞千國土内音聲諸佛世尊所聞音聲過無量無邊世界最細音聲皆亦得聞大神力聲聞住梵世界發大音聲能滿千國土内諸佛世尊若住於此若住梵世若住餘處音聲能滿無量無邊世界若欲令衆生聞過無量無邊世界最細音聲能令得聞欲令不聞即便不聞是故但有諸佛於音聲中得自在力知他心無量自在力者諸佛世尊於無

量無邊世界現在衆生悉知其心餘人但隨名相故知諸佛以名相義故知又餘人不能知無色界衆生諸心諸佛能知餘人雖有知他心智大力勢者障則不能知假使一切衆生成就心通皆如舍利弗目揵連辟支佛等以其神力障一人心不令他知而佛能壞彼神力得知其心復次佛以神力悉知衆生上中下心垢心淨心又知諸心各有所緣從是緣至是緣次第徧知一切諸緣又以實相知衆生心是故諸佛以無上力悉知他心第一調伏心波羅蜜者善知諸禪定三昧解脫住入起時諸佛若入定若不入定欲繫心一緣中隨意久近如意能住從此緣中更住餘緣隨意能住若佛住常心欲令人不知則不能知假使一切衆生知他心智如大梵王如大

聲聞辟支佛成就智慧知他人心以此心智令一人得是人欲知佛常心若佛不聽則不能知如七方便經中說行者善知定相善知住定相善知起定相善知安隱定相善知定行處相善知定生相善知宜諸定法不宜諸定法是名諸佛第一調伏心波羅蜜諸佛常安慧者諸佛安慧常不動念常在心何以故先知而後行生隨意所緣中住無疑行故斷一切煩惱故出過動性故如佛告阿難佛於此夜得阿耨多羅三藐三菩提一切世間若天魔梵沙門婆羅門以盡苦道教化周畢入無餘涅槃於其中間佛於諸受知起知住知生知滅諸相諸觸諸覺諸念亦知起知住知生知滅惡魔七年晝夜不息常隨逐佛不得佛短不見佛念不在念安慧是名諸佛常住

安慧行中不忘失法者諸佛得不退法故通達五藏法故得無上法故諸佛常不忘失諸佛菩提樹下所得乃至入無餘涅槃若天魔梵沙門婆羅門及餘聖人無能令佛有所忘失如法印經中說道場所得是名實得更無勝法如衣毛豎經說舍利弗若人實語有能於法不忘失者應說我是何以故唯我一人無所忘失是名諸佛於法無忘失金剛三昧者諸佛世尊金剛三昧是不共法無能壞故於一切處無有障礙故得正徧知故壞一切法障礙故等貫穿故得諸功德利益力故諸禪定中最上故無能壞者是故名爲金剛三昧如金剛寶無物能破者是三昧亦如是無法可以壞者是故名金剛三昧問曰何故不可壞答曰一切處無有礙故如帝釋金剛無有礙處是三昧亦如是問曰是三昧何故名一切處不礙答曰正通達一切法故諸佛住是三昧悉能通達過去現在未來過去三世不可說五藏所攝法是故名一切處不礙若諸佛住是三昧諸所有法若不通達名爲有礙而實不爾是故名無礙問曰何以故是三昧通達一切法答曰是三昧能開一切障礙法故所謂煩惱障礙定障礙智障礙能開故是名能通達一切法問曰是三昧何故能開一切障餘三昧不能答曰是三昧善等貫穿三法能壞諸煩惱山令無餘故正徧通達一切法故善得不壞心解脱故是故此三昧能開一切障礙問曰是三昧何故等貫穿三法答曰住是三昧得力故能得一切諸功德餘三昧無如是力是故是三昧能等貫穿問曰

何故住是三昧得力故能得一切諸功德答曰是三昧於諸定中最爲第一是故住是三昧能得諸功德問曰何故是三昧於諸定中最爲第一答曰是三昧無量無邊善根所成故於諸定中最爲第一問曰是三昧何故無量無邊善根所成答曰是三昧唯一切智人有餘人所無是故名爲金剛三昧

四十不共法中難一切智人品第二十二

問曰汝說金剛三昧唯一切智人有餘人所無若是三昧但一切智人有餘人無者即無是三昧何以故無一切智人故何以故所知法無量無邊而智慧有量有邊以此有量有邊智慧不應知無量事如今現閻浮提水陸衆生過諸筭數是衆生三品若男若女非男非女在胎孩童少壯衰老苦樂等法過去未來現在諸心心數法及諸善惡業已集今集當集已受報今受報未受報萬物生滅及閻浮提中山河泉池草木叢林根莖枝葉花果所可知者無有邊際餘三天下亦如是四天下三千大千世界物亦如是三千大千世界物一切世界所可知物亦如是但世間數尚無量無邊難可得知何況諸閻浮提諸世間中衆生非衆生諸物分分以是因緣當知所可知物無量無邊故無一切智者若謂智慧有大力於所知法中無障礙故徧知一切可知法如虛空徧在一切法中是故應有一切智人者是事不然智大力可爾但智不能自知如指端不自觸是故無一切智若謂更有智能知是智是亦不然何以故有無窮過故知若自知若以他知二俱不然若是知有無

量力以不自知故不得言有無量力是故無有能知一切法智知不無知一切法智故則無一切智者何以故一切智者以智知一切法復次所知法無量無邊若和合百千萬億智人尚不能盡知何況一人是故無有一人能知一切法無有一切智若謂不以徧知一切山河衆生非衆生故名一切智人但以盡知一切經書故名一切智人者是亦不然何以故佛法中不説韋陀等經書義若佛是一切智者應用韋陀等經書而實不用是故佛非一切智人又四韋陀羅經有量有限今世尚無盡能知者況有盡知一切經書是故無有一切智人復次有經書能增長貪欲歌舞音樂等若一切智人知是事者即有貪欲是經書是貪欲因緣若有因必有果若一切智人不知此事則不名一切智人復次有諸經書能助瞋恚喜誑於人所謂治世經書等若知是事則有瞋恚何以故有因必有果故若不知則不名一切智人是故知無一切智人復次佛不必盡知未來世事譬如我今難一切智人佛無經書預記是人如是姓如是家在某處以如是事難一切智人若謂佛盡知何以故不説是事若説經者經中應有不説是事是故知非一切智人復次佛若盡知未來世事應當預知調達出家已破僧若知者不應聽出家復次佛不知木機激石佛若預知者則不應於中經行復次佛不知旃遮婆羅門女以婬欲謗若佛先知應告諸比丘未來當有是事復次有梵志嫉佛故於餘處殺梵志女孫陀羅於祇洹塹中埋佛不知是事

若知是者應於諸梵志所救此女命至調達所推石下不說婆羅門女梵志女事以不知故當知佛不盡知未來世是故非一切智人復次佛入婆羅門聚落乞食空鉢而出不能預知魔時轉諸人心乃至不得一食佛若知者則不應入婆羅門聚落是故知佛不盡知未來事復次阿闍世王欲害佛故放守財醉象佛不知故入王舍城乞食若預知者則不應入是故佛不知未來事不知未來事故則非一切智人復次佛不知惡涅達多請佛因緣即受其請將諸比丘詣韋羅闍國是婆羅門忘先請故使佛食馬麥若佛預知婆羅門忘請佛及僧者則不應受請三月食馬麥是故知佛不知未來事不知未來事故則非一切智人復次佛受須涅叉多羅爲弟子故則不知未來事是人惡心堅牢難化不信佛語佛若知者云何受爲弟子受爲弟子故則不知未來事不知未來事故則非一切智人復次若佛是一切智人則應防護未有犯罪者當爲結戒以先不知結戒因緣有作罪已方乃結戒則不知未來事不知未來事故則非一切智人復次佛法但以出家受戒數歲處在上座恭敬禮拜不以耆年貴族諸家功德智慧多聞禪定果斷神通爲大若是一切智者應以耆年貴族諸家功德智慧多聞禪定果斷神通爲大供養恭敬若如是者名爲善制歲數者受戒年數如五歲道人禮六歲者貴族者世間有四品衆生婆羅門刹利毗舍首陀羅首陀羅應恭敬韋舍刹利婆羅門韋舍應恭敬刹利婆羅門刹利應恭敬婆羅門

諸家者工巧家商賈家居士家長者家大臣家王家等於諸家中其小家應恭敬大家如是於貧賤中出家者應恭敬富貴中出家者功德者毀戒人應恭敬禮拜持戒持戒者不應禮毀戒者不行十二頭陀者應禮行十二頭陀者不具足行頭陀者應禮具足行頭陀者智慧者無智慧人應禮敬有智慧者多聞者少聞人應禮多聞者不多誦者應禮敬多誦者果者須陀洹應禮敬斯陀含如是展轉應禮阿羅漢一切凡夫應禮得果者斷者少斷結使及未斷者應禮多斷者神通者若未具神通者應禮具足神通者佛若如是次第善說供養恭敬法者是為上說而實不爾是故知非一切智人復次佛尚不能知現在事汝若謂我云何知佛不知現在事者今當說之有衆生結使薄者無業障者離八難者堪行深法者能成正法者而佛不知佛成道已初欲說法生如是疑我所得法甚深玄遠微妙寂滅難知難解唯有智者可以內知世間衆生貪著世事此中除斷一切煩惱滅愛猒離第一難見若我說法衆生不解徒自疲苦生如是疑而實衆生有薄結使無業障者有離八難者堪行深法者能成正法者佛不能知如是衆生是故當知不知現在事又作是念昔我苦行五比丘供養執侍應先利益今在何處作是念已時有天告今在波羅柰鹿野苑中是故當知佛不知現在事不知現在事故則非一切智人復次佛得道已受請說法而作是念我今說法誰應先聞即復念言鬱頭藍弗此人利根易可開悟爾時此人先

以命終而佛方求時天告言昨夜命終佛又思惟迴心欲度阿羅羅天復白言是人亡來七日若佛是一切智者先應知此諸人命終而實不知不知過去事故則不名一切智人一切智人法應度可度者不可則置復次佛處處有疑語如巴連弗城是事當以三因緣壞若水若火若内人與外人謀若佛是一切智人者則不應有疑惑語是故知非一切智人復次佛問比丘汝等聚會爲説何事如是等問若一切智人者則不應問如是等事以問他故非一切智人復次佛自稱讃身毀呰他人如經中説佛告阿難唯我一人第一無比無與等者告諸比丘尼揵子等是弊惡人成就五邪法諸尼揵子等無信無慙無愧寡聞懈怠少念薄智又説梵志尼揵諸外道弟子等諸不可事若自稱讃毀呰他人世人尚愧何況一切智人有此事故非一切智人復次佛經始終相違如經中説諸比丘我新得道又言我得往古諸佛所得道世間有智尚離終始相違何況出家一切智人而有相違以終始相違故當知非一切智人是故汝説金剛三昧唯一切智人得是事不然無一切智人故一切智三昧亦不成答曰汝莫説此佛實是一切智人何以故凡一切法有五法藏所謂過去法未來法現在法出三世法不可説法唯佛如實徧知是法如汝先難所知法無量無邊故無一切智人者我今當答若所知法無量無邊智亦無量無邊以無量無邊智知無量無邊法無咎若謂是知亦應以智知是則無窮者今當答汝應以智知如世

間人言我是智者我是無智者我是麤智者我是細智者以是因緣以智知知故則無無窮過如以現在知知過去智則盡知一切法無有遺餘復次如人數他通身爲十知亦如是自知亦他知則無有咎如燈自照亦照他如汝所説和合百千萬億智人尚不能盡知一切法何況一人知者是事不然何以故一智慧人能知衆事雖復衆多無有智慧不能有所知如百千盲人不任作導一人有眼任爲導師是故汝以一人爲難雖復多智於佛則無智是事不然汝謂佛不説韋大等外經故非一切智人者今當答韋大中無善寂滅法但有種種諸戲論事諸佛所説皆爲善寂滅故佛雖知韋大等經不能令人得善寂滅是故不説問韋大中亦有善寂滅解脱説世間先皆幽闇都無所有初有大人出現如日若有見者得度死難更有餘道又説人身小則神小人大則神大身爲神宅常處其中若以智慧開解神縛則得解脱是故當知韋大中有寂滅解脱答曰無是事也何以故韋大中有四顛倒世間無常而別有常世間如説一作天祠墮落再亦墮落三作則不墮是爲無常中常顛倒世間苦而説有常樂處是爲苦中樂顛倒又説我神轉爲子願使壽百歲子是他身云何爲我是爲無我中我顛倒説身清淨第一無比金銀珍寶無及身者是名不淨中淨顛倒顛倒則無實無實云何有寂滅是故韋大中無善寂滅法問曰韋大中説能知韋大者清淨安隱云何言無善寂滅法答曰知韋大者雖説安隱非畢竟解脱於異

身中生解脫想是說因長壽天說爲解脫是故韋大中實無解脫復次韋大中略說有三義一者呪願二者稱讃三者法則呪願名爲令我得妻子牛馬金銀珍寶稱讃名爲汝火神頭黒頭赤體黄常在衆生五大中法則名爲是事應作是不應作如從昴星初受火法而實呪願稱讃法則無有寂滅解脫何以故貪著世樂然蘇呪願無眞智慧不斷煩惱何有解脫問曰韋大法自古有之第一可信汝言無善寂滅故不可信者是事不然何以故佛法近乃出世韋大自古久遠常在世間是故古法可信近法不可信汝言韋大中無善寂滅法是事不然答曰時不可信無明邪見自古亦然有無明先出正智後出邪見先出正見後出不可以無明邪見先出故可信正智正見後出不可信如先有汙泥後有蓮華先有疾後有藥如是不可以在先出者爲貴是故韋大先出佛法後出謂不可信者是事不然復次過去定光等諸佛皆先出世其法則古出韋大是後出若汝以先久爲貴者此諸佛及法則應是貴問曰韋大不能作善寂滅是故佛法中不說若佛知不能作寂滅何用知爲若不知則非一切智人二俱有過答曰汝語非也佛先知韋大不能善寂滅故不說亦不修行問曰若佛知韋大無有利益故而說不修習者何用知爲答曰大智之人應悉分別是正道是邪道欲令無量人衆度險惡道故行於正道譬如導師善分別邪道正道佛亦如是旣自得出生死險道亦復欲令衆生出故善知八直聖道亦知韋大等邪險

惡道爲離邪惡道故行於正道但知而不説猶如農夫爲穀種植至秋收穫亦得草藁佛亦如是爲無上道故勤行精進得菩提亦知韋大等諸邪道是故無咎如汝先説無人能有具知四韋大者此難不然世間人各有念力有人一日能誦五偈有誦百偈有誦二百偈若人一日不誦十偈則謂無能誦百偈出百偈者此非實語汝等不能盡知故便言都無智者若人見一人不能度河便言無能度者是人不名正説何以故自有餘大力者能度此亦如是設使餘人不能盡知一切智者知之何咎復次脾婆仙人皆讀韋大亦應成一切智若有盡讀韋大何以言無一切智若汝言有經書能生貪欲瞋恚者我今當答若人欲長壽應離死因緣佛亦如是欲斷一切衆生貪欲瞋恚應知貪欲因緣復次如汝所説能知生貪欲瞋恚經書則有貪欲瞋恚者無有是也佛雖知是不用不行故無過咎如人知死因緣則不死若行死因緣則死是事亦爾若汝説不知未來事故不名一切智者我今當答此則非難我等亦知有難一切智者如經中説佛告諸比丘凡夫無能有三相不應思而思不應説而説不應作而作是故皆已總説汝等未來世凡夫皆在其中無利益故何用分別説其名字等若謂佛知有難不預答者亦不須此今現四衆中亦有善斷疑難者今亦有能破諸難問者何用先答如汝今日現見比丘之中能破婆羅門者是故不須先答又先時亦有答散在衆經人不能具知佛法故不知處所若言受調達出家事

我今當答謂受調達出家則非一切智人者是謂不然調達出家非佛所度問曰若餘人度者佛何以聽答曰善惡各有時不必出家便惡調達出家之後有持戒諸功德是故出家無過復次調達於十二年清淨持戒誦六萬法藏此果報者當來不空必有利益汝說調達機關激石者我今當說諸佛成就無殺法故一切世間無能奪命者問曰若成就不殺法者何故迸石而來答曰佛於先世種壞身業定報應受示衆生業報不可捨故現受是故自來汝言旃遮女佛不先說者我今當答以旃遮女故譏佛者不能壞一切智人因緣若佛先說旃遮女當來謗我者旃遮女則不來復次佛先世謗人罪業因緣今必應受汝說佛何以不遮孫陀利入祇洹事我今當答此事不能壞一切智人因緣佛無有力令一切衆生盡作樂人又諸佛離一切諍訟不自高身不著持戒是故不遮復次佛先世業熟故必應受七日謗又衆生見佛聞謗不憂宣明不喜故發無上道心作是願言我等亦當得如是清淨心是故無咎汝先說佛入婆羅門聚落空鉢而出非一切智人者今當答佛不以飯食先觀人心入聚落已魔轉其意問曰是事佛應先知我入聚落魔當轉人心答曰佛亦先知此事爲大利益衆生諸佛非但以受人食故以爲利益度脫衆生有以清淨心迎逆敬禮和顏瞻視此皆大利何必飲食以種種門利益衆生非空入聚落汝說佛逆趣醉象者今當答佛雖知此事以因緣故往以此醉象必應得度又能障其害佛罪業

復次此象身如黑山衆人見此低頭禮佛皆起恭敬以是因縁故徃趣復次佛趣此象無有過失若有惡事可作此難汝難至隨蘭若者爲受先世業果報故汝説畜須涅叉多羅爲弟子者今當説佛身口意命不須守護無所畏故聽爲弟子復次是人常近佛故得見種種大神力見諸天龍夜叉乾闥婆阿脩羅等諸王來供養佛請問種種甚深要法心得清淨心清淨故得利益因縁是故雖惡聽爲弟子問曰此人於佛多生惡心是故不應聽爲弟子答曰若不聽爲弟子亦有惡心是故聽爲弟子無咎汝説先未作罪時何以不制戒今當答佛先結戒説八聖道正見正思惟正語正業正命正精進正念正定説是至涅槃道故已説一切諸戒復次佛説三學善學戒善學心善學慧當知已説一切諸戒復次佛告諸比丘一切惡決定不應作是不名先結戒耶復次佛説十善道離殺盜婬兩舌惡罵妄言綺語貪嫉瞋恚邪見不名先結戒耶佛先十二年中説一偈爲布薩法所謂一切惡莫作一切善當行自淨其志意是則諸佛教是故當知先已結戒復次佛説諸小惡因縁皆應當離如説

離身諸惡行　亦離口諸惡　離意諸惡行
餘惡悉遠離

如是説者當知先以結戒復次佛先已説諸守護法如説

護身爲善哉　能護口亦善　護意爲善哉
護一切亦善　比丘護一切　得遠離諸惡

如是説者當知先以結戒復次佛先説善相

如說

手足勿妄犯　節言慎所行　當樂守定意

是名眞比丘

如是說者當知先以結戒復次說沙門法故當知先以結戒沙門有四法一於瞋不報二於罵默然三杖捶能受四害者忍之復次佛說四念處觀身觀受觀心觀法是涅槃道住處故當知先結戒若微小惡尚不聽何況身口惡業如是等因緣當知先已結戒如王者立制不應作惡後有犯者隨事輕重作如是罪如是治之佛亦如是先總說戒後有犯者說其罪相如有作惡者教令懺悔作如是罪應如是懺不見擯滅擯不共住等成如是事故後乃結戒汝說耆年貴族家等應爲上座今當答道法中耆年貴族家等於道無益何以故生佛法中名爲貴族好家中生從受大戒數其年數名爲耆年汝謂耆年應供養者先出家受戒非是大耶從受戒以後無有諸姓等差別諸比丘受大戒名爲生在佛家是則失先大小家名皆爲一家汝說持戒者出家在先持戒日久長夜護持年歲多故應爲上座如結戒中說汝說持戒之人不應禮破戒者今當答破戒人尚不應共住何況禮拜供養以其自言是比丘故隨其大小而爲作禮如禮泥木天像以念眞天故佛勅年少應禮上座順佛教故則便得福汝說以頭陀故應敬禮者今當答若頭陀人人有五種故難得分別一者愚癡無所知故貪受難法二者鈍根希望得利三者惡意欺誑於人四者狂亂五者作念頭陀法者諸佛賢聖所共稱讚

以其隨順涅槃道故是五種人行頭陀法真僞難別多聞者多聞之人亦如頭陀難可分別何以故或以樂道故多聞或以利養故多聞如是等亦難分別又佛法貴如說行不貴多讀多誦又如佛說行一法句能自利益名爲多聞智慧亦如是若不能如所說行何用智慧爲是故不以智慧故說爲上座譬如世間現事弟雖多聞多智而兄不爲作禮是故不以智慧故先受供養禮拜如是雖多聞智慧應禮先受戒者若先供養多聞智慧者則爲闘亂餘沙門果斷結得神通最難知是人得果是不得果是多聞斷結是少聞斷結是得神通是不得神通不可以此爲上座若同得道果斷結神通誰爲上座是故隨佛教行最爲第一汝說佛於說法生疑今當答佛於深法尚不有疑何況應說不應說中而有疑乎佛不言我都不說法但云心樂閑靜不務多事而後於說法中無咎復次諸外道言佛爲大聖寂默無戲論何用畜衆而教化爲設使教化亦不可盡似如分別何用說法畜養弟子是貪著相是故佛自思惟我法甚深智慧方便無量無邊而可度者少是故自言不如默然又防外道所譏訶故令梵天王求請說法即時梵天王等白佛言衆生可愍中有利根結使薄者易可化度是故受諸梵王等請如人得大寶藏應示餘人如是諸聖自得法利亦應利人如汝所說佛不知阿蘭伽蘭等先已命終欲爲說法者今當答佛不念其死與不死但念此人結使微薄堪任化度隨所念處則有智生是故佛先自說而後天告

理故宜然又佛先出家就此二人曾經宿止諸天人民儻能疑佛受其妙法餘處得道佛欲斷彼疑故即時唱言彼人長衰如此妙法如何不聞推如是義五比丘事亦復可知但念其可度因緣不念其住止所在後念住處即便得知是故不應破一切智人汝言疑說巴連弗城壞者今當答是城破因緣不定不定因緣而定說者是則爲過又我先說四十不共法中諸佛善知不定答者則不受此難汝說佛問諸比丘汝等聚會爲何所說今當答佛將欲說法門故作如是問或欲結戒故令其自說如是種種說法故問而無咎世間亦有知而復問如見人食問言食耶如天寒時問言寒耶佛亦如是知而復問隨俗無咎汝言自讚毀他非一切智人者今當答佛不

貪身不貪供養不恚他人不增上慢所以自說我於世間最第一者有信衆生諸根猛利捨惡知識以我爲師是人長夜當得安隱是故佛自讚身復次有人求第一樂道而有懈怠不能精進是故佛言無上利中不應懈怠我於世間第一導師善說正法宜勤精進可得道果如是等因緣自讚其身非爲自貴輕賤他人訶惡人者欲令除滅惡法非爲憎恚衆生有人求如法利其心清淨質直而與惡知識和合欲令遠離此故而訶罵之未得佛時尚以髓腦施人何況成佛而當訶罵汝說佛法初後相違今當答佛法中無有始終相違事汝等不知佛法義故以爲相違是涅槃道者從迦葉佛滅已來無復人說亦無人得是故言我新得道餘處復說我得故道是道

錠光等諸佛所得所謂八聖道能至涅槃一道一因緣故名爲故道是故當知佛成一切智問曰所言一切智者云何名爲一切智爲知一切故名爲一切智耶答曰一切智者知可知可知者五法藏過去未來現在出三世不可說所用知此五藏者名爲知是故知及所知名爲一切問曰知可知名爲一切者是事不然何以故是法但是一可知知亦是可知故如世間言是人知利是人知鈍答曰若一切是一者則寒熱相違皆應是一明闇苦樂諸相違事亦應是一但是事不然是故不得言一切皆是一問曰汝所執亦同此過若可知是一者苦樂等亦應是一而實不一答曰我不言一切可知是一汝所執一切皆是一是故不與汝同過復次汝說同有過故汝自執中有過若人自受所執中過即墮負處汝知所執有過不應復說他過是故汝說同有過者是事不然復次若謂知可知二法爲一者應用可知法知瓶衣等物而實用知知一切物若謂瓶衣等於知無異者今瓶衣等不能知物即應有異而實用知知一切物如是處處有過故不得言一切智是一復次知所知是二名爲一切知是一切法故名如來名一切智者是一切智人因金剛三昧是故金剛三昧成汝先言金剛三昧不成一切智不成者是事不然

十住毗婆沙論卷第九

音釋

穫胡郭切刈禾也　[illegible]羊即切　迸北諍切散走也　捶主蘂切擊也　擯必刃切斥也　儻他曩切或然之辭　錠音定

十住毗婆沙論卷第十

龍樹菩薩造

姚秦三藏法師鳩摩羅什譯

四十不共法中善知不定品第二十三

善知不定法者諸法未生未出未成未定未分別是中如來智慧得力如佛分別業經中說佛告阿難有人身行善業口行善業意行善業是人命終而墮地獄有人身行惡業口行惡業意行惡業是人命終而生天上阿難白佛言何故如是佛言是人或先世罪福因緣已熟今世罪福因緣未熟或臨命終生正見邪見善惡心垂終之心其力大故又百迦經中說叔迦婆羅門子白佛言瞿曇諸婆羅門在家白衣能修福德善根勝出家者是事云何佛言我於此中不定答出家或有不修善則不如在家在家能修善則勝出家又大涅槃經中說巴連弗城當以三事壞或火或水或內人與外人謀又因波梨末梵志說是裸形波梨末梵志若不捨是語若是心若是邪見到我目前無有是處若皮繩斷若身斷終不來到佛前又筏𨅖經中說我此法甚深以方便說令淺易解若有直心如教行者得二種利若今世盡漏若不盡漏當得不還道又增一阿含舍迦梨經中佛告阿難若人故起業無有不受報而得道者若現受報若生受若後受又增一阿浮羅經中說佛告諸比丘諸惡人死若作畜生若墮地獄善人生處若天若人又無畏王子經中說無畏白佛言佛有所說能令他瞋不佛言王子是事不定佛或憐愍心故令他人瞋得種善因緣如乳

毋以曲指鉤出小兒口中惡物雖傷無患又阿毗曇中說衆生三品從不定聚或墮邪定或墮正定如是等四法藏中無定事數千萬種問曰若人智慧不定無決定心於事中或爾或不爾則不名一切智人一切智人者不二語者決定語者明了語者是故善知不定不得爲名佛不共法答曰不定事若爾若不爾隨屬衆因緣故是中不應定說若人不定事而作定答曰不名一切智人是故於不定事中必應用不定智是故有不定智不共法復次若人於一切法中決定知是人即墮必定邪論中若一切法必定則諸所爲則不須人功方便而得如說

若好醜已定　人功則應定　不須諸因緣方便而修習

復次現見不自守護身則有衆苦若自防護身則安利又如種種作業事中受諸疲苦後得種種富樂果報或復有人今世靜默都無所作而得果報是故有是不定事爲知是不定事故知有不定智問曰汝守護不守護施功不施功而亦有不定事成者有人好自防護而得苦惱不自防護不得苦惱又勤自疲苦不得功果不勤施功而得功果是事不定答曰汝所說則成我不定義若有不定事應有不定智我不言若人不自防護悉皆受苦又不言離功業有果報有人雖作功夫先世罪障故不得受樂不言一切皆爾是故汝難非也是名諸佛於不定事中獨有不定智具足知無色處者聲聞辟支佛知生無色處衆生及法少分諸佛世尊於無色處衆生及法

具足悉知是無色處有若干衆生生此處若干衆生生彼處若干衆生生初無色定處若干衆生生第二處若干衆生生第三處若干衆生生第四處若干衆生生來爾所時若干衆生經爾所時當退没若干衆生極壽爾所時若干衆生畢定壽命若干衆生不畢定壽命若干衆生從欲界命終來生此中若干衆生從色界命終來生此中若干衆生從無色界命終還生此中若干衆生人中命終即來生此若干衆生天中命終即來生此是諸衆生於此命終若生欲界若生色界若生無色界是諸衆生此中命終若生天道若生人道若生阿脩羅道若生地獄餓鬼畜生道中是諸衆生於彼處入涅槃若干衆生皆是凡夫若干衆生是佛賢聖弟子若干衆生凡夫弟子若干衆生成聲聞乘若干衆生成辟支佛乘若干衆生皆成大乘若干衆生不成聲聞乘若干衆生不成辟支佛乘不成大乘若干衆生行滅者若干衆生不行滅者若干衆生上行若干衆生其佛弟子諸佛又知是定受味是定不受味是善是無記是定中斷若干結是定上中下略說無色諸定唯有諸佛以一切種智悉能分別大小深淺心相應心不相應果報非果報等是名諸佛具足悉知無色定處通達滅法者諸辟支佛諸阿羅漢過去現在滅度者諸佛通達如經中說諸比丘是賢劫前九十一劫毗婆尸佛出至三十一劫有二佛出一名尸棄二名毗式婆此賢劫中鳩樓孫迦那含牟尼迦葉佛出如是過去諸佛大知見此經中應說及諸聲聞弟子滅

度入無餘涅槃及辟支佛號曰成號曰華相號曰見法號曰法篋號曰喜見號曰無垢號曰無得如是等諸辟支佛入無餘涅槃佛悉通達復次未滅度在有餘涅槃生縁都盡通達是事亦名通達知滅如經說佛告阿難我於此人悉知無有微闇是人畢定盡是内法是人命終當入涅槃亦名知滅又於餘人通達四諦能知其事亦名知滅如經說我何不方便令此人即於此處漏盡解脱如佛告阿難汝樂禪定樂斷結使亦名通達知滅如佛告舍利弗我知涅槃知至涅槃道知至涅槃衆生如是等諸經此中應說是名諸佛通達知滅善知心不相應非色法者戒善根使善律儀不善律儀等諸心不相應非色法聲聞辟支佛不能通達諸佛善能通達如現目前

於心不相應諸法中成就第一智慧力故問曰戒善律儀不善律儀是色法何以言非色法答曰戒善律儀不善律儀有二種有作有無作作是色無作非色無作非色故佛以不共力故現前能知餘人以比智知問曰諸佛但善知心不相應非色法不善知相應法耶答曰若通達不相應法相應法無所復論如人能射毫毛麤物則不論復次七百不相應法中聲聞辟支佛以第六識能知七法一名二相三義四無常五生六不生七度佛以第六識皆悉能知佛知四諦相及知世俗法是故言諸佛善知心不相應無色法勢力波羅蜜者於一切所知法無餘中得一切種智勢力十力四無所畏四功德處助成故又善得十力故是故佛能成就勢力波羅蜜是勢力

在第十六心中得增益一切智常在佛身乃至無餘涅槃因是事故於一切法中得無礙智無礙智波羅蜜者法義辭樂說於此四法勢力無量通達無礙如經中說佛告諸比丘如來四弟子成就第一念力智慧力堪受力如善射射樹葉即過無難是諸弟子以四念處來問難我常不休息除飲食便利睡眠於百年中如來常答樂說智慧無有窮盡佛於此中以少欲相自論智慧若三千大千世界所有四天下滿中微塵隨爾所塵數作爾所三千大千世界滿中衆生皆如舍利弗如辟支佛皆悉成就智慧樂說壽命如上塵數大劫是諸人等因四念處盡其形壽問難如來如來還以四念處義答其所問言義不重樂說無盡法無礙智者善能分別諸法名字通達無礙義無礙者於諸法義通達無礙辭無礙者隨衆生類以諸言辭令其解義通達無礙樂說無礙者問答時善巧說法無有窮盡餘諸賢聖不能究盡唯有諸佛能盡其邊是故名無礙智波羅蜜具足答波羅蜜者一切問難中佛善能具足答何以故於四種問答中無有錯亂善知義故具足不壞義波羅蜜故樂欲深知一切衆生性所行所樂故如舍利弗白佛言世尊佛爲人說善法而是中多有衆生得證證已心無渴愛心無渴愛故於世間無所受無所受已心則內滅佛於善法中無上事盡知無餘更無勝者問曰汝言四種問答可謂爲四答曰一定答二分別答三反問答四置答定答者如一比丘問佛世尊頗有色常不變異不世尊受想行識常不變

異不佛答言比丘無有色常不變異無有受想行識常而不變異如是等名爲定答分別答者如布多梨子梵志問娑摩提有人故作身口意業受何等果報娑摩提定答有人以身口意故作業受苦惱報是問應分別答是梵志後來問佛是事佛答言布多梨子有人若身口意故作業是業或受苦報或受樂報或受不苦不樂報若作苦業受苦報樂業受樂報不苦不樂業受不苦不樂報如是等諸經皆分別答反問答者如先尼梵志問佛我還問汝隨汝意答先尼於汝意云何色是如來不受想行識是如來不答言非也世尊離色離受想行識是如來不答言非也世尊如是等經應廣說是名反問答置答者十四種邪見是所謂世間常世間無常世間常無常世間非常非無常世間有邊世間無邊世間亦有邊世間亦無邊世間非有邊非無邊如來滅後有如來滅後無如來滅後亦有亦無如來滅後非有非無如來身即是神身異神異如上一切衆生如大辟支佛智慧樂說以如是四種問佛佛皆隨順答其所問不多不少是故說佛具足答波羅蜜無有能害佛者得不可殺法故無能斷佛身分支節存亡自在如經說若人欲方便害佛者無有是處問曰佛壽命爲定爲不定答曰有人言不定若佛壽命有定者於餘定壽命者有何差別而實佛壽命不定無能害者乃爲希有有人言佛壽命有定餘人壽命雖定而手足耳鼻可斷佛無是事問曰云何佛不可害是不共法答曰諸佛不可思議假喻可知假使一切十

方世界衆生皆有勢力設有一魔有爾所勢力復令十方一一衆生力如惡魔欲共害佛尚不能動佛一毛況有害者問曰若爾者調達云何得傷佛答曰此事先已答佛欲示衆生三毒相調達雖持戒修善貪著利養而作大惡又令知佛於諸人天心無有異加以慈愍視調達羅睺羅如左右眼佛常說等心是時現其平等天人見此起希有心益更信樂又長壽諸天見佛先世有惡業行若今不受謂惡行無報佛欲斷其邪見故現受此報復次佛於苦樂心無有異無吾我心畢竟空故諸根調柔不可變故不須作方便離苦受樂如菩薩藏中說佛以方便故現受此事應當廣知是名佛不可殺害不共法說法不空者諸佛所有言說皆有果報是故諸佛說法不空何以故諸佛未說法時先觀衆生本末心在何處結使厚薄知其先世所從功德見其根性勢力多少知其障礙方處時節應以輭法可度苦事可度或復應以輭苦事度或復小發度或廣分別度有以陰入界十二因緣而得度者或以信門或以慧門而得入者是人應從佛度是人應從聲聞度是人應以餘緣得度是人應成聲聞乘是人應成辟支佛乘是人應成大乘是人久習貪欲習瞋恚習愚癡是人習貪欲瞋恚是人習貪欲愚癡如是各各分別是人墮斷見是人墮常見是人多習身見是人多習邊見是人多習戒取見取是人多習憍慢是人多習自卑諂曲是人心多疑悔是人好樂言辭有貴義理有樂深義有樂淺事是人先世集助道法是人今世

集助道法是人但集福報善根是人但集貫穿善根是人應疾得道是人久乃得道佛先觀察籌量隨應得度而爲說法而度脱之是故一切説法皆悉不空如經説世尊先知見而説法非不知見説法無謬無失者諸佛説法無謬無失無謬者語義不乖違故無失者不失義故不失道因緣故名不失不謬道果因緣故名不謬不少故名不失不過故名不謬以通達四無礙智故念安慧常調和故遠離斷常無因邪因等諸見故所説法中不使人有迷悶所言初後無相違過隨此義經應此中廣説如經説諸比丘爲汝説法初善中善後善語善義善淳一無雜具説梵行以希有事説法者隨所教化即得道果是名希有若有所答若所受記皆實不異是亦希有佛有所説道此道不離煩惱能斷煩惱是亦希有佛有所説皆有利益終不空言是亦希有若人於佛法中勤心精進能斷不善法增益善法是亦希有復次有三希有現神通希有逆説彼心希有教化希有以是三希有説法名爲以希有説法諸衆聖中最上導師者諸佛知一切衆生心所行所樂結使深淺諸根利鈍上中下智慧善知通達故於衆聖中最上導師又能善知四諦相善知諸法總相别相又以説法不空因緣不謬不失法故於衆聖中最上導師問曰四衆亦能説法破外道令入佛法何以但稱佛爲最上導師答曰當以假喻説若一切衆生智慧勢力皆如辟支佛是諸衆生若不承佛意欲度一人無有是處若是諸人説法時乃至不能全斷無色界

結使毫氂之分若佛欲度衆生有所言説乃至外道邪見諸龍夜叉等及餘不解佛語者皆悉令解是等亦能轉化無量衆生乃至令日聲聞衆令衆生住四果中皆是如來最上導師相是故佛名最上導師於衆聖中不共之法四不守護法者諸佛不守護身業不守護口業不守護意業不守護資生何以故是四事於他不護不作是念我身口意命恐他人知何以故長夜修習種種清淨業故皆善見知斷一切煩惱法故成就一切無比善根故善行可行法無可訶故具足行捨波羅蜜故捨者眼見色捨憂喜心乃至意法亦如是婆阿提鬱多羅等諸經應此中説四無所畏者問曰一法名爲無畏何以故有四答曰於四事中無有疑畏是故有四一者如佛告諸比丘我自發誠言是一切智人此中若有沙門婆羅門諸天魔梵及餘世間智人如法難言如來不知此法我於此中乃至不見有疑畏相不見是相故得安隱無畏是初無畏如實盡知一切法故二者自發誠言我一切諸漏盡若沙門婆羅門諸天魔梵言是漏不盡我於此中乃至不見有微畏相不見是相故安隱無畏是二無畏善斷諸煩惱及斷煩惱習氣故三者我説障道法此中若有沙門婆羅門諸天魔梵及餘世間智人如法難言是法雖用不能障道我於此中不見有微畏相不見是相故得安隱無有疑畏是三無畏善知障解脱法故四者我所説道如法説行者得至苦盡若有沙門婆羅門諸天魔梵及餘世間智人如法難言是法雖如説行不能至

盡苦道我於此中無有微畏相不見是相故得安隱無有疑畏是四無畏善知至苦盡道故是四無畏皆過怖畏心驚毛豎等相故名爲無畏又在大衆威德殊勝故名爲無畏又善知一切問答故名爲無畏諸天會經此中應廣説問曰若佛是一切智人應於一切法盡無畏何以説四答曰略舉大要以開事端餘亦如是佛十力者力名扶助氣勢不可窮盡無能沮壞雖有十名而實一智緣十事故名爲十力佛智緣一切事故應有無量力以此十力足度衆生故但説十力但開此十力餘皆可知初力者一切法因非因決定通達智名爲初力如佛説若是狂人不捨是語不捨邪見不捨是心來在佛前無有是處如佛告阿難世間二佛一時出世無有是處一佛出世則有是處是事爲一佛世界故説而實十方無量無邊諸世界中百千萬億無數諸佛一時出世又經説身口意惡業有妙愛果報無有是處若身口意善業有妙愛果報則有是處如是等五藏諸經應此中廣説第二力者於過去未來現在諸業諸受法佛如實分別知處所知事知果報佛若欲知一切衆生過去諸業過去業報即時能知或業過去報在現在或業過去報在未來或業過去報在過去或業過去報在過去未來或業過去報在過去現在或業過去報在未來現在或業過去報在過去未來現在或業現在報在現在或業現在報在未來或業現在報在現在未來或業未來報在未來有如是等分別受法者四受法現受樂後世受苦現受苦後

世受樂現受樂後受樂現受苦後受苦處者隨業時方所在又知是業受報處事者或隨因緣或隨三不善根或多自作或多因他如是等善惡業因緣佛盡知報者知諸業各各有報善業或善處生或得涅槃惡業諸惡處生佛悉知是諸業本末因緣自身及他是中智力不退故名爲力三力者佛於禪定解脫三昧垢淨相如實知禪者四禪定者四無色定四無量心等皆名爲定解脫者八解脫三昧者除諸禪解脫餘定盡名三昧有人言三解脫門及有覺有觀定無覺有觀定無覺無觀定名爲三昧有人言定小三昧大是故一切諸佛菩薩所得定皆名三昧是四處皆攝在一切禪波羅蜜垢名愛味淨名不愛味復次垢名有漏定淨名無漏禪定三昧解脫等

分別者知是禪分別知他衆生他人上下諸根如實知名第四力他衆生者凡夫是他人者須陀洹等諸賢聖是或有人言衆生名爲凡夫及諸學人煩惱未盡故他人者阿羅漢等煩惱盡故或有人言衆生與人一種名有差別諸根者信精進念定慧非眼等根上名猛利堪任得道下名闇鈍不堪受道佛於此二根上下如實知不錯謬他衆生他人心各有所樂如實知是第五力所樂名爲貴所向事如有人貴財物世樂或有貴重福德善法是事佛如實知世間種種性無量性佛如實知是第六力種種性者雜性萬端無量性者於一一性有無量種分別性者從先世來心常習用常所樂行修習故成性是二善惡性佛如實知至一切處道如實知是第七力至

一切處道者能得一切功德是道名爲至一切處道所謂五分三昧若五智三昧若八聖道分是或聖道所攝諸法或四如意足如經說比丘善修習四如意足無利不得有人言四禪是如經說比丘得四禪心安住一處清淨除諸煩惱滅諸障礙調和堪用不復動轉若迴向知宿命事即能知宿命事是第八力佛若欲念自身及一切衆生無量無邊宿命一切事皆悉知無有不知過恒河沙等劫事是人何處生姓名貴賤飲食資生苦樂所作事業所受果報心何所行本從何來如是等事以天眼清淨過於人眼見六道衆生隨業受身是第九力大力聲聞以天眼見小千國土亦見中衆生生時死時小力辟支佛見千小千國土見中衆生生時死時中力辟支佛見百萬小千國土見中衆生生時死時大力辟支佛見三千大千國土見中衆生生死所趣諸佛世尊見無量無邊不可思議世間亦見是中衆生生時死時第十力者欲漏有漏無明漏一切漏盡諸煩惱及氣都盡是名第十力無礙解脫者解脫有三種一者於煩惱障礙解脫二者於定障礙解脫三者於一切法障礙解脫是中得慧解脫阿羅漢得離煩惱障礙解脫共解脫阿羅漢及辟支佛得離煩惱障礙解脫得離諸禪定障礙解脫唯有諸佛具三解脫所謂煩惱障礙解脫諸禪定障礙解脫一切法障礙解脫總是三種解脫故佛名無礙解脫常隨心共生乃至無餘涅槃則止是四十不共法略開佛法門令衆生解故說所不說者無量無邊所謂一常不離

慧二知時不失三滅一切習氣四得定波羅蜜五一切功德殊勝六隨所宜行波羅蜜七無能見頂者八無與等者九無能勝者十世間中上十一不從他聞得道十二不轉法者十三自言是佛終不能到佛前十四不退法者十五得大慧者十六得大慈者十七第一可信受者十八第一名聞利養十九與佛同止諸師無與佛等者二十諸師無有得弟子衆如佛者二十一端正第一見者歡悅二十二佛所使人無能害者二十三佛欲度者無有傷害二十四心初生時能斷思惟結二十五可度衆生終不失時二十六第十六知得阿耨多羅三藐三菩提二十七世間第一福田二十八放無量光明二十九所行不同餘人三十百福田相三十一無量無邊善根三十二入胎時三十三生時三十四得佛道時三十五轉法輪時三十六捨長壽命時三十七入涅槃時能動三千大千世界三十八擾動無量無邊諸魔宫殿令無威德皆使驚畏三十九諸護世天王釋提桓因夜摩天王兜率陀天王化樂天王自在天王梵天王淨居諸天等一時來集請轉法輪四十佛身堅固如那羅延四十一未有結戒而初結戒四十二有所施作勢力勝人四十三菩薩處胎母於一切男子無染著心四十四力能救度一切衆生佛不共法有如是等無量無數妨餘事故不須廣說聲聞法雖以佛法優劣不同則有差別復次總說諸佛一切諸法無量無邊不可思議第一希有一切衆生所不能共假使十方諸三千大千世界過諸算數是中

所有衆生智慧皆如大梵天王皆如大辟支佛皆如舍利弗合集是諸智慧令一人得欲及於佛四十不共法中微少分者無有是處若於一法百千萬億分中不及其一諸佛有如是無量無邊功德之力何以故無數大劫安住四功德處深行六波羅蜜善能具足菩薩一切所行諸法不共一切衆生故果報亦不共

讃偈品第二十四

已如是解四十不共法竟應取是四十不共法相念佛又應以諸偈讃佛如現在前對面共語如是則成念佛三昧如偈說

聖主大精進　四十獨有法　我今於佛前
敬心以稱讃　如意及飛行　其力無邊限
於聖如意中　無有與等者　聲聞中自在
他心智無量　善能調伏心　隨意而應適
其念如大海　湛然在安隱　世間無有法
而能擾亂者　諸佛所稱歎　金剛三昧寶
得之在智中　如賢懷直心　善知不定法
四無色定事　微細難分別　盡知無有餘
衆生若已滅　今滅及當滅　惟獨有世尊
智慧能通達　善知不相應　非色法中事
一切諸世間　悉皆不能知　世尊大威力
功德不可量　智慧無邊際　皆無與等者
於四問答中　超絶無倫匹　衆生諸問難
一切皆易答　若諸世間中　欲有害佛者
是事皆不成　以成不殺法　若於三時中
諸有所說者　言必不虛妄　常有大果報
凡有所說法　無非是希有　義趣尚不謬
何況於言辭　於三聖弟子　上中下差别

四雙八輩等　第一大導師　身口意業命
畢竟常清淨　是故於此中　不復須防護
自說一切智　心無有疑畏　若人來難我
恐有所不知　自說漏盡相　盡到無漏邊
心無有疑畏　餘漏有不盡　自說障礙法
於中無疑難　雖有用此法　不能爲障礙
所說八聖道　心無有疑畏　有言是八道
不能至解脫　如實知是因　是果及與非
故號一切智　名聞流無量　三世所有業
是諸業定報　及非定果報　種種皆悉知
諸禪三昧中　麤細深淺事　皆悉能了知
禪中無等者　先知衆生根　上中下差別
種種樂及性　隨宜而說法　行道得諸利
兼以化導人　是以弟子衆　如實得善利
宿命知無量　天眼見無邊　一切人中天
無能知其限　住金剛三昧　滅煩惱及氣
又知人漏盡　故名漏盡力　煩惱諸禪障
一切法障礙　三礙得解脫　號無礙解脫
四十不共法　功德不可量　無能廣說者
我已略說竟　世尊若一劫　稱說此佛法
猶尚不能盡　況我無此智　世尊大慈音
無量業善集　四功德處故　得佛無量法
世尊所稱說　四功德勝處　我今還以此
稱讚於如來　三十二相具　相有百福德
八十種妙好　三界誰能有　三千大千界
衆生所有福　果報爲百倍　相有如是德
如此諸福德　并及其果報　復以爲百倍
成一白毫相　三十相一一　福德及果報
復以爲千倍　成一肉髻相　世尊諸功德
不可得度量　如人以尺寸　量空不可盡

從初發大心　爲度衆生故　堅心無量劫
是故成佛道　精勤欲成滿　如此之大願
無量劫數中　行諸難苦行　如諸往古佛
說四功德處　無量劫乃成　今得安住中
本爲護實諦　捨身及親愛　財寶諸富樂
是故得具足　無量劫數中　見聞覺知法
每先善思惟　而後爲人說　若於不見等
及於中有疑　而能如實說　所益無有量
不說他匿事　譏刺而巨逆　念常在安慧
順化令安隱　第一眞妙諦　涅槃實爲最
餘者皆虛妄　世尊得具足　飲食卧具等
堂閣妙樓觀　名好象馬車　端嚴諸婇女
金銀珍寶等　聚落諸城邑　國土及榮位
并以四天下　愛子并親婦　支節及頭目
割肉出血髓　及以舉身施　憐愍諸衆生
悉施無所惜　爲求出生死　不以求自樂
虛空諸星宿　地上所有沙　世尊菩薩時
布施數過是　終不以非法　求財而布施
無有不知施　無侵惱人施　不貪惜好物
而以惡者施　無諂曲心施　無惜而強施
無恚無疑心　無邪無輕笑　無猒無不信
顰面等布施　無有分別心　此應彼不應
但以悲心故　平等而行施　不輕於衆生
以爲非福田　見聖心恭敬　破戒者憐愍
不自高其身　卑下於他人　亦不爲稱讚
不求報等施　無悔無憂愁　無惡賤心施
無待急恨心　無法應當施　無不敬心施
無棄著地施　無惱求者施　無妒競勝施
無戲弄求者　無不自手施　不輕於少物
以多自高施　不以聲聞乘　辟支佛乘施

不限一世施　無有非時施　世尊無數劫
行諸希有施　皆爲無上道　不爲求自樂
於諸佛法中　出家行遠離　修習諸佛法
爲諸人天說　說如是施法　於諸施中上
猶如日光明　星月中殊勝　如是勝捨處
超越諸天人　猶亦如世尊　一切世間上
是故能具足　如是勝捨處　名聞無量劫
流布無窮巳　世尊無量劫　護持清淨戒
開諸禪定門　爲得深寂處　先離於五相
後行八解脫　入淨三三昧　亦性三解脫
世尊善分別　六十五種禪　無有一禪定
先來不生者　於此諸定中　亦不受其味
世尊因諸禪　得三種神通　以此度衆生
是故一切勝　世尊無量劫　等心弘慈化
阿僧祇衆生　令住於梵世　能以巧方便
善說禪定故　世尊菩薩時　常於無量世
無貪煩惱纏　而往來世間　過去得值者
無量生天上　過去諸菩薩　所可行寂滅
世尊菩薩時　亦等無有異　是故於寂滅
勝處悉充滿　世尊菩薩時　所有諸智慧
以慧求菩提　令成是慧報　一切所資食
如人依地生　世尊於世世　捨十闇惡道
常行十善道　斯由慧氣力　捨五欲五蓋
得種種禪定　無量劫數世　不從他人受
善哉大聖尊　悉是慧施力　衆生因世尊
無量生六天　亦令至梵世　斯皆由慧力
世尊於生死　苦樂所迷悶　不失菩提心
斯皆是慧力　世尊於生死　不樂而常在
樂涅槃不取　斯皆是慧力　安坐道場時
降魔及軍衆　度脫諸群生　斯皆是慧力

本求菩提時　集無量助法　聞者常迷悶
何況能受行　世尊能堪忍　斯皆是慧力
經書諸技術　世世生自知　亦能兼教人
斯皆是慧力　親近無量佛　悉飲甘露教
種種諮請問　亦隨而分別　經法智慧中
未曾有悋惜　乃至僕僮奴　亦諮受善語
世尊以是故　慧勝處流布　世尊於前世
求是菩提時　於諸衆生中　行大慈悲心
以第一智慧　常出大勢力　悉作無量種
希有諸難事　一切諸世間　盡共無量劫
說之不可盡　亦非筭數及　如是等諸事
超越於人天　一切世間中　奇特無有比
大業所獲果　具足一切智　能破生死王
安住法王處
十住毗婆沙論卷第十

十住毗婆沙論卷第十一

龍樹菩薩造

姚秦三藏法師鳩摩羅什譯

助念佛三昧品第二十五

菩薩應以此　四十不共法　念諸佛法身
佛非色身故

是偈次第略解四十不共法六品中義是故行者先念色身佛次念法身佛何以故新發意菩薩應以三十二相八十種好念佛如先說轉深入得中勢力應以法身念佛心轉深入得上勢力應以實相念佛而不貪著

不深著色身　法身亦不著　善知一切法
永寂如虛空

是菩薩得上勢力不以色身法身深貪著佛何以故信樂空法故知諸法如虛空虛空者無障礙故障礙因緣者諸須彌山由乾陀等十寶山鐵圍山黑山石山等如是無量障礙因緣何以故是人未得天眼故念他方世界佛則有諸山障礙是故新發意菩薩應以十號妙相念佛如說

新發意菩薩　以十號妙相　念佛無毀失
猶如鏡中像

十號妙相者所謂如來應正遍知明行足善逝世間解無上士調御丈夫天人師佛世尊無毀失者所觀事空如虛空於法無所失何以故諸法本來無生寂滅故如是一切諸法皆亦如是是人以緣名號增長禪法則能緣相是人爾時於禪法得相所謂身得殊異快樂當知得成般舟三昧三昧成故得見諸佛如鏡中像者若菩薩成此三昧已如淨明鏡

自見面像如清澄水中見其身相初時隨先所念佛見其色像見是像已後若欲見他方諸佛隨所念方得見諸佛無所障礙是故此人

雖未有神通　飛行到於彼　而能見諸佛
聞法無障礙

是新發意菩薩於諸須彌山等諸山無能爲作障礙亦未得神通天眼天耳未能飛行從此國至彼國以是三昧力故住此國土得見他方諸佛世尊聞所說法常修習是三昧故得見十方真實諸佛問曰如是大定以何法能生云何可得答曰

親近善知識　精進無懈退　智慧甚堅牢
信力不妄動

以是四法能生是三昧親近善知識者能以是三昧教誨人者名爲善知識應加恭敬勤心親近莫有懈怠廢退捨離則得聞是深三昧義利智通達智不失智名爲堅牢信根深固若沙門婆羅門若天魔梵及餘世人無能傾動名爲信力不可動如是四法能生三昧復次

慚愧愛恭敬　供養說法者　猶如諸世尊
能生是三昧

慚愧愛恭敬者於說法者深生慚愧恭敬愛樂供養如佛如是四法能生是三昧復次初四法者一於三月未常睡眠唯除便利飲食坐起二於三月乃至彈指不生我心三於三月經行不息四於三月兼以法施不求利養是爲四復有四法一能見佛二安慰勸人聽是三昧三常不貪嫉行菩提心者四能集菩

薩所行道法是爲四復有四法一造作佛像乃至畫像二當善書寫是三昧經令信樂者得以誦讀三教增上慢人令離增上慢法使得阿耨多羅三藐三菩提四當護持諸佛正法是爲四復有四法一少語言二在家出家不與共住三常繫心取所緣相四樂遠離空閑靜處是爲四初五法者一無生法忍猒離一切諸有爲法不樂一切諸所生處不受一切諸外道法惡猒一切世間諸欲乃至不念何況身近二心常修習無量諸法定在一處於諸衆生無有瞋礙心常隨順行四攝法三能成就慈悲喜捨不出他過四能多集佛所說法如所說行五清淨身口意業及見是爲五復有五法一樂如經所讚布施無有慳心樂說深法無所悋惜亦能自住二忍辱柔和同住歡喜惡口罵詈鞭捶縛等但推業緣不恚他人三常樂聽是三昧讀誦通利爲人解說令流布增廣勤行修習四心無妬嫉不自高身不下他人除眠睡蓋五於佛法僧寶信心清淨於上中下座深心供奉他有小恩常憶不忘常住眞實語中是爲五復次

出家諸菩薩　所學三昧法　在家菩薩者
是法應當知

若在家菩薩欲修習是三昧一當深以信心二不求業果報三當捨一切內外物四歸命三寶五淨持五戒無有毀缺六具足行十善道亦令餘人住此法中七斷除婬欲八毀呰五欲九不嫉妬十於妻子中不生愛著十一心常願出家十二常受齋戒十三心樂住寺廟十四具足慚愧十五於淨戒比丘起恭敬

心十六不慳悋法十七於說法者深愛敬心十八於說法者生父母大師想十九於說法者以諸樂具敬心供養二十知恩報恩如是在家菩薩住如是等功德者則能學是三昧出家菩薩修習是三昧法者所謂一於戒無瑕疵二持戒不雜汙三持戒不濁四清淨戒五無損戒六不取戒七不依戒八不得戒九不退戒十持聖所讃戒十一持智所稱戒十二隨波羅提木叉戒十三具足威儀行處十四乃至微小罪心大怖畏十五淨身口意業十六淨命十七所有戒盡受持十八信樂甚深法十九於無所得法心能忍空無相無願法中心不驚二十勤發精進二十一念常在前二十二信心堅固二十三具足慚愧二十四不貪利養二十五無嫉妬二十六住頭陀功德二十七住細行法中二十八不樂說世間俗語二十九遠離聚語三十知報恩三十一知作恩報恩三十二於和尚阿闍梨所恭敬忌難心三十三破除憍慢三十四降伏我心三十五善知識難遇故勤心供給三十六所從聞是法處若得經卷若口誦處於此人所生父母想善知識想大師想大慚愧愛敬想三十七常樂阿練若三十八不樂住城邑聚落三十九不貪著檀越善知識家四十不惜身命四十一心常念死四十二不存利養四十三於諸物中心不染著四十四無所渴愛四十五守護正法四十六不著衣鉢四十七不畜遺餘四十八但欲乞食四十九次第乞食五十常知慚愧心常有悔五十一不畜金銀珍寶錢財離諸不善悔五十二心無纏

垢五十三常行慈心五十四除斷瞋恚五十五常行悲心五十六除斷愛著五十七常求利安一切世間五十八常憐愍一切衆生五十九常樂經行六十除却睡眠出家菩薩住如是等法中應修習是三昧復次

餘修三昧法　亦應如是學

能生是般舟三昧餘助法亦應修習何等是一緣佛恩常念在前二不令心散亂三繫心在前四守護根門五飲食知止足六初夜後夜常修三昧七離諸煩惱障八生諸禪定九禪中不受味十散壞色相十一得不淨相十二不貪五陰十三不著十八界十四不染十二入十五不恃族姓十六破憍慢十七於一切法心常空寂十八於諸衆生生親族想十九不取戒二十不分別定二十一應勤多學二十二以是多學而不憍慢二十三於諸法無疑二十四不違諸佛二十五不逆法二十六不壞僧二十七常詣諸賢聖二十八遠離凡夫二十九樂出世間論三十修六和敬法三十一常修習五解脱處三十二除九瞋惱事三十三斷八懈怠法三十四修八精進三十五常觀九想三十六得大人八覺三十七具足諸禪定三昧三十八於此禪定無所貪無所得三十九聽法專心四十壞五陰想四十一不住事想四十二深怖畏生死四十三於五陰生怨賊想四十四於諸入中生空聚想四十五於四大中生毒蛇想四十六於涅槃中生寂滅想安隱樂想四十七於五欲中生涎唾想心樂出離四十八不違佛教四十九於一切衆生無所諍訟五十教化衆生令

安住一切功德復次
如是三昧報　菩薩應當知
菩薩行是般舟三昧果報亦應知問曰修習是三昧得何果報答曰於無上道得不退轉報復次如經所說果報佛語跋陀婆羅菩薩譬如有人能摧破三千世界地皆如微塵又三千大千世界中所有草木華葉一切諸物皆爲微塵跋陀婆羅以一微塵爲一佛世界有爾所世界皆滿中上妙珍寶以用布施跋陀婆羅於意云何是人以是布施因緣得福多不甚多世尊佛言跋陀婆羅我今實語汝若有善男子得聞諸佛現前三昧不驚不畏其福無量何況信受持讀誦爲人解說何況定心修習如一聲牛乳頃跋陀婆羅我說此人福德尚無有量何況能得成是三昧者

佛又告跋陀婆羅若有善男子善女人受持讀誦爲他人說若劫盡時設墮此火火即尋滅跋陀婆羅持是三昧者若有官事若遇怨賊師子虎狼惡獸惡龍諸毒蟲等若夜叉羅刹鳩槃茶毗舍闍等若人非人等若害身若害命若毀戒無有是處若讀誦爲人說時亦無衰惱唯除業報必應受者復次跋陀婆羅菩薩受持讀誦是三昧時若得眼耳鼻舌口齒病風寒冷病如是等種種餘病以是病故而失壽命無有是處唯除業報必應受者復次跋陀婆羅若人受持讀誦是三昧者諸天守護諸龍夜叉摩睺羅伽人非人四天王帝釋梵天王諸佛世尊皆共護念復次是人皆爲諸天所共愛念乃至諸佛皆共愛念復次是人皆爲諸天所共稱讚乃至諸佛皆共稱

讚復次諸天皆欲見是菩薩來至其所乃至諸佛皆欲見是菩薩來至其所復次是菩薩受持是三昧者所未聞經自然得聞復次是菩薩得是三昧者乃至夢中皆得如是諸利益事䟦陀婆羅菩薩若我一劫若減一劫說受持讀誦是三昧者功德不可得盡何況得成就者䟦陀婆羅如人於百歲中身力輕健其疾如風是人百歲行不休息常至東方南西北方四維上下於汝意云何是人所詣十方有人能數知里數不䟦陀婆羅言不可數唯除如來舍利弗阿惟越致餘不能知䟦陀婆羅若有善男子善女人以是人所行處滿中眞金布施若有人但聞是三昧以四種隨喜迴向阿耨多羅三藐三菩提常求多聞如過去諸佛行菩提道時隨喜是三昧我亦如是如今現在菩薩隨喜是三昧我亦如是如未來諸佛行菩薩道時隨喜是三昧我亦如是如過去未來現在菩薩所行三昧我亦隨喜皆爲得多聞我亦如是求多聞故隨喜是三昧䟦陀婆羅是隨喜福德於上福德百分不及一百千萬億分不及一乃至筭數譬喻所不能及是三昧得如是無量無邊果報復次

是三昧住處　少中多差別　如是種種相
皆當須論議

是三昧所住處少相中相多相如是等應分別知是事應當解釋住處者是三昧或於初禪可得或第二禪或第三禪或第四禪可得或初禪中間得勢力能生是三昧或少者人勢力少故名爲少又少時住故名爲少又見

少佛世界故名爲少中多亦如是說是三昧或說有覺有觀或無覺有觀或無覺無觀或喜相應或樂相應或不苦不樂相應或有入出息或無入出息或定是善性或有漏或無漏或欲界繫或色界繫或無色界繫或非欲界或非色界或非無色界繫是三昧是心數法心相應隨心行法共心生法非色非現能緣非業業相應隨業行非先世業果報除因報可修可知可證亦以身證亦以慧證或可斷或不可斷有漏應斷無漏不可斷知見亦如是不與七覺合如是一切諸分別三昧義皆應此中說復次修習是三昧得見諸佛如說

得見諸佛已　勤心而供養　善根得增長　能疾化衆生

供養名心意清淨恭敬歡喜念佛有無量功德以種種讚歎名曰供養敬禮華香等名身供養是故福德轉更增長如穀子在地雨潤生長疾教化者令衆生住三乘中如是菩薩增長善根

以初二攝法　攝取諸衆生　後餘二攝法　未盡能信受

初二者布施愛語利益同事名爲後二是菩薩在初地不能具解故但能信受

爾時諸善根　迴向於佛道　如彼成練金　調熟則堪用

智慧火所練故於菩薩所行事中善根成熟則堪任用

譬喻品第二十六

是菩薩應聞　地相得修果　爲得諸地分

故勤行精進
相者是相貌因以得知得者成就以是法故名成就是法修名得修行修常念果者從因有事成名爲果是菩薩欲得十地行應善聞相得修果聞者從諸佛菩薩所聞及勝已者爲得諸地分者爲得是地分故勤行精進此中初地相者如先說
菩薩在初地　多所能堪受　不好於諍訟　其心多喜悅　常樂於清淨　悲心愍衆生　無有瞋恚心　多行是七事
是故堪受不諍喜悅清淨悲心無瞋等七法是初地相成就此堪受等七法名爲得復次堪受等七法相即是初地得如偈說
若厚種善根　善行於諸行　善集諸資生　善供養諸佛　善知識所護　具足於深心　悲心念衆生　信解無上法　具此八法已　當自發願言　我已得自度　當復度衆生　爲得十力故　入於必定聚　則生如來家　無有諸過咎　即轉世間道　入出世上道　以是得初地　此地名歡喜
是故當知爲菩提故所得決定心名爲初地得修名從初發心乃至成諸佛現前三昧於其中間且說諸地功德能生是諸功德生已修集增長名爲初地修果者先已處處說得若干福德不迴向聲聞辟支佛地今當更說菩薩得初地果能得菩薩數百定等初地分者所有諸法合成初地名爲諸分如麴米等合能成酒故名酒因緣所有諸法能成初地名爲初地分所謂
信力轉增上　成就大悲力　慈愍衆生類

修善心無倦　喜樂於妙法　常近善知識
慚愧及恭敬　柔輭和其心　樂觀法無著
一心求多聞　不貪於利養　離姧欺諂誑
不汙諸佛家　不毀戒欺佛　深樂薩婆若
不動如太山　常樂修習行　轉上之妙法
樂出世間法　不樂世間法　即治歡喜地
難治而能治　是故常一心　勤行此諸法
菩薩能成就　如是上妙法　是則爲安住
菩薩初地中

問曰菩薩何用聞是初地相等爲答曰是菩薩初地相等法中應善知方便是故應聞問曰菩薩但應於此法中善知方便更於餘法中善知方便答曰是諸法中應善知方便亦於餘法善知方便問曰若爾者可略說答曰

有法能助地　有法違於地　有法能生地
有法能壞法　有諸地相果　有諸地中得
諸地清淨分　從地至一地　住地轉增益
無能令退者　從菩薩淨地　至無量佛地
於此諸事中　應善知方便　請問諸善智
除破於憍慢

助初地法者所謂信戒聞捨精進念慧等如是等及餘諸法隨順初地者是名助法相違法者不信破戒少聞慳貪懈怠亂念無慧等及餘不隨順不能助初地者是滅地法者能令此地退失障礙不現如劫盡時萬物都滅何者是所謂能偷奪菩提心法是先已說生地法者能生能成初地所謂不偷奪菩提心法是先已說地相得果地分上已說清淨法者用是法能淨初地所謂如先說初地中七法

菩薩在初地　多所能堪受　不好於諍訟
其心多喜悦　常樂於清淨　悲心愍衆生
無有瞋恚心　多得是七事
如是七法能淨治初地從初至一地者如從
初地至二地從二地至三地餘亦如是從初
地至二地得不諂曲等十心故從二地至三
地得信樂等十心故得如是等種種心種種
法故能從一地至一地住地轉增益如初地
中檀波羅蜜多第二地中尸波羅蜜多又信
等諸法轉得勢力第三地中多聞多又布施
持戒信等轉得勢力餘地中亦如是無能令
退者住是地中若沙門婆羅門若天魔梵及
餘世間無能轉者何以故得大功德力故深
入法性底故大信解故從菩薩淨地至無量
佛地者若菩薩具足清淨一切地已則得佛
地於此諸事中皆應善知方便請問諸善人
者成就正法故名爲善人正法者略說一信
二精進三念四定五慧六身口意律儀七無
貪無恚無癡除捨於憍慢者自謂我於勝人
中勝名爲大慢於與已等中勝而心自高名
爲憍慢大不如他言小不如名爲小慢問曰
汝說於是諸法中應善知方便得是方便何
用爲答曰
菩薩若善知　諸地中相得　不得成佛道
終不轉初地
相名助諸地等十法得名相違法有八種滅
等八法不應行若菩薩善知是法不得佛道
終不退轉問曰菩薩善知是諸法未得佛道
終不退者其喻云何答曰
如大力導師　善知好道相　此處與彼處

轉道之所宜　資粮及行具　皆悉令備足
於彼險道中　令衆得安隱　得至大城邑
能令衆無患　由是大導師　善能知道故
善知諸地轉　具足助道法　菩薩善知道
好惡此彼處　自度生死險　兼導多衆生
令至安隱處　無爲涅槃城　悉令於惡道
不遇衆苦患　菩薩方便力　善能知道故

知道相者多有薪草水無有寇賊師子虎狼及諸惡獸毒蟲之屬不寒不熱無有惡山溝坑絶澗險隘深榛叢林隈障亦無高下平直夷通少於岐道寬博多容多人行處行無猒倦多有華果可食之物如是等事名爲好道相與此相違名爲惡道相此處名人衆止宿食息之處彼處名從是處至異處若二宿中間亦名異處轉道名見有岐道至大城者是道應行餘者應捨資粮名麨蜜揣等道路所食大力名大勢力多有財物善解治法備足名多有飲食無所乏少安名無有賊寇恐怖之事隱名無有疾病苦痛衰患城名多容人衆能令多人衆得至大城導師善解道相自無患難亦令人衆無有患難善諳道故無有寒熱飢渴怨賊惡獸毒蟲惡山惡水深坑坎等如是過患何以故善知道路好惡相故以此喻歡喜等十地如人行路去不休息能至大城菩薩如是行是十地得至佛法入涅槃大城如彼好道多有薪草水等行者無乏草名如人乘馬路多好草馬力强盛十地道功德亦如是諦捨滅慧四勝處助諸功德故名爲草何以故若人貴於實事樂隨諦語常親近實語者見實有利樂隨實事深惡妄語遠

離妄語見妄語過不樂欲聞如是等因緣得諦勝處捨等三處亦應如是如彼好道須諸象馬牛驢等得至大城草助成其力如是諦捨滅慧處能令至佛法入涅槃大城薪名多聞思修慧能至大智慧業如薪能令火然亦令猛盛如是聞思修慧能生大慧能令增長如火能燒能煑能照智慧火亦如是燒諸煩惱成熟諸善根照四聖諦如火是智慧薪是能生智慧等是能生智慧等諸法多水名多有諸流河渠隨意取用充足大衆泉井及池所不能爾

復次多水者如人乘船隨水至大城井泉陂池水則不能得爾如經說信爲大河福德爲岸如河除熱除渴除垢能生勢力善法中信亦如是能滅三毒熱除三惡行垢除三有渴爲涅槃故於善法中得勢力如彼好道多有諸根藥草則行者無乏十地道亦如是根名深心所愛如有根故則生芽莖葉等及諸果實深心愛道生正憶念大願等諸功德藥草名諸波羅蜜如藥草能滅諸毒諸波羅蜜藥草滅貪恚癡毒諸煩惱病亦復如是如彼好道不失韋婆陀則行道安隱（韋陀秦言無對義）是符檄如行者不失符檄則在所欲至無有障礙十地道亦如是不失韋婆陀則所過諸地所集善根則能隨意助成增長現在善根彼又能教化聲聞道辟支佛道欲色界諸天道衆生令住佛道若魔若外道不能干亂是名不失韋婆陀如彼好道無有蚊虻毒蟲之屬十地道亦如是無有憂愁啼哭之聲如彼好道無有賊難十地道亦如是無有五蓋諸惡賊

衆如佛告比丘聚落賊者所謂五蓋如賊先奪人物後乃害命五蓋賊亦如是先奪善根後斷慧命則墮放逸而死如道中無師子虎狼諸惡獸等十地道亦如是無有瞋恚鬬諍如師子等惡獸好惱害他瞋恚等爲惱他故生亦復如是如惡獸等噉肉飲血瞋恨等食多聞慧肉飲修慧等血亦復如是如彼好道無有寒熱過惡十地道亦如是不墮寒冰地獄故無有寒過惡不墮熱地獄故無有熱過惡如彼好道無深坑等諸難十地道亦如是無有外道苦行等諸難所謂炙身入水拔髮日三洗翹一足日一食二日一食乃至一月一食默然至死常舉一臂常行忍辱五熱炙身卧刺棘上入火入水自投高巖深爐中立牛屎燒身直趣一方不避諸難常著濕衣常水中卧身苦心苦不至正智無如是等故名爲無難如道無邪徑十地道亦如是無身口意惡業故名無邪徑如道無刺棘者十地道亦如是無諸業障刺棘故名爲無刺棘如刺刺脚則廢行路業障刺棘障行佛法入於涅槃如道正直十地道亦如是無一切諂曲欺誑故名爲正直如道少岐道十地道亦如是少於異道何以故發大乘者少行聲聞辟支佛道是故少於異道或有菩薩行二乘道者當知未到菩薩地未入正位行於邊行故如彼好道無諸叢林妨礙十住道亦如是無有五欲諸惡叢林問曰何故不言都無五欲叢林但言無惡林耶答曰發大乘者福德因緣有第一五欲是故不得言無但無惡耳復次如深叢林難入難過多諸艱礙菩薩五欲則

不然不如凡夫於五欲生諸過惡如是故但說無叢林道寬博多容不相妨礙十住道亦如是多所容受無量百千萬億衆生共發無上道心而不相妨置是百千萬億衆生若一切衆生若俱發阿耨多羅三藐三菩提心同行此道不相妨礙如道多人所行十住道亦如是恒河沙等過去現在諸佛行菩薩道時皆行此道如彼好道行不疲猒十住道亦如是多有因果諸樂所謂多生人天中受果報樂離欲故受歡喜樂禪定樂無喜樂現在樂得是諸樂故無有疲猒如彼好道多有華果根十住道亦如是多根華果根者三善根華者七覺華是如經說七華者七覺意是果者四沙門果無如是等違好道功德過故名爲離惡如導師知道中是中應食是應宿彼處亦應宿菩薩行十地亦如是知何處可宿何處可食可住宿名有諸現在佛處可食名可得修習善法處如食能利益諸根亦助壽命諸善法亦如是能益信等諸根助成慧命異處宿名從彼佛所至餘佛所復次此佛國土彼佛國土中間亦名異處善知道轉者如彼導師知道不安隱則便轉還菩薩亦如是善知是道至聲聞是道至辟支佛是道至佛如是知已捨聲聞道辟支佛道但行至佛道如彼好道多有飲食十住道亦如是多行布施持戒修禪如彼導師以多財物善能治法有大勢力菩薩亦如是有財物治法故有大勢力財者七財所謂信戒慚愧捨聞慧治法者一切諸魔種種沙門婆羅門外道論師悉能摧伏是爲威勢如彼大城無有怨賊疫病暴

死種種衰惱故名爲安隱涅槃大城亦如是無有諸魔外道諸流貪欲瞋恚放逸死憂悲苦惱啼哭故名爲安隱如彼大城多有飲食故名爲豐饒涅槃城亦如是多有諸深禪定解脫三昧故名爲豐饒如彼大城多所容受故名爲大城涅槃城亦如是多受衆生故名爲大假令一切衆生不受諸法故皆入無餘涅槃而涅槃性無增無減如彼導師能將多衆普令安隱示好道故名爲導師菩薩亦如是善將衆生示佛正法示涅槃道從生死險道得至涅槃故名爲大導師如彼導師善知道相故身及餘人皆無有惡菩薩亦如是自不行貪瞋恚等諸蓋諸惡苦行老死深坑亦不墮寒熱地獄餓鬼故名爲自不得惡所隨從者亦不得惡是故偈中說善知道相故自不得惡餘不得惡

十住毗婆沙論卷第十一

音釋

般舟 梵語也此云佛立 般 北潘切　呰 蔣氏切譏也　疵 才支切黑顙也　阿闍黎 梵語也此云軌範 闍 石遮切　麴 丘六切酒媒也　輭 乳兖切柔也　薩婆若 梵語也此云一切智 若 尒者切　榛 組臻切木叢生也　麨 齒沼切乾糧也　揣 徒官切與摶同　諳 烏含切記也　噉 徒濫切食也

十住毗婆沙論卷第十二

龍樹菩薩造
姚秦三藏法師鳩摩羅什譯

略行品第二十七

菩薩歡喜地　今已略說竟　菩薩住是中
多作閻浮王　常離慳貪垢　不失三寶念
心常願作佛　救護諸衆生

初地名歡喜已略說竟諸佛法無量無邊是地爲本若廣說亦無量無邊是故言略說菩薩住是地中多作閻浮提勢力轉輪王先世修習是地因緣故信樂布施無慳貪垢常施三寶故不失三寶念常念作佛救諸衆生如是等善念常在心中復次

若欲得出家　勤心行精進　能得數百定
得見數百佛　能動百世界　飛行亦如是
若欲放光明　能照百世界　化數百種人
能住壽百劫　能釋數百法　能變作百身
能化百菩薩　示現爲眷屬　利根過是數
諸佛神力故　已說初地相　果力淨治法
今當復更說　第二無垢地

果名得數百定見數百佛等勢力名能化數百衆生餘偈義先已說不復解餘偈今當復說第二無垢地問曰汝欲廣說菩薩所行法初地義尚多諸學者恐轉增廣則懈怠心生不能讀誦是故汝今應爲不能多讀誦者略解菩薩所行諸法答曰

菩薩所有法　是法皆應行　一切惡應捨
是則名略說

如上來諸品中所說能生能增長諸地法如上諸品中說若於餘處說者皆應令生菩薩

過惡事皆應遠離是名略說菩薩所應行如
法句中說諸惡莫作諸善奉行自淨其意是
諸佛教有一法攝佛道菩薩應行云何爲一
所謂於善法中一心不放逸如佛告阿難我
不放逸故得阿耨多羅三藐三菩提如說
不放逸成佛　世間無與等　若能不放逸
何事而不成
復有二法能攝佛道一不放逸二智慧如說
不放逸智慧　佛說是利門　不見不放逸
而事不成者
復有三法能攝佛道一學勝戒二學勝心三
學勝慧如說
戒生上三昧　三昧生智慧　智散諸煩惱
如風吹浮雲
復有四法能攝佛道一諦處二捨處三滅處
四慧處如說
諦捨定具足　得慧利清淨　精進求佛道
當集此四法
復有五法能攝佛道一信根二精進根三念
根四定根五慧根如說
信根精進根　念定慧堅牢　是法大悲合
終不退佛道　如人得五根　能通達五塵
如得信等根　能通諸法相
復有六法能攝佛道所謂布施持戒忍辱精
進禪定智慧波羅蜜如說
如所說六度　降伏諸煩惱　常增長善根
不久當得佛
復有七法能攝佛道所謂七正法信慚愧聞
精進念慧如說
欲得七正法　當樂定精進　除去七邪法

能知諸功德　是人能疾得　無上佛菩提
拔沒生死者　令在安隱處
復有八法能攝佛道所謂八大人覺少欲知
足遠離精進念定慧樂不戲論如說
若人決定心　住八大人覺　爲求佛道故
除諸惡覺觀　如是則不久　疾能亦度人
如人行善者　必當得妙果
復有九法能攝佛道所謂大忍大慈大悲慧
念堅心不貪不恚不癡如說
具足於大忍　大慈及大悲　又能住於慧
念及堅心中　深心入無貪　無恚癡善根
若能如是者　佛道則在手
復有十法能攝佛道所謂十善道自不殺生
不教他殺見殺心不稱讚見殺心不喜乃至
邪見亦如是以是福德迴向阿耨多羅三藐
三菩提如說
不惱害衆生　亦不行劫盜　不婬犯他婦
是三爲身業　不妄語兩舌　不惡口綺語
不貪惱邪見　是七口意行　如是則能開
無上佛道門　若欲得佛者　當行是初門
如是等法菩薩應生生已應守護守護已應
增長於一惡事從一轉增亦應當知求佛道
者於一惡法應疾遠離所謂遠離放逸如說
若人不能度　生死險惡道　是爲可訶責
最是罪惡事　雖樂於富樂　而生貧賤家
不能種善福　爲人作奴僕　皆由於放逸
因緣之所致　是故有智者　疾遠如惡毒
若未成大悲　無生忍不退　而行放逸者
是則名爲死
復有二過應疾遠離一貪聲聞地二貪辟支

佛地如說
若墮聲聞地　及辟支佛地　是名菩薩死
亦名一切失　雖墮於地獄　不應生怖畏
若墮於二乘　菩薩應大畏　雖墮於地獄
不永遮佛道　若墮於二乘　畢竟遮佛道
佛說愛命者　斬首則大畏　如是欲作佛
二乘應大畏
復有三過應疾遠離一憎諸菩薩二憎菩薩
所行三憎甚深大乘經如說
小智以小緣　憎恚諸菩薩　亦憎菩薩道
亦憎大乘經　不解故不信　墮在大地獄
怖畏大驚唤　是事應遠離
復有四過應疾遠離一諂二曲三急性四無
慈愍如說
自言是菩薩　其心多諂曲　急性無所容
不行慈愍心　是近阿鼻獄　離佛道甚遠
復有五過應疾遠離一貪欲二瞋恚三睡眠
四調戲五疑是名五蓋覆心如說
若人放逸者　諸蓋則覆心　生天猶尚難
何況於得果　若勤行精進　則能裂諸蓋
若能裂諸蓋　隨願悉皆得
復有六過與六波羅蜜相違應疾遠離一慳
貪二破戒三瞋恚四懈怠五調戲六愚癡如
說
慳貪垢汙心　破戒而懈怠　無知如牛羊
好瞋如毒蛇　心亂如獼猴　遠離諸善法
不捨是諸惡　是名惡菩薩　生天爲甚難
何況得佛道
復有七過應疾遠離一樂多事務二樂多讀
誦三樂睡眠四樂語說五貪利養六常欲令

人喜七迷悶於道心隨愛行如說

弊人樂事務　樂多誦外經　癡人樂睡眠
樂共聚衆語　雖願欲作佛　而深著利養
是恩愛奴僕　迷悶於佛道　如是諸惡人
自言是菩薩

復有八法應疾遠離一邪見二邪思惟三邪語四邪業五邪命六邪方便七邪念八邪定如說

若有愚癡人　行於八邪道　學邪諸經法
好隨逐邪師　遠離八聖道　深妙諸功德
堅滦著煩惱　而或願菩提　如是愚癡人
欲度於大海　捨好堅牢船　抱石欲求度

復有九法應疾遠離一不聞阿耨多羅三藐三菩提二聞已不信三若信不受四若受不誦持五若誦持不知義趣六若知不說七若說不如說行八若如說行不能常行九若能常行不能善行如說

癡人不欲聞　無上正眞道　聞已不能信
又不能誦持　不知義不說　不如所說行
不能常善行　無有念安慧　如是愚癡人
不堪得道果　猶如罪惡人　不得生天上

復有十過應疾遠離所謂十不善道如說

癡人於少時　貪愛弊五欲　捨離十善道
行十不善道　諸天樂在手　而復自捨棄
如貪小錢利　而捨大寶藏

問曰汝說無上道相時種種因緣訶罵空發願菩薩自言菩薩但名字菩薩若是三不名爲菩薩者成就何法名爲眞菩薩答曰

非但發空願　自言是菩薩　名字爲菩薩
略說能成就　三十二法者　乃名爲菩薩

若人發心欲求佛道自言是菩薩空受名號不行功德慈悲心諸波羅蜜等是不名爲菩薩如土城名寶城但自誑身亦誑諸佛亦誑世間衆生若人有三十二妙法亦能發願是名眞實菩薩何等三十二一深心爲一切衆生求諸安樂二能入諸佛智中三自審知堪任作佛不作佛四不憎惡他五道心堅固六不假僞結託親愛七乃至未入涅槃常爲衆生作親友八親踈同心九已許善事心不退轉十於一切衆生不斷大慈十一於一切衆生不斷大悲十二常求正法心無疲懈十三勤發精進心無厭足十四多聞而解義十五常省已過十六不譏彼闕十七於一切見聞事中常修菩提心十八施不求報十九持戒不求一切生處二十於一切衆生忍辱無瞋礙二十一能勤精進修習一切善根二十二不隨無色定生二十三方便所攝智慧二十四四攝法所攝方便二十五持戒毀戒慈愍無二二十六一心聽法二十七一心阿練若處住二十八不樂世間種種雜事二十九不貪著小乘三十見大乘利益爲大三十一遠離惡知識三十二親近善知識菩薩住是三十二法能成十法所謂四無量心能遊戲五神通常依於智常不捨善惡衆生所言決定事必皆實集一切善法心無猒足是爲三十二法爲七菩薩成就此者名爲眞實菩薩

分別二地業道品第二十八

諸菩薩已得　具足於初地　欲得第二地
當生十種心

諸菩薩已得歡喜初地爲得二地故生十種

心因是十心能得第二地如人欲上樓觀要因梯而上問曰何等是十心得第二地方便答曰

直心堪用心　輭伏寂滅心　真妙不雜貪　快大心爲十

諸菩薩已具足於初地欲得第二地生是十心一直心二堪用心三柔輭心四降伏心五寂滅心六真妙心七不雜心八不貪心九廣快心十大心直心者離諂曲離諂曲故心轉柔輭柔輭者不剛强麤惡菩薩得是柔輭心生種種禪定亦修集諸善法觀諸法實相心則堪用心堪用故生伏心伏心者善能降伏眼等諸根如經中說何等是善道所謂比丘降伏眼根乃至意根以降伏六根故名爲伏心心已降伏則易生寂滅心寂滅心者能滅貪欲瞋恚愚癡等諸煩惱先伏心已遮令寂滅復有人言得諸禪定是名寂滅心如經說若人善知禪定相不貪其味是名寂滅心得寂滅心已必生真妙心真妙心者於諸禪定神通所願事中如意得用譬如真金隨意所用行者既得直心乃至真妙心已爲守護是心故樂生不雜心不雜心者不與在家出家從事是人作是念我得如是等心皆由禪定力故以是諸心當得第二地等無量利益若與衆人雜者則失此利何以故若人與衆人雜行則眼等六根或時還發諸不善法何以故親近可染可瞋可癡法故諸根發動煩惱火然煩惱火然故則失此利見此等過故生不雜心不應與在家出家者雜行是人得是不雜心已次生不貪心不貪心者於在

家出家人中所謂父母兄弟和尚師長等不生貪著作是念若我於在家出家生貪著者必當來往問訊我則何有不雜心耶是故我欲令諸禪定等利住不雜心者當於在家出家捨貪著心問曰菩薩法不應捨衆生不應生捨心如助菩提中說

菩薩初精進　所有方便力　應令諸衆生
住於大乘中　若人教恒沙　衆生住羅漢
不如教一人　住大乘爲勝　若人少勢力
不堪發大乘　次當教令住　辟支聲聞乘
若人不堪住　辟支聲聞乘　應教此衆生
令行福因緣　不任住三乘　不堪人天樂
常以今世事　隨而利益之　若有諸衆生
不受菩薩利　於此不應捨　應生大慈悲

汝云何言菩薩得不雜心生不貪心若菩薩不貪衆生則爲捨離何能度耶答曰應隨順菩薩道行捨心何以故是人因捨心生廣快心作是念我若捨是衆閙當得禪定因禪定生妙廣快法得是法已其後則能利益衆生勝今千萬倍是故爲多利益衆生少時捨心權捨衆閙當得禪定五神通等利益衆生菩薩何故作如是方便菩薩爲得大心而作是念大人樂大利益故不存小利是故我今當求大人之法隨而修學應如是勤加精進爲大利益所謂諸禪定神通滅苦解脫等是故汝說非也問曰初地中已有直心等法何故復說菩薩欲得二地生於十心答曰初地雖有此法未得深樂未有堅固在此地中心常喜樂轉深堅固堪任施用是故汝難非也問曰若深樂堅固此法者得何果事答曰

若其一時得　深樂堅固心　更不復用功
如使常隨逐
如使一時生常隨逐人菩薩如是一時得深樂堅固心已即常隨逐更不須用功而生若以少因緣便生何以故根深入故莖節相續
問曰若菩薩得是十種心得何等果答曰
若得是諸心　正住第二地　具三種離垢
惡業及煩惱
若菩薩得是直等十心即名住第二菩薩地一離垢者地名也二離垢者於此地中離十不善道罪業之垢三離垢者離貪欲瞋恚等諸煩惱垢故名爲離垢復次離垢義者
菩薩住此地　自然不行惡　深樂善法故
自然行善道
問曰十善道自然不作自然行十善道此二種道幾是身行幾是口行幾是意行答曰身意各三種口四善亦爾略說則如是此應當分別不善身行有三種所謂奪他命劫盜邪婬不善口行四種妄語兩舌惡口散亂語不善意行三種貪取瞋惱邪見善身行亦有三種離奪命劫盜邪婬善口行亦四種離妄語兩舌惡口散亂語善意行有三種不貪取不瞋惱正見身口意業道是善不善應須論議令人得解初奪命不善道者所謂有他衆生知是生故行惱害因是惱害則失壽命起此身業是名初奪命不善道離此事故名爲離奪命善行劫盜者所謂屬他之物知是物屬他生劫盜心手捉此物舉離本處若劫若盜計是我物生我所心是名劫盜行離此事者名爲離劫盜善行邪婬者所有女人若爲父

母所護親族所護爲姓所護世法所護戒法所護若他婦知有鞭杖惱害等障礙於此事中生貪欲心起於身業或於自所有妻妾若受戒若懷妊若乳兒若非道是名邪婬遠離此事名爲善身行妄語者覆相覆心覆見覆忍覆欲知如是相而更異說是名妄語遠離此事名爲遠離妄語善行兩舌者欲離別他以此事向彼說以彼事向此說爲離別他故和合者令别離别離者則隨順樂爲别離喜别離好别離是名兩舌離如此事名爲遠離兩舌善行惡口者世間所有惡語害語苦語麤語弊語令他人瞋惱是名惡口遠離此事名爲離惡口善行散亂語者非時語無利益語非法語無本末語無因緣語是名散亂語遠離此事名爲離散亂善行貪取者屬他之物他所欲他田塢他財物心貪取願欲得於此事中不貪不妬不願欲得是名不貪善行瞋惱者於他衆生瞋恨心礙心發瞋恚作是念何不打縛殺害是名瞋惱離如此事名爲無瞋惱善行邪見者言無布施無有恩報善惡業無果報無今世無後世無父母無沙門婆羅門能知此世彼世了了通達自身作證是名邪見正見者爲有施有恩報有善惡業報有今世後世世間有沙門婆羅門知此世後世了了通達自身作證是名正見善行是菩薩如是入正見道

善道不善道　各二十分别　知何處起等

十二種分别

菩薩於十不善道十善道等種種别相知二十種分别又於是二十種分别善知從何處

起等十二種分別於此十不善道中有二十種分別所謂不離奪他命罪一是不善二欲界繫三有漏四非心數法五心不相應六不隨心行七或共心生或不共心生何等共心生實有衆生知是衆生以身業故奪其命是名共心生云何名不共心生若人欲殺衆生捉持牽挽撲著地已然後能死是名不共心生又身不動口不言但生心我從今日當作殺衆生者如是奪他命罪是名不共心生又是不離奪他命者若睡若覺常積習增長亦名不共心生八或色或非色初共心生殺罪是色第二殺罪第三第四非是色九或作或非作有色是作餘者無作十或有緣或無緣色是有緣餘者是無緣問曰是心爲有緣爲無緣答曰非有緣問曰若心非有緣身不動口不言時但心生念我從今日當作殺衆生者如是罪業云何名爲非緣答曰若殺罪是心則應有緣今實殺罪非是心若心是殺罪即是身業而心實非身業是故殺生罪不名有緣但殺生罪共心在身中生以是無作故言非緣十一是業十二非業相應十三不隨業行十四或共業生或不共業生如共心生無異但除心與思共生爲異十五非先世業報十六不可修十七應善知十八應以慧證不以身證十九可斷二十可知見不離劫盜罪不離邪婬罪不離妄語罪中但共一心生二不共心生一有色二無色一作二不作一有緣二無緣餘如殺中說不離兩舌不離惡口亦如是不離散亂語或不善或無記從不善心生是不善從無記心生是無記或欲界

繫或色界繫欲界繫者以欲界身心散亂語是欲界繫色界繫亦如是餘如妄語中說貪取欲界繫是有漏心數法非心相應非隨心行心共生無色無作有緣非業相應非隨業行非共業生非先世業報除因報非可修應善知應以慧證身證可斷可見知瞋惱或心相應或心不相應纏所攝名心相應使所攝名心不相應隨心行不隨心行亦如是共心生不共心生有覺衆生與心共生無覺衆生不與心共生如心相應隨心行共心生業相應隨業行共業生亦如是如心不相應不隨心行不共心生業不相應不隨業行不與業共生亦如是餘分別如貪取中說如瞋惱邪見亦如是十善道中離奪他命是善性或欲界繫或不繫三界欲界繫離奪他命是欲界繫非三界繫者學無學人八聖道所攝離殺生正業是或有漏或無漏欲界繫是有漏非三界繫是無漏非心數法非心相應非隨心行或共心生或不共心生何等是共心生如行人見蟲而作是念我當身業遠離不傷害是名離奪命善行共心生何等是離殺生善不共心生有人身不動口不言但心念從今日不殺生是名不共心生又有人先遠離殺生若睡若覺心緣餘事於念念中不殺生福常得增長亦不共心生或是色或非色一是色二非色一是作二非作一有緣二無緣是業非業相應不隨業行或共業生或不共業生如共心生不共心生除生心與思爲異非先業報除因報可修應善知以身證慧證有漏則可斷無漏不可斷可知見亦如是離劫

盜離邪婬離妄語離兩舌離惡口亦如是離散亂語或欲界繫或色界繫或不繫三界欲界繫者以欲界身心離散亂語色界繫亦如是不繫三界者如不殺中說或有漏或無漏有漏者繫無漏者不繫餘如離妄語中說不貪取者是善性或欲界繫或非繫三界欲界繫者欲界凡夫不貪取及賢聖不貪取善行是欲界繫非三界繫者諸賢聖不貪取無漏善行是或有漏或無漏欲界繫是有漏不繫三界是無漏是心數法心相應隨心行共心生無色無作有緣非業業相應隨業行共業生非先業報除因報可修可善知可以身證慧證或可斷或不可斷有漏可斷無漏不可斷見知亦如是離瞋惱是善性或欲界繫或色界繫或無色界繫或不繫三界欲界繫者欲界不瞋惱善根餘二界亦如是不繫者餘不繫是或有漏或無漏繫三界者是有漏餘是無漏心數法或心相應或心不相應與纏相違不瞋善根與心相應與使相違不瞋善根與心不相應隨心行共心生亦如是無色無作或有緣或無緣心相應是有緣心不相應是無緣非業或與業相應或不與業相應或隨業行或不隨業行或共業生或不共業生亦如心說非業報除因報可以身證慧證或可斷或不可斷有漏可斷無漏不可斷可見知亦如是正見是善性或欲界繫或色界繫或無色界繫或非三界繫欲界繫者若凡夫若賢聖欲界念相應正見是色無色界亦如是不繫三界者聖賢無漏正見或有漏或無漏三界繫是有漏不繫是無漏心數法心

相應隨心行共心生無色無作有緣非業業相應隨業行共業生非先業報除因報可以身證慧證或可斷或不可斷有漏可斷無漏不可斷可見可知亦如是是名善等二十種分別從何起等十二論者一從何起二起誰三從何因起四與誰作因五何緣六與誰作緣七何所緣八與誰作緣九何增上十與誰作增上十一何失十二何果殺罪從何起者從三不善根起又從邪念起又隨以何心奪衆生命從是心起起誰者從殺罪邊所有諸法已生今生當生是因緣亦如是何所緣者緣衆生又因何心奪衆生命亦緣此心與誰作緣者因殺罪邊所有諸法若已生若今生若當生是法緣於殺生罪何失者今世惡名人所不信等何果者墮地獄畜生餓鬼阿脩羅等及餘惡處受苦惱報增上與誰增上者如從何處起中說劫盜邪婬妄語兩舌惡口散亂語貪取瞋惱邪見亦如是但所緣有異劫盜罪緣所用物邪婬緣衆生妄語兩舌惡口散亂語緣於名字貪取緣所用物瞋惱緣衆生邪見緣名字餘殘亦如上不殺生從三善根起又從正念起又隨以何心離殺生從是心起起誰者從是法所有諸法若已生若今生若當生是因緣亦如是所緣者緣於衆生與誰作緣者因是不殺生邊所有諸法若已生若今生若當生緣於不殺生增上者諸善根增上正念亦增上隨以何心不殺生是心亦增上與誰作增上者於是不殺生邊所有諸法若已生若今生若當生何利益者與殺罪相違是名爲利何果者與殺生相違名

爲果不劫盜邪婬妄語兩舌惡口散亂語不貪不恚正見亦如是但所緣有異不劫盜緣所用物不邪婬緣衆生不妄語不兩舌不惡口不散亂語緣名字不貪取緣所用物不瞋惱緣衆生正見或緣名字或緣義有漏緣於名字無漏緣於義是菩薩於善等論及起等十二論行十善道應如是分別知又知

七種不善處　以貪瞋癡生　及四問分別
業衆生各二

是菩薩知七不善業道以貪恚癡生而分別於世又知七種不善業中四問分別是殺罪或從貪生或從瞋生或從癡生從貪生者若人見衆生生貪著心從是因緣受用好色聲香味觸或須齒角毛皮筋肉骨髓等是人生如是貪心故奪他命是名從貪心生殺罪若人瞋心不喜殺衆生是名從瞋生若人邪見不知後世善惡業殺衆生是名從癡生殺罪或以爲福德故或欲使度苦故而殺如西方安息國等復有取福德因緣故殺以是殺業因緣故欲得生天如東天竺人於天寺中殺生以此事故生天上是名從癡生復有人以貪心故取他物作是念以我當隨意得好色聲香味觸是名從貪生復有人以瞋心不喜彼人故劫盜財物欲令其惱是名從瞋生復有人邪見不知果報劫盜他物是名從癡生如諸婆羅門說世間財寶皆是我物我力弱故諸小人等以非法取用若我取者自取其物無有過罪以如是心劫奪他物者是亦從癡生若人貪著色因緣故而邪婬是名從貪生若人瞋不喜作是念是人犯我母婦姊妹

女等我亦還以婬事汙彼毋婦姊妹女等是名從瞋生邪婬若人邪見不知果報而故犯者是名從癡生如有人言人中無有邪婬何以故女人皆爲男子故生如餘所用物各有所須若與從事無邪婬罪以是心作婬欲者是名從癡生如劫盜罪妄語亦如是爲貪財故妄語是名從貪生爲欲誑彼令得苦惱是名從瞋生邪見不知業果報故妄語是名從癡生兩舌惡口散亂語亦如是三不善道則是根本從是分別生七種身口業果報問曰不離殺生皆是殺生罪不若殺生罪皆是不離殺生耶答曰有不離殺生即是殺生罪有不離殺生非殺生罪何等是不離殺生即是殺生罪若有衆生知是衆生故殺奪命起身業是名不離殺生亦是殺生罪何等是不離殺生非殺生罪此人先雖作殺因緣而衆生不死又身不動口不說但心念我從今日當殺衆生是名不離殺生非殺生罪是二問分別爲四種分別所謂善不善各二種

不但善不善　身心二種業　亦復應當知
更有餘分別

除身殺生劫盜邪婬餘殘打縛閉繫鞭杖牽挽等但不死而已如是不善身業非奪命等所攝善中迎送合掌禮拜恭敬問訊洗浴按摩布施等善身業非不殺生等所攝意業中除貪取瞋惱邪見餘所有不守攝心諸結使等不善法又意業中除不貪取不瞋惱正見餘善守攝心信戒聞定捨慧等善法

七業亦業道　三業道非業

殺生劫盜邪婬妄語兩舌惡口散亂語七是

業即業道貪取瞋惱邪見是業道非業此三事相應思是業問曰前七事何故亦是業亦是業道答曰習行是七事轉增故至地獄畜生餓鬼以是故名爲業道是七能作故名業三是業道非業者是不善業根本以是故名三業道非業善中亦如是所謂離殺生劫盜邪婬妄語兩舌惡口散亂語亦業亦業道餘三不貪不取不瞋惱正見是業道非業此三相應思是業問曰前七事何故是業亦業道答曰常修習此事故能至人天好處名爲道是七能作故名爲業問曰餘三何故但業道非業耶答曰三是諸善業根本諸善業從中行故名爲業道非業復次

戒法即是業　業或戒非戒　業及於業道有四種分別

身口業是戒意業是業非戒業及於業道四種分別者有業非業道有業道非業有業亦是業道有非業非業道業非業道者三種不善身業業道所不攝所謂手拳鞭杖等及三種善身業業道所不攝所謂迎送敬禮等是三善不善業非業道所攝或有人言亦是業道何以故是二業或時至善惡處故名爲業道以不定故不說業道業道非業者後三不善及三善是煩惱性故非業能起業故名爲業道三善是善根性故非業能起善業故名爲業道亦業亦業道者所謂殺生不殺生等七事是非業非業道者餘法是復次

菩薩初地邊　以三種清淨　安住十善道則生決定心

是菩薩於第二地中了了分別知如是十善

十不善道知已以三種清淨住十善道所謂自不殺生不教他殺於殺生罪心不喜悅乃至正見亦如是問曰菩薩初地中已住十善道此中何故重說答曰初地中非不住十善道但此中轉勝增長以三種清淨故先初住中雖作閻浮提王不能行此三種清淨是故此中說三種清淨菩薩住是二地知如是別諸業生決定心

世所有惡道　皆十不善生　世所有善道因於十善生

世間所有惡道者所謂三種地獄道熱地獄冷地獄黑地獄三種畜生道水行畜生陸行畜生空行畜生種種鬼道有飢餓鬼者食不淨鬼者火口者阿脩羅夜叉等皆由行十不善道有上中下因緣故出世間所有善道若天若人皆由行十善道生三界所攝天有二十八人者四天下人是如是決定知已作是念我欲自生善處亦令衆生生於善處是故我自應　住於十善道　亦令餘衆生即住此善道

若生善處若生惡處皆屬十善不善道我知是世間諸業因緣有無有定主是故我應先自行十善道然後令諸衆生亦住十善道問曰何以故要先自住十善道後乃令他住耶答曰

行於惡業者　令他善不易　自不行善故他則不信受

若惡人自不行善欲令他行善者則爲甚難何以故是人自不行善他人不信受其語如偈說

若人自不善　不能令他善　若自不寂滅
不能令他寂　以是故汝當　先自行善寂
然後教他人　令行善寂滅

是菩薩當如是行善法

從阿鼻地獄　乃至於有頂　分別十業果
及其受報處

當如是正知下從阿鼻地獄上至非有想非無想處皆是善不善種種業受果報處於中習修上十不善道故生阿鼻地獄小滅生大炙地獄小滅生小炙地獄小滅生大叫喚地獄小滅生小叫喚地獄小滅生僧伽陀地獄小滅生大陌地獄小滅生黑繩地獄小滅生活地獄小滅生劒林等小眷屬地獄中亦應如是轉小分別行中十不善道生畜生中畜生中亦應轉少分別行下不善道生餓鬼中如是總相說是中應廣分別差別有諸阿脩羅夜叉生鬼道中有諸龍王生畜生中所受快樂或與諸天同是諸衆生以不善因緣故生生已受善業果報行最下十善道生閻浮提人中在貧窮下賤家所謂旃陀羅邊地工巧小人等轉勝生居士家轉勝生婆羅門家轉勝生剎利家轉勝生大臣家轉勝生國王家於十善道轉復勝者生瞿陀尼轉勝生弗婆提轉勝生鬱單越轉勝生四天王處轉勝生忉利天焰摩天兜率陀天化樂天習行上十善道生他化自在天於是中亦應種種分別小大差別如人中小王大王閻浮提王轉輪聖王四天王處有四天王忉利天中有釋提桓因焰摩天上有須焰摩天王兜率陀天上有珊兜率陀天王化樂天上有善化天王

他化自在天上有他化自在天王過是以上要行禪定思得生上界問曰若以禪定思得生上界者何以故說乃至非有想非無想處皆以十善道故得生答曰雖修禪定生色界無色界要當先堅住十善道然後得修禪定以是故彼處以十善業道爲大利益以是故說乃至非有想非無想處皆以十善道因緣故得生所以者何先行清淨十善道離欲修初禪下思得生梵衆天修初禪中思生梵輔天修初禪上思故得生大梵天修二禪下思生少光天修二禪中思得生無量光天修二禪上思得生妙光天修三禪下思得生少淨天修三禪中思故得生無量淨天修三禪上思得生遍淨天修四禪下思故生阿那婆伽天修四禪中思故生福生天修四禪上思故生廣果天修無想定中思得生無想天以無漏熏修四禪下思故生不廣天以無漏熏修四禪勝思故生不熱天以無漏熏修四禪勝思故生喜見天以無漏熏修四禪勝思故生妙見天以無漏熏修四禪最上思故生阿迦膩吒天修虛空處定相應思得生空處天修識處定相應思得生識處天修無所有處定相應思得生無所有處天修非有想非無想處定相應思得生非有想非無想處天是名生死世間衆生往來之處

十住毗婆沙論卷第十二

音釋

閙（奴教切不靜也）　妊（汝鴆切孕也）

十住毗婆沙論卷第十三

龍樹菩薩造

姚秦三藏法師鳩摩羅什譯

分別聲聞辟支佛品第二十九

問曰是十善業道但是生人天因緣更有餘利益耶答曰有

所有聲聞乘 辟支佛大乘 皆以十善道
而爲大利益

凡出生死因緣唯有三乘聲聞辟支佛大乘是三乘皆以十善道爲大利益何以故即是十善道能令行者至聲聞地亦能令至辟支佛地亦能令人至於佛地問曰是十善道能令何等衆生至聲聞地答曰

隨他無大悲 畏怖於三界 樂少功德分
其志甚劣弱 心樂於猒離 常觀世無常
及知一切法 皆亦無有我 乃至一念頃
不樂於受生 常不信世間 而有安隱法
觀大如毒蛇 陰如拔刀賊 六入如空聚
不樂世富樂 貴於堅持戒 而爲禪定故
常樂於安禪 修習諸善法 唯觀於涅槃
第一救護者 常求盡苦慧 樂集行解脫
但貴於自利 二勝處來者 善道令是人
能到聲聞地

隨他音聲者聞他所說隨順而行不能自生智慧問曰十善道能令一切從他聞者皆作聲聞耶答曰不爾若無大悲心十善道能令此人至聲聞地若有菩薩從諸佛聞法以有大悲心故十善道不能令至聲聞地問曰一切無大悲心者十善道皆能令至聲聞地耶答曰不然怖畏三界者十善道能令此人至

聲聞道餘不怖畏者令生人天善處以樂三界故問曰一切怖畏三界者十善道皆能令至聲聞地耶若爾者菩薩亦怖畏三界爲身故復爲衆生勤行精進求於涅槃如是十善道亦應令至聲聞地答曰不必一切怖畏三界者盡墮聲聞地何等爲墮樂習行功德少分者於佛所教化六波羅蜜中受行少分如是之人墮聲聞地若人能取諸佛功德遍學智慧十善道必令此人徑至佛道隨他聞聲怖畏三界取佛功德少分是人有二種十善道能令至聲聞地者至辟支佛地者問曰是人云何但從他聞怖畏三界取功德少分十善道能令至聲聞地至辟支佛地答曰志劣弱者作阿羅漢小堅固者作辟支佛問曰十善道令一切志劣弱者至聲聞耶答曰不然何以故所謂志弱樂猒離生死者非但志劣無猒離者問曰觀何事得知樂猒離心答曰觀有爲法無常一切法無我當知是必樂於猒離問曰已知樂猒離菩薩亦如是觀有爲無常一切法無我是十善道何得不令此人墮聲聞地耶答曰是人深猒離離大悲故乃至一念中不樂受生不信世間有安隱相如經中說佛告諸比丘譬如少糞尚臭穢不淨何況多也如是一念中受生尚苦何況多也諸比丘當學斷生莫令更受聲聞人信受是語故乃至一念中不樂受生是人復作是念世間無常於所作事及受命都無安隱相死常逐人誰能知死時節不知死時爲受何業果報爲生何心如是事中不安隱故不可信故當疾求盡苦菩薩則不爾於恒河沙無量

阿僧祇劫受生爲得阿耨多羅三藐三菩提度諸衆生是故偈中說乃至一念頃不樂受生十善道能令是人至聲聞地問曰是人樂修習何事故不樂受生答曰是人觀地水火風四大喜生瞋恨故不淨臭穢不知恩故生毒蛇想色受想行識五陰能奪智慧命故生怨賊想眼耳鼻舌身意入離常離不動不變不壞無我無我所故生空聚想若人於世間一切受生及資生樂具以無常虛誑無須臾住故不生喜悅心如是之人於一切生處生無安隱想但涅槃一法能爲救護如經中說諸比丘世間皆是熾然所謂眼然色然眼識然眼觸然及眼觸因緣生受皆亦是然以何事故然所謂貪欲火瞋恚火愚癡火生老病死憂悲惱火之所熾然耳鼻舌身意亦如是觀一切有爲法皆是熾然涅槃寂滅能爲救護貴涅槃一法故捨一切事勤習坐禪問曰若觀一切有爲法皆是熾然唯涅槃寂滅能爲救護者十善道皆令至聲聞地耶答曰不然佛所結戒爲禪定故貴重此戒有決定心而不毀犯捨一切事但樂坐禪求盡苦智常勤修習解脫因緣於先世中或從一勝處來二勝處來者十善道能令此人至聲聞地何以故持戒清淨則心不悔心不悔故得歡喜得歡喜故身輕軟身輕軟故心快樂心快樂故攝心得定攝心得定故生如實智慧生如實智慧故即生厭從厭生離從離得解脫若一若二勝處來者如尊者羅睺羅從諦勝處來如尊者施曰羅從捨勝處來如尊者離跋多從寂滅勝處來如尊者舍利弗從慧勝處

來或從諦捨二勝處來或從諦寂滅二勝處來或從諦慧二勝處來或從捨寂滅二勝處來或從捨慧二勝處來或從寂滅慧二勝處來如是十善道能令至聲聞地問曰十善道令何等人至辟支佛地答曰

於聲聞所行　十善道轉勝　深禪不隨他
常喜於遠離　恒樂善修習　甚深因緣法
遠離方便力　及以大悲心　少欲及少事
惡賤憒閙語　常樂遠離處　威德深重人
喜爲福田地　常觀於出性　成辦有理事
恭敬於諸主　已成就繫心　知心在所緣
常樂於禪定　中人之勢力　樂於出家法
善心不縮沒　得慧光明者　或從二勝處
或三勝處來　十善之業道　能令如是人
至於緣覺地

於聲聞所行十善道轉勝者過聲聞人所行十善道而不及菩薩所行作是念聲聞人應隨他聞而行道然後得自證智慧我則不然不樂隨他人以是故我應令十善道轉勝以是因緣故我樂不隨他十善道令我至辟支佛地如是思惟已常樂於遠離作是念若我常樂憒閙則爲集諸惡不善法以近可染可瞋可癡事故於是遠離中應修習甚深因緣法復作是念若我不修習甚深因緣法者則不得不隨他智我今何故不常修習甚深因緣然後可得不隨他智甚深者難得其底不可通達一切凡夫從無始生死中所有經書及其技藝皆可得其邊底唯甚深因緣不可得底如兎等小蟲不能得大海邊底若人有方便大悲心及修習甚深因緣即得阿耨多

羅三藐三菩提若離此二事修習甚深因緣智則成辟支佛方便名於成就教化衆生中種種思惟而不錯謬亦於甚深法不取相大悲名深憐愍衆生勝聲聞辟支佛何況凡夫少欲少事惡賤憒閙語如是則得辟支佛地若大欲大事好聚衆人爲方便大悲所護者阿耨多羅三藐三菩提則爲易得何以故求辟支人少欲者作是念但自度身少事者但自成就善根不及餘人是人捨離教化衆生事故不親近衆閙菩薩大欲大事作是念我應度一切衆生以此大欲因緣故則爲大事教化衆生教化衆生此非小事若憎惡憒閙語則不成此事是故菩薩入憒閙中亦用憒閙之語但無所著復次覆眞實功德故是爲少欲少事務故名爲少事惡賤憒閙名少欲

樂獨處故名爲少事如是之人少欲少事不樂衆閙語樂於親近遠離可畏深邃之處其心深大是人作是念若我住遠離可畏深邃之處人則不來以遠離處住故心亦深遠若人自不深遠喜戲調者外人往來則不爲難如是人不與衆生和合雖捨衆生亦欲令衆生種諸善根爲大利益作是念我云何不與衆生和合亦能利益衆生如是思惟知已我當爲衆生作福田之利受其供養如是雖不與衆生和合而能作大利益是人復思惟我云何當得福田地即自見知若我深樂爲福田地常觀出性然後福田地法自然而來及至出性之法亦自然而來所謂持戒禪定智慧等復作是念我當云何疾至福田地及出性法我當爲正觀者於諸現有理趣事中皆

悉成辦供養恭敬諸主如是福田地及出性法不久疾得何以故我當成辦有理之事正觀諸法能得不隨他智又供養恭敬諸主故令善根增厚善根增厚故智慧深厚智慧深厚故能通達實事能通達實事故能生猒從猒則生離從離得解脫得解脫故前後所集善根得爲福田然後得證出性之法諸主者諸佛世尊是種諸善根時是最大因緣是人復思惟我云何能疾成有理趣事是人即自知見若我集繫心一處知其所緣常樂禪定是人能繫心一處則能得三昧得三昧故有理事皆能成辦如經中說得禪定能如實知如實見若人已行繫心則疾入三昧疾入三昧故名禪定者常定者若能如是修習諸法則爲供養恭敬諸佛若人以香華四事供養

佛不名供養佛若能一心不放逸親近修習聖道是名供養恭敬諸佛如經說般涅槃時佛告阿難天雨曼陀羅華及栴檀末香作天妓樂不名供養恭敬如來也阿難若比丘比丘尼優婆塞優婆夷一心不放逸親近修習聖法是名真供養佛是故阿難汝當修學真供養佛如是衆功德皆是中勢力人樂出家善心不縮沒者最上勢力能得成佛下勢力者作聲聞以是故中勢力人作辟支佛樂出家故能成衆功德何以故若在居家則不能少欲少事不能身心遠離亦不能禪定若心縮沒不清淨者不能成辦衆事不能知甚深因緣法不能證出性不能如法真供養恭敬諸佛如是衆生是中勢力作是念我中勢力人常樂出家心不縮沒諸所願功德事皆自

然來復作是思惟是中勢力樂爲得何果即
知當得智慧果何以故智慧能爲照明如經
中說諸比丘一切光明中智慧光爲勝復作
是念我所樂慧光云何當得即知若從二勝
處來若三勝處來二勝處者先巳說三勝處
者所謂諦捨寂滅或諦捨慧或諦寂滅慧以
是故我當修習如是諸勝處我修習是巳得
智慧光明所願智慧自然而至如是相如是
修習助道法者十善道能令至辟支佛地
大乘品第三十
問曰如仁巳說十善道能令人至聲聞辟支
佛地十善業道復令何等衆生至佛地答曰
所行十善道　勝於二種人　無量希有修
勝一切世間　發堅善二願　成大悲無礙
善受行方便　忍受諸苦惱　不捨諸衆生
深愛諸佛慧　於佛力自在　樂盡遍行者
能破邪見意　愛護佛正法　健堪受精進
堅心化衆生　不貪著自樂　及無量身命
一切事中上　所作無過咎　一切種清淨
一切勝處來　善道令此人　至十力世尊
所修十善道勝二種人者菩薩修十善道於
求聲聞辟支佛者爲轉勝轉勝者一心修行
常修行爲自利故修行爲他利故修行清淨
修行一心行者用意修行常修行者不中休
息爲自利故修行者生天人因緣泥洹因緣
爲他利修行者菩薩修行十善道迴向利安
無量一切衆生故以是因緣故能度過筭數
衆生清淨修行者不壞行無雜行不濁行自
在行具足行不貪著行智者所讃行壞者有
行有不行與此相違名不壞行雜者自不作

令他作與此相違名不雜行濁者與煩惱罪業合行與此相違名爲不濁行自在者破戒人爲田業妻子財物所繫不得自在持戒者無如是事隨意自在無所繫屬具足者盡行一切大小戒遮止諸煩惱常憶念守護爲禪定作因緣迴向佛道能令同眞際法性是名具足不貪著者不向世間不取戒相自高卑他智者所讃者聲聞法中不隨生死但爲涅槃故名智者所讃此大乘法中尚不迴向聲聞辟支佛乘何況生死但向阿耨多羅三藐三菩提是名智者所讃十善道問曰修有何相名爲善修答曰若菩薩以無量希有修十善道勝一切世間是名善修問曰云何菩薩以此修勝一切世間答曰諸菩薩以五事修故勝一切世間一願二堅心三深心四善清淨五方便願者菩薩所行願一切凡夫人及聲聞辟支佛人所無以是故菩薩所行願勝一切世間如大智經毗摩羅達多女問中佛因目揵連說菩薩從初發願乃至道場能爲一切世間天及人作福田又勝一切聲聞辟支佛又如淨毗尼中摩訶迦葉於佛前說世尊善說希有所謂菩薩初一發願勝一切聲聞辟支佛又如偈中說

菩薩初發心　與大慈悲合　爲於無上道
即是心爲勝　是故以此願　住於世間上

堅心者菩薩於諸苦惱所謂活地獄黑繩地獄合會地獄小叫喚地獄大叫喚地獄小炙地獄大炙地獄阿鼻地獄沸屎劒林灰河阿浮陀尼羅浮陀阿波皺阿羅邏休休鬱鉢羅拘勿陀須曼陀分陀利鉢頭摩寒熱地獄中

種種拷掠如是苦惱畜生餓鬼阿脩羅人天共相食噉互相恐怖饑餓穀貴從天退失慳妬瞋惱恩愛别離怨憎合會生老病死憂悲惱等此六道中所有諸苦若見若聞若受修十善道爲阿耨多羅三藐三菩提時心終不壞以是故此菩薩以堅心修十善道勝一切世間如説

地獄及畜生　餓鬼阿脩羅　天人六趣苦
不能動其心　是故諸菩薩　以此堅固心
所修十善道　勝一切世間

深心者大心用心愛心念心諸菩薩以如是等心修十善道勝一切世間除諸佛世尊及久行菩薩如説

深心及用心　利益世間心　菩薩以是心
勝一切世間

善清淨者菩薩修十善業道三種清淨餘人所無以是故勝一切世間如説

菩薩人中寶　具深心淨心　以是善法力
世間所不及

方便者菩薩以方便力修於善法餘人所無是故勝一切世間無量修者菩薩以五因縁故名無量修一時無量二善根無量三縁無量四究竟無量五迴向無量時無量者諸菩薩修行善業道過於時量時量過故所修善業道亦無量是故勝一切世間如説

諸菩薩師子　所修善業道　過諸筭數時
故修善最勝

善根無量者諸菩薩有無量無邊善根從是善根所修善業道亦無量是故勝一切世間如大乘法中淨毗尼經佛告迦葉譬如生酥

滿四大海菩薩有爲善根資粮亦如是是福德迴向無爲智則大利益一切衆生是故菩薩雖處有爲能勝一切世間如說

爲一切衆生　及求佛道故　善根則無量
以是勝世間

緣無量者菩薩不緣有量衆生故修習善根而所修善根不言爲利益若干衆生不利益若干衆生菩薩但緣一切衆生故修習善根是故菩薩緣無量衆生所修善業道亦無量勝一切世間如淨毗尼經中佛告諸天子如大菩薩薄有慈悲心求利益他是心能令無量衆生得利樂深發心菩薩勤行精進亦如是能教化無量阿僧祇衆生令得涅槃樂如說

菩薩無量善　功德自莊嚴　皆爲度衆生
無量之大苦

究竟無量者初地中爲發願故已說十究竟是究竟無量故菩薩所修善業道亦無量是故勝一切世間如說

解大乘品第三十一

菩薩修善道　從十究竟生　是故勝一切
無有能壞者

迴向無量者如初地中說菩薩迴向果報無量以是迴向果報無量所修善業亦無量是故勝一切世間如說

以無量因緣　修於善業道　迴向佛乘故
是以爲最上

希有者諸菩薩修善道以五因緣故名希有一堪受故二精進故三心堅故四慧故五果故堪受者我當作天人中尊一切智慧者能

如是堪受是爲希有若人以指舉三千大千世界於虛空中令住百千萬劫是事可成不足爲難若發願言我當作佛是爲希有甚難如説

爲無量佛法　立誓當作佛　是人無有比
何況有勝者

精進者多有人堪受發阿耨多羅三藐三菩提心不能精進行六波羅蜜若人以堪受發阿耨多羅三藐三菩提心能精進行六波羅蜜是名實堪受無量功德精進希有故所修善業道亦希有如説

希有大精進　凡人念已怖　菩薩實行之
何得不希有

心堅者有人發精進心修習佛道若有障礙心不堅固則不能成是故説發精進安住希有堅心中則成其事壞諸障礙是爲菩薩修善業道第一希有如説

若人無堅心　尚不成小事　何況成佛道
世間無上者

慧者是堪受精進堅心皆以慧爲根本是故菩薩慧爲第一希有能生如是堪受精進堅心故以慧爲希有以慧爲希有故所修善業亦希有如説

如有人堪受　欲得於佛法　精進得堅心
皆以慧爲本

果者修善業故得無量無邊諸佛之法是故希有如説

行此善得道　無量功德力　爲諸衆生師
誰聞而不行

堅願者菩薩以五因緣故名爲堅願一於聲

聞乘心不轉二於辟支佛乘不轉三於外道事不轉四於一切魔事不轉五無因緣不轉如說

聞二乘解脱　何不爲此道　若未入於位
則失菩薩道　又貪外道事　或爲魔所壞
或復無因緣　自捨菩薩道

善願者菩薩以五因緣故名善願一先籌量得失者二知道者三知道果者四不貪惜自樂者五欲滅衆生大苦者如是作願名爲善願如說

先見世過患　佛道大利益　知行無上道
及其無量果　捨自寂滅樂　欲除衆生苦
發是無比願　爲諸佛所讃

大悲無礙者以五因緣故知菩薩有大悲一利安無量衆生故於資生之物不生貪惜二不惜身三不惜命四不觀時久遠五於怨親中等心利益如說

内外所愛物　於中不貪著　爲利衆生故
及捨於身命　生死無量時　猶如一眴頃
怨親中平等　名菩薩大悲

無礙者菩薩以五因緣故悲心有礙一以地獄苦故二以畜生苦故三以餓鬼苦故四以惡人無返復故五以生死過惡故若比五事不障其心是名無礙大悲如說

第一地獄苦　畜生餓鬼苦　惡人及生死
不障名大悲　菩薩能如是　佛說無礙悲

善受行方便者菩薩以五因緣故名善受行方便一知方時二知他心所樂三知轉入道四知事次第五知引導衆生

知方時者知是方處應以如是說法知是時

中應以如是說法知是等中應以如是說法知是方處應以如是因緣度衆生知是時中應以如是因緣度衆生菩薩先知是事已隨順而行如說

若以世尊意　爲他人解說　先應知二事
後隨時方說　若不知時方　而欲說佛慧
不得所爲利　而更有過咎

知他心所樂者知他深心爲在何事爲何所樂菩薩先知已入衆生所知所樂隨順起發度脫方便如是則不虛也如說

菩薩知衆生　深心難測意　先知其意已
漸令住佛慧　遍知世間事　自利亦利他
若能如是者　說名善方便

知轉入道者能轉外道凡夫意令入佛道亦轉衆生惡事令住善事中亦知轉聲聞辟支佛道令入大乘中已在佛法者不令入外道先知是事已隨順而修行如說

若人令衆生　遠離外道法　及諸不善者
入佛上寂滅　善知諸衆生　上中下之心
知已能引導　是名善方便

知事次第者如聲聞乘中初說布施次持戒次生天次五欲過患次在家苦惱次出家利樂次說苦諦次集諦次滅諦次道諦次須陀洹果次斯陀含果次阿那含果次阿羅漢果次不壞解脫次說諸無礙辟支佛乘中亦說我我所物多有過患捨此過患之物得大利益在家爲過惡出家爲利益次衆鬧亂語爲過惡獨行爲善利聚落爲過惡阿練若處爲善利猒離多欲多事樂少欲少事守護諸根飲食知節初夜後夜隨時覺悟觀緣取相樂

住空舍貴於持戒禪定智慧不現奇異令他
歡喜但自利益樂於深法不隨他智知大乘
中次第者初說檀波羅蜜次尸羅波羅蜜羼
提波羅蜜毗梨耶波羅蜜禪波羅蜜般若波
羅蜜初說諦勝處次說捨勝處滅勝處慧勝
處復次初讚歎發菩提心次十種願次十究
竟次讚歎遠離退失菩提心法次修習不退
失菩提心法次堅心精進次堅固堪受次堅
誓復次初說能得諸地法次說能住諸地法
次說能得諸地底法次說遠離諸地垢法次
能作地淨法次說諸地久住法次能到諸地
邊法次說能作不退失諸地法次說諸地果
次說諸地果勢力復次或初說歡喜地次說
離垢地次說明地次說焰地次說難勝地次
說現前地次說深遠地次說不動地次說善
慧地次說法雲地如說

初施次持戒　果報得生天　無常在家過
出家爲大利　次無上四諦　斷結證四果
是方便次第　令人住初乘　初說生死過
次說涅槃利　守護於諸根　持戒及禪定
不隨他智慧　功德樂獨處　自依不依他
樂求自利樂　亦不捨他人　深行頭陀法
其求中乘者　教法相如是　以四十不共
說佛無量德　亦說菩薩時　一切所行法
爲利衆生故　次第說是法　自利及利他
說種種功德　亦說諸佛子　所樂十種地
求於大乘者　如是次第度

引導者隨衆生所樂門知是門已以是門引
導衆生隨其所樂任其勢力而令得度如說

或有諸衆生　可以深經書　難事及工巧

呪術以愛語　善説及資財　布施戒定慧
如是籌量已　引來入大乘　或現於女身
引導諸男子　復現男子身　引導於女人
示現五欲樂　然後説欲過　而令一切人
得離於五欲

善行是五事是名菩薩善受行方便能忍苦惱者若有人過筭數劫於生死中能忍諸苦惱十善業道能令此人住於阿耨多羅三藐三菩提問曰一切人皆樂樂惡苦是人云何能忍苦惱答曰以五因緣故一樂無我二信樂空三籌量世法四觀業果報五念過筭數劫唐受苦惱如説

樂無我空法　又知業果報　利衰等八法
處世必應受　亦念過去世　空受無量苦
何況爲佛道　而當不受耶

不捨於一切者或有衆生第一弊惡無有功德不可利益菩薩於此終不生捨心問曰若是惡人不可度者云何不捨答曰以五因緣故一賤小人法故二貴大人法故三畏誑諸佛故四知恩故五爲是事故出世間如説

欲度衆生故　生心持重擔　於惡怨賊中
心常不應捨　惡小貴大人　是小大差別
不應衆生中　愍憐心還息　於諸急難中
無事而利益　擔於重擔時　而不中懈廢
若發無上心　或有捨衆生　若自心疲苦
及惡人所害　即爲欺誑於　十方三世佛
諸佛世中尊　爲利益衆生　行種種苦行
修習於佛道　佛於恒沙劫　捨樂作福業
若捨一惡人　則爲背佛恩　是故惡衆生
不應於中捨

若人於無量　阿僧祇劫中　所修習佛道
大悲爲根本　若以貪欲心　瞋恚怖畏心
捨一可度者　是斷佛道根　是故善業道
能令不捨者　至阿耨多羅　三藐三菩提
深樂佛慧者若人深樂佛慧便疾得阿耨多羅三藐三菩提以五因縁故深樂佛慧一佛慧無與等二佛智能令人爲世中尊三佛以佛智自度其身四佛智亦度他人五佛智是一切功德住處如說
諸佛之智慧　天上及世間　一切無與等
何況而得勝　諸佛以此智　爲天阿脩羅
一切世間人　恭敬而作禮　佛以智自度
亦度於他人　若得是佛智　是功德藏者
於諸佛力及自在法中樂盡遍行者遍行名久習一切行力名十種智力自在名隨意所作若人深樂佛十力及自在法中盡遍行如是人阿耨多羅三藐三菩提不久疾得以五因縁故樂盡遍行一尊重諸佛教勑二諸佛有大弟子故三身證一切法故四攝取墮落者五已墮落者能拔濟之如說
尊佛教無比　佛子有四八　及以六三種
堪爲諸天師　以佛智慧眼　見諸法現前
逆惡斷善根　及諸破戒等　如是墜落人
攝取而濟度
若人於佛力　自在中遍行　涅槃及天福
常在此人手
於是中諸佛以佛力能爲五種事一令衆生學聲聞乘二者令衆生學辟支佛乘三令衆生學大乘法四力具足者令得解脫五力劣者令住世樂如說

諸佛以佛力　令猒離衆生　或令學小乘
中乘及大乘　有力具足者　令其得解脱
力不具足者　生天今世樂
自在者諸佛於五事中自在一諸神通自在
二自心中得自在三滅盡中得自在四聖如
意中得自在五壽命中得自在如說
飛行等自在　自心得自在　於滅禪定中
如入出自舍　一切淨不淨　隨心而能轉
命不爲他害　自緣亦無盡　如是等自在
一切法亦爾　是故人師子　名爲自在者
能破惡意者所謂遠離正道凡夫九十六種
外道等略說惡意者說五陰爲我或言我有
五陰或言五陰中有我或言我中有五陰或
言離五陰有我如說
若五陰是我　即爲墮斷滅　則失業因緣
無功而解脱　餘殘有四種　異陰無有相
無相無有法　皆應如是破
復次五邪見名爲惡意所謂邪見身見邊見
見取戒取如說
破因果邪見　二十種身見　有見及無見
下事以爲最　但以戒力故　而得於解脱
如先一異破　此見如是破　正意八道破
說名得解脱
守護諸佛正法者若人能守護諸佛所教法
所謂十二部經以其心能信能受十善業道
能令此人至阿耨多羅三藐三菩提以五因
緣故應愛護正法一知報諸佛恩故二令法
久住故三以最上供養供養諸佛故四利益
無量衆生故五正法第一難得故如說
若人欲施作　諸佛所愛事　亦令法久住

以上供養佛　爲欲療治於衆生之重病
亦知諸世尊　從苦得是法　以是因緣故
知法爲難得　是故有智者　應當愛護法
於是中以五因緣故名爲愛護正法一如所
說行二令他人如法行三除破佛法刺棘故
四離四黑印五行四大印如說
自於佛法中　如佛所教住　悲心不悋法
亦令他得住　又破於魔衆　及外道論師
若憎佛法者　以無瞋心破　遠離四黑印
受行四大印　如是則名爲　愛護於正法
勇健者菩薩以五因緣故名爲勇健一破魔
賊故二破外道賊故三破煩惱賊故四破諸
根賊故五破五陰賊故如說
惡魔起兵衆　道樹欲害佛　常求於佛便
惱亂聽者心　佛日出世時　魔請令涅槃
常亂受學者　破於解脫道　乃至於今日
其心猶不息　是憎涅槃者　善人之大賊
應以戒定慧　摧破魔力怨
自謂有智慧　常輕慢於佛　以種種因緣
滅佛法故出　常憎佛弟子　自失教他失
是諸外道輩　世間之大賊　當以無瞋心
應以多聞慧　及以大心力　摧破外道怨
煩惱力起業　輪轉墮惡道　煩惱力障故
不能行大道　以煩惱力故　墮墜種種邪見
以煩惱力故　不行甘露道　以是因緣故
煩惱最大賊　以正念定慧　破此煩惱賊
若爲根賊牽　令人墮惡道　又墮天人中
不得至涅槃　今此諸根賊　何不以慚愧
正念及智慧　摧破諸根賊　譬如世間人
以輭語欺誑　財物及刀矟　以此四除賊

以此五陰故　受生老病死　亦墮大怖畏
得諸急苦惱　五陰因緣故　憂悲及啼哭
五陰因緣故　受種種諸苦　是故汝當知
應以知見法　摧破此五陰　猶如破怨賊

堪受者心志力强有大人相見事深遠以五因緣故名爲堪受者一所願事成其心不高二所願不成心亦不下三苦惱切已其心不動四樂事加身心亦不異五其心深遠若瞋若喜難可得知如說

身心辛苦至　其意亦不動　隨意樂事至
大智心不異　若瞋喜怖畏　他人不能測
如是深心相　是說堪受者

勤精進者於五事中勤行精進一未生惡法爲不生故勤行精進二已生惡法爲斷滅故勤行精進三未生善法爲令生故勤行精進四已生善法爲增長故勤行精進五於世間事中有所作無能障礙故勤行精進如說

斷已生惡法　猶如除毒蛇　斷未生惡法
如預斷流水　增長於善法　如溉甘果栽
未生善爲生　如鑽木出火　世間善事中
精進無障礙　諸佛說是人　名爲勤精進

堅心化衆生者若菩薩於五乘中教衆生時供養輕慢憎愛怖畏苦樂疲極等事中其心不轉是名堅心化衆生五乘者一者佛乘二者辟支佛乘三者聲聞乘四者天乘五者人乘如說

汝應以一心　一切諸力勢　依種種方便
離於憎愛心　教化諸衆生　離垢心清淨
令得無量世　難得無上乘　若人無勢力
不堪住大乘　次教辟支佛　聲聞天人乘

不貪自樂者所謂不著一切諸樂菩薩以五因緣故不貪自樂一樂視無常如水泡二世樂變苦三從衆緣生故四從渴愛起故五少樂如蜜滴故如說

樂少住如泡　變若如毒食　生合從觸有
貪欲癡故生　若離於貪愛　更無有別樂
如枯井蜜滴　樂少而苦多　利益衆生者
不應有貪著

及無量身命者菩薩以五因緣故不貪惜身一身不從先世來二不去至後世三不堅牢四是身無我五無我所如說

汝身衆穢聚　不淨遍充滿　不從先世來
不持至後世　雖久好供養　而破大恩分
是身不堅固　如沫不久壞　緣生無定性
無性不自在　是故應當知　非我非我所
是身無量過　不應有貪惜

菩薩以五因緣故不貪惜壽命一樂慧命故二怖畏罪故三念無始生死中無量死故四與一切衆生共受故五不可免故如說

從多聞正論　生貪慧命故　怖畏失命時
而起於罪惡　又見一切人　無脱死生者
不可以財智　方便力所免　修習善法者
何得惜是命

一切事中上者若人有所作事必能究竟是名爲上人菩薩應以五事發必得究竟一者財物二者布施三持戒四修定五道德如說

勤求聚財利　慇懃行布施　次第淨持戒
精勤求禪定　行種種方便　生八道解脱
是名諸事中　名之爲上人

所作無過咎者是菩薩所作智者不訶以五

因緣故所作無過智者不訶一作可作事二得大果利三不壞法四次後無過五大名聲如說

先種種籌量　自作易作事　從是事所得
無量大果利　不妨於善法　作已無惡隨
善人所讚歎　名聞廣流布　智者所起業
名爲無過咎　所作及易作　自屬於己身
疾得果利益　智者如是知　後無有過咎
應加勤精進　而作如是事

一切種清淨一切勝處來者以五因緣故諸勝處一切種清淨一深心清淨二迴向清淨三自如說行勝處四令他人行五離諸勝處相違法所謂妄語慳貪戲調愚癡如說

菩薩深淨心　遠離於諂曲　皆以四勝處
迴向於佛道　先自修善法　後令他人行
菩薩如是者　四勝處清淨

十善道能令至十力世尊者如是修習十善業道能令人至十力十力者名爲正遍知正遍知者則是佛以五道因緣故名世尊一斷過去世疑二斷未來世疑三斷現世疑四斷過三世法疑五斷不可說法疑如說

無始過去世　通達無有疑　無邊未來世
知通達無疑　十方無有邊　現在一切世
出過於三世　無爲微妙法　十四不可說
亦通無有疑　是故功德藏　諸佛名世尊

如是功德成就者十善業道能令菩薩至阿耨多羅三藐三菩提是故求佛道者應如是修十善業道

十住毗婆沙論卷第十三

音釋

憒 古對切亂也　邃 雖遂切深遠也　目揵連 梵語也此云采菽氏揵巨言切　簸 補過切　邏 郎佐切　拷掠 拷苦浩切打也掠力仗切笞也　眴 舒閏切目動也　羼提 梵語也此云忍辱羼初限切　瘵 力照切治化　矟 所角切矛屬　漑 居代切灌也　鑽 祖官切穿也

十住毗婆沙論卷第十四

龍樹菩薩造

姚秦三藏法師鳩摩羅什譯

護戒品第三十二

是菩薩如是行諸善道

於善不善道　總相及別相　各各分別知

有二種果報

十善業道總相果報者若生天上若生人中別相果報者離殺生善行有二種果報一者長壽二者少病離劫盜善行有二種果報一者大富二者獨有財物離邪婬善行有二種果報一者妻婦貞良二者不爲外人所壞離妄語善行有二種果報一者不爲人所謗毀二者不爲人所欺誑離兩舌善行有二種果報一者得好眷屬二者不爲人所壞離惡口善行有二種果報一者得聞隨意所樂音聲二者無有鬬諍離散亂語善行有二種果報一者人信受其語二者所言決定離貪取善行有二種果報一者知足二者少欲離瞋惱善行有二種果報一者在所生處常求他好事二者不喜惱害衆生正見善行有二種果報一者離諂曲二者所見清淨十不善道亦如是總相果報者上行墮地獄中行墮畜生下行墮餓鬼別相果報者殺生不善行有二種果報一者短命二者多病劫盜不善行有二種果報一者貧窮二者共財邪婬不善行有二種果報一者得醜惡妻婦又不貞良二者爲他所壞妄語不善行有二種果報一者人所謗毀二者爲人欺誑兩舌不善行有二種果報一者得惡眷屬二者眷屬可壞惡口

不善行有二種果報一者耳聞惡聲二者常有鬬諍散亂語不善行有二種果報一者語不信受二者言無本末貪取不善行有二種果報一者心不知足二者多欲無猒瞋惱不善行有二種果報一者惡性二者喜惱衆生邪見不善行有二種果報一者其心諂曲二者墮在邪見

知已愛樂法　於法心不動　於諸衆生中慈悲心轉勝

愛法者但愛於法更無勝事此中法者先說十善業道樂法者但愛於法更無餘事於法心不動者乃至失命終不捨法菩薩行如是法於衆生中慈悲轉勝初地中雖有慈悲不及此地以通達罪福業因緣故衆生可愍皆屬於業不得自在則無瞋恨憎恚之心如是行者慈悲轉勝作是念

咄哉諸衆生　深墮於邪見　我應說正見令得入正道

菩薩通達罪福業因緣於諸衆生深行慈悲作是念衆生可愍不如諸法實相故多行妄想生諸邪見因邪見故起諸煩惱因煩惱故而起諸業起業因緣故輪轉生死我先發心求阿耨多羅三藐三菩提爲度衆生故當說正見是諸衆生是我應度今當爲說正見令入真道使得度脫如是念已知諸衆生有種種煩惱所謂

觀所起煩惱　及諸煩惱垢　種種黒惡業受種種苦惱　愍念諸衆生　多有所闕少種種觀察已　是皆如我有　即時以悲心方便發大願　云何令衆生　得滅是諸苦

煩惱煩惱垢者使所攝名爲煩惱纏所攝名爲垢使所攝煩惱者貪瞋慢無明身見邊見見取戒取邪見疑是十根本隨三界見諦思惟所斷分別故名九十八使非使所攝者不信無慚無愧諂曲戲悔堅執懈怠退没睡眠恨慳嫉憍不忍食不知足亦以三界見諦思惟所斷分別故有一百九十六纏垢有人言煩惱在深心垢在淺心有人言諸障蓋名爲纏垢餘皆名煩惱黑惡業者即是十不善業道及貪取瞋惱邪見相應思能生苦報種種苦惱者身中種種惡事名爲苦心中種種惡事名爲惱又令世苦名爲苦後墮惡道名爲惱多有所少者或諸根支體或資生所須或信戒等諸功德不具故名爲少餘句易解如偈中所說不復須釋如是思惟已

衆生甚可愍　墮在於二乘　我當爲發願
令住於大乘

是事如十地經中金剛藏菩薩自說是菩薩離十不善業道亦令衆生住十善業道爲衆生深求勝心好心樂心憐愍心慈悲心利益心守護心我所有心大師心攝取心受取心作是念此諸衆生甚可憐愍墮種種邪意邪見行邪險道我今應令住在眞實正見道中是諸衆生種類不同互相諍競常懷忿恚瞋惱熾盛然我當令住無上大慈是衆生無有猒足貪求他利邪命自活我當令住清淨身口意業是諸衆生在貪欲瞋恚愚癡因縁中常起種種煩惱結使而不方便求欲自出我當滅其諸苦惱事令住無苦惱處是諸衆生爲無明所翳入黑闇稠林不能自出離智慧

明入在諸見險惡道中我應救之使得無礙智慧之眼以是慧眼不隨他人於一切法知如實相是諸衆生墮在生死長流欲墮地獄畜生餓鬼阿脩羅坑入邪曲網中種種煩惱惡草所覆無有導師不生出心道言非道非道言道魔民怨賊常共隨逐無有善師隨順魔意遠離佛法如是衆生我應令度此諸生死險惡道得住無畏無衰一切智慧城是諸衆生爲欲流有流見流無明流所漂種種罪業濤波所覆沒在愛河隨生死波浪爲洄澓所轉不能自出爲欲覺瞋覺惱覺鹹水淹爛爲身見羅刹之所執持入五欲深林爲喜染所著吹在我慢陸地甚可憐愍無洲無救於六入空聚落不能動發無善度者如是衆生我今應以大悲牢堅智慧之船載至諸安隱無怖畏一切智洲是諸衆生多苦可愍閉在生死憂悲苦惱牢獄多懷貪恚愛憎墮四顛倒爲四大毒蛇所害爲五陰怨家所殘喜染詐賊所陷在六入空聚受無量苦惱我應破其生死牢獄令得自在無礙涅槃安隱快樂是諸衆生甚可憐愍狹劣小心樂於少利縮沒無有一切智心設求出者則樂聲聞辟支佛乘我應令得大心使樂佛廣大之法

菩薩如是行　則得持戒力　善知起善業
使令得增長　是則爲佛子　深入離垢地

持戒力者一心清淨具足十善道戒則得修集福德力能起善業者善知自生增長善道亦令他衆生深入者所行轉遠盡其邊底佛子者能隨法行名爲佛子於初地始生至二地增長是菩薩應如是勤行精進

菩薩若得至　離垢地邊際　爾時則得見
百種千種佛
初地中已說般舟三昧見現在佛助三昧法
所謂以三十二相八十種好四十不共法念
佛於一切法無所貪著亦說利益三昧能成
就果報勢力問曰若菩薩於初地中已到其
邊能見諸佛初入第二地即應見諸佛云何
言乃至第二地邊乃見諸佛若爾者入第二
地初中應失此三昧至後乃得答曰初入第
二地中亦見諸佛亦不退失是三昧汝不能
善解偈義故作此難第二地初中但見百種
佛乃至其邊得見百種千種佛見諸佛已心
大歡喜欲得佛法故勤行精進
即能以四事　供養於諸佛　能於諸佛所
復受十善道
四事者衣服飲食卧具醫藥餘義則可知
作如是行已　從佛受善道　至百千萬劫
不毀亦不失
不毀者不令戒羸弱或以清淨事名不毀都
不復行名爲不失是菩薩如是過初地住第
二地已如說
善離慳貪垢　樂行清淨捨　善離慳貪垢
深愛清淨戒
清淨名但以善心行捨不雜諸煩惱深愛名
堅住其中究竟不捨此地中慳貪垢破戒垢
無有遺餘是故此地名爲離垢菩薩如是無
慳貪破戒心於四攝法中愛語偏利六波羅
蜜中戒度偏利利名多行勢力轉深問曰若
第二地中尸羅波羅蜜已得勢力今此地中
應解說尸羅波羅蜜分生力淨差別答曰

略說尸羅度　有六十五分　生力淨差別
處處論中說

尸羅波羅蜜無量無邊但略說有六十五分餘戒生戒力戒淨戒差別論中先後處處說相如寶頂經中和合佛法品中無盡意菩薩於佛前說六十五種尸羅波羅蜜分尸羅名不惱一切衆生於他物中無刧盜想不著外色不誑衆生眷屬具足故不兩舌多忍惡言故無有惡口常思惟籌量利益語故無散亂語喜人樂故心無貪取忍諸苦故無有瞋惱不稱譽師故名爲正見信淨心故信佛知法眞實故信法樂尊重恭敬賢聖衆故信僧念佛以五體投地供養禮敬乃至小戒深心怖畏故戒不羸弱不依餘乘故不毀戒離邪行故戒不缺損不起惡煩惱故名不雜戒畢竟常樂增長善法故名不濁戒隨意行故名自在戒不爲智者所訶故名爲聖所讚戒常在念安慧故名爲易行戒一切無過故名不可訶戒守護諸根故名爲善護戒諸佛所念故名爲名聞戒知法物中知量取故名爲少欲戒斷慳貪故名知足戒身心遠離故名遠離戒離衆閙語故名阿蘭若戒不視他面望有所得故名爲具足聖種戒屬善根故名細行頭陀戒生人天中故名隨說行戒救一切衆生故名爲慈戒忍一切苦故名爲悲戒心不退沒故名爲喜戒離憎愛故名爲捨戒降伏心故名爲自見過戒護彼心故名爲不錯戒善護戒故名爲善攝戒成熟衆生故名爲布施戒無所願故名忍辱戒不懈退故名精進戒集助禪法故名爲禪戒多聞善根無猒足

故名爲智慧戒從多聞得智慧故名爲求多聞戒集助七覺法故名親近善知識戒捨邪道故名離惡知識戒觀無常故名不貪身戒勤集善根故名不信命戒深心清淨故名不悔戒行清淨故名不假僞戒深心無垢故名無熱戒善起業故名無憂戒不自高故名無慢戒離淤欲故名不戲調戒心質直故名不高戒心調和故名有羞戒惡心不發故名調善戒滅諸煩惱故名爲寂滅戒如說行故名爲隨所教戒行四攝法故名教化衆生戒不失自法故名爲護法戒本來清淨故名一切願滿戒迴向無上道故名至佛法戒等心一切衆生故名得佛三昧戒大德舍利弗是六十五分諸菩薩清淨戒則爲無盡生戒者處處說略說有八種生戒四從身生四從口生從身生者離奪命離苦惱衆生離劫盜離邪婬從口生者離妄語兩舌惡口散亂語是名八是八種戒從受生是受法若以身若以口若以心受和合爲二十四教他受亦二十四隨喜受亦二十四修習行時亦二十四合九十六皆是欲界繫從是晝夜生何以故初受心已滅是第二心晝夜常生用福德亦如是所以者何初布施心滅已從第二心後用時常生是名善身業有十善業道所攝有不攝欲界所繫如是色界繫有二種一從身生一從口生行身生者離十不善道所不攝罪從口生者離散亂語是戒以身受口受心受二三爲六教他亦六隨喜亦六習行時亦六四六二十四先說九十六合爲百二十如是從行生戒復有證道時生戒退道時生戒初生

時生戒以事廣故今但略說戒力者隨波羅蜜增長戒轉得力隨所得地戒亦堅固得力戒淨者不毀壞缺減等如先說復次戒淨不淨相七梵行法中說如經說以七種婬欲名戒不淨一者雖斷婬欲而已染心受女人洗浴按摩二以染心聞女人香共語戲笑三以染心目共相視四雖有障礙以染心聞女人音聲五先共女人語笑後雖相離憶念不捨六自限爾所時斷婬欲然後當作七期生天上受天女樂及後身富樂是故斷婬欲是名不淨離此七事名戒清淨戒差別者有二種一有漏二無漏三種欲界繫色界繫不繫四種正命所攝二種正語正業正命所不攝亦二種正語正業五種凡夫戒菩薩戒聲聞戒辟支佛戒無上佛戒六種欲界正命所攝身口一正命所不攝二色界繫正命所攝身口五業三正命所不攝四無漏正命所攝身口五正命所不攝六七種七善業道八種如先說身四種口四種九種七欲界繫七善業道二種如先說十種道戒三種對治戒三種但戒三種是九種無漏戒有漏戒爲十如是等種種分別差別問曰聲聞乘中說身業口業名爲尸羅此二善業名好二不善業名惡是善身口業名尸羅此論中即以此爲尸羅爲更有尸羅答曰

不但身口業　名之爲尸羅　修親近樂行亦名爲尸羅

此三事一義所謂修習親近樂行問曰若以修習親近樂行名爲尸羅者一切法皆應名尸羅何以故常修習親近樂行故汝今應說

最勝修習尸羅答曰
若無我我所　遠離諸戲論　一切無所得
是名上尸羅
若不知内外法實相即因尸羅生憍慢貪著心生憍慢貪著故開諸罪門是故若於内法不見有我於外法中不得我所知内外法畢竟空無所得亦於畢竟空不取相戲論是名最勝尸羅何以故如是尸羅中尚無心錯何況身口是故諸佛菩薩第一能行尸羅者於一切法無所得名爲上尸羅如迦葉經中佛告迦葉尸羅名無我無非我無作無所作無作者無行無不行無名無色無相無無相非善非非善非寂滅非非寂滅非取非捨無衆生無衆生因緣無身無口無心無世間無世間法不依世間不以尸羅自高不以尸羅下人不以尸羅起増上慢不以尸羅分別此彼迦葉是名諸賢聖尸羅離於三界無漏無繫如無盡意菩薩尸羅品中語舍利弗尸羅名不分別是衆生不説是我不説是壽者命者不説是人不説是養育者不説是色陰受想行識陰不説是地種水火風種尸羅名不分別是眼相不分別是色相不分別是耳相聲相鼻相香相舌相味相身相觸相意相法相尸羅名不分別是身是口是心尸羅名攝心故是一心相選擇諸法故是慧相尸羅名到空至無相際不雜三界無作無起無生忍尸羅名不從先際來不至後際亦不住中際尸羅名不住心意識不與念和合尸羅名不依欲界不依色界不依無色界尸羅名離貪塵除瞋垢滅無明闇非常非斷不違衆緣生相

尸羅名離我心捨我所心不住身見尸羅名不貪著名相不與名色和合尸羅名不爲結使所使不爲諸纏所覆不住障礙疑悔中尸羅名貪不善根所不住過瞋不善根斷疑不善根尸羅名無急無熱倚心快樂尸羅名不斷諸佛種故不破法身不分別法性故不斷法種無爲相故不斷僧種舍利弗是名諸菩薩最勝無上尸羅如是尸羅則不可盡唯除諸佛尸羅皆有盡也所謂

從凡夫尸羅　後至辟支佛　是皆有盡相
菩薩則無盡

從凡夫來所有尸羅雖久受果報終歸於盡諸阿羅漢辟支佛所有尸羅皆亦有盡菩薩尸羅無我無我所離一切所得滅諸戲論是故無盡如無盡意菩薩尸羅品中說諸凡夫尸羅隨生處盡故尸羅則盡外道五通退轉時盡故尸羅則盡人以十善業道盡故尸羅則盡欲界諸天福德盡故尸羅則盡色界諸天四禪四無量盡故尸羅則盡無色界諸天隨定生處盡故尸羅則盡諸學無學人入涅槃盡故尸羅則盡諸辟支佛無大悲故尸羅則盡大德舍利弗但諸菩薩尸羅無有盡何以故從菩薩尸羅出諸尸羅差別因無盡故果亦無盡菩薩尸羅無盡故如來尸羅亦無盡是故諸大人尸羅名爲無盡問曰汝解麤尸羅時說六十五種尸羅聲聞中有八種尸羅四種從身生四種從口生如是事者何得不相違答曰不相違也何以故

雖非尸羅體　益故名爲分　八種身口業
即是尸羅體

雖六十五種分非尸羅體而利益身口八種麤尸羅故名尸羅分凡能有所利益皆名為分如象馬扇蓋名為王分是故禪定智慧等雖非尸羅體以利益尸羅故亦名尸羅分

解頭陀品第三十三之一

菩薩如是行尸羅法

見十利應著　二六種衣法　又以見十利
盡形應乞食

比丘欲具足行持戒品應著二六種衣以見十利故何等十一以慚愧故二障寒熱蚊蝱毒蟲故三以表示沙門儀法故四一切天人見法衣恭敬尊貴如塔寺故五以猒離心著染衣非為貪好故六以隨順寂滅非為熾然煩惱故七著法衣有惡易見故八著法衣更不須餘物莊嚴故九著法衣隨順修八聖道故十我當精進行道不以染汙心於須臾間著壞色衣以見是十利故應著二種衣一者居士衣二者糞掃衣六種者一劫具二芻摩三憍奢耶四毳衣五赤麻衣六白麻衣見有十利盡形乞食者一所用活命自屬不屬他二眾生施我食者令住三寶然後當食三若有施我食者當生悲心我當勤行精進令善住布施作已乃食四隨順佛教行故五易滿易養六行破憍慢法七無見頂善根八見我乞食餘有修善法者亦當效我九不與男女大小有諸因緣事十次第乞食故於眾生中生平等心即種助一切種智

佛雖聽請食　欲以自利已　亦利他人故
則不受請食

自利者能具諸波羅蜜利他者教化眾生令

住三寶行者如是自利利他

見有十利故　常不捨空閑　問疾及聽法

教化乃至寺

受阿練若處比丘雖增長種種功德略說見十利故盡形不應捨何等爲十一自在來去二無我無我所三隨意所住無有障礙四心轉樂習阿練若住處五住處少欲少事六不惜身命爲具足功德故七遠離衆鬧語故八雖行功德不求恩報九隨順禪定易得一心十於空處住易生無障礙想問訊病等來至寺者

若有因緣事　來在塔寺住　於一切事中

不捨空閑想

比丘雖受盡形阿練若法有因緣事至則入塔寺佛法有通有塞非如外道阿練若名常樂空閑靜處於一切法不捨空想以一切法體究竟皆空故問曰有何因緣故來至塔寺答曰一供給病人二爲病者求醫藥具三爲病者求看病人四爲病者說法五爲餘比丘說法六聽法教化七爲供養恭敬大德者八爲供給聖衆九爲讀誦深經十教他令誦讀深經有如是等諸因來至塔寺

精進行諸覺　隨阿練若法　比丘已住於

阿練若處者　常應精勤生　種種諸善法

大膽心無我　滅除諸怖畏

阿練若精進者若比丘斷貪不惜身命利養故晝夜常勤精進如救頭然及身依隨阿練若覺者所謂出覺不瞋覺不惱覺等諸善覺復次念佛是正遍知者衆生中尊佛法是善說弟子衆隨順正行復次隨順空隨順無相

隨順無願諸覺名隨阿練若覺復次隨順四勝處隨順六波羅蜜諸覺是名隨順阿練若覺復次如佛爲郁伽長者說在家出家菩薩行若出家菩薩受阿練若法應如是思惟我何故住阿練若處我非但住阿練若處故名爲沙門而阿練若處多有衆生多惡不善不護諸根不精進不修習善法者如麞鹿猨猴衆鳥惡賊旃陀羅等不名爲比丘我今爲何事故住阿練若處應成辦其事長者何等爲事一謂念不散亂二得諸陀羅尼三行慈心四行悲心五自在住五神通六具足六波羅蜜七不捨一切智心八修習方便智九攝取衆生十成就衆生十一不捨四攝法十二常念六思念十三爲多聞故不捨精進十四正觀擇諸法十五應正解脫十六知得果十七住於正位十八守護佛法十九信業果報故名正見二十離一切憶想分別思惟故名正思惟二十一隨衆生所信樂爲說法故名爲正語二十二滅諸業故起業名爲正業二十三破煩惱氣故名爲正命二十四得無上道故名正精進二十五觀不虛妄法故名正念二十六得一切智慧故名正定二十七於空不怖二十八於無相不畏二十九於無願不没三十故以智受身三十一依義不依語三十二依智不依識三十三依了義經不依不了義經三十四依法不依人長者如是等名爲出家菩薩比丘利益事應生隨順阿練若法者所謂四禪四無量心天耳天眼他心智宿命智神通等滅諸怖畏者是人以三因緣能滅怖畏一見無我我所法相故能除怖畏

二以方便力故三以心膽力故能除怖畏見無我我所者如初地中所說除五種怖畏方便力者此論中念正思惟業果報故名方便力應作是念諸大國王在深宮殿象馬車步四兵防衛業因緣盡亦受種種諸衰惱事又業因緣守護者雖行險道中入大海水在大戰陣亦安隱無患我先世業因緣若在聚落若在阿練若處業因緣必受其報如是思惟已除滅怖畏復作是念若我爲守護身故入城邑聚落捨阿練若處者無有能勝善身業善口業善意業守護者如佛告波斯匿王若人行身善業行口善業行意善業是名爲人善自守護是人若言我善自守護者是爲實說大王是人雖無四兵衛護亦可名爲善好守護何以故如是守護名内守護非外守護是故我以身業善行口業善行意業善行故名爲善自守護復作是念是諸鳥獸腹行蟲等在阿練若處身不行善口不行善意不行善以遠聚落住故而無所畏我之心智豈不如此鳥獸等耶如是思惟除諸怖畏又以念佛故在阿練若處能破一切諸怖畏事如經說汝諸比丘阿練若處若在樹下若在空舍或生怖畏心没毛竪者汝當念我是如來應正遍知明行足善逝世間解無上士調御丈夫天人師佛世尊如是念時怖畏即滅大膽名心不怯弱決定求道如說

比丘住空閑　當以心膽力　除滅諸怖畏

念佛無畏者　若人自起業　怖畏不得脱

不怖亦不脱　怖則失正利　如是知不免

而破餘利者　則行小人事　比丘所不應

若有怖畏者　應畏於生死　一切諸怖畏
生死皆爲因　是故行道者　欲脫於生死
亦救於他人　不應生怖畏
如佛離怖畏經中說怖畏法有沙門婆羅門住阿練若處應如是念以不淨身業故不淨口業故不淨意業故念不清淨故自高卑人故懈怠心故妄憶念故心不定故愚癡故怖畏與此相違身業清淨等則無怖畏又佛爲郁伽長者說出家菩薩在阿練若處應作是念我何故在此即時自知欲離怖畏故來至於此怖畏於誰畏衆憒閙畏衆語言畏貪欲瞋恚愚癡畏憍慢恚恨嫉他利養畏色聲香味觸畏五陰魔畏諸愚癡障礙處畏非時語畏不見言見畏不聞言聞畏不覺而覺畏不知而知畏諸沙門垢畏共相憎惡畏欲界色界無色界一切生處畏墮地獄畜生餓鬼及諸難處略說畏一切惡不善法故來在此住若人在家樂在衆閙不修習道住在邪念不能得離如是怖畏所有過去諸菩薩皆在阿練若處離諸怖畏得無畏處得一切智慧所有當來諸菩薩亦在阿練若處離諸怖畏得一切智慧今現在諸菩薩住阿練若處離諸怖畏得無畏處成一切智慧以是故我怖畏一切諸惡度諸怖畏故應住阿練若處復次一切怖畏皆從著我生貪著我故愛受我故生我想故見我故貴我故分別我故守護我故若我住阿練若處不捨貪著我者則爲空在阿練若處復次長者見有所得者則不住阿練若處住我我所心者則不住阿練若處住顛倒者則不住阿練若處長者乃至生涅

槃想者尚不住阿練若處何況起煩惱想者長者譬如草木在阿練若處無有驚畏菩薩如是在阿練若處應生草木想瓦石想水中影想鏡中像想於語言生響想於心生幻想此中誰驚誰畏菩薩爾時則正觀身無我無我所無衆生無壽者命者無養育者無男無女無知者見者怖畏名爲虚妄分别我則不應隨虚妄分别菩薩如是應如草木住阿練若處又知一切法皆亦如是斷鬭諍名阿練若處無我無我所無所屬名阿練若處不應樂在家出家衆閙處住諸佛不聽阿練若處比丘與在家出家者和合問曰佛不聽與一切衆人和合耶答曰不然

佛聽四和合　餘者則不聽　是故應親近
餘者則遠離

菩薩在阿練若處聽與四衆和合所謂入聽法衆教化衆生供養於佛不離一切智心和合是故唯聽此四事和合餘者不應親近復次菩薩應作是念云何諸佛所聽阿練若住處我當親近我或非阿練若住處謂是住阿練若處或有錯謬問曰何等是阿練若住處菩薩應當知答曰佛自經中説阿練若住處名不住一切法不緣諸塵不取一切法相不貪色聲香味觸一切法平等故無所依止住名阿練若處住息心善故不相違住處名阿練若住捨一切擔倚樂住故名阿練若住脱一切煩惱無怖畏住故名阿練若住度諸流住故名阿練若住住聖種故名阿練若住知足趣得故名阿練若住易滿易養少欲住故名阿練若住智慧足住故名阿練若住正行

多聞住故名阿練若住空無相無願解脫門現前故名阿練若住斷諸縛得解脫住故名阿練若住順十二因緣隨順住故名阿練若住畢竟寂滅所作已作住故名阿練若住阿練若住處者隨順戒品住助定品利益慧品易得解脫品易得解脫知見品易行諸助菩提法能攝諸頭陀功德阿練若住處通達諸諦阿練若處見知諸陰阿練若處諸性同為法性阿練若處出離十二入阿練若處不忘失菩提心阿練若處觀空不畏阿練若處能護佛法阿練若處求解脫者不失功德阿練若處能得一切智者則能增益阿練若處

菩薩如是行　疾得具六度

何以故若菩薩在阿練若處住不貪惜身命是名檀波羅蜜行三種善業清淨入細頭陀行法是名尸波羅蜜不瞋恨心於諸衆生慈心普遍但忍樂薩婆若乘不在餘乘是名羼提波羅蜜自立誓願於阿練若處不得正法忍終不捨此處是名毗梨耶波羅蜜得禪定故不觀生處修習善根是名禪波羅蜜如身阿練若亦如是如身菩提亦如是如實中無差別是名般若波羅蜜

佛聽有四法　住阿練若處

何等四如佛告長者一者多聞二善知決定義三樂修正憶念四隨順如所說行如是人應住阿練若處復有菩薩煩惱深厚是人若在衆鬧則發煩惱應在阿練若處住降伏煩惱復次菩薩得五神通是人欲教化成就天龍夜叉乾闥婆故應住阿練若處復有菩薩作是念諸佛所讚聽處是阿練若處復次住

阿練若處助滿一切善法增長善根然後入聚落爲衆生說法成就如是功德乃可住阿練若處復次

決定王經中　佛爲阿難說　阿練若比丘應住四四法

菩薩住阿練若處者一遠離在家出家二欲讀誦深經三引導衆生使得阿練若處功德四晝夜不離念佛復有四法一乃至彈指頃於衆生中不生瞋恨心二不應一時頃使眠睡覆心三於一念頃不應生衆生想四於一念頃不應忘捨菩提心復有四法一常應閑坐不應聚衆二常樂經行三常觀諸法無新故想四不應離深空無相無願法復有四法一行四禪不行世間禪行四無量緣衆生生悲心而不取衆生相二雖行慈心而不緣衆生雖行喜心而不貪樂雖行捨心而不捨衆生三自見身有四聖種行而不自高卑下他人四自行多聞如所聞行是爲四復次

無智無精進　而住空閑處　即得於四法
復得餘四法　又復得三事　如是佛所說

阿練若比丘於諸功德中應勤修習何以故阿練若功德中此二事能生諸功德故若比丘愚癡懈怠在阿練若處住者則得四非法一多眠睡二多貪利養三以此因緣現矯異相四現不樂阿練若處復有四法一增上慢未得謂得二於深經心懷憎惡三壞空無相無願法四於持深經者心生瞋恨復有三事一若在阿練若處不精進無智慧或值女人墮在非法若得僧殘若得重罪若反戒還俗是爲三

十住毗婆沙論卷第十四

音釋

翳 一計切 障也

闇 烏紺切 與暗同

洄澓 洄音回 澓音伏 洄澓水漩流也

羸 倫爲切 瘦也

毳 充芮切 細毛也

十住毗婆沙論卷第十五

龍樹菩薩造

姚秦三藏法師鳩摩羅什譯

解頭陀品第三十三之二

復次

廣說空閑法　及與乞食法　餘十頭陀德

皆亦應廣說

十二頭陀法上來已廣解二事餘十頭陀功德亦應如是知何以故是二則爲開十頭陀門餘則易解十頭陀者一著糞掃衣二一坐三常坐四食後不受非時飲食五但有三衣六毳衣七隨敷坐八樹下住九空地住十死人間住糞掃衣者人所棄捨受而後著受者若心生若口言一坐者先受食處更不復食常坐者夜常不卧食後不飲漿者食後不受非時飲石蜜等可食之物但有三衣者唯受三衣更不畜餘衣毳衣者從毳所成麤毛毳衣氍毹欽婆羅等隨敷坐者隨所得坐處不令他起樹下住者樂住樹下不入覆處空地坐者露地止住住死人間者隨順猒離心故常止宿死人間法是名十二頭陀令戒清淨糞掃衣有十利一不以衣故與在家者和合二不以衣故現乞衣相三亦不方便說得衣相四不以衣故四方求索五若不得衣亦不憂六得亦不喜七賤物易得無有過患八不違順行初受四依法九入在麤衣數中十不爲人所貪著一坐食亦有十利一無有求第二食疲苦二於所受輕少三無有所用疲苦四食前無疲苦五入在細行食法六食消後食七少妨患八少疾病九身體輕便十身快

樂常坐亦有十利一不貪身樂二不貪眠睡樂三不貪卧具樂四無卧時脇著席苦五不隨身欲六易得坐禪七易讀誦經八少睡眠九身輕易起十求坐卧具衣服心薄食後不受非時飲食亦有十利一不多食二不滿食三不貪美味四少所求欲五少妨患六少疾病七易滿八易養九知足十坐禪讀經身不疲極但三衣亦有十利一於三衣外無求受疲苦二無有守護疲苦三所畜物少四唯身所著爲足五細戒行六行來無累七身體輕便八隨順阿練若處住九處處所住無所顧惜十隨順道行受毳衣亦有十利一在麤衣數二少所求索三隨意可坐四隨意可卧五浣濯則易六染時亦易七少有蟲壞八難壞九更不受餘衣十不失求道隨敷坐亦有十利一無求好精舍住疲苦二無求好坐卧具疲苦三不惱上座四不令下座愁惱五少欲六少事七趣得而用八少用則少務九不起諍訟因緣十不奪他所用樹下坐亦有十利一無有求房舍疲苦二無有求坐卧具疲苦三無有所受疲苦四無有受用疲苦五無處名字六無鬬諍事七隨順四依法八少而易得無過九隨順修道十無衆鬧行死人間住亦有十利一常得無常想二常得死想三常得不淨想四常得一切世間不可樂想五常得遠離一切所愛人六常得悲心七遠離戲調八心常猒離九勤行精進十能除怖畏空地坐者亦有十利一不求樹下二遠離我所有三無有諍訟四若餘去無所顧惜五少戲調六能忍風雨寒熱蚊虻毒蟲等七不爲音

聲刺棘所刺八不令衆生瞋恨九自亦無有愁恨十無衆閙行處如五空閑説　餘功德亦爾　自讀誦教他得捨空閑處

阿練若比丘有五種分别一以惡意欲求利養二愚癡鈍根故行阿練若三狂癡失意作阿練若四爲行頭陀行故作阿練若五以諸佛菩薩賢聖所稱讃故作阿練若於此五阿練若中爲行頭陀行故作阿練若以諸佛菩薩賢聖所稱讃故作阿練若是二爲善餘三可訶如五種分别阿練若法餘十一頭陀行亦應如是分别知見問曰佛説已受阿練若法終不應捨若有因緣得捨去不答曰

讀誦經因緣　可捨阿練若

若比丘欲從他受誦經法若欲教他讀誦應從阿練若處來入塔寺以是因緣可得捨離教他讀誦時　不應望供給　即時應念佛尚有所作

阿練若從空閑處來教他讀誦不應求敬心供給應當念佛佛尚自有所作何況於我念佛者佛是多陀阿伽度三藐三佛陀諸天龍神乾闥婆阿脩羅迦樓羅緊那羅摩睺羅伽釋提桓因四天王人非人所供養一切衆生無上福田尚不求他供給身自執事我今未有所知始欲求學云何受他供給復應作是念

我應善供給　一切諸衆生　不望彼供給自利利他故

云何爲自利若貴供給則失法施功德若不貴供給者則得法施功德云何爲利他若貴

彼供給而教令讀誦者彼則生念師直以世利故而教誨我不以法故是人若以是心供給師者則不得大利若但恭敬法故尊重師者則得大利是名利他

從他求智慧　應不惜身命

若行者欲從他伏智慧應捨身命捨者為智慧故勤心精進恭敬於師不惜身命問曰何以故為智慧恭敬師而不惜身命答曰

若一字一心　以此為劫數　恭敬於師所能說是論者　離諸諂曲心　深愛而供給晝夜不休息　盡於爾所劫

隨師所教論議字數及爾所心念若受法者心無諂曲不惜身命晝夜恭敬始終無異雖能如是猶不報師所益論議智慧之恩是故弟子應離諂曲心捨貪惜身命破於憍慢若師輕懱及以敬愛心無有異當生深愛心第一恭敬心應生父母心應生大師心應生善知識想應生能為難事想應生難報心若師聽則受常所行事不須師勅餘事則相望師意隨事而行師所愛重隨而愛重不應因師求於世利莫求師讚歎莫求名聞但求智慧法寶師有謬失常應隱藏若師過疊若彰露者當方便覆之師有功德稱揚流布深心愛樂聽受持解思惟義趣如所說行求自利利他者莫為咎弟子莫為殃弟子莫為垢弟子莫為衰弟子莫為無益弟子無如是等過但住善弟子法中供給於師如般舟經說佛告跋陀婆羅若菩薩欲得是三昧者應勤精進於諸師所生尊重心難遭心若從口聞若得經卷處於是師所應深心恭敬生父母心善

知識心大師心以能說如是法助菩提故跋陀婆羅若求菩薩道者若求聲聞者所從師讀誦是法處不生深恭敬心父母心善知識心大師心能得通利是法令不忘失久住不滅者無有是處何以故跋陀婆羅以不恭敬因緣故佛法則滅跋陀婆羅若求菩薩道者若求聲聞者於所從聞讀誦書寫是法處生恭敬心父母心善知識心大師心者於所讀誦書寫未得者令得已得久住則有是處何以故以恭敬心故佛法不滅是故跋陀婆羅我今告汝於是師所應生深恭敬心父母心善知識心大師心是則隨我所教

助尸羅果品第三十四

如是菩薩爲求多聞知多聞義已隨說行故能令尸羅清淨清淨尸羅法應當修行問曰何等法能令尸羅清淨答曰

護身口意業　亦不得護法　終不令我見
及以餘見雜　迴向薩婆若　此四淨尸羅

行者修此四法尸羅自然清淨護身口意業者常應正念身口意業乃至小罪不令錯謬譬如龜鼈常護頭足此人深樂空故於第一義中而亦不得護三業法有人雖見法空謂知空者在是故說不離我見衆生見人見壽者見命見知者見迴向薩婆若者持戒果報不求餘福但爲度一切衆生以求佛道是爲四復有四法能令尸羅清淨所謂

無我我所心　亦無斷常見　入於衆緣法
則能淨尸羅

無我我所心者不貪著我我所心但知此心虛妄顛倒而無我法無斷常見者以斷常見

多過故入衆緣法者知諸法從衆緣生無有定性行於中道如是四法能淨尸羅復有四法能淨尸羅所謂

行四聖種法　及十二頭陀　亦不樂衆鬧念何故出家

四聖種者所謂趣得衣服而足趣得飲食而足趣得坐卧具而足樂斷樂修行十二頭陀者所謂受阿練若法受乞食法糞掃衣一坐常坐食後不受非時飲食但有三衣毛毳衣隨敷坐樹下住空地住死人間住亦不樂衆鬧者不與在家出家者和合有人雖行阿練若法多知多識故多人往來是故說不樂衆鬧若至餘處若心不與和合何故出家者行尸羅者作是念我何故而出家念已隨出家事欲成就故如所說行是爲四復有四法能淨尸羅所謂

五陰無生滅　六性如法性　見六情亦空不著世俗語　如是之四法　亦能淨尸羅

五陰無生滅者思惟五陰本末故見五陰無生滅見地等六性如法性如法性不可得六性亦不可得知六情雖是苦樂等心心數法因緣以正智推求亦知是空了達三種皆知是空有行者貪著於空則還妨道是故說莫貪著空隨於世俗說空名字如是法者能淨尸羅問曰若爾者云何言五陰諸法答曰以空故五陰諸法空最後言莫著於空者空亦應捨如是無有邪疑法妨礙尸羅問曰五陰諸法以有相可相故決定有如說色是苦惱相覺苦樂是受相現有如是等諸相云何言非空非不空答曰

惱壞是色相　何等爲是色　若惱是色相
離相無可相　此相在何處　無相無可相
世界終無有　無相有可相　相與及可相
非合非不合　其來無所從　去亦無所至
若有合非合　成於相可相　如是則爲失
相及可相相　以相成可相　相亦不自成
相自不能成　云何成可相　世界甚可愍
分別相可相　迷惑諸所經　邪師所欺誑
相可相則是　無相無可相　如是眼見事
如何不能知　隨計相可相　有如是戲論
隨起戲論時　則墮煩惱處

復次行者以不來不去門觀諸陰性入空如說

生老病死法　生時無從來　生老病死法
滅時無所去　諸陰界入性　生時無從來
滅時無所去　佛法義如是　如火非人功
亦不在鑽木　和合中亦無　而因和合有
薪盡則火滅　滅已無所去　諸緣合故有
緣散則皆無　眼識亦如是　不在於眼中
不在於色中　亦不在中間　不在和合中
亦不離和合　亦不從餘來　而因和合有
和合散則無　諸法亦如是　生時無從來
滅時無所至　如彼龍心力　而有陰雲現
不從龍身出　亦不餘處來　而此大陰雲
雨流滿世界　然後乃消滅　亦無有去處
如雲無來去　諸法亦如是　生時無從來
滅時無所去　如壁上畫人　不在一一綵
亦不在和合　壁中亦復無　畫師所亦無
畫筆中亦無　不從餘處來　而因和合有
和合散則無　諸法亦如是　有時無從來

無時無所去　燈焰不在油　亦不從炷出
亦不餘處來　而因油炷有　因緣盡則滅
滅時無去處　諸法來去相　皆亦復如是

復有四法能淨尸羅所謂

能自思量身　不自高下他　此二無所得
心倚無有慢　觀諸法平等　是四淨尸羅

能自思量者行者作是念我身不淨無常死相爲何所直如是念已即不自高下於他人信解身及他無我我所故無所得倚者得如是法故心輕柔軟堪任受法以此倚樂心不自高觀諸法平等者以空觀有爲無爲法一切悉等無上中下差別如說

若當因於下　而有中上者　下不作中上
云何因下有　下自作下者　中上先定有
若當因於中　而有下上者　中不作下上
云何因中有　中自作中者　下上先定有
若當因於上　而有中下者　上不作中下
云何因上有　上自作上者　中下先定有
因下不得作　不因亦不得　若先定有者
不應因於下　若先定無者　云何成中上
因中不得作　不因亦不得　若先定有者
不應因於中　若先定無者　云何成下上
因上不得作　不因亦不得　若先定有者
不應因於上　若先定無者　云何成中下

復次以空一相故觀諸法皆平等衆生亦如是如說

智者於空中　不說分別相　空一而無異
能如是見空　是則爲見佛　佛不異空故
說言諸佛一　一切衆生一　一切法一法
無上中下別　一切佛世尊　離自性他性

一切諸衆生　亦離自他性　一切法亦爾
離自性他性　以是因緣故　是故名一相
有諸佛則非　無諸佛亦非　有諸衆生非
無諸衆生非　有諸法則非　無諸法亦非
離於有無故　名之爲平等　一切佛世尊
衆生及諸法　一切不可取　名諸法平等
一切佛衆生　及法無差別　不可分別故
名之爲平等　諸佛與衆生　并及一切法
入生住滅中　寂滅無所有　亦無所從來
亦復無所去　以無來去故　名之爲平等
諸佛與衆生　并及一切法　悉皆無所有
過一切有道　此三非是等　亦復非非等
非等非非等　非非等不等　如是說諸法
皆等無差別

復有四法能淨尸羅如說

善能信解空　不驚無相法　衆生中大悲
能忍於無我
如是之四法　亦能淨尸羅

行者了達諸法無自性無他性故名爲信解空如說

一切所有法　終不自性生　若從衆緣生
則應從他有　不從自性生　云何從他生
自性已不成　他性亦復無　若離自性相
則無有自性　若離於自性　則無有自相
自性自性相　不以合故有　不以散故有
二定有則無　他不能生法　自亦不能生
自他亦不能　離二亦不生　若無有自者
云何從他生　離於世俗法　則無有自他
若他從他生　他即無生體　無體則非有
以何物生他　以無自體故　他生亦復無

四種皆空故　無法定生滅
不驚無相者信樂遠離諸相故不驚如是說
一切若無相　一切即有相　寂滅是無相
即爲是有法　若觀無相法　無相即爲相
若言修無相　即非修無相　若捨諸計著
名之爲無相　取是捨著相　則爲無解脫
凡以有取故　因取而有捨　離取取何事
名之以爲捨　取者所用取　及以可取法
共離俱無有　是皆名寂滅　若法相因成
此即爲無性　若無有性者　此即無有相
若法無有性　此即無相者　云何言無性
即名爲無相　若用有與無　亦遮亦應聽
雖言心不著　是則無有過　何處先有法
而後不滅者　何處先有然　而後有滅者
此有相寂滅　同無相寂滅　是故寂滅語
及寂滅語者　先來非寂滅　亦非不寂滅
亦非寂不寂　非非寂不寂
衆生中大悲者衆生無量無邊故悲心亦廣大復次諸佛法無量無邊無盡如虛空悲心是諸佛法根本能得大法故名爲大悲一切衆生中最大者名爲佛佛所行故名爲大悲忍無我法者信樂實法故諸佛皆一涅槃道故名爲無我法若入此法中心則不忍如小草入火則燒盡若眞金入火能堪忍無失如是若凡夫人不修習善根入無我中不能堪忍即生邪疑是菩薩無量世來修習善根智慧猛利諸佛護念雖未斷結使入無我法中心能忍受無我法者陰界入十二因緣等諸法是破我因緣如先說是故欲淨尸羅當行此四法復次

有四破尸羅　而似持尸羅　行是當精進
自制慎莫爲

寶頂經迦葉品中佛告迦葉四種破戒比丘似如持戒比丘何等四迦葉有比丘於經戒中盡能具行而說有我迦葉是名破戒似如持戒復次迦葉有比丘誦持律經守護戒行於身見中不動不離是名破戒似如持戒復次迦葉有比丘具行十二頭陀而見諸法定有是名破戒似如持戒復次迦葉有比丘緣衆生行慈心聞諸行無生相心則驚畏是名破戒似如持戒迦葉此四破戒人似如持戒

復次

世尊之所說　沙門有四品　應爲第四者
遠離前三種

迦葉品中說四種比丘行者應學第四沙門不應爲三何等爲四佛告迦葉有四種沙門一者形色相沙門二者威儀矯異沙門三者貪求名利沙門四者眞實行沙門云何名爲形色相沙門有沙門形沙門色相所謂著僧伽梨剃除鬚髮執持黒鉢而行不淨身業不淨口業不淨意業不淨寂滅不善慳貪懈怠行惡法破戒不樂修道是名形色相沙門云何威儀矯異沙門有沙門具四種威儀審諦安詳趣得衣食行聖種行不與在家出家和合少於語言以是所行欲取人意心不清淨如此威儀不爲善不爲寂滅而見諸法定有於空無所有法畏如墮坑見說空者生怨家想是名威儀矯異沙門云何爲貪求名利沙門有沙門雖强能持戒作是念云何令人知我持戒强求多聞云何令人知我多聞强作

阿練若法云何令人知我是阿練若强行少欲知足遠離云何令人知我少欲知足行遠離法非爲猒離心故非爲滅煩惱故非以求八直聖道故非爲涅槃故非度一切衆生故是名求名利沙門云何眞實行沙門有沙門尚不貪惜身何況惜名利聞諸法空無所有心大歡喜隨説而行尚不貪惜涅槃而行梵行何況貪惜三界尚不著空見何況著我人衆生壽者命者知者見者見但於諸煩惱中而求解脱不於外求觀一切法本來清淨無垢此人但依於身不依於餘以諸法實相尚不貪法身何況色身見法離相不以言説尚不分別無爲聖衆何況衆會不爲斷不爲修習故不惡生死不樂涅槃無縛無解知諸佛法無有定相知已不往來生死亦復不滅迦葉是隨眞實行沙門迦葉汝等應勤行眞實行沙門莫爲名字所害復次

不爲王等法　而持於尸羅　亦不依生等
而持於尸羅

行者欲淨尸羅不應爲王等法王等法者佛爲淨德力士説善男子菩薩尸羅者乃至失命因縁猶不破戒不期爲國王故持戒不期生天故持戒不期爲釋提桓因不爲梵天王不爲富樂自在力故持戒不爲名聞稱讚故不爲利養故持戒不爲壽命故不爲飲食衣服卧具醫藥資生物故持戒不依生等法者不爲生天人持戒不自依持戒不依他持戒不依今世持戒不依後世持戒不依色不依受想行識不依眼不依入不依耳鼻舌身意故持戒不依欲界色界無色界故持戒不爲

得脱地獄畜生餓鬼阿脩羅惡道故持戒不爲畏天中貧故持戒不爲畏人中貧故持戒不爲畏夜叉貧故持戒問曰若不爲如此等法者爲何法故持戒答曰

爲欲令三寶　久住故持戒　爲欲得種種
利益故持戒

三寶久住者爲不斷佛種故持戒爲轉法輪故持戒爲攝聖衆故持戒爲脱生老病死憂悲苦惱故持戒爲度一切衆生故持戒爲令一切衆生得安樂故持戒爲令衆生到安隱處故持戒爲修禪定故持戒爲智慧解脱解脱知見故持戒是事如淨德經中廣説

菩薩能如是　成就於尸羅　不失於十利
及餘種種利　亦復不墮於　四難處邪道
不得四失法　不值四壞法　又得不欺誑
諸佛等四法　能過墮地獄　十事諸怖畏

不失於十利者不失常爲轉輪聖王常於彼中不失不放逸心不失常作釋提桓因常於彼中不失不放逸心常不失求諸佛道常不失諸菩薩所教化事常不失樂説辯才常不失種諸善根福德滿足所願常不失爲諸佛菩薩賢聖所讃常不失疾能具足一切智慧是爲十種種利者於種種功德不退失如經中説菩薩善守持戒常爲諸天所讃諸龍王善護諸人供養常爲諸佛所念常爲世人大師愍念衆生不墮四難處等邪道者菩薩能如是成就尸羅者不墮四難處一不生無佛處二不生邪見家三不生長壽天四不墮一切惡道得四不失法者一不失菩提心二不失念佛三不失常求多聞四不失念無量世

事不值四壞法者一不值法壞二不值刀兵三不值惡毒四不值飢餓得四不誑法者一不欺誑十方諸佛二不欺誑諸天神等三不欺誑衆生四不自欺誑身又過十怖畏者菩薩如是清淨持戒能過墮地獄等十怖畏何等十一能過地獄怖畏二能過畜生怖畏三能過餓鬼怖畏四能過貧窮怖畏五能過誹謗訶罵惡名怖畏六能過諸煩惱所覆怖畏七能過聲聞辟支佛正位怖畏八能過天人龍神夜叉乾闥婆阿脩羅迦樓羅緊那羅摩睺羅伽等怖畏九能過刀兵惡毒水火師子虎狼他人所害怖畏十能過邪見怖畏菩薩如是淨持於戒則能住諸佛法所謂四十不共法堪任爲法器

讚戒品第三十五

菩薩如是淨持尸羅能攝種種功德諸利如無盡意菩薩說復次略讚尸羅少分尸羅者是出家人第一所喜樂處如年少富貴最可喜樂能增長善法如慈母養子能防護衰患如父護子尸羅能成就諸出家者一切大利如白衣多財尸羅能救一切苦惱如正行順理尸羅善人所敬如報恩法尸羅人所愛重猶如壽命尸羅智者所貴如智慧求解脫者善護尸羅如王密事大臣守護樂道利者愛重尸羅如樂涅槃愛重佛法智慧之人善守尸羅如惜壽者護安身法救死時急尸羅爲最如遇急難得善知識尸羅清淨莊嚴賢人如貴家女慚愧無穢尸羅即是功德門如不諂曲開諸善利尸羅最是梵行之本如直心則是正見之本諸大人法以尸羅爲本如求

重位以直心爲本尸羅即是功德寶積如不放逸亦如正念能生諸利亦如賢友初中後善學正法者不得過越如海常限尸羅即是功德住處亦如大地萬物依止尸羅潤益諸善功德亦如天雨潤益種子能成五根如火熟物能生諸利如風成身尸羅能受一切道果亦如虚空含受萬物亦如吉瓶隨願皆得亦如美膳利益諸根尸羅善能通利諸道能令諸根清淨無礙智慧壽命以尸羅爲本猶如身命以氣息爲本尸羅即是最上依處如民依王尸羅即是諸功德主如軍大將尸羅得衆快樂如隨意婦能稱夫心若求涅槃及生天上尸羅即是學道資用如彼遠行必持衣粮尸羅將人令至善處如經險路得善導師尸羅度人從生死過猶如牢船能渡大海尸羅能滅諸煩惱患猶如良藥能消衆病尸羅器仗能禦魔賊如善兵器能對敵陣如所愛親經難不捨尸羅將人諸衰惱中隨護不捨尸羅能照後世癡冥如大燈明能除黒闇尸羅度人出諸惡道如渡深水得好橋梁尸羅能除煩惱熱急如清涼室能除毒熱欲墮惡趣尸羅能救如勇士持刀救人怖畏諸凡夫人應深愛尸羅如諸菩薩學諦勝處行者善行尸羅如諸菩薩行捨勝處得果之人善修尸羅亦如菩薩修滅勝處護持尸羅令人得果亦如菩薩修慧勝處不壞法者能淨尸羅如諸菩薩清淨無垢諸惡人等捨離尸羅如彼諂曲捨離直心放逸之人不行尸羅如慳貪者不行慧施放逸之人捨離尸羅如戲論者離寂滅法愚癡之人無有尸羅猶如盲

者不見五色無思惟者去尸羅遠如離八道去涅槃遠善愛身者深樂尸羅如阿羅漢深愛樂法尸羅能使無悔善法相續不斷如佛出世善事不絕尸羅能令諸道果住如佛神力令法久住尸羅如佛自利利人尸羅善護諸善功德如王知時能護國界尸羅安行者心如須陀洹果如時發事後則無悔尸羅究竟必得涅槃如菩薩願究竟得佛尸羅亦如良田好澤投之以種疾得增長尸羅是正行之因如知時方等是成諸事因如人端嚴福德智慧人所尊貴尸羅如是自他所敬如福德熟時心則安隱尸羅能使心得安隱受諸利報尸羅能令行者歡喜猶如好兒令父心悅尸羅則是無有過失無畏之法如人無過心則無畏尸羅令人今世後世無有怖畏無諸罪惡供養稱讃持尸羅者餘者亦喜自知有分尸羅親愛衆生如修慈定尸羅滅苦如修悲定尸羅與喜如修喜定尸羅無憎無愛如修捨定尸羅爲人所信如四種善語能令人信尸羅樂行如世法中常歡喜心如多聞是樂說因尸羅則是言行相應因尸羅是無畏因如辯才無畏尸羅是名聞因如通諸經有好名稱尸羅是能救法如易與語者爲人所救尸羅能成明解脱法如隨所說行尸羅是諸佛相如阿耨多羅三藐三菩提尸羅助修道法如定助慧尸羅令人無所畏難如大心膽無所畏懼尸羅是諸功德聚處猶如雪山寶物積聚信等功德諸希有事依止尸羅猶如大海有諸奇異亦如美果依止於樹尸羅與人隨所樂果如隨正智慧者如行即得

尸羅名爲無水而淨尸羅則是最上妙香不從根莖枝葉華果中出尸羅莊嚴過諸寶飾常住其身無能却者尸羅大樂不從五欲生後世亦有諸妙樂報尸羅是一切世間天人魔梵沙門婆羅門所讚歎者尸羅快樂自在身中不從他得生天涅槃之善方便尸羅即是信河正濟無有泥陷瓦石刺棘隨意可入善渡無礙尸羅是寶財無諸衰惱尸羅是淨道無能壞者猶如平路行者無難尸羅是好田不種不穫自然獲實尸羅是甘露果不從樹草生香美無比尸羅是好華不從水陸生常不萎壞尸羅除煩惱熱如冷水洗浴尸羅善守護勝諸刀仗行尸羅者不以人畏故而得恭敬尸羅是自在處無有諍競尸羅是好寶不從山生不從大海出而寶價無量尸羅能過不活畏入衆畏考掠畏墮惡道畏尸羅常隨逐人今世後世如影隨形

戒報品第三十六

菩薩離垢地　清淨具說已　菩薩住此地　常作轉輪王

第二地於十地中名爲離垢慳貪十惡根本永盡故名爲離垢菩薩於是地中深行尸羅波羅蜜是菩薩若未離欲此地果報因緣故作四天下轉輪聖王得千輻金輪種種珍寶莊嚴其輞真瑠璃爲轂周圓十五里百種夜叉神所共守護能飛行虛空導四種兵輕捷迅疾如金翅鳥王如風如念所詣之處滅諸衰患降伏怨賊一切小王皆來歸伏親族人民莫不愛敬普能照明聖王姓族種種華鬘瓔珞間錯莊校五種妓樂常隨逐之以奇妙

寶蓋羅覆其上行時有種種華香碎末栴檀
常雨供養燒眞黑沉水牛頭栴檀黃栴檀以
塗其身其輪兩邊天女執持白拂侍立種種
珍寶以爲其蓋其輪有種種希有之事而用
莊嚴是名金輪寶具足一切象相身大而白
如眞銀山生出神嶽大象家中能飛行虛空
伊羅婆那安闍那王摩那等諸大象王皆能
摧却是名白象寶具足馬相色如孔雀頸其
體輕疾如金翅鳥王飛行無礙是名馬寶貴
家中生身無疾病有大勢力形體淨潔憶念
深遠直心柔輭持戒堅固深敬愛王能通達
種種經書伎術是名主兵臣寶如財主天王
富相具足千萬億種諸寶伏藏常隨逐行千
萬億種諸夜叉神眷屬隨從皆是先世行業
之報善知分別金銀帝青大青金剛摩羅竭
硨磲碼碯珊瑚玻瓈摩尼眞珠瑠璃等種種
寶物悉能善知出入多少隨宜能用能滿王
願是名居士寶光明如日月照十六由旬形
如大鼓能滅種種毒蟲惡氣疾病苦痛人天
見者莫不珍愛好華瓔珞以爲莊嚴處在高
幢威光奇特能令衆生發希有心生大歡喜
是名珠寶其手爪甲紅赤而薄其形脩直高
隆潤澤不肥不瘦身肉次第肌膚厚實細密
薄皮不堪苦事身安堅牢如多羅樹身上處
處吉字明了吉樹文畫莊嚴其身象王牛王
馬王畫文旛蓋文魚文園林等文現其身上
踝平不現足如龜背足邊俱赤足跟圓廣蹲
腨柔輭膝圓不現脛如金柱如芭蕉樹如象
王鼻輭澤光潤腨圓而直橫文有三腹腨不
現齊圓而深脊背平直乳如頻羅果如雙鴛

奮圓起不垂柔輭鮮淨又其臂纖牖圓直長節隱不現其鼻端直不偏現出不大不小孔竅不現兩頰不深平滿不高兩邊俱滿額平而長有吉畫文耳輭而垂著無價環齒如真珠貫如月初生如雪如珂脣如丹霞如頻婆果上下相當不麤不細如赤真珠貫眼白黒青二色分明莊嚴長廣光明清淨其睫青緻長而不亂眉毛不厚不薄不高不下如月初生高曲而長兩邊相似髮輭而細潤澤不亂其身芬馨常有香氣如開種種上好香奩身諸毛孔常出真妙栴檀名香能悅人心口中常有青蓮華香身體柔輭如迦陵伽天衣細滑之事一切具足心無諂曲直信慚愧深愛敬王知時知方善有方便攝取王心坐起言語能得王意隨王意行常出愛語如人間德女衆好具足色如提盧多摩天女清淨分明如月十五日畫文炳現如帝釋夫人舍脂著天衣天鬘天香多以天光明金摩尼珠莊校其身善知歌儛妓樂娛樂戲笑之事善有方便隨意能令王發歡喜一切女中是女爲最是名玉女寶又轉輪聖王有四如意德一者色貌端嚴於四天下第一無比二無病痛三人民深愛四壽命長遠教誨衆生以十善業能令諸天宮殿充滿能減阿脩羅衆能薄諸惡趣增益善處能爲衆生多求利事有所施作不用兵仗以法治化天下安樂外無敵國畏内無陰謀畏又其國内無疫病飢餓及諸災横衰惱之事一切邊生皆所歸伏多有眷屬能疾攝人更無有能侵害國界其四種兵勢力具足諸婆羅門居士庶人皆共愛敬甘

香美食自然而有國界日增無有損減善能通達經書技藝筭數呪術皆悉受持巧能論說分別義趣群臣具足悉有威德常行財施無能及者千子端嚴如諸天子威德勇健能破强敵所住宮殿堂閣樓觀如四天王帝釋勝殿王所教誨無有能壞於四天下唯有此王威相具足故無能及者音聲深遠易聽易解不散不亂如迦羅頻伽鳥美輭和雅聞者悅耳眷屬同心不可沮壞所住之處地水虛空無有障礙威力猛士能堪大事念問於耆老不欺誑人心無妬嫉不忍非法無有瞋恨威儀安詳而不輕躁所言誠實未曾兩舌行施持戒常修善心進止知時不失方便神色和悅言常含笑未曾皺眉惡眼視人退失利者爲之作利已有利者令深知報懷慚愧心有大智慧威德尊嚴而能忍辱大丈夫相其性猛厲諸所爲事疾能成辦先正思量然後乃行王有法眼所爲殊勝善思量者乃與從事若不任者更求賢明善集福德財物清淨能自防護不破禁戒多饒財寶如毗沙門王有大勢力如天帝釋端嚴可愛猶如滿月能照如日能忍如地心深如海不爲苦樂之所傾動如須彌山王風不能搖諸寶妙事之所住處諸善福德之所依止是諸一切世間親族諸苦惱者之所歸趣無歸作歸無舍作舍有怖畏者與不怖畏轉輪聖王有　如是等相

能轉破戒者　令住於善法　其餘所行事

如初地中說

轉破戒者能令衆生捨惡行善得安樂事令住善法者能轉衆生惡身口意業令行善身

口意業此事如初地中說所謂見諸佛得諸三昧但彼數百此地數千以爲差別

十住毗婆沙論卷第十五

音釋

毼何葛切毲毼也 脇虛業切腋下也 懱莫結切輕易也 積子智切聚也 膳時戰切食物也 穫胡郭切刈禾也 萎於危切枯也 輞文紡切車輞也 轂古祿切所湊也 翅施智切 鬘莫班切 踝戶丸切足骨也 跟古痕切足踵也 蹲市兗切腓腸也 傭丑容切均直也 䏶部禮切股也 齌前西切與臍同 頰古協切面旁也 睫即涉切目旁毛也 緻直利切密也 奩力占切盛香器 儛罔甫切與舞同 躁則到切不安靜也

菩提資粮論

隋天竺三藏達摩笈多譯

清刻龍藏佛説法變相圖

菩提資粮論卷第一

聖者龍樹本　比丘自在釋

隋天竺三藏達摩笈多譯

今於諸佛所　合掌而頂敬　我當如教説

佛菩提資粮

佛者於一切所應知中得覺此爲佛義如所應知而知故又於無智睡眠中覺故覺者寤爲義以離無智睡故又諸釋梵等不覺此覺唯是名聲普遍三界者所能覺故一切諸佛乃覺此覺以一切種遍智唯佛所知非諸聲聞獨覺菩薩以不共法具足故諸者無闕故謂過去未來現在等頂者上分故合掌者攝手故敬者向禮故我説者自分別故如教者彼彼經中種種已説今亦如彼教説故佛者離無智故菩提者一切智智故資粮者能滿

菩提法故譬如世間瓶盈釜盈等盈是滿義如是以滿菩提法爲菩提資粮又以持爲義譬如世間共行日攝於熱月攝於冷攝是持義如是以持菩提法爲菩提資粮言資粮者即是持義又以長養爲義譬如世間有能滿千或百或十或唯自滿或難自滿菩提資粮亦復如是以長養菩提爲義又以因爲義如舍城車等因中說言舍資粮城資粮車資粮如是於生菩提因緣法中說名菩提資粮又以衆分具足爲義譬如祭祀分中杓火等具足名爲祭祀非不具足亦如身分頭手足等具足得名爲身非不具足施分亦如是施者施物受者迴向此等具足名施資粮非不具足戒等資粮亦如是是故衆分具足義是資粮義如是我說菩提資粮是能滿者持者長養者菩提因者菩提分具足者皆其義也

何能說無闕　菩提諸資粮　唯獨有諸佛
別得無邊覺

何能者何力也若聲聞若菩薩少分覺知無力能故若欲說諸菩提資粮無闕無餘唯是諸佛別得無邊覺者言無邊覺謂非少分覺故以佛世尊於無邊應知義中覺知無礙是故佛名無邊覺者又於欲樂及自疲苦斷常有無等邊見中覺而不著以所覺無邊見故佛名無邊覺者

問何故資粮唯佛能說餘人不能答

佛體無邊德　覺資粮爲根　是故覺資粮
亦無有邊際

佛體者即佛身也以彼佛體具足無邊功德故說佛體無邊德功德者謂可稱讚義若可

稱讚則名功德又是數數作義譬如數數誦習經書彼則說名作功德者又是牢固義譬如作繩或合二爲功或合三爲功又是增長義譬如息利或增二爲功或增三爲功又是依止義譬如諸物各以依止爲功如是佛體爲戒定等無邊差別功德依止故說佛體有無邊功德覺資粮爲根者彼菩提資粮與佛體無邊功德爲根本故根者建立義菩提者智也根即資粮以彼資粮能建立一切智智是故資粮爲佛體根本良由佛體有無邊功德須以無邊功德成彼佛體是故資粮亦無邊際

當說彼少分　敬禮佛菩薩　是諸菩薩等
次佛應供養

彼諸資粮無邊而智有邊是以說彼資粮不無能闕故言當說彼少分敬禮佛菩薩問應禮佛以一切衆生中最勝故何義此中亦禮菩薩答是諸菩薩等次佛應供養故諸菩薩等從初發心乃至覺場皆應供養菩薩有七種一初發心二正修行三得無生忍四灌頂五一生所繫六最後生七詣覺場此等菩薩於諸佛後次應供養以身口意及外物等而供養之初發心者未得地正修行者乃至七地得無生忍者住第八地灌頂者住第十地一生所繫者方入兜率陀最後生者兜率陀處往詣覺場者欲受用一切智智於七種菩薩中初發心菩薩一切衆生皆應禮敬何況餘者何以故深心寬大故如來教量故初發心菩薩發菩提心時於十方分無減諸佛土無減諸衆生無減以慈遍滿發菩提心若未

度衆生我當度之未解脱者我當解脱未穌息者我當穌息未寂滅者我當寂滅應聲聞者我當令入聲聞乘中應獨覺者我當令入獨覺乘中應大乘者我當令入大乘之中欲令衆生悉得寂滅非爲寂滅少分衆生以是深心寛大故一切衆生皆應禮敬何者爲如來教量如世尊說迦葉譬如新月便應作禮非爲滿月如是迦葉若信我者應當禮敬諸菩薩等非爲如來何以故從於菩薩出如來故又聲聞乘中亦說

於彼知法者　若老若年少　應供養恭敬
如梵志事火

以是故諸菩薩等次於佛後皆應供養如偈說

紹持佛種者　勝餘少分行　是故諸菩薩
次佛後供養　慈與虚空等　普遍諸衆生
是故最勝子　次佛後供養　於諸衆生類
大悲猶如子　是故此佛子　次佛後供養
悲心利衆生　無二似虚空　是故無畏者
次佛後供養　一切時如父　增長諸衆生
是故諸菩薩　次佛後供養　猶如地水火
衆生常受用　是故施樂者　次佛後供養
唯爲利衆生　捨離自樂因　是故彼一切
次佛後供養　佛及佛之餘　皆從初心出
是故諸菩薩　次佛後供養

問尊者巳正說資粮教縁起今應說資粮體

答

既爲菩薩毋　亦爲諸佛毋　般若波羅蜜
是覺初資粮

以般若波羅蜜是諸菩薩毋故爲菩提初資

粮何以故以最勝故如諸身根中眼根最勝諸身分中頭爲最勝諸波羅蜜中般若波羅蜜最勝亦如是以般若波羅蜜最勝故爲初資粮又前行故如諸法中信爲前行諸波羅蜜中般若波羅蜜前行亦如是以彼陀那若不迴向菩提則非陀那波羅蜜如是尸羅等不迴向菩提亦非尸羅等波羅蜜迴向菩提即是般若由般若前行故能迴向以是前行故諸波羅蜜中般若波羅蜜爲菩提初資粮又是諸波羅蜜三輪淨因體故以般若波羅蜜爲諸波羅蜜三輪淨因體是故般若波羅蜜爲菩提初資粮三輪淨者菩薩於般若波羅蜜中行布施時不念自身以離取自身故不念受者差別以斷一切處分別故不念施果以諸法不來不出相故如是菩薩得三輪淨施如淨施淨戒等亦如是以此般若波羅蜜是彼諸波羅蜜三輪淨因體故般若波羅蜜爲菩提初資粮又大果故般若波羅蜜大果勝諸波羅蜜如經說

菩提心福德　及以攝受法　於空若信解
價勝十六分

鞞羅摩經中大果因緣此中應說以是大果故般若波羅蜜爲菩提初資粮

問何故般若波羅蜜得爲菩薩毋答以能生故方便所攝般若生諸菩薩令求無上菩提不求聲聞獨覺以是生佛體因故般若波羅蜜爲菩薩毋又置於五波羅蜜中故如言冥鉢囉膩波低也冥爲性鉢囉膩波低爲誦即此性相是爲摩多（摩多翻爲毋於字聲論中摩多字從冥鉢囉膩波低語中出冥是摩多體性鉢邏膩波低是誦摩多義鉢邏膩波低工翻爲置故以置爲毋義）

譬如母生子時或置牀敷或置地上般若波羅蜜亦如是生彼求菩提菩薩時置於施等五波羅蜜中以能置求菩提菩薩故說般若波羅蜜爲菩薩母又以量故如言茫摩泥也茫爲性摩泥爲誦即此性相是爲摩多（於字聲論中摩多字又從茫摩泥語中出茫亦是體性摩泥是誦其義摩泥正翻爲量故以量爲母義）譬如母生子已隨時籌量如是我子以此食故身增以此故損減菩薩亦如是以般若波羅蜜自量其身我應如是布施我應如是持戒等以是自量因緣故說般若波羅蜜爲菩薩母又以斟量故譬如量物有鉢邏薩他有阿宅迦有突嚧拏有佉梨底等（如此間合升斗斛之類）斟量諸菩薩亦如是此初發心此修行此得忍等以斟量因緣故說般若波羅蜜爲菩薩母又以脩多羅中誦故所謂於諸經中作母名誦彼等經中有名稱遍諸佛國菩薩名毗摩羅吉利帝說伽他言（舊云維摩詰者不正）

般若波羅蜜　菩薩仁者母　善方便爲父
慈悲以爲女

復有餘經亦如是誦以脩多羅量故說般若波羅蜜爲菩薩母

問何故般若波羅蜜亦爲諸佛母

答以出生及顯示無障礙智故過去未來現在諸佛由般若波羅蜜阿含故煩惱已盡當盡今盡以是出生故般若波羅蜜爲諸佛母顯示無障礙智者以過去未來現在諸佛世尊顯示無障礙智皆般若波羅蜜中顯以是顯示無障礙智故諸佛亦以般若波羅蜜爲母此中有輸盧迦

由大悲相應　般若波羅蜜　於無爲際岸

佛子能超過　得到無等覺　利攝諸衆生
智度爲毋故　大人能如是　由得智度故
乃得成佛體　故爲諸佛毋　勝仙之所說

何故此名般若波羅蜜以不與聲聞獨覺共故名般若波羅蜜於上更無所應知故名般若波羅蜜此智到一切彼岸故名般若波羅蜜此般若波羅蜜餘無能勝故名般若波羅蜜三世平等故名般若波羅蜜虛空無邊平等故名般若波羅蜜如是等勝因緣如般若波羅蜜經中說故名般若波羅蜜

問已略說菩提初資粮第二資粮今應說

施戒忍進定　及此五之餘　皆由智度故
波羅蜜所攝

此中陀那波羅蜜爲第二菩提資粮以般若前行故菩薩爲菩提而行布施是故施爲第二資粮於中生他身意樂因名布施非爲作苦彼有二種謂財施法施財施亦有二種謂共識不共識共識亦有二種謂內及外若施自身支節若全身施是爲內施若施男女妻妾及二足四足等是爲外施不共識亦有二種謂可食不可食此有多種若施身內受用飲食等物是爲可食若施身外受用香鬘所攝金銀珍寶衣服土田財物園池遊戲處等是爲不可食然可受用法施亦有二種謂世間出世間若因法施於流轉中（舊云生死者非正翻名今改爲流轉也已後諸云流轉者皆是此義）出生可愛身根境界是爲世間若因法施果報越度流轉是爲出世間彼財施法施各有二種謂有著無著若爲自身若爲資生若爲勝果希望相續以財法施是爲有著若爲利益安樂一切衆生若爲

無障礙智是爲無著其餘更有無畏施等亦
隨順入財施中彼二種施果及餘氣謂津液也具
如大乘經說此中當略說偈
飲食及被服　隨須皆布施　亦施花鬘燈
末香與音樂　或施諸美味　藥物及椅枕
養病之所須　并醫人給侍　男女與妻妾
奴婢及倉庫　莊飾諸婇女　隨須皆布施
所有諸寶物　種種莊嚴具　象馬車乘等
妙物盡施之　園林修道處　池井集會堂
土田并雜物　客舍等皆施　若二足四足
若復一洲渚　村落與國都　及王境悉施
施所玩好物　利樂悕須者　爲諸衆生依
怖者施無畏　施其所難捨　手足眼耳鼻
亦施心與頭　舉身悉能捨　修行布施時
常於受者所　應生福田想　亦如善眷屬
布施諸果報　具足善聚集　迴向爲自他
成佛及淨土　菩薩所行施　正迴向佛體
此菩薩陀那　得名波羅蜜　若彼若此岸
亦無能說者　施果到於彼　說爲施彼岸
今說施主差別
不貪於愛果　悲故三輪淨　正覺說彼施
是爲求菩提　我已作此事　正作當亦作
若作如是捨　傭賃非布施　貪增施果故
隨須即能捨　說爲息利人　智念非施主
不貪增益果　唯以悲心施　此名眞施主
餘皆是商販　如大雲遍雨　諸處等心施
此名大施主　餘皆是少分　施及施果報
哀愍與須者　施主於衆人　猶如其父母
不念所施物　受者及施者　而常樂布施
此名爲施主　若不分別佛　菩提與菩薩

而爲菩提施　彼當速成佛

問已解釋陁那波羅蜜今應說尸羅波羅蜜答波羅蜜義如前解釋尸羅義今當說以尸羅故說爲尸羅言尸羅者謂習近也此是體相又本性義如世間有樂戒苦戒等又清涼義爲不悔因離心熱憂惱故又安隱義能爲他世樂因故又安靜義能建立止觀故又寂滅義得涅槃樂因故又端嚴義以能莊飾故又淨潔義能洗惡戒垢故又頭首義能爲入衆無怯弱因故又讃歎義能生名稱故此戒是身口意善行所轉生於中遠離殺生不與取欲邪行等是三種身戒遠離妄語破壞語麤惡語雜戲語等是四種口戒遠離貪瞋邪見等是三種意戒如是等身口意善行所轉生十種戒與貪瞋癡所生十種惡行爲對治彼十種惡行下中上常習近故墮於地獄畜生閻摩世等如前數十種善行戒若不與覺分相應下中上常習近故隨福上上差別當得天人差別若與覺分相應十種善行戒上上常習近多作故當得聲聞地及菩薩地中轉勝差別又此菩薩戒聚有六十五種無盡如無盡意經中說當知又略說有二種戒謂平等種蒔戒不平等種蒔戒平等種蒔戒者以此善身口意積聚故於生生中種蒔若界若富樂若聲聞獨覺若相報若淨土若成熟衆生若正遍覺等彼皆說名平等種蒔戒與此相違名不平等種蒔戒復有二種戒謂有作戒無作戒若於有作中有所作者名有作戒與此相違名無作戒復有九種戒謂凡夫戒外道五通戒人戒欲界天子戒色界天子

戒無色界天子戒謂學無學聲聞戒獨覺戒菩薩戒凡夫戒者入生處故盡外道五通戒者神通退故盡人戒者十善業道盡故盡欲界天子戒者福盡故盡色界天子戒者禪那盡故盡無色界天子戒者三摩鉢帝盡故盡諸學無學聲聞戒者究竟涅槃故盡獨覺戒者闕大悲故盡菩薩戒者則無有盡以此戒能顯明諸戒故種子相續無盡故菩薩相續無盡故如來戒無盡故以此因緣菩薩戒者說名無盡諸菩薩戒迴向菩提故說名戒波羅蜜此中有輸盧迦偈

猶如父愛功力子　亦如自身愛壽命
出離有愛戒亦爾　大心健者之所愛
此戒牟尼習近已　解脫於欲離有愛
似烏凡人所棄捨　智者常當愛此戒
此戒利益於自他　令身端嚴離憂乏
此世他世勝莊嚴　是戒智者當所愛
此戒不由於他力　非不可得非乞求
皆因自力而得之　是故上人愛此戒
財物國境并土地　自身肌肉及以頭
皆能捨之不捨戒　爲欲淨彼勝菩提
假使從天墜於地　設令自地昇於天
爲滿離垢無染地　應當決定不移動
若已滿足戒方便　此時即得第二地
既得離垢清淨地　是時成就心所欲
若復天人脩羅世　及畜生中可化者
善知教化方便已　隨念往彼利益之
或以布施攝衆生　或以愛語入其意
或復與其安隱利　或與同事助其力
或在人中爲其主　或居天衆而自在

彼彼方便引導之　悉當安置於白法
具足實戒神通故　便能乾竭於大海
世間盡時火增盛　於剎那頃悉能滅
觀於世間種種惱　惱而生病由離親
智者有戒通方便　爲世親依示勝道

問已解釋尸羅波羅蜜今應說羼提波羅蜜

答此中羼提者若身若心受諸苦樂其志堪忍不高不下心無染濁此名略說羼提若自在說則施設爲三謂身住持心住持法住持於中身住持忍者謂身所遭苦若外有心無心不愛之觸所生身苦堪忍不計此名身住持忍外所生者謂以食因緣故起怖瞋癡及蚊虻蛇虎師子熊等二足四足多足諸有心物無量因緣逼惱於身或復來乞手足耳鼻頭目支節而割截之於此惡事心無悶亂亦無動異此名身住持忍又暴風盛日寒熱雨雹擊觸因緣諸無心物來逼惱時遍身苦切而能安受此亦名忍又內身所起界動因緣故風黃痰癊及起所生四百四病極爲身苦於逼惱時能忍不計亦名身住持忍於中心住持忍者若有罵詈瞋嫌呵責毀謗挫辱欺誑等不愛語道來逼惱時其心不動亦無濁亂此名心住持忍又八種世法所觸謂得利失利好名惡名譏譽苦樂中心無高下不動如山是名心住持忍又斷順眠瞋故無殺害心無結恨心無鬪諍心無訴訟心自護護他於衆生中慈心相應與悲共行起歡喜意恒作捨心此等亦名心住持忍於中法住持忍者於內於外如實觀察故外者謂罵詈殺害等罵詈者聲字和合同時不散以剎那故字

空故聲如響故不可說次第相應義此中無有罵詈但諸餘凡夫虚妄分别而生瞋怒若字與聲自性義中知不可得心則隨順不相違背平等忍受此名法住持忍又於殺害者所當作是念身非害者身若無心則如草木壁影等故心亦非害者以心非色無所觸礙故於第一義中無殺害者作是觀時不見殺害堪能忍之此名法住持忍内者謂觀内法時作如是念色如聚沫從緣而起無動作故不自生故空故離我我所故受如泡想如陽焰行如芭蕉識如幻從緣而起無動作故不自生故刹那生滅故空故離我我所故於中色非我色非我所如是受想行識識非我識非我所此等諸法從緣而生若從緣生則自性無生若自性無生則無能害者如是觀時若内若外諸法自性皆不可得此名法住持忍若於身心法中作自性觀時即是順無生忍此名略說羼提波羅蜜如修多羅中具說

此中有聖者頌

怨親及中人　悲念常平等　瞋因尚無有
何得瞋衆生　善修習常慈　衆生同已體
平等無有二　云何怒衆生　心常捨離瞋
多生於愛喜　健者旣無礙　云何與世違
於諸衆生所　常求作利祐　云何起瞋恚
得加衆生惡　世間八法觸　其心不動搖
譬如口吹山　應知彼得忍　深心離諸垢
礙事不能汙　如泥泥虚空　應知彼得忍
於身無所愛　於命亦不貪　諸怨悉不能
動其相續志　於非可愛聲　安心猶如響
諸言亦如化　忍心便在手　不於五衆中

取我及命相　身亦非我所　應知彼得忍
若不見於我　及我所自性　便得無生忍
佛子最安隱

菩提資粮論卷第一

音釋

釜扶雨切鍑屬　膩女利切　壚音盧　佉丘迦切　伽他梵語也此云頌他唐何切　猗隱綺切猗于也　悕香衣切與希同　蒔辰之切　痰徒甘切病液也　癊於禁切心中病也

菩提資粮論卷第二

聖者龍樹本　比丘自在釋

隋天竺三藏達摩笈多譯

問已解釋忍波羅蜜今應說精進波羅蜜答勇健體相勇健作業等是爲精進於中諸菩薩等從初發心乃至究竟坐菩提場建立一切菩提分相應身口意善業此名精進波羅蜜又復若與諸凡夫及學無學聲聞獨覺等不共精進此名精進波羅蜜精進有三種謂身口意彼身口精進以心精進而爲前行略說有三種福事若身與福事相應是身精進若口與相應是口精進若意與相應是意精進又於若自利若利他善中身健行是身精進口健行是口精進意健行是心精進復有三十二種菩薩精進謂不斷三寶種精進成熟無量衆生精進攝受無量流轉精進無量供養給侍精進聚集無量善根精進出生無量精進精進善說令衆生歡喜精進安隱一切衆生精進隨諸衆生所作精進於諸衆生中行捨精進受諸戒學精進忍力調柔精進出生諸禪那三摩提三摩鉢帝精進滿足無著智慧精進成就四梵行精進出生五神通精進以一切佛土功德成已佛土精進降伏諸魔精進如法降伏諸外論師精進滿足十力無畏等佛法精進莊嚴身口意精進得度諸有所作精進害諸煩惱精進未度者令度未脫者令脫未穌息者令穌息未涅槃者令涅槃精進聚集百福相資粮精進攝受一切佛法精進遊無邊佛土精進見無量諸佛精進此諸精進從大悲出離身口意故住不取

不捨故得不舉不下故攝不生不起故如是等三十二法具足巳精進波羅蜜當得清淨滿足此中亦有聖頌

彼諸施等波羅蜜　精進之力所成就
是故精進爲根本　諸菩薩等得佛身
精進方便求菩提　我念精進勝方便
以其捨離精進巳　方便不能作所作
若唯獨有一方便　則無策勤作事業
所作皆是精進作　是故精進勝方便
心有巧力爲方便　此心從此精進生
是故諸有所作事　皆以精進爲根本
諸論及以工巧等　具精進故到彼岸
是故於諸所作中　精進最爲成就者
所有自在及財物　精進之人則能得
是故諸有安樂事　皆以精進爲得因
以有殊勝精進故　佛於聲聞爲上首
是故此之精進力　最爲勝因非餘行
勝上精進勇健者　於地地中雖同地
而彼恒得最勝上　是故常應起精進
佛在菩提樹下時　以精進故覺菩提
是故精進爲根本　得佛身因前巳說

問巳略解釋精進波羅蜜今應說禪那波羅蜜答禪那者有四種禪那謂有覺有觀離生喜樂遊於初禪無覺無觀定生喜樂遊第二禪離喜行捨念慧受樂遊第三禪滅於苦樂捨念清淨不苦不樂遊第四禪於此四種禪那中離證聲聞獨覺地迴向佛地巳得名禪那波羅蜜諸菩薩有十六種禪那波羅蜜諸聲聞獨覺之所無有何者十六種謂不取實禪不著味禪大悲攀緣禪三摩地迴轉禪起

作神通禪心堪能禪諸三摩鉢帝禪寂靜復寂靜禪不可動禪離惡對禪入智慧禪隨衆生心行禪三寶種不斷禪不退墮禪一切法自在禪破散禪如是等十六種是爲禪那波羅蜜不取實禪者爲滿足如來禪故不著味禪者不貪自樂故大悲攀緣禪者示現斷諸衆生煩惱方便故三摩地迴轉禪者攀緣欲界爲緣故起作神通禪者欲知一切衆生心行故心堪能禪者成就心自在智故諸三摩鉢帝禪者勝出諸色無色界故寂靜復寂靜禪者勝出諸聲聞獨覺三摩鉢帝故不可動禪者究竟後邊故離惡對禪者害諸熏習相續故入智慧禪者出諸世間故隨衆生心行禪者度諸衆生故三寶種不斷禪者如來禪無盡故不退墮禪者常入定故一切法自在禪者諸業滿足故(第十六破散禪本闕不解)又念淨慧淨趣淨慙淨持心希望淨迴向菩提淨根淨無依淨不取實淨起作神通淨心堪能淨身遠離淨內寂靜淨外不行淨有所得見淨無衆生無命無人淨三界中不住淨覺分門淨離翳光明淨入智慧淨因果不相違淨業思惟忍淨開胞藏相智淨攝方便善巧淨菩提場障礙淨不著聲聞獨覺淨安住禪那出生光明淨佛三摩地不散亂淨觀自心行淨知諸衆生各各根如應說法淨(本闕二淨)彼十六種禪那波羅蜜由此三十二淨故得清淨得入如來地此中有輪盧迦

若彼十六種　及三十二淨　與禪度相應
是爲求菩提　到禪那彼岸　善知禪那業
智者五神通　出生不退墮　諸色無有盡

通達其實性　亦以勝天眼　普見諸色相
雖以淨天耳　遠聞諸音聲　智者通達知
聲非可言説　所有衆生心　觀其各各相
諸心猶如幻　了知其自性　衆生宿世住
如實能念知　諸法無過去　亦知其自性
往詰俱知土　見土具莊嚴　土相如虚空
了知其實性　衆生諸煩惱　皆以亂心生
是故勝智者　廣修諸禪定
問所解釋禪那波羅蜜者略説已竟今應次
第説般若波羅蜜答般若波羅蜜者如前解
釋爲初資粮中已説我今更釋其相如先偈
説
施戒忍進定　此五種之餘　彼諸波羅蜜
智度之所攝
此餘有四波羅蜜謂善巧方便波羅蜜願波羅蜜力波羅蜜智波羅蜜等此四波羅蜜皆是般若波羅蜜所攝般若波羅蜜者若佛世尊於菩提樹下以一念相應智覺了諸法是般若波羅蜜又是無礙相以無身故無邊相等虚空故無等等相諸法無所得故遠離相畢竟空故不可降伏相無可得故無句相無名身故無聚合相離來去故無因相離作者故無生相生無有故無去至相離流轉故無散壞相離前後際故無染相不可取故無戲論相離諸戲論故無動相法界自體故無起相不分別故無量相離量故無依止相依止無有故無汙相不出生故不可測相無邊際故自然相知諸法自性故又般若波羅蜜是聞慧相及正思惟入彼聞慧相有八十種謂樂欲等正思惟入有三十二種謂安住奢摩

他等又般若波羅蜜不與十六種宿住等無明俱如是等般若波羅蜜相隨量已說若具說者乃有無量此般若波羅蜜所攝方便善巧波羅蜜中有八種善巧所謂衆善巧界善巧入善巧諦善巧緣生善巧三世善巧諸乘善巧諸法善巧此中善巧波羅蜜無有邊際又復隨於何等生趣以何等行相爲菩提故得自增長善根及調伏衆生於彼彼生趣於彼彼行中此一切處凡所應作種種方便諸大人等所分別說我今說彼經中微滴之分若已作今作微少之善能令滋多能令無量此爲方便不自爲已唯爲衆生此爲方便唯以陀那令諸波羅蜜滿足此爲方便如是以尸羅攝諸生處以羼提莊嚴身口心爲於菩提以毗梨耶安住精進以禪那不退於禪以般若捨離無爲以慈爲作依護以悲不棄流轉以喜能忍不喜樂事以捨發起諸善以天眼攝取佛眼以天耳滿足佛耳以他心智知各各根以宿住念知三世無礙以自在通得如來自在通以入衆生心欲知諸行相已度還入無染而染捨擔更擔無量示量最勝現劣以方便故涅槃相應而墮在流轉雖行涅槃不畢竟寂滅現行四魔而超過諸魔達四諦智及觀無生而不入正位雖行憒閙而不行順眠煩惱雖行遠離而不依身心盡雖行三界而於界中不行世諦雖行於空而一切時恒求佛法雖行無爲而不於無爲作證雖行六通而不盡漏雖現聲聞獨覺威儀而不捨樂欲佛法如是等巧方便波羅蜜中所有教化衆生方便彼等方便是菩薩教化巧方

便住處應知此中有輸盧迦

畜生道中諸苦惱　地獄餓鬼生亦然
於流轉中相應受　衆生種種諸過惡
此等苦聚不能障　於衆生處起哀愍
諸佛便說彼菩薩　一切世間無礙悲
論中若有善該綜　衆多别人所作業
工巧等明及餘事　皆以愛語授與之
戒財聞修寂調等　以此功德攝化他
攝已復令常相續　勝仙說爲佳善道
或現女身化男子　令其調伏而受教
或現男身化女人　令其調伏而受教
若不猒於染境樂　愍其無道令入道
隨衆生門種種化　極逼惱處亦不捨
或有信解於無我　及知諸法離自性
是人未離世間法　但作如此觀察轉
於業及果生信順　而有無邊諸苦事
當於受彼苦果時　不喜諸苦所逼切
若於聲聞出家者　便置安隱寂靜處
或復置於緣覺道　或置十種妙力乘
令其當得正覺乘　或得寂靜及天趣
若應觀察現見果　如其所作正安置
如是從初至究竟　丈夫難事皆能爲
依彼種種巧方便　捨離一切愛不愛
此乘諸佛所讚歎　百千功德而莊嚴
能生世間極淨信　以說勝妙善道故
於緣覺乘聲聞乘　及以天世諸乘中
皆以十善而成熟　亦於人乘成熟人

已解釋善巧方便波羅蜜我今當說願波羅蜜諸菩薩最初有十大願所謂供養給侍諸佛無餘是第一大願於彼佛所持大正法攝

受正覺普護正教是第二大願諸世界中諸佛出興始從住兜率宮乃至下降入胎住胎初生出家證正覺請轉法輪入大涅槃皆往其所受行供養初不捨離是第三大願諸菩薩行曠大無量不離諸波羅蜜所攝善淨諸地出生總分別分同相異相共轉不共轉等諸菩薩行如實如十地道說修治波羅蜜教誡教授授已住持發起出生如是等心是第四大願無餘衆生界有色無色有想無想卵生胎生濕生化生三界同入六趣共居諸生順去名色所攝無餘衆生界皆悉成熟令入佛法斷除諸趣安立於一切智智是第五大願無餘諸世界曠大無量若細若麤若横若倒若平住等同入共居順去十方分分猶如帝網入於分分以智順行是第六大願一切土即一土一土即一切土平等清淨無量國土普皆莊嚴離諸煩惱淨道具足無量智相衆生充滿入佛上妙境界隨衆生心示現令其歡喜是第七大願爲與諸菩薩同一心故爲不共善根聚集故爲與諸菩薩同一攀緣常不離菩薩平等故爲發起自心入如來威神故爲得不退行神通故爲遊行諸世界故爲影到諸大衆輪故爲自身順入諸生處故爲具足不思議大乘故爲行菩薩行故是第八大願爲昇不退轉行菩薩行故爲身口意業不空故即於見時令決定佛法故爲出一音聲時即令入智慧故爲即於信時令轉煩惱故爲得如大藥王身故爲行諸菩薩行故是第九大願爲於諸世界中正覺阿耨多羅三藐三菩提故爲於一毛道中及餘一切毛

道中皆現出生坐道場轉法輪大般涅槃故爲以智慧入佛大境界威神故爲於一切衆生界如其深心佛應出時開悟令得寂靜而示現故爲正覺一法一切法悉涅槃相故爲出一音聲令諸衆生心歡喜故爲現大涅槃而不斷行力故爲現大智慧地安立諸法故爲以佛境界法智神通普遍諸世界故是第十大願如是等大欲大出生十大願爲首滿此十大願已建立菩薩阿僧祇百千餘願得住菩薩歡喜地此名願波羅蜜已解釋願波羅蜜我今當說力波羅蜜此中略說諸菩薩有七種力謂福報生力神通力信力精進力念力三摩提力般若力福報生力者如十小象力當二龍象力十龍象力當一香象力十香象力當一大香象力十大香象力當一大力士力十大力士力當一半那羅延力十半那羅延力當一那羅延力十那羅延力當一大那羅延力十大那羅延力當一過百劫菩薩力十過百劫菩薩力當一過百千劫菩薩力十過百千劫菩薩力當一得忍菩薩力十得忍菩薩力當一最後生菩薩力住此力已菩薩即於生時能行七步十最後生菩薩生時力乃當菩薩少年時力菩薩住此力已趣菩提場成等正覺得正覺已以過百千功德力故成就如來正遍知一種處非處力如是等十力成就此名諸佛菩薩及餘少分衆生福報生力神通力者謂四神足善修多作已以此希有神通力故得調伏諸衆生等彼以希有神力顯現若色若力若住持等若諸衆生應以此色像得調伏者即以此色像於彼

彼衆生所示現或佛色像或獨覺色像或聲聞色像如是或釋梵護世轉輪王等色像若復諸餘色像乃至畜生色像爲調伏衆生故示現如是色像若有多力憍慢瞋怒兇惡自高衆生應以此力得調伏者即現此力或大力士力或四分那羅延力或半那羅延力或那羅延力以此力故須彌山王高十六萬八千踰闍那寬八萬四千踰闍那以三指舉取如舉菴摩勒果擲置他方世界而四天王天及三十三天等無所嬈惱於菩薩力亦不減損又此三千大千世界雖復寬曠從於水界乃至有頂置之手掌經劫而住於諸神通道具足示現如是等力若有憍慢增上慢瞋怒兇惡自高衆生說法調伏令離憍慢增上慢瞋怒兇惡等彼得如是神足住持智已以此住持智有所住持隨意皆得若以大海爲牛迹即成牛迹若以牛迹爲大海即成大海若以劫燒爲水聚者即成水聚若以水聚爲火聚者即成火聚若以火聚爲風聚者即成風聚若以風聚爲火聚者即成火聚如是若以此住持隨所住持下中上法既住持已無有人能震動隱沒所謂若釋若梵若魔及餘世間同法者除佛世尊於衆生類中無有衆生於菩薩所住持法震動隱沒以住持力故爲彼種種勝上喜踊尊敬衆生說法彼神足力高出自在過魔煩惱入佛境界覺諸衆生聚集宿世善根資糧魔及魔身天等不能障礙此名菩薩神通力信力者於佛法僧及菩薩行中信解一向不可沮壞若惡魔作佛身來隨於何法欲壞其信菩薩以信解力故彼不

能動菩薩信力此名信力精進力者菩薩若發起精進與彼彼善法相應時於彼彼處得牢固力隨所受行若天若人不能動壞令其中止此名精進力念力者住彼彼法處其心安止諸餘煩惱不能散亂以念力持故破諸煩惱彼諸煩惱不能破壞菩薩所念此名念力三摩提力者於憒閙中行遠離行諸有音聲及語道所出不爲聲刺障礙初禪行善覺觀不礙二禪生於愛喜不礙三禪成熟衆生攝受諸法未曾捨廢不礙四禪如是遊四種禪諸禪惡對不能破壞雖遊諸禪而不隨禪生此名菩薩三摩提力般若力者謂世出世法中不可壞智於生生中不由師教諸所作業工巧明處乃至世間最勝難作難忍菩薩皆得現前若出世法救度於世菩薩智慧隨順入已彼天人阿脩羅衆不能破壞此名般若力如是等菩薩七力已略解說若欲具演無有邊際此名菩薩力波羅蜜已解釋力波羅蜜我今當說智波羅蜜此中若世間所行書論印筭數等及界性論（謂風黃痰癊等性）方論（謂醫方論）治諸乾痟癲狂鬼持等病破諸蠱毒又作戲笑所攝文章談謔等令生歡喜出生村城園苑陂湖池井華果藥物及林叢等示現金銀摩尼瑠璃貝石玉珊瑚等寶性入於日月薄蝕星宿地動夢怪等事建立相諸身分支節等知於禁戒行處禪那神通無量無色處及餘正覺相應利樂衆生等彼岸又復知諸世界成壞隨世界成隨世界壞皆悉了知又知業集故世界成業盡故世界壞知世界若干時成住知世界若干時壞住知諸地界水

界風界火界若大若小若無量等差別知極細微塵亦知所有微塵聚集微塵分散知世界中所有地微塵數如是亦知水火風等微塵數知所有衆生身微塵數國土身微塵數知諸衆生麤身細身差別乃至亦知微塵合成地獄畜生餓鬼阿脩羅天人等身知欲色無色界成壞及知彼小大無量等差別知衆生身中業身報身色身知國土身中小大染淨及橫住倒住平住等方網差別知業報身中差別名字身知聲聞獨覺菩薩身中差別名字身知如來身中正覺身願身化身住持身形色相好莊嚴身威光身意念身福身法身知智身中若善分別若如理思惟若果相應攝若世出世若安立三乘若共法不共法若出世道非出世道若學無學知法身中平等不動安立世諦處所名字安立衆生非衆生法安立佛法聖衆知虛空身中無量身入一切處非身眞實無邊無色身差別得出生如是等身智又得命自在心自在衆具自在業自在願自在信解自在神通自在智自在生自在法自在得如是等十自在已爲不思議智者無量智者不退智者如是等智有八萬四千行相是菩薩所知智波羅蜜如是隨分解釋智波羅蜜若欲具演唯佛世尊乃能解說

此六波羅蜜　總菩提資粮　猶如虛空中
盡攝於諸物

如所解釋六波羅蜜中總攝一切菩提資粮譬如虛空行住諸物有識無識悉攝在中如是其餘聞資粮等諸資粮攝在六波羅蜜中

同相無異應知

菩提資粮論卷第二

音釋

胞班交切　兇許容切惡暴也　嬈而沼切與擾同　痟思邀切渴病也　癲多年切瘨病也　蠱公土切蠱毒也　薄蝕薄傍各切侵迫也蝕實職切虧敗也

菩提資粮論卷第三

聖者龍樹本

比丘自在釋

隋天竺三藏達摩笈多譯

復有餘師意　諸覺資粮者　實捨及寂智
四處之所攝

又一論師作如是念一切菩提資粮皆實處捨處寂處智處所攝實者不虛誑相實即是戒是故實爲尸羅波羅蜜捨即布施是故捨處爲檀那波羅蜜寂者即心不濁若心不濁愛不愛事所不能動是故寂處爲羼提波羅蜜及禪那波羅蜜智處還爲般若波羅蜜毗梨耶波羅蜜遍入諸處以無精進則於諸處無所成就是故毗梨耶波羅蜜成就諸事是故一切資粮皆入四處攝問如經說以慈資粮得無礙心以捨資粮得斷憎愛於中慈悲有何差別答

大悲徹骨髓　爲諸衆生依　如父於一子
慈則遍一切

若入生死險道墮地獄畜生餓鬼諸趣在惡邪見網覆愚癡稠林行邪徑非道猶如盲闇非出離中見爲出離爲老病死憂悲苦惱諸賊執持入癡意稠林去佛意遠者菩薩大悲穿於自身皮肉及筋徹至骨髓爲諸衆生而作依處令此衆生得度如是生死曠野險難惡路置於一切智城無畏之宮譬如長者唯一福子而遭病苦愛徹皮肉入於骨髓但念何時得其病愈悲亦如是唯於苦衆生中起慈者遍於一切衆生中起又復慈故於諸衆生得無礙心悲故於生死中無有疲猒又慈

於善人中生悲於不善人中生又菩薩慈增長故不著已樂則生大慈悲增長故捨諸支節及命則生大悲

若念佛功德　及聞佛神變　愛喜而受淨

此名爲大喜

若念佛功德者於中何者是佛功德謂諸佛世尊無量百千俱致劫中聚集善根故不護身口意業故五種應知中斷疑故四種答難中無失故三十七助菩提法教授故十二分緣生中因緣覺故教九教故四種住持具足故得四無量故滿足六波羅蜜故說菩薩十地故出世五衆成滿故四無畏十力十八不共佛法具足故無邊境界故自心自在轉故無猒足法故得如金剛三摩地故不虛說法故無能壞法故世間導師故無能見頂故無與等故無能勝故不可思議法故得大慈大悲大喜大捨故百福相故無量善根故無邊功德故無量功德故無數功德故不可分別功德故希有功德故不共功德故如是等名念佛諸功德聞諸佛神變者於中諸佛世尊爲教化諸衆生故起神通變現隨所應度衆生隨衆生身隨其形量長短寬狹隨其色類種種差殊隨其音聲清淨分別諸佛世尊以種種希有神通如其所行如其信欲以彼彼方便差別神變而教化之聞此事已愛喜受淨名爲大喜於中若心勇悅名愛愛心遍身名喜喜心覺樂名受於受樂時念正覺者大神通德其心不濁名淨彼心淨時喜意充滿名爲大喜彼登少分乘者雖亦有喜以不共彼故得大喜名問菩薩應捨衆生爲不應捨

答

菩薩於衆生　不應得捨棄　當隨力所堪
一切時攝受

菩薩摩訶薩常念利樂諸衆生等若爲貪瞋癡所惱行於慳悋破戒恚恨懈怠亂心惡智之道入於異路此等衆生所不應捨於一切時說施戒修隨力所能應當攝受不應捨棄

菩薩從初時　應隨堪能力　方便化衆生
令入於大乘

此登大乘菩薩於衆生中隨所堪能從初應作如前方便波羅蜜中所說方便應當精勤以諸方便教化衆生置此大乘問何故菩薩但以大乘教化衆生不以聲聞獨覺乘也答

化恒沙衆生　令得羅漢果　化一入大乘
此福德爲上

若教化恒河沙等衆生得阿羅漢果此大乘福勝過彼聲聞等乘教化福以種子無盡故此所有種子能爲餘衆生等作菩提心方便亦以出生聲聞獨覺故此福勝彼此福勝者大乘於聲聞獨覺乘爲上故又菩提心有無量無數福德故又由大乘三寶種不斷故是故欲求大福應以大乘教化衆生不以餘乘問諸摩訶薩豈唯以大乘教化衆生不以聲聞獨覺乘耶答

教以聲聞乘　及獨覺乘者　以彼少力故
不堪大乘化

若中下意衆生捨利他事闕於大悲不堪以大乘化者乃以聲聞獨覺乘而化度之問若有衆生不可以三乘化者於彼應捨爲不捨也答

聲聞獨覺乘　及以大乘中　不堪受化者
應置於福處
若有衆生喜樂生死憎惡解脫不堪以聲聞
獨覺及大乘化者應當教化置於梵乘四梵
行中若復不堪梵乘化者應當教化置於天
乘十善業道及施等福事中不應捨棄問若
有衆生喜樂世樂於三福事無力能行於彼
人所當何所作答
若人不堪受　天及解脫化　便以現世利
如力應當攝
若有衆生專求欲樂不觀他世趣向地獄餓
鬼畜生不可教化令生天解脫者亦當愍彼
智如小兒如其所應現世攝受隨已力能以
施等攝之愍而不捨問若菩薩於此似小兒
相諸衆生所無有方便可得攝化當於彼人
應何所作答
菩薩於衆生　無緣能教化　當起大慈悲
不應便棄捨
若菩薩於喜樂罪惡可愍衆生中無有方便
能行攝化菩薩於彼當起子想與大慈悲無
有道理而得捨棄問已說於衆生中應須攝
受未知攝受方便云何答
施攝及說法　復聽聞說法　亦行利他事
此爲攝方便
諸菩薩爲攝受衆生故或以布施爲攝方便
或受他所施或爲他說法或聽他說法或行
利他或以愛語或以同事或說諸明處或教
以工巧或示現作業或令病者得愈或救拔
險難如是等名爲攝受衆生方便當以此諸
方便攝受衆生不應棄捨問以如是等攝受

方便攝衆生已成就何利答
所作益衆生　不倦不放逸　起願爲菩提
利世即自利
此中菩薩作願利益世間者發如是意凡利
世間事我皆應作立此誓已於諸衆生所作
事中不應疲倦不應放逸又當作是念若利
世間即是自利是故菩薩於利樂衆生因緣
不應棄捨問已說菩薩常應利樂衆生不應
行捨於諸法中爲捨不捨答
入甚深法界　滅離於分別　悉無有功用
諸處自然捨
法界者即是縁生是故先說如來若出不出
此法界法住常住所謂縁生又如先說阿難
陀縁生甚深證亦甚深是故入此甚深法界
菩薩滅一切有無等二邊攝取方便智已即
斷諸動念戲論分別離諸取相諸心意識行
處皆不復行乃至行佛行菩提行菩薩行涅
槃處皆亦不行則於諸法無復功用於諸法
中心得寂靜大寂靜無復分別是名第一義
捨此即菩薩無分別也已說出世間捨我今
當說世間捨
利名讃樂等　四處皆不著　反上亦無礙
此等名爲捨
於利養名聞讃歎安樂等中無有繫著與此
相反無利無名呰毀苦等中亦不退礙捨離
愛憎處中而住無復分別此名第二謂世間
捨問若菩薩於諸法中作第一義捨者爲菩
提故如然頭衣如是勤行云何可得答
菩薩爲菩提　乃至未不退　譬如然頭衣
應作是勤行

雖於諸法應如是捨而菩薩決定修行如然頭衣乃至未得不退轉菩提菩薩爲菩提故應當勤行於中菩薩有五種不退菩提因緣應知何者爲五　如華聚等經中說若聞具足大願諸菩薩及佛世尊名號故是爲第一因緣若願生彼佛世尊國土故是爲第二種因緣受持及說般若波羅蜜等深經故是爲第三因緣修習現前住等三摩提及隨喜得者故是爲第四因緣此四因緣說未得忍菩薩不退轉若此菩薩住菩薩不動地已得無生忍說爲究竟決定不退轉是爲第五因緣問若此四種因緣中隨以一因緣菩薩得不退轉者先說如然頭衣應當勤行彼云何成答

然彼諸菩薩　爲求菩提時　精進不應息
以荷重擔故

雖復四因緣中隨一因緣菩薩皆得不退而精進不應休息由先作是言我當令諸衆生皆得涅槃以荷如是重擔故於其中間精進不息問何故於其中間精進不得休息答

未生大悲忍　雖得不退轉　菩薩猶有死
以起放逸故

於四因緣中隨何因緣得不退轉菩薩於彼未生大悲乃至未得無生忍於其中間受業力死生者由入放逸故是以菩薩應當勤行如然頭衣爲得無生忍故於其中間精進不息問菩薩復有何死答

聲聞獨覺地　若入便爲死　以斷於菩薩
諸所解知根

如前所說四種因緣隨何因緣得不退轉此菩薩未有大悲未得忍未過聲聞獨覺地或

以惡友力怖生死苦故或受生中間故或劫
壞時間瞋嫌菩薩毀謗正法故失菩提心起
聲聞獨覺地心已或於聲聞解脫若獨覺解
脫作證彼斷菩薩根所謂大悲是以諸菩薩
及佛世尊名爲諸解知死問此應思量菩薩
爲畏住泥犁爲畏墮聲聞獨覺地答
假使墮泥犁　菩薩不生怖　聲聞獨覺地
便爲大恐怖
菩薩設住泥犁與無數百千苦俱不比墮聲
聞獨覺地怖畏問何故如此答
非墮泥犁中　畢竟障菩提　聲聞獨覺地
則爲畢竟障
設入泥犁於正覺道不能作畢竟障礙住泥
犁時乃至惡業盡邊於菩提道暫爲障礙菩
薩若墮聲聞獨覺地則畢竟不生故聲聞獨
覺地於正覺道乃爲障礙由是義故菩薩入
於泥犁不比墮聲聞獨覺地怖畏問其怖如
何答
如說愛壽人　怖畏於斬首　聲聞獨覺地
應作如是怖
經中佛世尊作如是說如愛壽人怖畏斬首
菩薩欲求無上菩提怖畏聲聞獨覺地亦應
如此是故菩薩雖入泥犁不比墮聲聞獨覺
地怖畏問已說未得無生忍諸菩薩障礙法
此菩薩云何得無生忍答
不生亦不滅　非不生不滅　非俱不俱說
空不空亦爾
此中菩薩觀緣生時作是念有緣法但施設
如無生中有生是故生者自體不成自體不
成故生則非有如生自體非有彼滅爲二二

俱無體如生滅彼不生不滅爲二亦二俱無體彼生滅二種中生不生滅不滅亦不有互相違故空亦如是如有者無自體故彼不空及空不空亦爾問若作是念以緣生故諸法無自體者何故復作是念亦無有緣生法答

隨何所有法　於中觀不動　彼是無生忍
斷諸分別故

如是菩薩如實觀緣生時得離諸法自體見離自體見故即斷取法自體得斷取法自體時作是念非無內外法而無法自體雖有緣生法但如葦束幻夢若法從緣生彼自體不生作是觀已若沙門若婆羅門所不能動而不取證彼以樂觀無生法斷諸分別故說名無生忍此菩薩即住菩薩不動地偈言

既獲此忍已　即時得授記　汝必當作佛
便得不退轉

得此無生忍故即於得時非前非後諸佛現前授記作佛汝於來世於爾所時某世界某劫中當爲某如來應正遍知此名菩薩不退轉問從住初地乃至七地諸菩薩皆決定向三菩提何故不說爲不退轉唯說住不動地菩薩爲不退轉答

已住不動諸菩薩　得於法爾不退智
彼智二乘不能轉　是故獨得不退名

此謂所有信等出世間善根諸聲聞獨覺乃至住第七地菩薩不能障礙令其退轉故名不退轉非餘十種菩薩爲三菩提於諸法中不退轉也已說不退轉因緣此中又得殊勝授記故大乘中說四種授記謂未發菩提心授記共發菩提心授記隱覆授記現前授記

是爲四種授記於中未發菩提心授記者其人利根具增上信諸佛世尊以無礙佛眼觀已而爲授記共發菩提心授記者成熟善根種菩提種先已修習其根猛利得增上行但欲解脱諸衆生故即發心時入不退轉無墮落法離八不閑（謂八難也）此人或聞自授記於六波羅蜜不發精進如其不聞更發精進爲令不聞欲使他人聞其授記斷疑心故佛以威神隱覆授記若菩薩成熟出世五根得無生忍住菩薩不動地彼即現前授記是爲四種授記彼得無生忍菩薩已決定故諸佛世尊現前授記又別有密意授記以爲第五如法華經說

我等皆隨喜　大仙密意語　如授記聖者
無畏舍利弗　我等亦當得　成佛世無上
復以密意語　說無上正覺

以何義故說此別語授記有論師說爲令未入決定聲聞乘者發菩提心故又已發菩提心初業菩薩等畏流轉苦欲於聲聞涅槃取滅度者爲令牢固菩提心故又有異佛土菩薩於此聚集授記時到以相似名爲彼授記故諸師如是分別別語授記於中實義唯佛世尊乃能知之

菩薩乃至得　諸佛現前住　牢固三摩提
不應起放逸

諸佛現前三摩提得已而住者謂現在諸佛現其前住三摩提也三摩提者平等住故菩薩乃至未得此三摩提其間不應放逸以未得三摩提菩薩猶墮惡趣未離不閑故是故爲得此三摩提不應放逸若得三摩提彼諸

怖畏皆得解脫此三摩提有三種謂色攀縁法攀縁無攀縁於中若攀縁如來形色相好莊嚴身而念佛者是色攀縁三摩提若復攀縁十名號身十力無畏不共佛法等無量色類佛之功德而念佛者是法攀縁三摩提若復不攀縁色不攀縁法亦不作意念佛亦無所得遠離諸相空三摩提此名無攀縁三摩提於中初發心菩薩得色攀縁三摩提已入行者法攀縁得無生忍者無攀縁此等名得決定自在故

諸佛現前住　牢固三摩提　此爲菩薩父
大悲忍爲母

此所說三種現在佛現前住三摩提攝諸菩薩功德及諸佛功德故說名諸菩薩父大悲者於生死流轉中不生疲倦故又於聲聞獨覺地險岸護令不墮故說名爲母忍者得忍菩薩於諸流轉苦及諸惡衆生中不猒流轉不捨衆生及菩提以不生猒是故此忍又爲諸菩薩母更有別偈說

智度以爲母　方便爲父者　以生及持故
說菩薩父母

以般若波羅蜜生諸菩薩法故佛說般若波羅蜜爲菩薩母諸菩薩法從般若波羅蜜生已爲巧方便所持不令趣向聲聞獨覺地險岸以是持菩提故說巧方便爲菩薩父問菩薩以幾許福能得菩提答

少少積聚福　不能得菩提　百須彌量福
聚集乃能得

菩提者謂一切智智彼智與應知等應知與虛空等虛空無邊故應知亦無邊以有邊福

不能得無邊智是故少少積聚福不能得菩提云何得百須彌量福聚集乃能得

菩提資粮論卷第三

音釋

筋舉欣切骨絡也　髓息委切骨中脂也　呰蔣氏切口毀也

菩提資粮論卷第四

聖者龍樹本

比丘自在釋

隋天竺三藏達摩笈多譯

問若如是者百須彌量福聚無有故亦無一人能得菩提答

雖作小福德　此亦有方便　於諸衆生所應悉起攀緣

若此菩薩雖作小福以有方便成大福聚或以飲食捨與衆生或以華香鬘等奉如來像彼諸福德於一切世界所攝諸衆生所悉作攀緣我以此福令諸衆生皆得無上正覺復以此福與諸衆生共之如是等福共諸衆生迴向菩提是名菩薩方便如是迴向其福得成無量無數無邊以是故彼一切智智雖是無邊還以此相無邊福故能得

復有別義

我有諸動作　常爲利衆生　如是等心行誰能量其福

菩薩於晝及夜常起如是心行若我所有動作善身口意皆爲度諸衆生故脱諸衆生故甦息諸衆生故寂滅諸衆生故起及爲令衆生滿足一切智智得至一切智智故彼如是具足大悲安住善巧方便所有福聚唯除諸佛何人能量是故具此福者能得菩提

問何故此福復是無量答

不愛自親屬　及與身命財　不貪樂自在梵世及餘天　亦不貪涅槃　爲於衆生故此唯念衆生　其福誰能量

此中菩薩行六度行時於巳男女及與親屬

若金銀等財若自壽命若支節分若具足身若身心樂若天人自在若梵身天若無色天乃至涅槃爲衆生故皆亦不愛唯於衆生慇念不捨我當何爲令此衆生小兒凡夫無智翳膜所覆盲者脫三界獄安置常樂涅槃無畏城中如是菩薩行利樂事於諸衆生無因而愛所有福德何人能量又偈言

無依護世間　救護其苦惱　起如是心行　其福誰能量

此菩薩常以大悲作如是念今此世間無救無護遍行六趣入三苦火無有歸依此彼馳走身心諸病常有苦惱無依護者我當與作依處救其身心所受諸苦起此心行所有福德何人能量

智度習相應　如搆牛乳頃　一月復多月　其福誰能量

此般若波羅蜜能生諸佛菩薩及成就諸佛菩薩法菩薩若於搆牛乳頃思惟修習彼之福聚尚無有量何況若一日夜二日夜三日夜乃至七日夜半月一月若復多月修習相應所有福聚何人能量

佛所讃深經　自誦亦教他　及爲分別說　是名福德聚

甚深者謂甚深經與空相應出於世間彼是甚深又復分別緣生故緣生者即是法法者即是如來身彼與如來身相應者是甚深經諸佛世尊之所讃歎若自誦共教他誦若爲他解說無希望心但欲不隱沒如來身故如來身者即是法身欲令久住故彼所有福誰能得量

令無量衆生　發心爲菩提　福藏更增勝
當得不動地
此有善巧方便菩薩先以四攝事攝諸衆生
知彼衆生受我言已然後教令發菩提心如
是具足善巧方便菩薩令諸衆生發菩提心
彼所有福無人能量以無量故又令諸衆生
發菩提心故福藏更爲增勝言福藏者福無
盡故以能至無盡故不可盡不動地者以不
可動故名不動地此中菩薩令他發菩提心
故於生生中菩提心不動不失以令他發菩
提心故此心即爲不動地因
隨轉佛所轉　最勝之法輪　寂滅諸惡刺
是菩薩福藏
如佛世尊於婆羅柰城仙人住處鹿林中轉
法輪已於彼最勝法輪隨順而轉亦爲福藏
此隨順轉有三種因緣謂於如來所說深經
與空相應出於世間若持若說及順法行法
若於如是等經持令不失是爲第一隨順轉
法輪爲有根器衆生分別演說是爲第二隨
順轉法輪如彼經中所說依法修行是爲第
三隨順轉法輪寂滅諸惡刺者佛教惡刺所
謂外道邪見及以惡魔欲界自在憎惡解脱
若四衆中或有異人非法說法非律說律非
師教說師教是爲佛教内惡刺應當如法折
伏彼等摧慢破見令法熾然此名寂滅諸惡
刺以寂滅惡刺故名爲菩薩福藏
爲利樂衆生　忍地獄大苦　何况餘小苦
菩提在右手
若菩薩著牢固鎧常爲利樂衆生發精勤意
於一衆生爲令解脱故雖住阿毗至大地獄

中經劫辛苦堪忍不動况餘小苦菩薩能忍如是等苦當知菩提如住右掌

起作不自爲　唯利樂衆生　皆由大悲故　菩提在右手

菩薩諸所起作若布施等由大悲故唯爲利樂衆生亦爲令衆生得涅槃故終不爲身微少樂事彼亦是大悲者如是大人當知菩提到其右手

智慧離戲論　精進離懈怠　捨施離慳惜　菩提在右手

問前巳解釋陀那等諸波羅蜜今復解釋有何所爲答前多爲修行者解釋今爲無所得忍智光者解釋以覺知一道相故彼智遠離戲論以不捨軛故彼精進遠離懈怠以除貪故彼施遠離慳惜如是菩薩當知菩提到其右手

無依無覺定　圓滿無雜戒　無所從生忍　菩提在右手

若菩薩善成就禪那波羅蜜巳此定不依三界其相寂靜無有思覺又圓滿尸羅無雜無濁迴向菩提無有磨滅又善成就般若波羅蜜巳緣生法中住無生忍根本勝故無有退轉當知菩提住其右掌

問巳說修行及得忍菩薩積聚諸福由此福聚能得菩提云何初發心菩薩積聚諸福由此福聚能得菩提答

現在十方住　所有諸正覺　我悉在彼前　陳說我不善

若有現在諸佛世尊於十方世間無所障礙以本願力爲利衆生故住今於彼等實證者

前發露諸罪若我無始流轉已來於其前世
及現在時或自作惡業或教他或隨喜以貪
瞋癡起身口意我皆陳說不敢覆藏悉當永
斷終不更作
於彼十方界　若佛得菩提　而不演說法
我請轉法輪
若佛世尊滿足大願於菩提樹下證無上正
覺已少欲靜住不爲世間轉佛法輪我當勸
請彼佛世尊轉佛法輪利益多人安樂多人
憐愍世間爲於大衆利樂天人
現在十方界　所有諸正覺　若欲捨命行
頂禮勸請住
若佛世尊世間無礙在於十方證菩提轉法
輪安住正法所應化度衆生化度已訖欲捨
命行我當頂禮彼佛世尊請住久時利益多
人安樂多人憐愍世間爲於大衆利樂天人
若諸衆生等　從於身口意　所生施戒福
及以思惟修　聖人及凡夫　過現未來世
所有積聚福　我皆生隨喜
若諸衆生施戒修等所作福事從身口意之
所出生已聚現聚及以當聚聲聞獨覺諸佛
菩薩諸聖人等及以凡夫所有諸福我皆隨
喜如是隨喜是先首者勝住者殊異者是上
者勝攝者美妙者無上者無等者無等等者
如是隨喜乃名隨喜
若我所有福　悉以爲一摶　迴與諸衆生
爲令得正覺
若我無始流轉已來於佛法僧及別人邊所
有福聚乃至施與畜生一摶之食若歸依善
根若悔過善根若勸請善根若隨喜善根彼

皆稱量共爲一摶我爲諸衆生故迴向菩提皆悉捨與以此善根令諸衆生證無上正覺得一切智智

我如是悔過　勸請隨喜福　及迴向菩提
當知如諸佛

若我爲諸衆生迴向菩提善根若悔過善根若勸轉法輪善根若請長壽善根若隨喜善根彼皆稱量爲一摶已如過去未來現在諸佛世尊爲菩薩時已作迴向當作迴向我亦如是以諸善根迴向菩提以此迴向善根令我及諸衆生當證無上正覺我今更略說

說悔我罪惡　請佛隨喜福　及迴向菩提
如最勝所說

自有罪惡盡皆說悔及請佛轉法輪住壽長時隨喜諸福迴向福等如前迴向爲菩提故如最勝人所說如是迴向

問又彼迴向應云何作答

右膝輪著地　一膊整上衣　晝夜各三時
合掌如是作

當自清淨著淨潔服澡洗手足裙衣圓整於一膊上整理上著衣已用右膝輪安置於地合掌一心離分別意若如來塔所若像所若於虛空攀緣諸佛如在前住作是意已如前所說若晝若夜各三時作

一時所作福　若有形色者　恒沙數大千
亦不能容受

於彼所說六時迴向中若分別一時所作於中福德諸佛世尊如實見者所說彼若有色如穀等聚者其福積集無有限量雖如恒伽沙等大三千界盡其邊際亦不能容受以彼

迴向福與虛空界等迴向故乃至一時迴向
猶有如是福聚況多迴向雖是初發心菩薩
由迴向力故亦成大福還以如是相福聚故
漸次能得菩提
問巳說諸菩薩得成大福方便今欲護福用
何方便答
彼初發心巳　於諸小菩薩　當起尊重愛
猶如師父母
彼初發心菩薩若欲護自善根及自身者於
諸初發心菩薩當起至極尊重愛敬之心猶
如世尊一切智師及自所生父母如是以初
發心菩薩爲首於諸菩薩亦應如是極作愛
重若異於此則自身及善根皆悉滅盡如世
尊經中曾說我不見餘一法障礙菩薩及滅
盡善根如於菩薩起瞋心者若菩薩雖於百
劫積集善根由此瞋菩薩心故皆悉滅盡是
故於諸菩薩應起尊重猶如教師
菩薩雖有過　猶尚不應說　何況無實事
唯應如實讚
若菩薩毀呰行大乘人罪過令得惡名所有
生生善法皆悉滅盡不得增長白法是故諸
菩薩等雖有過惡爲護自善根命故不應顯
說何況無實譬如王罪如經中說有菩薩清
淨活命無可毀呰而彼達磨比丘妄說其惡
故於七十劫中受泥犁報又於六萬生中爲
貧窮人常受盲瘂癩病惡瘡是故於菩薩所
若有惡若無惡皆不得說彼有實德唯應稱
揚爲自善根增長故亦爲餘人生信故
若人願作佛　欲使不退轉　示現及熾盛
亦令生喜悅

若有衆生已發願求菩提唯欲令其不退而有人愚癡瞋恚及貪自朋黨故作如是言何用長行菩薩難行之行其涅槃樂平等相似行聲聞行疾得涅槃此等後當說其果報若以種種譬喻顯佛功德令入其心是爲示現令其具足精進諸菩薩行是爲熾盛欲令精進更增疾利爲說正覺功德大神通事是爲喜悅如是令彼不捨菩提之心

未解甚深經　勿言非佛說　若作如是言
受最苦惡報

甚深經者謂佛所說與空無相無願相應除無量斷常等邊見滅我人衆生壽者等自性顯如來大神通希有功德於此經律若未證知勿以癡故言非佛說何以故佛世尊說若謗如來所說之經惡果最苦

無間等諸罪　悉以爲一摶　比前二種罪
分數不能及

世尊於不退輪經中說五無間業所有諸罪若斷三千大千世界中諸衆生命所有罪報若恒伽河沙等佛世尊滅度已所有支提或壞或燒若障礙過去未來現在諸佛法眼所有罪報如是等過皆悉摶聚若於未解深經而起執著言非佛說及菩薩發菩提願已而令退菩提心此二種罪彼前五無間等罪聚比之百分不及千分不及乃至數分柯羅分筭分譬喻分優波尼沙陀分亦不及以是罪相故爲護自身及自善根勿作此二種罪

問已說菩薩護自善根何者是修道勝義答

於三解脫門　應當善修習　初空次無相
第三是無願

於中菩薩行般若波羅蜜時應修三解脫門最初應修空解脫門爲破散諸見故第二無相解脫門爲不取諸分別攀緣意故第三無願解脫門爲超過欲界色界無色界故問何故此等名解脫門答

無自性故空　已空何作相　諸相既寂滅

智者何所願

以緣生故法無自性此名爲空以其空故心無攀緣則是無相離諸相故則無所願又若法從緣生彼自性無生以自性無生故彼法是空若法是空彼中無相相無有故彼是無相若無有相彼中心無所依以無依故於三界中心無所願

於此修念時　趣近涅槃道　勿念非方便

於彼莫放逸

修此三解脫門時若非方便所攝則趣近涅槃雖應修習莫墮餘菩提處當求無所得忍應住善巧方便

我於涅槃中　不應即作證　當發如是心

應成熟智度

發如是心我當利益諸衆生度脫諸衆生雖修三解脫門不應於涅槃作證然我爲學般若波羅蜜故於三解脫門中專應成熟我應修空不應證空我應修無相不應證無相我應修無願不應證無願

如射師放箭　各各轉相射　相持不令墮

大菩薩亦爾

譬如射師善學射巳放箭空中續放後箭各各相射彼箭遂多空中相持不令墮地

解脫門空中　善放於心箭　巧便箭續持

不令墮涅槃
如是此菩薩大射者以學修空無相無願弓於三解脱門空中放心箭已又以悲愍衆生巧方便箭展轉相續於三界虚空中持彼心箭不令墮涅槃城
問云何復令彼心不墮涅槃答
我不捨衆生　爲利衆生故　先起如是意
次後習相應
若我於三解脱門善成熟已欲取涅槃如在手掌然我以小兒凡夫猶如飲乳不能自向涅槃城者未涅槃故我於涅槃不應獨入我當如是發起精進隨我所作唯爲利益諸衆生故亦爲諸衆生得涅槃故先應如是起作次即心與三解脱門隨順相應隨順者順後義也若不如是彼之心箭無巧方便攝故行三解脱門時即墮聲聞解脱若獨覺解脱中今更有巧方便
有著衆生等　夂夜及現行　顛倒與諸相
皆以癡迷故
小兒凡夫諸衆生等以癡迷故於無始際流轉夂夜著四顛倒無常謂常苦謂樂不淨謂淨無我謂我及於内外衆界入中計我我所謂有所得夂夜行已及現在行
著相顛倒者　說法爲斷除　先發如是心
次後習相應
如是諸衆生等以癡迷故起我我所二種計著又於色等無所有中妄起分别取相生四種邪顛倒我爲說法令其斷除先發如是心已然後於三解脱門中修習相應若異此而修三解脱門者則趣近涅槃道

菩薩利衆生　而不見衆生　此亦最難事
希有不可思

菩薩起衆生想此亦最難不可思未曾有如畫虛空於最勝義中本無衆生此菩薩不知不得而爲利樂衆生故勤行精進唯除大悲何處更有如此難事

雖入正定住　習應解脫門　未滿本願故
不證於涅槃

此應思量若到正定位菩薩以三十二法故入正定位與解脫門相應時中間未滿本願爲證涅槃爲不證以世尊經中說云四大可令改異無有入正定位菩薩中間未滿本願證於涅槃是故到正定位菩薩未滿本願不證涅槃

若未到定位　巧便力攝故　以未滿本願
亦不證涅槃

若初發心菩薩未到正定位彼以巧方便所攝故修三解脫門時中間未滿本願亦不證涅槃

極猒於流轉　而亦向流轉　信樂於涅槃
而亦背涅槃

此菩薩於流轉中以三種熾火故應極猒離不應起心逃避流轉當於衆生爲子想故而向流轉及應信樂涅槃如覆護舍宅故然復應背涅槃爲滿一切智智故於流轉中若有猒離則於涅槃亦有信樂若不向流轉不背涅槃未滿本願修習解脫門時則於涅槃作證

應當畏煩惱　不應盡煩惱　當爲集衆善
以遮遮煩惱

以是流轉因故應畏煩惱不應畢竟盡於煩惱若斷煩惱則不得集菩提資粮是故菩薩以遮制法遮諸煩惱由遮煩惱令其無力故得集菩提資粮善根以集善根故滿足本願能到菩提

問何故不以斷滅故滅諸煩惱答

菩薩煩惱性　不斷是涅槃　非燒諸煩惱
生菩提種子

如諸聲聞聖人等涅槃爲性以攀緣涅槃得沙門果故諸佛不以涅槃爲性諸佛煩惱爲性以菩提心由此生故聲聞獨覺燒諸煩惱不生菩提心種子以二乘心種子無流故是故煩惱爲如來性以有煩惱衆生發菩提心出生佛體故不離煩惱

問若燒煩惱不生菩提心種子者何故法華經中與燒煩惱諸聲聞等授記答

記彼諸衆生　此記有因緣　唯是佛善巧
方便到彼岸

不知成熟何等衆生彼中因緣唯佛所知以到調伏彼岸不共餘衆生相似故而彼不生菩提心種子者以入無爲正定位故如經說

如空及蓮華　峻崖與深坑　界不男迦栴
亦如燒種子

如虛空中不生種子如是於無爲中不曾生佛法亦不當生如高原曠野不生蓮華如是聲聞獨覺入無爲正定位中不生佛法峻崖者於一切智智城道中有二峻崖所謂聲聞地峻崖獨覺地峻崖聲聞獨覺若有一切智者則非菩薩二峻崖也深坑者如丈夫善學跳擲雖墮深坑安隱而住若不善學而墮深

坑便死坑内如是菩薩修習無爲善相應故雖修無爲而不墮無爲中聲聞等修習無爲不善相應則墮無爲中界者聲聞繫在無爲界故不復能於有爲中行是故彼中不生菩提之心不男者如根敗丈夫於五欲利不復有利如是聲聞具無爲法於諸佛法利亦無有利迦栢者如迦栢珠諸天世間雖善修理彼迦栢珠終不能爲鞞瑠璃寶如是聲聞雖復具諸戒學頭多功德三摩提等終不能坐覺場證無上正覺亦如燒種子者如被燒種子雖置地中水澆日暖終不能生如是聲聞燒煩惱種子已於三界中亦無生義以如是等經故當知聲聞得無爲法已不生菩提之心

菩提資粮論卷第四

音釋

甦孫租切息也　膜末各切　鎧可亥切甲也　髆伯各切肩髆也　瘂倚下切口不能言也　癩落蓋切惡病也　跳由聊切躍也

菩提資粮論卷第五 同卷第六

聖者龍樹本

比丘自在釋

隋天竺三藏達摩笈多譯

問得力菩薩於衆生中云何應修行答

諸論及工巧　明術種種業　利益世間故
出生建立之

於中書印筭數鑛論醫論能滅鬼持被毒論等出生村城園苑河泉陂池花果藥林論等顯示金銀眞珠鞞瑠璃貝石（石白如貝）珊瑚寶性論等記說日月星曜地動夢相論等相諸身分支節論等如是等無量諸論能與世間爲利樂者劫轉壞時悉皆滅沒劫轉生時還於人間出生建立如木鐵瓦銅作等工巧非一能滅鬼持顛狂被毒霍亂不消食諸逼惱等種種明術雕畫繡織作等種種事業能與世間爲利樂者皆亦出生及令建立

隨可化衆生　界趣及生中　如念即往彼
願力故受生

諸摩訶薩隨何世界若天人等趣若婆羅門刹帝利鞞舍等生於彼彼處若有可化衆生爲起無量思念欲化彼等衆生故隨彼色類長短寬狹音聲果報得令衆生受化之事即應作願起彼色類長短寬狹音聲果報令彼衆生速受化故

於種種惡事　及諂幻衆生　應用牢鎧甲
勿猒亦勿憚

若以罵詈恐動嫌恨鞭打繫閉訶責如是等惡事加我及諸衆生無量諂幻知不可化以彼等故不應自緩鎧甲亦勿猒流轉勿憚求

菩提又應發如是心我不爲無諂無幻衆生而著鎧甲我正爲彼等衆生著此鎧甲我當作如是事發起精進爲令彼等衆生速得建立無諂無幻故應當如是自牢鎧甲

問已說得力菩薩修行云何未得力菩薩修行答

具足勝淨意　不諂亦不幻　發露諸罪惡　覆藏衆善事

具足勝淨意者謂增上意又是善增也意者心也即彼心具足名具足勝淨意不諂亦不幻者諂謂別心別心者不質直也又諂者名爲曲心幻者謂誑也若心不曲不誑彼是不諂不幻發露諸罪惡者若有罪惡顯說發露彼名發露諸罪惡覆藏衆善事者若有善業寬大覆藏彼名覆藏衆善事若菩薩欲疾得菩提應當具足淨意不諂不幻發露罪惡覆藏善事是故世尊說云諂非菩提幻非菩提

清淨身口業　亦清淨意業　修諸戒學句　勿令有缺減

此諸菩薩欲與修念相應故先當清淨身口意業於中殺生不與取非淨行等三種身惡行應當清淨與此相違三種身善行應當受之妄語破壞語麤惡語雜戲語等四種口惡行應當清淨與此相違四種口善行應當受之貪瞋邪見等三種意惡行應當清淨與此相違三種意善行應當受之諸波羅帝葉叉學句亦當受而隨轉於彼學句無有知而故破若缺漏戒者於修念中心則不定

安住於正念　攝緣獨靜思　用念爲護已　心得無障心

如是於戒正清淨已斷除五蓋於空閑淨潔離衆之處少聲少喧少蚊虻蛇虎賊等不甚寒熱不置卧牀若立若經行若結跏坐或於鼻端或於額分迴念安住隨於一緣善攝作已若於境界有躁動心則用念爲守門如是置守護已遠離障礙賊心獨在一處無散亂意而修習思惟

若起分別時　當覺善不善　應捨諸不善
多修諸善分

於思惟時若起分別即於起時覺此分別若是不善即應捨離勿令復增若是善分唯當數數多作不應散亂如室中燈不閉風道

緣境心若散　應當專念知　還於彼境中
隨動即令住

於中修定比丘心思惟時專意莫亂若心離境即應覺知乃至不令離境遠去還攝其心安住境中如繩繫猿猴繫著於柱唯得繞柱不能餘去如是應以念繩繫心猨猴繫著境柱唯得數數繞於境柱不能餘去

不應緩惡取　而修於精進　以不能持定
是故應當修

緩者謂離策懃惡取者謂非善取（謂太急也）若欲成就三摩提者不應緩作及惡取精進以緩作及惡取精進不能持三摩提是故修定行者應當正修

若證聲聞乘　及以獨覺乘　唯爲自利行
不捨牢精進

若欲證聲聞乘及獨覺乘唯爲自利故自涅槃故常於晝夜不捨牢固精進策懃修行

何況大丈夫　自度亦度人　而當不發起

俱致千倍進

然此菩薩應於流轉河中度諸衆生亦應自度何得不發起過彼聲聞獨覺乘人俱致百千倍精進也如自度流轉之河度他亦如是

半時或別行　一時行餘道　修定不應爾　應緣一境界

今此一日不應半時修習別定餘時之中復行異道唯於一定應善緣境心隨一境勿向餘處

於身莫有貪　於命亦勿惜　縱令護此身　終是爛壞法

應當生如是心我此身中唯有薄皮厚皮肉血筋骨髓等終歸乾枯我此壽命亦當終盡彼丈夫精進丈夫勢力丈夫健行我亦應得若其未得我於精進不應賒緩雖復百歲護此爛身必定當是破壞之法

利養恭敬名　一向勿貪著　當如然頭衣　懃行成所願

今此若在曠野宿住之時勿貪身命於中遊行若有利養恭敬名聞起時不應貪著爲自願成就故應速懃行如然頭衣

決即起勝利　不可待明日　明日太賒遠　何緣保瞬命

彼於如然頭衣懃行之時明日賒遠莫待明日若於我身有勝利者決即發起應當生如是心何緣能保開眼合眼時命我今即起勝利明日太遠莫待明日

安住於正念　如食愛子肉　於所食噉中　勿愛亦勿嫌

如是定行比丘若村若僧坊中隨有如法無

所識嫌乞得食已勿起貪心愛著亦勿嫌之應當安住正念如食所愛子肉但爲身住不壞存於壽命攝護淨行故猶如昔云夫妻行曠野時共食子肉

出家爲何義　我所作竟未　今思爲作不

如十法經說

應當如是觀察我爲何義故而行出家爲畏不活耶爲求沙門耶若爲求沙門者應作是念我於沙門之事爲已作爲未作爲今正作如其未作及正作者爲成就因緣故應當精勤我離家類則名非類應數思念我之活命繫在於他我亦應作別異儀式我自於戒得無嫌不有智同淨行者於我戒所復無嫌不我已與諸恩愛其相別異不與共俱我屬於業業之所生受用於業業是所親依業而行我所作業若善若惡我當自受我於晝夜云何而造我喜樂空寂不我有上人法不能得聖人勝知見不若當後時同淨行者問我之時說之不慚應數思念此等十法所謂定行比丘應數思念

觀有爲無常　苦無我我所　所有諸魔業應覺而捨離

有爲謂因緣和合生以因緣和合生故彼無我所以有爲故彼是無常若是無常彼爲他所逼迫故苦若苦彼不自在轉故無我於有爲法應如是觀所有諸魔業應覺而捨離者或於菩提心六度相應經中作不欲樂因緣散亂因緣賒緩因緣障礙因緣若從自起若從他起皆應覺知於此諸惡魔業皆覺知已離之莫令彼自在行

根力與覺分　神足正斷道　及以四念處
爲修發精進

信精進念定慧是爲五根信精進念定慧是爲五力念擇法精進喜猗定捨是爲七覺分欲定精進定心定思惟定是爲四神足未生惡不善法爲令不生已生惡不善法爲令其斷未生善法爲令其生已生善法爲令其住生欲發懃攝心起願是爲四正斷正見正分別正語正業正命正發行正念正定是爲八分聖道身受心法是爲四念處此等三十七助菩提法爲修習故發起精勤

心與利樂善　作傳傳生處　及諸惡濁根
彼當善觀察

心若調伏守護禁繫則與諸利益安樂善事作傳傳生因若不調伏不守護不修習不禁繫則與諸無利惡濁爲根知已於彼應極觀察生住異相故內外兩間不住故過去未來現在世不俱故無處來故無處去故剎那羅婆牟呼利多時中不住故猶如幻故爲修習故應當觀察

我於善法中　日日何增長　復有何損減
彼應極觀察

若佛世尊所說施等善法能出生菩提者我於彼諸善法有何增長有何損減常應如是專精觀察日日之中起而復起

見他得增長　利養恭敬名　微小慳嫉心
皆所不應作

若見餘同淨行者或沙門或婆羅門增長利養恭敬名聞之時亦不應生微小慳嫉復應思量生如是心我亦喜得衆生利養衣服飲

食卧牀病緣藥等衆具我亦喜得在家出家之所恭敬我亦喜得具足可讃之法　時復師子吼
不羨諸境界　行癡盲瘂聾
怖諸外道鹿
若見他人增長利養恭敬名聞之時於色等境界中不應希羨於愛不愛色聲香味中雖非癡盲瘂聾而作癡盲瘂聾之行若有力能莫常瘂住應以正法遣或破繫持倒爲怖外道鹿故及住持正教故復當振師子吼我已解釋修心今當解釋修相所謂
奉迎及將送　應敬所尊重　於諸法事中
隨順而佐助
於所尊重奉迎將送於聽法時花鬘供養修理支提等法事中恭敬作故當得手足輪相彼又是大眷屬先相
救脫被殺者　自善增不減　善修明巧業
自學亦教他
有被殺者救令解脫護命因緣離於殺生受此等業長夜習近故當得長指相足跟平正相身直相彼是長壽先相自所受善法受已增長不令損減故當得足趺高如貝相毛上向相彼二是法無減先相善修明論工巧等業自學及敎他故當得伊尼蹲相彼是速攝先相
於諸勝善法　牢固而受之　修行四攝事
施衣及飲食
於諸最勝善法牢固受之習近多作故當得善安立足相彼是能作事業先相修行四攝布施愛語利行同事常習近故當得手足網相彼亦是速攝先相以妙飲食衣服布施常

習近故當得柔輭手足相七處高相彼二是得上妙飲食甜味及衣服等先相

不違乞求者　和合諸親戚　眷屬不乖離

施宅及財物

隨所有物若來求者即施不違逆故當得臂胜䏭圓相彼是自在調伏先相和合親眷朋友共住不令各各乖異若乖異者亦使和合故當得陰密藏相彼是多子先相布施舍宅財物及施上妙牀敷衣服堂殿宮等故當得金色相細滑薄皮相彼二是得上妙牀敷衣服堂殿宮等先相

父母及親友　隨所應安置　所應安置處

無上自在主

憂波弟耶夜此云近誦舊云和尚者略而訛阿遮利夜此云正行舊云阿闍梨者亦訛父母兄弟等所尊重者隨所應處安置爲無上自在主故當得一孔一毛相白毫仰面相彼二是平等先相

雖復是奴僕　善說亦受取　應生最尊重

施藥愈諸病

施藥愈諸病者於病人所施藥給侍將息飲食以給侍將息病即能起故當得膞間平滿相味中上味相彼二是少病先相

前行善業首　細滑美妙言　善爲正意語

前後無不供

前行善業首者園林會堂義井花池飲食花鬘於難行處起橋及造僧坊遊處等中勸勵他人自爲前導所施過他故當得尼瞿嚧陀普圓身相頂髻相彼二是勝主先相細滑美妙言者長夜眞實細滑語故當得廣長舌相梵音相彼二是得五分五分語道具足音先

相五分五分語道具足音者一者可知二者易解三者樂聞四者不逆五者深六者寬遠七者無嫌八者悅耳九者辯正十者不離（二種五分故有十也）善爲正意語者長夜實語正意語故當得師子牙相彼是愛語先相前後無不供者他人雖有前後然皆供養無不供養以如法威儀平等威儀故當得齊平齒相細滑齒相彼二是善淨眷屬先相

不壞他眷屬　慈眼觀衆生　亦不以嫌心
皆如善親友

於諸衆生作懷抱慰喻攝受之心以不貪不瞋不癡眼觀故當得青眼相牛王眼睫相彼二是愛眼觀先相

我已解釋三十二大丈夫相出生之業別有種種菩薩之行今當解釋

應當如所言　即隨如是作　如言若即作
他人則生信

應當如言即如是作若如所言即如是作他則生信隨有言教即當信受

應當擁護法　覺察放逸者　及作金寶網
羅覆於支提

於此法中應自擁護若有背法放逸衆生於彼亦應方便覺察令其向法及於如來支提之所應以種種寶網羅覆爲令相好滿足故

有欲求婇女　莊嚴以施之　亦與說佛德
及施雜光瓔

若有求婇女者即便莊嚴婇女而以布施此諸婇女普皆端正以此布施爲令自意所求愛事皆滿足故又以無量異種說佛功德之法應在集會之處高出美妙悅意之聲而爲

演說爲得諸聲分清淨故又以種種光明照曜瓔珞之具悅彼心眼而以布施爲得諸隨形好滿足故

造作佛形像　端坐勝蓮花　及於六法中
修習同喜樂

以金銀眞珠貝石等造作佛像坐勝蓮花爲得化生及爲得佛身故六種同喜法者於彼同梵行中慈身業口業意業不分受用物戒具足見具足此等六種同喜法中應數習近爲得徒衆不被諸外論衆所壞故

可供無不供　爲命亦不謗　佛之所說法
及以說法人

可供無不供者於中應可供養所謂和尚阿闍梨父母兄弟等無不供養者無不敬畏雖爲活命終不謗法及此說佛法人亦不應謗不應輕欺爲護自善助故

金寶散教師　及教師支提　若有忘所誦
與念令不失

應以金銀散於教師亦應以摩尼金寶散教師寶支提菩薩有三摩提名現在佛對面住此等三摩提於生生中現前修習爲得聞持故若有衆生忘失所誦引世利樂經書於彼衆生與作憶念爲不忘失菩提心故及爲得憶念現知故

未思所作已　勿躁勿隨他　外道天龍神
於中皆莫信

所作業行若身口意於中諸處若未思所作已勿爲躁急亦勿隨他應如是行若異於此則生熱惱亦是悔因於遊行出家尼犍等諸外道及於天龍夜叉犍闥婆等中皆不應信

心應如金剛　堪能通諸法　心亦應如山
諸事所不動
安置其心應如金剛有慧力堪能故於諸世出世法中如其自性如實通達於諸事中安置其心亦應如山八種世法所不能動
喜樂出世語　莫樂依世言　自受諸功德
亦應令他受
或有言說能出世間若與佛法僧相應若與六度相應若與菩薩地相應若與聲聞獨覺地相應彼中應作喜樂或有言說依止世間增長世間與貪瞋癡相應彼中不應喜樂若有諸受戒學頭多等殊勝功德善人所讚所受取者於彼等中皆應受取亦應令他受此功德
修五解脫入　修十不淨想　八大丈夫覺
亦應分別修
於中解脫入者一者爲他說法二者自說法三者自誦法四者於法隨覺隨觀五者取隨何等三摩提相此是五解脫入應當念修十不淨想者謂脹想青瘀想膿爛想潰出想噉想斷解想分散想血塗想肉落想骨想此是十不淨想貪若生時應當念修本爲斷除欲貪故八大丈夫覺亦應分別修者於中有八大丈夫覺謂少欲是法多欲非法是爲初覺知足是法不知足非法是爲第二遠離是法雜閙非法是爲第三發精進是法懈怠非法是爲第四安住念是法忘失念非法是爲第五入定是法不入定非法是爲第六智慧是法無智慧非法是爲第七不樂戲論是法樂戲論非法是爲第八此等八大丈夫覺應當

覺之多欲等八不善助應當斷除
天耳與天眼　神足與他心　及與宿命住
應修淨五通
於中天眼天耳憶念宿住知他心神足此等
五種智通應當修習

菩提資粮論卷第五

菩提資粮論卷第六

聖者龍樹本
比丘自在釋
隋天竺三藏達摩笈多譯

問云何修習答

四神足爲根　欲進心思惟　四無量住持
謂慈悲喜捨

於此四無量中習近多作已得心堪能得心堪能已便入初禪那如是第二如是第三如是第四彼得禪那已得身心輕彼以身心輕見足故出生入神通道出生入神通道具足故便生神足謂若欲若精進若心若思惟於中欲者向法精進者成就法心者於法觀察思惟者於法善巧彼菩薩於神通若信解若作用其心自在隨欲所行以善成熟故自根本住持故諸處順行如風遍空於中菩薩得四無量及四禪那已若信解若作用出生天眼若諸天龍夜叉乾闥婆等若學人及聲聞獨覺天眼於中獨有增上之力清淨勝過光明勝過上首勝過殊異勝過其眼無礙世間色相麤細遠近隨其所欲彼皆能見如是聞天人畜生等聲如是念知前世無邊無際如是知他心與貪欲等俱乃至八萬四千差別如是得無量神足以得神足故諸所應調伏衆生悉令調伏

四界如毒蛇　六入如空村　五衆如殺者
應作如是觀

長夜以諸樂具受用因緣雖守護將息長養此地等四界而速疾發動不知息養不可依怙不可委信故應當觀察猶如毒蛇以無主

故離我我所故眼等諸入有六賊衆逼惱可
畏故應當觀察猶如空村共和與物破壞打
罰不能遮障故猶如殺者於五受衆應當日
日如是觀察
重法及法師　亦捨於法慳　教師勿捲秘
聽者勿散亂
於此有四種法能生大智應當受取於法及
法師中應當尊重亦捨法慳隨所聞法隨所
習誦爲他演說若有樂欲法者教師勿爲捲
手秘惜聽者勿散亂謂莫有異欲
無慢無希望　唯以悲愍心　尊重恭敬意
爲衆而說法
復有四種法是大智相應當受取所謂遠離
有高輕他無憍慢故棄捨利養恭敬名聞無
希望心故於無明闇障衆生中唯悲愍故尊
重恭敬爲其說法以此四種法故菩薩大智
具足應當受取
於聞無猒足　聞已皆誦持　不誑尊福田
亦令師歡喜
多聞無猒聞已持法持法已順法行法不誑
所尊福田亦令教師歡喜此法是菩提心不
忘失因
不應觀他家　心懷於敬養　勿以論難故
習誦於世典
不應爲供養恭敬因緣往觀他家除爲安立
菩提心因緣亦不應欲爲論難故習誦諸世
論等除爲多聞因緣
勿以瞋恚故　毀呰諸菩薩　未受未聞法
亦勿生誹謗
何以故爲護續生善法因緣

斷除於憍慢　當住四聖種　勿嫌於他人
亦勿自高舉
斷除憍慢者於諸衆生中當下心如狗斷除
我慢於輕儉衣食卧牀藥具四聖種中亦應
當住於彼聖種知足故不應嫌他亦不應自
高舉
若實不實犯　不得發覺他　勿求他錯失
自錯當覺知
他同梵行者犯罪若實若不實皆不應發覺
他有錯失不應求覓唯於自錯即應覺知
佛及諸佛法　不應分別疑　法雖最難信
於中應信之
於佛不應分別以世尊具足未曾有法故亦
於佛法不應疑惑以於諸衆生是不共法故
及於最難信佛法中以深心清淨故應當信
之
雖由實語死　退失轉輪王　及以諸天王
唯應作實語
若菩薩由實語故若奪物若死雖退失轉輪
王及諸天王唯應實語何況其餘而不實語
打罵恐殺縛　終不怨責他　皆是我自罪
業報故來現
諸有他來打罵恐怖殺縛幽閉皆是自罪應
當有此終不瞋他此是我業前世已作今時
還受相似不愛之果彼諸衆生都無有罪唯
是我罪業報來現應當有此
應極尊重愛　供養於父母　亦給侍和尚
恭敬阿闍梨
於父母所應當極愛尊重供養應作天想隨
父母意令得悦樂離諂幻心又應恭敬給侍

和尚阿闍梨隨和尚阿闍梨所說法中無有內祕皆爲外化

爲信聲聞乘　及以獨覺乘　說於最深法
此是菩薩錯

此中菩薩有四種菩薩錯失應當捨離所謂於聲聞獨覺乘諸衆生中爲說最深之法是菩薩錯

爲信深大乘　衆生而演說　聲聞獨覺乘
此亦是其錯

於信深大乘諸衆生中爲說聲聞獨覺乘是菩薩錯

大人來求法　慢緩不爲說　而反攝受惡
委任無信者

若有正住大衆生來有所求時應即爲說善法而更慢緩破戒惡法反攝受之是菩薩錯於大乘中未有信解未以四攝事成熟者而信任之是菩薩錯是爲四種

遠捨所說錯　所說頭多德　於彼當念知
亦皆應習近

此中所說四種錯失應遠捨離以此去菩提遠故若聲聞獨覺乘中所說頭多等及餘功德但知彼等不與菩提作障礙者於彼彼中亦應習近

等心平等說　平等善安立　亦令正相應
諸衆生無別

此四種菩薩道應當習近何等爲四所謂諸衆生中起平等心諸衆生中平等說法諸衆生中平等善安立諸衆生中令正相應此等皆無差別是爲四種

爲法不爲利　爲德不爲名　欲脫衆生苦

不欲自身樂

此四種真實菩薩應當覺知何等爲四所謂但爲於法不爲財利但爲功德不爲名稱但欲脱衆生苦不欲自身安樂

密意求業果　所作福事生　亦爲成熟衆
捨離於自事

若於業果密意欲求作三福事生此福時唯爲菩提利樂衆生亦唯爲菩提成熟於衆爲利衆故捨離自事此是四種真實菩薩

親近善知識　所謂法師佛　勸勵出家者
及以乞求輩

此四種菩薩善知識應當親近何等爲四所謂法師是菩薩善知識爲助持聞慧故佛世尊是菩薩善知識爲助持諸佛法故勸出家者是菩薩善知識爲助持諸善根故乞求者是菩薩善知識爲助持菩提心故此四種菩薩善知識應當親近

依止世論者　專求世財者　信解獨覺乘
及以聲聞乘

此四種菩薩惡知識應當知之何等爲四所謂世論者習近種種雜辯才故攝世財物者不攝法故獨覺乘者少義利少作事故聲聞乘者自利行故

此四惡知識　菩薩應當知　復有應求者
所謂四大藏

如前所説四種知識是惡知識知已應離復有應求得者所謂四大藏

佛出聞諸度　及於法師所　見之心無礙
樂住空閑處

此四種菩薩大藏應當得之何等爲四所謂

奉事出世諸佛聽聞六波羅蜜以無礙心見於法師以不放逸樂住空閑之處此是四種菩薩大藏應當得之

地水火風空　悉與其相似　一切處平等
利益諸衆生

與地水火風虚空等有二因縁相似菩薩應當攝受所謂平等故利益故如地等大及虚空五種於有心無心中一切處平等無有異相諸衆生等當所資用而無變異不求報恩我亦如是乃至覺場究竟爲諸衆生之所資用而無變異不求報恩

當善思惟義　勤生陀羅尼　勿於聽法者
爲作於障礙

義者佛所説義於彼當善思惟若共談若獨住應如是作又安住禁戒清淨心意精勤鮮潔當生及聞銀主海主等陀羅尼又於聽法者所勿以微少因縁而作障礙爲離法灾生業故

惱中能調伏　小事捨無餘　八種懈怠事
皆亦應除斷

惱中能調伏者於中有九種惱事所謂於我作無利益已作今作當作是爲三種於我親愛作無利益已作今作當作復爲三種於我憎嫌與作利益已作今作當作復爲三種此等皆作惱事於此九種惱事之中當自調伏小事捨無餘者於中有二十種小事所謂不信一無慚二諂幻三掉四亂五放逸六害七無愧八懈怠九憂十昬十一舊睡睡十二舊眠恨十三覆十四嫉十五慳十六高十七忿十八悔十九悶二十此等二十種小事皆捨無餘八種懈怠事皆

亦應除斷者於中有八種懈怠事所謂我欲
作務即便安卧不發精進一我作務已二我
欲行路三我行路已四我身疲乏不能修業
五我身沉重不能修業六我已生病七我病
得起不久即便安卧不發精進八由此等故
應得不得應到不到應證不證此等八種懈
怠事中爲除斷故應發精進

莫作非分貪　橫貪不稱意　離者皆令合
無問親非親

若見具足利養名聞安樂稱譽福德衆生於
彼具足福中莫作非分貪心以作非分貪心
則不稱意是故所不應作又於各各共諍離
壞衆生中無問親與非親皆令和合同心相
愛

於空而得空　智者莫依行　若當得於空
彼惡過身見

依空拔除大無智聚故智者莫依得空而行
若依得空而行則於有身見人難治過之惡
亦過之以諸見行由空出離若著空見彼不
可治以更無令出離故

掃塗與莊嚴　及多種鼓樂　香鬘等供具
供養於支提

於如來支提及形像所掃地塗地香鬘燒香
末香華蓋幢旛等莊嚴供養之具當作供養
爲得端正戒香自在故貝笛箜篌腰鼓大鼓
雷鼓拍手等種種鼓樂供養爲得天耳故

作種種燈輪　供養支提舍　施蓋及革屣
騎乘車輿等

支提舍中應以種種香油蘇燈鬘等善作供
養爲得佛眼故布施傘蓋皮鞋象馬車輿乘

等爲得菩薩無上神通乘不難故

專應喜樂法　樂知信佛得　喜樂給侍僧
亦樂聞正法

於中菩薩常應如是喜樂於法莫喜五欲福樂當知信佛所得之利莫唯信樂見於色身當於僧中以諸樂具常喜給侍莫唯喜諮問訊而已常喜聞法無有猒足莫唯喜樂暫聞其語

前世中不生　現在中不住　後際中不到
如是觀諸法

因緣和合力故及無所從來故前世中不生念念破滅故及不住故現在中不住滅無餘故及無所至去故後際中不到應當如是觀察諸法

好事與衆生　不求彼好報　當爲獨忍苦
不自偏受樂

菩薩於諸衆生當以好事而利樂之自不希望彼等衆生利樂好事及諸衆生有無量種種苦相我獨爲其忍受我有樂具與諸衆生受用爲樂

雖足天福樂　心不舉不喜　雖貧如餓鬼
亦不下不憂

雖住大具足福報天中其心不作喜之與舉雖爲餓鬼貧窮破散逼惱此最難活不應生下心亦復不應憂何況人道貧窮破散

若有已學者　應極尊重之　未學令入學
不應生輕懱

若有已學衆生於彼應作至極尊重若未學者應令彼等入學亦不應輕懱之

戒具者恭敬　破戒令入戒　智具者親近

愚者令住智
戒具足人應當問訊合掌向禮等而恭敬之亦應爲彼説持戒福若破戒者應令入戒亦應爲彼説破戒罪智具足者應當親近亦應爲彼顯智慧德愚者應令住智亦應爲彼演愚癡過
流轉苦多種　生老死惡趣　不怖此等畏當降魔惡智
菩薩於流轉中流轉多種生老死憂悲苦惱等地獄畜生餓鬼阿脩羅惡趣等不應怖畏唯當降伏惡魔惡智
所有諸佛土　搏聚諸功德　爲皆得彼故發願及精進
十方無量諸佛國土若佛土具足若佛土莊嚴若從諸佛菩薩聞若自見之彼皆搏聚殊勝功德皆令彼等入到自佛土中應當作如是願隨所願即隨成就亦應如是精勤修行
恒於諸法中　不取而行捨　此爲諸衆生受擔欲荷負
以取故苦不取故樂作是念已恒於諸法不取而捨雖不取而捨若此先時爲趣菩提故作願受擔衆生未度者我當度未脫者我當脫未寂滅者我當寂滅此應荷負爲諸衆生故
正觀於諸法　無我無我所　亦勿捨大悲及以於大慈
説諸法無所有如夢如幻故諸法無我其無我所者觀無相故如是以最勝義法觀此相時然於衆生亦不捨大悲及以大慈如是應當倍復稱量歎言奇哉彼諸衆生癡闇所覆

著我我所於此最勝義道法中而不覺知我當何時令彼衆生於此最勝義道法中而得覺知是爲於衆生中不捨大悲及以大慈勝過諸供養　以供佛世尊　彼作何者是所謂法供養

若有以諸供具供養諸聲聞獨覺菩薩及佛世尊所謂或以諸華香鬘末香燈輪供養或以諸蓋幢旛供養或以諸音樂等供養或以諸藥美飲食等布施供養若欲勝過彼諸供養以供養佛復何者是答言所謂法供養彼

法供養復有何相

若持菩薩藏　及得陀羅尼　入深法源底是爲法供養

於中若與菩薩藏相應如來所說經等甚深明相背諸世間難得其底難見微細無著了義以總持經王印印之不退轉因從六度生善攝所攝順入助菩提法合正覺性入諸大悲說於大慈離衆魔見善說緣生入無衆生無命無長養無人與空無相無願無作相應坐於覺場轉於法輪爲天龍夜叉乾闥婆之所讃歎度在家泥攝諸聖人演說諸菩薩行入法義辭樂說之辯震於無常苦無我等音聲之雷怖諸外論見得之執諸佛所歎對治流轉示涅槃樂如是等經若說若持觀察攝取是名法供養又法供養者得不退墮順行總持故於空無相無願無作相應深法中入至其底無動無疑是名最勝義中法之供養

應當依於義　莫唯愛雜味　於深法道中善入莫放逸

又法供養者若於法中思法行法隨順緣生

離諸邊取之見得無出無生忍入於無我於因緣中無違無鬪無諍離我我所應當依義莫愛馳逐雜飾句味應當依智莫依於識依了義經莫著不了義世俗言說應當依法莫取人見應當隨順如實法行入無住處善觀無明行識名色六入觸受愛取有生老死憂悲苦惱困極皆悉寂滅如是觀緣生已引出無盡以愍念衆生故不著諸見不作放逸若常如此乃名無上法之供養

如是此資粮　恒沙等大劫　出家及在家
當得滿正覺

如前所說資粮於恒伽沙等量大劫中出家衆及在家衆菩薩乘者多時滿願得成正覺

繫彼資粮頌　爲菩提思惟　資粮義無闕
能知在彼頌　我今釋彼頌　於義或增減
善解頌義等　賢智當思之　釋彼資粮頌
我所作福善　爲流轉衆生　當得正遍覺

聖者龍樹所作菩提資粮論竟我比丘自在解釋竟

菩提資粮論卷第六

音釋

鑛古猛切　鞞駢迷切　瞬舒閏切目動也　猗於宜切輕安也　踹市兖切　尼揵梵語也此云離繫揵巨焉切　脹知亮切　瘀衣據切　潰胡對切散也　捲祕捲逵員切拳同　箜篌箜音空篌音侯箜篌樂器名　屣所介切屩也

大莊嚴經論

姚秦三藏法師鳩摩羅什譯

清刻龍藏佛說法變相圖

大莊嚴經論卷第一

馬　鳴　菩　薩　造

姚秦三藏法師鳩摩羅什譯

前禮最勝尊　離欲邁三有　亦敬一切智
甘露微妙法　并及八輩衆　無垢清淨僧
富那脇比丘　彌織諸論師　薩婆室婆衆
牛王正道者　是等諸論師　我等皆敬順
我今當次說　顯示莊嚴論　聞者得滿足
衆善從是生　可歸不可歸　可供不可供
於中善惡相　宜應分別說

說曰我昔曾聞乾陀羅國有商賈客到摩突羅國至彼國已時彼國中有一佛塔衆賈客中有一優婆塞日至彼塔恭敬禮拜向塔中路有諸婆羅門見優婆塞禮拜佛塔皆共嗤笑更於餘日天甚蒸熱此諸婆羅門等食訖

遊行而自放散或在路中或立門側有洗浴者有塗香者或行或坐時優婆塞禮塔迴還諸婆羅門見已喚言來優婆塞就此坐語優婆塞言爾今云何不識彼摩醯首羅毗紐天等而爲致敬乃禮佛塔得無煩耶時優婆塞即答之曰我知世尊功德少分是故欽仰恭敬爲禮未知汝天有何道德而欲令我向彼禮乎諸婆羅門聞是語已瞋目呵叱愚癡之人汝云何不知我天所有神德而作是言諸婆羅門即說偈言

阿脩羅城郭　高顯周三重　懸處於虛空
男女悉充滿　我天彎弓矢　遠中彼城郭
一念盡燒滅　如火焚乾草

時優婆塞聞是偈已大笑而言如斯之事吾之鄙薄所不敬尚以偈答言

命如葉上露　有生會當滅　云何有智者
弓矢加殘害

時諸婆羅門等聞是偈已咸共同聲呵優婆塞言是癡人彼阿脩羅有大勢力好爲惡事我天神德力能殺害云何乃言非有智耶時優婆塞被呵責已喟然長歎而說偈言

美惡諦觀察　智者修善業　能獲大果報
後則轉受樂　云何於過惡　反生功德想
邪見既增長　歎惡以爲善　以是惡業故
後獲大苦報

諸婆羅門聞是語已豎目舉手懔厲攘皺瞋忿顫動而作是言汝甚愚癡不吉之人此等諸天不加恭敬而恭敬誰時優婆塞意志閑裕而語之言吾雖單獨貴申道理不應以力朋黨競說時優婆塞復說偈言

汝等所供養　兇惡好殘害　汝若奉事彼
以爲功德者　亦應生恭敬　師子及虎狼
觸惱生殘害　惡鬼羅刹等　愚人以畏故
於彼生恭敬　諸有智慧者　宜應深觀察
若不爲殘害　乃可生恭敬　諸有功德者
終無殘害心　修行諸惡者　無不懷殘害
不能善分別　功德及過惡　功德起惡心
過生功德想　殘害逼迫者　凡愚增敬順
於善功德者　反生輕賤心　世間皆顛倒
不別可敬者　乾陀羅生者　解知別善惡
是故信如來　不敬自在天
彼時婆羅門聞是語已即作是言咄乾陀羅
出何種姓有何道德而名佛手時優婆塞說
偈答言
出於釋氏宮　具足一切智　衆過悉雲除
諸善皆普備　諸於衆生中　未始不饒益
覺了諸法相　一切悉明解　如是之大仙
故稱號爲佛
時諸婆羅門復說偈言
汝言佛大仙　應是逼惱事　此閻浮提中
瞻嘿監持地　婆塞婆私吒　提釋阿極耶
如是諸大仙　名稱世所聞　能結大神呪
殘滅諸國土　汝名佛大仙　亦應作斯呪
汝佛有大德　應作逼惱事　若不作呪害
云何名大仙
時優婆塞不忍聞彼誹謗之言以手掩耳而
說偈言
咄莫出惡語　謗言佛有呪　毀謗最勝尊
後獲大苦報
時婆羅門復說偈言

佛若無呪術　不名有大力　若無惱害者
云何名大仙　我但說實語　何故稱誹謗
時諸婆羅門　撫掌大笑言　是故汝癡人
定墮於負處
時優婆塞語婆羅門言汝莫怪笑汝言如來無大功德亦無大力斯是妄語如來實有大功德力永斷呪根終不復作惱害之事汝今諦聽當爲汝說即說偈言
以貪瞋癡故　則作大惡呪　當結惡呪時
惡鬼取其語　於諸罪衆生　而行惱害事
佛斷貪瞋癡　慈悲廣饒益　永除惡呪根
但有衆善事　是故佛世尊　都無有惱害
以大功德力　拔濟無量苦　汝今何故言
佛無大勢力
時諸婆羅門聞是偈已瞋恚心息語優婆塞言我於今者欲問少事勿見瞋也咄優婆塞佛若無惡呪云何而得受他供養旣不爲損又不能益云何而得稱爲大仙優婆塞言如來大慈悲終無惡呪損減衆生亦復不爲利養之事但爲饒益故受供養而說偈言
大悲愍群生　常欲爲拔苦　見諸受惱者
過於己自處　云何結惡呪　而作惱害事
衆生體性苦　生老病死道　如癰著燥灰
云何更加惡　常以淸涼法　休息諸熱惱
諸婆羅門聞是語已即便低頭思惟斯語此是好事心欲生信汝健陀羅善別勝處汝能信此甚爲希有是故歎汝健陀羅者名不虛設言健陀者名持也持善去惡故得斯號而說偈言
能持此地者　是名善丈夫　善丈夫中勝

實是健陀羅

時優婆塞作是思惟此婆羅門心欲信解皆可成器我今當更爲分别說佛之功德時優婆塞顏貌憘怡而作是言見汝信佛我甚歡喜汝今幸可少聽我語功德過惡汝宜觀察而說偈言

觀察佛功德　一見皆滿足　戒聞及定慧
無與佛等者　諸山須彌最　衆流海第一
世間天人中　無有及佛者　能爲諸衆生
具受一切苦　必令得解脫　終不放捨離
誰有歸依佛　不得利益者　誰有歸依佛
而不解脫者　誰隨佛教旨　而不斷煩惱
佛以神足力　降伏諸外道　名稱普遠聞
遍滿十方刹　唯佛師子吼　說諸行無我
所說恒處中　不著於二邊　天上及人中
皆作如是說　不能善分別　結使諸業報
如來涅槃後　諸國造塔廟　莊嚴於世間
猶虛空星宿　以是故當知　佛爲最勝尊

諸婆羅門聞是語已有生信心者有出家者得道者

復次應分別論所謂論者即是法也夫於法所宜善思惟若能思惟則解其義我昔曾聞有婆羅門名憍尸迦善知僧佉論衞世師論若提碎摩論如是等論解了分別彼婆羅門住業氏城中於其城外有一聚落彼婆羅門有少因緣詣彼聚落到所親家時其親友以緣事故餘行不在時憍尸迦婆羅門語其家人汝家頗有經書以不吾欲並讀待彼行還時所親婦即爲取書偶得十二緣經而以與之旣得經已至於林樹間閑靜之處而讀此

經聞無明緣行行緣識識緣名色名色緣六入六入緣觸觸緣受受緣愛愛緣取取緣有有緣生生緣老病死憂悲苦惱是名集諦無明滅則行滅行滅則識滅識滅則名色滅名色滅則六入滅六入滅則觸滅觸滅則受滅受滅則愛滅愛滅則取滅取滅則有滅有滅則生滅生滅則老病死憂悲苦惱衆苦集聚滅初讀一遍猶未解了至第二遍即解無我外道之法著於二見我見邊見於一切法深知生滅無有常者而自念言一切外論皆悉無有出生死法唯此經中有出生死解脫之法心生歡喜尋舉兩手而作是言我於今者始得實論始得實論端坐思惟深解其義容貌憘怡如華開敷復作是言我今始知生死繫縛解出世法乃悟外道所說諸論甚爲欺誑不離生死歎言佛法至眞至實說有因果因滅則果滅外道法中甚爲虛妄說言有果而無其因不解因果不識解脫自觀我音深生怪笑云何乃欲外道法中度生死河我昔外道求度生死譬如有人没溺恒河波浪之中懼失身命值則攀緣既不免難没水而死我亦如是過彼外道求度生死然其法中都無解脫出世之法没生死河喪善身命墮三惡道今見此論當隨順行得出生死外道經論如愚狂語九十六種外道悉皆虛僞唯有佛道至眞至正六師之徒及餘智者咸自稱爲一切智人斯皆妄語唯佛世尊是一切智誠實不虛時憍尸迦即說偈言

外道所爲作　虛妄不眞實　猶如小兒戲
聚土作城郭　醉象踐蹈之　散壞無遺餘

佛破諸外論　其事亦如是
時憍尸迦婆羅門深於佛法生信敬心捨外
道法除去邪見晝夜常讀十二緣經時其所
親眷與諸婆羅門歸還其家問其婦言我聞
憍尸迦來至於此今何所在婦語夫言彼婆
羅門向借經書我取與之不識何經然其得
已披攬翻覆彈指讚歎憘怡異常夫聞其言
即往其所見憍尸迦端坐思惟即問之言汝
於今者何所思惟時憍尸迦說偈答曰
愚癡無智慧　周迴三有中　如彼陶家輪
輪轉無窮已　我思十二緣　解脫之方所
爾時親友即語之言汝於是經乃能深生希
有之想我釋種邊而得此經將欲洗却其字
以用書彼毗世師經憍尸迦婆羅門聞是語
已呵責親友汝愚癡人云何乃欲水洗斯經
如是妙法宜用眞金而以書寫盛以寶函種
種供養即說偈言
設我有財寶　以眞金造塔　七珍用廁塡
寶案妙巾帙　莊嚴極殊妙　而用以供養
雖作如是事　尚不稱我意
時其親友聞斯語已甚懷忿恚而作是言今
此經中有何深妙未曾有事何必勝彼毗世
師經欲以眞金種種珍寶而爲供養時憍尸
迦聞是語已愀然作色而作是言汝今何故
輕慢佛經至於是乎彼毗世師論極有過患
云何乃用比於佛語如毗世師論不知法相
錯亂因果於缾因果淺近之法尚無慧解分
別能知況解人身身根覺慧因果之義爾時
其親友語憍尸迦言汝今何故言毗世師論
不解因果彼論中說破瓦以爲缾因云何而

言不解因果憍尸迦言汝毗世師論實有是語然無道理汝今且觀如因於縷以爲經緯然後有氎瓶瓮亦爾先有瓶故然後有瓦若先無瓶云何有瓦復次破瓦無有瓶瓮有用是以破瓦不得爲因現見陶師取泥成瓶不用破瓦又見瓶壞後有破瓦瓶瓦若未壞云何有破時親友言汝意謂若毗世師論都無道理我等寧可徒勞其功而自辛苦時親友徒黨諸婆羅門聞是語已心生愁惱若如其言毗世師論即於今日不可信耶憍尸迦言毗世師論非但今者不可取信於昔已來善觀察者久不可信所以然者昔佛十力未出世時一切衆生皆爲無明之所覆弊盲無目故於毗世師論生於明想佛日既出慧明照了毗世師論無所知曉都應棄捨譬如鵄鵂夜則遊行能有力用晝則藏竄無有力用毗世師論亦復如是佛日既出彼論無用親友復言若如汝言毗世師論不如佛經然此佛經寧可得比僧佉論耶憍尸迦言如僧佉經說有五分論義得盡第一言誓第二因第三喻第四等同第五決定汝僧佉經中無有譬喻可得明了如牛鋒者況辯法相而能明了何以故汝僧佉經中說鉢羅陀那不生如常遍一切處亦處處去如僧佉經中說鉢羅陀那不從他生而體是常能生一切遍一切處去至處處說如是事多有愆過何以故於三有中無有一法但能生物不從他生是故有過復次遍一切處能至處處此亦有過何以故若先遍者去何所至若去至者遍則不遍二理相違其義自破若如是者是則無常如

其所言不從他生而能生物遍一切處去至處處是語非也親友婆羅門聞是語已語憍尸迦言汝與釋種便爲朋黨故作是說然佛經中亦有大過說言生死無有本際又復說言一切法中悉無有我時憍尸迦語親友言我見佛法生死無際一切無我故吾今者敬信情篤若人計我終不能得解脫之道若知無我則無貪欲無貪欲故便得解脫若計有我則有貪愛既有貪愛遍於生死云何能得解脫之道復次若言生死有初始者此身初者爲從善惡而得此身爲不從善惡自然有耶若從善惡而得身者則不得名初始有身若不從善惡得此身者此善惡法云何而有若如是者汝法則爲半從因生半不從因如是說者有大過失我佛法無始故無罪咎于時親友語憍尸迦有縛則有解汝說無我則無有縛若無有縛誰得解脫憍尸迦言雖無有我猶有縛解何以故煩惱覆故則爲所縛若斷煩惱則得解脫是故雖復無我猶有縛解諸婆羅門復作是言若無我者誰至後世時憍尸迦語諸人言汝等善聽從於過去煩惱諸業得現在身及以諸根從今現在復造諸業以是因緣得未來身及以諸根我於今者樂說譬喻以明斯義譬如穀子衆緣和合故得生芽然此種子實不生芽種子滅故芽便增長子滅故不常芽生故不斷佛說受身亦復如是雖復無我業報不失諸婆羅門言我聞汝說無我之法洗我心垢猶有少疑今欲諮問若無我者先所作事云何故憶而不忘失答曰以有念覺與心相應便能憶念三

世之事而不忘失又問若無我者過去已滅現在心生生滅既異云何而得憶念不忘答曰一切受生識爲種子入母胎田愛水潤漬身樹得生如胡桃子隨類而生此陰造業能感後陰然此前陰不生後陰以業因緣故便受後陰生滅雖異相續不斷如嬰兒病與乳母藥兒患得愈母雖非兒藥之力勢能及其兒陰亦如是以有業力便受後陰憶念不忘諸婆羅門復作是言汝所讀經中但說無我法令汝解悟生歡喜耶時憍尸迦即爲讀十二緣經而語之言無明緣行行緣識乃至生緣老死憂悲苦惱無明滅則行滅乃至老死滅故憂悲苦惱滅以從衆緣無有宰主便於其中解悟無我非經文中但說無我復次以有身故則便有心以有身心諸相有用識解分別我悟斯事便解無我又問若如汝言生死受身相續不斷設有身見有何過咎答曰以身見故造作諸業於五趣中受善惡身形得惡形時受諸苦惱若斷身見不起業不起諸業故則不受身不受身故衆患永息則得涅槃云何說言身見非過復次若身見非過咎者應無生死不於三有受生死苦是故有過時婆羅門逆順觀察十二緣義深生信解心懷慶幸略讃佛法而說偈言

如來在世時　說法摧諸論　佛日照世間
群邪皆隱弊　我今遇遺法　如在世尊前
釋種中殊妙　深達諸法相　所言如來者
眞實而不虛　逆順觀諸法　名聞普遍滿
向佛涅槃方　恭敬合掌禮　歎言佛世尊
實有大慈心　諸仙中最勝　世間無倫疋

我今歸依彼　無等戒定慧

憍尸迦言汝今云何乃爾深解佛之功德親友答言我聞此法是故知佛無量功德如沉水香黑種津膩以是因緣燒之甚香遠近皆聞如是我見如來定慧身故便知世尊有大功德我於今者雖不覩佛見佛聖跡則知最勝亦如有人於華池邊見象足跡則知其大覩因緣論雖不見佛知佛聖跡功德最大見其親友深生信解歎未曾有而作是言汝於昔來讀誦外典亦甚衆多今聞佛經須臾之頃解其義趣悉捨衆典極爲希有即説偈言

除去邪見論　信解正眞法　如是人難得
是故歎希有　不但歎於汝　亦歎外諸論
因其理鄙淺　我等悉捨離

以彼諸論有過咎故令我等輩得生猒離生信解心佛實大人無與等者名稱普聞遍十方刹外諸邪論前後有過猶如調語不可辯了由彼有過令我棄捨得入佛法猶如春夏之時人患日熱皆欲離之既至冬寒人皆思念外道諸論亦復如是誠應捨離如夏時日然由此論得生信心亦宜思念猶如寒時思念彼日于時親友問憍尸迦我等今者當作何事憍尸迦言今宜捨棄一切邪論於佛法中出家學道所以者何如夜闇中然大炬火一切鵂鳥皆悉墮落佛智慧燈既出於世一切外道悉應顛墜是故今欲出家學道於是憍尸迦從親友家即詣僧坊求索出家出家已後得阿羅漢何因緣故説是事耶以諸外道常爲邪論之所幻惑故説十二因緣經論而破析之

復次夫取福田當取其德不應揀擇少壯老弊我昔曾聞有檀越遣知識道人詣僧伽藍請諸衆僧但求老大不用年少後知識道人請諸衆僧次到沙彌然其不用沙彌語言何故不用我等沙彌答言檀越不用非是我也勸化道人即說偈言

耆年有宿德　髮白而面皺　秀眉齒鈌落
背僂肢節緩　檀越樂如是　不喜見幼小

時寺中有諸沙彌盡是羅漢譬如有人觸惱師子數其要脉令其瞋恚諸沙彌等皆作是語彼之檀越愚無智慧不樂有德唯貪耆老時諸沙彌即說偈言

所謂長老者　不必在白髮　面皺牙齒落
愚癡無智慧　所貴能修福　除滅去衆惡
淨修梵行者　是名爲長老　我等於毀譽
不生增減心　但令彼檀越　獲得於罪過
又於僧福田　誹謗生增減　我等應速往
起發彼檀越　莫令墮惡趣　彼諸沙彌等
尋以神通力　化作老人像　髮白而面皺
秀眉牙齒落　僂脊而柱杖　詣彼檀越家
檀越既見已　心生大歡慶　燒香散名華
速請令就坐　既至須臾頃　還復沙彌形
檀越生驚愕　變化乃如是　爲飲天甘露
容色忽鮮變

爾時沙彌即作是言我非夜叉亦非羅刹見檀越選擇耆老於僧福田生高下相壞汝善根故作是化令汝改悔即說偈言

譬如蚊子嘴　欲盡大海底　世間無能測
衆僧功德者　一切皆無能　籌量僧功德
況汝獨一已　而欲測量彼

沙彌復言汝今不應校量衆僧耆少形相夫求法者不觀形相唯在智慧身雖幼稚斷諸結漏得於聖道雖老放逸是名幼小汝所爲作甚爲不是若以爾指欲盡海底無有是處汝亦如是欲以汝智測量福田而知高下亦無是處汝寧不聞如來所說經中不輕王子蛇火沙彌等都不可輕世尊所說菴羅果喻內生外熟外生內熟莫妄稱量前人長短一念之中亦可得道汝於今者極有大過汝若有疑悉皆可問從今已後更莫如是於僧福田生分別想即說偈言

衆僧功德海　無能測量者　佛尚生欣敬
自以百偈讚　況餘一切人　而當不稱歎
廣大良福田　種少獲大利　釋迦和合衆
是名第三寶　於諸大衆中　勿以貌取人
不可以種族　威儀巧言說　未測其內德
覩形生宗仰　觀形雖幼弱　聰慧有高德
不知內心行　乃更生輕慢　譬如大叢林
薝蔔雜伊蘭　衆林雖參差　語林則不異
僧雖有長幼　不應生分別　迦葉欲出家
捨身上妙服　取庫最下衣　猶直十萬金
衆僧之福田　其事亦如是　供養最下者
獲報十力身　譬如大海水　不宿於死屍
僧海亦如是　不容毀禁者　於諸凡夫僧
最下持少戒　恭敬加供養　能獲大果報
是故於衆僧　耆老及少年　等心而供養
不應生分別

爾時檀越聞是語已身毛爲竪五體投地求哀懺悔凡夫愚人多有愆咎願聽懺悔所有疑惑幸爲解釋即說偈言

汝有大智慧　以斷諸疑網　我若不諮問
則非有智者
爾時沙彌即告之曰恣汝所問當爲汝說檀
越問言大德敬信佛僧何者爲勝沙彌答曰
汝寧不知有三寶乎檀越言我今雖復知有
三寶然三寶中豈可無有一最勝也沙彌答
曰我於僧佛不見增減即説偈言
大姓婆羅門　厥名突羅闍　毀譽佛不異
以食施如來　如來既不受　三界無能消
擲置於水中　煙炎同時起　瞿曇彌奉衣
佛勑施衆僧　以是因緣故　三寶等無異
爾時檀越聞是語已即作是言如其佛僧等
無異者何故以食置于水中不與衆僧沙彌
答言如來於食都無悋惜爲欲顯示衆僧德
力故爲是耳所以者何佛觀此食三界之中

無能消者置於水中水即炎起然瞿曇彌故
以衣奉佛佛迴向僧僧受已無有變異是故
當知僧有大德得大名稱佛僧無異時彼檀
越即作是言自今已後於衆僧所若老若少
等心恭敬不生分別沙彌答言汝若如是不
久當得見諦之道即説偈言
多聞與持戒　禪定及智慧　趣向三乘人
得果并與向　譬如辛頭河　流注入大海
是等諸賢聖　悉入僧大海　譬如雪山中
具足諸妙藥　亦如好良地　增長於種子
賢善諸智人　悉從僧中出
説是偈已而作是言檀越汝寧不聞經中阿
尼盧頭難提黔毗羅此三族姓子鬼神大將
名曰伽扶白佛言世尊一切界若天若人若
魔若梵若能心念此三族姓子者皆能令其

得利安樂僧中三人尚能利益況復大衆即說偈言

三人不成僧　念則得利益　如彼鬼將言
未得名念僧　尚獲是大利　況復念僧者
是故汝當知　功德諸善事　皆從僧中出
譬如大龍雨　唯海能堪受　衆僧亦如是
能受大法雨　是故汝應當　專心念衆僧
如是衆僧者　是諸善之群　解脫之大衆
僧猛勇健軍　能摧魔怨敵　如是衆僧者
勝智之叢林　一切諸善行　運集在其中
趣三乘解脫　大勝之伴黨

爾時沙彌說偈讚已檀越眷屬心大歡喜皆得須陀洹果

大莊嚴經論卷第一

音釋

嗤尺之切笑也　喟丘愧切太息也　懍力荏切畏也　皺補過切揚也也　顫之膳切搖也　厠初吏切間厠也　帙直質切書衣也　愀七小切容色變　懱莫結切輕傷也　氎達協切毛布也　氃烏貢切罽也　鵄鵂尺之切鵂虛尤切鵄鵂即鵂鶹也　竄七亂切匿也　漬疾智切漫也　讇丑琰切　析先的切分也　僂隴主切　𢿫抽庚切觸也　愕逆各切錯愕驚遽貌　嶲即委切與觜同喙也　黔其廉切

大莊嚴經論卷第二

馬鳴菩薩造

姚秦三藏法師鳩摩羅什譯

復次夫聽法者有大利益增廣智慧能令心意悉皆調順我昔曾聞師子諸國爾時有人得摩尼寶大如人膝其珠殊妙世所希有以奉獻王王得珠已諦視此珠而說偈言

往古諸王等　積寶求名稱　聚會諸賓客
出寶自矜高　捨位命終時　捐寶而獨往
唯有善惡業　隨身不捨離　譬如蜂作蜜
他得自不獲　財寶亦如是　資他無隨已
往昔諸國王　爲寶之所誑　儲積已待他
無一隨已者　吾今當自爲　必使寶隨已
唯佛福田中　造作諸功德　隨已至後世
善報不朽滅　臨當命終時　一切皆捨離
舉宮室親愛　大臣諸猛將　悲戀送之者
至塚則還家　象馬寶輦轝　珍玩及庫藏
人民諸城郭　園苑快樂處　飄然獨捨逝
都無隨從者

王說偈已即詣塔所以此寶珠置塔棖上其明顯照猶如大星若日出照時王宮殿暉曜相映倍於常明珠之光明日日常爾於一日中卒無光色王怪其爾即遣人看既至彼已不見寶珠但見棖下血流汙地尋逐血跡至迦陀羅林未到彼林已見偷珠人竄伏樹間偷珠之人當取珠時墮棖折脞故有是血即執此人將詣王邊王初見時甚懷忿恚見其傷毀復生悲愍慧心視之而語之言咄哉男子汝甚愚癡偷佛寶珠將來之世必墜惡趣即說偈言

怪哉甚愚癡　無智造大惡　如人畏杖捶
反受於斬害　畏於貧窮苦　與此狂愚意
不安少貧乏　長受無窮厄
爾時一臣聞是偈已即白王言如王所說真
實不虛即說偈言
塔為人中寶　愚癡輒盜竊　斯人無量劫
不得值三寶　如昔有一人　信心歡喜故
耳上須曼華　以用奉佛塔　人天百億劫
極受大快樂　十力世尊塔　盜寶而自營
以是業緣故　沉沒於地獄
復次一臣懷忿而言如此愚人罪咎已彰何
須呵責宜加刑戮王告臣言莫出此語彼人
已死何須更煞如人倒地宜應扶起時王即
說偈言
此人已毀行　宜速拔濟之　我當賜財寶
令懺悔修福　使其得免離　將來大苦難
我當與錢財　使彼供養佛　若彼不向佛
罪過終不滅　如人因地跌　還扶而得起
因佛獲過愆　亦因佛而滅
時王即便大賜錢財教令佛邊作諸功德爾
時偷者即作是念今者大王若非佛法中調
順之人討我愆罪應被斬害此王能容實是
大人赦我重罪釋迦如來甚為奇特乃能調
化邪見國王作如斯事說是語已還到塔所
匍匐向寺合掌歸命而作是言大悲世尊世
間真濟雖入涅槃猶能以命賑賜於我世間
咸皆號為真濟名稱普聞遍諸世界乃於今
者濟我生命是故真濟名不虛設即說偈言
世界稱真濟　此名實不虛　我今蒙救拔
知實真濟義　世間皆熾然　多諸鬱蒸惱

慈悲清涼月　照除熱惱苦　如來在世時
於曠野鬼所　拔濟首長者　是事未為難
於今涅槃後　遺法濟危厄　令我脫苦惱
是乃為甚難　云何世工匠　奇巧合聖心
圖像舉右手　示作安慰相　怖者覩之已
尚能除恐懼　況佛在世時　所濟甚弘多
今遭大苦厄　形像免濟我

復次夫少欲者雖有財物心不愛著猶得稱之名為少欲我昔曾聞有優婆塞彼優婆塞時有親友信婆羅門法時彼親友善信婆羅門弊衣苦行五熱炙身恒食惡食臥糞穢中即喚優婆塞言汝可就此觀婆羅門汝頗曾見清身自苦高行之士少欲知足知此人不優婆塞言如此高行可誑於汝即共親友問婆羅門汝今苦行為何所求婆羅門曰我今苦行欲求為王時優婆塞語親友言此人今者方求大地庫藏珍寶宰割自恣貪嗜美味宮人侍御好樂女色種種音樂而以自娛雖作大臣長者有諸財寶不適其意乃欲希求一切大地人民珍寶何以稱之為少欲耶汝但見其身行苦行便謂少欲不知此人所求無猒謂為少欲即說偈言

所謂少欲者　非必惡衣食　無諸資生具
以之為少欲　此人於今者　心如大河海
貪求無猒足　云何名少欲　今修此苦行
貪渴五欲故　此人實虛偽　詐現少欲相
為貪故自苦　實非少欲者

說是偈已優婆塞復作是言今者此人具諸貪欲瞋恚愚癡仙聖所行無有少分是故當知夫少欲者不在錢財多諸實物何以知之

如頻婆娑羅王富有國土象馬七珍猶名少欲所以者何雖有財寶心不貪著樂於聖道以是之故雖復富有七珍盈溢心無希求名爲少欲雖無財寶希求無猒不得名爲少欲知足即說偈言

若以無衣食　裸形尼乾等　造作諸勤苦
以爲苦行者　餓鬼及畜生　貧窮諸衰惱
斯等處艱難　亦應名苦行　彼人亦如是
徒爲自疲勞　形雖作苦行　而心懷貪著
希求無猒足　不名爲少欲　雖復具衆物
心無所染著　修行樂聖道　是乃名少欲
譬如諸農夫　以穀種田中　貪收多果實
不名爲少欲　身如惡癰瘡　將適須衆具
意求於道故　是名少欲者　爲治惡癰瘡
少受資生具　心不貪後有　是眞名少欲
心意不諂曲　亦不求名利　雖有資生具
名聞具實德　能有如斯事　是乃眞少欲

復次雖復持戒爲人天樂是名破戒我昔曾聞有一沙門與婆羅門於空林中夏坐安居于時沙門數數往返婆羅門所與其共事不存親疎正處其衷所以者何若與親昵恐其生憍慢若與其疎謂爲憎惡即說偈言

以杖置日中　竪卧俱無影　執杖倚亞者
其影則脩長　彼人亦如是　親疎宜得衷
令漸通泰已　然後爲說法

此婆羅門無有智慧不別賢愚供事極苦是以我今不宜親昵亦不應疎何以故事愚人苦不解供事亦名爲苦種種方便共相習近漸相體信得與言語爾時比丘問婆羅門汝今何故舉手向日卧灰土上裸形噉草晝夜

不卧翹足而立行此苦行爲何所求婆羅門答曰我求國王此婆羅門於後少時身遇病患徃問醫師療疾之方醫師報言宜須食肉於是婆羅門語比丘言汝可爲我至檀越家乞索少肉以療我疾于時比丘作是思惟我今化彼正是其時作是念已化爲一羊繫著其邊婆羅門問比丘言汝爲索肉今在何處比丘答言羊即是肉婆羅門大生瞋恚而作是言我寧殺羊而食肉耶於是比丘説偈答言

汝今憐一羊　猶尚不欲殺　後若爲國王
牛羊與賭豕　鷄犬及野獸　殺害無有量
汝在御座上　厨宰供汝食　汝若瞋恚時
當言斬彼頭　或言截手足　又時教挑目
汝今憐一羊　方欲多殺害　若實有悲心
宜捨求王意　如人臨刑戮　畏苦多飲酒
華林極敷榮　猛火將欲焚　又如著金鎖
雖好能繫縛　王位亦如是　恒有恐懼心
威力諸侍從　莊嚴以珍寶　不見後過患
凡夫貪顧求　既得造諸惡　墜墮三惡道
如蛾貪火色　投中自燋滅　雖有五欲樂
名稱普聞知　恒多懷恐懼　憂苦患極深
猶如捉毒蛇　逆風持炬火　不捨危害至
亦如臨死苦　王者遊出時　頂上戴天冠
衆寶自瓔珞　上妙莊嚴服　名馬衆寶車
乘之出遊巡　道從數百千　威勢極熾盛
若有寇敵時　寶鎧自嚴身　勝則多殺害
負則失身命　妙香以塗身　上服以香熏
所食諸餚饍　百味恣其口　所須皆隨意
無有違逆者　行來若坐卧　舉動悉疑畏

親友亦不信　雖復爲親友　恒有厄懼心
云何名爲樂　如魚吞鉤餌　如蜜塗利刀
亦如網羅極　魚獸貪其味　不見後苦患
貴富亦如是　終受地獄苦　地獄垣墻壁
屋地皆熾然　罪人在其中　火出自燒身
受苦無有量　汝當自思惟　所爲樂既少
衆苦患甚多　是故應念苦　莫求貴自在
捨汝願求心　唯有求解脫　衆苦悉消除

婆羅門聞是偈已默然不答合掌向比丘白言尊者善有辯才開悟我心設使得彼三十三天王者亦不甘樂即說偈言

善意巧方便　明智能觀察　爲我除邪願
示導正眞路　善友當如是　世間所稱讚
常應近是友　無有諍惱患　善導我心意
迴邪入正道　示我善惡相　令得於解脫

復次依邪道者得衆苦患修正道者增長信心及以名稱有智之人應觀邪正我昔曾聞有一人於行路側作小苦行若有人時卧棘刺上若無人時别居餘處有人見已而語之言汝今亦可徐卧刺上何必縱體傷毀甚多此人聞已深生瞋忿放身縱體投棘刺上轉劇於前時有一優婆塞在其傍立是苦行者見已自攞轉復增劇優婆塞即語之言汝於前者但以小刺今復乃用瞋恚之棘而以自刺先所刺者傷毀甚淺貪瞋之刺乃爲深刺卧棘刺者苦止一世貪瞋刺苦及無量身以刺刺身此瘡易滅貪瞋刺瘡歷劫不差是故宜速除深毒刺即說偈言

汝今應勤拔　心中深毒刺　宜以利智刀
割斷貪瞋棘　貪瞋深著人　世世不可祛

愚小諸邪見　不識正眞道　苦身卧棘刺
以苦欲離苦　人見卧棘刺　無不遠逃避
汝唯於斯苦　抱持不放捨　我見如此事
乃知有邪正　是故重自歸　十力之世尊
大悲拔衆苦　開示正道者　涉彼邪徑衆
導以八正道　外道邪見等　爲苦所欺誑
極爲信著苦　流轉無窮已　諸有智慧者
見此倍增信　外道甚愚惑　若盡得解脱
出世大仙說　衆具悉備足　得修八正道
修道故解脱　以是故當知　安樂獲解脱
非如汝外道　受苦得涅槃　依止故造作
善惡等諸業　汝當伏心意　何故横苦身
身爲衆結使　妄修種種苦　是若修道者
地獄應是道　然此地獄中　斬截及糞屎
熾然燒炙等　具受衆苦毒　彼雖受諸苦
不得名苦行　智慧祛三業　垢穢皆消除
釋迦文佛教　教諸一切人　應求天甘露
又宣說止觀　亦莊飾智慧　是名眞苦行
何用徒勞身　造作無益苦　此苦甚長遠
深廣無崖限　譬如有惡子　不得其孝養
但作諸罪累　由彼受衆苦　是時彼外道
而作如是言　諸仙修苦行　亦復得生天
優婆塞說偈　而答於彼言　諸仙生天上
非因卧棘刺　由施戒實語　而得生天上
汝雖作苦行　都無有利益　猶如春農夫
不下於種子　至秋無果實　而可得收穫
汝等亦如是　不種善根行　畢竟無所獲
夫欲修道者　當資於此身　以美味飲食
充足於軀命　氣力既充溢　能修戒定慧
斷食甚飢渴　身心俱擾惱　不令心專定

云何獲聖果　雖復食餚饍　不貪著美味
但為戒實語　施忍及禪定　斯等為種子
能獲善果報　身雖受飢渴　而心望美味
因時尚不甘　況復獲美果　若有殘害心
使他生畏怖　若除殘害心　能施無畏者
是則名行法　若復生殘害　稱之為非法
美味充足者　終無害他意　以無害心故
無有損於彼　設起大慈心　然得大美果
汝雖行自餓　飢渴而睡眠　亦復無益事
外道作是言　如汝起慈心　不必能利益
而得大果報　自餓而睡眠　其事亦如是
雖無益於彼　亦得善果報　優婆塞答言
慈心除瞋害　以除瞋害故　能獲善果報
汝法作苦行　增長於瞋故　便起身口惡
云何得善果　慈心則不爾　若起慈心時
能除滅瞋害　以無瞋害故　則起身口善
無益而苦行　云何同慈善　譬如師子吼
諸獸無在前　如來無礙辯　其事亦如是
一切諸外道　無敢抗對者　說法摧外道
默然無詶答

復次夫身口業不能自在要由於意我昔曾聞有比丘尼至賒伽羅國於彼國中有婆羅門五熱炙身額上流水胷腋懷中悉皆流汗咽喉乾燥脣舌燋然無有涎唾四面置火猶如鎔金亦如黃髮紅赤熾然夏日盛熱以炙其上展轉反側無可避處身體燋爛如餅在鏊此婆羅門常著縷褐五熱炙身時人因名號縷褐炙時比丘尼見是事已而語之言汝可炙者而不炙之不可炙者而便炙之爾時縷褐聞是語已極生瞋恚而作是言惡剃髮

者何者可炙比丘尼言汝若欲知可炙處者
汝但炙汝瞋忿之心若能炙心是名眞心如
牛駕車車若不行乃須策牛不須打車身猶
如車心如彼牛以是義故汝應炙心云何暴
身又復身者如材如墻雖復燒炙將何所補
即說偈言
心如城主　城主瞋恚　乃欲求城　無所增益
譬如師子　有人或以　弓箭瓦石　而打射之
而彼師子　逐逮彼人　譬如癡犬　有人打擲
便逐瓦石　不知尋本　言師子者　喻智慧人
能求其本　而滅煩惱　言癡犬者　即是外道
五熱炙身　不識心本　婆羅門言　何名炙心
比丘尼言　四諦之智　如四火聚　修道如日
夫智慧者　以四諦火　修道淨日　以此五法
而炙其心　而此身者　不得自在　何故苦身
若欲苦者　當苦於彼　能苦身本　行來坐卧
非身所爲　但爲心使　若非身作　過在於心
何故苦身　心若離身　身如木石　是以智者
宜責其心　不應苦身　又汝以此　五熱炙身
以爲苦行　而得道者　地獄衆生　受苦無量
種種楚毒　亦應得道　婆羅門曰　爲此苦行
發心造作　得名修道　地獄衆生　逼迫受苦
是故不應　説言修道　比丘尼曰　若自發心
而得福者　小兒把火　亦應得福　然實不得
以是推之　汝之所作　五熱炙身　亦無有福
婆羅門曰　嬰孩小兒　無有智慧　是以無福
我有智慧　造作如此　五熱炙身　是故有福
比丘尼言　若以有智　修於苦行　便有福者
採眞珠人　刺身出血　珠乃可得　亦應有福
婆羅門曰　以貪心故　雖復出血　不名爲福

比丘尼言 汝爲苦行 貪天上樂 亦應無福
若以貪求 無果報者 遊獵之人 不應得報
若使漁獵 不得報者 汝今爲此 苦行之事
亦不應得 天上樂報 汝今何故 身心迴轉
欲以苦行 得於天樂 我佛法中 無有如斯
五熱炙身 受苦行法 得彼天樂 欲得天樂
修實語等 諸善功德 雖復貪怖 得生天樂
譬如服藥 或貪或怖 旣服之巳 藥力必行
若住實語 諸功德者 或貪或怖 必得天樂
時婆羅門 辭窮理屈 不能加報 默然而住
時左右人 於佛法中 生清淨信 深樂正法
各相謂言 善哉佛法 有大智力 甚深難測
外道之者 極爲淺薄 譬如爆火 若觸人身
人無不畏 佛法爆火 亦復如是 觸婆羅門
能令其怖 我等今者 得聞佛法 善勝之論
咸應歸向 佛涅槃處 恭敬禮拜 南無世尊
音聲善柔 敷演說法 女人智淺 飲佛甘露
能大衆中 說法無畏 誰於佛語 而不恭敬
斯比丘尼 智慧微淺 能用滅結 牟尼尊語
猶故能令 此婆羅門 不能加報 默然而住

復次欲如肉摶衆鳥競逐有智之人深知財患而不貪著我昔曾聞修婆多國時有比丘於壞垣壁見有伏藏有大銅瓮滿中金錢將一貧優婆塞而示之處即語之言可取是寶以爲資生時優婆塞問比丘言何時見此比丘答言今日始見優婆塞言我見是寶非適今日久來見之然我不用爾今善聽我當說寶所有過患若取是寶爲王所聞或至於死或被謫罰或復繫閉如斯等苦不可稱數即說偈言

我見是寶來　歷年甚久遠　此寶毒螫害
劇彼黑毒蛇　是故於此寶　都無有貪心
觀之如毒蛇　不生財寶想　繫閉被謫罰
或時至死亡　一切諸災害　皆由是寶生
能招種種苦　爲害甚可怖　故我於寶所
不生貪近想　群生迷著寶　謂之爲珍玩
寶是危害物　妄生安善想　有如斯過患
何物是寶爲　如是膿汙身　趣自支軀命
會當捨敗滅　何爲珍寶爲　譬如火投薪
無有猒足時　人心亦如是　希求無猒足
汝若憐愍我　教我少欲法　云何以財寶
而以見示語　夫少欲知足　能生大利樂
若其多欲者　諸根恒散亂　貪求無猒足
希望增苦惱　然此多欲人　常生於欲想
貪利無有極　如摩竭魚口　而彼欲少人
無貪求苦故　心恒懷悅豫　歡慶同節會

時優婆塞讚歎少欲知足之法彼比丘生希有想而讚之言善哉善哉眞是丈夫雖無法服心已出家能順佛語知少欲法而此少欲諸佛所讚比丘言汝之所說總而言之深見譏呵令我愧踖汝今處家妻子眷屬僮僕使人正應貪求以用自營能隨佛語讚歎少欲假使有人以鐵爲舌無有能呵少欲知足我今雖復剃除鬚髮身服法衣相同沙門然實不知沙門之法而方教汝多欲之事不能稱述法主所讚少欲之法是諸善原如佛修多羅中亦說少欲爲沙門本如來昔日乞食訖若有餘食或時施與諸比丘等或復置於水中用與諸蟲爾時有二比丘乞食不足而有飢色從外來入佛既見已而語之言今有餘

食汝能食不一比丘言如來世尊說於少欲有大功德我今云何貪於此食而噉之耶一比丘言如來世尊所有餘食難可值遇梵釋天王等皆悉頂戴而恭敬之我今若食當益色力安樂辯才如是之食甚難值遇云何不食於時世尊讚不食者善哉比丘能修佛教行少欲法此一比丘雖順佛語食佛餘食佛不讚歎是故當知少欲之法佛所印可教戒之本即說偈言

欲得法利者　應當解少欲　如此少欲法
聖莊嚴瓔珞　今世除重擔　無憂而快樂
乃是大涅槃　宅室之初門　關制魔軍衆
要防之隘路　度於魔境界　無上之印封
持戒如巨海　少欲如海潮　能爲衆功德
密緻之覆蓋　貪求疲勞者　憩駕止息處
親近少欲者　如似穀牛乳　酪酥醍醐等
因之而得出　少欲亦如是　出生諸功德
能展手施者　此手名嚴勝　受者能縮手
嚴勝復過彼　若人言施與　是語實難量
受者言我足　難量復過彼　若欲得法者
應親近少欲　十力說少欲　即是聖種法
少欲無財物　增長戒聞慧　如此少欲法
出家之法食　雖有渴愛等　終不能擾惱
且置後世樂　現在獲安隱

復次夫知足者雖貧名富不知足者雖富是貧若聖智滿乃名大富我昔曾聞有優婆塞有人譏呵云最貧窮而優婆塞樂佛所讚知足之法即順法相而說偈言

無病第一利　知足第一富　善友第一親
涅槃第一樂

時優婆塞說偈已語彼人言如佛所說知足則富汝今何故稱我貧窮復說偈言

雖有諸珍寶　豐饒資生具　不信三寶者
說彼最貧窮　雖無諸珍寶　及以資生具
能信三寶者　是名第一富　我今敬三寶
以信爲珍玩　汝以何因緣　說我爲貧窮
帝釋毗沙門　雖富衆珍寶　如其布施時
不能一切捨　我心受知足　於諸財寶物
無有貪著意　一切悉能捨　富貴者庫藏
多有衆珍寶　水火及盜賊　悉皆能侵奪
彼若喪失時　則生大苦惱　良醫及妙藥
不能治彼苦　我以信爲寶　無能侵奪者
心意坦然樂　無諸憂患苦

說是偈已復作是言是故當知雖有庫藏象馬七寶資生之具不知足者猶名爲貧是以佛說知足最富衆人聞是語已皆歎善哉真是正說有大智慧名大丈夫各相語言自今已後雖無財寶但有信心我等見之稱爲富者苦集錢財皆爲樂故爲欲供給室家眷屬令無乏故如斯之樂正爲現身信心之寶爲於累世於人天中財寶自恣是故知信爲第一財寶如此信財於生死中極受快樂無諸苦惱金銀珍寶能生災患晝夜憂懼畏他劫掠然有八危以貪著故累世受苦以有信故能得戒財施財定財慧財若無信者云何得有如是等財是以信財爲最第一我有是財故於人前自言大富我於往昔深積善業是以今者因心信知足而說偈言

因有信心故　則不造諸惡　一切諸功德
以信爲使命　信亦如河箭　駛流甚迅速

能令於心意　速疾至善法　誰有多財寶
能勝信巨富　雖有財富者　失財則貧窮
若其命終時　捨之而獨逝　無隨至後世
信財不喪失　恒常自隨逐　累劫受快樂
世人積財寶　能生彼貪嫉　信財則不爾
見則生歡喜　於諸財寶中　信財最爲上
顯示此義者　牟尼之所說　是故我非貧
信財最爲勝　餘者不名財　唯信是實財
以信布施者　財物得增長　不信施彼者
果報轉尠少

大莊嚴經論卷第二

音釋

棖直庚切　䏶部禮切股也　跌徒結切蹶也　匍匐匍蓬晡切匐蒲墨切匍匐盡力奔趨往也　賑止忍切濟也　裸郎果切赤體也　衷陟隆切中也　昵尼質切近也　䐗專於切與猪同　鎧可亥切甲也　橿其亮切施罟於道曰橿　穫胡郭切刈禾也　鏊五到切餅鏊也　褐何葛切粗毛布衣也　爆布校切火裂也　讁陟革切責罰也　螫施隻切蟲行毒也　踖資昔切恭而不自安也　隘烏懈切狹也　緻直利切宻也　憩去例切息也　𤛓古候切取牛乳也

大莊嚴經論卷第三

馬鳴菩薩造

姚秦三藏法師鳩摩羅什譯

復次若有弟子能堅持戒爲人宗仰者一切世人并敬其師我昔曾聞有諸比丘曠野中行爲賊剽掠剥脱衣裳時此群賊懼諸比丘往告聚落盡欲殺害賊中一人先曾出家語同伴言今者何爲盡欲殺害比丘之法不得傷草今若以草繫諸比丘彼畏傷故終不能得四向馳告賊即以草而繫縛之捨之而去諸比丘等既被草縛恐犯禁戒不得挽絶身無衣服爲日所炙蚊虻蠅蚤之所唼嬈從旦被縛至於日夕轉到日沒晦冥大暗夜行禽獸交横馳走野狐群鳴鵄梟雊呼惡聲啼叫甚可怖畏有老比丘語諸年少等善聽人命促短如河駛流設處天堂不久磨滅況人間命而可保乎命既不久云何爲命而毁禁戒諸人當知人身難得佛法難值諸根難具信心難生此一一事皆難值遇譬如盲龜值浮木孔佛之正道不同於彼九十五種邪見倒惑無有果報修行佛道必獲正果云何恪惜如此危脆不定之命毁佛聖教若護佛語現世名聞具足功德後受快樂如佛説偈

若有智慧者　能堅持禁戒　求人天涅槃
稱意而獲得　名稱普聞知　一切咸供養
必得人天樂　亦獲解脱果　伊羅鉢龍王
以其毁禁戒　掐傷樹葉故　命終墮龍中
諸佛悉不記　彼得出龍時　能堅持禁戒
斯事爲甚難　戒相極衆多　分别曉了難
如劒林棘聚　處中多傷毁　愚劣不堪住

護持如是戒

是諸比丘爲苦所逼不得屈伸及以動轉恐絶於草傷犯禁戒自相謂言我等修行亦如彼秤均平處所不令增減今在怖難恐懼之處執志不虧始别儜健以斯賤命當貿貫法人天之樂及涅槃樂我等今者更無所趣唯當護戒至死不犯即説偈言

我等往昔來　造作衆惡業　或得生人道
竊盜婬他妻　王法受刑戮　計算不能數
復受地獄苦　如是亦難計　或受畜生身
牛羊及鷄犬　麞鹿禽獸等　爲他所殺害
喪身無崖限　未曾有少利　我等於今者
爲護聖戒故　分捨是微命　必獲大利益
我等今危厄　必定捨軀命　若當命終後
生天受快樂　若毁犯禁戒　現在惡名聞
爲人所輕賤　命終墮惡道　今當共立要
於此至没命　假復諸惡獸　摑裂我手足
終不敢毁犯　釋師子禁戒　我寧持戒死
不願犯禁生

諸比丘等聞老比丘説是偈已各正其身不動不揺譬如大樹無風之時枝葉不動時彼國王遇出畋獵漸漸遊行至諸比丘所繫之處王遥見之心生疑惑作是思惟彼裸形者爲是尼揵爲是沙門作是念已遣人往看諸比丘等深生慚愧障蔽其身使人審知釋子沙門何故如之右肩黑故使即還返白言大王彼是沙門非爲尼揵即説偈言

王今應當知　彼爲賊所劫　慚愧爲草繫
如鉤制大象

于時大王聞是事已深生疑怪默作是念我

今宜往彼比丘所作是念已即說偈言

青草所繫手　猶如鸚鵡翅　又如祠天羊
不動亦不摇　雖知處危難　默住不傷草
如林爲火焚　犛牛爲尾死

說是偈已往至其所以偈問曰

身體極丁壯　無病似有力　以何因緣故
草繫不動轉　汝等豈不知　身自有力耶
爲呪所迷惑　爲是苦行耶　爲自猒患身
願速說其意

於是比丘以偈答曰

此草甚脆弱　頓絶亦不難　但爲佛世尊
金剛戒所縛　守諸法禁戒　不敢挽頓絶
佛說諸草木　悉是鬼神村　我等不敢違
是以不能絶　如似呪場中　爲蛇畫境界
以神呪力故　毒蛇不能度　牟尼尊畫界
我等不敢越　我等雖護命　會歸於磨滅
願以持戒死　終不犯戒生　有德及無德
俱共捨壽命　有德慧命存　并復有名稱
無德喪慧命　亦復失名譽　我等諸沙門
以持戒爲力　持戒爲良田　能生諸功德
生天之梯橙　名稱之種子　得聖之橋津
諸利之首目　誰有智慧者　欲壞戒德瓶

爾時國王心甚歡喜即爲比丘解草繫縛而說偈言

善哉能堅持　釋師子所說　寧捨已身命
護法不毀犯　我今亦歸命　如是顯大法
歸依離熱惱　牟尼解脫尊　堅持禁戒者
我今亦歸命

復次若人内心賢善則多安隱利益一切是故智者應修其心恒令賢善我昔曾聞有諸

比丘與諸估客入海採寶旣至海中船舫破壞爾時有一年少比丘捉一枚板上座比丘不得板故將沒水中于時上座恐怖惶悸懼爲水漂語年少言汝寧不憶佛所制戒當敬上座汝所得板應以與我爾時年少即便思惟如來世尊實有斯語諸有利樂應先上座復作是念我若以板用與上座必沒水中洄澓波浪大海之難極爲深廣我於今者命將不全又我年少初始出家未得道果以此爲憂我今捨身用濟上座正是其時作是念已而說偈言

我爲自全濟　爲隨佛語勝　無量功德聚
名稱遍十方　軀命極鄙賤　云何違聖教
我今受佛戒　至心必堅持　爲順佛語故
奉板遺身命　若不爲難事　終不獲難果
我若持此板　必度大海難　若不順聖旨
將沒生死海　我今沒水死　雖死猶名勝
若捨佛所教　失於人天利　及以大涅槃
無上第一樂

說是偈已即便捨板持與上座旣受板已于時海神感其精誠即接年少比丘置於岸上海神合掌白比丘言我今歸依堅持戒者汝今遭是危難之事能持佛戒海神說偈讚比丘曰

汝眞是比丘　實是苦行者　號爾爲沙門
汝實稱斯名　由汝德力故　衆伴及財寶
得免大艱難　一切安隱出　汝言誓堅固
敬順佛所說　汝是大勝人　能除衆患難
我今當云何　而不加擁護　見諦能持戒
斯事未爲難　凡夫不毀禁　此乃名希有

比丘處安隱　清淨自謹慎　能不毀禁戒
此亦未爲難　未獲於道跡　處於大怖畏
捨已所愛命　護持佛教戒　難爲而能爲
此最爲希有

復次若不見道跡雖復多聞不能得拔生死之苦是故智者應求見諦我昔曾聞兄弟二人俱共出家兄得羅漢弟誦三藏時彼羅漢語三藏言汝可坐禪三藏報曰我明當坐禪羅漢比丘復語之言汝寧不聞佛之所說未行道者如救頭然即說偈言

今日造此事　未必到明旦　人命不可保
宜速修善業　死大軍來至　無可求請處
若其命終時　不知從何道　冥冥隨業緣
莫知路遠近　命如風中燈　不知滅時節
汝言明當作　期言甚虛妄　死虎極暴急
都無有容縱　一旦卒來到　不待至明日
死王多殘害　汝應生怖畏　當知身危脆
命速難可保　應勤觀內身　捨棄多聞業
求離世解脫　超拔生死根　死若卒至時
悔熱無所及　今若見道跡　後無悔熱患
佛法中堅實　所謂得道跡　多聞業虛僞
應捨莫愛恪　雖多聞博達　不獲道跡者
譬如盲執燈　照彼自不覩　若欲求自利
必須見道跡　處衆師子吼　言辭善巧妙
敷演諸法相　分别釋疑難　能令聽法衆
皆發歡喜心　又使一切人　悉得於調順
雖有如是事　臨終心錯亂　墮於惡道中
智者所嗤笑　汝之所說法　言辭字句滿
次第說因果　美味悅心意　甜如甘蔗漿
雖能作斯事　不能自調順　未斷三惡趣

自未得解脱　空用是事爲　凡夫不可信
宜速求見諦　汝有大名稱　或云善説法
雖有空名譽　於汝將何益　當觀察内身
默然修禪定　昔來多聞者　其數甚衆多
無常所遷謝　存者極尠少　勤苦求名譽
雖得復散失　佛説有爲法　一切悉無常
過去恒沙佛　成就三達智　今皆般涅槃
名字亦隨滅　是故亦隨滅　應勤修精進
捨離於名稱　專求於解脱

三藏答言正爾當作未久之間身遇重病恐命將終深生悔恨而説偈言

怪哉我今日　於佛聖法中　戒聞雖具足
而不得見諦　我今若死者　與狗亦無別
洄流没生死　如彼陶家輪　我今可哀愍
未得證道跡　師長垂慈矜　勸我學禪思
我不奉法教　都不習少分　是故於今者
不得見其諦　我執釋迦文　大明之法燈
而爲無明首　不能自照了　以不能照故
永没生死苦

其諸同學聞其病患咸來瞻視見其恐懼皆悉驚愕各作是言汝寧不聞佛之所説多聞之人有智慧力能知無常是故汝今不應憂怖時病比丘即便説偈答同學言

我先蒙教誨　當習坐禪法　今日至明日
寂墮自欺誑　今此一生中　空過無所獲
是身如聚沫　我不深觀察　横計爲堅實
不覺死卒至　專著多聞法　生於最勝想
忽爲死蟒吞　悔恨無所及　如修多羅言
應當習坐禪　專精莫懈惓　滅結之所説
佛有如是教　不能隨順行　悔熱火所燒

令我心燋惱　我今甚暗劣　譬如瓔愚者
於彼六道中　不知趣何道　本知將來世
得聞佛語不　周迴三有中　爲遇何等人
亦不知未來　爲作何事業　或能喪本心
興起於三毒　不修諸善事　但造於衆惡
嗚呼大苦哉　我爲自欺誑　已得離諸難
應獲出世道　云何爲癡悞　放逸而自恣

時諸同學聞說偈已重安慰言汝既多聞又堅持戒宜應自寛何爲憂怖乃至如是病比丘言我今病困諸賢見捨必死無疑涕泣流淚而白兄曰願少近我由我愚惑不奉兄教今者病篤必就後世願兄垂愍當見拔濟令離大苦即說偈言

同處佛法中　汝稱沙門寶　數數教誡我
愚劣不承順　我以斯事故　倍復生悔熱
盛夏鬱蒸熱　猛焰燒燋然　我之背恩教
悔熱復過彼　我今無所恃　唯當歸依法
於後受身時　觀察莫忘我　今後值佛法
復還得出家　不虛著法服　願必獲道果
學問諸餘業　捨之不復爲　專精求解脫
更無餘事求　假使將來世　求於見諦者
皮肉及筋骨　髓脉消乾竭　身命趣自在
終不捨解脫　又願未來身　常勤修善法
晝夜六時中　精進初不廢

時病比丘說是偈已心懷惶悸其兄見之生大憂愍而作是言善哉善哉子今乃能深生悔恨發于誓願但先教汝不用我語驚悔於後將何所及而說偈言

疾病以困篤　大命不云遠　支節皆舒緩
刀風解其形　湯藥所不療　醫師捨之去

左右咸稱言　怪哉決定死　諸親婦女等
對而悲啼哭　臨終大恐怖　驚畏苦難喻
設當平健時　知死有斯苦　誰不發道意
克獲解脫果　盛年無患時　懈怠不精進
但營衆事務　不修施戒禪　後遭重病疾
諸根如火然　臨爲死所吞　方悔求修善
彼病比丘即便命終還生人中時阿羅漢以
天眼觀知其生處數到其家此兒漸大乳母
抱持將詣僧坊至羅漢所捉兒不堅失手撲
地頭打石上兒大瞋恚捨身命終墮地獄中
時阿羅漢復以天眼而觀察之見在地獄生
苦難處而說偈言
嗚呼大數敗　生處難可救　佛力尚難拔
況我能救濟　繫心慧無漏　非苦所能修
地獄中苦惱　無有暫樂心　尚無暫樂心
云何得繫心　以無繫念故　不得慧無漏
如是之難處　云何可救拔　地獄受大苦
不可以方喻　設復強爲譬　人中死爲苦
少可得爲喻　彼苦恒過此　如火著乾薪
無有暫冷時　地獄苦亦爾　無有暫憩息
地獄中陰身　皆如融鐵聚　熱惱燒然苦
不可得稱計　宜應除懈怠　晝夜不休息
懃修於正道　必使盡苦際　是故先修道
剋獲解脫果　然後以多聞　而作妙瓔珞
復次見此事已應驚悟尊豪榮位無得常者
我昔曾聞栴檀罽尼吒王將欲往詣罽尼吒
城於其中路見五百乞兒同聲乞匃言施如
我王聞是語便生悟解即作是念彼瘖瘂我
我於往日曾更貧苦今若不施後亦如彼即
說偈言

由其先世時　多饒錢財寶　誑言無可施
今獲斯貧賤　設我今言無　後亦同於彼
時有輔相名曰天法下馬合掌而白王言此
諸乞兒咸言如我王答臣言我聞其語然我
所解與汝有異汝之所解謂爲乞索錢財雜
物我所解者當爲汝說汝今善聽即說偈言
此諸乞兒等　故來寤寤我　以斯貧賤形
示我令得見　自言受此身　慳不惠施故
放逸所欺誑　受是苦惱形　愚劣諸乞兒
示我如此義　自言曾爲王　猶如星中月
寶蓋覆頂上　左右衆侍直　侍從悉莊嚴
聞者皆避路　雖有如此等　種種衆妙事
由不布施故　今受貧賤苦　福樂迷汝心
不覺後有苦　人帝應當知　我今甚毒苦
宜當修布施　莫使後如我

輔相天法聞是偈已深生歡喜合掌白王如
佛言曰見他受苦當自觀察王於今者實合
佛意見彼乞兒則能覺悟善哉大王意細乃
爾能覺是事善解分别佛所說義大王稱實
能持大地真是地主不虛妄也所以者何能
善分别佛法深義聰慧明達是故稱王爲大
地主即說偈言
地主常應爾　此意爲無上　此意難可恒
能自利亦難　人身極難得　信心亦難生
財寶難可足　福田復難遇　如是一一事
極難得聚會　譬如大海中　盲龜值浮孔
如斯之難事　大王盡具有　是故於今者
不應恣心意　人身如電光　暫發不久停
雖復得人身　危脆不可保　臨終兩肩垂
諸節皆舒緩　雖有四威儀　進止自不由

眼目已上耵　將爲死毒中　親屬在其側
覩之咸悲泣　以手觸其身　安慰言勿懼
既見親慰喻　益更增悲感　決定知已去
涉於死長途　雖有衆財物　不可爲資粮
諸脉斷絶時　顔色皆變異　命來催促已
如油盡燈滅　當於如斯時　誰能修布施
持戒及忍辱　精進禪智等　如斯時未至
宜應勤用心

復次若命終時欲齎財寶至於後世無有是處唯除布施作諸功德若懼後世得貧窮者應修惠施我昔曾聞有一國王名曰難陀是時此王聚積珍寶顧至後世默自思惟我今當集一國珍寶使外無餘貪聚財故以自已女置婬女樓上勑侍人言若有人齎寶來求女者其人并寶將至我邊如是集斂一國錢寶悉皆蕩盡聚於王庫時有寡婦唯有一子心甚敬愛而其此子見於王女儀容瓌瑋姿貌非凡心甚耽著家無財物無以自通遂至結病身體羸瘦氣息微惙母問子言何患乃爾子具以狀啓白於母我若不得與彼交往定死不疑母語子言國內所有一切錢寶盡無遺餘何處得寶復更思惟汝父死時口中有一金錢汝若發冢可得彼錢以用自通即隨母言往發父冢門口取錢既得錢已至王女邊爾時王女遣送此人并所與錢以示於王王見之已語此人言國內金寶一物蕩盡除我發冢取故得是錢財王遣人往撿虛實使人既到果見死父口中錢處然後方信王聞是已而自思忖我先聚集一切寶物望持此寶至于後世彼父一錢尚不能得齎持況

復多也即說偈言

我先勤聚集　一切衆珍寶　望齎諸錢物
隨巳至後世　今觀發冢者　還奪金錢取
一錢尚不隨　況復多珍寶　復作是思惟
當設何方便　得使諸珍寶　隨我至後世
昔者頂生王　將從諸軍衆　并象馬七寶
悉到于天上　羅摩造草橋　得至楞伽城
吾今欲昇天　無有諸梯橙　次詣楞伽城
又復無津梁　我今無方計　持寶至後世

時諸輔相聰慧知機巳知王意而作是言王所說者正是其理若受後身必須財寶然今珍寶及以象馬不可齎持至於後世何以故王今此身尚不能至於後世況復財寶象馬者乎當設何方今此珍寶得至後身唯有施與沙門婆羅門貧窮乞兒福報資人必至後世即說偈言

莊嚴面目者　臨水見勝好　好醜隨其面
影悉現水中　莊嚴影則好　垢穢則影醜
今身如面貌　後受形好影　莊嚴形戒慧
後得可愛果　若作惡行者　後受報甚苦
信心財以物　供養父母師　沙門婆羅門
貧窮困厄者　即是後有水　於中見面像
施戒慧業影　亦復彼中現　王有衆營從
宮人諸婇女　臣佐及吏民　意樂等倡伎
如其命終時　悲戀送冢間　到巳便還家
無一隨從者　宮後侍直等　庫藏衆珍寶
象馬寶輦輿　一切娛樂具　國邑諸人民
苑園遊戲處　悉捨而獨遊　亦無隨去者
唯有善惡業　隨逐終不放

若人臨終喘氣麤出喉舌乾燋不能下水言

語不了瞻視不端筋脉斷絶刀風解形支節舒緩機關止廢不能動轉舉體酸痛如被針刺命盡終時見大黑暗如墜深岸獨遊曠野無有黨侶唯有修福爲作親伴而擁護之若爲後世宜速修福即説偈言

若人命終時　獨往無伴黨　畢定當捨離
所愛諸親友　獨遊黒暗中　可畏恐怖處
親友皆別離　孤煢無徒伴　是故應莊嚴
善法之資粮

爲滿此義故婆羅留支以六偈讃王即説偈言

雖有諸珍寶　積聚如雪山　象馬衆寶車
謀臣及呪術　專念死時至　不可以救免
宜修諸善業　爲已得利樂　目如青蓮者
應勤行戒施　死爲大恐畏　聞者皆恐懼
一切諸世間　無不終没者　以是故大王
宜應觀死苦　目如青蓮者　應當修善業
爲已得利樂　宜勤行戒施　人命壽終時
財寶不隨逐　壯色及盛年　終不還重至
目如青蓮者　應當修善業　爲已得利樂
宜勤行戒施　彌力那侯沙　耶耶帝大王
及乇豆摩羅　婆伽跌利不　翅離奢勢夫
踰越頻世波　如是人中上　衆勝大王等
軍衆及群官　悉皆滅没生　欣慼相續生
意念次第起　目如青蓮者　應當修善業
使已受快樂　宜勤行戒施　財寶及榮貴
此事難可遇　福禄非恒有　身力有增損
一切無定相　地主亦非常　如此最難事
今悉具足得　目如青蓮者　應具修諸善
使已受快樂　宜勤修戒施　勤勇有力者

能越度大海　專念健丈夫　能超度諸山
設作如斯事　未足名爲難　能利益後世
是事乃爲難

復次此身不堅是故智者應當分別供養尊長者則名爲以不堅法易堅固法我昔曾聞牟尼種中有王名曰阿育信樂三寶若於静處見佛弟子不問長幼必爲下馬接足而禮爾時彼王有一大臣號名耶賒邪見不信見王禮敬諸比丘等深生謗毀而白王言此諸沙門皆是雜種而得出家非諸刹利及婆羅門亦雜毗舍首陀羅等又諸皮作及能織者巧作塼瓦剃鬚髮師亦有下賤旃陀羅等大王何故而爲作禮王聞是語默然不報別於後時集諸大臣勑諸人言我於今者須種種頭不聽殺害仰汝等輩得自死者即語諸臣汝今其甲仰得是頭復告其甲仰得彼頭如是展轉遍勑諸臣仰得異頭不聽共同別告耶賒今又仰汝取自死人頭各各皆使於市中賣如是頭等餘頭皆售唯有人頭見者惡賤遠避而去無有買者衆人見之咸皆罵辱而語之言汝非旃陀羅夜叉羅刹云何乃捉死人頭行被罵辱已還詣王邊而白王言我賣人頭不能令售返被呵罵王復語言若不得價但當虛與時彼耶賒尋奉王教入市唱告欲虛與人市人見已復加罵辱無肯取者耶賒慚愧還至王所向王合掌而說偈言

牛驢及象馬　賭羊諸畜頭　一切悉獲價
競共諍買取　諸頭盡有用　唯人頭穢惡
無有一可用　虛與不肯取　而反被呵罵
況復有買者

王問耶賒汝賣人頭何故不售耶賒白王人所惡賤無肯買者王復問言唯此一頭爲可增惡一切人頭悉可惡乎耶賒答王一切人頭悉可惡賤非獨此一王復問言今我頭亦復如是爲人惡耶耶賒聞已懼不敢對默然而住王復語言我於今者施汝無畏以實而說我今此頭亦可惡耶耶賒對曰王頭亦爾王復語言爲審爾不耶賒復言審爾大王王告耶賒若此人頭貴賤等同皆可惡者汝今云何自持豪貴種姓色智以自矜高而欲遮我禮敬沙門諸釋種子即說偈言

唯有此人頭　見者咸譏呵　責之無所直
虚與惡不近　遥見皆生瞋　言不祥鄙惡
此頭膿血汙　鄙頭甚可惡　以斯下賤頭
貿易功德首　雖向彼屈伸　毫釐無損減

王告耶賒言　汝雖見比丘　雜種而卑賤
不能覩其内　眞實有道德　汝愚癡邪見
迷惑錯亂心　計己婆羅門　獨有解脫分
自餘諸種姓　無得解脫者　若欲爲婚姻
當求於種族　若求善法者　安用種族爲
若其求法者　不應觀種姓　雖生上族中
造作極惡行　衆人皆呵責　是則名下賤
種族雖卑微　内有實道行　爲人所尊奉
是則名尊貴　德行既充滿　云何不禮敬
心惡使形賤　意善令身貴　沙門修諸善
信戒施聞具　是故可尊尚　宜應深恭敬
造作惡行者　汝今寧不聞　釋種具大悲
牛王正道者　所說之法耶　以三危脆法
貿易三堅法　佛無有異語　故我不敢違
若違世尊教　不名爲親善　譬如壓甘蔗

取汁棄其滓　人身亦如是　爲死之所中
屍骸委在地　不能復進止　恭敬修諸善
是故應當知　以此敗壞身　貿易堅牢法
猶如火燒舍　智者出財物　如水没伏藏
亦應速出寶　此身終敗壞　宜貿易堅法
愚人不分別　堅與不堅法　死軍卒來至
如入摩竭口　當於如是時　驚恐大怖畏
如酪取生酥　及以於醍醐　取已酪瓶破
不生大苦惱　此身亦如是　取其堅實善
於後命盡時　終不生悔恨　不修諸善行
憍慢而縱逸　死法卒來至　破身之瓶器
其心極燋熱　猶爲火所燒　憂結喻如火
酪瓶喻如身　汝不應遮我　修善取堅法
愚癡黑闇者　自言我尊貴　我執十力尊
言說之燈炬　照察已身中　貴賤無差別
皮肉筋骨等　三十六種物　貴賤悉同等
有何差別相　名衣及上服　衆具有別異
智者宜勤身　作恭敬禮拜　設使行諸善
是名取堅法　何故說斯者　此身如電揣
泡沫及沙聚　芭蕉無堅實　如此危脆身
修善百劫住　堅於須彌山　及以於大地
智者應如是　貿易堅實法

大莊嚴經論卷第三

音釋

剽 匹妙切攻劫也　剥 北角切褫也　唼 作答切齧也　嬈 乃了切擾亂也　梟 古堯切不孝鳥也　雊 古候切鳴也　脆 此芮切物易斷也　掐 苦洽切爪剌也　儜 尼耕切弱也　貿 莫候切易也　摑 正作攫厥縛切爪持也　犛 莫交切長氂牛也　橙 正作隥丁鄧切登陟之道也　悸 其季切心動也

窳羊主切嬾墯也蟒毋黨切大蛇也瓔伊盈切嬰孩也罽居例切匃古太切乞求也寤音數眄莫見切視也齎歲西切持也壞瑋瓌姑回切美也瑋羽鬼切大也惙陟劣切疲也喘尺兖切疾息也煢渠營切獨也售承呪切去手也賣滓壯士切澱也摶徒官切捏聚也

大莊嚴經論卷第四

馬鳴菩薩造

姚秦三藏法師鳩摩羅什譯

復次若諍競者聞斷結名所諍事解若人欲得供養恭敬應斷諸使我昔曾聞有差老母入於林中採波羅樹葉賣以自活路由關邏邏人稅之于時老母不欲令稅而語之言汝能將我至王邊者稅乃可得若不爾者終不與汝於是邏人遂共紛紜往至王所王問老母汝今何故不輸關稅老母白王王頗識彼某比丘不王言我識是大羅漢又問第二比丘王復識不王言我識彼亦羅漢又問第三比丘王復識不王答言識彼亦羅漢老母抗聲而白王言是三羅漢皆是我子此諸子等受王供養能使大王受無量福是即名爲與王稅物云何更欲稅奪於我王聞是已歎未曾有善哉老母能生聖子我實不知知彼羅漢是汝子者應加供養恭敬於汝於是老母即說偈言

吾生育三子　勇健超三界　悉皆證羅漢
爲世作福田　王若供養時　獲福當稅物
云何而方欲　稅奪我所有

王聞是偈已身毛皆竪於三寶所生信敬心流淚而言如此老母宜加供養況稅其物王說偈言

自從今已後　如斯老母比　生子度三有
器堪受供養　不聽稅財物　咸應加恭敬
設有同伴侶　駝驢及車乘　多載衆珍寶
爲此老母故　不應格稅彼　況此一母人
單已賣樹葉　更無餘錢物　而當有稅奪

設我山巖窟　經行修道處　行人於彼中
滅結斷諸漏　尚應敬彼處　尊重而供養
況如此老母　能生聖子者　而當不修敬

復次示放逸果欲令衆生不放逸故我昔曾聞有大商主子名曰億耳入海採寶既得迴還與伴別宿失伴慞惶飢渴所逼遥見一城謂爲有水往至城邊欲索水飲然此城者是餓鬼城到彼城中四衢道頭衆人集處空無所見飢渴所逼唱言水水諸餓鬼輩聞是水聲皆來雲集誰慈悲者欲與我水此諸餓鬼身如燋柱以髮自纏皆來合掌作如是言願乞我水億耳語言我渴所逼故來求水爾時餓鬼聞億耳爲渴所逼自行求水希望都息皆各長歎作如是言汝可不知此餓鬼城云何此中而索水耶即說偈言

我等處此城　百千萬歲中　尚不聞水名
況復得飲者　譬如多羅林　熾然被火焚
我等亦如是　肢節皆火然　頭髮悉蓬亂
形體皆毀破　晝夜念飲食　慞惶走十方
飢渴所逼切　張口馳求索　有人執杖隨
尋逐加楚撻　耳常聞惡音　未曾有善語
況與一滴水　漬我喉舌者　若於山谷間
天龍降甘露　皆變成沸火　而注我身上
若見諸渠河　皆變成流火　池沼及河泉
悉見其乾竭　或變成膿血　臭穢極可惡
設欲往馳趣　夜叉捉鐵棒　撾打不得近
我等受此苦　云何能得水　以用惠施汝
我等先身時　慳貪極嫉妬　不曾施一人
將水及飲食　自物不與他　抑彼令不施
以是重業故　今受是苦惱　施得大果報

春種秋獲子　我等不種子　今日受是苦
放逸慳貪惜　受是苦無窮　一切苦種子
無過於貪嫉　應當勤方便　除去如是患
施爲善種子　能生諸利樂　是故應修施
莫如我受苦　等同在人中　身形無差別
造業既不同　受報亦復異　富貴饒財寶
貧者來請求　諸天同器食　飯色各有異
若墮畜生中　業報亦不同　有得受福樂
有受苦惱者　以此貪毒故　人天及畜生
爲慳嫉所抃　所在皆損減　餓鬼熾然苦
肢節煙焰起　如似樹赤華　醉象以鼻掣
遠擲虛空中　華下被身赤　賢聖作是說
貪嫉最苦器　見於乞求者　其心則惱濁
惱濁剎那中　則能作鄙漏　愚癡慳不施
以種貧窮本　貪心而積聚　即墮於惡道
如此慳貪者　衆苦惱根本　是故有智者
應斷除慳貪　誰有欲自樂　名稱恭敬等
而捨於正道　隨逐曲惡徑　貪身得苦惱
來世亦復然　世界結使業　能遮淨施報
所謂是慳貪　衆怨中最大　是身大臃腫
衣食及湯藥　一切衆樂具　貪嫉所遮斷
貪嫉極微細　細入難遮制　當以施牢門
心屋使緻密　莫聽彼貪嫉　而得進入中
貪嫉設入心　渠河及大海　能遮使不飲
億耳見放逸　及有是過惡　即猒惡生死
還歸求出家　既得出家已　精勤修定慧
逮證羅漢果

復次若無過者得譏呵人若自有過呵於彼者他反嗤笑我昔曾聞裸形婆羅門與諸沙門同道而行有一年少比丘笑彼裸形以無

慙愧時彼裸形衆中有婆羅門少解佛法語比丘言長老不可以汝出家慓幟輕慢欺人不可以汝出家形貌能斷煩惱若未能斷生死流轉未有出期汝於後身未脫裸形何故見笑汝於今者生死之中如兜羅樹華隨風東西未有定時汝應自笑不應笑他知汝後時爲趣何道如灰覆火結使在心未必可保汝今莫自謂有慙愧覩汝所爲未得脫於諸見之網夫慙愧者定不入於諸見之網若不起惡覺是名慙愧汝自不入決定數中云何笑他時諸比丘聞裸形婆羅門如法而說默無所答餘比丘聞已歎言正說能斷結者名爲慙愧若不斷結名比丘者伎人剃髮應是比丘然諸伎人雖復剃髮不名比丘當知得見四眞諦法名眞沙門何以故如經中說不

見四諦邪正不定邪正不定所見錯謬是故應當勤修四諦若見諦者所見眞正永離邪趣復次善觀察者見於好色無有欲意多生猒惡見好色時不起愛瞋我昔曾聞有一寺廟多諸比丘中有法師三明六通言辭巧妙具足辯才知自他論善能問答應機說法悅適衆心能然法燈照除愚冥使城内外所有人民於日日中皆來聽法旣聽受已乃至少年皆不放逸時彼城中有舊婬女咸皆歎息作如是言我等今者無人往返受若斯苦爲當久近彼婬女女盛年端正聰慧非凡善知世論女人所有六十四藝悉皆明達見母憂慘即問母言今者何故憂苦乃爾母告女言今此城中一切人民悉樂聽法更無往返至我邊者資財空匱無由而得我以此事是故

愁耳女聞是已自恃端正語其母言我今自嚴往至彼會能令彼會一切衆人悉隨我來作是語已尋自沐浴衆香塗身瓔珞上服首戴華鬘足所著履衆寶莊校右手執杖行步妖嬳逶迤拚姿種種莊嚴如華樹行猶如天人將諸侍從華鬘瓔珞嚴身上服亦皆殊妙此諸從者或執金瓶或持拂扇或捉香華侍衛彼女從諸伎人而自圍繞並語並笑或舉右手指麾道徑復有黄公耳揷衆華玄黄朱紫彩畫其身歡笑戲謔種種巧嘲亦復舉手指前指後於其路中香氣四塞鼓樂絃歌往至寺所處一空室待衆集會說法時到無數千人皆來聚集爾時法師頭髮極白秀眉覆目善調諸根其心無畏如師子王即昇高座而說偈言

我觀淺智者　莫由昇此座　怯弱如野干
顫懼不自寧　吾今昇此座　處衆無所畏
踰如獸中王　哮吼摧邪論

爾時法師即爲大衆次第說法時彼婬女爲欲擾動時衆心故即於門中而現其身其所將從散入人間各指婬女語衆人言此女端嚴姿容可愛汝等且觀用聽法爲時彼諸人聞是語已即便顧眄心意不安爾時法師未解其意怪其所以即問衆人汝等何故視瞻改常心意錯亂汝豈不知死來迅速猶如奔馬是故宜勤修諸善行即說偈言

十力大法炬　普照於世界　慧明未潛隱
宜速修善業　堅意集苦行　晝夜勿懈倦
一切智語燈　不久當隱沒　若其隱沒後
衆生盡黒闇　雖有日光照　猶名爲大瞑

爾時衆會聞是偈已敬奉法教攝意聽法時彼婬女見衆人等攝心歛意復作姿態衆會覩已心還散亂爾時法師復說偈言

彼女作姿態　令會生渴愛　爲欲情所牽
奪其專念心　用敬吾教故　遮制令還止
如何彼妖孽　惑亂衆人目　譬如青蓮鬘
漂鼓隨波動　衆心亦如是　熠燿不暫停

爾時衆人情既耽惑覩此妙色失慙愧心更相指示而說偈言

斯女美姿容　今來甚爲吉　如彼月初生
墜落在于地　容貌超時倫　淨目極美妙
將非藍婆女　爲帝釋所遣　或是功德天
然手不執華

復有一人而說偈言

咄哉此女人　儀容甚奇妙　目如青蓮華
鼻牖眉如畫　兩頰悉平滿　丹脣齒齊密
凝膚極軟懦　莊麗甚殊特　威相可悅樂
煒耀如金山

時諸優婆塞愛其容貌心意錯亂時彼婬女左右侍從見斯事已深自慶幸叱叱而言我等今者所作甚善能使衆會注意乃爾彼時法師怪諸四衆搔擾改常以手搴眉顧瞻時會見是婬女儀容端正及其侍從皆悉莊嚴婬女處中皦若明星奪愚人心令失正念時彼法師觀女人意爲以何事而來此耳即黙入定知其邪惑不爲聽法然此法師雖斷瞋恚外現忿色發聲高唱語婬女言汝如蟻封而欲與彼須彌山王比其高下豈可不聞昔佛在世第六天王不自量力敢於佛所頑作逼繞世尊神力乃以死屍而繫其頸慙恥無

顏人天所笑汝意便謂佛法教學以爲滅耶專精聲聞豈可無耶諸勝丈夫都沒盡耶汝若如是宜堅自持時彼法師即以神通變此婬女膚肉墮落唯有白骨五内諸藏悉皆露現即於衆前喚此婬女汝於向者興起惡心敢與佛法而共諍競時此婬女以此骨身在衆前立爾時法師即說偈言

汝向妙容色　挺特衆所觀　今膚肉盡變
唯有空骸骨　汝先悦素白　今始見實相
頂骨類白珂　形色如藕根　眼匡骨陷頗
兩頰如深溝　機關悉解落　筋脉粗相綴
在内諸藏等　懸空而露現　其所將從者
自見生猒惡　況復餘大衆　而當樂見之

爾時骨人爲彼法師變其形已身心俱困不能自伸即叉骨手歸向法師爾時法師告骨人言汝之容色瓔珞嚴身種種校飾但惑凡夫令其深著沒三有池汝今若能除去姿態捨莊嚴具吾當示汝寂淨妙身令汝得知不淨市肆而此身者薄肉覆上穢惡充溢外假脂粉以惑患目凡夫耽惑爲欲所盲故生染著何有智者諦觀察已當愛翫之時諸會者覩斯事已咸生猒患各相謂言世尊所說信實不虛一切諸法如幻如化如水聚沫如金塗錢但誑惑人向者女人所有美色容止可觀於今忽然但見骨聚儀容端正作諸姿態狀若蠱道如是之事今何所在有一優婆塞以指支頰諦觀此女而說偈言

牟尼說衆生　爲欲愛所盲　盲無慧目故
不得趣涅槃　譬如任婆葉　蜜著蟲所唼
爲貪之所惑　至死而不捨　諸不放逸人

諦實觀身相　而不起欲覺　踰如白鶴王
常處於清池　不樂於冢間
復有優婆塞而作是言見此姿容便生欲想
觀彼白骨即用除滅而說偈言
觀彼骸骨聚　能生人怖畏　如似毗陀羅
呪術之機關　愚者謂之實　便生樂著心
如道深坑穽　以草覆其上　此身亦如是
當作如是觀　諦實知是已　誰當起欲想
爾時惑著愚無智者聞是偈已低頭避之遂
不喜聞時彼女人自見其身為人所患五體
投地即說偈言
我先愚無識　不自量己力　顧迴聽法衆
一切將歸家　今始知釋子　勢力甚奇特
變我妙姿貌　覩者生猒患　我如瓔愚者
所為極輕躁　敢以牛跡水　欲比于大海
唯願悉哀矜　聽我歸誠懺
爾時大衆見彼女人諸骨相拄猶如葦舍甚
生怪愕彼骨聚中云何乃能作如是說又見
五藏悉皆露現譬如屠架所懸五藏蠢蠢蠕
動猶如狗肉諸藏臭穢劇於廁溷我等云何
乃見此事即說偈言
今觀女人身　唯筋連枯骨　但見空骨聚
和合出言音　女中有骨耶　骨中有女耶
譬如曠澤中　蘆葦之叢林　因風共相鼓
便出大音聲　如斯因假法　不見女自體
若無自體者　女相安所在　遍推諸法中
昔來未曾有　我等觀身相　去來及進止
屈伸於俯仰　顧視并語言　諸節相支拄
骨骼甚稀踈　筋纏為機關　假之而動轉
如是一一中　都無有宰主　而今此法中

爲有爲無耶　我爲狂癡惑　爲瘀癊亂目
云何如是中　妄生有女相　縛葦作機關
多用於線縷　譬如鎔眞金　注水則發聲
爾時法師知諸四衆皆生猒惡告婬女言汝
於今者欲何所作女白法師願捨舍不即說
偈言
大頭仙舍不　變天女藍婆　使其作草馬
具滿十二年　汝今作舍不　使我作塚間
世間未曾見　如是之舍不　善自在大德
愍我願除却
爾時法師即便微笑而說偈言
善女汝但起　我無瞋恚心　剃頭著袈裟
終無舍不法　有欲愛著彼　損彼生苦惱
作好作惡者　便能生瞋恚　我欲救衆生
云何作舍不　生老病死等　苦惱諸衆生
云何有智人　而當作舍不　猶如惡毒瘡
加復瀑惡灰　薄皮覆機關　凡愚生愛惑
我以神足力　開汝不淨篋
說是偈已還攝神足女復本形爾時法師告
衆會言汝等宜勤修善即說偈言
顛倒欲相行　喻若風起塵　正觀離欲面
洗濯欲塵埃　有欲及離欲　處所未必定
善觀得解脫　貪惑而增欲　是故應常修
專精離欲想　離欲衆善寂　獲剋諸禪樂
時彼聽法衆　或得不淨觀　有得須陀洹
於修離欲想　或得阿那含　復有出家者
勤修不懈息　逮得阿羅漢
復次無戀著心一切能施得大名稱現世獲
報是故應施不應悋著我昔曾聞弗羯羅衞
國有一畫師名曰羯那有作因緣詣石室國

既至彼已詣諸塔寺爲畫一精舍得三十兩金還歸本國會值諸人造般遮于瑟生信敬心問知事比丘明日誰作飲食答言無有作者復問彼比丘一日之食須幾許物答言須三十兩金時彼畫師即與知事比丘三十兩金與彼金已還歸于家其婦問言汝今客作爲何所得夫答婦言我得三十兩金用施福會其婦聞已甚用忿恚便語諸親稱說夫過所得作金盡用施會無有遺餘用營家業爾時諸親即將彼人詣斷事處而告之曰錢財叵得役力所獲不用營家及諸親里盡用營設於諸福會時斷事官聞是事已問彼人言竟爲爾不答言實爾時斷事官聞是事已生希有想即便讚言善哉丈夫脫已衣服并諸瓔珞及以鞍馬盡賜彼人而說偈言

久處貧窮苦　傭作得錢財　不用營生業
以施甚爲難　雖復有財富　資生極豐廣
若不善觀察　不能速施與　遠觀察後身
知施有果報　勇猛能捨財　離於慳塵垢
有是行法人　持地使不沒

時彼畫師聞此偈已歡喜踊躍著其服衣乘此鞍馬便還其家時彼家人見著盛服乘馬至門謂是貴人心懷畏懼閉門藏避畫師語言我非他人是汝夫主其婦語言汝是貧人於何得是鞍馬服乘爾時其夫以偈答言

善女汝今聽　我當隨實說　金雖捨施僧
施設猶未食　譬如未下種　芽莖今已生
福田極良美　果報方在後　此僧淨福田
誰不於中種　意方欲種下　芽生衆所見

時婦聞已得淨信心即說偈言

如佛之所說　施僧得大果　如今所布施
眞得施處所　敬心施少水　果報過大海
一切諸衆中　佛僧最第一　開意方欲死
華應已在前

復次夫修施者在勝信心兩錢布施果報難量我昔曾聞有一女人至晝暗山見衆人等於彼山中作般遮于瑟時彼女人於會乞食旣覩衆僧心懷歡喜而讚歎言善哉聖僧譬如大海衆寶窟宅衆人供養我獨貧窮無物用施作是語已遍身搜求了無所有復自思惟先於糞中得二銅錢即持此錢奉施衆僧時僧上座得羅漢果預知人心而彼上座當自珍重見彼女人有深信心爲欲增長彼功德故不待維那躬自殷勤起爲呪願即舉右手高聲唱言大德僧聽即說偈言

大地及大海　所有諸寶物　如此童女意
悉能施與僧　留心善觀察　行道爲修福
使得解脫道　離貧窮棘刺

時彼童女極生大心如師所說我作難作便捨一切資財珍寶等無有異悲欣交集五體投地歸命諸僧以此兩錢置上座前涕泣不樂即說偈言

願我生死中　永離於貧窮　常得歡慶集
親戚莫別離　我今施僧果　唯佛能分別
由此功德故　速成所願果　所種微善心
身根願速出

時彼女人出彼山已坐一樹下樹蔭不移上有雲蓋時彼國王適喪夫人出外遊行見彼雲蓋往至樹下見此童女心生染著將還宮內用爲第一最大夫人即作是念我先發願

今已稱心即白國王多齎寶物施設供具詣晝暗山供養衆僧寶珠瓔珞種種財物持用奉施彼時上座不爲呪願爾時大衆疑怪所以而作是言先者貧賤兩錢施時起爲呪願今者乃爲王之夫人珍寶瓔珞種種財物而用布施不爲呪願時彼上座語衆僧言我先爲彼呪願之時不爲財物乃恐童女心重錯亂故爲呪願即說偈言

不以錢財多　而獲大果報　唯有勝善心
乃得大果報　彼女先施時　一切悉捨施
佛智能分別　非我所能知　今雖財寶多
不如彼時心　十六分中一　若心擾濁施
譬如諸商賈　少於諸財物　心期於大報
所施物雖小　心意勝廣大　以是故未來
得報亦無量　如阿輸迦王　淨心用土施
亦如舍衞城　窮下之女人　飯漿施迦葉
施土得大地　飯漿天中勝　施少心淨廣
得報亦弘大　譬如白淨衣　以油滴其上
垢膩遂增長　亦猶油滴水　油滴雖微小
遍於池水上　以是故當知　心勝故報大

大莊嚴經論卷第四

音釋

邏 郎佐切遮也　撾 陟瓜切捶也　抃 皮變切擊也　掣 昌制切曳也　擲 直隻切投也　慓幟 慓甲遥切幟昌志切　嬳 烏縛切作姿態也　逶迤 逶於危切迤余支切逶迤美貌　拵 盧貢切與弄同戲弄也　麾 許爲切手指撝也　謔 迄却切戲調也　嘲 陟交切言相調也　孼 魚列切變怪也　熠

燿熠以立切燿弋照切熠燿閃鑠貌
臃昌容切圓直也
懦奴卧切畏怯也
搔蘇曹切動也
搴起虔切
皦吉了切明也
顖息晋切腦盖也
蠱果五切或也
穽疾正切陷也
蠕乳兖切蟲動貌
溷胡困切厠也
骼各額切骨也

大莊嚴經論卷第五

馬鳴菩薩造
姚秦三藏法師鳩摩羅什譯

復次若人親近有智善友能令身心內外俱淨斯則名為真善丈夫我昔曾聞有一比丘次第乞食至大婆羅門家時彼家中遇比丘已屋棟摧折打破水瓮牸牛絕靷四向馳走時婆羅門即作是言斯何不祥不吉之人來入吾家有此變怪比丘聞已即答之言汝頗見汝家內諸小兒等尫瘦腹脹面目腫不婆羅門言我先見之比丘復言汝舍之中有夜叉鬼依汝舍住吸人精氣故令汝家諸小兒等有斯疹疾今此夜叉以畏於我恐怖逃避以是令汝梁折瓮破牸牛絕靷婆羅門言汝有何力比丘答言我以親近如來法教有此威力故令夜叉畏我如是婆羅門復作是言云何名為如來法教于時比丘次第為說佛法教戒令婆羅門夫婦聞已心意解悟俱得須陀洹果時婆羅門即說偈言

善哉上德者　善說真實法　佛教從耳聞
入我心屋宅　使我家安隱　為我作擁護
唯願於今者　少聽我所說　破我心意舍
折我愚癡梁　善為我驅遣　吸功德夜叉
除諸見羅剎　或盜以為瓮　身見水盈滿
今者已破壞　癡乳牛奔走　挽絕無明靷
如向所見事　悉集我身中　諸色猶如鏡
影像在中現　無始生死中　未曾見斯事
我今因於汝　始見四聖諦　今值善知識
緣會故相遇　除我心貪患　去我家中鬼
世間久已傳　四圍陀所說　應作於大祀

莊嚴種種物　備具祀場上　恒河等大濟
洗浴除罪過　速疾得生天　我昔來修行
未曾得果報　然我未能知　爲定得不得
祀祠及澡浴　不如近善友　我今近善友
已獲其果證　不生又不死　解脫趣涅槃
永離怖畏處　非是財寶求　假王威勢力
投巖赴焰火　嚴切寒冬月　凍冰襯其體
盛夏鬱蒸時　五熱以炙身　編椽及棘刺
寢卧於其上　越山度大海　祀火而呪說
如是苦行者　不能得涅槃　唯有修禪智
我聞及專精　必因善知識　然後能具得

復次若人爲惡應墮地獄遇善知識能滅其罪得生人天我昔曾聞有婆迦利人至中天竺時天竺國王即用彼人爲聚落主時聚落中多諸婆羅門有親近者爲聚落主說羅摩延書又婆羅他書說陣戰死者命終生天投火死者亦生天上又說天上種種快樂詞章巧妙而作是說使聚落主心意駭動謂必有是即作火坑聚香薪積作婆羅門會諸人雲集來至會所時聚落主將欲投火此聚落主與一釋種比丘先共相識爾時比丘來至其家見聚落主於其家中種種莊嚴比丘問言欲作何等聚落主言我欲生天比丘問言汝云何去尋即答言我投火坑便得生天比丘問言汝頗知天道不答言不知比丘問言汝若不知云何得去汝今行時從一聚落至一聚落尚須引導而知途路況彼天上道路長遠忉利天上去此三百三十六萬里無人引導何由能得至彼天上若天上樂者彼上座婆羅門年既老大貧於財物其婦又老面首

醜惡何所愛樂何不將去共向天上時彼聚落主旣聞語已作是思惟若投火坑得生天者彼婆羅門應共我去所以者何彼婆羅門貧窮困苦無所愛戀應當捨苦就彼天樂若其不去徒作欺誑欲殺於我作是念已即便前捉上座婆羅門手欲共投火俱向天上時婆羅門格不肯去何以故婆羅門等但爲錢財來至會所時聚落主見婆羅門不欲入火即說偈言

如所聞上天 衆樂不可計 觸物生貪著
視東而忘西 計其家所有 一切衆樂具
比方於天上 猶若如芥子 以方於太山
若其必少欲 而無貪著者 我今觀察汝
貪著劇熾火 若不用婦女 看守醜老妻
而來至此會 貪求於錢財 用供給其家
若愛戀其子 不欲生天者 計彼生天力
過足護汝子 若不知天道 何故使我往
設知天道者 何故格不去 云何喜教人
欲使我投火 或貪我財物 欲得分取用
云何無悲愍 苦酷乃如是 或是先世怨
必是大欺誑 與死作伴黨 勸令我生天
勸將我令死 強逼我入火 教人遠家居
修於苦行法 投淵及赴火 自餓亦斷食
觀其教旨意 欲令門斷絕 斯諸婆羅門
樂爲殺害事 是故我捨離 當入於佛法
佛法大慈悲 終不傷害物 大火焚山野
麞鹿皆避走 由其愛性命 求覓清涼處
我今亦應爾 歸誠求救護

爾時比丘見婆迦利心已猒患諸婆羅門於三寶所深生信敬讚言善哉善哉慧命汝於

今者始在天道即說偈言

佛語至天道　及以解脫道　此語決定至
中間終無錯　一切智說道　廣略之別相
無害實語等　施及伏諸根　是道與天道
斯非諸苦行　投淵赴火等　之所能獲得
此可作死緣　非天解脫因　往故人壽長
諸仙壽亦長　猒患此身故　不欲久住世
先習諸禪定　斷於欲界結　自知捨是身
必生於梵天　無由得喪命　投淵而赴火
由此喪命故　得生梵天中　禪定斷結故
而得生梵天　不由投巖火　得生於天上
彼有同伴仙　以天眼觀察　此死生何處
見生梵天中　先見投淵死　謂以此生天
餘者愚不見　謂爲投淵火　得生梵天上
是故生倒見　諸餘婆羅門　愚癡無智慧
不觀修禪定　斷除諸結使　但覩投淵火
謂得生天上　由是倒惑故　遂生諸經論
愚者皆信受　投淵而赴火　智人善觀察
捐棄而不爲　修行諸善法　以爲天道因
投淵赴火等　非是修善行　可得脫死緣
亦非生天因　身心依佛法　是名寂滅道
用是外道爲　無果徒受苦　鑽水求醍醐
雖勞永難得

復次夫修施者當離八危若積財寶危難甚多智人修施是乃堅牢我昔曾聞有一國王謫罰商賈而告之言汝所有財悉疏示我賈客至家思惟先來所施之物施諸乞兒一飡之食乃至幷施鳥獸所有穀草悉疏示王王見是巳問言如此之事何故疏來賈客答言王先約勑所有財物悉疏示我我所有財疏

牒者是即說偈言

五家共有者　今悉在家中　我今所牒者
無有能侵奪　如此所牒者　王賊及水火
皆所不能侵　假設七日出　須彌及巨海
一切悉鎔消　如此所設物　不能燒一毫
錢財寄父毋　兄弟及姊妹　一切諸親友
悉皆有敗失　唯有所施物　終不可敗衰
施爲行寳藏　世世恒隨人　施爲極親友
無有能壞者　貧窮之巨海　極大可怖畏
施是堅牢船　唯有惠施者　能得度彼岸
我知施果報　是故無畏說　所牒是我財
家中有財寳　五家之所共　是故不敢牒
言是我所有

王聞是語心生歡喜讚言善哉汝是稱勝人我今不用汝所有物如汝所施是汝已財餘財悉共爾時國王即說偈言

若行惠施者　自手而過與　應發歡喜心
勿生悔恨想　是故未來世　人天受快樂
所有資財物　眼見已財寳　分散屬諸家
不能速疾施　無能侵奪者　若人慳不施
終爲他所奪　現在惡名聞　未來多貧乏
是爲最愚癡　見他人屋宅　及以衆財寳
死後衆家用　毫釐不逐已　目覩如此事
不能生猒惡　速疾捨財物　財不五家共
唯有修惠施　死時一切捨　無有隨已者
決定必捨離　然不得施報　以見是事故
智者必應施　二事俱名施　應當自施與
檀越如大象　津膩香常流　如是智檀越
功德利充滿　世人所讚歎　饒財慳不施
爲世所嗤笑　設復有財錢　見乞方皆去

雖復饒財寶　名爲貧衰患　施者雖貧窮
常各有財富　慳貪雖多財　不脫貧衰患
檀越以水施　洗除心貪垢　慳無善樂報
趣於死徑路　必墜深坑穽　種種衆寶物
象馬與牛羊　神逝氣絕時　一切悉捨去
臨終生苦惱　以是生眷戀　怖恐大熱惱
修施者臨終　歡樂無悔恨　慳嫉智者譏
施者貧與富　恒常受快樂　慳者如塚間
人皆避遠離　慳貪者雖存　其實同餓鬼
施者有名稱　一切所欽仰　智者之所愛
命終生天上　諸有愛已者　云何不修施
施爲善好伴　勝妙之資粮　不用車馬乘
一切衆侍衛　施爲行寶藏　後世之津梁
布施離衆難　五家不能侵　何有愛已者
而當不修施　若施百千萬　後身得少許
尚應修布施　况少修惠施　大獲於福報
是故有智者　應當修布施

復次若聞正說能解於縛我昔曾聞德叉尸羅國有罪之人閉僧坊中於其夜中衆僧說法其被閉者來至僧中次坐聽法有一比丘說於生死逆順之經說言佛告諸比丘凡愚之人不聞法者不知色不知色習不知色味不知色過患不知色出要不知色猒一切衆生如實不知如是過患若爲色縛是名眞縛何謂色縛視見端正是名色縛爲色縛者內盡被縛而此色者於生死中不知其根生死大河無濟度處不知生死出要於生死中被諸繫縛從此身縛乃至後身時被閉者聞說是法思惟其義憶持不忘讀誦通利時王遣人解其繫縛所親知識眷屬將從欣其得脫

皆來問訊時被縛者即說偈言
汝見我縛解　慰問生歡喜　凡夫愚癡者
常縛未曾解　色縛於凡夫　五陰悉羈繫
生能縛於物　死縛亦復然　今身至後世
未始不繫縛　輪迴羈縛中　數數受生死
我從彼師所　聞說如是言　此語我耳聞
一切種智說　一切諸縛使　繫縛於我心
如牛柅所縛　我有如斯縛　於中未解脱
云何汝等輩　言我從縛解　汝等於我所
若實愛念者　當爲見啓王　令我得出家
正見跡在前　寂滅之彼岸　若獲如是事
乃可名解脱　若得出家者　便爲是離難
眞實得解脱
爾時眷屬聞是語已啓白於王便得出家既
出家已精勤修道得阿羅漢而彼罪人閉繫
僧坊以聽法故尚得解脱況故聽法是故行
人於塔寺所宜往聽法
復次病苦篤時言教不行漫現強健所可作
事宜應速作我昔曾聞法王阿育身遇重病
得諸財物盡用施僧又從諸臣索種種寶時
諸臣等不肯復與唯得半菴摩勒果欲以奉
僧便集臣相而告之言即於今日誰爲王者
誰言教行諸臣答言唯有大王感德所願遍
閻浮提言教得行王說偈言
汝稱我爲王　教令得行者　將順於我意
故作如是說　汝等作斯言　悉皆是妄語
我言教已壞　一切不自由　唯有此半果
於中得自在　富貴是凡鄙　咄哉可呵責
譬如山頂河　瀑疾不暫停　吾雖爲人帝
貧窮忽至我　貧窮世所畏　速疾至我所

說是偈已又復讚歎世尊所說眞實不虛復說偈言

富貴雖熾盛　會必有衰滅　富貴人希樂
衰滅世增惡　此言不虛妄　瞿曇之所說
我於往日時　設有諸言教　心念而發言
言必不墜落　鬼神奉承命　遍於四海內
聞者咸受用　無有違逆者　如河衝大山
激水還迴流　衰敗如大山　遮吾都不行
我昔有言教　無敢有逆者　未曾有姧惡
寇難見拒違　覆蓋於大地　無能違逆者
男女與大小　無敢不敬從　設有違教者
我悉能摧伏　諸有苦難者　安慰救濟之
病苦及貧窮　無不療治者　我今福德盡
貧窮忽然至　困厄乃如斯　我是阿育王
云何遭此苦　如阿輸伽樹　斫根令斷絕
華葉及枝莖　一切皆萎乾　我今亦如是

富貴幻化不得久停願見傍醫而作是言世可惡賤富貴暫有猶如電光如焰速滅又如象耳動搖不停亦如蛇舌鼓動不息又如朝露見日則乾曾從他聞說如是偈

富貴利難止　輕躁不暫停　智者應善知
無得憍放逸　此身及後世　宜當求自利
若得富貴者　雖復慳守護　百方皆毀敗
富貴猶在行　如蛇行不直　若善觀察者
於其強健時　宜速作福德　若復遭病苦
心應當修福　不必在形骸　其家親屬等
若知必死者　已雖有財物　不得自在施
安利獲錢財　值遇福田處　便可速施與
若於身強健　及已病苦時　宜常修布施
等無有別異　然此諸財物　唯有過患耳

若當臨死時　親戚及婦兒　雖是巳財物
若欲用惠施　護遮不肯與　危懼在須臾
所願不自由
爾時阿育王剃髮時過著垢膩衣叅差不整羸瘦掉顫喘息麤上向於如來涅槃方所自力合掌憶佛功德涕淚交流而說偈言
今合掌向佛　是我最後時　佛說三不堅
貿易於堅法　我今合指掌　用易堅牢法
如似鎔石山　求取於眞金　不堅財物中
日夜取堅法　我今餘福利　持用奉最上
今我此福業　不求帝釋處　及與梵果報
況復閻浮王　以此布施果　及恭敬信向
願得心自在　無能割截者　得聖淨無垢
永離衆苦患
阿輸伽王以半菴摩勒捨施衆僧喚一親近而語之言汝頗憶我先畜養不取我今者最後之教持此半果奉鷄頭末寺衆僧稱我名字阿輸伽王最後頂禮比丘僧足如我辭曰於閻浮提得自在者果報衰敗失自在力唯於半果而得自在願僧憐愍受我最後半果之供令我來世得報廣大願餘人等莫令如我於最後時不得自在爾時侍人即奉王命齎此半果詣僧坊中集一切僧禮僧足巳又手合掌白衆僧言阿輸伽王禮衆僧足作是語巳涕泣盈目哽結氣塞持此半果示衆僧巳即說偈言
一蓋覆天地　率土言教行　譬如日中時
遍炙於大地　福業既巳消　崩落忽來至
爲業所欺抂　敗壞失榮貴　如日臨欲沒
信心致禮敬　又以此半果　用奉施衆僧

以表無常相　示豪貴遷動
爾時諸上座聞是偈已悕惻不樂生悲愍心受其半果以示大衆而作是言我等今可生猒離心佛婆伽婆於修多羅作如是說見他衰患應當深心生於猒離諸有心者見如此事誰不憐愍生猒患心即說偈言
勇猛能施者　諸王中最勝　牟梨中大象
名曰阿輸伽　富有閻浮提　一切皆自由
今爲諸群臣　遮制不自從　一切皆制止
唯半菴摩勒　於此得自在　用施於衆僧
富有極廣大　一切得自在　生於自高心
今日安所在　凡愚應觀此　速疾改易心
富利都敗失　唯有此半果　令諸比丘僧
皆生猒患心
時僧上座言末此半果著僧羹中而作是言大檀越阿育王最後供養何故說此一切財富悉不堅牢以是之故佛婆伽婆說不堅之財易於堅財不堅之身易於堅身不堅之命易於堅命檀越應生歡喜以不堅之財隨逐於已至於後世宜常修施莫使斷絕
復次凡愚之人若有輕毀於彼賢人賢人終不生於瞋恚得他毀駡生隨順語我昔曾聞有一人於其家中施設客會多作華鬘以與衆會衆人得鬘皆戴頂上有一賢者極爲貧悴詣客會中次得華鬘不著頭上以置傍邊衆人皆言此人貧窮欲賣此鬘是以不著時優婆塞聞是語已答言實爾我若賣時極得貴價然後當與即說偈言
如昔日須鬘　本曾賣一華　九十一劫中
天上受快樂　今日最後身　得於涅槃樂

如似放牛女　以臭惡草華　衆人所不喜
女人賣此華　得生忉利天　如似女所賣
我今欲向佛　亦欲賣此華　能發如是心
希有極難值　如此賣華者　三界中無比
爾時諸人問優婆塞誰能少施獲大福報時
優婆塞語衆人言今當爲汝說善堅法華鬘
萎乾便即棄捨王位如棄萎華即說偈言
佛捨轉輪位　如棄萎華鬘　七覺嚴其心
清淨無垢穢　莊嚴悉已備　安用是華爲
但我專精心　以鬘施佛塔　今我賣與佛
世間無倫疋　如是法商主　終無貧窮時
此賣最爲勝　名稱有功德　我今持此華
欲以供養塔
復次譬如幻師以此陰身作種種戲能令智
者見即解悟我昔曾聞有一幻師有信樂心
至晝闍山爲僧設食供養已訖幻尸陀羅木
作一女人端正奇特於大衆前抱捉此女而
嗚唼之共爲欲事時諸比丘見此事已咸皆
嫌忿而作是言此無慚人所爲鄙褻知其如
是不受其供時彼幻師既行欲已聞諸比丘
譏呵嫌責即便以刀斫刺是女分解支節挑
目截鼻種種苦毒而殺此女諸比丘等又見
此事倍復嫌忿我等若當知汝如是寧飲毒
藥不受其供時彼幻師而作是言爾衆比丘
見我行欲便致瞋忿見我斷欲殺彼女人復
致嫌責我當云何奉事衆僧時諸比丘見其
如是紛紜稱說擾動不安爾時幻師即捉尸
陀羅木用示衆僧合掌白言我向所作即是
此木於彼木中有何欲殺我欲安於衆僧身
故設是飲食欲令衆僧心得安故爲此幻耳

願諸比丘聽我所說豈可不聞佛於修多羅中說一切法猶如幻化我今爲欲成彼語故故作斯幻　如斯幻身無壽無命識之幻師運轉機關令　其視眴俯仰顧眄行步進止或語或笑以此事故深知此身眞實無我即說偈言

先觀彼相貌　想像起倒惑　橫生女情想
入於欲網羂　深實觀察者　知身都無我
如彼善幻師　以木爲女人　意行於顛倒
愚謂爲衆生　於此幻僞中　妄起男女想
智者善觀察　陰界及諸入　緣假成衆生
分分各別異　和合衆分故　能作於諸業
諸行無男女　亦無有壽命　色欲及細滑
威儀并處所　如此四種欲　迴轉嬰愚心
一切智亦說　幻僞欺世間　如彼幻網中
化作諸色像　生死網亦然　現五道差別
憂喜於瞋忿　愁惱及鬪諍　如彼衆擾亂
猶如鬼遍身　心起諸作業　同彼鬼無異
從心起千風　因風造作業　衆生見造業
種種諸色像　於此業行中　起威儀形色
不解其容止　便橫計我想　此身名機關
脂髓皮肉髮　三十六物等　和合以爲身
愚者計衆生　而實無宰主　但以風力故
俯仰而屈伸　以依於心故　則能起五識
然此心識者　念念皆遷滅　愚者起癡覺
計此身有我　口業若干種　身業亦復然
言笑及威儀　皆如幻所作　此中無有我
用離宰主故　而斯虛僞法　無壽無知見
妄起於想像　陷沒諸凡夫

如彼幻師所說之事眞實無異時諸比丘聞

其説已皆得見諦是故當知諸法如幻能知是者則便能斷諸法行原

復次施戒及論其事淺近善根熟者能樂深法我昔曾聞有阿育王初得信心數請衆僧入宫供養日日聽法施張帳幕遮諸婦女而使聽法時説法比丘以諸婦女多著世樂但爲讚歎施戒之法有一伎女宿根淳熟不避王法分受其罪即便撥幕到比丘所白比丘言佛所説者唯有施戒更有餘耶比丘答言姊妹我意不謂乃有如是利根之人故作此説若欲聽者當更爲汝説諸深法告女人言佛説一切世間所未聞法所謂四諦即爲女人分别説之女人聞已得須陀洹道爾時女人作如是言雖違王法得大義利即説偈言

聞説四眞諦　法眼淨無垢　以此危脆命
貿佛法堅命　假設於人王　今來害我者
我以得慧命　終無悔恨心

時諸宫人見此伎女干冒王法心懷顫懼恐同其罪時此伎女見是事已手自執刀到於王前五體投地伏罪請死復説偈言

王制極嚴峻　無敢違犯者　我爲聽法故
冒犯分受死　我今渴於法　冒突至僧所
如春熱渴牛　求水不避杖　突入清流中
飲足乃還歸　大王應當知　佛法難聞值
譬如優曇華　難可得値遇　三界大眞濟
所説諸妙法　我得聞斯説　云何不欣樂
其所説法者　乃實是燈炬　滅結大鼓聲
天人之橋津　又聞解脱鈴　歡喜娱樂音
菩薩於昔日　苦行勤求法　投巖及割肉
以求無上道　既得爲人説　甚難可值遇

我得值斯法　云何不聽受　此身如聚沫
芭蕉及泡焰　四大蛇纏擾　今斯法施會
難可得聞值　何惜鄙穢身　而當不聽法
而此危幻身　雖復能進止　顧視諸威儀
來去及坐臥　指示及語言　實非是衆生
而作衆生想　種種諸威儀　一切皆如幻
不久當散毀　捨棄於塚間　屍骸同木石
烏鳥所殘食　雨漬令腐敗　猶泥人毀壞

爾時彼王聞斯偈已而告之言汝能至意聽如是法汝今證何事伎女即說偈言

今不覆藏時　我宜當實說　已證須陀洹
應發歡喜心　至心而善聽　我今自見法
終不隨他信　心無有疑網　已閉三惡趣
生死作邊際　我已離有獄　於六十二見
牢縛今已解　不久當遠離　趣向甘露城
十力坊所道　陰界及諸入　我悉如是見
觀身如蛇篋　陰如拔刀賊　欲如怨詐親
諸根如空聚　六塵破村賊　陷下之愛河
已悟如斯事　求彼安隱處　故不惜身命

王聞是已於佛法中倍生敬心而作是言嗚呼佛法大力世尊猒生死道嗚呼佛法有信向者皆得解脱何以知之女人淺智尚能解悟過六師故我今向阿耨多羅調御丈夫坊處生歸依心南無救一切衆生大悲者聞者甘露法男女長幼等同修行即說偈言

若謂女人解　名爲淺近者　諸餘深智人
敬尚方能悟　如是甚深義　爲智所敬者
乃是牟尼尊　最勝正導說　所說之妙法
聞者極欣樂　專念而攝心　能令不放逸
所說不爲論　亦不爲摧滅　外道諸語論

一切自破壞　不曾自稱譽　名聞遍世間
雖說實功德　不名自稱譽　威德雖熾盛
湛然具寂滅　既具一切智　不恃而自高
所作雖勇健　而復善調順　解脫諸矜高
然復不鄙劣　說法久流布　無能譏呵者
無害者所說　種種多差別　然諸一切人
無能說其過　言說雖豐廣　無有歇患者
所說雖同俗　而理出世間　善逝之所說
文字世流布　然常未曾有　化度恒新異
如是妙言論　無不合掌禮　誰不讚世尊
善論大師子　譬如春夏時　陰晴皆益物
佛語亦如是　多種利衆生　能去衆生疑
對治善宣釋　能令離三有　顯示安隱處
亦能令衆生　或喜或驚怖　亦能令稱意
亦能快悲感　亦能得利悅　滅結所說法
眞實是神變　應說者必說　不惜人情意
所說雖剛麤　然不違法相　最勝智慧者
如似大海水　初中及邊際　等同於一味
佛法亦如是　初中後皆善　聽之悉清淨
明智聽彼語　勇捍意滿足　聽聞此語已
不樂外典籍　言辭悉具足　才辯甚美妙
亦不自矜高　所說不怯弱　一切中最勝
顯著義具足　實是一切智　外道體義少
以智莊嚴辭　言辭極美妙　然無有義味
諂僞邪媚說　世間大愚闇　執汝之法炬
入於眞諦處　如入已舍宅　善逝諸弟子
我能得擁護　諸大弟子等　善調伏諸根
彼所說弟子　我今言深信　於諸大衆前
稱宣說是語　從今日已去　聽諸釋子等
經常入我宮　從今日體信　沙門釋子等

自恣聽入宮　能以甘露法　滿足女人心
女心既寂靜　趣於解脫處　是故常應聽
甚深四諦義

大莊嚴經論卷第五

音釋

牸疾置切牝牛也　靷以忍切皮靷也　⿰月於於舉切　疹丑刃切病也　襯初覲切近也　櫞重緣切　羈居宜切羈縻也　哽古杏切哽咽也　萎邕危切蔫也　褻私列切嬻也　眴輸閏切目動也　羂扃縣切罥也　拤同弄